FLORET
READING

小花阅读

我们只写有爱的故事

青春阅读　幸得相见

大鱼

有爱的青春陪伴者

Meiyimiao De Ni
Wo Dou Xihuan

（上）

每一秒的你，我都喜欢

温初礼 著

花山文艺出版社

图书在版编目（CIP）数据

每一秒的你，我都喜欢 ： 上、下 / 温初礼著.
--石家庄 ： 花山文艺出版社，2020.3
ISBN 978-7-5511-5074-3

Ⅰ. ①每… Ⅱ. ①温… Ⅲ. ①长篇小说－中国－当代Ⅳ. ①I247.5

中国版本图书馆CIP数据核字(2019)第264870号

书　　名：每一秒的你，我都喜欢（上、下）
著　　者：温初礼

统筹策划：张采鑫
特约编辑：封　言
责任编辑：董　舸
美术编辑：胡彤亮
责任校对：郝卫国
装帧设计：Insect　西　楼
封面绘制：三本王Wallace
出版发行：花山文艺出版社（邮政编码：050061）
（河北省石家庄市友谊北大街330号）
销售热线：0311-88643221/29/35/26
传　　真：0311-88643225
印　　刷：湖南凌宇纸品有限公司
经　　销：新华书店
开　　本：880×1230　1/32
印　　张：18.125
字　　数：485千字
版　　次：2020年3月第1版
2020年3月第1次印刷
书　　号：ISBN 978-7-5511-5074-3
定　　价：65.80元（全2册）

目　录

MEIYIMIAODENI
WODOUXIHUAN

目 录

MEIYIMIAODENI
WODOUXIHUAN

/第一章/

第一次被人喊警察哥哥

01.

海城。

十二月。

连续阴沉一周的城市终于在这个萧瑟的冬夜里彻底落了一场雨。

隆冬腊月的雨来得快去得也快，不过十来分钟时间，刚刚还磅礴的雨势就只剩下几缕雨丝，随着凛冽的寒风不动声色地渗进衣服里，很快染上一身寒意。

大雨过后的空气带着临海城市独有的难闻的咸腥味，吸进肺里黏腻得难受。

闻希喘着气站在校门口的公交站牌下，拢了拢身上长及膝盖的黑色羽绒服，轻咳两声。

将手插回外套包里之前,她瞥了眼腕上奶白色的手表,刚好十一点整。

这个点公交车已经收车，大学城位于城郊，就是白天也少有出租车经过，此时空旷的街上除了闻希，就只剩下两列排得整齐的铁皮路灯，沿着公路一直延伸到远方，和无尽的夜幕融为一体。

预料到这样的情况，从寝室出来的时候闻希特地叫了一辆网约车，也不知司机在哪儿耽搁了，现在还没到。

她在半个小时之前接到家里保姆的电话，彼时她刚洗完澡缩进被子里，搁在枕头上的手机就“嗡嗡”振动起来，她疑惑地接通，刘姨焦急的声音就传进闻希耳朵里：“希希，先生被救护车送进医院了。”

“怎么了？”闻希犹豫了下，还是从床上坐了起来。

“先生晚上应酬喝了酒后心绞痛发作，”刘姨的声音带着哭腔，“太太不在家，我联系不上她。”

“很严重吗？”

闻洪海早些年就被查出患有冠心病，自己平时也不太注意，一年到头总会发作几次。闻希知道这事儿，但通常吃了药症状就能缓解，还没哪次让刘姨急成这样。

“医生说先生这次的情况不太好，要家属来医院，希希你快来吧。”

闻希抿着唇，没应。

刘姨急了，有些口不择言：“希希，刘姨看着你长大，知道你心里埋怨先生，可是他毕竟是你爸爸。”

闻希深吸了一口气。

是。闻洪海是她爸爸。

血缘上、法律上都是。

但在闻希的印象里，无论是到闻家之前，还是到闻家之后，闻洪海都没教过她要怎样为人处世，甚至连和她多说一句话的耐心都没有。小时候闻希还会羡慕别的小姑娘被爸爸捧在手心里疼，后来大了倒也渐渐无所谓了，至少闻洪海没让她饿着冻着，让她也还算顺利地长大了，所以她也没什么好怨的。

“希希？”

“刘姨我现在过去。”

闻希也不再耽搁，挂了电话三两下翻下床在睡衣外面套了件长羽绒服，蹬上运动鞋就往寝室外面跑。

从寝室到校门口，刀子似的寒风刮在脸上。

在闻希出神的工夫，一辆车身沾满泥渍的黑色轿车悄声停在路边，车窗缓缓降下。

“美女，你叫的车？”

听到司机嘶哑的嗓音，闻希蹙了下秀气的眉，对着手机确认了一遍车牌号，这才拉开后座的门坐进去。

车内有些闷，隐隐有一股类似混着酒精的难闻味道，闻希想开窗，只是她摁了好几下开关，后排的车窗都纹丝不动。

她抬眸，就对上司机满是横肉的脸。

“后面的窗户坏了，要不你坐到前面来？”司机是一个秃顶的中年男人，也不知道是不是闻希的心理作用，她总觉得司机说这话的时候笑得有些不怀好意。

“不用麻烦了。”闻希不动声色地往车门边靠了靠，尽量拉开和司机之间的距离，“开车吧，我赶时间。”

好在司机也没再坚持，讪笑两声，转身发动了车子。

闻希却没敢放松警惕，捏着手机的手指因为太过用力而关节发白。她打开叫车软件的界面，看着地图上的“小汽车”图标，确认司机是按着规划路线走的，这才松了口气。

车开出大学城，秃顶司机毫无预兆地抬手将车载音乐的声音关掉，车里陷入一种诡异的寂静。

半晌后，秃顶司机冷不丁地开口：“小妹妹，有男朋友了吗？”

闻希没吱声，不自觉放轻了呼吸。

然而秃顶司机似乎并没有“自讨没趣”的自觉，他咧着嘴，闻希透过后视镜都能看到他那两颗黄得发黑的大门牙。

“没有吗？”司机说着转头看了闻希一眼，目光直接而猥琐，“你看哥哥我怎么样？我可是个会疼人的。”

闻希第一次觉得自己的第六感准得有点讨厌，真是怕什么来什么。

她心里没底，但是面上一点不露怯，冷了声音说：“麻烦靠边停车。”

“这里前不着村后不着店的，万一你遇到坏人怎么办？”

深夜的公路上就只有他们这一辆车在飞驰，司机的胆子也因此大了不少，他一手掌着方向盘，空出另一只手，从驾驶座与副驾驶座之间穿过，试图去碰触缩在后排的闻希。

闻希这会儿精神本就高度紧张，不等司机碰到自己，本能地抓着手机狠狠往司机脑袋上砸过去。

下一秒，车轮与柏油马路摩擦发出刺耳的“刺啦”声，轿车歪七扭八地横在了公路中间。

司机捂着脑袋恶狠狠地啐了一口：“你想死？”

急刹车的时候，闻希的额头狠狠撞在了车窗上，眼前瞬间一片漆黑，不等她缓过劲来手腕上就多出一股粗鲁的力道，死死地拽着她往前拉扯。

两个人之间的距离瞬间被拉近，近到闻希能闻到司机嘴里难闻的酒臭味。

闻希下意识地干呕一声。

“松开。”她忍着胃里的酸水，尽力让自己保持清醒。

“你做梦。你过来好好求老子两句，说不定等会儿我还能让你舒服一点。”

狭窄的空间里充斥着污言秽语，司机肥大的手掌还握在她纤细的手腕间，闻希挣扎着去开门，只是车门早就被司机落了锁，她试了几次都是徒劳。

男女力量太过悬殊，刚刚挣扎之间闻希的手机也不知道滑落到了哪里，她在司机不断放大的脸上胡乱地抓着，心里隐隐有些无助。

“我刚刚报警了。”

秃顶司机冷笑：“当老子傻？”

两个人谁都没想到，那秃顶司机话音刚落，一辆闪烁着晃眼红蓝灯的警车就横在了轿车前方。

不光秃顶司机，就连闻希都傻眼了，天知道她刚刚那句话真的是唬人的。

很快就有一个警察从副驾上走下来，他黑色的警服融进夜色里，脸上倒映着光影，闻希看不清他的脸，却莫名地有了安全感。

“臭婆娘，你真的报警了？”秃顶司机恶狠狠地压低了声音。

闻希没应，趁着秃顶司机愣神的工夫挣开了他的手，顺带着抬起腿在他身上蹬了一脚。

“开门。”

车是密闭的，但闻希还是隐隐听清了这两个字，她在座椅下摸到自己的手机，迅速地在车窗上砸了两下，示意外面的那个警察救她。

“给老子安分点。”秃顶司机回过神，压低声音警告闻希。

“赶紧开门。”

见司机磨磨蹭蹭的，那警察又曲起食指在车窗玻璃上敲了几下，态度算不得温和，借着公路边路灯的光，闻希能看到他冷硬的下颌线。

到底是欺软怕硬,被警察这么一警告,秃顶司机哆哆嗦嗦地解了门锁。

几乎是同一时间，闻希拉开门下车跑到了警察的身后，看着他将缩在驾驶座的秃顶司机拖了出来。

秃顶司机满身酒气，对着警察点头哈腰，丝毫看不出刚刚对着闻希时的猥琐。

江砺第一眼就注意到了秃顶司机脑袋上鼓起来的大包，这样的伤一看就是下了狠手，而刚刚车上除了司机就只剩下躲在他身后的姑娘。

想到这儿，江砺饶有兴致地侧头看了闻希一眼。

小姑娘不过堪堪到他肩膀的高度,肥大的羽绒服将她衬得更显娇小。她长得清秀，一双眼睛像是蒙着雾，流转之间又似有光，乍一看惊艳得让人有些挪不开眼。

实在难以想象她能有那样的狠劲。

察觉到警察的视线落在自己身上，闻希没躲，声音带着点颤："谢谢警察哥哥。"

江砺挑眉，他被叫过警察同志，也被叫过警察叔叔，还是第一次听人叫警察哥哥。

闻希话音刚落,另一个警察也跑了过来,将她和秃顶司机都打量一通,抬起手肘撞了下江砺："砺哥，这怎么回事？"

江砺没什么表情地开口："酒驾并且涉嫌猥亵妇女。"

妇女？

闻希怔了片刻，她活了二十年还是第一次被人用"妇女"称呼。

想到前面站着的人毕竟刚刚救了她，闻希脸色变了又变，终是没有说出反驳的话。

秃顶司机一听被扣了这么大一项罪名，顿时慌了，指着闻希就嚷道："警察同志，这是我女朋友，我们小两口刚刚就是发生了点争吵。"

"我不认识他。"闻希心里一阵恶寒。

秃顶司机本来也就是乱咬一通，听闻希反驳，伸手就要去拽她。

他刚碰到闻希的羽绒服，江砺就冷着脸往前迈了一步，单手钳住他的手腕往后一折，另一只手扶着他的肩将人滚皮球似的转了个圈反压在车前盖上，迅速把他两只手反扣在一起，抽了腰间的手铐给人铐上。

一套动作下来，一气呵成。

闻希还没反应过来，秃顶司机就已经被江砺按在了车前盖上，动弹不得。

"当着警察的面还敢动手动脚？"江砺嗤了声。

"警察同志我错了。"秃头司机因为吃痛不停呻吟，"能不能先松松？"

江砺像是没听见，押着人对同伴淡淡开口："恺子，你给交警大队那边打个电话通知他们来拖车，这两个人都带回局里做笔录。"

“好嘞。”被叫作恺子的警察应了声，走到一旁打电话去了。

闻希能理解他们警察执法的流程，可是这会儿闻洪海还在医院，她得赶过去。想到这儿，她小心翼翼地用食指在江砺小臂上戳了下。

等到江砺转身，闻希才没什么底气地开口：“警察哥哥，我得去医院。”

江砺半眯着眼去看闻希，小姑娘像只受了惊的猫，眼神可怜兮兮的。

不等他开口，闻希捏在手里碎了屏的手机忽然响起来。

被江砺看得有些不自在，她连来电显示都没看就直接接了起来，很快透过听筒传出来一道清冷的女声。

“闻希？”

“妈妈，是我。”

江砺和闻希隔得近，加上周围一片静寂，很容易就听到了电话的内容。

“我前几天去帝都开会了，刚从机场赶到医院。”那边似乎有人在和余诗敏说话，她停了下才继续，“你爸暂时没事了，今晚你就不用过来了。”

“我……”

不等闻希的话说完，余诗敏不耐烦地打断：“行了，你过来也帮不上什么忙，我先进去看你爸了。”

偶尔有一两辆车经过的公路上，闻希欲言又止，没有束起来的发丝被夜风吹得有些凌乱。江砺心念微动，没来由地就想替她理顺。

他别开眼，押着秃顶司机的手加重了力道。

片刻后，闻希只是轻轻地应了声，挂了电话。

再看向江砺，她将被风吹乱的发丝别到耳后，笑得顾盼生辉：“警察哥哥，我可以去做笔录了。”

02.

海城公安总局。

卫生间外的盥洗台，水龙头被拧开，冰冷的水一股脑地往外流。

闻希站在盥洗台前，往脸上浇了几捧冷得浸骨的水，这才觉得混沌的脑袋清醒了些。

关了水龙头，她看着镜子里有些狼狈的人。

那秃顶司机是典型的不见棺材不落泪，到了公安局之后，不等审讯就把自己做的那些龌龊事全招了。除了酒驾，他对猥亵闻希的事实也供认不讳，证据确凿，警察便直接将人羁押了起来，等着后续的司法裁定。

而闻希作为这个案子的受害者，打司机那几下也是正当防卫，警察倒是没太难为她，即便走程序要做笔录，也只是在办公室由一位女警察向她询问了下事情经过，走完流程还客客气气地将她送到了办公室门口。

折腾了这么一下，已经是凌晨。

闻希抽了张纸巾擦掉脸上的水渍，走出卫生间，在走廊上供人休息的铁皮长椅上坐下来。

虽说她偶尔去酒吧给林烛捧场的时候也会晚归，但是遇到今晚这样的恶心事儿还真是第一次。只要一想起自己和这么个渣滓待在同一个空间，闻希就觉得心有戚戚，索性打算在公安局挨到天亮再回去。

寻了个舒服的姿势，她将手插进羽绒服口袋里，摸到那颗已经被体温焐热的纽扣。

纽扣是之前在公路上江砺扣押司机时，从他警服袖口掉下来的，说不清什么原因，闻希蹲下系鞋带的时候鬼使神差地就私藏了起来。

此时再摸到，她眼前蓦地就浮现出江砺冷硬的下颌线和英气的眉眼。

明明看着不好相与，可是在江砺把闻希护在身后的那一瞬间却给足了闻希安全感，被她划进了可相信的范围。很奇怪的一种感觉，闻希自己也说不太清楚。

不过让闻希觉得失望的是，进公安局之后，她就没有再见过他，就连他的名字还是从那个给她做笔录的女警察那里知道的。

当时那女警察看闻希的眼神满是八卦，笑说：“江警官真的招小姑娘喜欢。”

闻希思及此，撇撇嘴，也不知道以后还有没有机会再见到。

吐了一口郁气，闻希闭上眼准备养神，就听到一阵稳健的脚步声，由远及近。

她睁眼，江砺正好走到面前，此时他警帽摘了拿在手上，黑色的警服微微敞开，露出里面浅蓝色的制服。

江砺也看到了闻希，顿了脚步，挑眉。

“不是听说你早就走了？”男人的声音微哑，却意外的低沉好听，不动声色地撩拨着人。

闻希的心漏跳了半拍，下意识地攥紧掌心里的纽扣，原本冰凉的手很快起了层薄汗。那一瞬间，闻希觉得自己是真的疯了，偷东西居然偷到了警察身上。

她心虚地瞥了眼江砺缺了纽扣的衣袖，声音很低：“我想等天亮再走。”

江砺没答话，漫不经心的视线扫过闻希清秀素净的脸。

不知道是不是做警察的眼神都锐利，这会儿江砺身姿挺拔地站在那里，便让闻希觉得自己心里那点小心思根本无处遁形。

她不自在地挺直了脊背，睫毛轻颤。

怕江砺会赶自己走，闻希抬眸，依旧是那双蒙着雾的眼，解释说：“现在太晚了，我不敢回去。”

和闻希视线对上的一瞬间，江砺怔了下。

他模样好，招女生喜欢，见过的好看的姑娘也不少，但没有哪个的眼睛能有闻希这么好看，而且偏偏她那双清澈的眼睛像是能勾魂儿。

江砺下意识地想摸烟，手伸进外套里却摸了个空。

他“啧”了声，有点不得劲：“叫个朋友来接你。”

“我早就成年了，完全可以对自己负责。”闻希下意识拒绝。林烛这会儿肯定还没下班，而其他人闻希不想欠人情。

敢情这姑娘是把他好心当作驴肝肺，江砺索性不再管闲事，扔下句“随你”，转身大步离开。

“警察哥哥！”

江砺已经走到几步开外，闻希忙站起来小跑着追上去，和他并肩。

走廊明晃晃的白炽灯下，闻希脸上泛着浅粉，换了话题：“请问一下这附近有二十四小时便利店吗？我有点饿了。”

闻希的确有低血糖，经不得饿，晚饭吃的那点东西早就消化得七七八八，刚坐下来的时候她就有些心慌冒冷汗。不过显然还没严重到坚持不下去的地步，但看到江砺要走，她就忍不住想找个借口同他多说几句话。

江砺似笑非笑。

就在闻希以为他要拆穿自己的时候，忽地听到他说：“跟着。”

“啊？”闻希没反应过来。

“顺路。”江砺将就着闻希不动声色地放缓了步伐。

便利店和公安局隔了不到一百米，闻希跟在江砺身后，忍不住扬了扬唇。

江砺应该是常客，他刚进门，便利店的老板娘就颇热情地跟他打招呼：“小江今天又值班啊？”

“嗯。”江砺递过去一张五十元的人民币，“阿姨麻烦给我拿包烟，就以前抽的那种。”

许是上了点年纪的人都爱唠叨，老板娘一边拿烟一边念叨江砺：“年轻人少抽点，你这大学还没毕业就整得跟队里那帮老烟枪一样了。”

“不会，我有分寸。”江砺无所谓地笑笑，拿着烟和找补的零钱，睨了眼闻希，“你要买什么自己挑，我去外面抽支烟。”

闻希“哦”了声，听话地走到一排排五颜六色的货架之间，目光却下意识地往店外瞟。

透过便利店的玻璃橱窗，她只能看见江砺的侧脸。

外面有些暗，江砺迎着夜风蹲在店门口，撕开烟盒外面的包装纸，抽了一支烟出来咬在嘴里，用手挡着风点燃。

连抽烟姿势都这么老练，除了看着年轻，闻希一点不觉得江砺还是个大学没毕业的人。

她很快选好东西，一个三明治和一瓶牛奶。老板娘挺热心地替她加了热。闻希礼貌地谢过，然后在老板娘探究的视线中，走到江砺旁边，学着他的样子蹲下来。

羽绒服太厚，闻希蹲下去的时候没找稳重心，几乎是直直往楼梯坎下栽。只是下一秒，她胳膊上就多了一股力道，轻轻松松将她拉了回来。

确认她蹲稳，江砺才松了手，叼着烟笑。

夜里的风越来越大，声音被吹进闻希耳朵里，她有点恼，问江砺："你笑什么？"

江砺也不解释，朝着便利店的大门努努下巴："你先进去，烟抽完了叫你。"

闻希两只手捧着牛奶，没动。

江砺是考虑到闻希一个小姑娘估计闻不惯烟味，既然她自己不介意，他也没再说什么，索性偏了头继续抽烟。

安静了半晌，闻希想到刚刚老板娘说的话，耐不住好奇："警察哥哥，你大学没毕业？"

江砺"嗯"了声，算是承认。

闻希："大四？"

男人好看的眉峰皱了下，他不太习惯不熟的人打听他的个人消息。

江砺骨节分明的手指捏着烟屁股在地上碾灭，又点上一支，才慢条斯理地反问闻希："你查户口呢？"

闻希被这五个字噎住，但很快又弯唇笑笑，半开玩笑半认真："谁叫你是我见过最好看的警察哥哥。"

江砺：“……”

一个大老爷们儿被个娇滴滴的小姑娘用“好看”形容，真是怎么听怎么别扭。

闻希权当作没看见江砺略有些不爽的眼神，犹豫了几秒：“所以，好看的警察哥哥，可以要你个电话号码吗？”

“电话号码？”江砺看着闻希，夹着烟又吸了两口后将剩下的烟屁股随手扔进一旁的垃圾桶，这才不紧不慢地开口，“110，遇到危险随时拨打。”

闻希：“……”

今晚的事儿虽不是什么大案子，但江砺还处于实习期，该打的报告一份也少不了，而且要赶在明天下班之前交。

懒得再和闻希贫，他起身，问闻希：“东西买完了？”

在闻家这些年，闻希最熟练的事情就是察言观色，所以江砺虽然没明说，闻希也猜到他是要回去了。

刚刚两个人蹲在一起的时候，闻希心里是有期待的。

她轻轻叹了口气，说不清是失望还是别的什么情绪，江砺出现的方式实在特别，给她的感觉也和其他男人不一样。

不再看江砺，闻希活动了下蹲得酸麻的脚，主动开口：“回去吧，这里怪冷的。”

她说完就拿着买的食物径自走在了前面，江砺抄着手跟在闻希身后两步远的地方，一路无言。

寂寥的夜里，一点点动静都被放得无限大，闻希还没走过路口，就听到一道有些耳熟的声音。

“王叔，我到你们局里了，但是门口站岗的同志不让我进去啊。”

是余琛。

闻希有点头疼，想不通这个点余琛怎么会出现在这里。余琛是余诗敏娘家的侄子，虽然闻希不是余诗敏亲生的，但还是免不了叫余琛一声表哥。

刚到闻家的时候，闻希跟谁都不太说话，木木讷讷的，加上身份实在敏感，也没什么大人把她当回事。偏就是余琛，逮着空就往她跟前凑，好吃好玩的都给她，也不怕热脸贴了冷屁股。

闻希和江砺转过街角，果然就看到余琛拿了个手机往站岗的小同志手里塞，显然是要对方接电话。

刚巧这空当余琛也看了过来,在看到闻希没事的时候明显松了口气。

他将手机重新贴到耳边，嘴角带了点吊儿郎当的笑意，和电话那头的人道谢：“王叔，我看到我们家希希了，实在麻烦您了，改明儿我专程上门道谢。”说罢就挂了电话，快步走到闻希面前，将人从头到脚仔细检查了一遍。

“你怎么在这儿？”闻希下意识地挣开被余琛拉着的胳膊。

习惯了闻希的态度，余琛倒是没太介意，接过闻希的话：“接我们家祖宗。”

“你才祖宗呢。”闻希没好气。

从始至终，江砺都没说一句话，安静地站在闻希身后看着面前的两个人你来我往。

片刻,余琛的视线终于落在了江砺身上。刚刚托王叔打听情况的时候,他就知道了是个巡逻执勤的小警察救了闻希，寻摸着应该是这位。余琛朝他微微点头：“我们希希麻烦你了，警察同志。”

见江砺不甚在意地扬了下嘴角，余琛也不再多说，揽着闻希往一旁耀武扬威打着双闪的大奔走去。

临上车的时候，闻希还是没忍住回头朝着隐在黑暗中的江砺挥了下手：“警察哥哥，今天真的谢谢你。”

然后上车关门，黑色大奔很快驶进夜色里。

江砺看着渐远的尾灯，用舌尖顶了下腮帮子，自嘲地嗤了声。

也是，这么好看的姑娘，怎么会没有男朋友。

03.

“你以后晚上别再乱跑，真有什么事儿给我打电话，手机二十四小时给你开机。”

今晚闻希这事是真把余琛给搞得后怕了，所以一上车他就忍不住念叨闻希。

他们家是听说闻洪海出了事，所以特地连夜赶去医院，本来没什么，结果后来听刘姨提了一嘴她叫了闻希来的事。

但凡和闻希有关的事，余琛都一改吊儿郎当的性子，格外上心。虽然余诗敏说她已经叫闻希回学校了，但想到大晚上的一个小姑娘独自跑出来过，余琛就放心不了，所以从医院出来的时候他给闻希打了个电话。

闻希关机。

他又改了给闻希的室友打电话，得到的回复是闻希还没回寝室。

“意外又不会回回发生。”闻希靠坐在副驾上闭目养神，她今晚是真的身心俱疲。

片刻后想到余琛还没回答她之前的问题，她睁开眼睛，看向余琛，把问题又问了一遍：“你怎么知道我在公安局？”

“联系不上你只好托我爸的关系找人了，王叔你也见过的。”余琛言简意赅，一个字没提他当时有多心急如焚。

一句话闻希基本就猜出大概了。

余琛一家都在公安系统工作，余诗敏虽不在前线但也在公安大学授课，是知名的犯罪心理学领域的专家，至于余琛的父亲余致航更是省公安厅的领导，之前和余琛通话的“王叔”估计就是闻希以前见过一两次的海城公安总局的局长了。

闻希抿着唇，没说话。

余琛了解闻希，自然知道她在顾虑什么，安慰她：“放心吧，长辈那边都不知道，是我私下找的王叔。”

闻言，闻希这才松了口气。她就是不想让余诗敏和闻洪海知道今晚的事。

“对不起，给你添麻烦了。”

“希希，你知道我不喜欢听你和我讲这种客套话。”

闻希知道余琛是为数不多关心她的人，但是有余诗敏那层关系在，她就总觉得没办法坦然接受余琛的关心，便时时刻刻和他保持着距离，自然也不会像余琛自己说的那样有事就给他打电话。

安静了半晌，余琛先开口，没再提刚刚那个话题：“送你回学校？”

已经是凌晨两点了，这个时间寝室早就门禁了，回去还要吵到室友，闻希想了想索性决定让余琛送她去林烛那里。

林烛住在租的房子里，闻希到的时候她刚好从酒吧下班，见闻希精神不好，也没多问，直接让闻希去休息。

一直到第二天中午，林烛睡饱了起床，才心大地想起问闻希怎么那么晚被余琛送过来。

彼时，闻希穿着林烛的睡衣窝在沙发上，手里摆弄着一颗平淡无奇的黑色纽扣，望着林烛养的两只小乌龟发呆。

林烛用脚背轻轻踢了下闻希的小腿，慵懒地坐在她旁边：“昨晚怎么回事儿啊？”

林烛大闻希两岁，是个护短的暴脾气，对闻希尤甚。闻希怕林烛听了昨晚的事儿冲到公安局当着警察的面把那秃顶司机殴打一顿，索性省去了那段司机猥亵她的事，只说是打车遇见了司机酒驾结果被一起带进了公安局。

林烛摸摸闻希的头发：“我崽儿真可怜。”

闻希顺势歪头靠在林烛肩膀上，把手里那颗纽扣举着对向窗户，半眯着眼去看，像是喃喃自语：“阿烛，都过一晚上了我还在想他。”

“谁啊？”林烛剥了个砂糖橘塞进嘴里，声音含混不清。

“江砺。”

“谁是江砺？”林烛搜索了下脑内储存，没能将这个名字和某张脸对上号。

闻希悠悠地开口：“就是我昨晚遇见的警察哥哥。”

听到“警察哥哥”四个字，林烛回过味儿来了，也顾不得肩膀上还搁着一个毛茸茸的脑袋，扔了橘皮直起身，惊异地盯着闻希。

这姑娘怕是二十年来第一次春心萌动了？！

林烛一直觉得闻希和她是一类人又不是一类人,至少在男女感情上，林烛是个放得开的人，这么多年来男朋友换了不少任，闻希却一直清心寡欲将那些看中了她好皮囊的男生拒之千里之外。

她和闻希讨论过这个问题，闻希的答案是“他们让我没有安全感”。

所以是那个叫“江砺”的小警察给了闻希安全感？林烛深吸一口气，有点好奇他到底是个什么样的人。

“喜欢上了？”

“不知道。”闻希实诚地摇摇头，她不太知道这种感觉叫不叫喜欢，“反正就是睡觉起床都想着他。”

“我的天！”林烛忍不住惊呼一声。

闻希不知道，但不代表“阅尽千帆”的林烛不知道，她一听就知道那个叫江砺的被闻希一见钟情了。虽然她一直挺想看闻希谈个恋爱，但是这会儿看到闻希染着淡淡迷茫的秀眉，莫名就觉得自己护了多年的如花似玉的崽儿被猪拱了，心里不爽得很。

闻希不解地看了林烛一眼。

林烛摆摆手，没解释自己突如其来的暴躁，重新靠回沙发：“你打算怎么办？”

“凉拌。”除了知道对方叫江砺，知道他在海城公安总局实习，此外闻希对他一无所知，“而且……他看起来对我并没有什么意思。”

“那他瞎的吧。”林烛没好气地翻了个白眼。

倒真不是林烛夸张，闻希绝对是她见过最耐看的女人，尤其是那双湿漉漉的眼睛，清澈得没有一丝杂质。她给人的感觉就是那陈年的女儿红，只品一口就能唇齿留香，醉人得紧。

“喜欢就主动一点呗。”不等闻希开口，林烛摸着下巴给她出主意，“男人嘛，没几个敌得过漂亮女人的糖衣炮弹。”

是吗？闻希心里叹口气，没好意思给林烛说她生平第一次要男生电话，就要了个小学生都知道的“110”报警电话回来。

想到这儿，她默默起身将那颗纽扣找了个盒子装起来。

看着闻希纤细的背影，林烛也不知道她有没有听进去，只好又碰了下她的手，耳提面命一番：“说真的，希希，要是真喜欢就试试，省得以后后悔。”

“知道了。”闻希手上的动作顿了一下，随即敷衍林烛，“以后有没有机会再见到都说不定。”

周五就剩两节选修课，闻希索性懒得再回学校，和林烛一起吃过午饭便去医院看望闻洪海。

她到医院的时候三点一刻，余诗敏不在，只有刘姨一个人在忙前忙后。闻洪海刚吃过药睡了，闻希在他床前站了一会儿，正准备离开，就被刘姨叫住。

“希希，你能在这儿多陪先生一会儿吗？”

“怎么了？”

“太太今天走的时候把资料落在医院了，说让我帮忙送到学校去，但是先生这里没人我也不太放心。”

闻希沉吟片刻，忽地，眼睛亮了下。

海城虽是省城，但也就一所海城公安大学，那么江砺会不会也在那里？而且刚好海城公安大学也位于大学城，和闻希的 A 大就隔着十多分钟的路程。

也不知道是不是被林烛那套“喜欢就主动一点”的言论洗脑，闻希抑制不住地想去碰碰运气。

“刘姨，我去帮妈妈送资料吧。”闻希不想被人看出心里那点小九九，补充了一句，“我今天要回学校，刚好顺路送过去。”

刘姨想想也是这个理，何况她一把老骨头跑来跑去确实不如年轻人方便，便让闻希去了。

估计因为余诗敏打过招呼，闻希畅通无阻地进了学校。

公安大学的正门到行政办公楼要经过学校的训练场，明明是冬天，这片训练场却仿佛蒸腾着热气，乍一眼瞥过去全是穿着黑色短袖和背心在训练的人。

但是闻希只想知道江砺是不是也在这些人里面。

她站在路边，目光隔着铁网栅栏在训练场里逡巡。

生平第一次，闻希有点后悔当初因为爱美没给自己那双轻度近视的眼睛配一副合适的眼镜。

人自然是没看到，闻希有点丧气地摸出手机，冰凉的指尖在屏幕上飞快打字。

“缘分果然可遇不可求。”

“今天我要是能在公安大学看到他我就听你的话主动一次。”

林烛很快回复：“去找他了？”

“算是吧。”

闻希回答得模棱两可。其实她也不知道自己到底怎么想的，从小的成长环境让她习惯了别人退一步她退十步，但偏偏在江砺这里，吃了瘪却还是想往前再走一点。

不再等林烛的消息，闻希收了手机抬脚往行政楼走，刚转头就愣在原地。

刚刚她想找的人，这会儿就在前面十多步远的地方，和另一个男生一起缓缓往训练场外走。

和穿着制服一本正经的样子不一样，江砺此时就穿着一件训练背心，黑色的布料被汗水浸湿了大半，紧紧贴在他精瘦的腰身上，线条流畅的结实小臂露在外面，浑身上下散发着浓烈的荷尔蒙气息。

闻希秀气的脸倏地红了，只觉得全身血气上涌。

下一秒，她拿在手里的一摞资料，尽数落在地上，发出不小的动静。

走在前面的人闻声转头，江砺没什么表情，反而是走在他旁边的室友抬起手肘撞了他一下。

“砺哥，又有好看的姑娘在看你。”

江砺其实一眼就认出了闻希，但想到昨晚那个很是紧张她的男人，又淡淡地收回视线，没搭理室友的调侃，回他：“有空看漂亮姑娘，不如想想你的十公里负重跑怎么才能及格。”

/第二章/

重新认识一下，我叫闻希

01.

接近年底，海城的气温越来越低，并且毫无征兆地在某一个夜里落了满地的积雪。

南方城市下雪是稀罕事，连着两天，闻希走到哪里都能看到堆出个拳头大小的雪人就兴奋得不行的海城人。

这样的低温里，闻希被室友雷佳强行拉着以“冬日要暖胃”的名义约了一顿涮羊肉。

吃涮羊肉那天，是周三。

餐厅里，闻希脱了外套，穿着纯色的高领毛衣坐在雾气缭绕的铜锅边，有一下没一下地戳着筷子听室友聊学校里的八卦，心思却早就飘出了屋子。

上次在海城公安大学的训练场边，资料掉地上的声响除了惊动了江砺和他室友，也让闻希惊得回了神，她本能地躲开江砺的视线，顾不得前一分钟才给林烛说过的豪言壮语，抓起地上的资料袋红着脸朝行政楼落荒而逃。

毕竟花痴是一回事，被当事人抓包又是另一回事，而后者光是想想都觉得让人臊得慌。

知道这件事的林烛笑闻希，说她是个跟白纸一样的纯情小姑娘。

本来以为这件事就这样过去了，可是接下来几天夜里睡不着的时候，闻希都会想起藏在江砺黑色背心下线条流畅的肌肉，心里就像是好几只猫爪在挠，痒得慌。

说实话，她很想知道摸起来是什么感觉。

前几天，她还能憋着不往公安大学那边跑，可是一想到今天是周三，她就有点耐不住了。

上次在余诗敏办公室时，她无意间听余诗敏同事说，大四学生每周三和周五的固定时间都会在训练场进行体能训练。

也就是说，如果她今天再去公安大学，很有可能再见到江砺。

“闻希？”大概是察觉到了闻希的异样，雷佳试探着碰了一下她的胳膊，声音里有些小心翼翼，“你是吃不惯吗？”

闻希笑着摇摇头，只是她还没来得及解释，另外一个室友张依依就阴阳怪气地接过话头：“她可是大小姐，自然是吃不惯我们这些平民老百姓的东西。”

寝室从大一开始就三个人，同一个专业，除了闻希就是雷佳和张依依。

闻希承认，她的确没有尝试过和室友建立起亲密无间的关系，但是也绝对没有和谁交恶过。也不知道从什么时候开始，张依依就总是喜欢明里暗里地说些带刺儿的话。

雷佳在桌子下碰了碰张依依的手，示意她别乱说话，可张依依就像不懂一样，继续朝闻希扔刀子：“吃不惯就别假惺惺地跟着来呗。”

“依依，是我叫闻希来的。”雷佳脸色也有点不好了，她是室长，一直希望寝室关系能够融洽一点。

闻希从来不在意这些酸言酸语，似乎除了江砺，对别的那些不待见她的都无所谓。

不想让雷佳太难堪，闻希拿起搭在椅背上的焦糖色呢子外套，款款起身：“我临时有点事，你们慢慢吃。”

说完，闻希也不等谁的首肯，去前台结了账出了餐厅。

站在门口，带着寒意的风直往身上刮，她心里有点堵。

更想见江砺了。

哪怕会被他嘲笑也想去见他。

闻希难得地没有再犹豫。

这条小吃街在A大和公安大学之间，她没走多久就看到了公安大学庄严肃穆的校门。

不过闻希只是远远地看了一眼，在门口站岗的小警察注意到她之前便抬脚往一旁偏僻的侧门走了。

上次是有帮余诗敏送资料的由头，这次却是名不正言不顺，自然没办法光明正大地走正门。

闻希本来只是想碰碰运气，倒没想到侧门旁边真有一道稍微偏矮的围墙，墙面比其他地方光滑些，应该不少人会从这里翻进翻出。

在南方姑娘中，闻希一米七的身高已经算是佼佼者，但是翻墙这种事，多少还是有点吃力。

是以当她揉着酸痛的脚踝站在围墙里面时，暗暗决定以后再光临这里一定要穿一双舒适的运动鞋翻墙，而不是脚上的这双耐看却不实用的切尔西短靴。

公安大学培养的是“抓贼”的人才，闻希尽可能让自己看起来坦然一些，不要太过引人注目。

然而也不知道是不是她今天穿的外套颜色太抢眼，总之从侧门摸索到训练场的一路上，每一个经过的人都要看她两眼，带着探究和打量。

闻希心虚得不行。

她快步围着训练场绕了一圈，选了个视野不错又不是很显眼的位置，半隐在粗壮的树干后寻找江砺的身影。

今天场内的人没有上次多，没多大一会儿，闻希就在一群人里找到了正和同伴训练近身格斗的江砺。

肌肉与肌肉碰撞的时候发出低沉的闷响，偶尔夹杂着几声力量爆发时的嘶吼，一滴滴汗水滴落在地上，被寒风一吹很快结一层薄薄的冰霜。

闻希看得有点热血。

这群铁骨铮铮的男人，他们在严冬在酷暑不懈怠地训练，为的就是以后能成为用骨子里的硬气守护万家灯火的无名英雄。

忍不住地，她拿出手机，将摄像头悄悄地对着江砺拍了一张照片。

闻希之前的手机因为那晚被困在车里砸玻璃时太过用力，屏幕基本已经碎成了蜘蛛网，懒得去折腾换屏，她索性换了一部新手机，而刚刚这张照片，是新手机的第一张。

像是预示一个新的开始。

在拍照的那一瞬间，闻希突然就想到上次给林烛说的，如果见到江砺就主动的话，她后来想过，像江砺这样长得好看的男人，自己主动一下似乎也并不亏。

她刚低了头，还没来得及好好欣赏手机里自己的杰作，就听到一声吆喝在身后响起，吓得本就心虚的闻希迅速锁了手机屏幕，将手机塞进了外套口袋里。

“那个女生，你哪儿进来的？”是个戴着红袖章的监督岗。

这一声吆喝不小，引得不远处还在训练的人都纷纷停了手里的动作，齐刷刷地看过来，自然也包括江砺。

见闻希不说话，那个“红袖章”有点凶地跑到她面前：“你刚刚在拍什么？是谁带你进来的？”

“没拍照……我刚刚就是看了眼时间。”闻希的声音毫无底气。

“把手机拿给我检查一下。”显然“红袖章”没有相信闻希的辩解，指着闻希装手机的口袋说，“顺便把证件也拿出来一下。”

感受到身后如芒的视线，闻希杵着没动，好像每一次只要江砺出现

在她面前，她就会忘形到失态。

一般警校和军校都是不允许随意拍照,虽说闻希的确没拍什么机密，可是她也不想把自己心底那些喜欢拿给不相干的人看，像是个笑话。

如果这样，大概江砺更不会在意她的心意了吧。

“红袖章”不耐烦了，声音又大了几分，还带着威胁：“再不配合就跟我去警卫处，自己想清楚了，闹到警卫处对你和私自带你进来的人影响都不会好。”

“我自己进来的，和别人无关。”闻希梗着脖子，还是不愿意交出手机。

从始至终，江砺就站在人群中，一言不发地看着前方僵持的两个人。

说“和别人无关”时，闻希下意识往江砺那个方向瞥了一眼，却又很快地转过头，有些固执地捂着口袋。

“看来你是想去警卫处了。”见闻希油盐不进，“红袖章”推搡着她就往行政楼走。

“张放。”负责巡逻的红袖章叫张放。

张放停住脚步，闻希也随之转头，呆呆地看着江砺一步步沉稳地走过来。

“砺哥，有事？”

对着江砺，张放的语气缓和了不少。他今年大二，从大一入学开始就保持成绩体能全优的江砺一直是他努力的目标。

江砺对着闻希抬抬下巴，言简意赅：“她是余老师的女儿。”

警校的女老师本就屈指可数，而余诗敏的犯罪心理学课又一直备受学生欢迎，所以即便江砺不明说大家也知道她口中的“余老师”是谁。

张放重新将闻希审视了一遍，复又看向江砺：“砺哥，你确定？”

他有点想不通，如果眼前这姑娘真是余老师的闺女，为什么一开始不大大方方承认，毕竟对家属大家都是睁一只眼闭一只眼的，进学校也没人说什么。

“我上次看到她找余老师了。”江砺说着，不动声色地给闻希递了个眼色。

闻希这回秒懂，也不再倔了，顺着江砺给的台阶下：“我妈妈的确是余诗敏，今天我特地过来给她送份资料。”

之前没人在闻希面前提过余诗敏的名字，闻希一个非本校人员既然能准确说出来，那估摸着是她女儿没错了，何况这里还有江砺这个老师眼中的骄傲作担保。

张放其实也只是个大男生，误会一说开，挠着脑袋不好意思地朝闻希笑了笑：“刚刚我态度有点强硬，没吓着你吧？”

从明白了江砺是在给自己解围开始，闻希眼底的笑意就没消失过，她好说话地摆摆手：“不会，你认真负责是应该，是我没解释清楚给你们添麻烦了。”

果然女人变脸比翻书还快，江砺极不给面子地嗤了一声。

在众人疑惑之前，他上前一步，挡住闻希，拍了下张放的肩膀，替身后的姑娘解释道：“余老师的女儿估计是不常来走错了方向，你执勤走不开，刚好我这边训练结束了，就顺路送她出去好了。”

02.

闻希一直觉得，刚刚江砺说要送她出来只是想帮她解围，应该不是真的想送她，所以等张放离开后，见江砺还站在原地没挪步，闻希怔了下。

“不打算走？还是真的想去警卫处？”江砺依旧是那副似笑非笑的表情，有点痞，却又和他身上那股子刚毅完美地融合在一起。

江砺是学刑侦专业的，对身边人事物的洞察能力自然也会比常人好一些，闻希鬼鬼祟祟蹲在树干后不久他其实就发现了，但想着毕竟不太相干，他便当作没看见。

可刚刚看着闻希这么纤细的一个姑娘被人欺负，也不知道抽什么风，他莫名地就有点不忍心，犹豫了一瞬，最后还是没忍住站了出去。

而且江砺心里下意识地就觉得闻希不是那种会有什么坏心思的人。

“你真的要送我吗？”闻希有点反应过来了。

“假的。”江砺故意说反话。

“可是你都说了我找不到路了。”没因为江砺的冷言冷语生气，闻希眼底的笑意反倒更明媚了，心里的勇气好像也多了一点。

小姑娘挺会给自己找台阶下。

江砺睨了闻希一眼，没再接话，而是绕过一旁眼珠子都快掉下来的室友赵一恺，穿上搭在单杠上的黑色制服外套，等闻希跟上后才抬脚往训练场的出口走。

上课时间，校园里没什么人。

训练场离学校门口不远，其实闻希上次已经走过一次，但难得有机会和江砺单独在一起，她不想那么快就被送走。

这样想着，闻希故意放慢了步子，愣是把一步走出了三步的时间。

“刚刚拍了什么？”快到校门口的时候，一路的沉默被江砺打破。

他了解张放，是个认真的性子，按常理来说没必要冤枉闻希，既然要检查闻希手机，就说明是看到闻希有什么小动作了，再说他也有些好奇闻希拍了什么这么见不得人。

“啊？”送走张放后本来以为这个问题已经逃过了，没想到江砺还记着，闻希想到手机里那张江砺的肌肉特写，赶紧摇头，随口诌了个借口，“我就随便拍了下风景。”

江砺脸上明显写着不信，将骨节分明的大掌摊在闻希面前：“拿出来我看看。”

“我真没有拍什么你们学校的机密。”闻希就差举着三根手指发誓了。

“那你心虚什么？”江砺的眼底藏了点不易察觉的笑意。

和张放的强硬不一样，江砺说话时似乎带着点诱哄，闻希总觉得再被逼问下去，她阵营失守是迟早的事情。漆黑的眸子转了下，闻希突然神秘兮兮地朝江砺勾勾手，示意他靠近点，一副“我有秘密告诉你”的样子。

“有话就说。”江砺不吃这一套，身形立在那里岿然不动，半分要靠近的意思都没有。

“你靠过来一点，等会儿被别人听见了怎么办？”

两个人周围方圆三十米内连个人影都见不着，被人听见的可能性基本是零，但看着江砺刻意保持距离把她当洪水猛兽防着的样子，闻希就想和他唱反调。

明明是海城人，闻希说话却带着点江南吴侬软语的腔调，一句话听上去似乎有那么点撒娇的意味。

江砺抬眸，就迎上闻希氤氲着水雾的眼睛，晶亮晶亮的。

就像之前打死不愿意将手机交给张放一样，这会儿她固执地望着江砺，等江砺的回应。

鬼使神差地，江砺在闻希的注视下往前迈了一步，微微弯了腰，在极短的时间内缩短了与闻希之间的距离。

这个距离，闻希甚至能隐隐闻到江砺身上的味道，混着刚运动完的汗味和淡淡的烟草味，却一点都不难闻，仔细一嗅好像还有一丝清冽的薄荷味，也不知道这个人用的是什么沐浴露。

“说吧。”依旧是言简意赅。

刚刚撩拨的人是闻希自己，可这会儿感受到男人说话时喷洒在脸上的热气，她的心突然就狂跳起来，垂在身侧的手因为紧张而下意识握紧。

除了余琛的自来熟，闻希没和哪个男人靠得这么近过。

见江砺还等着，她赶紧甩掉脑袋里的遐思，故作淡定地指着主路边的一条小路：“我其实是走那边翻墙进来的。”

言下之意就是她心虚不是因为拍了照，而是因为自己翻墙的举动。

“……”江砺对这个“秘密”挺意外。

合着现在的小仙女都会飞檐走壁了？他之前真觉得闻希这种长得好看说话也温言细语的姑娘是属于网上说的“小仙女”范畴。

江砺站直身体，不动声色地重新将面前的姑娘打量了一遍。

是真不像会翻墙的人。

“你们警察哥哥应该会守口如瓶的吧？”闻希微微后退了一步，有点不太确定地问江砺，毕竟她下次来估计还是得翻墙。

看闻希那挺认真的眼神，江砺觉得好笑，但面上仍然保持着那副没什么表情的样子。

他淡淡开口：“这是我学校，你这要求真是提得一点不客气。”

说完，江砺便继续领着闻希往学校门口走。

江砺似乎格外爱说反话，有点像那种傲娇的大型犬，所以听到江砺这么说的时候闻希就知道他应该不会出卖她。

闻希抬脚跟上他，笑得像只餍足的小狐狸：“听了秘密的人就应该自觉保守秘密，警察哥哥难道就可以不遵守江湖规矩了？”

“江湖规矩”这话还是林烛告诉她的，她们两个的友情便是在无数个秘密交换的过程中建立起来的。

江砺轻笑，没搭理闻希这套奇谈怪论。

两个人说话之间已经走到学校门口，站岗的小警察似乎也和江砺认识，经过他的时候闻希看到江砺跟他遥遥点了下头。

江砺在校门边侧边的一堵墙下，侧过身看着一张脸被冻得红扑扑的闻希：“以后别翻墙了。”

“翻墙方便。”闻希随意地将额前的一缕碎发别到耳后，摆摆手，她并不想每次都借着余诗敏的关系进学校，何况她本来目的就不纯粹。

“你以为每次运气好都能遇见人给你解围？”又一次好心被当作驴肝肺，江砺有点不爽地哼笑，“还是你真想等你妈去警卫处领你？”

闻希顿了几秒，余诗敏那么一个为了面子可以维持着名存实亡的婚姻的女人，就算她真被抓住带进了警卫处，估计余诗敏也不会去领她，直接当作没她这个本来就不是亲生的女儿倒是很有可能。

“下次来我不会乱拍照了，也不会再给你惹麻烦了。”不想再讨论这个话题，闻希掩饰尴尬地笑笑，再开口是商量的语气，“警察哥哥，我请你吃顿饭吧？”

“不用。”江砺拒绝得毫不拖泥带水。

“我会觉得过意不去的。”闻希不死心。

“没必要。”江砺将一只手插进口袋里，有些慵懒地微倚在墙上，“举手之劳而已。”

闻希觉得江砺有时候就像一块硬石头，砸不烂敲不动的那种。

她深吸一口气：“那以后有机会再说吧。”

说这话的时候，闻希声音低了一些，听着有点委屈。江砺见不得闻希示弱的样子，觉得好像是他欺负了她一样，别开眼，他妥协似的极轻地点了下头，反正估计是没什么再交集的机会了。

江砺的动作像是给闻希刚刚缩了水的勇气又添了一小把柴，小姑娘眼底顿时又晴空万里，她笑得温柔：“以后肯定会有机会的。”

江砺模棱两可地“嗯”了声。

“对了警察哥哥，我叫闻希，‘但闻人语响’的闻，‘大音希声’的希，下次见哦！”

话落，也不等江砺反应，闻希顶着泛粉的耳垂朝江砺挥挥手，在江砺的注视下步伐轻盈地往 A 大走去。

03.

海城 A 大虽说是一所综合性大学，但服装设计专业一直是 A 大的口碑专业，当初填报高考志愿的时候闻洪海坚持不让闻希离开海城读书，闻希拗不过他，最后只能在权衡之下选了这个专业。

A 大的服装设计系也重视学生的美术基础，定期交绘画作业都是最基本的，好在闻希从小就喜欢画画，所以这两年书读得倒也还算顺心。

从海城公安大学回来的第二天，闻希和同学就跟着老师去了少数民族聚居的西南山区，收集非遗民族服饰的素材。

深山老林里，别说上网了，时断时续的信号就是顺顺畅畅给林烛打个电话都费劲，更别说有什么机会去江砺面前刷脸熟了。

是以整整两周，江砺都没在海城公安大学见到过闻希的身影。

闻希动身去西南山区的那周星期五，格斗训练的时候江砺习惯性地就往训练场边看，只是那棵光秃秃的树干后并没有温柔笑着的姑娘躲在那里，入目的就只剩下寒冬的萧瑟。

江砺有一瞬的失神,电光石火之间,赵一恺的拳风迅速扫过他的侧脸，准确地落在他胸口上，发出一声沉闷的声音。

“砺哥，想什么呢？”

赵一恺收回手，有点讶异，毕竟两人搭档训练了四年，每次他还没出拳套路就被江砺摸得明明白白,这还是第一次他在江砺面前小胜一次。

“没事。”江砺淡然地收回视线，“你最近进步挺大。”

赵一恺是个日常在各项训练项目的及格线徘徊的人，乍一听江砺说自己有进步，忍不住开始乐，只是乐了还没两秒，突然想到什么。

他用拳头在江砺的肩上撞了下，挤眉弄眼地问江砺：“砺哥，你该不是在想上次那个漂亮姑娘吧？”

第一次救闻希的时候，就是他和江砺一起执勤，当时看江砺应该也不认识人家姑娘，哪知没过两天就熟得能主动帮别人解围了。

赵一恺好奇得不得了，但是这两天任凭他怎么打听，都撬不开江砺的嘴。

江砺半个眼色都没给赵一恺，弯腰给两边腿上各绑了一个沙袋，利索地开始绕着塑胶跑道负重跑。

见直来直去行不通，赵一恺打算迂回一点，他追上江砺，换了副操碎心的老妈子语气：“其实砺哥你也老大不小了，为自己终身大事操心一下也是应该的。”

周围空气安静得有点诡异。

“我说真的，”赵一恺八卦起来没完没了，“那姑娘是真的好看，那身材看着也是一等一的，比起以前追你的那些妹子绝对甩她们几条大街，砺哥你要是把她拿下肯定是只赚不亏的……”

赵一恺只顾着自己念叨,丝毫没注意到前面的人什么时候停了下来，一直到鼻骨撞上江砺坚硬的背，才堵上他的嘴。

他捂着鼻子“哎哟”了几声。

江砺转身，无动于衷地看着一脸痛苦的赵一恺，偏偏赵一恺风雨欲来还不自知，他缓了几秒，继续没心没肺地问江砺：“砺哥你是不是也觉得我说得有道理？”

“有道理个屁。”江砺没好气。

“难不成这么好看的姑娘你还觉得配不上你？”赵一恺有时候是真不明白，江砺到底怎么能对着那些好看姑娘的攻势岿然不动的。

唯一的解释就是这人“眼高于顶”，作为江砺身边最好的兄弟，长得也不算硌硬人却常常无人问津的赵一恺其实内心有那么点不平衡。

看着赵一恺越说越过，江砺黑色的训练靴在他小腿肚子上不客气地踹了下，见他疼得龇牙咧嘴才算满意。

江砺眉目淡淡的，警告似的话也不知道是说给谁听的：“人家姑娘有男朋友了，别乱开玩笑。”

“你说真的？”

赵一恺有点蒙，江砺是怎么知道人家有男朋友的？不过等他反应过来的时候，江砺已经跑了小半个操场了，把他远远地甩在了后面。

闻希从西南山区回海城的时候，海城难得放了晴，暖黄的阳光洒在一望无垠的海面上，泛着莹莹的波光。

下飞机的一瞬间，闻希呼吸着温暖的空气，连那颗想见到江砺的心都雀跃了不少。

好不容易挨到江砺要训练的那一天，闻希午饭都没心思吃，精心收拾一中午后掐着点迫不及待就往公安大学跑。

一回生二回熟，所以这次闻希几乎是轻车熟路地就翻墙摸到了训练场。

来之前闻希特地往书包里塞了个速写本，上次手机拍照的事闹了个风波之后，照片她是不敢随便拍了，好在画了十多年的画，画点人物速写还是难不倒她的。

只是闻希抱着她的速写本在树干后站了好半天，都没看到江砺。

越等越没底，闻希甚至开始怀疑是不是上次她表现得太过主动吓到了江砺，以至于连她唯一可以见到他的这个体能训练都不来了。

有点丧气。

林烛又骗她，谁说男人都抵不过女人的糖衣炮弹的，江砺就偏偏油盐不进。

“小姐姐，找我们砺哥啊？”

闻希脑袋里正想着各种江砺消失的可能性，突然肩膀被人冷不丁地拍了下。

她倒吸一口冷气偏头，就看到一个笑得有点欠打的男生不知什么时候站到了她旁边。

看着闻希有点恼又有点茫然的眼神，赵一恺就知道这姑娘估计从没记住过他。他挠了下头，大大方方地自我介绍：“之前你打车遇到变态那次，和砺哥一起的，我叫赵一恺。”

被提醒之后，闻希隐隐约约有了印象，好像是每次见江砺都有个男生跟他走在一起，估计和他关系应该不错。

闻希朝着赵一恺礼貌地笑了笑，打了个招呼。

“所以小姐姐你真是来找我们砺哥的？”表明了身份，赵一恺没忘八卦的重任。

闻希犹豫了一下，还是点了头，她想知道江砺今天为什么没有出现在训练场。她问赵一恺：“江砺今天是不来了吗？我好像没看见他。”

赵一恺审视了姑娘两秒，看她的样子应该是看上江砺了，可是这么明目张胆地劈腿真的没问题吗？除了心疼江砺，他其实还有点心疼闻希的“现任男朋友”。

没回答闻希的问题，赵一恺的语气听上去带着点不屑：“你不是都有男朋友了，还来招惹我们砺哥做什么？”

赵一恺的问题没头没脑的，闻希被他质问得一脸蒙，想了半天都不知道他口中那个“自己有了男朋友”是什么意思。

但偏偏闻希这个样子落在赵一恺眼里就是被揭穿之后的心虚，他又加重了几分语气：“我们砺哥是正经人，没空和你玩那些网绿接盘的游戏，你长得再漂亮也没用。”

闻希：“……”

一直到赵一恺义正词严地发表完自己的“高谈阔论”，闻希才终于找到机会问出自己憋了老半天的疑问：“可以问一下，是谁说我有男朋友的吗？”

“砺哥亲眼见到的。”赵一恺底气十足。

江砺亲眼见到的？

她和江砺见面的次数几个手指都能数得过来，他哪儿亲眼见到的这个并不存在的男朋友？

垂眸想了半晌，闻希在赵一恺看戏的眼神里恍然大悟。

八九不离十是她被带到公安局余琛来接她的那次，江砺把余琛误会成了她的男朋友。如果真是这样的话，那后来她在江砺面前的主动，岂不是都被当成了厚颜无耻的“红杏出墙”？

闻希觉得眼睛涨得有点难受。

“江砺他误会了。”她迎上赵一恺的视线，努力地想要解释，“他之前见到的应该是我表哥。”

赵一恺：“？”

“是真的，我没有你们说的男朋友。”闻希顿了下才继续说，“可以请问一下江砺今天还来训练吗？我不太想他误会这样的事。”

活了二十多年，闻希坚持的原则就是别人爱怎么看她就怎么看，她一直觉得反正真正关心她的人自然不会道听途说，所有需要解释的事本身都没什么意义。

可是到现在她才发现，她以前只是没有遇到想要解释的人。

“你没骗人吧？”赵一恺将信将疑。

“要是你们实在不信，我可以叫我表哥过来一趟。”

人家姑娘话都说到这份儿上了，是真不像在撒谎。赵一恺简直觉得江砺是在搞他，弄得他现在尴尬得手都不知道往哪里摆。

见闻希真的摸出手机要打电话，赵一恺赶紧拦住她：“那个……可能就是砺哥他看错了。”

闻希还举着手机：“那江砺人呢？”

自觉理亏的赵一恺哪里还记得自己是江砺阵营的人，看着闻希一股脑就把江砺出卖了：“砺哥今天被叫去局里了应该不来训练，不过仙女小姐姐你是喜欢砺哥的吧？”

来找江砺和喜欢江砺完全是两个概念，毕竟面对着一个不怎么熟的人，闻希没承认，但也没否认。

不过赵一恺也不非要闻希承认，闻希不说话他就当她默认了。

“仙女小姐姐你放心，追砺哥的女生里就数你最好看。”他笑得爽朗，继续给闻希吃定心丸，“而且据内部可靠情报，你是唯一一个砺哥会主动帮忙解围的人，其他姑娘的心思一般刚冒头就会被砺哥扼杀在摇篮里，所以相信我，你是稳的。”

/ 第三章 /

警察哥哥，今晚可以赏脸赴约吗

01.

做了江砺这么多年的兄弟，直觉告诉赵一恺江砺对闻希应该有点不一样的感觉，兄弟上心的姑娘，他便自然而然地将闻希划进了自己人的圈子内。

以后要是江砺和闻希成了，他还得叫闻希一声嫂子不是，所以提前和闻希搞好关系，说不定以后江砺对他动粗的时候，还有人能帮忙说两句好话。

赵一恺是个没什么弯弯绕心思的人，又带着点自来熟。所以他觉得既然自己误会了闻希，说什么都应该请她吃顿饭以表歉意。

闻希推脱不过，只好应下。

是以晚上八点，闻希和赵一恺一同坐在了灯红酒绿的“清荷”时，她还觉得玄幻，莫名有种挖了江砺墙脚的感觉。

“清荷”是海城著名的酒吧，喝酒蹦迪听歌都行。

林烛就在“清荷”驻唱，她今天恰巧约了闻希过来喝酒。想到林烛不是外人，闻希索性带着赵一恺直接来了“清荷”，也免了他们单独相处的尴尬。

林烛还在忙，闻希便去了常去的卡座等她，叫酒保给自己点了杯没什么酒精的鸡尾酒，而给赵一恺则点了度数高一些的百加得。

酒一上来，赵一恺二话不说就跟闻希碰了杯："仙女小姐姐，今天真的是对不起了，以后要是有什么用得上我赵一恺的事，尽管吩咐。"

闻希被逗笑，她抿了一小口酒，才开口："你就叫我闻希吧。"

赵一恺干掉一杯酒后点点头，要不是打不过江砺，他都想直接叫闻希嫂子了。

等林烛期间，赵一恺和闻希有一搭没一搭地聊着，但基本都是赵一恺在说，闻希就安安静静地听着，偶尔听到好笑的地方就浅浅一笑。

不到半个小时，闻希基本就把江砺从大一到大四招惹的桃花了解了一遍，难怪她之前就听那个女警察说，江砺招小姑娘喜欢，还真是名不虚传。

想到江砺被那么多女人觊觎过，闻希心里就有点酸。

林烛结束工作过来找闻希的时候，赵一恺正好给闻希讲起他们以前实战训练的经历。

因为表演的原因，林烛穿着一件修身的黑色吊带连衣裙，腰部的镂空设计完美地将她的纤腰勾勒出来，五颜六色的霓虹灯照在她利落的短发上，看得有些不太真实。

看到林烛的瞬间,赵一恺到嘴边的话顿住,只知道傻愣愣地盯着她看。

和闻希淡雅的美不同，林烛的美带着一丝不易察觉的野性，和她这个人给人的感觉一样，像是一朵张扬美艳的罂粟花，越看越上瘾。

林烛在酒吧里待惯了，她又长得美，早就见惯了这样的眼神，而且下午闻希提前给她打了电话，说是要带个江砺的朋友过来，估摸着就是这人了。

闻希起身给赵一恺介绍："这是我闺蜜，林烛。"

一直到听到闻希细细软软的语调，赵一恺才回过神来，下意识擦了下嘴角边并不存在的口水，慌乱起身。

“你……你好，我是赵一恺。”

林烛笑着点头，微凉的指尖极轻地握了下赵一恺伸出来的手：“你好。”

酒吧里这会儿换了个歌手，唱着伤春悲秋的民谣，但似乎并不影响卡座这边的氛围。

坐下后，林烛兀自给自己倒了一杯百加得，她知道闻希没什么酒量，索性和这个看起来就憨憨傻傻的赵一恺喝。

从见到林烛的第一眼开始，赵一恺就觉得这是他梦中情人的样子，所以只要是林烛举杯他自然来者不拒，几乎是每碰一次杯他就豪爽地干掉一次。

推杯换盏，几杯酒的工夫，闻希见赵一恺已经喝红了脸，说话也开始大舌头。反观在酒场子里浸淫惯了的林烛，依旧眼神清明。

她拉拉林烛的手，和她咬耳朵：“阿烛，这么灌一个未来的警察同志不太好吧？”

林烛张扬地笑了笑，给闻希一个安心的眼神：“一个大男人喝点酒有什么。”

这句话林烛说得有些大声，赵一恺听到了，赶紧表明立场：“虽然我酒量不如砺哥，但也不是一杯倒的人。”

接下来的时间，闻希就像个局外人一样，有点头疼地看着林烛和赵一恺喝了一杯又一杯。

快结束的时候，赵一恺已经喝得有点高了。

林烛也还算知分寸，没打算扔下赵一恺不管，她耐着性子问他：“你等会儿回哪里？”

“回家。”赵一恺家在海城，周末不实习的时候都回家。

“能自己回去吗？”林烛看着都快瘫在自己旁边的一坨，有点后悔抓着他喝酒了，“你家在哪里？”

赵一恺凭着记忆报了一串地址。

“是不是离你家挺近啊？”闻希对地理位置没什么概念，唯一熟一点的就只有学校、自己家和林烛家附近了。

林烛点头。

何止近，根本就在她租的房子隔壁小区，而且还是个房价令人咂舌的高档小区。

“那要不你顺路捎他回去？”好歹是江砺的兄弟，现在还是盟友，闻希不太放心赵一恺自己一个人回去。

“那你呢？”

“我回学校，明天要交前段时间出去采风的素材稿。”

“太晚了你一个人怎么回去？”林烛担心上次打车事件会再发生，毕竟天有不测风云，这种事谁也说不准。

“可以让砺哥送。”

赵一恺突然从沙发上坐起身，打破了闻希和林烛的僵局，不等两个人反应过来，他就拿起桌上的手机拨了个号出去。

“砺哥。”那边应该接得挺快。

听到这两个字的时候，闻希心里紧了一下，她下意识就侧耳，但酒吧里的噪音不小，根本听不清电话那头说了什么，只能靠着赵一恺的话来猜测江砺的反应。

“砺哥，我出来玩钱包丢了，你能不能江湖救急一下啊？”赵一恺这反应根本不像喝了好几瓶洋酒的样子，“这里只能付现金，我结不了账。”

林烛揽着闻希的肩笑得风情万种：“这个小警察挺有眼力见。”

赵一恺还在和江砺通电话：“我就知道你不会放弃兄弟的，我等下微信发你地址。”

挂了电话，他邀功似的看着林烛：“成了。”

林烛在赵一恺的肩上轻轻拍了下，在他充满期待的眼神中极给面子地夸他：“挺厉害！”

三个人穿好外套慢悠悠地走出“清荷”，冬夜里的风一吹，身上的酒气顿时散了不少。

赵一恺是个话痨，只要有他在的地方好像就没冷场过，不过闻希这会儿的心思根本不在这里，满心只有等下要见到江砺这事儿。

十多分钟后，一辆低调的路虎揽胜停在路边。

赵一恺见到那辆路虎揽胜的第一眼，就迫不及待地挥手，扯着嗓门喊：“砺哥，这边。”

透过副驾降下来的车窗，闻希看到了江砺冷硬的侧脸，在他偏头的一瞬间，两个人的视线在空中对上。

闻希害怕被他看穿了他们的把戏，飞快地躲开了他的视线。

江砺很快停好车，拿着车钥匙朝这边大步走来。

今天他没穿制服，一件白 T 外随意地搭一件黑色夹克，下身是黑色的运动裤，配一双干净的白色运动鞋，看上去阳光得不行。

连林烛都忍不住在闻希身后轻掐她腰上的细肉，压低声音：“崽儿你眼光比姐姐我好啊。”

说真的，林烛觉得自己那么多前任，真没一个能比得上江砺的姿色。

等江砺走近，赵一恺哥俩好地搭着他的肩，把一早就和林烛一起想好的说辞搬出来：“砺哥我给你讲，这个世界真的小，刚刚遇到熟人，闻希小姐姐好心地帮我结了账。”

“都认识的吧？”赵一恺指着闻希，“就上次张放为难她你还给人家解围了。”

江砺顺着赵一恺的手看向闻希，这是他今晚上第一次认真瞧她。

察觉到江砺的视线，闻希不太好意思地笑了笑：“那个……是挺巧。”

“砺哥，给你说个事儿。”见江砺不说话，赵一恺重新把话头拉回来。

“说。”也不知道江砺看穿没有，至少从他的语气里闻希听不出喜怒。

“这是闻希小姐姐的朋友林烛，刚刚随便聊了两句，她家和我家的小区就隔一条马路，刚好顺路。”

赵一恺说话的时候，江砺打量了林烛一眼，礼貌地点头示意。

“但是闻希小姐姐要回学校，刚好你开了车就顺路送人家姑娘一下吧？”说完似是怕江砺拒绝，赵一恺赶紧补充，“你看上次她一个人打车多危险？我们人民警察不能置群众于危险之中不顾吧？”

江砺算是听明白了，合着这赵一恺是帮着闻希设了个圈套等他跳。

他没说话，随意地把玩着手里的车钥匙。

在紧张的催化下，闻希刚刚喝下去的酒这会儿有点上头，江砺的反应落在她眼里让她觉得沮丧，果然有些东西是勉强不来的。

或许赵一恺根本就是感觉错了，她在江砺那里和那些以前被他拒绝过的女生一样根本就没什么特别的，唯一的不同可能就是他认为她是个朝三暮四的女生吧，都有了“男朋友”还招惹他。

咬着唇，闻希闭了闭眼。

再睁开，她大大方方地看着江砺：“算了吧，我自己可以……”

“回去”两个字还没有说完，就被江砺低沉的嗓音打断。

他看着闻希，话却是对赵一恺说的：“我送她。”

02.

“我送她。”

闻希望着比自己高出一个头还要多的江砺，把这三个字拆开揉碎，在心底默默念了好几遍。

刚刚心里的闷气忽然间就烟消云散了。

江砺微微偏头，扬唇无声地笑了下，明明刚刚还一副老死不相往来的样子，这会儿眼底的笑意都快藏不住了。

小姑娘好像挺容易满足。

见闻希半天没有反应，林烛都替她着急，忍不住帮她应下：“江警官，那我们家希希就交给你了。”

“阿烛。”耳朵有些发烫，闻希拉住林烛，示意她别乱说话，“这样太麻烦警察哥哥了。”

“为人民服务，不麻烦不麻烦。”赵一恺赶紧接过话，用手肘撞了下江砺，“你说是吧，砺哥。”

江砺不动声色地敛了笑，将视线重新落在闻希身上，在赵一恺暧昧的眼神里淡淡开口：“来都来了，也不差送你一趟。”

闻希很轻地“哦”了声，小心翼翼地往江砺身边移了一步，和他站在了同一边，这样的场景，有点像一对儿。

“江警官、希希，拜拜！”目的达到，林烛娇俏地朝闻希眨眨眼，很有眼力见地拉着赵一恺去另一边打车。

等目送那两人上了车，江砺才朝停车场扬扬下巴：“走吧，车在那边。”

“那个……”就剩两个人了，闻希反倒有点尴尬，明明有挺多话想跟江砺说，却不知道该怎么开口。

江砺一面往前走，一面留意着闻希的动静，见她一副欲言又止的模样，也不催她。

这个时间正是酒吧、夜店生意最好的时候，和公路那边灯红酒绿的浮躁不同，停车场里安安静静的，每一辆车都像一只蛰伏在黑暗里耐心等待着主人归来的小兽。

穿行在车辆之间，闻希甚至隐隐能听到江砺轻浅的鼻息。

江砺的车停得不远，解了锁，他绅士地替闻希拉开副驾的门。

闻希看了江砺一眼，像只兔子似的迅速上了车，在江砺要关上门的前一秒，她出声叫住他：“警察哥哥。”

江砺挑眉。

“我有话想和你说。”这句话像是花了很大的勇气，说完闻希长长地呼出一口气。

“上车说。”

话落，江砺“砰”的一声关上门，绕过揽胜的车头，坐到驾驶座上。

降下车窗，他从中控台的小抽屉里摸了一支烟出来，没点燃只是随意地夹在指间。

做完这一切，他这才看向闻希："有话就说吧。"

"那个……"闻希有点犹豫。

狭小的空间里，江砺忽地笑了笑，他轻摇了下头，对闻希说："你有话直说，警校都是一群糙老爷们儿，我没跟女孩子相处过，猜不到你们在想什么。"

"其实，我没有男朋友的。"

江砺摸打火机的手顿了下，他没想到闻希要说这个。

闻希打量了一下江砺的表情，继续解释："你之前看到那个来公安局接我的，是我舅舅的儿子，我叫他表哥的。"

微凉的风从降下的车窗吹进来，将闻希的话一个字一个字吹进江砺的耳朵里，有点痒，连带着心都痒了。

她说她没有男朋友。

心里忽然就被搅乱了，一时间不知道该说些什么，江砺将烟重新扔回中控台，淡淡地"嗯"了一声。

一旦开了头，闻希也不再畏首畏尾，她侧了身，面朝着江砺："我不太想你误会这个。"

难熬的安静。

一秒，两秒，三秒……

也不知道过了多久，江砺忽地抬手轻轻覆在闻希的眼睛上，将她那双望着人时总是湿漉漉的眸子挡住。

再开口，他嗓音微哑："知道了。"

许是常年训练的原因，江砺的掌心有一层薄茧，触在闻希微凉的皮肤上有些粗糙，似乎还带着淡淡的香烟味道。

闻希怔了一下，却没有抬手挪开江砺的大掌。

"那你以后别误会我了。"她声音软得像是糯米糍里甜腻的馅儿。

感受到掌心里闻希小刷子似的睫毛轻轻扫过，飘飘忽忽的，江砺这才意识到自己刚才好像有点冲动，在大脑做出反应之前身体已经本能做出了选择。

射击格斗擒拿样样拔尖的人，就这样被一个小姑娘轻轻松松拿捏住了，除了无尽的夜色，没有人知道他的脖颈微微泛着红。

半晌，江砺轻咳一声，不太自在地收回手搭在方向盘上。

发动车子，江砺说：“先送你回学校。”

一般的大学，非本校工作人员的车辆都禁止入内，尤其是晚上的门禁更严。

江砺在A大门口找了个停车位，泊好车后跟着闻希下了车。

“校门离寝室远吗？”在闻希之前，江砺先开口。

这里是A大的南门，算是离闻希寝室最近的一个门了，正常走路不超过十分钟就能走到。

闻希下意识就想说“不远”，但话到嘴边，她突然拐了个弯：“没多远，但是有点黑。”

江砺轻笑：“那我送你进去。”

A大和隔壁海城公安大学的规整肃穆不同，闻希以前看过校史，据说A大刚修建的时候，校领导特地请了国内著名的园林景观设计师为A大设计，是以从校门进去，除了一条环校大公路，基本都是曲折的石板路。

闻希和江砺并肩走在路上，两个人都不是多话的人，没人开口，却也安静得恰好。

偶尔，闻希会悄悄偏头，看一眼身旁的人，然后在夜色里悄悄弯弯唇。

江砺把闻希送到寝室楼下，望了眼跟前星星点点亮着灯的寝室楼，说：“应该快门禁了，你上去吧。”

周围还有学生陆续从外面回来，闻希和江砺都是那种格外引人注目的人，每个经过他们的人都忍不住回头看上两眼，认识闻希的，再带上一脸八卦的笑容。

闻希被看得有点不自在。

她抬眸迎上江砺的视线，轻声应下："今天麻烦你了，你回去的时候注意安全。"

江砺点头。

一直到闻希的背影消失在寝室楼里，他才慢慢收回视线，从夹克外套的口袋里摸出刚刚一直没有点燃的烟。

点燃，半眯着眼吸了一口。

寒风呼啸的夜里，江砺安静地站在闻希的寝室楼下，深邃的眸子里看不出情绪，一直到指间的烟燃尽，他才回了神，转身离开。

闻希回寝室的时候，雷佳和张依依还没睡。

见闻希开门，雷佳从手里的设计稿中抬起头，朝她笑了笑："回来啦？"

虽说和雷佳算不上亲切，但她每一次说话都和和气气，所以在寝室里闻希还能和她说上几句话。

"今天回来有点晚了，还担心你们都睡了。"说话的时候，闻希将背着的挎包随意挂在衣柜门上，略带嫌弃地脱掉身上带着酒气的外套。

"年轻人谁睡那么早。"雷佳将手边的几盒包装精致的纸杯蛋糕顺手递给闻希，"喏！给你。"

闻希顺势接过："什么啊？"

"是你爸下午叫人送来的。"雷佳意味深长地打量了闻希一眼。

纸杯蛋糕的包装上有一个烫金的花体英文标志，闻希低头去看，是她挺喜欢的一家甜品店做的，而且这家店的东西不算便宜。

她和林烛偶尔会去吃，光这纸杯蛋糕，一盒就得上百。

"我看好像还给周围几个寝室都送了。"

周围几个寝室的人都是服装设计系的，平时上课低头不见抬头见。

下午的时候，几个西装革履的男人被宿管阿姨领进寝室楼，从闻希的寝室开始一个门一个门地敲，每送一个寝室还不忘说一句"闻希爸爸很感谢你们对闻希的照顾”。

“有钱人就是大手笔，”张依依在阳台上晾衣服，忽然阴阳怪气地插了一句嘴，“随随便便送的东西都是我们一般人吃不起的。”

隔着十来步的距离，闻希没什么情绪地瞥了她一眼，没搭理她。

从进学校开始，闻希就很低调，几乎在学校里连朋友都很少交，也从不会和人谈起自己的身世。

寝室的人知道她是闻家大小姐，还是因为闻家在海城实在出名，加上闻洪海喜欢在社交媒体上抛头露面，所以随随便便检索一下都能查出她的身份。

只是外面的人都觉得她是光鲜的闻家大小姐，没人知道她其实是闻家上上下下都看不起的私生子，包括闻洪海在内。

而这件事，她只告诉过林烛。

闻希盯着手里的纸杯蛋糕看了几秒，随手丢在了书桌上。

她拿着手机出了寝室，在门阖上的前一秒，她隐隐约约听到张依依说了一句“大小姐脾气还真是大”。

她嘲讽地扬扬唇，靠着墙拨了个电话出去。

“爸爸。”

“希希，忙完了？”

闻洪海的语气难得和善，闻希皱了下秀气的眉：“你今天叫人给我同学送东西了？”

许是闻希的语气太直接，电话那头顿了两秒，才答道：“你说那些小点心啊？爸爸平时生意忙对你的关心不够，多亏了你同学关照你，谢谢人家是应该的。”

“你以后别做这种事了。”闻希心里堵得慌。

“我是为你好，又不是什么值钱的东西，你别想那么多了。”闻洪海的声音拔高了一些，带着点不耐烦。

“我……”

不等闻希说完，闻洪海打断她：“爸爸这两天出院也没见你关心一下我，明天周末了，晚上回家来吃饭。”

“我明天学校有事。”

“周末了学校能有什么事？请你回家都请不动了？”

闻希冷笑，果然闻洪海的好爸爸形象装不过三十秒。

见闻希迟迟不应，闻洪海继续说：“你自己看着办，你要是不回来我就亲自去学校请人。”

闻洪海说罢也不顾闻希的想法，兀自挂了电话。

03.

一夜无眠。

连助眠药都没有作用。

怕吵到雷佳和张依依，闻希一整晚保持着同一个姿势，掌心捏着那颗黑色的纽扣。

早上不到六点的时候，闻希放在枕边的手机屏幕亮了下。

她小心翼翼地拿起来，躲进被子里划开，一条微信新朋友添加的验证消息躺在手机里。

是一个浑圆的柯基屁股的头像，昵称是恺斯基。

验证消息写着：闻希小姐姐，我是赵一恺。

闻希抿唇笑了下，这个头像还真挺符合赵一恺的气质。

她点了通过，那边很快发了三个感叹号，不等闻希敲字，赵一恺的消息又迅速发了过来。

【恺斯基：我去！！！】

【恺斯基：闻希小姐姐你怎么起这么早？】

隔着屏幕，闻希都能想象得到赵一恺那震惊的生动表情，她手指飞快地在屏幕上点了几下。

【哦：习惯了。】

【哦：你不是也起得很早？】

赵一恺回了个丧到家的表情包。

【恺斯基：别说了，砺哥为了报复我昨天“叛变”的事，天没亮就打电话说在我家楼下等我晨练。】

闻希突然就对赵一恺有点歉意，但更多的是觉得这样“蓄意报复”的江砺，好像和她认识的那个正义凛然的警察哥哥不太一样，似乎有点可爱？

【恺斯基：昨晚喝多了忘给你砺哥的手机号了。】

昨天赵一恺特别贴心地要了闻希的微信号，说是加好友以后发送情报方便，没想到这才第一天，就要给闻希江砺的手机号了。

混沌了一晚上的脑子有些蒙，她还没反应过来就看到赵一恺发了一串手机号码。

【恺斯基：上面是砺哥的手机号，微信号也是这个。】

【恺斯基：我先出门了，不然我怕砺哥杀到我家来。】

和赵一恺匆匆说了再见，闻希盯着那串数字发呆，她之前一直想要江砺的电话号码，第一次见面就想要，可这会儿到手了又不知道该怎么办了。

就像是临上阵的战士，敌人的枪炮都打到跟前儿了，自己却尿了。

纠结了将近一个小时也没纠结出个所以然。

室友已经开始陆陆续续起床，见闻希还没动静，雷佳轻轻叫了她两声，闻希这才深吸了两口气，甩开脑子里那些乱七八糟的东西，起床洗漱。

之前闻希她们去西南山区收集的非遗民族服饰素材，学院要求每个学生整理并画一份设计稿，而且要求设计稿中必须具有民族元素。

而这份设计稿，关系到期末成绩。

服装设计系一个年级一百多人，每个人都要在报告厅的讲台上，当着全年级同学和专业课老师展示自己的设计稿，顺便说一下设计灵感设计思路。

早上八点开始，等一圈轮下来已经下午一点多了。

在报告厅里，闻希手机调了静音，等结束的时候，手机躺了三个未接电话，全是闻洪海打来的。

还有一条短信。

是问闻希什么时候回去的。

正看着短信，闻洪海的电话又打了过来。

闻希接起："爸爸。"

闻洪海语气不太好："你现在电话都敢不接了？我养你到这么大翅膀硬了？"

这才是闻洪海对她惯有的姿态。

闻希的情绪没什么起伏，语气依旧淡淡的："我今天上午有报告会，静音了。"

闻洪海没搭理闻希的解释，发号施令一般："三点，我安排了司机去学校门口接你，别乱跑。"

挂上电话，闻希盯着灰蒙蒙的天空，闭了闭眼。

被司机送回家的时候，闻希没见着闻洪海，只有余诗敏在客厅看电视。

听到动静，她没什么表情地转头看了闻希一眼。

"妈妈。"闻希叫了她一声。

余诗敏点点头，指着茶几上放着的包装精致的礼盒："你爸让你一会儿吃晚饭之前换上。"

闻希顿了下，问："今天有客人吗？"

"不知道。"余诗敏似是不想再和闻希多说，重新将视线转回了电视屏幕上。

闻希也不自找没趣，抱着那个礼盒回了卧室，连拆开的心思都没有，随手扔在一边，然后将整个人摔进柔软的床里。

整整两天一夜没睡，闻希一沾床就迷迷糊糊地睡了过去，却始终睡得不安稳，朦胧之间脑海里不停地有各种片段闪过。

起初她看到的是很小的时候，生母不停带陌生男人回家的画面，后来一闪又看到了闻洪海和余诗敏将她接回闻家，再后来是余琛带着她和那些骂她私生子的小孩打架，最后她看到了一片混沌的泥泞里江砺朝她缓缓伸出手……

也不知道过了多久，闻希隐隐约约听到好像有人在敲门。

像是梦魇了一般，她只觉得眼皮沉重得根本睁不开。

敲门的声音一直持续着，被扰得头疼，闻希挣扎了好半晌，才勉强从床上爬起来，摸索着去开门。

一开门，刘姨的声音就炸响在耳边。

“希希，客人来了，先生在催你下去。”刘姨说完就要走，刚走了两步似是想起什么，又返回来指了下闻希扔在地上的礼盒，“先生让你把衣服换上。”

“知道了。”等刘姨离开，闻希冷着脸关了门。

被这么一吵，她倒是清醒了不少，揉了下惺忪的睡眼，捡起地上的礼盒。

拆开，礼盒里面是一件露背的浅蓝色丝绸长裙，盒子侧壁还有几片干花瓣点缀着，看样子这件高定应该花了闻洪海不少钱。

没什么兴趣，也不是她的风格，闻希将礼盒盖好，洗过澡随意套了件黑色卫衣就出了房间。

灯火通明的客厅里，几个人围坐在一起聊着天，除了闻洪海和余诗敏，还有一男一女两个中年人，以及一个看上去吊儿郎当的年轻男人，这会儿正跷着二郎腿在那里打游戏。

闻希下楼的时候，几个人一齐抬头看向她。

她注意到，闻洪海在看到她的穿着时明显一愣，接着便是带着指责的目光。

“这就是希希吧？”还是那个中年女人先打破了尴尬的沉默，“都长这么漂亮了，真的是女大十八变。”

“我瞧着还和以前一个模样。”闻洪海很快收了眼里的愠色，满脸和蔼地招呼闻希，“希希，过来叫人，这是你陈伯伯和李阿姨，也是爸爸的合作伙伴。”

这种场合从小到大闻希真没少见，闻洪海无非就是想在外人面前装个父慈子孝的场面而已。

她走过去，规规矩矩地叫人。

在没完没了的客套话之后，本来以为吃顿饭今晚上也就过去了，哪知闻洪海突然把闻希带到了那个年轻男人面前。

他介绍道：“这是陈伯伯和李阿姨的儿子，陈明达。”

从刚刚下楼开始，闻希就察觉到这人的视线若有似无地往自己身上飘，有点轻浮，让人很不舒服。

“久仰闻小姐大名，幸会。”陈明达起身，朝闻希伸出手。

闻希对陈明达没什么好感，她瞥了眼他伸出来的手，没动。

“希希，别任性。”闻洪海警告似的叫了她一声。

闻希这才不情不愿地伸了手，她本想礼貌性地碰一下就松开，哪知她碰到陈明达手的瞬间却被反手握住，迟迟不放。

看到闻希不悦的表情，陈明达甚至嬉笑着朝她挑挑眉：“闻小姐是真的好看，果然百闻不如一见，闻叔叔说得不错，我们一看就很合得来。”

他这话表面上是在夸闻希，可是说出口却变了味，然而周围的人就像没听见一样，极有默契地转了身，聊起了别的话题。

这个时候闻希终于知道，闻洪海迫使她回来吃饭的目的了，合着他是想给她相亲，来一出商业联姻的大戏。

闻洪海不愧是一个商人，这门亲事要真成了，估摸着他这几年养她的钱连本带利都会赚回来。

闻希一瞬间突然就对闻洪海失望透顶。

虽然从小她就知道闻洪海不是真心想养育她这个女儿，但毕竟他给了她饿不着冻不着的生活条件，所以平日里闻希也很少忤逆他，在各种宴会上乖巧地扮演着闻家大小姐的角色。

但那都是在不违背她原则的情况下。

可是今天不一样了，既然闻洪海连最基本的尊重都不给她，那她也没必要再逆来顺受。

她眉眼一凛，对着陈明达冷声开口：“松开。”

闻希的声音有些大，刚刚才转过脸的几个长辈闻声重新看向他们。闻希看见闻洪海带着尴尬与歉意朝他的合作伙伴笑了笑，解释道：“闻希从小被我宠坏了，让你们见笑了。”

似是怕闻希再做出什么出格的举动，他上前拉着闻希往书房带：“走，陪爸爸去给陈伯伯拿两瓶我珍藏的好酒出来。”

闻希讥讽地弯弯唇，跟在闻洪海身后。

书房门一关，如闻希所料，闻洪海敛了那副慈父的表情，很快换上一副厉色：“我让你回来吃顿饭你就是这么给我甩脸子的？”

“你确定只是想让我吃饭？”这是闻希第一次质问闻洪海。

“你……”闻洪海显然被噎住，不过在商场上纵横多年的人很快恢复自然，“你这么大了我替你操心一下终身大事有错？陈家比我们闻家只会更富有，我还能亏待你不成？”

“不需要。”闻希直视着闻洪海，“我不信你看不出来，陈明达是一个只会吃喝玩乐的社会寄生虫。”

“啪”的一声，一记耳光落在了闻希脸上，细嫩的皮肤上很快浮现出一个手印。

伴随着耳光，是闻洪海压低了的怒吼：“你要是不好好和陈明达相处，你就给我滚出闻家！”

闻希蓦地就笑了，而且越笑越大声。在闻洪海疑惑的眼神里，她果决地应了句“好”，也不顾闻洪海什么反应，捂着半边脸头也不回地冲出了闻家的别墅。

凛冬的寒风吹在身上，闻希只穿着一件单薄的卫衣，很快身上就被

冻得没什么温度。

但偏偏脸上又火辣辣地疼着。

闻希漫无目的地在街上走着，好像除了她，所有人都热热闹闹的，似乎她天生就和这个世界格格不入。

人来人往的街上，有不少人在卖花和各种小玩意儿，她抬头，就看到一个高个子男生拥着一个笑得美目盼兮的女生，男生从小贩手里买了束玫瑰送给女生。

两个人笑着向闻希迎面走来，擦肩而过的时候，闻希听到男生说了句“圣诞快乐”。

怔了一瞬，闻希才意识到今天好像是平安夜。

心念微动。

她想到了早上赵一恺发给她的电话号码。

这回闻希没有犹豫，很快拨通。

她蹲在广场的花台边上，听漫长煎熬的“嘟”声响了很久，久到她以为江砺不会接的时候，听筒里蓦然响起一声低沉的“你好”。

就像是下午她做的那个梦，江砺穿过一片没有希望的混沌，朝她缓缓伸出手，那一瞬间，她觉得生活好像也不是那么悲哀。

闻希弯了弯唇。

“警察哥哥，你上次答应过我的，说下次有机会让我请你吃饭。

“你不会骗我的吧？

“那请问警察哥哥今晚可以赏脸赴约吗？”

/ 第四章 /

警察哥哥，我可以加你微信吗

01.

没有意识到的时候不觉得，一旦意识到今天是平安夜就仿佛全世界都充斥着过节的气氛，就连商场里洒出来的暖黄灯光，看上去似乎都比平时温暖许多。

挂了电话，闻希抱膝蹲在花台边上。

和她隔着几米的地方，有一个头发花白的老婆婆摆了个卖苹果的小摊，明明每个苹果看上去都饱满圆润，却始终无人问津。

她突然就想起外婆了。

到闻家之前，闻希大部分时间都是和她一起度过的，老人没有工作，就靠着纳鞋底去卖维持祖孙俩的日常开销，可是她已经十多年没有见过老人了，也不知道她现在过得好不好。

江砺停好车，找到闻希说的地方时，就远远看到小姑娘缩成一团在那里蹲着，本就纤细的人，穿得那么单薄，像是不怕冷似的。

他接到闻希电话的时候，刚从局里加完班，听到闻希温软的声音混着电流传进耳朵里，意料之外也是意料之中。

不用想都知道，闻希手里有他的电话十有八九是赵一恺给的，但他难得地不反感。

闻希在电话那头问他“能不能赏脸赴约”，以往有女生这么问的时候，江砺多半是直接拒绝，可是话到嘴边，却鬼使神差地问了句“你在哪里”。

问完江砺才意识到，好像从第一次见面开始，他就拒绝不了闻希的要求。

小姑娘顿了几秒，很快给他报了一串地址，海城滨海广场的雕塑下。

闻希很快也看到了江砺，扬起笑脸朝他挥手。

迎着闻希的视线，他快步走过去。

走近了江砺才看清闻希的脸上赫然一个刺眼的手印，也不知道打她的人用了多大的劲。只是闻希不说，他自然也不会主动去问，何况他也没有合适的身份过问。

“这么快，我还以为会等你很久。”闻希仰头去看他。

她抬起头的时候，被周围华丽的灯光映着，双眸晶亮晶亮的，像是藏着一片浩瀚星河。

江砺觉得心底某个地方被什么东西轻轻地挠了下，他轻咳一声，才说：“我离这儿挺近。”

闻希乐呵呵地“哦”了声。

两个人一蹲一站，蹲在花台上，闻希才堪堪到江砺腰窝的高度。

安静了片刻，闻希突然倒吸一口冷气，朝江砺伸出手：“江砺，我的腿麻了。”

江砺印象中，这是闻希第一次叫自己的名字。

他的名字是爷爷起的，老人家是抗战老兵，为国家扛过枪上过战场，骨子里带着浩然正气，是以孙子一出生老人家便希望他能顶天立地砥砺前行，所以单名取了一个“砺”字。

虽说是个硬气的名字，但闻希娇娇软软地叫起来，却一点都不违和。

他垂眸看着闻希，她看起来可怜兮兮的，像一只小流浪猫。

见江砺不动，以为他是不信，闻希摆出一副十分真诚的表情：“我没骗你，我腿真的麻了，刚刚蹲太久了。”

“没人说你骗我。”江砺轻笑。

说着，他从大衣外套口袋里抽出手握住闻希，微一用力就将人提溜了起来。

闻希的手跟冰块似的，那温度连江砺这种常年锻炼的人碰着都觉得刺骨，他皱眉，冷成这样也不知道找个避风的地方等着。

江砺顺势扶着闻希跳下花坛，不动声色地往风口站了站，尽量替她挡着夜里的寒风。

闻希一边揉着酸胀的小腿，一边随意问江砺：“你等会儿想吃什么？”

“都行，你选。”江砺从小没娇生惯养过，又在警校磨砺了这几年，就没挑食那毛病。

瞥了眼身后的商场，闻希有点茫然：“可是我不知道你喜欢吃什么。”

江砺笑：“按照你想吃的选。”

纠结了半晌，闻希最后还是决定请江砺吃火锅。想到火锅暖身子，江砺也没什么意见。

两人一齐往商场走，经过那个卖苹果的小摊时，闻希弯腰选了两个苹果，问老人家：“婆婆，这两个苹果多少钱？”

“十块。”老人颤颤巍巍的手比了个数字“十”，然后应该是见闻希面善，便小心翼翼地和她商量，“小姑娘可以用现金支付吗？支付宝和微信的钱都转到儿子那里，我拿不到。”

闻希本来都已经拿出手机准备扫码了，一听老人家这么说，顿时觉得有点心酸。但是她从家出来连外套都忘了穿，除了一直拿着的手机，浑身上下哪里搜得出一毛钱现金。

见老人有些期待地看着自己，闻希只得捧着苹果转身去看江砺。

她眼睛里带着点讨好的意味：“江砺，你可以请我吃个苹果吗？”

“可以说不可以吗？”又来了，这个人总是喜欢说反话。

闻希轻哼一声，自顾自地往他手里塞了个粉红色盒子装着的苹果，说：“不可以说不可以。”

“小伙子，给你女朋友买一个吧，平安夜要吃苹果才会平平安安。”

老人家显然是误会了两个人的关系，闻希担心江砺听了会不高兴，赶紧要解释：“婆婆你误会了，我们不是……”

她话没说完，眼前突然就横了个黑色的钱夹，抬眸就看到江砺挑眉看着她。

没说出口的话全部堵在嗓子眼，她觉得自己有点没太懂江砺的意思。

见闻希发愣，江砺顺势接过她手上的另一个苹果，把钱夹递到她手上，说话时低沉的声音里带着明显的笑意：“付账，不然说不定我等下就反悔了。”

“我给吗？”

“钱夹都在你手上了。”

得到肯定的答复，闻希小心地从钱夹里抽出一张十元的人民币递给老人家，然后将钱夹放回江砺的外套口袋里。

她捧回属于自己的那个苹果，说：“谢谢你的圣诞礼物。”

江砺没说话，但他看得出来，闻希是真的因为这个苹果发自内心地高兴着。

吃火锅的时候，闻希怕江砺觉得吵，特意选了个清净的包间，两个人偶尔说几句话，一顿饭吃下来倒也一点不觉得尴尬。

而且闻希发现，几乎一直都是江砺在下菜，她除了吃几乎没怎么动过手，虽说很有可能是江砺的家教使然，但闻希莫名有一种被他放在心上的感觉。

吃完火锅走到商场门口时，看见闻希身上单薄的卫衣，江砺忽地抬手拉了下她的胳膊。

他指着一旁供客人休息的桌椅，淡淡开口：“你在这儿等我，我去把车开过来。”

闻希怔了一下，乖乖点头。

江砺开的还是那辆路虎揽胜，家肯定是不想回的，闻希也不想回寝室，索性让江砺送自己去了林烛那里。

到了林烛家楼下，闻希没急着下车。

她解了安全带，侧过身子看着江砺，问他：“警察哥哥，我可以加你微信吗？”

叫了一晚上江砺，这会儿又忽然改回了警察哥哥。

江砺慵懒地靠在椅背上，骨节分明的手指有一下没一下地敲着方向盘，开口时声音里带着点无奈：“我不太用微信，忙起来没时间看消息。”

他说的是实话，学校里上课训练，没见哪个人时时刻刻都在玩手机，至于到了局里，出起任务那就更是连碰手机的时间都没有。

“我保证不会打扰你的，你要是真忙不用搭理我。”

闻希是觉得她和江砺现在这关系，要是真天天电话轰炸他，好像又有点怪怪的，唯一的办法就是加个微信，每天发两条消息，别让江砺忘了还有她这个人。

小姑娘都这么说了，江砺要是再拒绝，倒显得他小家子气了。

他妥协地点点头，朝闻希打开微信界面的手机抬抬下巴：“微信号就不用我告诉你了吧？赵一恺手机号都给了，应该不会蠢到微信号都没给你吧。”

闻希：“……”

整个晚上江砺一直没问她是怎么有他手机号的，她都快忘了这茬儿，合着他是在这儿等着她呢。

眨了眨眼，闻希索性决定装傻。

江砺嗤笑，他要真想和闻希计较还用等到现在，黄花菜都不知道凉了好几百回了。

见闻希左顾右盼就是不敢看自己的样子，他直接拿过闻希的手机，轻点了几下，很快他扔在中控台上的手机就收到了一条验证消息。

将手机还给偷笑的人，江砺顺手解了车锁，叮嘱闻希：“回去吧，记得喝点热的。”

02.

毫无意外的，吹了一晚上冷风的人，第二天就病倒了，还是发烧鼻塞嗓子疼一样都不缺的重感冒。

稍稍一动，全身上下都疼。

林烛一个人单惯了，没什么照顾人的经验，闻希又不肯去医院，拗不过她，林烛只好由着她混混沌沌在床上躺了一整天。

快傍晚的时候，闻希的烧还没退下来。

林烛原本要去“清荷”，但放心不下闻希一个人在家，只好和酒吧那边的经理请了假。

她站在闻希床边，有点茫然，闻希这个样子拖下去肯定是不行的。

赵一恺的电话就是这个时候打进来的。

“林烛，你今天要去上班吧？这个时间下班高峰期，我刚好在你家楼下就顺路送你过去吧。”

前晚在酒吧除了和闻希交换了联系方式，赵一恺顺道也要了林烛的电话，林烛当时没当回事，也就给了他。

可是从昨天到今天，赵一恺逮着空就给她发微信，这会儿电话都打上了。

林烛不是不知道赵一恺的意思，无非就是看上她了，搁以前她倒是不在意这些，谈着玩玩也不是不行。可是赵一恺看起来就不是那种玩得起的人，而且她知道闻希对江砺认了真，赵一恺又和江砺关系那么好，要是她以后真把赵一恺伤到了，闻希夹在中间岂不是很难做人？

林烛心里烦躁：“我今天不去上班了。”

“你怎么了？不舒服吗？”赵一恺字里行间都是关切。

“没事，闻希病了我要照顾她。”林烛顿了下，还是选择和赵一恺说明白，“我习惯了自己去上班，所以以后你也不用特意来接送我。”

“那……”赵一恺明显还想说点什么。

林烛却没给他半分机会，打断他，说：“我和你想的不一样，我们也不合适。”

挂了电话，林烛缓了两口气。

她其实有点歉意，毕竟赵一恺一看就是个情感经历空白的纯情少年，而她却毫不留情地拒绝了纯情少年的示好。

不过这种事，断得越早越干脆，对双方的影响就越小。

将赵一恺的事抛到一边，林烛哄了闻希好半天，才把她从被子里叫起来，吃了几颗感冒药。

赵一恺在林烛楼下站了会儿。

他活了二十多年第一次喜欢个姑娘，还没来得及擦出一点火花，爱情就被人家姑娘掐断在了摇篮里。

他心里难受，叫了江砺出来喝酒。

天刚入夜，两个大男人就面对面坐在了路边大排档里，赵一恺豪气地招呼老板：“这里先开两箱酒。”

江砺睨了他一眼：“你明天不想上班了？”

赵一恺沮丧地将脑袋搁在桌子上，声音无精打采：“我失恋了，砺哥你必须陪我喝。”

江砺想了下，问他：“闻希那闺蜜？”

“你怎么知道？”赵一恺记得自己分明还没给江砺说过这事儿。

江砺哼笑：“那晚上你眼睛都恨不得贴别人身上了，是个不瞎的都看得出来。”

老板很快上了两箱啤酒，一一开了瓶盖。赵一恺哀号一声，拿起一瓶酒对嘴吹：“砺哥你说说，我长得有这么磕碜吗？人姑娘连个让我送去上班的机会都不给。”

江砺也拿了瓶酒，和赵一恺碰了下，安慰道：“万一人家真有事呢？”

“林烛说她要照顾闻希小姐姐。”赵一恺无精打采的，“可是明明前天看到闻希小姐姐时还活蹦乱跳的，怎么可能转眼就生病了。”

赵一恺认定了林烛就是找理由搪塞他。

听到赵一恺的话，江砺眸色沉了沉，赵一恺不知道，但他是亲眼看到闻希昨晚穿着件卫衣吹了一晚上冷风的，今天生病也并不奇怪。

只是不知道那姑娘病得严不严重。

赵一恺还在絮絮叨叨地倾诉：“而且林烛还说了我们不合适，她了解过我吗，就说我们不合适，讲不讲点道理啊。”

江砺拍了拍他的肩榜。

整整一晚上，基本都是赵一恺在说，三句不离林烛，偶尔再提上一嘴闻希和江砺。江砺知道他只是想倾诉，也不多说，安静地陪着他喝酒。

喝到最后，赵一恺满身酒气地将啤酒瓶狠狠往桌上一撂，拍着桌子跟江砺说：“砺哥我和你讲，合不合适她林烛说了不算，我要让她知道我赵一恺有多适合做男朋友。”

江砺笑了笑，喝掉了最后一口酒。

两箱酒，两个人喝得一瓶不剩。

结了账，江砺送已经快要不省人事的赵一恺回家，从林烛家小区外经过的时候，突然就想到了赵一恺先前说的闻希生病的事情。

也不知道从什么时候开始，时不时就会想起那个总是喜欢用湿漉漉的星眸望着人的姑娘。

站在路边抽了一支烟，江砺摸出手机。

和闻希的微信聊天界面里，除了加好友时的一条系统提示消息，就是昨晚一点多闻希发的一个晚安的表情包。

他作息还算规律，那个时候早睡了，今早看到时也就懒得回了。

江砺有点想不通，闻希看起来那么明媚一姑娘，怎么就给自己起了个叫“哦”的微信昵称，头像也是个看上去冷冷清清的弯月。

盯着头像看了几秒，江砺发了条消息过去。

也不知道是睡了一天起了作用，还是被林烛逼着吃下去的感冒药起了作用，晚上的时候闻希终于觉得昏沉了一天的脑袋没那么沉重了。

她摸索着起床，半眯着眼去厨房给自己倒了一杯水。

一口凉水喝下去，她轻轻咳了几声，这才觉得火辣辣的嗓子舒服了一些。

听到动静的林烛从房间里出来，看到闻希站在厨房里，赶紧上前摸了下她的额头，见温度降下去了，才勉强松了口气。

“还有什么不舒服吗？你今天急死我了。”

闻希勉强笑了下，安抚林烛：“阿烛我没事了，不早了你赶紧去睡吧。”

“你确定没事了？”林烛还是不太放心。

闻希推着她的肩膀将人送出厨房，说：“真的没事，明天早上保证生龙活虎。”

等林烛回了房间，闻希才全身脱力一般斜靠在冰箱上，拿出手机看了眼，十一点五十五分。

消息栏有一条未读微信消息，一个多小时之前的。

点开，消息是江砺发的，和他说话风格一样言简意赅。

“昨天冻生病了？”

闻希盯着屏幕发呆。

昨天她发过晚安之后一直没再看过手机，没想到会收到江砺这样一条消息。

闻希实话实说：“有点，今天昏天黑地睡了一天。”

这次江砺回得很快，几乎是秒回：“吃药了吗？”

药是林烛拿给闻希的，那个时候晕晕乎乎的她也不知道吃了什么，但是江砺这算是在关心她吗？

她眯着眼笑，回了句：“这算是你在关心我吗？”

只是一直到闻希喝完一杯水回了卧室，手机都没再有过动静。

有点后悔自己刚刚发消息时完全没过脑子，要是她收到这么直接的

消息，估计也会觉得尴尬而不知道怎么回。

就在闻希以为这条消息会和昨天那条“晚安”一样，石沉大海的时候，手机突然振动了下。

“生病了就不要来警校乱跑了，把感冒传给别人你又负不了责。”

闻希把这句话反复看了两遍，觉得江砺还真是个别扭的人，关心她就是关心她，还非拐着弯说让她不要乱跑。

心里暖得像是揣了个小火炉。闻希回：“那等我生龙活虎了，再翻墙来看你训练。”

但只有她自己知道，心里真正想发给江砺的是，对别人负不了责但对他完全可以负责。

在坚持不去医院打点滴的情况下，闻希这场病持续了快一个星期，才慢慢有了好转，只是依旧是走几步都喘个不停的状态。

一个星期里，闻洪海几乎每天都给她打电话。

闻希后来也在网上看到了几条捕风捉影的消息，说是闻氏集团某些高层最近被爆出丑闻导致公司股票不断下跌，估摸着闻洪海就是想用她去挽救一下闻氏集团。

所以闻洪海打来的电话，她统统没接，耳不听心不烦。

熬到周五的时候，闻希给江砺发了条微信。

“警察哥哥，下午训练的时候你会在吗？可不可以去你们学校串个门？”

微信是早上发的，临近中午江砺才有空回复：“病好了？”

其实没好透，但怕江砺不让她去，闻希含糊着撒了个小谎。

“八九不离十了，运动运动有助于恢复。”

江砺和赵一恺对坐在食堂吃饭，看到这条消息的时候轻笑了声，没搭理赵一恺的八卦，他打字回复：“不要翻墙！”

在闻希的印象里，江砺一直是宠辱不惊的那种人，难得看到他会用到感叹号这样的标点，倒是有些惊讶。

她乖乖应下：“好！”

不过应下是一回事，实际又是另一回事。

倒也不是她非得翻墙，只是她真的不想让余诗敏觉得她想攀着她的关系。

闻希从小就很会揣摩周围人的心思，虽然她到闻家之后，余诗敏并不会像某些恶毒继母那样可劲虐待她，但是她也能从余诗敏的冷淡里看出来她的不待见，所以她才宁愿选择翻墙也不想借着余诗敏的关系从正门进去。

闻希径直去了那道矮墙边，熟练地将书包背好，踩着墙外的一个石墩手一撑就翻了过去。

一周多没看到江砺了，还有点期待。

闻希眉眼里都染着笑，她站在墙底下拍了拍手上的灰，还没来得及挪步，就听到身后响起一道低沉好听的声音。

有点熟悉。

“不是答应了我不翻墙吗？”

03.

闻希第一反应是怀疑自己出现了幻听。

她心虚般拍着胸脯自我安慰,这个时间点江砺应该已经开始训练了，出现在这里的可能性并不大。

但想虽这么想，还是忍不住回头看了一眼。

只是不看还好，一看顿时吓得小姑娘还没敛回去的笑意尽数凝固在脸上。

江砺一身黑色的训练服，正懒懒地倚在墙边，一条腿支在地上，另一只脚随意踩在一个石墩上，显然是在这里等着闻希自投罗网。

这会儿见闻希看过来，他似笑非笑，一副“坦白从宽抗拒从严”的表情。

“那个……”闻希话都说不利索了，“那个你怎么在这里？”

江砺嗤笑：“等人。”

闻希怔了下，难道是自己会错意了？江砺不是来这里抓她翻墙现行，而是特意来接她的？

她还没来得及感动，下一秒就听江砺接着说：“等一个撒谎精。”

闻希：“？？？”

她什么时候就成撒谎精了？

有些不服气地瞪了江砺一眼，闻希打算先声夺人。

不过她那句“你大白天的吓死我了”还没说出来，光洁的脑门儿上就被人不轻不重地拍了下。

拍上来的掌心有些粗粝，却是温热干燥的。

等闻希再抬眸，就看见江砺已经站在她跟前了，正睨着她笑，线条硬朗的脸上看不出一丝说她是撒谎精的愧疚。

在闻希控诉的眼神中，江砺淡淡地开口：“这是对你言而无信的惩罚，记住下不为例。”

“你才言而无信。”闻希接下来十分钟都不想理江砺了。

见江砺还穿着训练服，估摸着他应该还要回去训练，闻希哼了一声，兀自往训练场走。

江砺跟在闻希身后两步远的地方，低头笑了笑，轻摇了两下头。

小姑娘虽说容易满足，但这气性也是不小。

他快走了两步，和闻希并肩：“生气了？”

闻希没吱声。

其实只有她自己知道，她好像也没有很生气，反而觉得自己好像不知不觉之间，离江砺的世界又近了一步。

江砺被冷落了也不恼，索性换了个话题，问闻希：“感冒真好了？”

这回闻希终于有了点反应，她看看江砺，低低地“嗯”了声。

结果刚“嗯”完，嗓子就跟有自己想法一样极不给面子地咳了两声，像是打定了主意要打闻希的脸似的。

闻希：“……”

江砺扬唇：“果然是小撒谎精。”

闻希忍不住辩解：“是真的好得差不多了，除了嗓子还有一点点痒，我要是再闷下去才会得病的。”

话音落下，江砺打量了她一眼。

小姑娘今天还算乖，穿了件厚实的面包服，脖子外围了好几圈围巾，把整个人裹得严严实实的，看上去倒是挺暖和。

江砺嘴角翘了翘，不再逗闻希：“知道了，反正你总是有道理。”

他来这边就是猜到了，闻希肯定不会乖乖听话走正门，又不太放心一个姑娘家翻墙，万一真被别人抓到了，就算她是余诗敏的女儿也得被送到警卫处。

想到这儿，江砺顿了顿，叮嘱闻希：“以后想过来之前跟我说一声。”

他看着好歹能给她开个后门，换了像张放那种死脑筋的人，可就不一定了。

闻希自然不知道江砺已经想了这么多，她正想问为什么，就听到有人抢先一步叫了江砺一声。

两个人齐刷刷回头，就看到一个微胖的中年男人正朝这边走。

江砺笑着叫了他一声：“王局。”

那个中年人微微颔首，目光却放在了闻希身上。

不怪他敏感，闻希实在是和公安大学这个环境有些格格不入，这姑娘怎么看都应该是一朵温室里精心呵护的花儿。

他问江砺：“小江谈女朋友了？”

这个被江砺叫作“王局”的人看上去挺和蔼，对江砺的态度不像领导，倒像是个长辈。

江砺看了闻希一眼，摇着头轻笑：“朋友而已。”

闻希顿了顿，没说话。

“那这是带朋友来参观我们学校？”说话的时候，他细细打量着闻希。

不等江砺答话，他突然有些疑惑地问：“等等，这是不是老余家那闺女？上次余琛那小子还托我找你来着。”

被他这么一说，闻希觉得这人好像看着也有点眼熟。

上次她也听到余琛打电话叫的是“王叔”，那个王叔是海城公安总局的局长，刚好和江砺口中的“王局”对应起来。

如果真是这样，她应该在余诗敏的某个饭局上见过他。

见闻希还在想什么，江砺替她应下：“她是余老师的女儿，说对我们学校感兴趣，我带她参观参观。”

听到江砺这话的时候，闻希有点想笑。

他才是撒谎精吧，撒起谎来真是脸不红心不跳的。

王建书皱着眉想了下，问闻希：“丫头是叫希希？”

闻希点头，乖乖地叫人：“王叔好。”

王建书笑了笑，问她：“对我们警校感兴趣？”

闻希再次乖巧点头，表现得跟个极有求知欲的小学生似的，不过心里想的却是，她真正感兴趣的应该是身边这个人。

王建书沉吟片刻：“那你想不想体验一下我们警校的同学怎么训练的？”

他这句话问得有些突然，闻希没太懂他的意思，下意识就去看江砺。

江砺却一副不太赞成的样子：“王局，她不太合适。”

“怎么不合适？”王建书八卦地看着江砺，“人丫头自己都还没表态。”

“王叔，你的意思是？”闻希被两个人的哑谜绕得有点晕。

“过段时间我们学校要搞个解救人质的演习，目前差个没什么专业知识的人质，小丫头有没有兴趣体验一下？”

这个体验显然不在闻希的意料之中，她有点不确定地问江砺：“那……

你参加吗？”

江砺这小子还不承认闻希是他的女朋友，王建书一个过来人，就两人互相看着对方那眼神，明显是郎有情来妾有意。

他拍拍江砺的肩膀，给闻希答疑：“放心吧，他是这次演习的主要负责人之一，肯定会参加的。”

“王局。”江砺叫了王建书一声，显然不太同意他的这个提议。

不等他继续说，闻希打断江砺：“王叔，那我想体验一下。”

王建书哈哈笑起来：“不愧是老余的闺女，有胆识。”

得了闻希的肯定答复，两个年轻人被王建书带到了学校的办公室，他给闻希讲了演习的具体事项。

这次演习地点不在海城，而是在邻市的一个森林公园，那里地形复杂，而且海拔高气温低，显然增加了这次演习的难度。

不过既然江砺在，闻希便觉得这些都不算什么，加上这次演习的时间是在她期末考试结束后，所以三言两语就和王建书一起把这件事定了下来。

从王建书办公室出来，闻希跟着江砺走进电梯。

江砺看着闻希的眼睛，说：“扮演人质没你想的那么容易，那种环境下，要吃不少苦的，现在给王局说不去了还来得及。”

闻希抬手按了“1楼”的按键，反问江砺：“那你要吃苦吗？”

江砺轻嗤：“选了我们这行的，不吃苦吃什么。”

“你能吃的苦，我也可以吃。”闻希收回视线，表情淡淡的，不过说出的话却没有丝毫的犹疑。

狭小的电梯里，除了电梯运行的声音，就只剩下两个人轻浅的呼吸。

闻希的倔江砺是见识过的，他没再说话。

电梯开始平稳地下降，刚降了两层，闻希就听到一道不太正常的响声，紧接着脚下踩着的电梯轿厢开始自由落体运动。

突然发生的意外让闻希忍不住轻呼。

她还没反应过来，胳膊上就多了一股力道，紧接着她整个人就被江砺护在了他的身体和电梯内壁转角之间。

身后是冰凉的内壁，身前是江砺滚烫坚实的身体。

电梯明明还在下落，但闻希那颗慌乱的心突然就被安抚住，好像所有的事，只要有江砺在就没什么好怕的。

她忍不住环上江砺精瘦的腰，侧脸紧紧贴在他怀里。

江砺也抱紧了闻希，轻声在她耳旁安抚："别怕。"

所有的一切就发生在几秒钟之内，明明刚刚两个人还平静地说着话，这会儿就已经不知道自己将要面对的是什么。

好在行政楼的电梯有紧急制动系统。

电梯的下落速度超过紧急制动系统的阈值后，制动系统便自动开启，限制电梯的下降速度。

在电梯轿厢撞到地面之前，电梯终于缓缓停下。

闻希和江砺都没动，发生这种事说不后怕是假的，好半晌江砺才缓缓松开怀里微微发抖的姑娘。

看着闻希吓得有些发白的脸色，估计她应该也是第一次遇到这样的事，他轻轻拍了下她毛茸茸的脑袋，放柔了声音："已经没事了。"

闻希这才回过神来，有些不好意思地点点头。

电梯毕竟已经出了故障，怕等下再出什么意外，江砺也不敢让闻希在电梯里多待，他示意闻希贴着轿厢转角站好，然后才走到门边用了些劲拉开电梯的门。

透过拉开的门可以看见电梯被卡在了两层楼之间，只有门的上半部分是通向正常的楼层的，而下半部分则是漆黑的砖墙。

江砺转头看向闻希："我们先出去好不好？"

等了几秒，见闻希没什么抗拒，江砺才将人拉到自己身旁，半弓着身子，将手掌摊开摆在闻希跟前。

"踩我手上，我托你上去。"

从第一次见闻希开始，江砺就觉得这姑娘是真的瘦，所以这会儿也没费什么力气就将人托出了电梯。

等闻希站稳，他才将手在地上一撑，也跟着出了电梯。

等两人都脚踏实地了，才有种劫后余生的庆幸。

闻希看看江砺，默默地从书包里拿出一张湿巾，柔软的小手抓着他的大掌，认真地替他擦掉刚刚她踩上去时弄上的灰渍。

末了，她朝江砺笑了笑："你看有你在就没什么好怕的，所以让我和你去演习也没什么好担心的。"

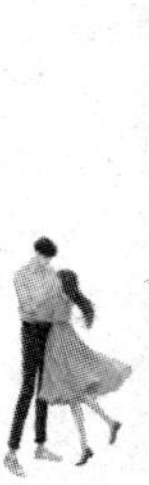

/ 第五章 /

难不成我还能赶你走

01.

一月中旬，A 大紧张而忙碌的期末考试周结束。

最后一门设计概论学考完那天，闻希在教学楼下看到了长身玉立的余琛。

也不知道为什么余琛总是这么神通广大，明明每次闻希都没告诉过他自己的考试时间和考场地点，但他总是能在她考完最后一门时出现在教学楼下，而且每次手里都会拿着那种需要排很久队才能买到的网红点心。

在闻希的印象里，余琛一直是有点叛逆的，是个喜欢穿着卫衣运动裤白球鞋的大男生，最不愿意过的就是那种朝九晚五循规蹈矩的生活，可是今天他却难得地穿了一身笔挺的手工西装。

闻希朝他走过去，打趣道：“余大少爷改邪归正了？”

“乱造谣什么呢，本少爷走的一直是正道。”

余琛自然而然地接过闻希手里抱着的一摞书和零散的几样文具，然后将手里的布丁烤奶递给她。

闻希笑，朝他身上的西装努努下巴：“不是你自己说，你打死都不会穿西装的？”

“那都猴年马月的事了你记到现在,你怎么就不记点我对你的好？”余琛偏头看吃着布丁烤奶的人，若有所思，“而且哪能一直卫衣运动裤，难不成以后我结婚了婚礼上也卫衣运动裤？”

闻希没听出他话里的深意。

以为是余琛觉得她没良心，赶紧表态：“放心吧，你的好都记着呢，要是你以后真想婚礼上穿卫衣运动裤，我第一个帮你去做嫂子的思想工作。”

说完，想到什么，闻希又多问了一句：“话说回来，你都老大不小了怎么还单着？”

她没注意到的是,在她这话说完之后,余琛眼底的神采似乎黯了几分。

安静了片刻，余琛才拍了下闻希的脑袋，佯怒：“你小孩子家家的，怎么一天到晚跟我妈一样爱瞎操心。”

闻希撇撇嘴，决定看在手上的布丁烤奶的份儿上，不和余琛这个表哥计较。

余琛领着闻希往学校外面走，两个人形成了习惯一般，闻希每学期考完试余琛都会带她去吃一顿大餐。

起初闻希还会让他别为自己折腾，后来见余琛说不听，便也懒得再说了。

这次余琛订的是一家环境清幽的日料店。

两个人相对坐在蒲团上，他状似无意地问闻希：“你寒假打算怎么安排？”

“有个实践活动，过两天就去，剩下的安排等回来再说。”闻希刚吃了块三文鱼刺身，声音有些含糊。

“什么实践活动？”

刚刚吃刺身的时候，闻希嘴角沾了一点芥末酱，余琛顺手给她递了

张纸巾，指了指自己嘴角的地方。

闻希接过纸巾，动作有些粗鲁地擦掉自己嘴角的酱汁，半真半假地答："就一般的社会实践，我不信你大学的时候没参加过。"

"说的实话？"余琛笑了笑。

余琛的笑意里带着若有似无的深意，闻希顿时警惕起来，她试探着问余琛："你是不是听到了什么？"

"我能听到什么？"余琛反问。

闻希看着余琛的眼睛，小声说："我不知道，但我觉得你在试探我。"

余琛今天本来就是要和闻希说那件事的，索性也不再绕圈子。

他神情有些严肃："希希，我不放心你去参加那种演习活动。"

果然，余琛早就知道了。

但是为什么每个人都不想让她去，之前江砺是，现在余琛也是。

不就是演个人质吗？能比演死人难到哪里去！

闻希舔了下唇，直接表明自己的立场："我想去。"

"你是想出去旅游了？"余琛试着换个角度和闻希沟通，"你要觉得寒假无聊了想去哪里玩，直接跟我说就是了，我都能陪你去。"

"我不是想出去玩，我就是想去感受一下警校的演习。"

见闻希又开始倔了，余琛有点头疼："警校都一群糙老爷们儿，真演练起来谁能顾着你的感受？到时候受伤了怎么办？"

"我什么时候需要别人顾着我的感受了？"闻希有点不耐烦。

她什么时候需要人时时刻刻顾着自己感受了？而且除了为数不多的几个人谁会考虑她的感受？

余琛也意识到自己这话说得不太对，清了清嗓子："希希我不是这个意思，我就是不太放心你。"

闻希深吸一口气，也冷静了一点："王叔说过了，没什么危险的，你不信我该信王叔吧。"

一顿饭吃下来，两个人都没谈出个所以然，余琛拿闻希没办法，只好带着闻希去买了一大堆户外旅行用得上的东西。

闻希直觉这些东西她用不上，但看余琛一副“要么不去，要么就乖乖买东西”的样子，决定还是乖乖闭嘴。

闻希是在两天之后走的。

余琛非要送她过去，好在因为江砺是这次演习的负责人，提前去了演习地点，免了跟他的一通解释，而且因为演习地点保密，余琛也只能把她送到海城邻市的车站，闻希也就随他了。

王建书安排了一个小警察到车站来接闻希。

小警察闻希见过，就上次江砺送她出学校时门口站岗那个，跟江砺应该挺熟。

来之前赵一恺特地给他看了闻希的照片，让他千万别接错了人，而且看在江砺的面子上，不要怠慢了人家姑娘，不然江砺得心疼。

可能做警察的记忆力都好，看过照片之后隔着老远他就认出了闻希，小跑着过来脆生生地叫了一声“嫂子”。

闻希：“……”

余琛：“……”

闻希小心翼翼地瞥了余琛一眼，见他没什么反应才松了口气。

哪知她刚想跟余琛说拜拜，那个小警察又说了一句：“嫂子你这包看着挺重，我帮你拿吧。”

余琛这回眯了眯眼，审视着闻希，将那两个字重复了一遍：“嫂子？”

闻希下意识就不想在和江砺八字还没一撇的时候，让余琛知道这些事，她直觉他肯定会反对，但为什么有这样的直觉自己也说不上来。

她打哈哈：“警察同志你误会了，我现在还单身。”

那个小警察挠了挠脑袋，有些疑惑，别说赵一恺信誓旦旦地说了闻希是江砺的女朋友，就他自己，上次也是亲眼看到江砺送这姑娘出学校的。

难不成是他和赵一恺都误会了？

“那砺哥……”

怕眼前的小警察再语出惊人，余琛回去之后又到处打听，闻希赶紧跟余琛挥手：“你先回去吧，回来就不用来接我了。”

余琛却没动，他凉凉地看了闻希一会儿，才淡淡开口：“去吧，好好照顾自己。”

送走余琛，闻希才舒了口气。

那小警察还在纠结闻希和江砺成没成这事儿，他试探着问闻希：“小姐姐，你和我们砺哥什么关系啊？”

“目前还是朋友。”闻希想到了上次江砺在王建书面前说的话，不过话说完他又朝那小警察笑了笑，“但以后就说不准了。”

这次营救人质的演习要在第二天才正式开始。

前期的准备都在自然景区外的一个派出所进行，闻希就是被那个小警察接到了这里。

没看到王建书，倒是看到江砺在派出所门口站着。

上次电梯事故之后，闻希就开始在忙期末考试的事了，两个人已经十多天没见了。

也不知道是不是演习太辛苦的缘故，闻希竟然看到江砺的下巴上隐隐冒了些胡楂，不丑，看起来更硬气了一点。

接闻希的小警察也是个人精，之前听闻希最后说的话，就知道她和他们砺哥有戏，所以将闻希的行李交到江砺手里之后，就迅速将空间让给了两个人。

闻希笑：“警察哥哥是特意在这儿等我？”

江砺自然地提着闻希的行李往里走：“不是，里面领导太多躲出来抽支烟。”

“我才不信。”闻希鼓了下腮帮子，吸吸鼻子，“我都没闻到烟味。”

江砺低头笑了笑：“这么久了烟味早就被吹散了。”

两个人经过派出所的院子，院子里除了停着公安系统的车，还有很多挂着军牌的吉普车。

见闻希视线看过去，江砺跟她解释：“这次演习是军警系统联合演习，两方配合解救人质。”

闻希“哦”了声，问：“那会是你来救我吗？”

“不知道。”江砺实话实说，“因为我也是救援方，所以对人质的关押情况我并不清楚，只能到时候根据具体情况制定最佳的救援计划。”

说白了就是谁能救就是谁救。

“那我被关着的时候，是只有我一个人，还是会有人陪着啊？”

“怕了？”江砺停下步子，转头看着闻希。

其实是有点，虽说这里是景区，但其实真正开发出来，供游客观赏的部分很少，更多的是未开发的深山老林，不用想闻希都能猜到这次演习肯定是在未开发的区域进行。

但怕江砺笑她，闻希梗着脖子否认：“我才不怕。”

江砺点头：“不怕就好，也就一个人在小黑屋里关个三两天，但也不算一个人，毕竟深山老林里各种生物不少，不过坚持一下就过去了。”

闻希：“……”

突然就有种把自己扔坑里的感觉。

看闻希略微凝滞的表情，江砺愉悦地笑了两声，替闻希将快要滑到手肘处的书包带重新挂到肩上，才不急不缓地说：“逗你的，你只要别乱跑就不会有危险。”

02.

第二天太阳还没出来闻希的房门就被人叩响，告诉她该出发了。

她简单地收拾一下，甚至连和江砺说句话的机会都没有，就被一个女警还有两个穿着军装的军人带上了一辆车。

车启动之前，那个女警察给她递了一个黑色眼罩，示意她戴上。

眼前一片漆黑,面对的又是未知的事情,虽然江砺告诉她不会有危险,但闻希心里还是有些没底。

一路上，她都紧紧攥着那颗黑色纽扣。

感觉晕晕乎乎的大概坐了一个多小时的车，身边的女警突然拍拍闻希的肩膀，提醒她：“前面的路车开不进去了，我们要步行。”

“还要戴着眼罩吗？”这种看不见东西的感觉，实在是太糟糕了。

一个军官“嗯”了声,安抚闻希:“我们搀着你走,这里已经很近了。”

然而事实证明，永远不要相信这些常年锻炼的人说的“很近”和“轻松”，他们几个警校的人，几乎已经配合着闻希的体力走走停停了，但等到目的地的时候，闻希还是觉得体力透支得不行。

她被那个女警搀到一个椅子上坐定，才被同意取下了眼罩。

闻希环视了一下四周,她处在一个大概只有几个平方米的小木屋里,屋里的东西倒是一应俱全，一张床一个简易的卫生间一张桌子，甚至桌上还放了几本用来消磨时间的读物。

她猜应该是护林工人巡视林区时歇脚的地方。

屋子四面没有窗户，只有头顶上有一个天窗，这会儿有暖烘烘的阳光从天窗投射进来，闻希突然就有点期待晚上躺在床上时看到满天的星斗。

那两个军人将木屋里里外外都检查了一遍，确认一切都没有问题后招呼那个女警一声。

那女警点点头，最后跟闻希叮嘱：“这几天就委屈你待在这里了，其他的事项王局应该都跟你说了。演习下午三点正式开始，你不用太害怕，那些‘绑匪’都是我们的人。”

闻希应下：“好。”

再然后，她听到很轻一声落锁的声音。

除了外面林子里偶尔的几声鸟鸣，整个世界突然都安静了下来，刚刚有外人在闻希觉得拘谨，但这会儿只剩她一个人，索性将整个人随意扔进了那张单人床里。

走了整整一上午的山路，她觉得脚都快不是自己的了，终于可以休息一下。

突然，老旧的单人床“吱吱呀呀”地响了几声。

嗅着新被单的味道，闻希觉得其实这有点像她以前想象的生活，不用费心费力地和其他人维持关系，一个人怎么舒服怎么来，天王老子都管不到她。

可是一想到接下来的两三天要在忐忑中度过，她又有点心烦。

随意从书桌上顺了本书,是一本讲经济局势的,专业术语一个接一个，闻希看得头疼，没多久倒是不知不觉地睡了过去。

等她再醒来的时候，隐隐听到外面有动静。

她瞥了眼手表，三点四十七分，这一觉睡了两个多小时。

进山之前她所有的通讯设备都被没收了，只剩了这个王建书专门交给她用来看时间的手表。

闻希轻手轻脚地走到门边，将耳朵贴在门上。

外面谈话的声音有些杂，至少有四五个人，隔着门板闻希听得有些不太真切，但根据她断断续续听到的内容，应该是在研究怎么应付那群营救她的人。

这些东西她听不太懂，索性坐到书桌边，拿起抽屉里的笔和纸随意涂画。

前两天，闻希都过得像是与世隔绝。

那些所谓的“绑匪”根本不会和她交谈，就连送饭也只是把门打开一小条缝隙，等闻希接过之后很快又将门关上。

在演习开始的前一晚，王建书找闻希谈话时，还特地给她交代，为了演习的真实性要尽可能把自己当成一个被绑的人质，所有的反应一定要从一个人质的角度出发。

最重要的是一定要记住，得有强烈的求生欲。

可是她这两天连门都出不去，而且门外面始终都有人，她有求生欲又能有什么用。

本来以为这样的日子要过到有人来救她出去。

可是天刚擦黑，小木屋的门就被人从外面推开了，紧接着一个穿着黑色棉外套的男人扔了个眼罩给她：“戴上。”

男人长得有点凶，闻希犹豫了几秒还是选择乖乖听话。

她刚戴上眼罩，就被人有些粗鲁地推搡着出了门，接下来又是一段令闻希感到绝望的山路。

不知道是不是为了演习的真实性，这次的几个人没了之前那个女警和两个军官的体贴，脚程快不说而且根本不会因为闻希停下来休息。

他们走得很匆忙，像是在转移。

也就是这一刻开始，闻希终于有了自己参与进这个演习的感觉。

感觉像是走了大半夜，那几个人才带着她停下来。闻希抱着他们递过来的矿泉水瓶猛灌了几口，才觉得稍微缓过来了一些。

两分钟之前，那几个人就将她的眼罩取了，不过这里像是在什么山洞里，黑漆漆的，依旧伸手不见五指。

夜色里，领队的男人看了还在喘粗气的闻希一眼，好意跟她说：“你老实一点，不乱叫不乱跑，我们就不绑你了，你也少受一些罪。”

闻希自然不会给自己找罪受，满口答应。

那人点点头，朝身旁另一个男人抬抬下巴，说：“把她领到里面一些吧。”

里面一些就是指山洞底部，和外面隔了一条挂起来的帘子，虽说这几个人看上去是凶了点，但还是挺为她考虑的。

闻希从高三开始就一直有失眠的毛病，在柔软舒适的床上入睡都困难，就更别说四周都是硌人的石头的山洞了。何况她下午还睡了不少时间，这会儿完全没有一点睡意。

她几乎是睁着眼睛看洞里一点点变亮起来的。

太阳刚升起来的时候，洞里突然多了个人，是从外面进来的。

隔着帘子，闻希听到他说：“哥，他们已经从北边稍陡峭的山坡往小木屋那个方向靠了，再过一两个小时应该就到了。”

听到“他们”两个字时，闻希竖起了耳朵。

他们指的会不会有江砺？

她听到昨晚那个劝她老实一些的人沉吟片刻，忽地开口：“你们觉得他们多久能找到这里？”

“昨晚我们走的时候尽量消除了路上的痕迹，但是保不准还是会留下一些，江砺是学刑侦的，如果被他们发现线索，应该今天就能找到。”

那个人朝闻希所在的帘子瞥了一眼，笑了笑：“如果人质没了，他们的解救任务也就失败了吧？”

“哥你的意思是？”

“我们有一颗‘炸弹’，你去安放到那姑娘旁边，然后我们退到后山上，以此为砝码，让江砺他们把下山的路让出来。”

他口中的“炸弹”并非真正意义上的炸弹，而是为了这次演习特制的，不会伤人，但是会触动被炸伤人身上的感应装置，一旦发生就表示这个人出局。

虽然他们压低了声音，但闻希还是听了个大概。

很快那块隔了她和那几个人的帘子就被拆下，还是那个领头的男人，对她说：“可能要得罪你一下了。”

这次不等闻希点头，他身后的男人就上前捆了闻希的手脚，然后又在她嘴上贴了一块什么试图封住她的嘴。

闻希：“……”

她不满意地哼哼起来，领头的人抱歉地看着她：“演习需要，实在不好意思。”

那群人很快把闻希独自留在了山洞里，一同留下的还有个五小时的倒计时器。

他们离开后，四周安静得吓人。

闻希看着倒计时器上跳动的鲜红数字，再联想到刚刚他们谈话的内容，忽然就紧张起来。

心里蓦地有了一个想法，她不想让江砺输，也不想自己成为他被威胁的筹码。

她得自己逃出这里。

周围并没有什么可以利用的东西，好在那些人绑她的时候顾着她的感受没有将绳子系得太紧，勉强有一些可以活动的范围。

倒计时器跳向两小时整的时候，在闻希的挣扎下，脚上的绳子勉强被她拉扯开一个可以活动的范围，虽说依旧解不开，但是勉强可以用一个有些奇怪的姿势行走。

外面阳光正盛，闻希磕磕绊绊地朝洞口挪。

这个山洞在一个有些陡峭的山坡上，洞外面的地形有些复杂，闻希的手和脚都被绑着，走这种路实在是有些为难她。

她选了一个看起来相对平坦一些的方向，走了一段距离，忽地想到什么，将一直握在手里的那颗纽扣扔在地上，然后用脚踢到了一个显眼的地方。

江砺和纪言承领着一小队人赶到的时候，洞里的倒计时器只剩下十五分钟了。

他们在两个小时之前接到“绑匪”的无线电话，说是如果不撤走守在山口的人，他们就只有解决掉闻希了。

纪言承在和另外一个排爆队员商量排爆的方案，江砺直直地盯着那个看起来还算隐蔽的洞口，也不知道看起来就柔柔弱弱的小姑娘一个人在里面怕不怕。

纪言承这两天听到一直跟在江砺旁边的那个小警察偶尔会八卦，他问江砺：“喜欢里面那个姑娘？”

江砺顿了一瞬，没承认但也没否认。

不知道是不是喜欢，但是会不由自主地担心她会不会害怕，有没有冻着，明明是两个没什么关联的人，也不知道什么时候把人记到了心里。

“等会儿我和排爆的人一起进去。”

“你确定？”纪言承看了江砺一眼，他们只有一件排爆装备，江砺要是进去势必只能赤手空拳，保不准就得“牺牲”了，而这次演习成果，关系到江砺的毕业成绩。

“嗯。”江砺刚应下，一偏头忽然就看到了几步远的地上躺着一个黑色东西，他凑过去看，是一颗有些眼熟的黑色纽扣。

黑色纽扣很朴素，市场上不难找，但是莫名地他就想起了自己缺了一颗纽扣的制服，他都没注意到缺的那颗纽扣是什么时候掉的。

转头，他叫住已经准备好的排爆队员，表情轻松：“不用进去了，里面没人。”

纪言承都难得愣了下，问他：“你确定？”

“确定，通知山口守着的人不要放松警惕，我去找闻希，你们直接追过去就行了。”

纪言承觉得按照江砺对那姑娘的在乎程度，不会拿这种事赌的。

他点点头，带着其他人朝他们事先判断的“绑匪”可能出没的地方包抄过去。

看到一群人走远了，江砺又在捡到纽扣的周围看了看，隔着几步的地方有一只浅浅的脚印，看纹路和大小应该和闻希穿的运动鞋差不离。

他快步顺着脚尖的方向找过去。

一路上都能看到有人经过时留下的痕迹，大概走了十来分钟的样子，前面几乎已经没有路可以走了。

江砺凌厉的眉头皱了下。

唯一算是路的，只有右手边一个地势天然低陷的浅坑，下面长着茂密的灌木丛，江砺大概扫了一眼，没人。

就在他准备收回视线的时候，突然看到靠近他的这一侧的坑底露出

一片浅粉色的衣料。

昨天闻希穿的就是一件浅粉色的外套。

他试着叫了一声："闻希？"

"江砺？"下面很快就有了回应，是闻希的声音，带着些不确定。

像是受了很大的委屈，闻希的声音带着哭腔，听上去有点崩溃。

江砺听到闻希说："你终于来了。"

03.

听到闻希带着哭腔的声音时，江砺觉得心尖尖像是被扎了一下。

几乎是没有犹豫，他顺着坑壁敏捷地跳到了坑底，终于完完整整地看到了挂念了三天的人。

闻希看上去实在是狼狈极了。

小小的一团缩在那里，手脚还都被绳子绑着，嘴角黏着一张要掉不掉的胶带，衣服裤子上全是蹭上去的泥沙，一片有些枯黄的叶子夹在凌乱的发丝中间。

像个长途跋涉的难民。

她躲藏的地方比其他地方要凹进去一些，所以江砺在上面时才差点没有看到她。

在江砺看到她的时候，闻希也迎上了他的视线，眼眶瞬间就红了。

"江砺。"

她委委屈屈地叫了江砺一声，不等他走近，她的泪珠子就啪嗒啪嗒地往下掉。

像是千斤重，尽数砸在江砺的心上。

他上前，沉默着替闻希解开手脚上的绳子，又动作轻柔地撕掉她嘴角黏着的胶带，末了，才心疼地拍了拍小姑娘的头，柔声安抚："没事了，别哭了。"

一句话，反而让闻希的眼泪越流越凶。

就像是受了委屈的孩子，一个人时可以坚强地挺着，一旦有人关心，心里的酸水苦水便一股脑地往外冒。

其实跑出来之后，闻希就有些害怕了，她不知道自己做的这个决定对不对，万一好心帮了倒忙，拖了江砺的后腿怎么办？

再后来越走越远，身上又没有通讯设备，她开始担心自己会在这鸟不拉屎的地方迷路，最后不定零落成泥都没人知道。

躲在坑里的时候，时间每过一分，她就多一分的不安。

透过满眼的泪水，闻希看不太清江砺的模样，但是沉沉浮浮的一颗心终于落回了心窝里。

她忽地抬手，环住江砺的脖子，将整个人陷进了他的怀里。

江砺原本是蹲在闻希面前的，此时被闻希突然一撞，整个人重心没稳住，向后倒去，手却下意识地护着闻希。

这下两个人的姿势成了闻希半趴在江砺的身上，很亲密的姿势。

闻希的身上飘着若有似无的水果香，甜滋滋的，撞了江砺满怀，他微一低头，就能看见近在咫尺的人。

在充斥着水果香的呼吸中，他揽着闻希的手紧了紧。

然而闻希却像是不受影响，依然将脸埋在江砺的怀里哭得专心致志，肩膀还一抽一抽的。

江砺又心疼又好笑。

他一下一下地顺着闻希的长发，无奈叹气："这么大个人了怎么还跟个小孩子似的，哭得停不下来？到时候人家小朋友都该笑你了。"

这下闻希听清了，将鼻涕眼泪尽数擦在江砺的身上，瓮声瓮气地回他："谁说只有小孩子才能哭的！而且明明就是你想笑我！"

末了，好像又觉得自己这句话有点太凶了，缓了几秒，她撑着江砺的肩膀坐起来，吸了吸鼻子，别开脸有些别扭地问他："你们的任务成功了吗？"

"人质都自己跑出来，好好地坐在我旁边了，你说成功了吗？"说

这话的时候江砺语气有种莫名的骄傲，他跟着坐起来，顺手替闻希拍了拍身上的灰。

其实还不算完全成功，要等纪言承那边把“绑匪”顺利抓到才是圆满结束，不过不得不说，闻希自己跑出来的举动降低了他们救援的难度。

闻希胡乱擦了下眼泪，哭了一通后一张脸上有些脏，她跟江砺确认了一遍：“那就是成功了？”

江砺低低地“嗯”了声，抬手用干燥的手背在闻希微凉的脸上碰了下，试图帮她擦掉剩下的眼泪。

他的手碰上来的瞬间，闻希轻颤了下。

却没有躲。

由着江砺细致地替她擦完，闻希才红着耳根子小声问他：“你怎么找到我的？”

江砺从包里摸出那颗纽扣摊在手心里，反问闻希：“你不是给我留了线索吗？”

把纽扣丢在那里的时候还不觉得，她只是直觉江砺应该会看到她留给他的线索，但这会儿见纽扣好好地躺在江砺手心里，她下意识就想去拿回来。

结果她伸出去的手连纽扣的边儿都没碰到，江砺就合上手掌将纽扣收了回去。

“这玩意儿哪儿来的？”说这话的时候，江砺又恢复了那副似笑非笑的样子，打量着闻希。

哪儿来的？当然是从江砺那里顺的。

但是话自然不能这么说，闻希心虚地舔了下有些干的嘴唇，小声答：“捡的！”

江砺没信，直接拆穿了闻希的那点小心思：“确认不是当着警察的面儿偷的？隐瞒事实罪加一等。”

闻希：“……”

顺了一颗纽扣情节应该没这么严重吧？

她正在迟疑的时候，忽地抬眸看到江砺笑得有些玩味，才知道这人又在吓唬她。

男人果然都憋着恶趣味。

“反正就是我捡的。”

说完，闻希气鼓鼓地哼了一声，撑在地上起身，一瘸一拐地往边上走。

刚刚因为手脚被绑着，她其实是从上面摔下来的，摔到坑底的时候右腿刚好硌在一块不大不小的石头上，当时疼得她眼泪都下来了，不过后来缓一缓也没那么痛了。

闻希穿得厚，她自己没说，江砺之前一点没看出来。

江砺这会儿看她的样子，心里紧了下，赶忙上前握着她的手腕，问她：“受伤了？哪儿疼？”

闻希还记着江砺逗她的仇，没理他，哪知还没等她反应过来身体一下子就悬空了，被江砺打横抱了起来。

她轻呼一声，手下意识地抱紧了江砺的脖子，有些惊讶地看着他。

江砺微微低了头，两个人之间就隔着几寸的距离，闻希能感觉得到江砺每一次呼吸喷洒在她脸上的热气。

心跳忽然就乱了。

不敢再看江砺的眼睛，闻希垂着眸子：“我可以自己走。”

江砺睨她一眼，淡淡开口：“瘸着走？”

闻希：“……”

江砺其实是有些生气的，这姑娘受了伤憋着不说，还非得逞能瞎折腾，到时候有个三长两短，真正受罪的还不是她自己。

他抱着闻希向上托了托，将人稳稳地放在了地面上，这才撑在她旁边纵身一跃出了浅坑。

“上来。”江砺蹲在闻希面前，示意她趴到自己背上。

闻希顿了顿，没敢说出拒绝的话。

等到江砺背着闻希下山的时候，纪言承已经带着小队的人顺利抓了那几个“绑匪”，在集合地点等他了，见他背上趴着个眉清目秀的姑娘，纪言承笑了笑：“人没事？”

江砺的脸色不太好看，回得言简意赅：“受了点伤，不知道伤哪儿了。”

从趴在江砺背上开始，闻希就感觉到了周围的低气压，却不太知道江砺这气从何来。见纪言承关心她，闻希礼貌地笑了笑：“没什么大事，应该就是擦破了点皮。”

她话音刚落，江砺就轻嗤了一声。

闻希觉得自己听出了点不屑。

纪言承也是心里装着个姑娘的人，自然能懂江砺的心情，他指了指一边停着的救护车，说：“那边有我们的队医，你带着闻小姐去检查一下吧。”

最后的检查结果其实并没有大碍，就是软组织挫伤，医生让闻希好好养一段时间就行了。

江砺已经整整一路没理她了，一直到回到景区派出所，闻希才回过味来，江砺这反应该不是因为紧张她吧？

只是从一回来，她就没有再见过江砺，也没机会问个清楚。

这次演习还有些后续事情要处理，所以闻希又百无聊赖地在派出所待了两天，这边的人都不熟，她一个非公安人员在派出所乱晃也不算回事，索性就待在房间里和林烛开着黑打了两天游戏。

等到第三天的时候，她跟着来演习的警队一起坐火车回海城。

三个小时的车程，也不知道是巧合，还是有人刻意安排，等闻希上车的时候，才发现她的座位旁边正好坐着两天没见的人。

火车的布局是中间一条过道，过道两旁是座位，一边三个相连一边两个相连，闻希和江砺的座位恰好是只有两个座位的那边，加上两个人又是车厢的头两个座位，所以对面并没有座位。

这一节车厢都是来参加演习的人，谁都认得江砺。

闻希傻在过道上，江砺觑了眼她身后堵着的一脸看好戏的人，起身将她连人带行李带到了自己身边。

闻希抬眼看护着自己的人，用只有两个人才听得见的声音说：“这两天都没看到你，你是不是故意躲我？”

江砺垂眸：“我躲你干什么？”

“我以为你生我气了。”闻希犹豫了下，还是问出心里的纠结。

江砺笑：“没有，别乱想。”

最开始那天是有点生气，后来这两天是真忙，每天忙完之后都是深夜了，估摸着闻希早就睡了，所以也没机会去见她。

闻希眨眨眼，看着江砺将自己的行李箱轻松地搁在行李架上，然后才在江砺让给她的靠窗的位置坐下来。

火车很快开动了，闻希看着窗外飞速倒退的景物发呆。

片刻后，闻希想到什么似的，问江砺：“那我之后还能找你吧？”

现在放寒假了，闻希估摸着江砺他们应该也是，这里的演习又结束了，她一时想不出有什么理由可以名正言顺地去打扰江砺。

江砺看着小姑娘的后脑勺，明知故问：“找我干什么？”

闻希一噎。

难不成要她一个女孩子厚着脸皮说找他谈恋爱吗？

欲言又止地看了江砺一眼，闻希终究是说不出口这种话，索性转过头继续看风景。

哪知她刚转头，江砺却突然把那颗被他没收的黑色纽扣递到闻希面前，声音含笑：“你要真来了难不成我还能把你赶走？”

/ 第六章 /

警察哥哥可以收留我一下吗

01.

江砺他们回程坐的是老式绿皮火车，哐当哐当的。

闻希昨晚和林烛打游戏打得没有节制，几乎是凌晨四点多才睡下，错过了入睡的点，她几乎又是睁着眼等到天亮的。

也不知道是不是这火车哐当哐当的声音太催眠，平时助眠药都没什么作用的人竟然昏昏沉沉地睡了过去。

闻希睡了整整一路。

快到海城火车站的时候，周围的人隐隐都开始躁动起来，也不知是谁扯着嗓子吼了一声“到了”，然后所有人都陆陆续续起身，开始整理自己的行李。

闻希被这动静吓得激灵了一下,意识顿时从混沌的梦境中剥离出来。

她迷蒙地轻哼了声，因为没睡醒脑袋有些昏昏沉沉的。

见闻希还没有完全清醒，江砺抬手将闻希快要从他肩上滑下去的脑袋轻轻往上托了托，重新替她寻了个舒服的姿势。

他问闻希：“还没睡醒？”

闻希下意识地睁开眼，入目的就是江砺流畅的下颌线。

他这会儿低着头，和闻希的视线对上，他笑了笑：“别睡了，马上火车要到站了。”

刚开机的脑子反应还有些慢，闻希懒懒地“嗯”了声，一颗毛茸茸的脑袋却依旧搁在江砺的肩上，没有动。

这是江砺第一次看到闻希熟睡的样子，和醒着时比起来，神情放松了不少，虽然偶尔不知梦到什么会皱眉，却卸下了她对周围事物天生的戒备。

他也不催她，等着她缓神。

“砺哥，都要下车了你怎么还没动静？”

赵一恺和江砺他们是背对着坐的，也没留意到江砺这边是个什么情况，他把东西收拾好，见江砺还杵在座位上，一拳就招呼了上去。

警校里一帮大老爷们儿平时随意惯了，平时都没个正形，你打我一拳我踢你一脚都是司空见惯的事儿，反正也就是个变相表达关系好的方式。

江砺自然不会在意这些。

不过这会儿闻希还靠在江砺的肩膀上一副没睡醒的样子，赵一恺这一拳下去江砺倒是没多大感觉，但那声闷响却把闻希给惊到了。

混沌的脑袋一下子就清醒了不少，她愣了一下，才意识到自己正靠在江砺的肩上。

耳根子很快就有些烫，闻希窘迫地坐直身体，摸了摸并不存在口水的嘴角，眼神丝毫不敢往江砺那里瞥。

“那个……”

她有些烦躁地抓了下披在肩上的头发，一时不知道该怎么和江砺解释她并不是故意要占他便宜的。

而且被她靠了这么久江砺该不会生气吧？

刚刚闻希靠着江砺的时候，从赵一恺的视线看过来，整个人完全被江砺挡住，这会儿她一抬起头来，赵一恺顿时明白自己破坏了什么，他赶紧把一句“你能不能快点儿”悄无声息地咽回了肚子里。

“那个……”

闻希这边还没来得及说出个所以然，赵一恺先出声打断了她：“那个闻希小姐姐，我没看到你在睡觉，不好意思打扰你了。砺哥我真不是故意的，求求你别用这种眼神看我。”说完，他迅速以一种什么都没发生过的神色坐回了自己的位置。

闻希：“……”

见不速之客识相地走了，江砺这才从赵一恺身上收回凉得快要结冰的视线。

正巧火车进站，整节车厢的人连带着赵一恺陆续下车，经过江砺身旁的时候，赵一恺大气都不敢喘一下。

一直到车厢空了，江砺才起身，看了脸颊还泛着粉的人一眼，淡淡开口：“你一副我要吃了你的表情是怎么回事？”

闻希悄悄觑了江砺的肩膀一眼，试探着问：“你的肩膀还好吧？”

“没事。”说这话的时候，江砺轻轻松松地将行李架上的行李取了下来。

“我不小心睡着了，不知道怎么就靠到你肩膀上了，我真不是故意的。”

闻希说得诚恳，江砺听完微微点了下头，看样子应该是相信闻希的这番说辞。

闻希松了口气。

但她不知道的是，在她睡着之后，江砺看着她小鸡啄米似一点一点的脑袋，忍不住就抬手将小姑娘的脑袋拨到了自己肩上。

不过，江砺自然是不会告诉闻希的。

他朝列车门口抬抬下巴：“先下车再说。”

江砺一个人几乎拿完了两个人的行李，到出站口的一路上，闻希都空着手，亦步亦趋地跟在江砺身后。

他没问闻希拿不拿得动自己的行李，而是直接说：“等会儿门口打个车，我送你回去。”

刚隐约听到有几个警察在讨论局里要开会，怕耽误江砺正事，闻希没答应：“出租车能开到我家楼下，你就不用送我了。”

“耽误不了，送了你再回去开会完全来得及。”只一眼，江砺就猜到了闻希的想法。

出站的时候，闻希接到了余琛打来的电话。

“今天回来，我去接你吧？”

“不用了。”闻希几乎没什么犹豫就拒绝了他。

许是闻希拒绝得太过干脆，余琛有些不甘心：“你一个小姑娘，怎么把那堆行李扛回去？”

闻希的装备当初大多数是余琛买的，其实大部分东西没用上，只好又原封不动地带了回来。

东西不少，她的确扛不动。

抬眸看了眼拿着行李走在前面的江砺一眼，闻希弯弯唇：“有人送我，你就不用担心我了。”

见余琛没再说什么，闻希很快挂了电话，跟着江砺往出租车乘车点走去。

两个人谁也没注意到，等着接人的人群里，余琛没什么表情地看着越来越远的两个背影，手里下意识地握紧了手机。

他眼里是浓浓的难过，如果说之前还只是怀疑，这一刻他终于可以肯定，自己守了十多年的小姑娘，好像在他不经意之间喜欢上了别的男人。

江砺和闻希很快拦了一辆出租车，两个人并排坐在出租车后排。

江砺示意闻希自己报地址。

闻希犹豫了下，还是报了家里的地址，她其实还没想好该怎么去面对闻洪海，但是除了回家她也不知道要去哪儿。

听到闻希报的是海城最大的别墅区时，江砺挑挑眉。

火车站到别墅区四十分钟的车程，两个人谁都没主动说话。

闻希是想到马上要分开，心里堵不知道该说些什么，而江砺本身就不是一个习惯主动找话的人，却趁着闻希不注意时不时往身旁看一眼。

一直到出租车停到闻家的院子前，闻希才有些不舍得地跟江砺挥了挥手。

江砺替闻希将行李箱从后备厢里提出来放到闻希跟前，忍了忍还是没忍住，抬手在闻希的脑袋上揉了下。

他笑：“你要是一直这个表情，等下回家了指不定让你父母觉得我欺负了你，让你在演习的时候受了委屈。”

闻希撇撇嘴，闻洪海和余诗敏才不会在意这些。

“你笑起来才好看，多笑笑。”见闻希还是一副苦大仇深的表情，江砺只好继续哄人。

“好看也没人看。”闻希声音很小，“反正接下来一段时间都见不到你了。”

“我不是说过了，你来找我，我还能赶你走不成？”

闻希的眸子明显亮了亮：“不会打扰你吗？”

江砺无奈摇头：“不会。”

得到了肯定的答复，闻希才放下心来，看着江砺重新上了出租车。

闻家的院子里有些清冷。

闻希拖着箱子走到门边，只敲了一下，门就被人从里面打开，刘姨站在门里欲言又止。

闻希和她打了个招呼，刚想往里面走，一个陶瓷杯就碎在了她的脚边，被砸碎的陶瓷片崩起来，在她手上划了道不深不浅的口子。

伤口很快开始渗血。

刘姨压低了声音：“先生和太太在吵架。”

站在玄关处，闻希清晰地听到了客厅里激烈的争吵声。

“吵什么？”闻希问。

刘姨看了眼闻希的脸色，顿了顿，没说话。

结果下一秒闻希就听到余诗敏说：“你在外面鬼混最好适可而止，带一个野种回来已经是我最大的让步，再带其他的私生子回来，你想都不要想。”

“这事怪我？当初要不是你没看好沁月，让她被人抱走，我需要再去给你找个女儿回来？”

闻希嘲讽地弯弯唇。

客厅里的人还在吵，闻希往后退了一步，退到门外，对刘姨说：“别跟他们说我回来过，估计他们现在也没人想看到我。”

“希希……”

闻希很快关上了门。

她拖着行李箱漫无目的地在街上乱晃,之前就麻烦了林烛大半个月，她也实在不好意思再去叨扰她，突然觉得自己在哪儿都有些多余。

晚上七点多，江砺才开完了演习汇报大会。

他开着那辆路虎揽胜从公安总局的大院出来的时候，冬日的天已经黑尽了。

他偏头，就看到门口的老树下有个人影，小姑娘坐在行李箱下，有一下没一下地揪着手里的落叶。

闻希眼神空洞，也不知道在想些什么。

一直到江砺摁了下喇叭，闻希才有些慌乱地抬起头来。

江砺看到她轻轻舒了口气。

闻希将行李箱拖到江砺车边，小声说：“人民群众无家可归了，警察哥哥可以负责一下吗？”

02.

临近年关，海城的气温越来越低。

这个时间，海城公安总局的各个办公室依旧灯火通明，每一盏灯下，都是一位默默守护着万家灯火的英雄。

江砺的车打着双闪停在路边，偶尔会有匆忙进出的人看上一两眼，但也很快就收回视线，重新投入到手上的事情中去。

闻希才从山里回来穿得不少，但还是有些扛不住刚入夜的风。

南方冬日的风带着湿意，缓慢地浸透衣料，然后能渗进人的骨子里，从内冷到外。

闻希握着行李箱的拉杆，安静地站在路边，迎上江砺的目光。

她以为自己表现得足够镇定，却不知握着拉杆的泛白的指节，早就出卖了她心里的不安与紧张。

“怎么没回家？”江砺没想到这么快就和闻希又见面了。

刚刚在看到树下那抹纤细的身影时，有一瞬间他以为是自己出现了幻觉，但很快他就意识到并不是自己眼花，而是那人就是闻希。他瞥了眼汽车中控台上的时间，七点四十七分，距他把闻希送到家门口只过了六个多小时。

闻希顿了顿，实话实说：“因为无家可归。”

那个地方其实本来也不算家。

在她看来，那幢装修奢华的别墅甚至没有林烛那间小出租屋带给她的温暖多。

江砺没说话，但闻希清晰地看见，他皱了下眉。

从开始到现在，闻希就觉得，她从来看不出江砺在想些什么，却莫名有种能被江砺一眼看穿的感觉。

这感觉让她觉得在江砺面前根本藏不住秘密。

闻希有些窘迫，关于那个家，关于她的身世，她其实是羞于启齿的。

她没办法选择，因为闻洪海和她亲生母亲的荒唐，让她一生下来就带着污点，从小到大听了不少诸如“私生子”“和她妈一样不要脸”的话。

她表面上表现得不在意，就连林烛都以为她是真的不在乎，但只有她自己知道，这些都是她午夜摆不脱的梦魇。

闻希拖着行李又往前挪了一步，声音比之前更小了：“我没有骗你，但是你可不可以不要问原因。”

江砺看到，说这话的时候，闻希的身体微微发抖。

他突然就想到了之前那个只穿着一件卫衣，蹲在滨海广场的雕塑下等她的姑娘，那个时候闻希脸上就有一个让人无法忽视的五指印。

心忽然就软了。

他熄了火下车，接过闻希的行李，问她：“吃晚饭了吗？”

闻希摇摇头，不光晚饭没吃，午饭其实也没吃。

她大概下午一点多就到公安局了，但是下午的时候心乱如麻，又怕打扰到江砺，所以也不敢给他发消息。其间，公安局门口站岗的警察看了她好几眼，甚至还特地来问过她一次，是不是需要帮助。

江砺有些无奈地叹口气，拎起闻希的行李放到了后备厢。

回身的时候，示意闻希坐到副驾上去：“先带你去吃饭，有什么事吃过饭再说。”

闻希有些感激地看了江砺一眼，说了声“谢谢”。

江砺刚坐到驾驶座上就听到这两个字，他嘴角翘了翘，说：“算是回请你上次的火锅。”

他问闻希：“这次吃点清淡的行吗？”

上次请江砺吃火锅，只是因为闻希对火锅情有独钟，她其实不太能吃辣，平时也基本吃得比较清淡，见江砺既然已经有主意了，她便点头应下。

江砺开车带闻希去了一座四合院。

四合院在海城并不多见，闻希在海城生活了这么多年，还真不知道海城有这么安静和古朴的巷子。

车停在四合院门口，闻希看到门口的匾上写着“隐世”两个大字，她不太懂书法，却猜得出来这字肯定出自名家之手。

不过这里怎么看都不像是那种附庸风雅有烟火气的餐厅。

见江砺已经熄了火，闻希有些疑惑：“我们在这里吃饭吗？”

江砺“嗯”了声：“这座院子一个月只开初一和十五两天，今天刚好十五，你运气好。”

闻希跟在江砺身后进了院子，才发现里面别有洞天。

她是学服装设计的，但其实无论是服装设计还是别的什么设计，都是有些共通点的，所以她只看一眼，就知道这院子里的一草一木是经过精心设计的，每一处都透着院子主人的品位。

闻希忍不住问：“你怎么想到来这种地方吃饭的？”

江砺看她：“不喜欢吗？”

“不是不喜欢。”这种地方给人一种时间都慢了的感觉，呼吸之间全是墨香，她其实是喜欢的，“我只是觉得不太像你会来的地方。”

看闻希小心翼翼措辞的样子，江砺笑了笑，没因为她那句“不像是你会来的地方”而生气。

他解释：“这院子其实是我爷爷战友开的，很有名气，我爷爷每个月初一、十五都会来和老战友聚两次，这段时间他老人家陪我奶奶去寺里小住了，所以今天才换成我代他来看看陈爷爷。”

原来如此。

两人说话间进了一间屋子，很快就有个穿着旗袍的少女从屏风后走出来。

少女看上去也就和闻希一般大，长得似江南水乡女子般温婉秀美，旗袍衬得身姿袅娜，乍看不像是从屏风后走出来的，倒更像是从画中走出来的美人儿。

闻希注意到，在看到江砺时，少女脸上的笑意都明媚了不少，眼底尽是惊喜。

“江砺哥哥？”少女快步走到江砺身边，仰着头笑得一脸娇俏，“我还以为今天是江爷爷过来呢，没想到居然是你。”末了，又补充一句，“我都好久没看到你了。”

江砺下意识看了闻希一眼，说：“爷爷陪奶奶去寺里了，我学校事忙，今天难得有空来看看陈爷爷。”

“爷爷前几天也说好久没见着你和江寒哥哥了。”少女话落朝里屋叫了声。她说的是方言，闻希没听懂，但应该是在唤人。

江砺指着一旁的雕花檀木椅示意闻希坐会儿。

等到旗袍少女和里屋的人说完话，他才淡淡开口：“江寒半年前出国了，还不知道过年回不回得来。”

顺着江砺的动作，那少女终于将视线落到了一旁始终没说过话的闻希身上，凭着直觉，闻希觉得她的目光里带着戒备和敌意。

闻希由着她打量，心里却有种说不出的滋味。

“小砺来了？”

一道有些苍老的声音打破了闻希和那旗袍少女之间相互的审视，紧接着，闻希便看到一个看上去精神矍铄的老人从里屋走出来。

江砺也注意到了，他起身，恭恭敬敬地跟老爷子打招呼：“陈爷爷。”

老爷子笑得眉慈目善：“来了就行，陈爷爷好久没见着你了，这是谈女朋友了？”

江砺笑笑，没回答陈老爷子的话，而是给双方引荐介绍。

“这位就是陈爷爷，刚刚给你说的我爷爷的老战友；陈爷爷，这是闻希，今天带她来见识见识您的手艺。”

闻希走上前，学着江砺的样子礼貌问好：“陈爷爷好。”

老人眯着眼打量她：“小姑娘长得俊，你爷爷奶奶看了指不定多喜欢。”

“爷爷。”那个穿旗袍的姑娘听完，突然叫了陈老爷子一声，打断三个人的对话。

自家孙女的心思陈老爷子自然看得出来，只是他看着江砺长大，江砺什么性子他还是了解的，这孩子一直把自家孙女当妹妹，那便是无论以前现在还是以后都没有其他可能了。但偏偏自己的孙女一根筋不听劝，

一副不撞南墙不回头的样子。

他敛了笑意，说：“语嫣，去给客人沏茶。”

原来旗袍少女唤作语嫣。

陈语嫣印象中，这还是江砺第一次带外人来这座院子，这外人还是个顶好看的姑娘，而且从江砺看闻希的眼神中，她能感觉得到他对闻希的在意。

闻希让她有了危机感，但偏偏自家爷爷不但不帮自己，还要故意支开她，陈语嫣有些不高兴，杵着没动。

“语嫣。”老人沉下声音又叫了她一声，她这才不情不愿地出去沏茶。

等到陈语嫣出了屋子，老人才又恢复了笑意，领着江砺和闻希到里屋入座。

闻希本以为陈语嫣会和他们一起吃饭，但一直到吃完，整张桌子上也就他和江砺还有陈老爷子三个人。

一顿饭吃下来，闻希终于理解了江砺之前说的“一座难求”的意思，这顿饭绝对是她有生以来吃过最特别的一顿饭,而且陈老爷子人也和善，一直都对她照顾有加。

美食面前，她很快忘了之前心里因为陈语嫣而生出的别扭。

吃过饭，江砺又和陈老爷子聊了会儿。见时间不早了，他才和闻希起身告辞。

走到四合院门口的时候，一晚上没见的陈语嫣也不知道从哪里走出来，叫住了江砺。

她没看闻希，像是宣誓主权一般：“江砺哥哥，我下次可以再去你家吗？”

闻希敏锐地抓住了重点，陈语嫣话里说的是“再”去。

原来这姑娘都去过江砺的家了，她低头去看自己的鞋尖，耳朵却竖着在等江砺怎么回答她。

闻希脑袋里有两个声音，一个说江砺肯定不会答应的，另一个却说，反正都去过再拒绝也没什么意义，江砺肯定会答应的。

在闻希纠结的时候，她听到江砺“嗯”了声。

这是答应的意思？

得到了允许，陈语嫣重新扬起笑脸，乐滋滋地送江砺出了院子，最后甚至还好心情地冲着闻希说了句“闻姐姐再见”。

虽然说的是“再见”，听上去却像是再也不要见了的感觉。

上车之后，闻希安静地看着窗外漆黑的夜色，副驾的窗户被她打开，刺骨的夜风尽数往车里灌。

她没想到陈语嫣和江砺都熟到这地步了，刚刚在听到江砺答应陈语嫣的要求时，她忽然就觉得她在江砺这里也是多余的。

她之前以为，经过了那么多次的相处，江砺多多少少是有些喜欢她的，可是这会儿突然又不确定了。

江砺看了眼闻希被风吹乱的头发，提醒她：“把车窗升起来点，车开着风大，等会儿吹病了。”

闻希表情淡淡地回了句“我不冷”。

江砺轻嗤：“上次被冻生病的也不知道是谁？现在好了伤疤忘了痛。”

他说话的时候，正好遇上一个红灯，将车停稳，江砺抬手用驾驶座那边的开关将副驾的车窗升了起来。

闻希不满地回头看了他一眼。

车里没灯，但透过外面路灯的光，江砺看见了闻希眼底的委屈。

他怔了下，问她：“今晚吃得不合胃口？”

闻希摇头，声音很轻：“陈爷爷的手艺很好。”

“那是身体不舒服？”

闻希还是摇头。

江砺没有开车听歌或者广播的习惯，两个人都不说话后，车内重新陷入了沉默。

前面的指示灯开始倒数，红色的数字从“10”跳到“0”，然后极快地变成了一片绿色。

在指示灯颜色变化的那一刻，闻希突然开口：“陈语嫣她喜欢你吧？”

虽说是问句，却是肯定的语气。

她声音很低，像是喃喃自语，江砺却听清了。

所以闻希是误会了他和陈语嫣的关系才会难过？他回想了一下，好像确实是最后陈语嫣来送他们出院子的时候，闻希才开始闷闷不乐的。

江砺知道陈语嫣对他有男女之情，但就像陈老爷子看到的那样，他仅仅是就着长辈的关系把她当一个普通的妹妹，再没其他什么旖旎的想法。

后面等着的车开始不耐烦地摁起了喇叭，江砺回过神，很快重新发动车子。

等到车子汇入车流，他低低地笑了笑。

闻希发现，比起刚认识的时候江砺最近好像格外爱笑。

不等她问他笑些什么，江砺忽然一手稳着方向盘，然后空出一只手在她额头上拍了下。

然后，闻希就听到江砺说：“不要误会我，我不喜欢陈语嫣。”

闻希还记得她上次给江砺解释她和余琛的关系时，也说了让他不要再误会自己了。

她没想到他会用她说过的话，更没想到他会说得这么直白。她怔怔地望着江砺，不知道是不是她的错觉，她觉得江砺的笑里全是纵容。

这一瞬间，闻希差一点就问出“那你喜欢我吗”。

可是在脱口而出的时候，她又尿了，怕听到江砺说“我也不喜欢你”。

缓了缓，闻希把那句话咽回肚子里，改了口：“你都答应她去你家了，而且还不是第一次。”

闻希说话时的神态，像是拼命争宠的小朋友，语气酸溜溜的。

江砺开着车，好脾气地给她解释：“她说的我家，是我父母那里，之前陈爷爷带着她串门的时候去过，答应她再去也是看在陈爷爷的面子上。而且我从大二开始就搬出来自己住了，只是有空了或者年节才会回我父母那儿。”

虽然江砺没直说，闻希却听明白了，江砺的言下之意是陈语嫣去的是他父母家，而且就算她去了他们也见不着面。

江砺坦坦荡荡的,闻希忽然就觉得是自己以小人之心度君子之腹了。

闻希犹豫了下，和江砺商量：“警察哥哥，你可以当作刚刚什么都没发生吗？”

实在是太丢人，也怕江砺觉得她小心眼。

江砺挑眉，难得没说反话，应了声“好”。

车开进主城区的时候，江砺想起闻希还搁在后备厢的行李。

经过今天和上次，其实他大概感觉到，闻希应该是和家里关系不好。

但是他又有点想不通，闻希这种看着就温温软软的小姑娘，和那种会和家里对着来的中二叛逆少女根本搭不上边。

不过既然闻希不愿意说，他也不会非要问出来让闻希难堪。

闻希这会儿正闭着眼靠在椅背上，也不知道睡没睡着，江砺轻声叫了她一声：“闻希。”

他话音刚落，闻希就睁开了眼，眼底一片清明，刚刚应该是没睡着。

她侧头去看江砺，他明显有话要说的样子。

江砺想了想，索性将车停在了路边，问闻希：“你今晚上怎么办？真不回家了？”

迟早是要面对这个问题的。

闻希其实希望江砺的车可以一直开下去，这样她就可以一直坐在他旁边，也不用去想那些乱七八糟的事。

见江砺还等着她，闻希叹了口气：“你随便找个酒店把我放下吧。”

江砺从烟盒里抖了一支烟出来，夹在指间，问闻希：“没其他地方去了？”

现在已经不早了，他觉得把一无家可归的姑娘扔酒店里，不像是人

干出来的事儿，而且因为对方是闻希，光是想想她一个人在酒店里发呆就觉得怪可怜的。

“没有了。”快过年了，闻希是真不想去麻烦林烛了。

江砺把夹在指间的烟点燃，半眯着眼吸了两口，末了熟练地把烟灰抖落。

“闻希，你相信我吗？”

“嗯？”闻希没懂江砺的意思，两个人明明在讨论闻希今晚怎么安顿的事情，怎么就扯上“相信不相信”了。

江砺又问了一遍：“你相不相信我？”

“信。”如果不相信，她也不会在每次无助的时候都第一个想到他。

江砺扬了扬嘴角：“就不怕我欺负你？”

“警察还能欺负人民群众？”闻希也笑。

“说不定会，知人知面不知心，警察也分好坏。”

闻希认真地看着江砺，一字一顿：“但是我知道你肯定是个好警察。”

江砺身边几乎所有人都给他说“你要当一个好警察”，但独独只有闻希一人说“我知道你是个好警察”，而且这姑娘还无条件地相信他，这样的信任让江砺说不出是种什么感觉。

他盯着闻希看了会儿，将手里还剩一大截的烟掐掉，一言不发地发动了车子。

闻希以为他是要送自己去酒店，可等到了才发现这里不像是酒店，倒更像是某个小区的地下停车场,每个停车位上都标注了不同的车牌号。

江砺认真看着后视镜，熟练地倒车入库。

等到车停稳，闻希才问：“这不是酒店吧？”

江砺拿起中控台上的手机，懒懒地靠在椅背上：“这会儿才想起问，不怕我把你卖了？”

“你又不会。”闻希是真没担心，她笑了笑，半真半假地说，“你要真把我卖了的话我也帮你数钱。”

这话让江砺忍不住想笑。

江砺抬手将放在后座的外套递给闻希，招呼她：“不怕我把你卖了就先下车。”

闻希接过，抖落了一下外套，自顾自地穿上。

因为坐在车内空间有些小，外套又厚，她穿上一只袖子后摸索了半天也没能把另外一只袖子套上。

她刚想让江砺帮她拉一下，还没来得及开口，就看见江砺已经倾过身子，温暖干燥的手握住她的手腕，另一只手牵过外套的袖子，利索地将她的手套进外套里，完事儿后还细致地替她理了理被她弄得皱起来的领口。

等闻希穿好，江砺调侃她：“像是熊二。”

闻希：“……”

这又不怪她，她撇撇嘴，她要是熊二江砺就得是熊大。

江砺笑着松了安全带，和闻希一起开门下车。

等在后备厢拿了闻希的行李绕到副驾那边，他才说：“我家在这儿，平时上学住校也很少过来，也就周末有时间才回来一趟，卧室多了一间，你要不介意的话今天先住着，要是觉得不合适我就还是送你去酒店。”

虽说已经到了家楼下，江砺还是把选择权交到了闻希手上，也没有要干预她决定的意思。

见闻希半晌没说话，江砺以为她是觉得尴尬，略微沉吟了一下，问她：“不想住这儿？”

“想。”闻希赶紧表态，怕等会儿江砺真送她去酒店。

但话说完，她又忽然觉得有些不对，她这样子江砺会不会以为她不矜持？顿了顿，她赶紧补救：“不是……我不是那个意思，我的意思是我只是没想到你会带我来你家。”

这样听起来还是有些怪怪的，闻希有些羞恼地抓了下自己的头发。

江砺自然地替她将被自己抓乱的头发理顺，才说：“不是你说人民群众无家可归要警察负责的？”

在决定带闻希回来的那一瞬间，江砺也觉得自己有点不可思议，这个房子他以前没带人来过,就连赵一恺也只是知道他住在这个小区而已，其余的连他在哪栋楼哪个单元一概不知。

但是刚刚他鬼使神差地就开车带闻希来了这里，还是在没有征得她同意的情况下。

江砺忍不住在心里自嘲，他真是疯了。

最后的结果是闻希跟着江砺去了他家。

江砺家是典型的电梯公寓，三室两厅的格局，装修风格和闻希想象中一样简洁，从家具到摆饰，清一色的冷色调。

虽说挺符合江砺的风格，但闻希怎么看都觉得少了些什么。

站在玄关，江砺从鞋柜里给闻希拿了一双男士拖鞋，解释：“家里只有一双拖鞋，你先将就着穿，我明天再去买。”

然后闻希就看到江砺脱了鞋穿着袜子直接踩在了地板上。

又是那种被江砺放在心上的感觉。

“你先在客厅坐会儿，我去给卧室通下风。”

江砺顺手给闻希开了电视，把遥控器递给她，然后便消失在闻希的视线里。

只是江砺前脚刚离开，闻希接着就调小了电视的声音，听到江砺在里面忙碌的动静，她还是有种不真实的感觉。

她就这样意外地，被江砺带进了他的世界。

犹豫了一下，闻希起身去了次卧。

明亮的卧室里，江砺正在给她铺床单。闻希没出声，就倚着门框安静地看着江砺忙碌的背影。

等到换完床单被套，江砺才看到闻希立在门口。

他招手示意她进来，叮嘱闻希：“你晚上住这儿，我就在隔壁房间，有事叫我就行。”

“谢谢。”除了这两个字，闻希不知道还要说些什么。

这是闻希今晚第二次对他说“谢谢”这两个字，但他听得出来小姑娘不是客套。

江砺抬手拍拍闻希的头：“乖，别想太多，好好休息。”

03.

江砺的卧室和他给闻希准备的房间就隔了一堵墙。

他房间里有独立的卫浴，怕闻希觉得尴尬，给闻希准备好东西之后他就回了房间，将外面的空间全都让给闻希。

一声轻响，锁舌滑入锁眼。

闻希小心翼翼地走到房间门口，朝江砺关上的房门看了一眼，悄悄弯了弯唇。

确认江砺不会再出来，她轻轻将房门关上，窝回床旁的一个懒人沙发里给林烛发微信，眼底灿烂的笑意都快溢出来了。

闻希本来是想给林烛弹视频的，但想到江砺还在隔壁，怕自己痴汉的样子被他知道，索性作罢，换了发文字消息。

【哦：阿烛阿烛！】

林烛一般没在工作的时候都是秒回，很少见闻希这么激动的语气，她很快回了个问号。

【哦：我觉得我今天出门一定是看了皇历的！】

又是一个问号。

发完这个问号之后，林烛突然想起闻希和江砺一起去演习的事儿，难不成她家崽儿在江砺那里已经革命成功了？

想到这儿，她在闻希下一条消息发过来之前，回了一条：“和你的警察哥哥生米煮成熟饭，私定终身了？”

这回换了闻希发了个问号过来。

隔着屏幕林烛都能感受到闻希一脸问号的样子，她忍不住笑起来，

给闻希打了个电话过去。

林烛这个电话打得闻希措手不及，铃声响起来的一瞬间她差点吓得连手机都没拿稳，她迅速地摁了静音键，这才做贼心虚地接了起来。

闻希一接通，林烛就问她：“今天遇到什么好事了？”

林烛那边背景音乐很嘈杂，应该还在酒吧。闻希压低了声音，生怕江砺会听见。

“阿烛，你猜我现在在哪里？”

“你警察哥哥的床上？”

闻希：“……”

她以前怎么没发现，林烛这么不正经？

用手背摸了摸发烫的脸，闻希也不和林烛打哑谜了，她笑着说：“今天我说自己无家可归的时候，江砺居然收留了我，我现在在他家里。”

林烛刚刚是真的开玩笑，没想到自己居然一语中的。

她这段时间被赵一恺缠得心烦意乱，明明她都清清楚楚地给他摆事实讲道理说了两个人不合适，但那个小警察偏偏一根筋，逮了空就往她面前凑。

林烛整天忙着躲赵一恺，都忘了关心闻希的感情进展，没想到这崽儿居然和江砺发展得这么快。

她下意识就说了句：“四舍五入差不多就是同床共枕了。”

闻希娇嗔：“阿烛，你别乱说，我们不睡一间卧室。”

不过话虽这么说,闻希却想象了一下和江砺躺在同一张床上的画面，从第二次见面起，她就惦记上了他身上线条流畅的肌肉，想知道摸起来是什么感觉。

越想脸越烫，闻希有些燥热地用手给自己扇风。

都怪林烛，她明明都没往那个方向想的。

怕林烛再语出惊人说出什么十八禁的话，闻希不敢再和她讨论住到江砺家里这件事，索性换了话题。

两个人这段时间也没怎么联系，絮絮叨叨地聊了快一个小时，才意犹未尽地挂了电话。

已经晚上十一点多了。

闻希也不敢再耽搁，从行李箱里拿了换洗的衣服去浴室洗澡。

她洗澡不算慢，而且这里又是江砺家，她也不好意思拖拖拉拉的，用了十来分钟就洗好了澡。

每次和江砺靠近时，闻希都能闻到他身上若有似无的清冽薄荷味，她心痒了好久，这次终于如愿以偿地用了属于江砺的沐浴露和洗发露。

关掉喷洒，闻希擦干身上的水，抬起胳膊轻轻闻了一下。

是江砺身上那种清冽的薄荷气息。

闻希笑得像只偷腥的猫，刚转身打算去拿挂在架子上的衣服穿上，浴室吊顶上的照明灯却突然熄灭了。

应该是停电了，外面也没有光透进来，整个浴室顿时陷入了可怕的黑暗之中。

闻希惊了下，渐渐觉得呼吸都开始变得困难，身体在空气中微微颤抖。

她怕黑。

尤其是怕这种突如其来的黑暗。

在被接到闻家之前，闻希还和那个生她的女人生活在一起，每次只要她不高兴了，便会将闻希关到漆黑的铁皮柜子里撒气，任凭闻希怎么哭闹都不会放闻希出来，每次都是等她出了门，外婆才会偷偷把闻希放出来。闻希觉得那应该是她人生中最暗无天日的时光了，即便后来到了闻家没人再这样对她，但她也一直怕黑。

所以除了在寝室里得顾着室友的感受，其余时候，只要一入夜闻希就会点上灯，就连失眠这个问题，心理医生也说过和她小时候的这段经历脱不开关系。

在闻希陷入那些噩梦时，她突然听到有人叫她。

“闻希。”

江砺低沉微哑的嗓音隔着浴室的门传进闻希耳朵里，将笼罩着她的梦魇撕开了一条缝隙。

紧接着是有些急促的敲门声。

“闻希你在里面是不是？”

闻希晃了下脑袋，强迫自己冷静下来。她深吸了几口气，寻着江砺的声音磕磕绊绊地摸到门边。

“江砺，我看不见。”她的声音有些无助。

浴室门外，江砺顿了顿，问闻希：“方便开门吗？”

被江砺这么一提醒，闻希才想起来自己身上还光溜溜的，顿时觉得尴尬，怕江砺会冲进来，她抵着门，有些羞耻地开口：“不方便，你别进来。”

闻希的声音压得低，加上紧张，听起来有些柔柔媚媚，像是一根没什么重量的羽毛，挠到人的心窝子里。

江砺是个年轻气盛的男人，他克制力强但却并不代表他不会心痒，在这个勾人遐想的地点，偏偏闻希还对他是特别的。

黑暗里，江砺舔了下有些发干的嘴唇，觉得身体有些燥热。

闻希说了那句“你别进来”之后，迟迟没有听到江砺的回应，她以为江砺正人君子地走开了，心里顿时又有些没底了。

“江砺？你还在吗？”

听到闻希不确定的声音，江砺在心里暗骂了自己一句“禽兽”，他清了清嗓子，应了一声：“在，没走。”

浴室里的人重新没了动静。

江砺这才想起来闻希刚刚说自己看不见的事，他想了下，安抚闻希：“我去拿个手机过来给你打光，你先扶着站好别动。”

湿漉漉的浴室里，他怕闻希看不见会滑倒。

“江砺。”听到江砺挪动的声音，闻希忽然开口叫他。

江砺停了步子：“嗯？”

闻希没好意思直接说自己怕，犹豫了两秒，催江砺：“你快一点。”

然后，她就听见江砺低低地笑了两声，说：“好。”

江砺真的很快，前后不到半分钟的时间，闻希就又听到了他逐渐走近的脚步声，虽然隔着一扇门，却安心了不少。

“闻希，你把门开一条缝，我把手机给你。”

换作是别的男人，闻希觉得自己宁愿在这里耗着估计也不会同意把门打开，但外面的人是江砺，她就没有那么多顾忌。

她摸索到门把手上，拧开反锁的旋钮，轻轻压下将门拉开了一条缝。

一瞬间，手机闪光灯的光透过那条狭窄的门缝倾泻进了漆黑的浴室里，闻希反手挡了下，等到适应了她才看清江砺是背对着门口站的，反手举着手机递到了她的面前。

和灯光一起溢进来的，还有外面冬夜的冷气。

听到动静，江砺示意她：“你拿进去。”

闻希没吱声，却是按照江砺说的，将门缝拉开了一些，取过了他手上的手机。

拿手机的时候，闻希的指尖不经意间触碰到了江砺手上的皮肤。

明明是冬日，却烫得有些吓人，闻希下意识颤了下，迅速收回了手。

关上门，将手机搁在置物架上，借着有些晃眼的闪光灯迅速穿好衣服。

手机后置的闪光灯虽说光线不弱，但是终究和专门用来照明的灯不一样，白晃晃的灯光将无尽的黑色撕破，看起来倒是更诡异了一些。

闻希没敢在浴室里多待，拿起架子上江砺的手机就往外走。

一开门，就看到斜倚在门边的江砺。

刚刚她就在和江砺一门之隔的地方换衣服，也不知道自己有没有发出什么奇怪的动静。

江砺微微转头，睨了闻希一眼，见小姑娘穿戴整齐，才不动声色地翘了翘嘴角。

闻希还沉浸在自己的尴尬里，从浴室出来开始就一直低着头，根本不敢和江砺对视，自然也没看到江砺嘴角的那抹笑意。

她有点庆幸这样的黑暗，至少不会让江砺看见她发烫的脸和耳垂。

江砺收敛了笑意，从闻希手里接过自己的手机，抬手轻轻碰了下闻希还滴着水的头发，皱了下眉。

停电了，自然电吹风也不能用了。

江砺常年锻炼身体素质好得惊人，而且他一头利落的短发吹了和没吹一个样，自然用不用电吹风都无所谓。可闻希就不同了，她那头长发要是不擦就这么睡，估计明天能头疼得连床都起不来。

江砺往外走："我去给你找条干毛巾把头发擦擦。"

大概是在停电之前，江砺已经准备睡觉了，所以他这会儿只穿了一件看上去像睡衣的黑色短袖T恤。

见他要走，闻希下意识就抬手拽住他的T恤下摆。

"你走慢点，我和你一起。"

江砺低头看了眼抓在自己衣服上的手，很小，看上去还软绵绵的。

视线再往上，就是闻希晶亮却有些慌乱的眸子，从刚刚的反应看得出来，闻希应该是怕黑的。

下一秒，江砺抬手覆在闻希的手背上，等闻希松开了他的衣服，然后稍稍收紧，将她的手握进了掌心里。

那一刻，闻希心跳如擂鼓，她亦步亦趋地跟在江砺身后进了她的房间。

江砺将闻希牵到床边，等她坐上去又把被子给她披上后，他才去一旁的柜子里找毛巾。

几分钟后，他举了条藏青色的毛巾递到闻希面前："只剩这一条没用过了，坐过来把你头发上的水擦擦。"

闻希没好意思让江砺给她擦，自己拿过了毛巾。江砺也不勉强，拿着手机兀自坐到了闻希之前坐过的那个懒人沙发上。

那个沙发很矮，江砺那么高坐上去实在显得有些滑稽，为了舒服些，他半躺在椅背上，休闲裤下的长腿大剌剌地伸开来，闻希莫名想到了"葛优瘫"。

看到江砺没走，她在心里松了口气。

不大不小的房间里，一时间就只剩下毛巾和发丝相互摩擦发出的“沙沙”声。

只是毛巾终究不能和电吹风比，闻希手都有举酸了，头发摸上去还湿漉漉的。

感觉到闻希的不耐烦，江砺从手机中抬起头来：“困了没？”

“没。”闻希摇头，不光不困，而且没有一点睡意。

“不困那就等头发干了再睡。”

接下来的时间，闻希坐在床上，而江砺则坐在那个懒人沙发上，各自玩着手机。

百无聊赖地刷了会儿微博，闻希突然开口：“你明天是不是还要去局里啊？”

“不去。”刚演习完，今天总结汇报会也开了，局里便放了他们几天假，“怎么了？”

“我就是想问问你要不要先去休息啊？已经不早了。”

“我不困，等你头发干了再说。”

闻希低低地“哦”了声，嘴角却怎么也控制不住地往上翘。

又过了半个多小时，闻希胡乱地抓了两把头发，自然风干了这么久，头发已经干得差不多了。

她跟江砺说：“我头发干了。”

江砺点点头，慢悠悠地从沙发上站起来，随手在闻希脑袋上揉了下，确认干了，才说：“那你就早点睡。”说完，头也不回地往卧室外面走。

“江砺。”在江砺走到卧室门口的时候，闻希还是没忍住开了口，“我能不能去你房间打个地铺啊？”

/ 第七章 /

我不去你被吓哭了怎么办

01.

江砺停下往外走的步子，转身倚在门框上看闻希。

他手里的手机还亮着闪光灯，白色的光洒在他身上，像是蒙了一层柔和的轻纱，将他平日里那些锋利统统掩了去，只剩下他骨子里的温柔。

闻希说完这句话就觉得有些后悔了。

今晚上的江砺太过温柔，闻希被他的温柔溺得都有些不太清醒了，脑子一热就把心里想的都说了出来。

虽然她对江砺是司马昭之心路人皆知，但是毕竟江砺没有表过态。

江砺没说好也没说不好，而是用舌尖顶了下后槽牙，问闻希："害怕？"

闻希羞恼地垂着头，手里有一下没一下地揪着被子："算了，没事了，警察哥哥你早点睡吧，晚安。"

江砺挑眉："真没事？"

"没事没事。"江砺越问，闻希觉得越羞，说完索性将手里的被子一扯，整个人连头带脚地窝了进去。

看着裹得像个蚕蛹似的人，江砺嘴角翘了翘。

“停电开不了空调，晚上记得把被子盖好。”

闻希瓮声瓮气地在被子里应了声“好”。

江砺若有所思地点点头，站直身子替闻希把房门轻轻地带上。

闻希听到落锁的声音，小心翼翼地将裹得严实的被子拉开一条缝。等确认江砺真的走了，她才整个人从被子里钻出来，长长地舒了一口气。

她烦躁地揉了下自己发烫的脸，缩到床的角落里蜷成一团蹲着。

江砺一走，连带着他给闻希的那些安全感也被统统带走了，漆黑的房间里像是蛰伏着一只伺机而动的巨兽，只要闻希稍一掉以轻心就会窜出来吞噬掉她。

闻希的呼吸越来越轻，生怕自己一动就会惊动到它。

就在她神经完完全全紧绷着的时候，房门突然被人敲了两下，虽然很轻，但是在这样的黑暗之中，一点点动静都被放得无限大。

闻希下意识轻呼一声，警惕地望着房门的方向。

“是我。”江砺应该是听到了闻希的呼声，隔着房门问她，“方便开门吗？”

江砺的声音很有辨识度，闻希很容易就能听出来，她在睡衣上擦了下手心里的汗，然后点点头。

等了两秒，意识到江砺根本看不见她，她又赶紧说了句：“可以。”

江砺推门而入的时候，就看到起初裹在被子里的人，这会儿抱着膝盖蹲在床角，被子没盖外套也没穿，望着他时楚楚可怜的样子。

他轻叹了口气，就知道会是这样。

小姑娘明明害怕，但偏偏又憋着不说。

闻希不知道江砺为什么去而复返，只能试探着问：“你落东西在这儿了？”

江砺低低地“嗯”了声：“是落了点东西。”

“落了什么？”闻希下意识就往刚刚江砺坐着的懒人沙发周围看

了眼。

哪知江砺根本就没往沙发那边走，而是径直走到床边，朝床边整齐摆放着的拖鞋抬抬下巴，说：“把鞋穿好。”

“怎么了？”闻希疑惑地看着江砺，不知道他要干什么。

江砺直接伸手，握住闻希微凉的手腕，稍稍用了些力就将人带到了床边，眼底都是笑意：“不是你说我忘了东西？我现在正在取。”

闻希就着江砺的动作将脚伸进那双大了许多的拖鞋中，迷迷糊糊地跟着江砺进了他的卧室。

这是她今晚上第一次踏入这个房间。

黑暗里看不出房间的装修风格,但是借着从落地窗倾泻进来的月光，闻希大致能分辨出房间的布局。房间布置得很简单，一个衣柜一张床，床上除了枕头被子再没有其他多余的东西，床边的地上倒是有一个毯子似的东西。

闻希有些怔，她晃了晃被江砺握着手腕的手：“这是要干什么？”

江砺用脚尖踢了下刚才闻希看到的那个像毯子似的东西，不疾不徐地开口：“你说的要睡地铺，睡袋都给你准备好了。”

原来那个东西是睡袋。

等到消化掉江砺话里的消息，闻希惊得有些说不出话来，所以刚刚江砺是去准备这个睡袋了？她一直以为江砺会当作没听见她那句有些冒昧的话。

闻希张了张嘴，还是没能说出一句话来。

松开了小姑娘的手，江砺弯腰将床上亮着闪光灯的手机拿起来看了眼时间，催闻希：“快去睡，都快一点了。”

江砺没有提半个有关闻希怕黑的字眼。

“江砺。”闻希突然叫了他一声，等到江砺侧头看向自己，她朝他弯了弯唇，小声说了句“晚安”。

江砺上次没有骗闻希，小姑娘笑起来的时候是真的很好看。

他在闻希的笑意里，抬手揉下她的脑袋，就在闻希以为江砺不会再说话的时候，却听到“晚安”两个字钻进自己耳朵里。

闻希扒拉了一下被江砺揉乱的头发，朝那个睡袋走过去，刚迈了一步，就被江砺拦住。

江砺指了下床：“你睡床上去。”

见闻希犹豫，江砺忽地笑了：“哪有大老爷们儿，让一个小姑娘睡地上的道理，何况要是你睡地上感冒了又找我这个人民警察负责怎么办？”

最后闻希实在是找不出理由来反驳江砺，只好乖乖地被赶到了床上。

和隔壁次卧不一样，闻希一躺上去，便觉得每一寸呼吸都充斥着江砺的气息，枕套上是，被单上也是。

而且，江砺就躺在离她一步远的地方，只要一侧头，就能看见他。

早上六点的时候，江砺准时起床。

他刚坐起身，床上侧躺着的人就睁开了眼。

江砺顿了下：“吵到你了？”

闻希也跟着坐起来，摇摇头。

不算是江砺吵到她，昨晚被停电一折腾，睡前连那些乱七八糟的助眠药都忘记吃了，她几乎整晚都没睡着。

“还早，你可以多睡会儿。”

“睡不着了。”

闻希稍稍活动了下身体，昨晚怕吵到江砺，她几乎一晚上都没动一下，一直保持着同一个姿势，这会儿是真的腰酸背痛。

江砺也不是什么矫情的人，既然人家小姑娘不愿意睡了，他也不会非得劝着人家睡。

他手在地上一撑，利落地起身，淡声说：“我去楼下晨跑，有什么想吃的早餐吗，等会儿给你带回来。”

闻希沉吟了一下："我跟你一起出去吧。"

反正她一个人大清早待在江砺家里也不知道干些什么，不如出去兜兜风。

江砺睨她一眼："今天外面降温了，你确定要出去？"

闻希点点头。

多穿点应该不会太冷吧？

江砺表示随闻希自己选择。

最后的结果就是，闻希穿得像头熊似的，跟在只穿了件运动卫衣的江砺后面出了单元门。

楼下，闻希戴着手套朝江砺挥了挥手："我跑得慢，你不用管我，你跑你自己的。"

作为一个属于长不胖体质的人，她都忘记自己上一次正儿八经运动是什么时候了，起初林烛每周去三次健身房的时候还会硬拖上闻希，后来发现她去了健身房也只是站在跑步机上玩手机，便决定放弃她这个"不思进取"的人。

江砺也估计闻希肯定受不了他的运动强度，应下："你等会儿饿了就打我电话，我带你去吃早餐。"

"好。"

等到江砺跑远了，别说跑步闻希索性连走都懒得走，直接在小区花园里找了把椅子坐下来，看着一旁打太极拳的老人发呆。

江砺没跑一会儿，臂包里的手机就响了起来。

以为是闻希打来的，结果一接起，赵一恺毛毛糙糙的声音就在耳边炸开。

"砺哥，能帮个忙不？"

江砺戴着蓝牙耳机，运动的节奏并没有因为这个电话而被打断，他边跑边淡淡地开口："大清早的，有事儿说事儿。"

"就是……你能不能陪我去玩个密室逃脱？"赵一恺故意装出一副

嗲声嗲气的语调，“密室是恐怖主题的，我一个人怕。”

江砺：“……”

他要是信了赵一恺的话就有鬼了，以前在寝室的时候，这人看电影只要不看鬼片就觉得浑身不舒坦，现在能被一个恐怖元素的密室逃脱吓到？

他嗤笑，毫不留情地拆穿赵一恺：“正常点说话，不然我挂电话了。”

“别别别！”赵一恺赶紧拦住江砺，“我是真的求你帮忙。”

“说。”江砺言简意赅。

“我其实是想邀请林烛一起去，但是我直接找她不得被拒绝嘛，所以我只能用迂回战术叫上你和闻希小姐姐了。”

这小子，计划得还挺周密。

江砺在小区的人工湖边停下来，问赵一恺：“闻希答应你了？”

“还没有，不过闻希小姐姐比你善解人意多了。”怕江砺真不答应，赵一恺忽然转了话锋，“砺哥你说要是闻希小姐姐答应我了，到时候在里面她害怕了总不能我保护她吧？”

江砺忽然就想到了昨晚闻希在黑暗里缩成一团的样子，这姑娘连停个电都怕，真到了密室里指不定会吓成什么样。

他看着蒙着层雾气的湖面顿了顿，说：“闻希去我就去。”

“行，就等着您老人家这句话。”

说完，赵一恺迫不及待地挂了电话，转头屁颠屁颠地去联系闻希。

江砺跑完每天的十公里，回小区领闻希去吃早餐。

小区门口的小饭馆里，两个人对坐着，闻希要了一碗白粥，慢慢地喝着。

她瞥了眼江砺很快吃掉了半碗的面条，一双眸子滴溜溜地转了下，状似无意地开口：“你要去密室逃脱吗？”

闻希以前没去玩过这种推理游戏，只是听赵一恺说他拿了一张入场

券，但至少要够四个人才能入场，他和江砺那边二缺二，打算叫上闻希，如果闻希还能叫个朋友最好。

闻希自然第一个想到的就是林烛。

江砺抬头：“你答应了？”

“嗯。”闻希没什么胃口地搅着白粥，“阿烛现在估计还没起床，我晚点问问她要不要一起。”

见江砺还没回答她的问题，闻希又问了一遍：“所以你要不要去啊？”

江砺似笑非笑地盯着闻希看了半晌，慢慢悠悠地说：“我不去你被吓哭了怎么办？”

02.

“我不去你被吓哭了怎么办？”

这个回答完全在闻希的意料之外，她以为按照江砺的习惯，应该只会用“去”或者“不去”这样简单的字眼回答。

搅着白粥的手顿了下，闻希抬眸怔怔地看着江砺。

她小声反驳了一句：“其实我没那么胆小。”

但这句话闻希说得没什么底气，虽说昨晚江砺没有拆穿她的恐惧，但是她觉得江砺一定是看出来了，不然凭着他的性子，应该是不会那么好说话就让她进他房间的。

江砺迎着闻希的视线，片刻轻轻笑了笑。

他把桌上的一笼还没人动过的灌汤包往闻希面前推了推，才慢悠悠地开口：“刚说错了，是我担心我自己会被吓哭，既然你去了我就不担心没人保护我了。”

闻希：“……”

她实在是难以想象她站在江砺面前保护他的样子。

大概像是只鸡崽儿护了只雄鹰？

赵一恺预约的密室逃脱时间是下午三点，吃完早饭，两个放寒假的人重新窝回了家里。

江砺的客厅里有一排很大的书架，昨晚没细看，今天闻希才发现上面有一大半的书都是推理小说，国内国外的应有尽有。

回家之后，江砺随手抽了一本，靠在沙发上翻看。

闻希对推理这一类的小说没有兴趣，索性拿了自己的速写本坐在江砺旁边的沙发上涂涂画画。

等到一整页都画满了，她才意识到自己画的是江砺。

下笔之前她明明是想把昨晚想到的设计灵感画下来的。

闻希心虚地瞥了还在专心看书的江砺一眼。

可就像是有心灵感应似的，她抬头的时候，江砺也正好从书里抬起头来。

两个人的视线在空中撞上。

江砺先开口：“画了一上午，画的什么？”

他好像一直没什么机会和闻希聊过她的专业，他知道闻希学服装设计还是从赵一恺那里听来的，刚刚看到小姑娘安安静静画画的样子，莫名有些心痒。

闻希迟疑了一下，迅速将手里的速写本合了起来：“那个……就随便乱画的，很丑。”

江砺也就随口一问，但闻希这副遮遮掩掩的样子，倒是把他的兴趣勾了起来。

他放下书，挑眉看闻希：“欣赏一下你的作品？”

闻希把头摇得跟个拨浪鼓似的。

“真不给看？”江砺翘了翘嘴角，“我听赵一恺说你画的设计图很好看，他都能看我就不能看？”

闻希莫名觉得江砺的语气有点酸。

要真是设计稿给江砺看看也没什么，上次她给赵一恺看的也就是她要交上去的作业而已，而且是正好赵一恺问到了她的专业，她就顺手拍

了一张照片，但偏偏她今天画的不是服装设计稿。

犹豫了两秒，闻希小声说："今天画的不是设计图，你要看设计图的话我改天画给你看吧。"

江砺"啧"了声，倾身将手肘搁在腿上，拉近了和闻希的距离："那是画的什么这么见不得人？"

"是……是女孩子的秘密。"闻希躲开江砺的视线，"只有我以后的男朋友才能看。"

江砺用闻希的话反问她："只有男朋友才能看？"

闻希都想抽自己了，也不知道自己刚刚怎么想的，居然脱口就在江砺面前提到了以后的男朋友。

但是话都说到这份儿上了，她只能硬着头皮点了点头。

江砺没说话，盯着闻希看，也不知道想从她那里看出些什么，良久，才慢条斯理地说："行，那你把这东西保管好了，别等你男朋友想看的时候找不着了。"

说完这句话，江砺也不再提要看闻希速写本的事。

这个话题很快被略过。

差不多中午的时候，两个人随便点了份外卖，吃过饭简单收拾了一下后江砺就开车领着闻希去和赵一恺会合。

两个人到密室的时候差十分钟到三点，赵一恺还没到，倒是看到林烛等在那里。

看到闻希身边跟着江砺的时候，林烛明显一愣。

跟江砺打了招呼，林烛拉过闻希，小声问她："怎么还带你警察哥哥？三人行是不是太尴尬了一点？"

闻希是临近中午的时候给林烛打的电话，那个时候林烛还没起床，接到电话听闻希问要不要去密室逃脱，她单纯以为就是闻希想和她玩密室而已，根本没思考也没给闻希说明情况的时间直接应了下来，扔下句"时间地址微信发我"就挂了电话继续蒙着头睡觉。

“没有三人行啊，四个人。”闻希给林烛解释。

林烛：“？？？”

哪儿来的四个人啊？

大脑宕机了一下，林烛突然反应过来：“崽儿，这局不是你组的吧？”

闻希摇头：“不是啊。”

“赵一恺组的？”

“嗯。”

说曹操，曹操到，闻希刚“嗯”完，提着四杯奶茶的赵一恺就小跑着朝这边来了。

他把其中一杯还热着的芋圆奶茶递给林烛：“阿烛，专门给你买的热奶茶。”

林烛有点头疼，要知道今天这局是赵一恺组的她估计就不会来了，但是这会儿闻希和江砺都在，闹僵了大家都尴尬，她也只好接过赵一恺递来的奶茶，十分客套地说了句“谢谢”。

赵一恺挠着头笑了笑，然后给闻希递了一杯。

他在楼下的时候特地发微信问了闻希她和林烛的口味，闻希要的是一杯加冰的草莓果茶。

淡红色的果茶上面漂着几块碎冰，闻希还没接过，就被江砺拦了下来。

闻希去看江砺，哪知江砺根本没看她，对赵一恺说：“这个太冰了，把我那杯热咖啡给她。”

赵一恺和闻希同时愣了一瞬，还是赵一恺先反应过来，赶紧把草莓果茶递给江砺，然后将那杯咖啡塞到闻希手里，边塞边顺着江砺的话说：“砺哥说的是，女孩子是应该少喝点冰的。”

闻希看看手里还暖着的咖啡，又看看江砺手里的冰果茶，最后还是乖乖地在江砺的视线下小口小口地喝起了咖啡。

四个人在等候厅等了十多分钟，上一批进密室的人才出来。

很快有个工作人员来给他们讲解游戏规则。工作人员是个长得白白净净高高瘦瘦的男生，从接近他们几个起，视线就若有似无地往闻希身上瞥。

江砺数了下，讲规则的五分钟时间里，他一共看了闻希二十一次。

说到最后，他将手里一直拿着的一个黑色对讲机递到闻希面前：“你等会儿要是在里面遇到什么困难或者是想要提示的时候，直接按这个按钮叫我就好了。”

闻希以前没玩过密室逃脱，全程基本是在专心听规则，倒是没注意到这里面的弯弯绕儿。

见工作人员把对讲机递给自己，她下意识就要去接。

但她的手刚抬起来，对讲机却被江砺拿了过去，他睨了工作人员一眼，没什么表情道：“知道了，但她有困难会找我。”

闻希想了想也是这个理，她估计只能进去划水躺赢，要有什么问题也轮不到她问。

见江砺一股子气势逼人的模样，工作人员讪讪地笑了下，没再说什么，收了他们四个人的手机，直接将人带进了密室。

进入密室的通道很快被关上。

林烛起先还因为赵一恺的存在有点恼，一直兴致都不高，但是门关上的一瞬间，看着里面阴森森的氛围，她突然就兴奋了起来。

她一直挺喜欢这种刺激的，会让人肾上腺素分泌增加的东西。

赵一恺那句“你别怕我可以带你通关”还卡在嗓子眼，林烛就已经开始迫不及待地寻找线索了，他看着林烛的背影顿了顿，也只好无奈地加入了她，开始寻找线索。

江砺睨了眼明显有些紧张的闻希，凑近她小声说：“害怕的话就跟着我。”

密室的主题是“幸存”，不大的房间里很昏暗，却能看清四面的墙壁上用红色颜料写出来的歪七扭八的“血字”，都是些没什么逻辑的话，却在特制的灯光下显得有些恐怖。

闻希下意识咽了口唾沫，默默往江砺身边挪了一步。

正对着他们进来那扇门的墙壁上有一个类似于报箱的柜子，柜子上挂了一把锁，按照赵一恺的话来说，只要有开锁的地方里面肯定藏着通关线索，他们现在需要做的就是寻找开锁的钥匙。

林烛和赵一恺一起开始了暴力搜索，在墙上敲敲打打了半天也没敲出个所以然。

闻希跟在江砺身边，打量着周围，半晌，她忽然扯了下江砺的袖子，往墙角的地方指了下。

江砺顺着她指的方向看过去，墙角有一个黑漆漆的小洞，形状和大小跟老鼠洞差不多。

闻希问："那里面会不会藏着东西啊？"

江砺挑眉，那个洞正好在灯光照不到的地方，轻易发现不了，倒没想到小姑娘眼睛挺尖的。

他弯腰去探，果然从里面摸出了一把小钥匙。

只是还不等江砺动作，听到这边动静的赵一恺就激动地从他手里抢过了钥匙，然后迅速打开了墙上的报箱。

拉开箱门的一瞬间，剩下三个人齐刷刷将视线投了过去。

然而打开的箱子里除了一个没什么特别的颜料盒子，就只剩墙上一个能通向隔壁房间的巴掌大小的洞。

赵一恺围着那个洞看了半天也没发现什么，索性拉着林烛去一边研究那个颜料盒子。

一直等到他们从墙边退开，闻希才得了机会凑上去看。

刚刚发现钥匙的举动给了她不少信心，也不再亦步亦趋地跟着江砺，而是兀自研究起那个通向隔壁的小洞来。

她记得之前那个工作人员说过，看起来越是不正常的地方越可能存在线索。

闻希索性壮着胆子伸手去摸。

结果她刚把手放上去，还没来得及有什么动作，就感觉到手背被什么东西碰了一下，湿热的，还有点黏腻。

闻希的身子一瞬间就僵硬了，那些看过的鬼片里的情节全部涌进脑海里。

连尖叫都忘记了，她几乎是下意识地收了手就往后退，结果刚退了一步，就撞进了一个硬邦邦的怀抱里。

03.

除了林烛和赵一恺那种天生爱刺激的人，换了正常人，被这么一吓肯定都会蒙。

所以闻希这会儿就像一只惊弓之鸟，碰到什么都觉得是不干净的东西。

撞进那个硬邦邦的怀抱的时候，她的第一反应是要躲开，结果江砺明显比她快了一步，在她躲开之前，将有力的手臂横在她的腰肢上，一把将人揽住。

江砺凑近闻希耳朵，轻声问她：“怎么了？”

他说话时的热气尽数喷洒在闻希的耳郭上，有点痒，感觉到熟悉的气息，闻希这才冷静了些。

她指了下那个连通隔壁房间的洞，小声说：“刚刚好像有什么东西摸我。”

赵一恺和林烛也被闻希这里的动静吸引了过来，听了闻希的话之后，两个人重新围着那个小洞琢磨起来。

林烛回头看还愣在江砺怀里的人：“希希，你看到是什么东西摸你吗？”

闻希心有余悸地摇摇头：“就是感觉热乎乎的，还有点黏。”

说罢，想到以前看过的鬼片画面，她又说：“感觉有点像那种断掉的肢体。”

林烛眼睛亮了亮，有些兴奋地拍了下赵一恺的肩：“这家密室的道具做得这么逼真？”

说着，她就伸了手去试探。

赵一恺看着她大半个胳膊都伸了进去，试图劝林烛：“要不这种事儿还是我来吧？”

林烛用另一只手无所谓地挥了挥：“没事儿，我又没希希那么胆小。”

闻希听见江砺极不给面子地轻笑了声。

一群人就看着林烛表演，只是她盲摸了半天，三百六十度都尝试过了，也没摸到闻希说的像残肢一样的道具。

她收回手，认真地看着闻希：“希希，你刚刚是不是吓出幻觉了？”

闻希：“……”

那么真实的触感，应该不会是幻觉吧？

在她纠结的时候，江砺在她脑袋上轻拍了下，安抚她：“没事。”

没有新的发现，林烛再次对这个碗口大小的洞失去了兴趣。

闻希还站在原地没挪步，江砺也陪着她。哪知闻希刚鼓起勇气想再次探头去看，一截白花花的手臂就从洞口伸了出来。

她下意识想尖叫。

结果，她一声尖叫还没酝酿出来，就看到江砺眼疾手快地抓住了那截手臂。他握在手臂的手腕上，那手臂还不停地在挣扎。

下一秒，闻希就听到了倒吸冷气的声音。

江砺看向傻眼的闻希，问她：“刚刚这玩意儿碰的你？”

闻希看了下，有点像，她犹豫着说：“可能是。”

得了肯定的答复，江砺用了些力，隔着墙闻希立马听到隔壁传来一阵有些痛苦的惨叫。

江砺抬抬下巴，示意闻希凑近去看。

闻希心里有些发毛，但看到江砺淡定的眼神，还是深吸一口气上前一步，结果凑近了一看她发现这哪里是什么道具，看皮肤纹理根本就是真人的手。

“这是真的？”闻希问。

江砺点头。

见被拆穿，那边的人隔着墙跟江砺商量：“哥，能不能松松？”

闻希看见江砺的嘴角扬了抹若有似无的笑意，他手上没松，整个人却姿势闲散地靠在了墙上。

“给个过关线索，不然就耗到我们通关。”

这下不光闻希，就连林烛和赵一恺都目瞪口呆了，原来密室逃脱还可以这么玩的？

扮演吓人道具的工作人员估计也是头一回遇到这种事，闻希甚至能清晰感觉到他的迟疑。

他犹豫着说：“哥，这样不太好吧？”

江砺根本不和他商量，轻嗤：“我觉得没什么不好。”

江砺软硬不吃，最后那个工作人员还是拗不过他，为了救出自己被抓着的手臂，认命地给了他们一条过关线索。

按照他的提示，赵一恺起初发现的那个颜料盒子里有一个暗层，暗层里有一个电磁感应器，如果想要打开通往下个房间的门，需要将颜料盒子对准墙上用颜料画出来的一只眼睛的瞳孔，瞳孔后安置了一个相应的感应器。

两个感应器相互感应后，再按照头顶吊灯闪动的频率转动门把，房门就能打开了。

林烛和赵一恺跟着他的话操作，果然打开了下个房间的门。

赵一恺忍不住给江砺竖了个大拇指，感慨：“今天砺哥又带我长见识了。”

江砺翘了翘嘴角，扔下句“下次吓人时千万挑对人了再动手”，这才松开了苦兮兮的工作人员。

四个人很快进入下一个房间。

闻希这回学聪明了，也不再去乱碰什么东西，乖乖地拽着江砺的袖子跟在他旁边看他找线索。

也不知道是不是江砺的气场使然，后面三个房间他们都没再遇到什么奇怪的东西，而且找线索也找得格外顺利，最后不满规定的一个小时他们就顺利通关了。

出了密室，江砺去接电话。

看着江砺的背影，林烛揽着闻希的肩膀笑：“我说你家警察哥哥也太厉害了吧！这还是我玩了这么多次密室第一次通关。”

她说这话的时候，声音不小，一旁一直想着怎么和她搭话的赵一恺赶紧上前。

等到林烛和闻希看向他，他才“嘿嘿”干笑两声说：“我找线索还是比砺哥强的，下次你要还想通关可以叫上我，我赵一恺保证随叫随到。”

林烛丝毫不给面子：“我怎么听说砺哥才是你们刑侦专业的第一啊，找线索这种事还能找不过你？”

赵一恺不服气：“砺哥破案厉害，但玩这个可不一定玩得过我。”

闻希见这两个人吵得热闹，也不打扰他们，索性拿了手机找了个椅子坐下来，一条条地翻看这一个小时收到的消息。

她刚坐下，最开始讲解游戏规则的那个工作人员就三两步走到闻希身边，试图和她搭话：“小姐姐，密室里那个手吓到你了？”

闻希从余琛的十多条微信消息中抬起头，打量了那个男生一眼：“你的手？”

工作人员显然没想到闻希猜得这么准，他不好意思地笑了下：“其实我不是故意要吓你的，都是为了增加游戏趣味性。”

闻希这会儿早就不觉得害怕了，无所谓地摆摆手，淡淡地说：“没事。”

“小姐姐你是第一次玩密室逃脱这种游戏吧？”

“嗯，以前没玩过。”

两人说着，那工作人员突然问闻希：“小姐姐要不然我们加个微信吧，下次你想来玩的话我给你优惠。”

在这句话之前，闻希一直以为他是来做消费后满意度调查之类的，结果没说两句话开口就要微信。

她长得好看，从高中到大学主动找她搭讪的男生并不少，但因为性格的原因，她从来没给过谁她的电话微信，就算偶尔有人能加她，也都是从她周围人那里打听来的。

这次她也准备拒绝，还没开口，她坐着的沙发扶手上突然坐下来一个人，入目的是一双随意支着的长腿。

闻希抬眸，就看到江砺似笑非笑地看着她，手臂以一种保护的姿态搭在她的靠背上。

有种做坏事被抓包的感觉。

闻希有点尴尬。

她清了清嗓子，刚想解释一下，就看见江砺将视线移到了那个工作人员的身上，挑眉问他：“你想要我妹妹的微信？”

闻希蒙了下，不知道自己什么时候成了江砺的妹妹。

工作人员也怔了。

他之前就觉得江砺对他挺有敌意的，但是看两个人又不像男女朋友一样有什么过于亲密互动，便以为江砺也是闻希的追求者之一。

既然江砺没上位，那他也就还有机会追这么好看的女生，所以他才趁江砺出去打电话来找闻希搭讪。

怎么这会儿他又成了这姑娘的哥哥？

在江砺气场有些强的眼神里，工作人员一句话都憋不出来。

江砺轻嗤：“找女孩子要微信还这么害羞？”

“不是……”那个工作人员心虚得不行，“我……我就是给小姐姐说加个微信下次来给她优惠，没别的想法。”

“真没有？”

“没有。”

江砺满意地点点头，示意闻希：“那把你的微信给人家，下次有机会我们再来。”

全程看戏的闻希突然被点名，不知道江砺葫芦里卖的什么药。

在闻希愣神的空当，江砺又接了话继续说：“我妹妹容易害羞，我给你说她的微信号，你把手机拿出来加上。”

确认那个工作人员开始记号码了，江砺很快报了串十一位数的手机号。

刚刚还在被质问，这会儿微信号得来全不费工夫，不敢继续承受江砺眼神的压迫，加了微信的工作人员心满意足地迅速撤回了柜台。

等人离开，闻希鼓了鼓腮帮子，问江砺：“你干吗给人家假的电话啊？”

江砺还保持着刚刚的姿势，翘了翘嘴角，反问闻希：“难不成你真想给人家微信？”

“不是。”她又不是闲得无聊。

也不知道是信了还是没信，江砺抬手在闻希的额头上拍了下，半开玩笑半认真地说：“别怪人民警察没提醒过你，到处乱留号码会提高被诈骗的风险。”

江砺这句话太像普法宣传的口吻了，闻希觉得好笑。

但是笑过之后，又觉得有点不对。

刚刚江砺说的那个电话号码虽然不是她的，她却背得很熟，是之前赵一恺给她发过的江砺的手机号码。

她若有所思地看着江砺。

不知怎么就想到了在密室里，江砺那个沉稳有力的拥抱。

犹豫了一下，闻希扯着江砺的袖子有点不好意思地开口：“警察哥哥，你不会是介意别的男生知道我的微信号吧？”

/第八章/

我以为你有一点点喜欢我的

01.

闻希的眼睛很亮，眸子里映着江砺的身影。

她面上没有一丝的急躁，安安静静地仰头看着江砺，却只有她自己才知道，垂在膝盖上的手早就因为紧张而湿濡濡的。

她在等江砺的回答。

江砺迎上闻希的视线，没躲。

他的目光从闻希的眼睛一路往下，划过小姑娘挺翘的鼻子和水润的嘴唇，落在她修长白皙的脖颈和漂亮的锁骨上。

闻希戴着一条手工编织的项链，项链的吊坠被隐了一半藏在衣服的领口之下，但凭着露出来的那一半，不难分辨出是之前演习时他见过的那个纽扣。

明明昨天在火车上他才还给她，也不知道闻希什么时候弄了个编织绳戴上。

江砺看得有些心痒，突然就很想抬手摸摸闻希。

刚刚闻希被要微信的事换了别的女人，他估计连眼皮子都不会掀一下，但是换了闻希，他就忍不住想要多管闲事。

所以说。

算是……介意的。

江砺搭在椅背上的手刚动了下，林烛就举着手机咋咋呼呼地跑了过来。

“希希，余琛给我打电话了。”

闻希尴尬地轻咳一声，和江砺同时收回了视线。

她转头看向林烛：“他给你打电话干什么？”

余琛和林烛八竿子打不着的两个人，两人认识还完全是因为闻希的关系，但也仅仅只有闻希这个纽带在中间联系。

林烛看了江砺一眼，欲言又止。

江砺明白林烛这是有话要跟闻希说，既然觉得他不方便听，他也不会厚着脸皮留下。他起身，说了句“我出去抽支烟”，然后将谈话的空间让给了两个姑娘。

闻希沮丧地看了眼江砺的背影。

江砺没能给她想听的答案。

她对周围的人和事物一直很敏感，这些天她其实能感觉到江砺对她的纵容与妥协，但是她知道自己需要的是江砺明确的表态。

两个人到现在这样，一直是闻希在努力靠近江砺，但是再往前，她就有些犹疑了，她害怕江砺最后会和闻洪海余诗敏一样，把她当成可有可无的存在。

林烛察觉到闻希的失落，后知后觉地问她：“希希，我是不是打扰到你和江砺了？”

闻希在心里叹了口气，轻轻摇了下头，问：“你刚刚说余琛给你打电话干什么？”

林烛差点忘了正事。

她把手机的通话记录翻给闻希看，上面显示着五个小时之前和一分钟之前余琛分别给她打了个电话。

闻希沉吟：“他找我？”

林烛点头：“今天中午你打完电话一会儿，余琛就给我打了个电话，说是你昨天明明回来了但是今天去你家却没看到你人。”

“那你怎么跟他说的？”闻希有点摸不准，不知道余琛找她为什么不直接打她的电话。

“我能怎么说，我又不知道他知不知道你和江砺的事，只能骗他说你昨天住我家。”林烛说完撇撇嘴。她其实一直对余琛没有太多好感，觉得他对闻希的关注程度远远超过了一个表哥的程度。

“那你刚刚慌什么？”

“他说要请我们两个吃饭，我就说我们两个下午要出来玩，当时睡得迷糊没多想，他一问我就顺手把你发的密室逃脱的地址转发给他了。然后他刚刚又打电话说正好经过商场楼下，顺便一起吃个饭，可是这不是还有赵一恺和你警察哥哥在嘛，我不知道怎么办了。”

林烛说着的时候，闻希重新调出自己的微信，她刚刚正打算看余琛的消息，结果被工作人员打断后一直没来得及看，自然也没回复。

果然，他发的内容就是说他刚好在附近，问闻希方不方便一起吃饭。

林烛戳了下闻希腰上的细肉，问她：“余琛不知道你和江砺的事儿吧？”

“没给他说过，我喜欢谁又不用和他报备。”闻希又看了眼和余琛的聊天界面，有些心烦，“那你刚刚电话里怎么和他说的？”

林烛没有丝毫愧疚，笑了笑：“什么都没说，装作信号不好挂了。”

闻希看了眼门外站着的江砺和赵一恺，指着林烛和自己的手机说：“我赌三分钟之内他还会打来。”

余琛做事很固执。

从他高三任凭他爸余致航软硬兼施，也非要去打电竞，而且还孤注一掷打出了很抢眼的成绩这件事来看，他就不是那种轻易妥协放弃的人。

果不其然，闻希话音刚落，她放在膝盖上的手机就振动起来。

她没什么表情的接起，余琛的声音就传进耳朵里：“希希，今晚叫上林烛我们一起吃个饭？”

闻希顿了下，解释：“除了林烛，还有其他朋友在。”

余琛很快接了句：“男的女的？”

但见闻希迟迟没有回答，他才意识到自己太过敏感，清了清嗓子：“我的意思是要不一起叫上？”

“是你不认识的朋友。”

“朋友都是不认识到认识的嘛。”余琛的声音带着些笑意，“怎么你这是不相信我的社交能力？放心，我不会让你丢脸的。”

林烛和闻希坐得近，近乎将通话内容听了个全。

听到这儿，她不屑地轻哼了声。

余琛对闻希一直很好，闻希有些拗不过他，微微松了口：“那我问问我朋友再说。”

挂了电话，闻希和林烛大眼瞪小眼。

林烛：“你真让余琛来？”

闻希烦躁地叹了口气：“你也听到了，他都那样说了，我完全不知道要怎么拒绝。”

林烛也知道闻希的情况，摸摸闻希的脑袋，有些担心：“那万一余琛知道了你住江砺家去你爸妈那里参一本怎么办？”

“他不会告状的。”这个闻希倒是不担心，余琛知道她的忌讳，她想了想说，“不过等会儿还是小心点尽量别提这件事。”

两个姑娘商量到最后还是林烛叫了赵一恺和江砺进来，把余琛在附近想和大家一起吃晚饭的事转述了一遍，当然省去了那些她和闻希的担忧。

她朝赵一恺递了个眼色：“事情就是这么个事儿，所以你们应该没什么意见吧？”

赵一恺一听，顿时就把这个余琛和上次江砺误以为是闻希男朋友的男人联系了起来。

他看到林烛的眼色，下意识以为这是让他答应的意思，赶紧说：“没

问题啊，既然是闻希小姐姐的表哥，那就都是朋友嘛。”

林烛：“……”

她恨铁不成钢地瞪了赵一恺一眼，江砺她不敢使唤，但是让赵一恺拒绝是同样的效果，只要他不同意，这样闻希就能自然而然拒绝余琛了。

但偏偏这个呆子根本看不懂她的暗示。

赵一恺无辜地挠了挠头，可怜巴巴地看着林烛，不知道自己哪里说错了。

闻希看向江砺，等他的回答。

江砺若有所思地点头，说：“我没什么意见。”

这件事就这么定下来。

余琛说要请客，所以吃饭的地方是他选的，在一家雅致且价格不菲的江浙菜馆。

他们四个到的时候，余琛已经坐在包间里等着了。

看到闻希的身影，他就笑着朝她招手，指了下身边的位置：“希希快带你朋友入座。”

说话的时候，余琛的视线若有似无地在江砺身上逡巡了一圈，然后又若无其事地收回来。

长方形的餐桌，余琛坐在首位，闻希林烛以及赵一恺江砺分别坐在余琛的两边。

等到大家都落座，闻希才给余琛介绍：“这是江砺，这是赵一恺。”

余琛笑得很友好，和他们一一握手：“这是上次救了我们家希希的警官吧？我家希希不懂事，麻烦你们照顾他了。”

江砺淡淡地笑了下，说：“言重了，我们职责所在。”

余琛点到为止，也不多说，而是转身给闻希的茶杯里倒了一杯茶，状似不经意地说：“你说你昨天都回来了也不回家，每次都去麻烦阿烛你也不觉得不好意思，阿烛以后我们希希要是再去找你，你别那么好心地收留她。”

这话搁平时，闻希和林烛也就当个玩笑听。但今天，当着江砺的面，两人同时一僵。

闻希下意识去看江砺，只是他始终表情淡淡的，也没有要接话的意思。

怕露馅儿，林烛避重就轻地接了句：“余琛哥你这是在挑拨我和希希的关系啊。”

“我哪里敢。”余琛贴心地拿了张纸巾，替闻希擦掉她晃到手上的热水，才继续说，“开个玩笑，阿烛你是知道的，我在希希这里根本没什么地位可言，还不得事事都顺着她。”

这句话听起来像是在宣誓主权。

闻希突然就后悔了，她是脑袋被门挤了才会答应余琛让大家一起吃这个饭。

一顿饭吃下来，闻希都怏怏不乐的。

不知道是不是她的心理作用，她总觉得余琛故意在说一些听上去模棱两可的话，像是特地说给谁听一样。

快吃完的时候，闻希和林烛起身去了趟洗手间。

洗手间里，林烛把水龙头一开，就垮下了脸：“余琛今天是不是有病啊？他那些话说给谁听？知道的你们是表兄妹，不知道的还以为你是他女朋友呢。”

闻希心情也好不到哪里去，沉默着没说话。

林烛轻哼了声：“希希，不是我挑拨离间，余琛对你十有八九心思不单纯。说句难听的，你和余琛两个人本来就没有血缘关系，有时候你最好还是避着他点。”

闻希捧了些水往脸上浇，好一会儿才说：“我知道了。不过阿烛，你说江砺会生气吗？”

昨晚是江砺好心收留了她，把床让给她睡，可是她和林烛还在余琛面前打了波配合，愣是把他从这件事里面择得一干二净，就是再大度的人也会觉得心寒吧。

林烛也知道闻希在担心什么，顿了顿，安慰闻希：“你私下好好跟他说说，你警察哥哥不是那种不讲道理的人。”

除了这样，也没别的办法了。

两个人又在洗手间磨蹭了会儿，才往包间走。

包间门口的服务员笑着给她们开了门，门一开，江砺低沉的声音就传进了闻希耳朵里。

“我想你多虑了，我和闻希不会有什么的。”

02.

闻希站在走廊上，灯光从顶上投下来，在她的脸上落下一片阴影。

从洗手间回来的路上林烛在回微信，落后了闻希两步，这会儿见人站在包厢门口没动，她走上前钩住闻希的肩：“怎么不进去？”

眼睛胀得有些酸，闻希轻轻咳了声，强迫自己把泪意逼了回去。

她朝林烛扯了个有些勉强的笑容：“等你啊。”

包厢里只剩下江砺和余琛两人，听到动静，两个人同时止住话头一齐朝门口看过去。

闻希躲开江砺的视线，坐回位置上闷着头拿了张纸巾摆弄。

“赵一恺呢？”林烛没有察觉到三个人之间的沉默。

从闻希进来开始，江砺就静静地看着她，末了才别开眼，回答林烛：“恺子打电话去了。”

林烛“哦”了声，没再说话。

大家都已经用完餐，这会儿各怀心思，除了茶杯与桌面碰撞时发出的轻微声响，包间里一时安静得有些诡异。

这样的尴尬一直持续到赵一恺打完电话回来，余琛才起身去结账。

出餐厅的时候，江砺和赵一恺走在前面，余琛故意放慢了步子走在闻希和林烛身边。

“希希，等会儿我送你回家？”

闻希目视前方，淡声道：“不用了。”

被拒了，余琛也不恼，抬手要去揉闻希的脑袋，结果还没碰到就被闻希偏头躲开了。

落空的手在空中顿了下，余琛若无其事地收回，劝闻希：“咱家又不是没房子，老住别人家像什么话，希希你听话，你要实在不想回家就去我那儿住。”

闻希转头，定定地看着余琛。

余琛是知道她和林烛的关系的，她一年到头没少往林烛家跑，都这么多年了也没见他有过什么意见，今天倒是好端端地客套起来了。

一直低头看手机的林烛听出点味儿来。她手机往包里一搁，不急不缓地说：“余琛哥这是拐着弯说我嫌弃希希哪？”

余琛笑了笑，意有所指地看了走在前面的江砺一眼：“你和希希关系好，但是换了别人就不一样了。”

这明显是话里有话。

闻希这回停了步子，一字一顿：“余琛你知道我不喜欢拐弯抹角，你想说什么就直说。”

见闻希停下，余琛也没再往前走。

他看了一旁像是要护着闻希的林烛一眼，才答非所问地说：“希希，你心虚的时候会下意识地摸耳朵。”

闻希愣了下。

“刚刚饭桌上我提到你昨晚住林烛家的时候，你摸了三次耳朵。”余琛继续说，“希希，你昨晚没住林烛家吧？”

以问句的形式，余琛说出来却是肯定的语气。

他八岁的时候闻希被接回闻家，第一次在闻洪海家见到闻希，他就觉得这个不爱说话的长得软软的小女孩特别好看，忍不住就想要亲近她。所以即便是所有的长辈都告诉他要离这个私生子远一点，他还是顶着压力护了她这么多年。

后来长大了一点，他知道了他和闻希是没有血缘关系的，心思就有

些跑偏了，或许闻希一直对他算不得多亲近，但他可以等她。

不过江砺的出现，让他有了危机感，尤其是猜到闻希昨晚和江砺在一起后，他发了疯似的嫉妒。

闻希轻嗤：“你现在是在质问我？”

“没有。”余琛看上去没什么情绪，陈述事实一般开口，“我只是觉得他不适合你，提醒你一下希望你能及时止损。”

话里的他指的是谁，不言而喻。

闻希往后退了半步，眼睛里没什么温度：“什么合适，什么不合适，我说了才算。”

见闻希根本听不进自己的话，余琛平静的脸上终于有了一丝裂痕。他的声音拔高了几分：“闻希，没有人比我更了解你，我知道你的难堪你的过去，你确定江砺那样高傲的人知道了你私生子的身份还会喜欢你？”

余琛一番话说完，空气凝固了几秒。

在闻希反应之前,林烛先上前揪着余琛的衣领恶狠狠地将他往后推开。

闻希站在原地，张了张嘴终究没说出一个字，片刻后她拉住还要动手的林烛，冷冷的看了余琛一眼，转身走了。

赵一恺和江砺在停车场门口等她们。

刚刚余琛那番话把林烛气得不轻，即便都已经过了一条马路，依旧是怒气冲冲的样子。

赵一恺小心翼翼地凑近林烛，满脸关切：“阿烛，谁惹你生气了？”

林烛没好气：“一个贱人。”

从餐厅走到停车场的路上她骂骂咧咧了半天,闻希都始终一言不发，以林烛对闻希的了解，闻希越是这样闷着就说明她心里越是难受。

但是闻希不说，她也不知道从哪里开始安慰起。

林烛看了眼靠在墙边抽烟的江砺，忽然就觉得或许这个时候江砺的一句话能赶上她十句话，索性决定将空间腾给他们。

见赵一恺还愣在原地，林烛拽着他的胳膊就往不远处的冷饮店走，边走边说：“你陪我去买杯冰水，气得我肺都要炸了。”

余琛的话其实并没有让闻希多生气,只是恰好戳到了她的痛处而已。

她一直都知道江砺是一个走在阳光下的人，他坦坦荡荡，所以在他面前关于自己的身世闻希从来只字不提，她不敢让江砺知道。

等到林烛和赵一恺走远了，闻希才抬头去看江砺。

除了指间那一点猩红，江砺这会儿浑身上下都染着寒凉的夜色，淡然地站在那里，眼睛盯着地上的某一处，眼里的疏离和她第一次见他那晚一模一样。

迟疑了下，还是闻希先开口：“我听到那句话了。”

江砺没问是哪一句，掐了烟淡淡地“嗯”了声。

闻希走到江砺旁边，和他隔了半米的距离，学着他的样子将有些疲惫的身体靠在墙上。

她弯了弯唇，轻声说：“警察哥哥，我一直以为你是有那么一点点喜欢我的，但是现在看来好像是我想多了。”

03.

夜晚的市区，华灯映照着如梭的车流和来往不绝的行人，倒是给这凛冬的夜晚平添了几分热闹。

江砺和闻希站在地下停车场的门口，凝固的空气仿佛将他们和这些热闹隔开了一般。

闻希的话一字不落地钻进了江砺耳朵里，江砺转头，就看见站在阴影里的小姑娘眼眶微红，嘴角还带着一抹有些勉强的笑意。

江砺感到一阵揪心的疼痛。

之前林烛和闻希出去后，赵一恺也很快接了个电话，包厢里就剩下他和余琛两个人。

江砺感觉得到，虽然从一见面开始余琛就笑得友好，但是他飘向自己的视线里总是带着若有似无的探究和敌意。

既然他是闻希的表哥，江砺便当作不知道，可惜包间里的人一散，余琛就坐不住了。

看了眼关着的房门，余琛随意往椅背上一靠，问道：“江警官是在和我们希希交往？”

江砺淡声答：“没有。”

江砺话音一落，余琛忽然敛了面上维持的友善，嘲讽地笑了两声：“那既然没有交往，江警官不觉得你和我们希希太亲密了一些吗？还是说，江警官是想吊着我们希希的感情？”

昨天在火车站看到闻希望着江砺笑得温柔的样子，余琛心里就邪火乱窜，而且看两个人相处的状态，就知道是闻希一头热地追着江砺跑，且江砺还带她独处了一晚上。

连着两个问题都很刺人，江砺有些不耐烦地皱眉。

偏他这副样子落在余琛眼里，就是被戳中心事的心虚。

余琛有意无意地把玩着手里的手机，想到闻希和林烛应该不会很快回来，索性将他心里想了好久的那套半真半假的说辞搬了出来。

“江警官可能不太清楚，我们希希其实和家里关系不太好。”

江砺之前大概猜到一些，但不知道余琛在这里提起是什么意思，便也不急着开口，等着他的后话。

“我们希希是闻家大小姐，自然嫁娶是要门当户对的，我姑父早就给希希选好了适合她的人，她自己也喜欢，不过是前阵子和家里因为别的事闹了矛盾，她才拿感情这件事气我姑父的。”

余琛其实是前两天才听自己母亲说，闻洪海给闻希介绍了陈家不学无术的小少爷陈明达的，但是他觉得这事儿江砺并不会去找闻希求证。

江砺听懂了，余琛这是拐着弯提醒他和闻希没可能，闻希对他也不是认真的。

他手随意地搭在座椅扶手上，微垂的眸子里看不出什么情绪。

“江警官应该看得出我和希希关系好，原本我没必要管闲事，但我是不想她和家里闹得太僵才会和你说这番话，而且你不会天真的以为凭着你一个小警察以后每个月几千块的死工资能养得起希希这种钱罐子泡大的姑娘吧。”

如果说前一句江砺还没什么感觉,但是这一句算是触到了他的逆鳞。

再沉稳，他骨子里也是有骄傲和自负的。

江砺当初选择学刑侦选择当警察,便是为了男人的血性和家国抱负，这是他愿意倾注青春的职业，他不强迫每个人都和他有一样的选择，但是并不代表别人看不起他之后他还要觍着脸往上凑。

所以脑子一热，便当着余琛的面说了那句“我想你多虑了，我和闻希不会有什么的”。

但是这会儿看到夜色里闻希单薄的身子和她眼里浓得化不开的难过,江砺突然就后悔了。

从小到大江砺接触最多的两个女人，一个是他母亲，另一个是他小叔家的堂妹江南，像闻希这样前二十年毫无交集然后突然闯入他生活的姑娘还是头一个。

他能感受到闻希对自己的示好，但是他还没想好自己对闻希到底是怎样的情感。

今晚是他第一次意识到，自己是那么看不得闻希的难过和无助。

“闻希。”

“江砺。”

两个人同时开口。

闻希看着虚空的某一处，而江砺偏头望着闻希。

“你先说吧。”也不知是刚抽完烟还是别的什么原因，江砺的嗓子听上去有点哑。

闻希看到林烛和赵一恺一人端着两杯奶茶往这边走过来了。

她往前走了一步，然后转身看着江砺：“其实我不是那种不讲道理的人,有的话你要是早点跟我说清楚,我就不会这么自作多情给你添麻烦了。”

闻希说这话的时候，表情冷静得出奇，像是真的下定了决心。

江砺的呼吸一窒。他刚想说什么，林烛就已经小跑着过来了，将手里热乎乎的奶茶递给闻希：“希希，喝点热的驱小人。”

闻希没接，直接挽着林烛的手就要走人。

走了两步，想起什么，闻希重新转过身，看着还靠在墙上的江砺，说：“对了，再最后厚着脸皮麻烦你一件事，昨天放你家的那些东西你就帮我扔了吧。”

林烛被闻希这几句没头没尾的话搞得有些蒙，偏闻希拖着她走得飞快，像是后面有什么穷凶极恶的人在追她们一样，根本不给她询问的机会。

走了十多分钟，在一个地铁站外，闻希才全身脱力一般停了下来。林烛不放心地打量着闻希，问她：“这是怎么了？还因为余琛的事生气？”

闻希抿着唇摇头。

“那是什么？”林烛觉得刚刚闻希和江砺有些怪怪的，“因为江砺？”

提到“江砺”这个名字，闻希就觉得从心里堵到嗓子眼，整个人都难受得透不过气来了，忍了好久的眼泪终于在林烛面前“啪嗒啪嗒”地落了下来。

地铁站周围人来人往，闻希哭得却没有一点声音。

饶是林烛，都有些手足无措了，她赶紧将手里的两杯奶茶随手搁在路边，扶着闻希的肩膀：“崽儿你这是怎么了，别吓姐姐啊。”

闻希抹了一把眼泪，委屈巴巴地开口：“阿烛，我以后都不喜欢江砺了。”

很快，就到了新年。

好像新年一到，穿上新衣服听着外面此起彼伏的爆竹声，去年那些或是开心或是难过或是平淡无奇的日子就被远远地抛在身后了。

大年初三，是余诗敏的五十岁生日。

按照闻洪海商人重利的性格，这个既能树立自己和妻子恩爱有加的形象又能趁机攀权附贵的机会自然是不会错过的，所以提前了好些天闻家上上下下就开始为余诗敏的生日晚宴忙活了。

在所有人看来，余诗敏的生日甚至比大年三十还要隆重些。

从那晚的事情之后，闻希就把自己关回了家，大门不出二门不迈，余琛来过家里两次，她都关了房门没有见。

初三一早，闻希刚坐上餐桌，闻洪海就放下了手里的财经报纸。

他把一杯牛奶往闻希面前推了推，说："希希，今天是你妈妈五十岁生日，人生中的大日子。"

闻希看了眼坐在对面并没有一点喜色的余诗敏，还是在闻洪海的注视下跟她祝好："妈妈生日快乐。"

余诗敏吃掉最后一口煎蛋，抽了张纸巾擦擦嘴，微点了下头，面无表情地起身离开了餐厅。

闻希和闻洪海早就对余诗敏这副样子见怪不怪，何况这个家根本早就是貌合神离。

今日闻洪海反常地跟她说话，闻希便猜到他是有其他事找自己说。

果然，闻希的饭还没有吃完，闻洪海就迫不及待地开口了："希希，今天妈妈的生日晚宴在家里举行，到时候妈妈的同事朋友还有我的很多生意上的合作伙伴都会来。"

闻希"嗯"了声，表示自己在听。

"上次的陈伯伯和李阿姨也会来。"闻洪海顿了下，才继续，"还有上次见过一面的陈明达。"

闻希心里忍不住冷笑。她不知道上次她离家出走之后闻洪海是怎么给别人解释的，自从她再回家父女两个谁都默契的没有再提这件事，她以为闻洪海是把这件事翻篇了，合着是没有遇到合适的机会。

她没说话。

闻洪海叹了口气，语重心长道："爸爸知道你暂时不喜欢那孩子，但是你们年轻人的感情都是处出来的，我也不是逼着你立马要怎么样，我可以给你半年的时间和他培养感情。"

闻希慢条斯理地叉了块培根，细嚼慢咽地吃完，才问道：“半年之后呢？”

闻洪海见她有了回应，以为她这是听进去了，赶紧说：“半年之后当然是和明达结婚了。”

“我值多少钱？”

闻洪海怔了下，随即反应过来闻希的意思，他掩去面上的尴尬，说：“什么叫值多少钱，我辛辛苦苦养大一女儿嫁给他们家，他们给的那是聘礼。”

商场上的人果然都是见人说人话见鬼说鬼话。

闻希知道再和闻洪海争辩下去也没什么意思，索性说了句“我吃好了，爸爸您慢请”后起身上了楼。

生日晚宴下午六点开始。

今天的确来了不少人，闻希还是头一次见到闻洪海在家里搞这么大的阵仗，光是在房间里隔着门都能听到楼下人的交谈声。

很快就要开宴了，她作为余诗敏的女儿自然得露脸。

闻希在房间里换上浅绿色的礼服裙，款款地下了楼。

她其实从小和闻洪海参加了不少这样的晚宴，应付起来倒也游刃有余，她找服务生端了一杯还冒着气泡的香槟，穿过人群往客厅里走。

闻希很少穿得这么隆重，精致的高跟鞋踩着有些费力，她心不在焉地想着事，一不留神被拖在地上的桌布绊了下。

其实绊得不算很凶，她自己还能稳住身形，却有人反应比她更快地握住了她的手臂。

刚过了年外面还寒着，即便屋里有暖气也能感受到闻希的皮肤温度有些低了。

闻希下意识地说了声“谢谢”。

等到她抬起头，却撞进一道有些炽热的目光里。

看到江砺深邃的眉眼和轮廓分明的脸庞时，闻希的心漏跳一拍。

她不是个不撞南墙不回头的人，只要感受到别人一丁点的推拒，她就会很快退回自己的领地里，何况那晚江砺还明明白白地说了他和自己不会有什么，那句话将她一生中唯一的一次孤勇磨得一点不剩。

所以从那晚在停车场和他说清楚之后，她就再没有找过江砺，连着微信和电话都删了。

江砺出现在这里太过意外,而且他还一反常态地穿了身笔挺的西装。江砺早就松开了手，闻希却还是怔怔地看了他好久，一句话都没说出来。

还是余诗敏很快走过来打破了这里凝固的气氛，她拿着酒杯朝江砺身后的一对中年夫妇举了举杯,笑得端庄得体:“真是感谢你们跑这一趟了。”

那个看上去有些严肃但却和江砺有着相似眉眼的中年男人笑了笑：“都多少年的老同学了，老余你还和我们这么客气。”

余诗敏看了眼闻希，给她介绍：“希希，这是你江叔和柳姨，江叔和你舅舅还是同事，这是他们的儿子江砺。”

闻希的舅舅是余琛的父亲余致航，既然和他是同事应该那就也是在公安机关工作的，加上又和余诗敏是同学，出现在余诗敏的生日晚宴上也就不奇怪了。

从江砺身上收回视线，闻希小声地叫人：“江叔好，柳姨好。”

江砺也紧跟着把手里提着的礼物递给余诗敏，跟她问好：“余老师生日快乐。”

余诗敏笑着接过礼物，和颜悦色地在江砺肩膀上拍了拍：“这两年我没给小砺上课，也不常见，今天看到倒是又长帅了。”

江砺客套地笑了笑，眼神却是盯着闻希。

他其实向来很少和父母参加这样的晚宴应酬，但是他过年刚好住在父母家，临出门前又听母亲柳恩提了一嘴说是去余诗敏家给她祝生，江砺突然就改变了主意，随意找了个“自己无聊”的借口要跟着来，甚至还特意换了一身西装。

见余诗敏和他们聊上了，闻希索性找了个借口打算避开江砺，只是她还没动，江砺就先她一步开口：“闻小姐，路上过来有些渴了，能不能麻烦你带我去取点喝的？”

他这话一说，三个长辈都停了话头朝他看过来，其中最为惊讶的是柳恩，知子莫若母，江砺从小到大什么脾性她还能不知道，这会儿突然没事找事地跟人家姑娘搭话，倒是一点都不像他了。她愣了下，很快问江砺：“你和老余家的闺女认识啊？”

问这话的时候，柳恩重新把闻希打量了一番，虽然还没听到答案，但是已经在脑海里兀自琢磨起江砺和闻希的关系来了。

不怪柳恩敏感，她一直喜欢闺女，就盼着这个儿子早点谈恋爱给她带个儿媳妇回家，江砺自己却一直都不急，大学都快读完了也没谈到半个女朋友。

江砺没说话，只是轻轻笑了声。

闻希也没想到江砺会开口叫住她，察觉到余诗敏审视的目光，她只好硬着头皮解释：“之前有一次我打车的时候遇到了意外，江警官巡逻时正好碰见帮了我。”

三个大人谁都没想到两个小辈还有这种渊源。

余诗敏从来不关心闻希的事，闻希打车遇险这件事她也是不知道的，但这会儿当着外人的面，她自然不能表现出来，很快揽着闻希说：“这件事真的是要好好谢谢小砺，我一直忙也没抽出空来专程去感谢他。”

这样的作戏闻希早就习惯了，她配合着笑了笑。

“既然他们都认识，跟着我们长辈也拘泥，不如让希希带着小砺在我们家参观参观。”

本以为事情就这样顺理成章地定下来，谁知闻希却突然开口：“江警官实在不好意思，刚刚我爸爸找我有事，我等下让刘姨给你送点喝的来吧。”

/ 第九章 /

没人追正好便宜我

01.

闻希的拒绝意味很明显了。

她话音一落，余诗敏面上有一闪而过的尴尬，江砺自己倒是没什么表示，依旧淡淡地看着闻希。

闻希今天化了淡妆，在水晶吊灯下，原本就清秀的五官看上去更加精致了，像是一朵含苞待放的茉莉，等着人去采撷。

江砺点点头，主动替闻希解围：“没事，既然闻小姐有事那就不麻烦了，等会儿我自己去取就行。”

闻希朝江成也和柳恩微微颔首：“那江叔、柳姨我就先失陪一下了。”

柳恩意味深长地看了江砺一眼，和蔼地朝闻希笑了笑：“希希有事先去忙吧。”

得了长辈的首肯，闻希提着裙摆快步往相反的方向走去。

其实闻洪海并没有找过她，不过是她胡诌了一个借口而已。她还没想好要怎么面对江砺，即便早就删了微信和电话，刚刚在迎上江砺如芒的视线的一瞬间，她心里还是翻江倒海。

闻希避开人群躲进厨房，将杯里早就没有冒泡的香槟一饮而尽，这才打开盥洗池的水龙头，冲掉了手心里黏湿的汗渍。

她深吸了几口气，重新走进人群里。

觥筹交错的宴会上，每个人都端着一副得体的笑，也不知道这笑里有几分真几分假。

生日晚宴的流程其实很简单，等余诗敏和闻洪海简单地致个辞，闻希再跟着他们敬来宾一圈酒基本就没什么事了。

一圈酒喝下来，闻希的脸已经开始泛着粉，走路也像是踩在棉花上轻飘飘的。

刚刚敬酒敬到陈明达一家那里的时候，陈明达笑得吊儿郎当的。

他自顾自地端着酒杯举到闻希面前，和她碰了一下杯："晚宴有些无聊，闻小姐等会儿一起聊会儿？"

闻希不想应付这种陈明达二世祖，索性独自上了二楼。

闻家别墅的二楼有个不小的阳台，闻洪海当初好好装潢了一番，平时专门用来享受下午茶，今晚没人上来，倒是个清净的地方。

闻希拉开凳子坐下来，活动了下有些酸痛的脚踝。

她一晚上都没来得及看手机，这会儿一拿出来就看到林烛几分钟之前用微信给她发了三张照片。

背景是灯红酒绿的酒吧，她和一个男人的合照，很亲密。

闻希眯着眼看了会儿，照片里的男的眼生得很，典型的清秀小鲜肉类型，一双桃花眼，眼尾微微上挑，从照片里都能看出来是个多情种子。

闻希回："新男朋友？"

林烛的套路闻希太熟悉了，每次她发这种图片，就说明她交新男朋友了，迫不及待地要和闻希分享。

果然林烛很快给了肯定的答复："嗯！是不是很可爱？"

距离林烛和上一任男朋友分手已经快一年了，倒是难得见到她有这么长的空窗期，闻希弯了弯嘴角。

闻希回她："这种款的男朋友不像是你的风格。"

"看什么呢笑得这么开心？"漫不经心的语气。

闻希皱了下眉，一抬眸就看到陈明达端着酒杯站在阳台入口处，见闻希看他，还挑衅十足地晃了晃酒杯。

不想搭理他，闻希锁了手机屏起身就想离开。

刚走了两步，她就被陈明达伸手拦住。陈明达凑近了些，和闻希隔着几厘米的距离轻浮地打量着她。

"我看希希也是一个人，不如一起喝酒聊会儿天？"

闻希被他这一声"希希"恶心得鸡皮疙瘩都要起来了，她警惕地往后退了两步，拉开和陈明达之间的距离。

偏陈明达并不想让闻希逃开，步步紧逼。

闻希不知不觉间已经抵上了阳台的栏杆，退无可退。

大理石砌成的栏杆上染着冬夜的寒意，她只穿了薄薄的一层礼服，刚一碰上去，冰冷的触感就让她打了一个激灵。

她垂在身侧的手紧紧地握成拳，瞪着陈明达："我没什么和你好聊的。"

陈家也是家大业大，陈明达从小就没缺过钱。从初中开始他就发现，只要他愿意往女生身上撒钱，就会不停有女生打破头来做他女朋友，而且一个长得比一个好看。

陈明达其实也不屑这种所谓的商业联姻。

但是那天在闻家看到闻希第一眼，他就觉得这姑娘长得真好看，而且身上那股骄傲的劲儿，比那些倒贴的女人有趣多了。

陈明达抬起手将闻希困在栏杆与自己身体之间。

他笑得轻浮，像看猎物一样看着闻希说："反正未来我们都是要结婚的，不如早点培养一下感情，而聊天是培养感情的最好办法。"

闻希用手抵着陈明达的肩，不让他继续靠近："我不会和一个沉迷在情场中的废物结婚。"

这句话丝毫不给陈明达留面子，他却一点不生气。

闻希的力气敌不过他，他又凑近了几分，贴着闻希的耳边说：“可是我想和你结婚。”

两个人隔得实在是太近，而且闻希又被陈明达整个圈在怀中，从背后看起来就像是如胶似漆的一对恋人。

江砺站在楼梯口，莫名地就想到了余琛说过的话。

他后来一个人的时候想过，余琛那番话其实说得漏洞百出。

闻希看着软实则相处起来就知道她是个脾气顶倔的姑娘，如果真和家里关系不好，又怎么可能乖乖接受家里安排的相亲对象。

每次想起闻希明媚地笑着叫他“警察哥哥”和那晚难过地说“不会自作多情再给他添麻烦”的样子，他就恨不得去给那晚上糊涂的自己两拳。

刚刚看着闻希上了楼，江砺鬼使神差地摆脱掉好奇了一晚上的母亲就跟了上来。

但是，这会儿看着阳台上亲密的两个人，江砺犹豫了下。

只是不等他细想，“啪”的一声，清脆的耳光就落在了陈明达的脸上。

接着江砺就听到闻希带着怒气和隐忍的声音：“你要是再不松开，等下就不是一个耳光的事了。”

陈明达活了二十多岁估计是第一次有人敢这么对他。

他不可思议地看着闻希，眼底尽是被羞辱的愤怒。他抬手抚了下火辣辣的侧脸，伸手就要去捏闻希的下巴。

只是他的手还没碰着闻希，一股强劲的力道就落在了他的腕间。

陈明达只有在健身房练出来的花拳绣腿，对着闻希时还能逞逞霸道，到了江砺这种常年进行格斗擒拿训练的人面前就根本不够看了。

江砺的力气越来越大，陈明达几乎都快怀疑自己的手腕可能会被他捏折。

但是男人都爱面子，何况下面还有那么多人，料想江砺也不敢对他怎么样，陈明达便壮着胆子嗤江砺：“你是谁啊？”

江砺一双黑漆漆的眸子里尽是戾气，根本不屑搭理他。

江砺提溜着陈明达将他从闻希跟前拽开，又跨了半步将闻希护在身后，才朝着楼梯抬抬下巴，淡声说了句“滚”。

闻希没想到江砺会跟上来，但是在看到江砺出现的那一刻她确实在心里长长舒了口气。

陈明达杵着没动，梗着脖子跟江砺叫板：“你叫老子滚老子就滚？”

江砺懒得和这种废物废话，手上又加大了力道。陈明达终于承受不了，讪讪地扔了句“你给我等着”，灰溜溜地挣开了江砺跑下楼去了。

不大不小的阳台就只剩下江砺和闻希两个人。

江砺转身去看闻希，眼底不再是对着陈明达时的厉色，而是一片温柔。

闻希这会儿垂着眸，阳台光线又暗，江砺看不清她的表情，偏偏闻希还一言不发，江砺猜不透她在想什么。

末了，他叹口气，抬手将闻希额前的几缕碎发顺到耳后，闻希躲了下没躲开。

江砺越过阳台看到陈明达已经混入楼下的人群中，轻咳一声，收回视线问闻希：“这就是你父亲给你找的相亲对象？你喜欢这样的？”

他不认识陈明达，但看着就知道是酒肉场里浸淫出来的人，不是个好东西。

闻希还站在栏杆那里，只是跟前的人从陈明达换成了江砺，不知道是江砺的一身正气使然，还是她心里别的什么情绪作祟，她下意识地觉得江砺不会逾矩，便也就没有了之前对着陈明达的那种抗拒。

闻希不知道江砺怎么会知道闻洪海给她介绍了陈明达这件事，但是她还记着江砺在包间里说的那句话，不欲和他多说，便随口答了句：“我又不瞎。”

江砺盯着闻希看了一会儿后忽地笑了，意有所指地开口：“我知道你眼光好。”

闻希怔了下，江砺这句话像是在暗示她什么，不过很快她又把脑子里那点不切实际的念头给甩了出去。

她推了下面前跟堵墙似的人：“麻烦江警官让我过一下。”

江砺纹丝不动。

他今天穿了套齐整的西装，宽肩窄腰仿佛一个行走的衣架子。

闻希的视线刚好落在他精瘦的窄腰上，脸忽地就有点发热。她以前一直觉得江砺穿制服穿卫衣运动裤好看，倒不想他穿西装也这么好看。

江砺悠悠地开口：“你把我微信拉黑了？”

以前因为各种原因江砺几乎很少玩手机，就连微信这种人人必备的社交软件也不怎么用，但是从那晚回来之后他只要一有空就会拿着手机打开微信翻一翻。

但就真的如闻希说的那样，以前时不时会给他发一两条消息的人再也没有找过他。

抓心挠肝地熬了几天，好不容易等到除夕那天。

他终于找到理由给闻希发了条“新年快乐”，结果却显示出消息旁边有一个刺眼的红色感叹号。这个红色感叹号的意思，他还是问了赵一恺才知道，是拉黑的意思。

小姑娘还真是说一不二。

那一刻江砺握着手机心里说不出的憋闷，明明是他自己把闻希推开的，却怎么都觉得不舒坦。

闻希淡声：“反正也不需要联系了，就删了。”

江砺半眯着眸子，沉了声音问闻希：“谁说不用联系了？”

闻希觉得有些莫名其妙,她不觉得她和江砺做不成恋人还能做朋友，她没那么心大，那既然如此还有什么好联系的。

她答：“我说的。”

江砺沉吟了片刻，往前倾了倾身子，和闻希视线平齐。

他说：“上次是你要求加我的微信，我答应了，那你是不是应该公平一点，这次答应我把微信加回来的请求？”

明明是没什么逻辑的歪理，但被江砺说得好像就应该如此。

闻希看向江砺，和之前慌乱的一瞥不同，这是她今晚第一次大大方方地迎上他的视线，从他深邃的瞳孔中，她看见了自己映进去的影子。

“嗯？行吗？”

江砺的声音本就好听，那一声“嗯”他故意沉了声音，尾调又微微上扬，钻进闻希的耳朵里酥酥麻麻的。

闻希鬼使神差地点了下头。

江砺根本不给闻希反悔的机会，她一点头，他就拿出手机在微信添加好友的界面输了几个号码进去，点击添加，她手里的手机很快就响起了一道提示音。

察觉到自己被江砺诱哄之后，闻希有些恼，但又不好当着江砺的面反悔，便敷衍他：“等会儿我晚点再通过，你先让我下去。”

江砺才不想担这种风险，何况要是闻希不通过，他上哪儿再去找今晚这种机会。

他直起身睨了闻希的手机一眼：“通过验证又不会耽误多大工夫，你点了通过我就放你走。”

闻希以前没发现江砺这么不讲道理。

她拗不过他，只好拿出手机来点了通过。

江砺看着和闻希聊天界面上那句“我通过了你的朋友验证请求，现在我们可以开始聊天了”，笑着给闻希让开了路。

闻希也不多留，抬脚就要离开。

和江砺擦身而过的时候，她听到江砺说了句“不准再删”。

晚上回家的路上，江砺开车，柳恩和丈夫江成也坐在车的后排。

透过后视镜，柳恩明显看到向来不苟言笑的儿子今晚已经扬了好几次唇了，不用猜都知道是发生了什么高兴的事情。她很快就想到了余诗敏那个叫闻希的闺女。

柳恩给自己丈夫递了个眼色，清了清嗓子，唠家常似的问江砺：“儿子，你和今晚那个姑娘很熟？”

江砺自然能听出柳恩这是在套他的话，以往只要看到他和哪个姑娘出现在同一个画面里，柳恩就拐着弯打听，但他无一例外全都回答说自己不熟。

柳恩每次都失望而归。

但今晚，话到了嘴边江砺忽然改了口，他笑了笑：“还行。”

柳恩敏锐地捕捉到了一丝八卦的气息，她追问：“什么叫还行？你快好好跟妈妈说说，是不是看上人家姑娘了？”

柳恩问得太过直白，江砺噎了下。

之前他不确定自己对闻希是什么感觉，但是后来的几天里他想了很多，才发现自己都不知道什么时候就喜欢上了闻希。

在江砺愣神的工夫，柳恩却已经自顾自地说起来了：“希希那姑娘长得好看，待人接物也温文有礼，你真喜欢人家就早点带回来给爸爸妈妈看看。”

看柳恩比他还急，江砺有些无奈地解释：“我把人家惹生气了，带回家这件事等哄好了再说。”

02.

自从那晚让江砺重新加回她微信之后，闻希连着几天雷打不动地都会收到他的消息。

内容倒是不复杂，简单的“早安”和“晚安”。

闻希基本只是看一眼，一律不回，再后来觉得看着心烦意乱，索性直接对江砺设置了消息免打扰。

她一直都摸不准江砺在想什么，这回也一样。

不是没想过江砺可能是在对她示好，但是一朝被蛇咬十年怕井绳，她怕到最后又是她一个人在自作多情。

家里的气氛实在是让人压抑，离开学还有三天的时候，闻希就回了学校。

回学校的当晚，闻希就去了“清荷”找林烛。

从年前到现在半个多月了她还一直没找到机会和林烛聚一下，而且出于好奇，她也有点想去看看林烛那个小鲜肉男朋友。

闻希到的时候，林烛已经和她男朋友等在卡座了。

她越过舞池远远的看了一眼，明明坐在同一张沙发上，林烛却和那男的起码隔了一个人的距离。

闻希挑挑眉。

林烛谈恋爱绝不是这样的，以往谈恋爱时，她都是恨不得全世界都闻到她恋爱的酸臭味。

朝着他们走过去，闻希搭着林烛的肩坐在她旁边，端了林烛给她倒的酒喝了一口。

解了渴，闻希示意林烛给她介绍下新男朋友。

林烛会意：“来，崽儿，给你介绍一下，这是我弟蒋齐言。”话落，她又握着蒋齐言的手臂将他拉近了些，示意他给闻希敬酒，“这是你闻希姐姐。”

闻希蒙了一瞬。

这人明明是上次林烛发微信说是她男朋友的那个，虽然照片和真人不会是完全一样的，闻希并不觉得自己会认错。

而且林烛哪里平白无故又冒出个这么大的弟弟来？

林烛早就料到了闻希这个反应，转头和蒋齐言默契地相视一笑。

蒋齐言端着杯子应林烛要求和闻希碰了下,表现得十分乖巧礼貌“闻希姐好。”

林烛根本不给闻希反应的时间，替她抬着杯底让闻希把这杯酒喝了下去。

等到闻希一杯酒缓过劲，林烛才开心地说：“以后希希就是我妹妹，齐言就是我弟弟，我林烛也是个妹妹弟弟双全的人了。”

“到底怎么回事啊？”闻希稀里糊涂的，不知道这两个人卖什么关子。

“既然连你都骗过了，那我也不怕骗不过别人了。”林烛优雅地跷着二郎腿，悠闲地往卡座沙发的椅背上一靠。

见闻希是真糊涂，还是蒋齐言给闻希解释。

他说：“我其实一直都不是林烛姐的男朋友，我们俩过年前才在朋友的局上认识的，因为当时玩游戏输给了林烛姐，所以我才答应当她的朋友圈男朋友。”

闻希不知道为什么林烛好端端地要给自己摘一朵假桃花。

林烛给的答案是为了骗赵一恺。

赵一恺是个死心眼的人，一头热地喜欢上林烛，林烛分明义正词严地拒绝了他好几次，但他说只要林烛没有男朋友，他就可以大大方方地追求她。

林烛完全是被逼得没有办法了才出此下策，发朋友圈和蒋齐言“秀恩爱”，让赵一恺觉得她已经觅得良人。

闻希知道事情原委后，第一反应是觉得自己真是迟钝得可以，赵一恺疯狂地追求了林烛那么久，她作为林烛闺蜜居然一点没看出来，之前相处时赵一恺对林烛的殷勤也全被她当作这个人热情而已。

不过在闻希记忆里，这还是林烛第一次这么想摆脱一个男人的追求。

闻希问她原因，林烛只是撇撇嘴道：“人以类聚物以群分，你看江砺那么过分，就知道赵一恺不靠谱。”

不过这个理由其实是林烛在知道江砺和闻希闹僵的事情之后才想出来的，在林烛的潜意识里她觉得自己和赵一恺压根不是一个圈子的人，赵一恺的世界太单纯了。

听到江砺的名字，闻希的眸子闪了闪。

察觉到闻希的反应，林烛也意识到自己失言了。

闻希活了二十年第一次喜欢一个人，她知道闻希表面上看着没多大事平平静静的，其实心里被戳出来的洞不知道多久才能愈合。林烛索性跳过了这个话题，连赵一恺也不再提了。

闻希后来喝了不少酒，林烛不放心她回学校，便将人从酒吧带回了自己家。

因着不想过早面对寝室的怪异气氛，闻希便又撒着娇地在林烛家里多待了两天。

想到第二天要开学，趁着林烛有空，闻希叫了她一起去逛街。

逛街的初衷说是闻希为了开学置办点东西，实则逛了整整一下午，百分之九十的战利品都是林烛买的，从衣服到包包再到鞋子应有尽有。

闻希体力不如林烛，最后她每走一步都费劲得不行，偏偏林烛还满脸的意犹未尽。

看着闻希蔫哒哒的样子，林烛只好陪着她进了一家甜品店。

两个人手上大大小小的东西还没来得及完全放下来，林烛就接到了蒋齐言女朋友的电话，说是他跟别人打架了。

按理说这跟林烛没什么关系，但挑架的一方口口声声说是为了林烛出气。

等到林烛和闻希打了车匆匆忙忙赶到蒋齐言女朋友说的地点时，就看到蒋齐言和赵一恺还扭打在一起。

虽然看上去赵一恺是占了上风，但是打了这么久，他也没讨着什么便宜，两个人都一副鼻青脸肿的样子。

这地方不算是闹市区，周围只围了几个看热闹的大爷大妈，以及完全不知道该怎么办的蒋齐言的女朋友。

她一看到林烛，眼泪都快掉下来了："阿烛姐这怎么办啊，齐言都快被他打死了。"

赵一恺还打得挺起劲儿，没注意到林烛来了，边打边念念有词："看我怎么替阿烛教训你这样的渣男。"

林烛有点头疼。

“赵一恺。”她上前去拉赵一恺，试图让他住手。

赵一恺看到林烛的时候愣了一瞬，随即很快掰开林烛拉着他的手，密集的拳头重新往蒋齐言身上砸。

“你这样的渣男还好意思叫阿烛来？阿烛真是眼瞎了才会看上你，你们才在一起几天你就在外面和别的姑娘勾勾搭搭。”

从赵一恺的话里闻希和林烛大概知道了是怎么回事。

蒋齐言本来就是有女朋友的，估摸着是和女朋友走在路上被赵一恺碰上了，而赵一恺自然看过林烛的“秀恩爱”朋友圈，便不分青红皂白认定了蒋齐言出轨，二话不说就扬了拳头要替林烛出气。

林烛要是想到有这档子事估计打死都不会想出那个馊主意了。

她一个人拉不住赵一恺，只好叫了闻希。

但这会儿赵一恺打红了眼，林烛和闻希两个手无缚鸡之力的小姑娘哪里敌得过他，没两下就被赵一恺挣开。

闻希被他大力挣开的时候没站稳，身子一歪往地上倒下去。

因为快开春，闻希只穿了一件薄毛衣，地上又不平坦，这一倒下去从手肘到掌心，整一块的皮肤都被擦破了。

她疼得倒吸一口凉气。

林烛跑过来扶起她，也顾不得其他的了，对闻希说：“希希你赶紧给江砺打个电话吧，我们根本拉不住赵一恺。”

闻希也知道事急从权的道理，而且赵一恺是警校的学生，这样动手打人肯定是不合道理的，估计也只能叫江砺来解决。

她将江砺的号码从黑名单里拉出来，拨了过去。

“闻希？”江砺接得很快，声音里还听得出一丝笑意。

闻希还是第一次见到这么惨烈的打架方式，怕闹出人命，也不和江砺废话，直接说：“江砺你现在能不能赶紧到我这里来一趟，赵一恺和人打架我们拉不住。”

江砺赶过来的时候，距离闻希挂了电话还不到一刻钟。

他没看一旁站着的闻希和林烛，而是直接冷着脸上前，轻轻松松地分开了还缠斗在一起的赵一恺和蒋齐言。

江砺睨了眼站在身边喘着粗气的赵一恺，没好气：“你倒是能耐了，都学会在外面打架了。”

“砺哥你怎么也来了？”赵一恺显然还没消气，愤愤地瞪着被林烛搀着的蒋齐言。

“我不来，等着两个姑娘给你闯的祸善后？”说这话的时候，江砺终于把视线移到了闻希身上。

赵一恺不服气，指着蒋齐言振振有词：“这孙子出轨难道不应该揍他？”

林烛气得不行，忍了好半晌这下终于忍不住了，劈头盖脸地就骂赵一恺：“你是不是疯了？”

赵一恺在林烛面前，气势一下子就矮了一大截，心虚地辩解：“阿烛，我是帮你出气，我不想看你被欺负。”

他的语气太过真诚，林烛顿了一下。

这是她第一次听到有人说不想看她被欺负。

林烛五岁的时候因为父母车祸去世被寄养在姑姑家，姑姑一家都觉得她是个累赘，所以她高中开始就辍学出来。为了独立不求人，没人知道她经历了什么，更没有人会在意有没有人欺负她。

但林烛很快恢复了自然，不过语气却缓和了些：“没人欺负我，我和蒋齐言本来就不是男女朋友的关系。”

赵一恺这会儿的表情和闻希当初知道这事的时候一样。

他蒙着挠头：“那你的朋友圈……”

林烛忽然就有种对不起赵一恺的感觉，有些理亏。

她清了清嗓子，转开话题对闻希和江砺说：“齐言看起来伤得不轻，我们还是先送他去医院吧。”

闻希和江砺点头应下。

江砺的车只能坐五个人，江砺不可能留下闻希，蒋齐言和他女朋友更不可能丢下，林烛看了看可怜兮兮的赵一恺，叹了口气，陪着他一起单独打了一辆车。

等到林烛和赵一恺赶到医院的时候，蒋齐言的伤口基本已经处理得差不多了，没什么大碍，但是医生担心出现脑震荡，还是让他在医院观察一晚。

来的路上林烛和赵一恺都解释得差不多了，赵一恺也知道自己冲动打错了人，便自觉地去给蒋齐言缴了医疗费，又诚恳地去给他道歉。

好在蒋齐言不是斤斤计较的人，加上看在林烛的面子上，这件事也就私了翻篇。

得了原谅，赵一恺和林烛出了蒋齐言的病房。

医院的走廊上，赵一恺可怜兮兮地站在林烛对面，低着头小声说："阿烛，你以后可不可以不要再骗我了？"

本以为林烛又要说一堆让自己别缠着她的话，结果赵一恺却听到她柔声说了句"好"。

他怔了下，随即开心地笑起来。

江砺和闻希就坐在不远处的铁皮椅子上。

见他们这边终于处理好了，江砺皱眉握着闻希的手腕拉着她站起来。闻希在出神，等到被江砺拉着走了两步才反应过来。

她有些警惕地看着江砺，问："你要干什么？"

江砺看了眼闻希满是灰的毛衣袖子，袖子堪堪遮到手腕，是以手腕到手心的伤口都露了出来。

伤口没处理过，沾着灰，又凝了干涸的血渍，看上去触目惊心的，刚刚上车的时候江砺就看到了。

被江砺眼光一扫，闻希才想起自己的伤口，刚刚场面太乱了，她都快忘了。

她舔了下唇，想要挣开江砺有些粗糙的掌心，说：“擦破了点皮，我等会儿回去自己清洗一下就行了。”

闻希这态度，根本没把这伤口当回事儿。

江砺握着闻希的手没松，继续往急诊治疗室走：“就在医院处理，伤口好得快你自己也少受罪。”

闻希的力气哪里是江砺的对手，一直到治疗室门口，她都没能挣开手腕上的禁锢。

都到治疗室了再拒绝就显得矫情了，闻希看了江砺一眼，沉默着走进去，挽起毛衣袖子将伤口给医生检查。

江砺就站在闻希旁边，握着手腕的那只手改成了将闻希柔软的手包进掌心。

看医生准备消毒药品的时候，他没忍住说了句：“医生麻烦您轻点。”

他平时训练磕着碰着的不少，受的那些伤比这严重多了，但是看到闻希娇嫩的皮肤上有伤口，他就忍不住心疼。

医生是个中年男人，行医这么多年，像男朋友带女朋友来医院看病的情况不少见，笑呵呵地应下。

闻希闻言没说一句话，也没分给江砺一个眼神，从进了治疗室开始就垂着眸。

那个医生的手法很娴熟，除了用艾力克消毒的时候有轻微刺痛，一直到包扎完，闻希都没太大的感觉。

费用在医生贴纱布的时候江砺就去缴了，一直到整个伤口处理完了江砺都还没回来。

闻希跟医生道过谢就往医院外走，打算等回了学校再把花的钱转给江砺。

结果她刚走到医院大门口，就被跑来的江砺拦下。

他看着没什么情绪波动的闻希，说：“我送你回学校。”

“现在又不晚，我自己可以回去。”闻希淡声拒绝。

冬末春初，天依旧黑得早，即便这会儿才七点多，天已经黑尽了。

医院急诊室无论什么时候都不会缺少人，江砺虚揽着闻希的肩躲开一辆医用推车，才说：“天都黑透了，我不放心你一个人。”

闻希发现，在有些事情上她根本拗不过江砺。

江砺坚持不让她一个人回学校，两个人在医院急诊的门口僵持了半晌，最后还是闻希先妥协。

她沉默地跟着江砺上了他那辆路虎揽胜的副驾。

江砺许是看出了闻希不想搭理他，一路上也不惹闻希心烦，专注地开着车。

闻希本以为江砺送她到学校门口也就可以了，结果他和她同时下了车。

见闻希准备要拒绝，江砺先她一步开口：“你上次说了这条路有点黑，我陪你到寝室楼下就走。”

江砺还记得她上次随口一说的话。

闻希犹豫了下，还是把到了嘴边的拒绝咽了回去。

快到寝室楼下的时候，江砺放慢了步子，问闻希：“明天开学？”

也不知道是不是因为开学的前一晚上大家都要抓紧时间放纵，这会儿回寝室的路上根本没有一个人。

闻希走在江砺前面半步远的地方，闻言轻轻“嗯”了声。

“八点上课？”江砺又问。

闻希不知道江砺到底要说什么，犹豫了几秒后又“嗯”了声。

得到了想要的答案，江砺在夜色里翘了翘嘴角，和闻希说：“你明天多睡一会儿，我来给你送早餐。”

03.

闻希被江砺的话惊了下。送早饭这件事听起来实在是有些暧昧，她以前倒是见林烛的前男友给她送过，但她和江砺现在的关系却连朋友都算不上。

闻希顿了顿，思量着该说些什么。

只是江砺根本没给她拒绝的机会。

和上次送她回来的时候一样，江砺朝着闻希的寝室楼抬抬下巴：“回去吧，注意手上的伤口别碰水。”

江砺的语气带着点诱哄，其实又藏着让人无法反驳的霸道。

闻希的唇张合了几次始终没说出一句话，最后只能在江砺的视线中回了寝室。

不出意料的是，她辗转反侧了一整夜。

第二天五点半，闻希就掐着点起了床。

怕吵醒唐佳和张依依，从下床开始她连呼吸都努力放得轻了又轻，洗漱收拾完，确认两个室友还在睡梦中，她才松了口气。

她轻手轻脚地出了寝室，然后小心翼翼地将寝室的门带上。

海城今早落了大雾，乍一看整个世界都笼着层轻纱。

闻希虽然睡眠不好，但多半醒了也是在床上躺着，像这样起得这么早还是破天荒头一次。

她发现在江砺面前她说任何拒绝的话似乎都没有用，但同样她也没办法心安理得地接受江砺送来的早餐，索性决定早点出门去教室，免得与他打照面。

等不着她，江砺肯定也就回去了。

只是闻希会打的算盘，江砺自然也会打，而且打得只会有过之而无不及。

闻希在学校大多数时间都是独来独往，她刷了门禁之后习惯性地戴上放着歌的耳机，一抬眸就看到江砺站在昨晚他们分开的那棵桂花树下。

这个季节，桂花树光秃秃的，满树的枯枝披着还未散尽的朦胧夜色。

江砺长身玉立地站在那里，穿着一身低调的黑色运动服，指间夹了一抹猩红。

两个人明明还隔得有些远，但闻希莫名就觉得他那双漆黑深邃的眸子肯定是落在自己身上的。

闻希看到他朝自己扬了下唇。

江砺很快掐了烟朝着闻希快步走过来，明明半分钟之前两个人还隔着几十米，这会儿便只剩下半米不到的距离了。

闻到江砺身上清冽的气息，闻希垂在身侧的手下意识揪着外套下摆。

她清了清嗓子："你怎么这么早？"

江砺没戳穿闻希的那点小心思，只随口答了句："我怕你起得早，我来晚了就错过了。"

走近了，闻希才看到江砺黑色卫衣的肩头有些散着寒意的露气，也不知道他在楼下等了多久。

闻希想到的时候嘴里同时也问了出来。

江砺挑眉瞥了眼时间，才说："也没多久，刚到一会儿。"

这会儿六点整，他其实五点刚过就起床了，特地跑到公安大学和A大之间的小吃街买了早餐店的第一份早餐，到闻希寝室楼下的时候还不到五点半。

闻希看了眼江砺提在手里的早餐，塑料盒里用锡箔纸保着温，她也不知道他买了什么。

"江砺，你以后别麻烦了，早饭我自己能买。"

"不麻烦。"许是怕闻希听不清他说什么，江砺抬手扯掉了闻希的一只耳机，笑了笑，"我乐意给你送。"

闻希其实下意识想回一句"我不乐意吃"，但看着江砺向来凌厉的眉眼染着笑，这句有些伤人的话就说不出口了。

耳机里循环放着一首美国乡村民谣，明明是悠扬的旋律，在这样的清晨听着却让闻希没来由的烦躁。

她索性将另外一只耳机也摘掉了，直直地看向江砺："可是你老是这样，容易被别人误会。"

别人误会什么她其实管不了，她是怕自己会误会。

闻希的眉微微蹙着，江砺忍住想替她抚平的冲动，问她：“误会什么？”

闻希不信江砺听不出来她的意思，从昨晚到现在，她明着暗着的拒绝都说过了，江砺再问这句话明显就是揣着明白装糊涂。

闻希有点恼，故意说：“误会我们之间的关系，以后学校就没人会追我了。”

江砺觉得自己要被闻希气笑了。

虽说现在这样是他自作自受，但前不久这姑娘还用他的制服纽扣当项链，现在就当着他的面开始担心没有男人追她，这个落差实在是有点太大了。

江砺暗自磨了磨牙，顺着闻希的话说：“没人追正好便宜了我。”

这句话直白得显然不在闻希的意料之中，也不像是江砺会说出来的话。

而且太有歧义了。

整整一个上午，因为江砺这句话闻希都心烦意乱，她坐在教室第二排中间的位置，只看到讲台上老师的嘴巴开开合合，却是一点内容都没听进去，自然也没意识到老师不满地盯了她好几眼。

闻希的专业课成绩虽不是年级特别拔尖，却在设计上极有天赋，她之前私下随意设计过一件礼服，虽说专业技巧上还欠些火候，但是样式能让人眼前一亮，后来甚至凭着这个作品在国内斩获了一个名气不小的奖项。

从那之后，学院里很多老师都对她格外青睐，是以看到闻希走神老师自然是不满的。

见闻希还在发呆，那老师有些严厉地看着她，说：“闻希，你起来讲一下对这件作品的理解。”

闻希愣了一瞬，有些茫然地站起来。

好在是理解性问题而不是重复老师刚刚讲过什么内容，在雷佳的好意提醒下，闻希简单答了一下自己的看法后算是勉强过关。

在她坐下的时候，老师意有所指地说了句：“今天才是开学第一天，希望所有同学能端正态度，谦虚听课。”

闻希有点臊，不敢再走神。

早上江砺说出那句话之后，闻希就不知道该怎么接下去，她好像越来越琢磨不出江砺的心思了。

之前说两个人不会有什么的是他，现在隐晦说要追她的也是他。

闻希有点恼火江砺反复无常的态度，也恼火自己没出息，花了这么久好不容易才平复下去的一颗心又被他轻而易举地搅得一团乱。

不想再和他待下去，闻希沉默地拿过他手里的早餐就往教室走。

好在到教室了江砺都没有再追上来。

中午下课的时候，雷佳叫了闻希一起吃午饭。

以往雷佳也会叫她，但因为每次都有张依依，闻希怕被硌硬基本就婉拒了。

但张依依这个寒假谈了个物理学院的男朋友，自然以后都不会再和雷佳一起吃饭，所以闻希今天只是沉吟片刻就答应了。

两人商量着去学校外吃卤肉饭，只是她们还没走出教室，就被一个男生叫住。

闻希认得，是班里的团支书李池，只是认得归认得，两个人也没说过话，李池刚刚叫的也是雷佳。

听说两个人要去吃饭，他主动问能不能一起。

雷佳属于老好人性格，见都是一个班的便没拒绝，闻希也不好再说什么。

去小吃街的路上，李池有意无意地跟闻希搭话。

虽说有些尴尬，但他聊的也都是些学校或课程上的事，闻希也不是太反感，加上有雷佳在中间活跃气氛，三人行倒也没有冷场。

正是午饭时间，小吃街周围好几个大学的学生都爱往这边凑，所以这会儿每家店里早就挤满了人。

卖卤肉饭的小店自然也不例外，小店里里外外没有一张空桌。

雷佳有点沮丧：“早知道就走快点了，现在不知道要等到什么时候。”

三个人站在门口，周围推推搡搡的，正巧有店员端着两盘卤肉饭走出来，闻希没注意到，还是站在她旁边的李池拉了她一下，才避免被撞到。

闻希反应过来后礼貌地说了声“谢谢”。

李池示意闻希不用客气，他提议：“要不我们换家人少一点的？”

闻希和雷佳也是这个想法，只是她们还没开口，就听到有人叫闻希的名字。

李池和雷佳看了一圈都没看到熟人，闻希应声转头却在店里看到了江砺和嘴角还乌青着的赵一恺。

两个人占了一张长方形的桌子。

江砺淡淡地看了李池一眼，起身走到闻希面前，淡声：“过来一起拼桌吧。”

/ 第十章 /

所有的喜欢都给了你

01.

闻希显然没想到这么快就碰到了江砺。

她低头在心里算了下，距离早上她落荒而逃仅仅过了五六个小时而已。

江砺提出拼桌的要求后就定定地看着闻希。

周围闹哄哄的，似是怕闻希不同意，江砺虚虚地揽了她一下，凑近说：“赵一恺说昨天的事他有些过意不去，想请你简单吃个午饭当作赔罪。”

闻希顺着江砺的手抬眸，就看到了占着座走不开的赵一恺满含期待的目光，见闻希看他，还热情地朝她招了招手，但似乎这个动作扯到了伤口，他招了没两下就龇牙咧嘴地将手收了回去。

昨天那件事闻希其实没太往心里去，赵一恺当时也是急红了眼，肯定不是故意的。

刚刚的话只有闻希听见了，闻希此时的注意力都在要不要答应江砺拼桌这件事上，丝毫不知道两人的距离落在雷佳和李池眼里过于亲密了点。

这种时候雷佳也知道分寸，毕竟是闻希认识的人，她没有越过闻希自作主张，安静地和李池等着闻希表态。

闻希还有点犹豫。

“可以吗？”最后一个字江砺拖长了尾调，往上扬了一些，听着挠得人心痒痒的。

“可能不太……”

“方便”两个字还没说出来，江砺就打断闻希，难得放低了姿态说：“不给我面子，也给赵一恺一个面子吧？”

这是江砺今天第二次用赵一恺作借口，而店内被卖了的赵一恺却毫不知情，眼巴巴地看着外面这群人。

说话的时候江砺又靠闻希近了点，热气尽数往闻希的耳郭里喷洒，不知道是不是错觉，闻希觉得他温热的唇好像碰到了自己的耳朵。

温度有些烫人，像是触了下电。

闻希下意识地颤了颤，红着脸往旁边挪了一步和江砺拉开距离。

她觉得江砺磨人的功夫实在是一流，她甚至怀疑如果今天不答应的话，江砺就能拉着她的手不让她走。

江砺在等着，雷佳和李池也在等着。

闻希在心里叹了口气，又一次下意识对江砺妥协。

她抬头问雷佳和李池：“他们是我的朋友，和他们拼桌可以吗？”

雷佳看着江砺和闻希你来我往了半天，也看出了两个人之间不像是单纯的朋友关系，倒是有一些说不清道不明的意味。

她难得看闻希和哪个男生走得近，自然也不会让闻希夹在中间为难，便表示自己没意见。

至于李池，本就是跟着闻希和雷佳搭伙的，两个姑娘都有意留下来，他也没法再说什么。

说定后，江砺领着他们进去。

长方形的餐桌，一边靠墙，赵一恺正好坐在靠过道的一个座位上。

雷佳和李池也知道闻希和他们认识，便自觉地坐在了赵一恺对面的两个位置上，也不算很尴尬。

江砺用脚背踢了下赵一恺的小腿，等他看过来，便朝靠墙的那个位置抬抬下巴。

他示意赵一恺："你坐里面去，让闻希坐外面。"

闻希没直接坐下去，江砺把大家的位置都安排好了，他自己就只剩了在过道上的那个位置。这家卖卤肉饭的店面不大，过道本就狭窄，江砺身高腿长的，一看就不会舒服。

她扯了下江砺的袖子，跟他商量："要不你坐我这儿，我个子小坐过道方便一点。"

"不用。"江砺说着已经坐了下去，又示意闻希也赶紧坐下。

这里不是什么五星级餐厅，客人和店员来来往往，他一个大老爷们儿自然不会在意这些，但闻希坐过道被人磕着碰着了最后心疼的还不是他。

闻希默了下，听话地坐在了江砺和赵一恺之间。

五个人每人点了一份卤肉饭，有赵一恺在也不怕冷场，他几乎没停歇地一直在和雷佳、李池聊天，闻希注意到，向来健谈的雷佳都有点招架不住赵一恺的热情。

卤肉饭很快被端上来，刚一上桌，卤香味就逸进呼吸之间。

闻着很香，但闻希低头看到卤肉酱表面撒着的翠绿葱花时，她有点发愁地皱了下眉。

还是雷佳先发现闻希的异常，愣了下很快意识到原因，也替闻希为难："希希不吃葱，刚刚忘了跟老板说我们的卤肉饭有一份不加葱了。"

闻希从小就吃不惯葱味儿，在外面吃饭只要放了葱的菜她基本不会动，这个雷佳倒是知道。

不过这会儿闻希其实没想声张出来，这样显得她很挑剔一样，而且挑食本来就不是什么值得骄傲的事。

被众人盯着，她有点尴尬地笑了笑：“没事，我挑出来就好。”

“重新点一份吧。”李池说着就要招呼店员再次点餐。

只是他还没找到店员忙碌的身影,江砺就不咸不淡地扫了李池一眼，淡声说：“现在人多，再点一份等的时间太久了。”

闻希也是这个意思,何况她觉得浪费了这一份好好的饭也过意不去。

她从筷筒里抽了双一次性的筷子，还没来得及撕开包装纸，就看到江砺将他面前的饭往桌子中间推了一点,拉着闻希的那一份到自己面前。

他抽了两张纸巾整整齐齐地铺在旁边，睨了眼有些愣怔的闻希：“我帮你挑。”

江砺的动作很快，也挑得很细致，等到那份饭重新回到闻希面前时，闻希愣是没从里面看到一颗遗漏的葱花。

她脸红了红，小声说了句“谢谢”。

江砺见闻希没抗拒自己的示好，笑了笑，漫不经心地答了句“和我客气什么”。

本就是简单的便饭，吃不出什么花样，闻希和雷佳吃得慢一些，三个男生也不催她们，吃完都耐心地等着。

闻希吃完，刚想给赵一恺说不用把昨天的事放在心里，就看到江砺起身去老板那里付了账。

她愣了一瞬，很快意识到之前江砺说的那些肯定都是借口。

五个人一齐往店外走，闻希一行人下午有课，要赶回学校上课，临分开的时候，江砺忽然出声叫住闻希。

闻希看他一眼，跟雷佳说：“佳佳你们先走吧，我等下追上你们。”

等到雷佳走了，她才问江砺：“怎么了？”

这一边赵一恺也被江砺支走了,只剩了江砺和闻希两个人站在路边。

刚刚江砺付完账回来，就听闻希说要 AA，他也注意到他没同意 AA 之后闻希微蹙的秀眉。

从认识到现在，江砺多多少少也能看出来，闻希是那种和周围划得

很清楚的人，她越是跟你客气，就说明她越是没把你当成自己人。

江砺不希望闻希和他划得那么清楚。

他顿了顿，跟闻希坦白："今天确实不是赵一恺主动提出要拼桌的。"

"我知道。"她之前也怀疑过，但是一直到江砺去付账的时候才确认。

"我不是故意骗你的。"江砺抬手揉了下闻希的脑袋，"我只是想和你一起吃午饭。"

江砺语气神情都很温柔，一点找不到训练场上那个硬气的男人的身影，闻希站在他对面，心忽然就软了下来。

晚上睡前收到江砺的"晚安"微信时，闻希盯着看了会儿，终于还是回了同样的两个字回去。

也许是寒假过得太悠闲，好不容易度过慌乱忙碌的开学第一周，闻希觉得身心俱疲，一秒都不想在学校多待。

所以一到周五，她就迫不及待地约了林烛去看电影。

电影是闻希选的一部外国科幻片，特效做得很好，情节也还过得去。闻希和林烛两个人看得津津有味，一直到出了影院还在讨论电影里的情节。

走到影城门口的时候，闻希眼尖地发现了等在那里的赵一恺。

她和林烛吃完晚饭才来看的电影，电影结束的时候就快十一点了，她显然不会觉得赵一恺这个时间是来看下一场电影的。

闻希拉了下还在发表口头影评的林烛，示意她往赵一恺的方向看。

"阿烛，是你叫赵一恺来的吗？"

影城大厅的灯光下，闻希看到林烛的两颊微微泛着粉，她和林烛认识这么久还是第一次在她脸上看到类似于害羞的表情。

像是发现了新大陆一样。

在闻希好奇的视线里，林烛轻轻点了下头："他说我们看完电影太晚了，来接我们。"

林烛虽这么说，但是闻希知道赵一恺来肯定是经过林烛同意了的，不然他哪里来的消息知道她们电影这个时候散场。

闻希忍不住八卦："你这是打算和赵一恺在一起了？"

她一直觉得赵一恺人挺好的，耿直又热情，倒是比林烛以前那些圈子里找的男朋友靠谱得多。

"不知道。"说起这个，林烛也有些迷茫。

赵一恺太真诚了，林烛从没见过哪个人像他这样对自己那么好过，上次蒋齐言那件事之后她能感觉到自己也动了心，只是要答应做赵一恺的女朋友，她却还在犹豫。

不是担心赵一恺不够好，而是林烛觉得自己配不上他，也怕他以后知道她的事情后，会看不起她，会觉得自己喜欢错了人。

见闻希还想问什么，林烛赶紧拉着她往赵一恺那里走："我们先过去吧，别让赵一恺等太久。"

走到赵一恺身边的时候，闻希下意识朝他周围看了眼，见确实只有他一个人，眼睛里的光不动声色地黯了黯。

林烛自然捕捉到了闻希的变化。

她故作不经意地问赵一恺："江砺没和你一起吗？你们两个平时明明关系好到几乎是穿连裆裤的。"

这几天从赵一恺那里，林烛知道了江砺在认真追闻希，她也知道闻希其实根本没有表面那样洒脱地忘了江砺。

和赵一恺说看电影的事情时，她明明暗示过赵一恺闻希也在，可以带上江砺的。

"砺哥今晚出来不了。"赵一恺说这话的时候看了眼闻希的脸色。

"怎么就出来不了了？"林烛有些气江砺不知道把握住机会，"他那么大个人了出来一趟，难不成还要被他妈妈管着？"

一听林烛的语气，赵一恺就知道她误会了。

关于江砺的事，林烛误会了不要紧，要是闻希小姐姐误会了那他麻

烦可就大了。

赵一恺赶紧解释："砺哥没来其实是因为今天病了，高烧。"

赵一恺作为江砺的兄弟，他自然希望江砺能和闻希终成眷属，所以一收到林烛消息就给江砺说了来接人这事儿。江砺当时答应了来，结果谁知道突然发高烧，赵一恺不放心他，来电影院之前还亲自把江砺送回了家。

"他怎么了？"闻希忍了下最终还是没忍住问了出来。

这事其实涉及江砺的私事，但赵一恺琢磨了下，闻希不算是外人，而且她知道了这件事说不定还会心疼江砺，一心疼肯定也就对江砺心软了。

林烛也催赵一恺赶紧说，免得话说一半惹闻希担心。

赵一恺轻咳了下，尽量长话短说："砺哥生病是因为昨晚上淋了一晚上的雨。"

昨晚海城确实下了一场不小的雨，淅淅沥沥的，一直到今早上才停。

闻希的语气明显有些急了："江砺干什么要淋雨？你们昨天出任务了？"

说到这个，赵一恺轻轻叹了口气，也有些感慨："砺哥的爷爷前两天在家里突发脑溢血，本来送到医院的时候还算及时，病情也控制住了，结果砺哥昨天接到家里电话说老爷子病情加重了，他去了趟医院之后回来就开始不停地抽烟。"

闻希似乎能通过赵一恺的描述想象到江砺皱着眉一支一支抽烟的模样。

"但学校里不能和队里比，学校里抽烟是违反纪律的，砺哥便被罚去训练场负重跑。"

江砺那个时候心里是真难受，淋着雨在训练场跑了大半夜。

林烛听完也知道自己刚刚误会了江砺，有点惭愧地问赵一恺："那他现在还好吧？"

赵一恺坦诚地摇头：“不知道，砺哥都烧到三十九度多了，还坚持不肯去医院。”

听到这儿的时候，林烛看了闻希一眼，心想江砺跟闻希一个样，都属于生了病硬扛着说什么也不肯去医院的类型。

闻希倒是没空想这些，一颗心因为江砺七上八下的。

“你送江砺回的他父母家还是他公寓？”

如果在父母家闻希觉得还好一些，至少有人照顾江砺，如果在他公寓里，闻希担心他就是烧糊涂了也没人知道。

“他公寓。”赵一恺也想过送他回他父母那里，只是江砺自己不同意。

“崽儿，你还好吧？”林烛注意到闻希的身子似乎在微微发抖。

“那个……”

闻希迟疑了几秒，求助似的看向赵一恺：“你能不能送我去一趟江砺那里？我不放心他发着高烧还一个人待在家里。”

02.

林烛和赵一恺送了闻希到江砺家楼下。

赵一恺有些放心不下江砺，想要跟闻希一起去看看情况，结果一只脚还没踏下车，就被林烛拦住。

偏他还没能理解林烛的意思，满脸疑惑：“怎么了？”

林烛真是恨铁不成钢，赵一恺也不想想，他这个时候上去除了能当一盏高瓦数的灯泡还能干什么。

见闻希已经下了车，她压低了声音和赵一恺解释：“你觉得你砺哥这种时候想看到你？你信不信你要跟着希希上去他能一脚把你踢出来。”

赵一恺：“……”

好像的确很有可能。

反应过来后，他大着胆子握了下林烛的手，讨好道：“还是我们阿烛聪明，想得比我周到多了。”

闻希担心江砺，也不和他们多耽搁，提了刚在路上买的一小袋子药往楼上走。

江砺家还是年前来的，现在隔了一个多月再踏足这里，闻希心里有种说不出的滋味。

路和楼层都记得清清楚楚，轻车熟路地出了电梯，闻希站在江砺家门口给他打电话。

打了三个都没人接，家里也没一点动静。

闻希心里越来越没底，心里不好的念头也越发清晰，顾不得别的什么，她开始上前敲门。

“江砺，你在里面吗？在的话可以开一下门吗？”

闻希敲门的力道不小，很快手心就火辣辣作痛，可是门内依旧没有动静。

她迟疑了下，想着要不要把赵一恺叫回来或者打个急救电话的时候，面前厚重的门突然被人从里面拉开。

闻希吓了一跳。

客厅和玄关的灯都没开，她只能借着楼道的光将门内的人打量了一遍。

江砺穿着一件纯白的短袖T恤，搭一条黑色的运动短裤，头发看起来像是刚洗过，也不知道是不是光线的原因，闻希觉得他的双颊有一丝不太正常的红。

闻希皱了下眉，明明都生病了还把自己当成个身强体健的人，也不知道穿厚点，不过看到江砺好好的站在门里，她总算是放了心。

江砺显然没想到这个时候闻希会出现在这里。

“希希，你怎么来了？”江砺嗓音有些嘶哑。

闻希没注意江砺刚刚亲昵地叫了自己的小名，她问：“你刚刚怎么半天不开门？打电话也不接？”

“刚刚在洗澡。”

被赵一恺送回来之后江砺就去睡觉了，因为发着烧身上很快出了一身汗，江砺觉得黏腻得难受，索性去冲了个澡，结果刚从浴室出来就听到有人在外面敲门。

江砺上上下下将闻希打量了一遍，上前弯腰握着闻希的手将人带进门，然后很快将两人身后的门关上，顺手开了玄关的灯。

“这么晚来是发生什么事了？”江砺的第一反应是闻希又在家里受了气，像上次一样无家可归。

“没事，就是听说你病了。”闻希感受到握着自己的大掌有些烫人，估摸着江砺的烧还没退。

江砺怔了下：“谁告诉你的？”

问完之后，他就想到除了赵一恺谁还能去给闻希通风报信，而且恰好赵一恺今晚要去接林烛和闻希。

闻希不知道江砺已经有了答案，不过她也没打算瞒着他：“刚刚碰到赵一恺，听他说的。”

对上闻希湿漉漉的眸子，江砺忽然翘了翘嘴角：“那你专程过来是因为担心我？”

两个人隔得很近，闻希甚至能感受到他的身躯散发出来的滚烫热气，她这才发现气氛有些暧昧了。

闻希下意识地否认：“我就是顺路过来看一下。”

她把手里装着退烧药和各种感冒药的塑料袋塞到江砺怀里，返身就要去开门，“你睡前记得把药吃了，不早了，我先回去了。”

人都自己送到家里了，江砺哪里肯放人。

他将闻希买的那袋子药往玄关上随手一搁，拉了闻希的手覆在自己的额头上，跟闻希陈述事实：“我还没退烧。”

江砺自己有分寸，其实在睡前他自己就已经吃了点药，这会儿虽然还没退烧，但是整个人已经舒服很多了，估摸着再睡一觉明天早上也就差不多好了。

闻希的手被夹在江砺的额头和手掌之间，两边的温度都不低，烤着她还带着寒意的手，像是能烫进人的心里。

她红着脸将手从江砺额头上抽回来，小声说：“你等会儿把退烧药吃了。”

“希希，我生病了。”江砺又重复了一遍。

“我知道。”闻希被江砺这一声“希希”叫得脸更烫了，她甚至有种发烧的人其实是自己的感觉。

“那你能不能留下来？”江砺难得收起了他的强势，用一种近乎可怜的目光看着闻希。

闻希根本受不了江砺这样的目光。

这个时候的江砺看起来像一只受了伤的巨兽，一个人在黑暗里孤独地舔舐着伤口，孤孤单单的。

别开眼，她勉强抓住自己的最后一丝理智。

“那你可以留下来陪我说会儿话吗？”江砺顿了下，“我等会儿送你回去。”

闻希能感受到江砺今晚情绪有些低落，她想起赵一恺说的关于江砺爷爷的事情，犹豫了好久也没能说出一句拒绝的话。

而且之前江砺也收留过她，闻希安慰自己这完全是出于朋友情谊。

“那我就明天早上再走吧。”

闻希垂着脑袋，没看到江砺望着她不动声色地扬了扬嘴角。

得了闻希的允准，江砺从鞋柜里拿了双拖鞋出来，粉粉的，上面还有一对卡通的兔子耳朵，很明显是一双女士拖鞋。

但上次闻希来的时候江砺把自己的拖鞋拿给了她，明明说过了家里没别的拖鞋的。

闻希问他：“这是你新买的？”

“嗯。”拖鞋是新的，江砺拿了把剪刀将连着两只拖鞋的塑料绳剪断，弯腰把鞋整整齐齐地放在了闻希面前。

“售货员说女孩子都喜欢这种长得可爱的，我不知道你喜不喜欢。”

也许是生病的原因，向来不显山不露水的江砺今晚似乎将情绪全部写在了脸上，闻希能清楚地看见他说这话时眼里的期待，应该是期待她说一句喜欢。

鞋子她是喜欢的，毕竟大多数的女孩子对带着少女心的物件都是没有抵抗力的。

不过，闻希顿了下，江砺的话听上去像是他特地为她选的。

闻希实在想不到江砺这样一个大男人站在货架前选着女士拖鞋的样子。

盯着那双鞋上的兔子耳朵，她问：“你专门给我买的吗？”

“嗯，怕你再来的时候不方便。”

拖鞋其实是和闻希闹掰的那晚上，江砺回家时路过一家家居用品店买的，明明不久前闻希还让他把她留在家里的东西都扔了，可是他还是买了这双鞋。

也不知道当时怎么想的。

江砺看着闻希迟迟没换鞋，心里有点忐忑：“你不喜欢？”

闻希摇头，弯下腰去解开了运动鞋的鞋带，将脚伸进那双拖鞋里，站好后才回答江砺：“喜欢的，很好看。”

江砺牵了闻希去客厅，作势要去给她倒水，却被闻希拦下。

闻希又往江砺身上不合季节的衣服看了眼，提醒他：“你先去把头发吹了吧，多穿点衣服。”

江砺好说话地应了声“好”。

等着江砺吹干头发，又换了套长袖长裤的睡衣出来时，闻希已经把她买的那些药按着剂量全部取出来放在一个小碗里了。

她正拿了个杯子守着饮水机烧水。

看到江砺，闻希把手里的体温计递给他：“你测下体温，要是温度太高就去医院。”

似是怕江砺不合作，闻希放软了声音，带着点哄小朋友的语气，全然没把眼前这个人当作一个心智成熟的成年人。

江砺看着闻希温柔的眉眼，笑了笑，听话地含着体温计坐到了闻希旁边的椅子上，手随意地往桌上一搭。

闻希算着时间，五分钟后让江砺把温度计拿出来看看。

江砺往闻希身边凑了下，含着那支温度计朝她抬抬下巴，声音含混不清：“你帮我看。”

闻希才不信江砺连看个温度计的结果都看不来，但转念一想懒得和一个病人计较，便顺从地去取他含在嘴里的温度计。

只是她往外抽了一下，没抽动，温度计依旧稳稳地被江砺含住。

温度计是玻璃制品，里面又有水银，被江砺含在嘴里闻希根本不敢用力，她抬头就对上江砺带着笑意的眼睛。

闻希蹙眉。

江砺这根本就是故意在捉弄她。

“自己看。”闻希有点恼了，别开头不再看江砺。

江砺没想到今晚的小姑娘这么不禁逗，他赶紧服软，自己取了温度计递到闻希手上。

羞恼归羞恼，闻希还是对着光看了下温度计。

三十八度。

已经比之前降了些。

恰好水烧开，闻希拿了杯子去接水，没有全接开水，她在杯子里冲了半杯冷水，用手背试了下，确认水温合适了，这才递给江砺。

“你把药吃了就去睡觉。”

江砺垂眸睨了眼面前一颗一颗的药，把药又往闻希面前推了推，意味深长地看了她一眼，有些任性地说：“不想吃。”

闻希以前也没见过江砺生病的样子，权当作他是单纯不喜欢吃药而已，不过这么大个人还怕吃药还真是有些稀奇。

闻希顿了顿，放软了声音：“你不吃药晚上又严重了怎么办？”

“你喂我。”意识到闻希的心软，江砺开始得寸进尺。

“江砺。”闻希压低了声音警告他。

这会儿江砺坐着，闻希站在他旁边居高临下地看着他，却丝毫没将江砺的气势压下去。

他拉了下闻希垂在身侧的手：“希希，别对病号这么凶。”

闻希觉得，虽然生病的是江砺，但是最后被拿捏的还是她自己，她闭了闭眼，在心里安慰自己别和江砺这个病号一般见识。

她没好气地将碗里的几颗药倒在手心里，送到江砺面前。

除了想看闻希惯着自己的样子，江砺其实还一直在试探闻希的底线，他想知道闻希现在对自己到底是个什么想法。

江砺抬手轻轻捏着闻希的指尖，低头去吃她喂过来的药。

江砺有些干的唇触到闻希的掌心，很软也很热。

闻希垂着的睫毛颤了颤，感觉到江砺已经吃了药，正准备收回手，就感觉江砺濡湿的舌尖在她的掌心舔了下。

闻希整个人一下子就僵住了。

偏她去瞪江砺，江砺还一脸无辜，很是自觉地端了水喝了一口，合着水将嘴里的药吞了下去。

闻希心里说不出是个什么感觉，也不是生气，但就是不想再搭理江砺。

“你自己早点休息。”

说完，她就转身往之前在江砺家住过的那间次卧里走，进去关了门，似是还不放心，又小心翼翼地将门反锁上。

江砺在客厅听到反锁的声音，手抵着太阳穴无奈地笑了下。

03.

闻希打开房里的灯，靠着门长长地呼了一口气。

脸烫得不行，手心里似乎还残留着江砺唇上的余温，想着刚才男人

捏着她指尖要她喂药的样子，闻希还是止不住脸红心跳。

她发现之前心里对江砺憋着的气，不知道什么时候就没了。

隔着房门，闻希没有再听到江砺的动静，房间里也静悄悄的，静到她能听到自己胸腔里一下一下有力的心跳。

站在门口平复了一下心情，闻希抬头打量着房间。

房间的陈设和上次基本一样，只是在冷色调的房间里她一眼就看到了立在墙角的浅绿色行李箱和床头插着的一盏紫色小夜灯。

这两样东西实在和房间风格有些违和。

闻希怔了下。

那个箱子是上次她带到江砺家的，她以为早就被扔掉了。

如果没记错的话闻希上次离开的时候箱子根本没来得及收拾，摊开了放在墙边，现在看来江砺不光没扔她的东西，甚至还好好地替她保管着。

至于那盏小夜灯,上次来时更是没有的,也不像江砺需要用到的东西。

闻希鬼使神差地关了大灯，将那盏小夜灯打开。

小夜灯散发出来的灯光很柔和，虽然只照亮了床头的那一片地方，她却莫名觉得心里被这片温柔的光暖了下。

过了一会儿，江砺的脚步声在门外响起。

闻希听到他似乎是在自己房间的门口停住，她几乎都以为下一秒江砺要敲门了，结果却又很快听到他回了房间，接着便是“咔嗒”一声锁舌滑入锁眼的声音。

松了一口气的同时，也有一丝不易察觉的失落。

又等了几分钟，估摸着江砺应该是不会再出来了，闻希这才轻手轻脚地开了房门去卫生间洗漱。

卫生间里的盥洗台旁，放着一把未拆开的牙刷，握柄依旧是很少女的颜色。

闻希不知道江砺还给她准备了多少惊喜，她忍不住笑了下，又盯着那把牙刷看了会儿，才慢悠悠地将牙刷的包装外壳拆掉。

即便是刷牙的时候，闻希脸上的笑意也没减少一分。

“很喜欢这个牙刷？”江砺的声音冷不丁在身后响起。

闻希吓得刷牙的动作一顿，就从面前的镜子里看到早就回了房间的人不知道何时站在了她身后，也不知道在这儿站了多久。

江砺悠闲地抱手倚在门框上，半眯着眼看闻希。

她转头看江砺：“你怎么还没睡？”

听到自己含混不清的声音，闻希才意识到自己还在刷牙，想到自己满嘴牙膏沫子的样子被江砺看了去，她顿时觉得自己在江砺面前的形象全毁了。

闻希很快将脑袋转了回去，也不问江砺要干什么了，低低地嘟囔了句“你别看了”。

小姑娘又羞又恼的样子实在有些可爱，江砺笑着应声：“好，不看了。”

从镜子里确认江砺别开了视线，闻希这才重新开始刷牙，不光吐沫子的声音放到最小，比起之前一个人的时候也利落了不少。

等到刷完牙确认嘴上没了牙膏沫，她才对江砺说：“可以了。”

虽说没了牙膏沫，但闻希的唇上还沾着水，在灯光下晶亮晶亮的，像是透着果香的果冻，让人忍不住想要一亲芳泽。

江砺一转身看到的就是这样一幅画面。

他喉结滚动了下，心里突然燥得慌。

但是怕吓坏了闻希，到最后江砺也只是抬了抬手，用拇指在她唇上狠狠地擦了下，将那勾人的一抹水光擦了去。

唇瓣上的粗粝感太具侵略性，闻希被这突如其来的动作惊了一下，警惕地看着江砺：“你干什么？”

江砺收回目光，掩饰地轻咳了一下，淡声说：“有牙膏沫留上面了。”

“没有吧？”闻希半信半疑，她刚刚明明检查过的，但是江砺的表情太一本正经了，也不像是撒谎的样子。

“有。”江砺依旧是肯定的答复。

见闻希还在疑惑，他索性岔开了这个话题：“你陪我说会儿话吧，我睡不着。”

闻希的注意力果然被分散，江砺这个要求并不太过分，她便没多犹豫抬步就往客厅走。

她理解的说会儿话就是两个人对坐着聊天，既然坐着那除了客厅也没别的什么选择。

哪知她刚抬脚迈了一步，还没踏进客厅，就被江砺握着手腕拉住。

“又怎么了？”

闻希发现江砺今晚上格外爱牵她的手，她抿着唇想了想终是没有挣扎，由着他去了。

“客厅太冷了，坐久了会头疼。”江砺说话的时候脸不红心不跳，朝自己的房间挑挑眉，“去卧室里，里面开了空调。”

“可是……”

闻希的话还没说完，似是怕她拒绝，江砺索性三两步先将人牵进了卧室里。

卧室里果然比外面温度要高一些，但是闻希却觉得闷了点，像是胸口被什么东西压着，有些喘不过气来。

她的视线落在江砺铺着深蓝色床单的大床上，犹豫片刻后，下意识往后退了一步。

江砺却没给闻希一丝可以逃开的机会，察觉到她的动作，江砺眼疾手快地握紧了闻希的手。

“江砺。”闻希抬眸看着他，欲言又止的样子看起来可怜兮兮的。

只是闻希不知道的是，她越是这般模样，江砺就越是不想放开她。

他拉着闻希走到床边，按着她的肩确认她坐下后，自己才绕到了床的另一侧，随意地倚在床头上。

江砺扯了下床中间的被子，往腰间搭了搭。

江砺的床有一米八宽，两个人都坐在床边，中间隔着一米多的距离，闻希却依然觉得周围都是江砺的气息，严丝合缝地将她裹着。

看到背对着自己的姑娘脊背僵直，江砺无奈地轻笑了下，安抚闻希："希希，我不会对你做什么，就是想和你说会儿话。"

江砺这倒没骗闻希，他之前已经昏昏沉沉地睡了一觉，加上心里想着事，此时自然没有什么睡意。

"你想说什么？"闻希紧张得声音都在轻颤，她下意识地攥着身侧的床单。

不是不相信江砺，只是闻希觉得这次和上次睡江砺的床完全是不一样的感觉，像是有什么东西在两人之间悄然萌生。

江砺看着闻希的背影顿了下，兀自开了口。

"希希，我爷爷病了。"

江砺的情绪有些低落，嗓音也染着沙哑，闻希听到的时候心里那点遐思顿时烟消云散。

取而代之的是对他的心疼。

从知道老爷子突发脑溢血那一刻开始这些害怕就在江砺心里植了根。

他从小就独立，有事情也是习惯了留在心里自己扛着，也不知道是不是生病的缘故，他今晚第一次想把心里的惶惑讲给闻希听。

"其实我很怕爷爷会出事。"

闻希也不再别扭了，转了身望着江砺。

卧室里只开了一盏暖黄的台灯，立在闻希这一侧的床头柜上，江砺这会儿垂着头，有一半的脸隐在阴影里。

闻希轻轻地唤了他一声："江砺。"

不知道江砺听没听到，依旧自顾自地说着。

"我父亲以前也是做刑警的，前几年才升上去，我母亲则是小学老师，他们两个以前都忙，所以我基本上是跟着爷爷奶奶长大的，做人做事的道理全是老爷子教的。"回忆起什么，江砺笑了笑，"我小时候皮，

老爷子就喜欢拿着棍子满院子追着我打。”

江砺没有说老爷子对他多重要，但是闻希也能猜到祖孙俩的感情淡不到哪里去。

闻希脱了鞋，跪坐到床上。

像之前江砺牵她那样，小心翼翼地握着他垂在床上的手。

感觉到手上覆了个软绵绵的东西，江砺这才抬眸，对上闻希满是担忧的眼睛。

反手将闻希的手握在掌心里，他轻笑：“我没事，就是突然觉得时间过得太快了，不知不觉间老爷子都一把年纪了。”

闻希其实体会不到江砺这样的亲情，但却不希望江砺的爷爷出事，她希望江砺和他在意的人都能好好的。

想了想，闻希轻声说：“吉人自有天相，爷爷他不会有事的。”

江砺不想闻希跟着担心，半开玩笑半认真地说：“你说的是，老爷子他还没看到心心念念的孙媳妇，肯定舍不得有事。”

他说话的时候眼里映着的都是闻希。

闻希听出了江砺的意有所指，脸悄悄地红了下。

这是闻希第一次听江砺谈及他的家人。

闻希忽地就想到了上次余琛说的，如果江砺知道了她私生子的身世肯定不会再喜欢她的话。

虽然江砺的父母忙，但至少他们是爱他给了他一个健康的家庭，不像她都不知道该如何提起自己的家庭提起自己的父母。

闻希半垂了眸，没有说话。

江砺以为闻希还在替他难过，倾身揉了下她的脑袋，哄她：“乖，别想了，爷爷他借你吉言也会没事的。”

闻希也不多解释，而是用手挠了下他的掌心。

等到江砺看过来，她才有些不好意思地开口：“江砺，我现在可以认为你有一点喜欢我了吗？”

这句话闻希说过。

只是上次说的时候，她眼里都是难过与失望，但是今天江砺在她眼里重新看到了期待。

闻希认真地看着他，在等他的答案。

她想清清楚楚地知道江砺是怎么想的。

江砺抬手在闻希的侧脸上抚了下，一字一顿地开口：“不是一点，是所有的喜欢都给了你。”

“可是万一……”闻希犹豫了几秒，“万一哪天你发现我并不是这么光鲜亮丽，你还会喜欢我吗？”

闻希和江砺的距离很近，江砺甚至能感受到她的不安与忐忑。

他握着闻希的手加重了点力道，似乎想通过这种方法给闻希多一点安全感。

没得到答案，闻希有些固执地又问了一遍：“你还会喜欢我吗？”

江砺这回终于点头。

他说：“希希，我的命是国家是人民的，但是我答应你，只要我还活着，能守万家灯火，我也就能守你。”

/第十一章/

江 砺 在 诱 惑 她

01.

这是闻希印象里江砺第一次对她承诺，重若千金。

她以为那句“所有的喜欢都给了你”足以让她开心很久了，却不想江砺还告诉她“他能守万家灯火便能守着她”。

闻希盯着江砺深邃的眸子看了许久。

感受到江砺握着自己的手轻轻摩挲，闻希眼睛里酸涩得难受。

江砺怕闻希哭，温言细语地哄她：“乖，别哭。”

“江砺，你不会骗我吧？”闻希吸了吸鼻子，把眼里的泪意逼了回去。

江砺也不恼小姑娘的质疑，笑了笑：“希希我这辈子就立过两次誓。”

一次是当初选择做警察时，对着国家对着人民发誓，一生忠于祖国忠于人民，再一次就是今晚，他决定永远忠于面前这个姑娘。

“如果我骗你的话我就……”

江砺的话还没说完，就被闻希一把捂住了嘴。

闻希嗔怪地看了江砺一眼。

她其实是相信江砺的。

不过是她想听江砺亲口告诉她肯定的答复，却不代表她想听江砺发那种不吉利的毒誓。

江砺顺着闻希的动作闭了嘴。

他抬手握住闻希的手，放在唇边亲了下，从始至终他的目光都没离开过闻希身上半分。

“希希，我清楚自己在做什么在说什么，我既然说出了口那便是我能做到的，以前如此，以后也不会变。”

想到什么，江砺顿了顿。

他说：“当然，上次那个混账话除外。所以希希，如果你还肯相信我的话，就答应做我女朋友吧。”

闻希怔了下，反应过来江砺在说什么之后很快弯了弯唇。

今天晚上一切都不在闻希的预料之中，却又似乎是水到渠成。

江砺以为闻希是同意的。

因为今晚从闻希对他的关切他看得出来，小姑娘心里还是有他的。

结果下一刻他就听闻希淡声说：“我相信你，但是，要不要做你女朋友这件事我还没想好。”

江砺：“……”

他难得被噎得说不出话来。

一旦没人说话，室内很快安静下来，只有空调运转时发出的不太明显的声音。

江砺捕捉到了闻希眼里狡黠的光，忽然就猜到了她的意思，小姑娘记仇，这是在惩罚他上次说的混账话。

江砺认命地叹了口气，问闻希：“那你要想多久？”

“看心情吧。”闻希小人得志似的笑了笑，第一次体会到了拿捏江砺的快乐。

“嗯？你再说一遍？”

闻希从江砺沉下的嗓音里听出了明显的警告意味，明明主动权在自

己手上，却还是忍不住心虚。

她沉吟了片刻，朝江砺竖了一根手指：“一个月？”

“多久？”

“半个月吧！不能再少了。”

江砺哼笑，睨着闻希暗自磨了磨牙，咬牙切齿地开口：“半个月就半个月，你这半个月好好琢磨琢磨我想听到的是什么答案。”

闻希装作没听懂江砺暗示一般“哦”了声。

两个人前前后后聊了一个多小时，江砺看了眼床头的手机，已经快一点了。

他在闻希腰上轻轻拍了下，轻声道：“不早了，回去睡觉吧。”

闻希听话地起身下床，趿着拖鞋往门口走，出房间的时候顺便替江砺把房门带上了。

江砺看着闻希的身影消失在关上的门后，还没来得及收回视线，房门又被人从外面推开。

闻希只探了个脑袋出来，望着还靠在床头的江砺。

“怎么了？”江砺被闻希的模样逗笑。

闻希握着门把纠结了会儿，才有些不好意思地开口：“江砺，我今晚能不能睡这儿？”

怕江砺想歪了，她赶紧指着她刚刚坐过的一侧床又补充了一句：“我就睡这边，不会做别的事的。”

刚刚看闻希一副郑重其事的样子江砺还以为是什么大事。

他其实也舍不得放小姑娘走，不过他担心今天自己病得这么严重会传染闻希，便也就没开口提。

不想闻希自己提起了这一茬儿，那他又何必再当柳下惠。

他笑了两声，朝门口有些不安的人招招手：“过来。”

闻希迟疑了一瞬，便小跑着重新回了刚刚那个位置。

江砺还在笑。

闻希被他笑得耳根子发烫，她佯怒往江砺身上招呼了一下，让他别笑了。

却不想她的手还没挥到江砺身上，就被他在半空中捉住了。

江砺顺势一带，闻希整个人就往他那边滑了半米多的距离，变成了和江砺腿贴着腿的姿势。

他没给闻希挣扎的机会，揽着她的腰把人又往怀里拉了拉，然后附在闻希耳边，故意说："其实你要是想做些什么，我也是可以带病坚持的。"

做些什么。

夜里孤男寡女在床上还能做些什么？

而且谁要他带病坚持了。

闻希的脑袋"轰"地就炸开了。

她红着脸从江砺的怀里挣脱出来，扯了被子往脑袋上一盖，瓮声瓮气地说："我睡觉了。"

两秒后，她又忽然撑起上身关了床头的台灯。

江砺低低地笑着躺了下去，侧身对着闻希的方向，问缩在被子里的人："把灯关了？"

"嗯。"闻希不想搭理江砺。

"那要不要把夜灯给你拿过来？"

听到江砺窸窸窣窣就要下床的动静，闻希在被子里顿了下，她以为江砺还在逗她，结果却是在关心她要不要小夜灯。

闻希叫住江砺："不用了。"

其实有他在身边哪里还需要什么夜灯。

江砺也不勉强，替闻希掖好被子，隔着厚厚的一层被子在她身上轻轻拍了拍，哄她："睡吧。"

也许是感冒药的原因，江砺很快便睡意上涌，昏昏沉沉地睡了过去。

一觉睡到凌晨三点多，他才被热醒。

又出了一身汗，江砺伸手往自己额头探了下，高烧终于彻底退了下去。

他下意识去看闻希，本以为小姑娘应该睡得香甜，结果刚抬头就看到黑暗里她睁着清明的眸子望着他。

察觉到江砺的视线，闻希有些不自然地活动了一下僵硬的身子，有些担忧地问他："你现在还难受吗？"

江砺摇头："好多了，烧也退了。"

闻希闻言终于把心放了回去。

江砺翻了个身，把话题扯到了闻希身上："睡醒了还是失眠了？"

"失眠。"长时间没说话，闻希的嗓子有些哑。

江砺想起上次闻希睡这里的时候，似乎也醒得很早，他当时以为她是作息规律，现在看来可能不尽然。

他皱眉："一直都失眠？"

"也不是。"闻希将遮住眼睛的几缕头发随意地捋到脑后，"吃了药会好一点，昨晚没随身带着药，所以就没吃。"

江砺的脸色越来越难看："吃药多久了？"

"三年多吧。"闻希估计了个大概，"高三那年开始吃的。"

闻希说得轻描淡写，但其实只有她自己知道睡不着有多难受，而且这几年下来，因为对一些药物逐渐产生耐受性，她已经到医院调过好几次药了。

这些事她家里人都不知道，就连看医生也是林烛带她去的。

江砺心疼地摸了下闻希的脑袋。

他想了想，起身下床，见闻希也要跟着起来，赶紧出声制止："你在床上待着，卧室外面冷。"

说完，他随意披了件外套出了卧室。

再回来是五分钟之后。

江砺端了杯牛奶放在闻希床头，又握着她的手将她拉起来，细心地在她背后垫了个枕头。

"牛奶凉一点之后你记得喝了，我先去冲个澡，发了一身汗有点难受。”

睡前喝牛奶助眠。

闻希以前尝试过喝牛奶,不过却没什么作用,看着江砺为她忙前忙后,闻希也不好扫他的兴。

她弯唇笑了笑，应下：“好。”

江砺洗澡很快，他洗完澡出来的时候闻希的牛奶还剩了大半杯，而她正抱着杯子小口小口地抿着。

看到江砺，闻希立马丧了脸。

“江砺我有点撑，喝不下去了。”

她晚上刚和林烛吃了火锅，两个人一顿火锅吃了两三个小时，这会儿胃里还撑着，江砺给她热了满满一杯牛奶，看着不多，可是她喝了一半之后实在是喝不下了。

喝了半杯应该也有作用了。

既然闻希说她喝不下了，江砺便也没再逼她，好说话地接过了闻希手里的牛奶杯。

下一秒，闻希就看到江砺一口气将那剩的半杯牛奶仰头喝了下去，而且她没看错的话，江砺喝的时候正好对着她喝过的唇印。

但江砺的动作太快，闻希根本来不及阻止。

她眼睁睁地看着他将空掉的牛奶杯拿了出去，然后若无其事地走回房间，重新躺到床上。

江砺拍了拍自己身前的一小块地方，示意闻希：“希希，过来。”

不知道江砺是什么意思，闻希愣着没动。

“过来我哄你睡觉。”江砺笑得很温柔。

“我很难哄的。”闻希有点犹豫，“而且这样我也不一定睡得着。”

江砺保持着敞开怀抱的姿势：“你不试试怎么知道这个方法没用。”

闻希被江砺说动。

他的怀抱的确很诱人。

她磨蹭着靠过去，很快就被江砺拥进怀里，江砺重新替她掖好被子。

闻希脑袋枕在江砺的手臂上，侧脸贴着他硬邦邦的胸口，她小心翼翼地抬手，环住江砺精瘦的腰。

其实江砺这个人从里硬到外，一身铜墙铁壁似的肌肉硌得闻希并不舒服。

不过两个人此时盖着同一床被子，当男人的清冽和女人的香甜交织在一起时，却让闻希前所未有的安心。

江砺揽着心心念念的小姑娘，控制着手劲一下一下地在闻希的背上轻轻拍着。

连他自己都想不到，平时接触惯了格斗、擒拿的人有一天下手可以这么轻柔。

要是赵一恺看到这样的江砺，估计能当场惊掉下巴。

夜色沉静。

也不知道是睡前那半杯牛奶使然，还是江砺的怀抱真的能让她足够安心，最后闻希竟然真的沉沉睡了过去。

感觉到怀里的呼吸渐渐绵长，江砺才停下了手上的动作。

他抬手将闻希微蹙的眉头抚平，在小姑娘眉间落下珍重的一吻。

江砺才轻声说了句“晚安”。

闻希第二天悠悠转醒的时候，外面已经天光大亮了，她摸索着去看时间，十点半。

她几乎都快忘了自己多久没这么晚起过床了。

身侧的床已经冰凉一片，江砺应该早就起了，留了她一人大剌剌地霸占着他的床。

因为这一觉睡得久，闻希难得觉得头脑无比清晰，清晰到她甚至能记清昨晚两人相拥而眠时江砺身上滚烫的温度。

太羞人了。

怕想到什么更羞人的画面，闻希不敢再继续在床上待下去，动作麻溜地起了床往客厅走。

哪知门刚拉开，她就听到了一声不小的尖叫。

而此时客厅里正站着一个眉清目秀的小姑娘，惊恐地看着一身睡衣的闻希。

02.

闻希被尖叫声吓得倒吸一口凉气。

不等她缓过神来，那个小姑娘已经光着脚丫朝她小跑过来，站在她面前好奇地打量着她。

小姑娘的目光很直接，盯着闻希眨都不眨一下，不过却不会让人觉得不舒服。

隔得近了，闻希才注意到她身上还穿着某个学校的校服，明明是没什么款式的肥大校服，却衬得她更加小巧可爱。

“你是我嫂子？”她声音脆生生的。

小姑娘一点不怕生，全然不似第一次跟闻希相见，冲她笑得很甜。

“我……”闻希有点蒙，不太确定地问她，“你是江砺的妹妹？”

她以前倒没听江砺提起过自己有妹妹，一直以为他是独生子女。

“是呀是呀，我是他堂妹，我叫江南。”

原来是江砺的堂妹啊。

说话的时候，江南顺便朝闻希伸出手：“那嫂子以后就多多指教了。”

闻希被她说得哭笑不得，偏偏江南根本不给闻希插嘴解释的机会。

见她白净小巧的手还伸着，闻希只好伸了自己的手和她交握，自我介绍道：“你好，我叫闻希。”

“哇！嫂子名字好好听。”江南完全是个咋咋呼呼的小姑娘。

闻希被夸得有点不好意思，笑了笑：“你的名字也好听，很温柔。”

“才不好听呢，我都怀疑我爸妈生我的时候根本不上心，给我取了

这么个没特色的名字。”提起自己的名字江南心里就一百个不开心，偏偏她喜欢的那个王八蛋还拿这个取笑她，说她明明叫江南却一点不和温柔沾边。

闻希没注意到小姑娘的心思，意识到她出来这么一会儿了都没看到江砺，按理说他妹妹来了他应该招呼她才是。

朝厨房里看了眼，闻希问江南：“你哥不在家吗？”

“难道我哥不是应该在里面吗？”江南十分自然地指着闻希刚出来的卧室，说得脸不红心不跳，偏偏她问完还朝闻希暧昧地眨眨眼。

闻希：“……”

现在的小孩是不是太开放懂得太多了一点。

她沉吟了一下，忽悠江南：“昨晚江砺睡的次卧，因为次卧空调坏了他才把房间让给我的，所以我也不知道他在哪儿。”

要是真让江南知道了她和江砺睡在一起，不知道会想歪到哪里去。

“这样啊。”江南应该是信了闻希的话，脸上露出了失望的神色，语气里也是毫不掩饰的惋惜，“我还以为我哥终于开窍了呢，结果还是没能拿下漂亮姐姐。”

闻希一哂，她这话听起来倒像是个操心晚辈终身大事的长辈。

不过江南的声音很小，闻希就当作没听见，为了避免尴尬，赶紧换了个话题分散江南的注意力。

“你是来找你哥哥吧？看样子他应该是出门了，要不你坐着等会儿，我给你倒点水。”说完，闻希就趁着给江南倒水的工夫，溜到厨房去给江砺打了个电话。

江砺接得很快，电话一接通他就问闻希：“睡醒了？”

江砺的嗓音已经没有了昨晚病态的沙哑，混着电流听起来有些“酥”，闻希耳根子下意识发烫。

“嗯。”她摆弄着手里的玻璃杯，故作淡定，“你去干什么了？”

“看你还在睡我就先出来买菜了，有没有什么想吃的？没有的话我就看着买了。”江砺那边吵吵嚷嚷的，隔着话筒闻希都能听到菜市场大妈扯着嗓子的吆喝声。

“你随便买吧。”闻希这会儿没空和他讨论吃什么的话题，看了眼客厅里玩手机的江南，压低声音，“你妹妹来了，好像找你有事。”

“江南？”江砺下意识地蹙眉。

“嗯。”

江砺正好在买鱼，接过处理好的鱼后他把钱递给老板，这才开口：“那丫头疯起来没人管得住她，还缠人，你离她远点，我马上就回来了。”

江老爷子生了两个儿子一个闺女。

除了江砺的姑姑是个典型的不婚主义，老爷子的两个儿子的家庭都挺美满，一个生了江砺，另一个则是儿女双全，生了江寒和江南两兄妹。

江南作为全家唯一的女孩，年纪最小，长得也招人爱，长辈宠着哥哥们护着，真疯起来实在是没边，江家上上下下都拿她没办法。

“没那么夸张吧，你妹妹看起来还挺可爱的。”当然除了有点语出惊人。

江砺轻嗤：“那鬼丫头精着呢，你最好别被她的表象欺骗。”

想到江南还在外头等着，闻希也没和江砺多说，挂了电话给江南倒了一杯温水。

她把水端到江南面前，不好意思地笑了笑：“你先随便玩玩吧，我洗漱一下再出来。”

江南笑得眉眼弯弯，懂事地说：“嫂子你忙就好，不用管我的。”

虽说江南如此说，闻希自然不可能真的不管她，利索地洗漱完，又换了一身上次留在江砺这里的衣服，就去客厅陪着江南了。

江南是真的不拘束，拉着闻希就开始侃。

五分钟之内，她便成功地加了闻希的微信和 QQ，甚至还存了闻希的电话号码，连带着对闻希的称呼也从“嫂子”改成了“姐姐”，用江南的话来说，叫姐姐的话说明闻希跟她更亲热，而不是隔着江砺。

江砺还没回来，闻希就已经有点招架不住小姑娘的热情了。

虽然不是一个爸妈生的，但好歹是一家人，也不知道江砺和江南的性格怎么就差了这么多。

江南应该是说得有些口干了，端起闻希给她倒的水猛灌了一口，不在意地擦擦嘴角的水，八卦地问闻希：“姐姐，你和我哥平时都谁说了算啊？”

“我还没和你哥哥正式在一起，是他昨天生病了我不放心才过来他家的。”闻希总算是找到了机会解释，她担心万一江南误会了她和江砺同居，给长辈说了，长辈会对自己印象不好。

“那你们应该也快了吧。”江南托着下巴想了下，又问，“我哥看起来挺凶的，那他凶你吗？”

“还好吧。”闻希没想到江砺在他妹妹心中是这么个形象，觉得好笑的同时试图帮他挽回一下形象，“他其实挺温柔的。”

闻希也不算偏袒江砺，除了刚认识的时候江砺看着挺冷，后来好像一直对她挺温柔的，说话也没大声过。

江南撇嘴：“那是对你，他对着我可凶了。”

不过既然江砺对闻希温柔，那肯定就是听她这个未来嫂嫂的话了。江南狡黠地转了转眼珠子，讨好地晃着闻希的胳膊：“姐姐，我能不能求你个事儿啊？”

“怎么了？”闻希有点措手不及。

江南没直接说什么事，先给闻希铺垫了一下：“不知道我哥给你讲过没有，我爸我妈对我超严厉，他们一直抱着望子成龙望女成凤的想法，逼着我学这学那，要是我有一点没达到他们的要求，他们就会对我男女混合双打。”

闻希半信半疑：“真的吗？”

江南这小丫头一看就像是被宠大的，眉眼里无忧无虑，哪里像是从这种家庭出来的人。

“真的真的。”怕闻希不信，江南搬出自己亲哥，“就我亲生哥哥江寒，不堪忍受我爸妈的折磨，已经去国外念书了，然后让我一个人处在水深火热之中。”

闻希被江南的夸张表情逗笑，但又觉得笑出来不太好，只好憋着：“那你想让我帮你什么忙？”

“就是……”江南脸上第一次出现了不好意思的表情，“就是我前段时间生病了考试没考好，老师要让我请家长。”

其实请家长的原因不全因为江南考试拖了班级后腿，她的班主任还怀疑她早恋，影响班级风气。

江南觉得自己比窦娥还冤，她是喜欢班上的一个男生，但那个男生心里只有学习，不给她机会啊。

学习的事请家长还说得过去，顶多回家挨一顿骂，至于涉及早恋，她想都不敢想她爸知道了会是什么后果。

江寒出了国，江南今天来本来是想找江砺帮忙，但这会儿看到闻希显然觉得她更合适，至少这个未来嫂子比她堂哥温柔多了。

“你不会想让我当你被请的家长吧？”

光是想想闻希都觉得头皮发麻，她不太会处理交际问题，更别说去应付气头上的老师了。

她毫不犹豫地摇头：“南南，这事我真帮不了你。”

江南哀号：“姐姐，你不能见死不救吧？你忍心看我这一身的细皮嫩肉被我爸拿着鞭子抽吗？”

“其实你和你爸爸解释一下原因，他应该能理解你的，毕竟生病也不是你想的。”闻希试图劝江南放弃这个想法。

“我爸是不讲道理的人。”为了求闻希点头，江南黑起自家爸爸来毫不手软。

闻希：“……”

“南南，你再想想吧？”

“我已经想过很久了，姐姐你救救孩子吧，你的大恩大德我来世一定当牛做马报答你。”

想了想又觉得不对，江南赶紧改口：“不，是这辈子就当牛做马报答你。”

闻希有点头疼：“那万一我们穿帮了怎么办？”

“不会的，姐姐，我们就给老师说你是我姐。”江南还在说服闻希，“我保证我下次一定好好考，不会让你为难的。”

“你下次真好好考？”

“真的！我保证一定进步一百名！”

闻希耳根子软，而且对方又是江砺的堂妹，进步一百名也不是个小目标，说不定江南真的有难处。

迟疑了一下，闻希说：“你要是保证你下次能进步一百名，我就帮你一次，不过下不为例。”

其实闻希不知道的是，江南上的贵族学校，有不少是交钱进去读书的学生，一个年级一千多人，有一多半富二代富三代，别说一百名了，就是倒数第两三百名的总分数估计都不超过三位数，所以进步一百名这个条件简直不要太轻松。

见闻希答应，江南从沙发上蹦起来高呼了一声：“姐姐万岁！”

江砺提着一袋子菜开门的时候听到的就是这句话。

他皱眉，江南这丫头又在他家撒疯了。

将菜放在玄关上，江砺快步走到客厅，提着江南的校服领子就把她从闻希面前拎开了。

他警告地看了江南一眼，淡声问她：“你和我媳妇儿说什么了？”

江南这会儿也不有求于江砺了，根本不给她哥面子，笑他：“刚刚姐姐可都跟我说了，你还没追上她呢，你怎么好意思叫姐姐‘媳妇儿’？”

江砺实在是想不到自己有一天会被自己这个屁都不懂的堂妹嘲笑。

闻言，他意味深长地看了闻希一眼。

闻希没想到兄妹俩的战火会蔓延到自己身上，何况江砺这个眼神实在是太有压迫性了。

她缩了缩脖子，没什么底气地开口：“我说的是实话啊。”

江砺简直被气笑。

堂妹和媳妇儿一个比一个没良心。

懒得和江南废话，江砺没好气地问她：“你来找我什么事儿？”

闻希不知道他可知道，他这堂妹向来无事不登三宝殿的。

“没事了。”江南笑眯眯地看着闻希，“姐姐已经帮我把事情解决了。”

“你答应她什么了？”

“我……”闻希有点犹豫，不知道该不该对江砺说。

闻希不说，江砺也不逼她，重新把目光放在了江南身上：“你忽悠闻希帮你干什么了？”

“没什么。”江南眼神飘忽。

“不说是吧？那我马上给小叔打电话让他来家里领人。”江砺说着作势就要去掏手机。

“别别别。”江南果然被吓唬住，要是她爸被叫来岂不是前功尽弃了。

她垂着脑袋，不情不愿地说：“就是我请家长，让姐姐当我的家长。”

江砺想都没想就拒绝：“不行。”

别说给江南当家长被老师请去喝茶，就算以后他们有了小孩，他也舍不得看闻希去给老师低三下四地说好话。

“你说不行没用，姐姐都答应我了。”江南说着可怜兮兮地看了闻希一眼。

“你答应她了？”江砺脸色不太好看。

“答应了。”闻希拽着江砺的袖口，帮江南说话，“南南已经答应我了下不为例，而且下次考试她会好好努力的。”

江南也附和：“哥，我真的会努力的。”

闻希都这么说了，江砺也不好再说什么，但是到底不乐意闻希去，他哼笑：“随便你。”

江砺说完去玄关提了菜就进了厨房，留下闻希和江南面面相觑。

虽然江砺其实一直也挺护着这个堂妹，对江南的照顾不比江寒少，但江南在原则问题上终究还是怕他的。

不敢多留，更别说留下吃午饭了，她小声和闻希说了请家长的时间之后就溜之大吉了，不过走之前被江砺逼着交出了他家的钥匙。

等江南关上门，闻希屁颠屁颠地跑去厨房，就看到江砺在洗菜，没有要搭理她的意思。

闻希从后面戳了下江砺的手臂，小声说：“要不我来洗吧？”

“不用了。”

“那我可以帮忙做点什么？”闻希心虚。

江砺头都没回，但还是忍不住关心闻希：“你去客厅坐着吧，餐厅桌上有我买的蛋糕，你先吃着垫一下肚子。”

闻希没去，问江砺：“你是不是生气了？”

“没有。”他就是舍不得。

“那你为什么不理我？”闻希上前抱着江砺的手臂，止住他洗菜的动作。

江砺索性关了水龙头，撑着盥洗池的边缘，就着这个动作去看闻希。

他似笑非笑：“我没理你那是谁在跟你说话？”

闻希一噎，但很快反驳江砺：“反正你正常时候不是这么跟我说话的。”

“那我正常时候什么样子？”江砺微微低了头。

闻希也不知道该怎么描述，但是她能感觉到。

闻希不答话，江砺忽然偏头在她鼻尖上亲了下，见闻希红了脸，问她：“这样够正常了吗？”

03.

闻希哪里还说得出话来。

江砺的亲吻来得太过突然，虽然只是蜻蜓点水一般轻轻一碰，却没给她一点心理准备的时间。

闻希此时所有的注意力全都放在了鼻尖那一小块被江砺亲过的皮肤上，那里烫得像是被点燃了一簇火，噼里啪啦地烧进了她的心里。

江砺占到了便宜，脸色比刚刚好看多了。

睨了眼还紧紧环着自己手臂的小姑娘，他轻笑："怎么不说话了？"

"说什么？"闻希的声音很小，听上去还有些别扭。

江砺抬手越过闻希的头顶，从她身后置物架的抽纸盒里拿了张纸巾，慢条斯理地将手上的水渍擦干净。

将被浸湿的纸巾顺手扔进了垃圾桶，他才悠悠地提醒闻希："我刚刚问你这样够不够正常，你还没回答我。"

这种事要她怎么回答？

闻希觉得江砺根本就是得了便宜还卖乖。

她轻哼着偏了头，没搭理江砺。

哪知她的脑袋刚偏到一边，就感觉到江砺刚碰过水的冰凉手指在她脸上捏了下，力气还不小，一点怜香惜玉的自觉都没有。

闻希吃痛，抬手去拍江砺的手臂。

她那点力气对江砺来说根本是不痛不痒，闻希打了他一下，第二下还没落下去，就被他单手捉住了两只手的手腕，动弹不得。

等到闻希一张小脸都皱了起来，江砺才松开她。

闻希得了自由，第一件事便是低头愤愤地在江砺的胳膊上咬了一口。

江砺由着她撒气，等她松了口，才淡声说："这是对你今天自作主张答应假扮江南家长的惩罚，让你长点记性，下次再不乖就没这么轻松了。"

闻希怔了下。

她望着江砺眨了眨黑漆漆的眸子，过了几秒才反应过来他话里的意思，合着她这是被江砺当成小朋友教训了啊。

她不满地嘟囔："你这个警察欺负人民群众。"

江砺揉了下闻希的脑袋，似笑非笑："那你刚刚这算是袭警？"

"我是正当防卫。"

闻希说这话的时候嘟着嘴，一副委屈巴巴的样子，本来还想绷着脸唬人的江砺一下子被逗笑了。

他摸摸闻希被捏红的脸，提醒她："江南这丫头从小就会忽悠人，她三岁的时候就能忽悠她们院子里的小孩心甘情愿地把零食都拿给她吃，所以你下次见着她躲远点。"

江砺长了江南六岁，他以前和江寒玩的时候，江南就喜欢迈着她的小短腿屁颠屁颠地跟着他们，所以他对江南那些鬼把戏门儿清。

"不会吧？"闻希有点难以置信，江南看着挺单纯可爱的，关键是她不愿意承认自己被一个小姑娘忽悠的事实。

"骗你又没糖吃。"江砺转了个身斜靠在灶台上，一副要和闻希促膝长谈的架势，"来给我说说，江南怎么忽悠你的？"

闻希沉吟了一会儿，才低声说："南南说她父母对她很严格，她考试的时候生病所以考差了，要是被她爸爸知道了她因为成绩下降请家长，肯定会揍她的。"

江砺听闻希一本正经地说完，低笑出声。

闻希被他笑得心里发毛，抬手撞了下他的胳膊："你笑什么？"

江砺丝毫没收敛脸上的笑意："笑我媳妇儿单纯，这种话她也就能骗骗你了。"

虽然江砺话里委婉地用了"单纯"这个词，但闻希觉得这话摆明了就是说她傻。

偏偏看样子她确实是被江南忽悠了，根本无力反驳江砺的话。

闻希只能嘀咕："谁是你媳妇儿，我还没答应呢。"

她声音很小，又故意说得含混不清，江砺没听清，便就没在意。

他抬手搭在闻希肩头，耐心地给她解释江南家的状况。

“江南是我小叔的女儿，也是老江家唯一一个女孩，本着女孩要娇养的原则，她从小就被家里人宠上了天。

“江南长得像我小婶婶，但是在她五岁的时候小婶婶病逝了。我小叔和小婶婶感情好，之后他对江南这个女儿便是有求必应，而且江南还有江寒这个亲哥哥护着，虽然少了母爱也算是无忧无虑长大了。”

“那她为什么不敢让你小叔知道请家长的事？”既然江砺的小叔这么宠江南，那请个家长也不算什么大事。

“我小婶婶是个知书达理的名媛，我小叔自然希望江南能像小婶婶一样，偏江南的性子和小婶婶天差地别，她这么大了这性格也没法改了，所以小叔只能在学业上对她尽可能严格。”

但是江南自己却没把学习当回事，就江砺知道的，江寒没出国之前没少背着他小叔帮江南去学校处理各种问题。

闻希“哦”了声，她突然有点羡慕江南，虽然很小没了妈妈，却依然有那么多人爱她。

江砺没察觉到闻希的低落，继续说：“但是江南也不至于像她说的被我小叔狠揍过，我小叔哪里舍得打她，顶多是停她几周的零花钱而已。”

说到这儿，他顿了顿：“再不然就是她请家长还有别的触及我小叔底线的原因。”

“什么原因？”闻希一愣，她之前倒是没想过这种可能。

江砺摊手，一副事不关己的样子：“这就要等你和她老师喝过茶聊过天才清楚了啊。”

说到这个，闻希就有点头疼。她是真不知道该怎么和小孩的老师打交道，何况她还是个冒名顶替的家长。

虽然江南是半真半假地忽悠了她，但是她已经答应了江南，自然不好言而无信。

她拽了拽江砺的衣服，跟他商量："那你到时候能不能和我一起去？"

"不能。"江砺睨了眼闻希，果断拒绝，"我在电话里提醒过你别被忽悠，你自己不听话。"

闻希也自知理亏，便跟江砺打感情牌："可是江南是你堂妹，你忍心弃她不管吗？"

"她有江寒管着，而且她又不是你，我有什么不忍心的。"

要不是江砺前几秒才拒绝了她，闻希差点就要以为江砺是在对她深情告白了。

闻希撇撇嘴："可是你现在就不管我。"

"我要不管你就看你被忽悠了，还跟你说这么多干什么。"江砺说着在闻希额头上轻拍了下，"没良心的。"

"那你怎么才肯帮我嘛。"见硬的不行，闻希索性软着调子开始撒娇。

见闻希挺上道儿，江砺也不再摆谱。

他说："你讨好一下我，我就陪你去学校见老师。"

闻希问江砺："怎么讨好？"

江砺瞥到搁一边的手机显示已经十一点多了，他便揽着闻希的腰将人往客厅里带，边走边说："你自己想才有诚意。"

等闻希在沙发上坐下，他往她手里塞了个椰蓉蛋糕："你慢慢想，我去煮饭，饿了的话就先吃点这个垫着。"

说完，江砺就进了厨房。

看到江砺的背影，闻希用手背冰了下滚烫的脸，刚刚江砺说到讨好的时候，她下意识就想到了"色诱"这两个字。

江砺这顿饭煮了一个多小时。

终于在闻希饿得要前胸贴后背的时候，将所有菜端上了桌。

他招呼闻希去洗手。

等到闻希净手上桌，才发现江砺准备的菜对于两个人来说实在是有些丰盛了。

四菜一汤。

清蒸鲈鱼、水煮牛肉、宫保鸡丁、干煸土豆丝以及番茄蛋花汤。

看着就让人食欲大动。

闻希忍不住惊叹：“警察哥哥你居然会做饭，真的没想到。”

江砺故作淡定地笑了笑：“你先尝尝。”

但是只有他自己知道他心里其实早就乐开了花。在今天之前江砺并不会做饭，也没下过厨，就连这些食材都是他早上才百度的，之所以把闻希赶出厨房，便是为了跟着美食视频现学现做。

闻希捧过江砺递来的米饭，夹了一块水煮牛肉放进嘴里。

看到闻希的动作，江砺难得紧张：“还行吗？”

虽然肉质有一点点老，味道却丝毫不比闻希在川菜馆里吃到的差。

不过对闻希来说有点辣了，她将牛肉咽下去就迅速转头去喝江砺给她倒的橙汁，喝的时候还不忘给他竖了个大拇指。

“超好吃！”

不得不说，江砺的学习能力真的很强，每一道菜都让闻希觉得惊艳。

一顿饭吃下来，闻希难得吃得有些撑了。

她指了下面前的碗，试探着问江砺：“要是我把碗洗了，算是讨好你吗？”

江砺慵懒地坐在闻希对面，反问她：“你觉得呢？”

闻希现在对江砺也算是了解了，听他说话的这个调子就知道他并不满意这个讨好。

果然，下一刻她就听到江砺接着说：“希希，你知道我想要的讨好是什么。”

闻希抬眸，就对上江砺漆黑的眸子，像是在无声地诱惑着她。

在意识跟上之前，闻希已经起身走到了江砺身边，她居高临下看着男人，轻声说：“你把眼睛闭上。”

江砺挑眉，眸色深深地扫了闻希一眼，却是听话地闭上了眼睛。

餐厅里开着暖黄的灯，还有明媚的阳光从客厅里的落地窗洒进来，光线洒在江砺的脸上，连他脸上的线条都柔和了不少，整个人像是一件精致的艺术品。

闻希有些晃神。

她一直知道江砺好看，却不知道可以好看成这个样子。

甚至有些……勾人。

闻希深吸了一口气，缓缓弯腰环住江砺的脖子，一点点靠近他，直到和江砺呼吸相闻。

所有的一切都是凭借着本能。

想着刚刚在厨房江砺亲吻她鼻尖的模样，闻希微微低头，在江砺柔软的唇上亲了下。

屋里很静，江砺觉得唇上的触感在那一瞬间格外清晰。

即便是闭着眼，他也能感受到小姑娘唇上香甜的饱满和她不安的轻颤。

江砺以为闻希的讨好，会是答应他做他的女朋友，他想要早点名正言顺，却不想小姑娘给了他一个大胆的亲吻。

这是两个人第一次接吻，江砺觉得这个讨好似乎并不比闻希答应做他的女朋友差，至少现在他更喜欢这个讨好方式。

闻希本来是想轻碰一下就离开，却不想不等她动作，就被江砺揽着腰转了个身，她便从站着成了坐在他怀里，她下意识揽紧他的脖子。

主动权很快被江砺掌握，他根本没给闻希逃走的机会，扣着闻希有些强势地加深了这个吻。

昨晚他看着闻希刷牙的时候就想知道这里亲起来会是什么感觉，此时终于如愿以偿。一直到闻希快要被亲得喘不过气来，江砺才意犹未尽地结束了这个吻，他低头，看着闻希眉目含春的模样，愉悦地翘了翘嘴角。

闻希却没有江砺那么坦荡。

她将红着的脸埋进江砺的肩窝，又在他铁灰色的毛衣上蹭了蹭，才低声问他：“这个讨好你满意了吧？”

岂止是满意。

江砺笑着抚了抚闻希的后脑勺，说：“我们家希希第一次这么主动，怎么可能不满意。”

听出江砺话里的调笑，闻希抬手在江砺胸膛上轻轻捶了下。

“那你要陪我去江南的学校。”

江砺一开始就没打算让闻希一个人去，说要闻希讨好也只是变着法儿给自己谋福利，顺带着让闻希长点教训，所以这会儿自然是应下了。

他问：“江南给你说的什么时候去学校？”

“明天晚上。”

江南就读的是寄宿制学校，周日晚就要求学生返校上晚自习，所以老师便要求是明晚让家长去。

“好。”

两个人把这件事商量好，江砺又抱着闻希坐了一会儿，看时间不早了，才把闻希抱到客厅的沙发上，自己起身去厨房洗碗。

江砺下午要去局里值班。

他洗完碗从厨房出来，端了一盘洗干净的草莓放在闻希面前，和她商量：“我晚上值班没办法回来，要不我先送你回学校？”

这个消息有点突然，之前没听江砺提过，闻希还以为他这个周末都没事。

“那你明天回来吗？”

江砺点头：“明天大概中午的样子回来。”

闻希思考了几秒，开口说：“那我不想回学校，我在你家等你回来行吗？”

“晚上一个人不怕？”江砺担心的就是这个。

闻希拿了颗草莓递到江砺唇边，看他吃了下去，轻笑：“我可以把灯打开，而且没有谁这么不长眼往警察家里跳吧。”

“你不怕就行。”见闻希已经决定了，江砺也就顺着她的想法来，把从江南那里收回来的钥匙递给她。

“你要是有什么事就给我打电话。”

闻希忙着吃草莓，对江砺比了个“OK”的手势，示意他不用担心自己。

江砺又叮嘱了闻希几句，才换了衣服出了门。

到公安局的时候，江砺正好看到孙涛带着刑侦大队的几个人从里面出来，行色匆匆。

孙涛三十多岁就是海城公安总局刑侦大队一队的队长，破案能力强，一队每年都在他的领导下被评为总局的先进集体，江砺自己也是学刑侦的，所以一直挺佩服孙涛。

见到他，江砺跟他打招呼：“孙队出案子？”

江砺的父亲江成也在孙涛刚进总局的时候带过他，加上江砺自己也争气，所以孙涛便一直对江砺多有照顾，两个人私下关系也不错。

孙涛叼着烟，想到什么，问江砺：“清平路那边出了命案，小江你和我们一起去看看？”

/第十二章/

你比她好看多了

01.

清平路位于海城的老城区，上个世纪末海城开始高速发展，高楼大厦拔地而起，新兴交通工具也几乎遍布全城，但是老城区这一块地方却仿佛被时代遗忘一般。

时至今日，老城区绝大多数的建筑依旧是墙皮脱落的老旧楼房和脏乱的棚户区，住在这里的也大都是在城市底端挣扎求生的人。

命案发生的清平路正好是一处老旧的待拆棚户区，地上随处可见垃圾和污水，即便是隔着老远都能闻到刺鼻的味道。

棚户区里面没有路，警车根本开不进去，孙涛便带着手底下的几个人步行进去，好在案发现场就位于临近公路的一家小商店里。

孙涛和江砺几个人赶到的时候，现场已经被先到的民警围了起来。

江砺跟在孙涛后面，听民警向孙涛汇报情况。

那民警肤色偏黑，说起话来中气十足：“孙队，我们是下午两点零六分接到的报警电话，报案人是附近的一个居民，因为来店里买烟发现了死者。”

孙涛点头，掀起警戒绳进了现场。

民警跟着他们，继续说：“我们是在接到电话后十分钟赶到的，到达现场之后没有看到可疑人员，怕破坏现场，我们还没勘查过，就等着你们总局的人过来。”

孙涛表示自己知道了，转身扔给江砺一双白色的手套：“怎么勘查现场不用我教你了吧？”

虽然现场取证有专门负责的技术人员，但是勘察现场是刑侦专业的必修课，一个不会从现场找线索的刑警不如趁早改行。

江砺稳稳地接住手套，利索地将手套戴上，朝孙涛笑了下：“不用。”

孙涛满意地点头，脱了外套领着江砺就往小商店里走。

店铺并不大，整个贩售商品的地方就三四个平方米，店铺的最外面横着一排玻璃柜，玻璃柜上有干涸的血迹，各种商品凌乱地摆在柜子里。

店铺后面还有一个空间，和前面售货区隔着一块看不出本来颜色的布帘，而死者就横躺在那个出口处，溅了血的帘子悬在他的上方。

江砺低头去看。

死者是一个中年男性，穿着破旧的军绿色棉服外套，这会儿外套被血浸湿，显出一片黑色。

“看出死因了吗？”孙涛见江砺看得认真，忽然发问。

“死者身上能看出来的有三处砍伤，一处在膝盖，一处在腹部，还有一处在肩膀，三处都不算是致命伤，所以死因很有可能是失血过多，不过在法医那边检测结果出来之前我不能百分之百肯定。”

江砺的语气淡淡的，只是简单地在陈述自己看到的事实，而且大多数警察第一次出这种现场多多少少会有不适，江砺却一点没有表现出来。

孙涛颇为赞赏地看了他一眼，招呼等在外面的法医来进一步查验尸体。

外面检查完，江砺则去了帘子后面那个空间勘查。

里面光线很暗，而且有一股潮湿的霉味，江砺站了会儿，等眼睛适应了这样的光线，才一点点打量起里面来。

里面布局很简单，两张钢丝单人床，一个缺了门的柜子和几把看上去就摇摇晃晃的椅子，缺门柜子上还摆了一碗吃了一半的泡面。

里间没有打斗的痕迹，也没有明显被人翻看的痕迹，江砺戴着手套一一查看过去，在检查到其中一张床的时候，他手上的动作忽然一顿。

江砺警惕地往后退了两步。

他给刚进来的孙涛递了个眼神，然后小心翼翼地弯腰去看，就发现那张单人床的底下居然还躺着一个人。

她正死死地捂着嘴，惊恐地和江砺对视着。

“是个女孩，还活着。”确认她没有攻击性，江砺起身向孙涛汇报情况。

孙涛看了眼，淡声:“刚刚听周围的居民说死者有个女儿，估计是她。”

他们两个大男人，也不好处理，索性叫了个长相温和的女警察进来，一边安抚一边将那女孩从床底下带了出来。

等她彻底出来了，江砺才看清她的样子，很干净的长相，只是身上穿着的衣服早就洗得发了白。

看到她的一瞬间，江砺愣了下。

察觉到江砺的失神，孙涛问他：“有什么发现吗？”

应该只是个巧合。

一两秒的时间，江砺已经恢复了正常，他摇了下头：“没什么。”

孙涛也没再逼问他，而是转身打量着那个身体微颤的女孩，安抚她：“你别怕，我们是警察，我可以问你几个问题吗？”

女孩犹豫了会儿，见他们确实没骗她，才怯懦地点了下头。

“你叫什么名字？”

“吴沁月。”

“多大了？”

“二十岁。”

“和死者什么关系？”

“他是我爸爸。”

“你爸爸叫什么？”

“吴栋。”

“那出事的时候你在干什么？”

“我……”

提到出事，吴沁月显然很害怕，她嗫嚅了半天，也没再说出一句话来，后面不管孙涛再问什么，她都没有再回答。

孙涛见再问不出什么，只能让那个女警察好生看着她，先带回局里进一步了解情况。

他大步走出现场，又安排了手底下的人去周围了解情况、调监控以及封锁现场，才招呼剩下的人收队。

江砺也和孙涛一起回了总局。

回局里的时候，孙涛问他：“要不要把这个案子跟完？”

江砺他们现在在公安局实习，做得最多的无非就是执勤，有这种大案子锻炼，还能跟着孙涛，他自然不会拒绝。

出了命案，上头肯定重视。

所以除了那些出外勤的人，留在局里的人也不能闲着。

江砺跟着孙涛他们一直忙到了十一点多，才得了空匆匆扒了两口早就凉掉的外卖。

他趁着吃饭的空隙，给闻希发了个消息：“睡了吗？”

闻希秒回：“没有，在看电视。”

下一秒江砺拨了个电话出去，放下手里的外卖起身往办公室外面走。

闻希很快接通。

江砺站在走廊的窗边，看着窗外月华如水，笑着问闻希：“这么晚了怎么还不睡？”

“还不困。”闻希实话实说，“你忙完了吗？”

“没有，这会儿刚好有空。”

闻希“哦”了声，不知道再说什么，这是她知道江砺心意之后两个人第一次通电话，好像和以前的感觉不太一样了。

江砺想象着闻希这会儿窝在沙发上和他打电话的样子，肯定眉眼温和，嘴角挂着淡淡的笑意，这画面光是想想他就恨不得立刻来到闻希身边，把她拥进怀里。

江砺觉得自己是真的彻彻底底栽在这姑娘手上了。

不过，他乐意。

他问她：“想我了没？”

想吗？

从江砺刚走她就开始想他了。

不过闻希的心思向来内敛，这会儿又还没完全适应两个人关系的转变，她捏了下发烫的耳垂，反问江砺：“你想我了吗？”

“想。”江砺回答得很直接，“每时每刻都在想你。”

江砺不在意一个人的时候，任凭对方把一颗心都掏给他，他也不见得会多看一眼；可是一旦把谁放在心上，他便想把所有的温柔都捧给她。

闻希心里暖了下。

她犹豫了几秒，对江砺说：“我也想你。”

简单的四个字，钻进耳朵里的时候江砺觉得一整天的疲惫都消失了，他望着窗外扬了扬嘴角，刚想说什么，就听到孙涛在办公室门口叫他。

闻希也听到了：“你是不是要忙了？”

“嗯。”江砺叮嘱闻希，“你早点睡，冰箱里有鲜牛奶，你睡前记得热半杯来喝，别熬太晚。”

听闻希乖乖应下，江砺才挂了电话。

他回办公室的时候，就看到已经聚了孙涛队里的好几个人，看架势是要讨论案子了。

都是大老爷们儿，说话也不拘束。

孙涛朝江砺递了支烟，问他：“你小子谈女朋友了？刚给女朋友打电话吧？”

江砺没提自己还被闻希吊着的事，反正那姑娘迟早都是他的，亲都亲过了，要不了多久也就能正名了。

他接过孙涛给的烟，坦然承认。

“你小子行啊，年纪轻轻都赶在我们前面了。”队里另一个人打趣江砺。

其实他们几个哪里是被江砺赶到了前面，年轻的时候也谈过女朋友，可是他们这个职业看着光鲜，其实有多辛苦只有身在其中才能知道。只要一有案子，那完全是把公安局当家，一般又有几个姑娘受得了几天见不着人，好不容易聚在一起了接个电话就走人的男朋友。

到最后他们索性也就随缘了，单着就单着，也不去耽搁人家姑娘。

孙涛也是过来人，点燃烟叹口气，岔开话题招呼大家谈正事。

“时间也不早了，抓紧说一下你们各自的发现吧。”

先开口的是那个一直负责和吴沁月接触的人：“孙队，吴沁月今天应该是受了不小的惊吓，许多问题都不肯回答，唯一了解到的就是她还有个亲弟弟，在明礼中学读高三，因为高三学习紧张所以周末没回来，至于她妈妈，在生她弟弟的时候难产死了。”

听到明礼高中的时候，江砺不动声色地皱了下眉，江南的学校就是明礼中学，只是她读的是高一。

“明礼？”孙涛挑眉，“我没记错的话那所学校学费不便宜吧，他们的家庭条件应该念不起。”

“她弟弟当年是全市中考第一，免学费招进去的。”

原来如此，孙涛点头：“那你明天带着吴沁月去她弟弟学校了解一下情况。”

这边刚说完，法医那边的尸检结果就送了过来。

孙涛大概扫了眼，尸检报告上说吴栋的确是死于失血过多。

他刚想把报告放下，看到伤痕鉴定的时候突然想到了什么。

孙涛将报告递给身边的人：“亮子，你看看这个伤口像不像二队三个月前接的那个案子受害者身上的？”

刑侦二队三个月前接了起命案，至今没侦破，成了起悬案。

被叫作亮子的人前段时间去二队帮了忙，他仔细看了看，很快就把两个案子的相似点联系了起来。

都是发生在老城区，死者都是家庭贫穷，而且死者身上的伤口的确很相似。

“孙队，你的意思是这个案子是连环杀人？”

孙涛掐了烟：“不排除这种可能，这样，你赶紧去和二队联系一下，把那个案子的资料调出来。”

顿了顿，他接着说：“另外，如果是连环杀人案的话，就要请余教授来帮忙了。”

孙涛口中的余教授自然是余诗敏，她专攻犯罪心理学。

案情有了新思路，下面的人重新忙碌起来，不过亮子联系余诗敏的时候，她说她在外地开会，要明天晚上才能回来。

他们自然不可能干等着余诗敏，案子毕竟是要推进的。

所以整整一个队的人熬了个通宵。

江砺负责查死者的关系网，倒是没什么特别的，死者一家两年前才搬到了海城，没有其他亲戚，一直住在清平路那一块，开了家小卖店维生，死者吴栋平时也老实，勤勤恳恳的，没和什么人树过敌。

所以这个破案方向算是堵死了。

不过值得开心的是，经过对比，这个案子和二队那个确实像是同一罪犯作案，所以孙涛当即决定并案调查。

第二天早上十点多的时候，孙涛给大家放了个短假，让大家都回去休息半天，等晚上余诗敏从外地回来了，再回局里加班。

江砺回家的时候已经近中午了。

他开门时，闻希正光着脚站在餐厅里喝水，听到动静，她探了脑袋出去看。

看到江砺，她一下子笑起来："我以为你还要再晚一点才回来的。"

江砺揉了下她脑袋："局里的事忙完就回来了，你吃早饭了吗？"

话一问完，他就注意到闻希光着的脚，要是夏天还好，现在是冬天她也不知道注意。

江砺没看到她的拖鞋，皱眉问她："拖鞋呢？"

闻希低着头吐了吐舌头，乖乖地去把拖鞋穿上，才重新跑到江砺面前。

"你是不是一晚上没睡了？累吗？"

她第一次被江砺救下来带到公安局的时候是看过的，江砺值班一般凌晨都在忙，根本没时间休息。

江砺的这个房子，很少有人来，一般都冷冷清清的，可是这会儿看到闻希仰头关心他的样子，他突然就有了种家的感觉。

他低头在闻希眼睛上亲了下，笑道："看到你就不累了。"

"乱说，累就是累，哪有看到谁就不累的。"

闻希说着就要去拉江砺的手臂，结果还没碰到就被江砺躲开了。

怕闻希误会，江砺赶紧解释："我身上脏，我先去洗个澡。"

他昨天跑了命案现场，又脏兮兮的熬了个通宵，哪里舍得让闻希沾这些东西。

闻希没抱到人，撇撇嘴轻哼了一声。

不过她终究还是心疼江砺，也没多闹他，趁着他去洗澡的工夫点了外卖。

江砺出来看到满桌子摆放整齐的饭菜，笑了笑，大方地朝闻希张开手臂："来，这下随便抱。"

这会儿这么刻意，闻希哪里还好意思，她装作没听懂，兀自招呼江砺吃饭。

只是江砺哪里肯放过她，见闻希不肯主动过来，他索性自己往前迈了几步，拉着小姑娘的手腕将人带进了怀里。

依旧是属于小姑娘特有的香甜。

等到抱够了，江砺才松开了怀里的人，牵着她往餐桌走。

02.

江砺吃饭的速度不慢，尤其是从昨天中午吃过之后差不多一整天没再吃什么，饿得狠了，三两下就解决了一碗米饭。

米饭是装在塑料包装盒里的，他拆第二碗的时候，睨了眼跟兔子似的只吃蔬菜的闻希，低声提醒她：“吃点肉。”

“我不喜欢吃肉。”闻希小声嘀咕。

她是真的对荤菜没有特别强烈的兴趣，属于可吃可不吃的那种，一般要是没喜欢的肉菜就随便吃点清炒素菜就对付过去了。

江砺皱眉：“那也不能一点不吃。”

闻希是真的瘦，江砺有时候握着她手腕的时候，都觉得他要是再大一点力，小姑娘的手腕都能被他捏折。

“知道了。”闻希嘟着嘴戳了下自己没动过几口的米饭，不情不愿地给自己夹了一块指甲盖那么大的青椒肉片。

有点腻，不是很合她的胃口。

虽然闻希没说出来，但江砺还是很快感觉到了，他抬手给她夹了块没什么刺的鱼肚肉，低声说：“下次再点菜按照自己喜欢的口味来，我什么都能吃。”

闻希愣了下。

她今天点菜的确是按照她觉得江砺的口味来的。

“听到没？”见闻希发怔，江砺放下筷子，捏了下她小巧可爱的耳垂，“今天先将就着吃点鱼肉，这个不是很腻。”

闻希觉得自己永远拒绝不了江砺的低声诱哄。

在江砺的视线下吃掉碗里的那块鱼肉，她乖乖答：“听到了。”

吃过饭，闻希便赶了江砺去补觉，她自己则坐在江砺的书房里，拿了素描本开始构思学校布置的设计作业。

江南是四点多到江砺家的，她来的时候江砺还没醒。

闻希陪着她在客厅说了会儿话。

等到江砺起了床，三个人在小区门口随便吃了点东西才去了江南的学校。

明礼中学很大。

一进校门，江南就显得有些兴奋，每经过一栋建筑就忍不住叽叽喳喳地给闻希和江砺介绍，要不是等下还要见老师，闻希甚至觉得她像是被邀请来学校参观的。

到了教学楼下，江砺忽然出声叫住还在和闻希聊天的江南。

江南疑惑着转头。

他睨了眼挽着闻希手的人，语气淡淡地开口："再问你一遍，你被请家长真的只是因为成绩下降？"

这个问题刚刚在家的时候，江砺就已经问过了一遍。

"是啊。"江南答得顺溜。

江砺点头："那好，如果有其他问题我就只有通知小叔了。"

江南一惊，恳求江砺："别！"

他就知道江南这丫头藏着花花肠子，江砺嗤了声，审视着她："那还有什么问题没交代？"

江南犹豫了下，顾左右而言他："没什么，就一点小问题。"

江砺有的是办法拿捏这个堂妹，见她支支吾吾不愿意说，索性威胁道："不交代的话我就只有带着希希回去了。"

江南一下子就急了。

她求助地看着闻希，声音已经带上了哭腔："姐姐，你答应了我不会见死不救的。"

江南装起可怜来那是一套一套的。

闻希果然有点心软了，她拉了下江砺的衣袖：“你别吓南南了，等会儿见着老师不就知道了。”

除了对着闻希时把主动权给到了她手上，面对其他人的时候，江砺习惯了把主动权掌握在自己手上，他不喜欢被动的感觉。

所以他想着既然等会儿要见老师，不如早点了解清楚江南这丫头到底犯了什么事，也不至像个傻子似的听老师告状。

江砺看着闻希。

闻希被看得有点心虚，江南更是在旁边装鹌鹑一句话都不敢说，生怕江砺重新把话题引到自己身上。

就在两个姑娘以为江砺要发火的时候，突然听到江砺叹了口气。

下一秒，江砺就抬手在闻希脑袋上揉了揉，语气有些无奈：“以后有了小孩，不准这么溺爱他。”

教学楼的一二楼基本都是老师的办公室，江南班主任的办公室在二楼最里面那间。

三个人站在门口，闻希紧张得手心都在冒汗，明明昨晚睡不着的时候都在脑海里演示过无数次这个场景，这会儿还是不知道该怎么面对。

她深吸一口气,正准备一鼓作气敲门进去的时候,就被江砺拉住了手。

江砺没好气地看江南一眼，淡声：“陪着我媳妇儿，别乱跑。”

然后闻希还没反应过来，就看着江砺神色淡然地敲门进了老师的办公室。

江南摸了摸鼻子，有些羡慕地对闻希说：“堂哥对你真好。”

语气听起来一点不像是打趣。

闻希也是女孩子，很快察觉到江南的心思，想了想问她：“南南有喜欢的人了？”

江南哼了哼，嘴硬道：“没有，我看不上他们。”

闻希不知道江南说的是真是假，但是她对别人的隐私没有窥探的欲

望，便也不再追问了。

两个人站在走廊上吹了会儿风。

江南忽地靠近闻希，压低了声音问闻希：“姐姐，你像我这么大的时候喜欢过人吗？”

闻希摇头：“没有。”

“真的吗？”江南不太信，“我不会告诉我哥的，姐姐你告诉我实话吧。”

合着江南是以为她怕江砺误会才这么说的，闻希有点哭笑不得。

她解释：“我真没有骗你，以前的确没遇见过喜欢的人。”

江砺是第一个，估计也是最后一个了。

“行吧。”江南显然有点失望。

“南南是有烦恼？”虽然今天才是第二次见面，闻希却挺喜欢江南这姑娘，鬼灵精怪的。

江南无意识地抠着墙上瓷砖的花纹，有点犹豫，好一会儿她才说：“那我告诉你，你不准告诉我哥。”

闻希低笑，举了手发誓：“你要是相信我，我保证不和江砺说半个字。”

江南白皙的脸上浮了两朵红晕：“其实我被请家长不全是因为成绩下降，还有就是我们班主任觉得我早恋。”

闻希闻言，下意识就往办公室看了眼。

江砺昨天就和她说了江南请家长的原因没那么简单，没想到还真被他说中了。

察觉到闻希的视线，江南立刻警惕起来：“姐姐你答应了不给我哥说的，你不会要反悔吧？”

闻希替江南把被风吹到额前的几缕碎发理了理，安抚她：“我答应你的话不会言而无信的。”

江南这才放心，接着说：“但是我其实真的是被冤枉的。”

“没有早恋？”

江南有些不爽地哼了声：“蒋延洲根本就是个霸王学习机，他那个只有学习的脑子里，要是有男女之分我都谢天谢地。”

听了江南的描述，闻希莫名想到了一个戴着高度近视眼镜的少年形象。

“姐姐我给你说,我就是看不惯他除了学习两耳不闻窗外事的样子，所以前几天故意以男生的名义，给他写了一封信想看看他的反应，结果不知道为什么，我们班主任非得认定我早恋，在请家长之前我其实已经被教育过一顿了。”

以男生的名义给喜欢的男生写信，闻希还是第一次见到这种操作。

她觉得她真不知道江南这丫头脑子里在想些什么。

闻希还打算听听后续，却发现江南突然停了话头朝她身后看去，原本有些怒意的眼睛里一下子就闪着光。

她跟着转头，就看到一个长得很好看的男生沿着走廊往这边走。

男生目不斜视，快要经过闻希和江南时，江南忽地往走廊中间迈了一步，挡住了他的去路。

“蒋延洲，你看到同班同学都不打招呼的吗？”

闻希有些惊讶。

原来这个人就是蒋延洲，只是他和江南口中的书呆子形象根本大相径庭。

眼前的男生穿着一件白色卫衣，校服随意地套在外面，下身搭一条黑色收脚运动裤，穿了一双黑色的匡威板鞋。

闻希觉得，他眼里透着点桀骜不驯。

此时被拦下，蒋延洲只是懒懒地睨了江南一眼，一字一顿地问：“你哪位？”

“你……”江南被噎住。

然后不等江南再开口，蒋延洲已经绕过她往班主任办公室去了。

觉得现在的小朋友实在是有趣，闻希浅浅地弯了下嘴角，她正准备

回头安慰吃了瘪的江南两句，却在看到另一间办公室门口的人时顿住。

那里站了三个人，一个微微垂着头的女生，一个穿着校服个子不太高的男生，以及他们的斜前方站着的穿制服的警察。

闻希的目光落在了那个女生身上。

女生看上去和她差不多年纪，扎了个简单的马尾，身上穿着洗得发白的羽绒服，即便是微微低着头，闻希也能看清楚她那双好看的眼睛。

太明显了。

哪怕刚刚只是一晃而过，闻希也觉得那双眼睛和她长得很像。

“在看什么？”

低沉的嗓音将闻希从思绪中拉回现实，她一转头就看到江砺不知道什么时候已经从老师办公室出来了。

闻希没遮掩，又朝那个女生瞥了一眼，问江砺：“江砺，你有没有觉得那边那个女生和我长得很像？”

似是怕江砺不清楚她说的哪个人，闻希又补充道：“就是站在那个警察身后的女生。”

江砺抬眸去看，就看到了孙涛队里的李衡，至于闻希说的那个和她长得很像的女生，应该就是吴沁月。

昨天听了孙涛说让李衡带吴沁月来明礼中学了解情况，江砺倒是没想到会和他们碰上。

其实昨天在案发现场第一眼看到吴沁月的时候,江砺也有这种感觉，闻希的眼睛长得很好看，而吴沁月的眼睛和闻希至少有七八分相似。

他抬手揽着闻希的肩，说：“是有点像，不过你比她好看多了。”

那姑娘其实也好看，闻希觉得江砺这是带着滤镜看自己，不过听到他夸自己，心里却像是吃了蜜，甜滋滋的。

03.

李衡其实和吴沁月来得挺早，加上吴沁月弟弟这边也没什么特殊情况，所以闻希看到他们的时候，李衡那边已经和老师沟通得差不多了。

将记录本和录音笔收好，李衡一转身，就看到了长身玉立站在走廊上的江砺，以及他身边的闻希，两个人看上去很是亲密。

他们几个人昨天晚上才开了江砺的玩笑，李衡看到闻希的第一反应自然会朝着江砺女朋友的方向想。

队里都知道江砺还在读大四，如果来学校不是为了工作的话，十有八九就是因为他的女朋友是学校的老师，而且闻希看起来温温柔柔的，也的确很像老师。

即便是大老爷们儿，也藏不住一颗八卦的心。李衡想着，索性朝江砺和闻希走过去，打算探听点小年轻的爱情故事。

他问："小江来学校有事？"

江砺点头，朝一旁装死的江南抬抬下巴："被老师约谈了，来给我妹处理点问题。"

"这样啊。"李衡这才注意到一直站在闻希身后的江南，不过他的关注点显然在闻希身上，他朝闻希看了一眼，状似无意道，"这位就是昨晚说的弟妹吧？刚刚我还以为她是学校的老师呢。"

江南一听也来了兴趣，竖着耳朵打算听她哥怎么回答。

提到闻希，江砺严肃的神色温柔了不少，他垂眸看着闻希，翘了翘嘴角："这是我女朋友闻希，不过她今天是陪我来的。"

末了，江砺又给闻希介绍："希希，这是李哥，我局里的前辈。"

闻希顿了顿，礼貌地叫了声"李哥"，不过背地里却狠狠地在江砺的腰间掐了下。

"前辈说不上，都是同事。"李衡自然没注意到他们的动作，他笑着在江砺肩上捶了一拳，"弟妹这么漂亮，你小子是真的好福气。"

江砺腰上没一丝多余的赘肉，所以闻希那一下虽然用了狠劲，江砺却没多大感觉，察觉到小姑娘的害羞，他也不再多说，往吴沁月和他弟弟那边抬抬下巴，问李衡："李哥这边的事情处理完了？"

“处理完了，她弟弟没什么特别的情况，老师说他昨天下午都在学校上自习，不过我还是要回去向孙队汇报下情况。”说到正事，李衡也敛了笑，正经起来。

江砺沉吟了片刻：“那余教授那边……孙队有说今晚多久开始吗？”

说到余诗敏的时候，江砺下意识瞥了眼闻希。

他其实对犯罪心理学挺感兴趣，不像有些干了几十年传统刑侦的老刑警，从心里就排斥犯罪心理学，所以昨晚江砺就给孙涛说了，有机会的话他想学习一下余诗敏是如何给凶手画像的。

“余教授这几天在杏城开会，原本定的今晚回来，结果杏城今天突降大雪导致机场关闭，她就只能改了坐动车回海城，最早也要明早才能到了。”李衡说着叹了口气，“案子现在毫无进展，能查的方向都查了，也只能等余教授给点新思路了。”

刑警这一行，最头疼的就是办案走到毫无头绪的地步。

虽然被孙涛特批参加这个案子，但是江砺更多的还是跟着学习，他想了想问：“可以再去一次现场吗？”

以前听一个老教授讲课的时候，江砺印象最深刻的就是，他说没有什么是发生了之后却不留一点痕迹的，既然都走不通，不如再去现场看看。

“孙队也是这个意思，不过他说等明天余教授回来了，再一起去，毕竟她画像应该也是要去现场找线索的。”

这里毕竟不是局里，周围都是来来往往的老师同学，李衡和江砺说了几句之后也就没再多说。

“小江，我先带吴沁月回局里。”李衡没有多耽搁，把孙涛的意思转达给江砺，“孙队说今晚余教授回不来大家也都不用去局里了，明天早点到，还有你记得和学校那边沟通好，接下来一段时间你估计待局里的时间会比较多。”

“行。”江砺应下。

等到李衡走了，江南忍不住星星眼地望着江砺："哥你太厉害了吧，这还没毕业就开始挑起大梁办案了。"

江砺对江南的彩虹屁无动于衷。

他睨了眼还在琢磨怎么继续拍马屁的小孩，轻嗤："江南你挺能啊，书不好好读倒是先学会早恋了。"

江南："……"

她以为她的夸奖多多少少能让江砺骂得委婉一点的。

江南撇撇嘴："哥，你别听我们班主任胡说，他就是冤枉我，我根本没早恋，不信你问闻希姐姐。"

江砺果然把目光投到了闻希身上。

闻希还在纠结刚刚江砺对着别人介绍她是他女朋友的事，这会儿突然被点名，一下子没反应过来。

看着兄妹俩的眼神，闻希有点蒙："我怎么了？"

江南悄悄戳了下闻希的手臂，暗示她："姐姐我都和你掏心掏肺了，你快告诉我哥，我到底有没有早恋。"

闻希发现，江南总喜欢把这种难题踢给她，搞得每次她都忍不住和江南一起心虚，明明她什么坏事都没做。

"所以江南早恋了吗？"江砺似笑非笑地看着闻希。

手心手背都是肉，闻希答应了江南不出卖她，但江砺也不是好蒙骗的，想了半天，闻希才小声道："南南她给我说了她现在的确没有谈恋爱。"

这句话其实说得很聪明。

而且闻希也不算撒谎，江南虽然有喜欢的男孩子，但是那个蒋延洲显然并不喜欢她，两个人自然也不可能谈恋爱。

"真的？"江砺沉了声音，也不知道是在问江南还是在问闻希。

江砺严肃起来的时候，也不知是不是警察这个职业使然，他一个眼风都让人很有压迫感。

江南有点受不住这种氛围，梗着脖子开口：“你不相信我，现在连闻希姐姐都不相信了？”

江砺没表态。

闻希也以为他这是不相信自己，鼓着腮帮子解释：“我没骗你，而且就算南南有喜欢的人也正常，这么大年纪的小孩子本来就容易情窦初开。”

“很正常？”江砺抓住闻希话里的字，重复了一遍？

“对啊。”闻希没听出味儿来，“十五六岁的小姑娘有喜欢的人本来就正常，你这思想也太保守了。”

江南一听闻希的话，也来了劲，跟着附和：“哥，你赶紧把你思想进步一下。”

两个小姑娘一唱一和的，还挺来劲。

江砺情绪不明地点点头。

江南以为得了赦免，迫不及待地问：“所以哥你点头的意思是相信我说的话了？”

“不是。”江砺丝毫不给江南面子。

就在江南又要丧着脸的时候，就听江砺继续说：“我是信我媳妇儿的话，这次可以暂时放过你，不过……”

“不过什么？”江南紧张得屏住了呼吸。

“不过我刚刚跟你们班主任保证了，你期末考试会进步五百名，不然你爸爸会亲自来负荆请罪。”

江南都快蒙了：“不是说好了一百名吗？”

江砺笑着把闻希拉到自己身边，才说：“希希不了解情况，我还不知道？你就是闭着眼睛写出来的卷子，分数都能比倒数第一百名高。”

江南差点忘了，江砺也是明礼念出来的，所以自然知道明礼的学生都什么样。

见忽悠不过去，江南只好咬牙切齿地答应了江砺的条件。

送闻希回学校的路上，闻希又想起那个和她长得很像的女生。

联想起江砺和李衡的对话，她忍不住问：“江砺，今天那个女生和你在办的案子有关？”

正好碰上个红灯，江砺在白线后停好车，看了闻希一眼。

他“嗯”一声，解释：“她是死者的女儿，旁边那个是她弟弟。”

闻希见到吴沁月开始，就有种说不出的感觉，她还是第一次见到和自己长得这么像的人。

见闻希沉思，江砺淡声：“别想太多了，世界上长得相似的人多了去了。”

闻希弯唇笑了下：“我就是觉得很神奇，非亲非故的两个人长得相似，这种事居然被我碰上了。”

两个人正说着话，闻希包里的手机就响了起来。

她摸出来接通，林烛一惊一乍的声音就从听筒里传出来。

她叫嚷：“希希你在哪里？快来救救我吧！”

“怎么了？”闻希被林烛的高分贝声音刺得不得不把手机拿开了些。

“赵一恺在酒吧向我表白了，当众的那种。”林烛的声音带着明显的慌乱，“太突然了。”

闻希愣了愣，她也没想到赵一恺动作居然这么快。

不过作为非当事人，她还是比林烛要冷静得多。闻希安抚林烛：“阿烛你先别慌，冷静下来理一下自己心里的想法。”

“我想不出来。”向来强势的林烛第一次带了点哭腔，“我以前遇到那些人给我当众告白的时候，我都能冷静地拒绝，可是今天赵一恺在台上当众拿出一束花，要我做他女朋友，我就觉得我整个人都蒙了。”

林烛这大概是终于遇到了在她心里与众不同的那个人。

闻希其实挺替林烛高兴，她问：“阿烛你现在在哪儿？”

“在酒吧的女厕所里。”刚刚林烛一慌，随便扯了个尿急的借口就逃进了女厕所，也不知道赵一恺这会儿怎么样了。

“那你等等我，我马上过去。”

闻希手机的通话声音不小，所以即便不是故意的，江砺依旧将刚刚闻希和林烛的对话听了个遍。

所以不等闻希说，他就已经在路口掉了头，往“清荷”开。

下车之前，闻希又给林烛打了个电话，确认她还㞞㞞地待在女厕所之后，便直接去找人，而让江砺去看看被晾了这么久的赵一恺。

明亮的酒吧卫生间里，林烛见到闻希就像一下子找到了主心骨，扑上去抓着闻希的手，问她：“希希我该怎么办啊？”

闻希拍了拍林烛的背：“阿烛，这个你真的要问你自己。”

她之前因为赵一恺和蒋齐言打架那事，大概知道了林烛对赵一恺的矛盾心理，虽然后来林烛不再拒绝赵一恺的示好，但是闻希依旧不确定林烛有没有解开心结，所以也不替她做决定。

林烛叹了口气：“我就是不知道自己是怎么想的。”

闻希想了想，问林烛：“你现在喜欢赵一恺吗？实话实说。”

闻希有点感慨，明明之前她开始喜欢江砺的时候，林烛还当着她的情感导师，没想到到了林烛自己身上，反倒乱了阵脚。

“应该是喜欢的吧。”林烛后退两步靠在冰冷的大理石墙上，试图通过这种方式让自己冷静下来。

“那你反感他的示好吗？”

“以前有点。”那个时候林烛打定了主意觉得自己和赵一恺不是一路人，“但是现在不会了。他今天捧着一束玫瑰花给我的时候，我甚至觉得我的心都快跳出来了。”

闻希摊手，表示答案已经很明显了。

林烛张了张嘴，好半晌才说：“希希，你知道我以前有很多男朋友的，这些我不知道赵一恺是否知道，万一他以后知道了，他应该会介意的吧。”

这个话题有些沉重。

闻希犹豫了下，才轻声说：“阿烛，每个人多多少少都有些过去的吧。”

林烛叹了口气，又和闻希在卫生间磨蹭了一会儿，才忐忑地走出去。

她发现赵一恺竟然还站在之前的地方，固执地举着那束玫瑰花，看到她的时候，立刻冲了过来。

赵一恺满脸的关切：“阿烛，你去了这么久是不是身体不舒服啊？”

林烛真是哭笑不得。

赵一恺丝毫不生气她晾了他这么久，第一反应却是忙着关心她。

忽然，她就想试一下。

她怕就这么错过了赵一恺她会后悔。

她朝赵一恺笑了笑，叫他的名字：“赵一恺。”

“在。”赵一恺像是被点名一般，回答得中气十足。

“你把你刚刚说的那些话再说一遍吧。”

“什么话？”赵一恺显然和林烛不在一个频道，有点跟不上她跳跃的思维。

闻希都看得有些急了，小声提醒赵一恺：“赶紧告白呀！”

被提醒后，赵一恺顿时反应过来，不过这样的喜悦来得太过突然，他一激动就忍不住结巴。

“那个……阿烛……我……我喜欢你……我会对你……对你好的……你……能不能……做我的……我的女朋友？”

赵一恺无论什么时候，都把所有的真诚给了她，林烛眼眶有些湿润，她上前一步，接过赵一恺手里的玫瑰花束，在围观众人的注视下，大大方方地踮脚在赵一恺唇上亲了下。

然后不等赵一恺反应，她笑着说：“以后多指教，我的男朋友。”

/ 第十三章 /

追姑娘死皮赖脸是关键

01.

好不容易抱得美人归的赵一恺说什么都要请江砺和闻希在“清荷”喝酒。

按他的话来讲，既然林烛在“清荷”工作，那“清荷”以后也就算他的半个场子了，何况闻希和江砺某种意义上来说，算是他和林烛的红娘，请红娘在自己场子里喝酒就更是天经地义了。

闻希和江砺两个人不好扫他的兴，便留到了晚上十点多。

不过因为江砺现在手里的案子没结束，随时都有可能因为有新线索被叫回局里，所以就全程用果汁代替酒了。

而闻希则觉得始终有一道无法忽视的炽热视线落在自己身上，便也没敢多喝，好多次赵一恺敬她，她也都是点到为止。

喝到最后，就只有赵一恺一个人喝醉了。

林烛看了眼歪在自己身上跟摊烂泥似的人，像摸大狗似的摸了摸赵一恺的脑袋，轻声示意他别闹。

江砺心里想着事，见赵一恺喝醉了，也就不多留，他去结了账，便开车将赵一恺送回了林烛那里。

从林烛家去闻希学校的路上，闻希因为喝了点酒有些头晕，靠在副驾上闭目养神，而江砺也没吵她，安静地开着车。

到了学校，江砺依旧是在老地方停车。

闻希只是假寐，所以车一停，她就睁开了眼睛，雾蒙蒙的望着江砺。

昏暗的车内，小姑娘的一双眼睛格外亮，像是映着整个世界，又像是只映着江砺一个人。

好半晌，闻希才开口：“我觉得你开得太快了，下次记得开慢点。”

“还不想回去？”江砺轻笑。

闻希没想到江砺一下子就听出来自己的弦外之音，脸不好意思地红了红。

她没开口，却也没主动下车。

江砺抬手替她把在靠椅上蹭乱的头发捋顺，才说：“不想回去的话那一起走会儿？”

不只是闻希，江砺也舍不得和她分开，要不是明天闻希有课，他真想每天都把小姑娘带回自己家里。

闻希笑着应了声“好”。

也不知道是不是喝了酒的缘故，闻希觉得自己的动作都迟钝了不少，一直到江砺熄火下了车，绕过车头替她开了门，她都没能将安全带解开。

她眨眨眼，像是在撒娇：“警察哥哥，你车上的安全带和我作对。”

江砺发现，闻希今晚喝了酒之后整个人都格外柔软。

他翘了翘嘴角，倾身贴近闻希。

两个人的鼻尖几乎就要挨在一起，伸手去探安全带的时候，江砺甚至清晰地嗅到了闻希呼吸之间的酒香，混着她身上的香甜，一股脑地往他鼻里钻。

酒壮㞞人胆，看着江砺靠近，闻希也不躲，大大方方地靠着椅背迎上江砺的视线。

江砺又往前靠了几分。

在闻希以为他要亲上自己的时候，“啪嗒”一声，束缚着她的安全带被江砺轻而易举地解开。

也许是这一声“啪嗒”，闻希混沌的脑子清醒了不少。

她轻咳一下，轻轻推了下还贴着自己的江砺，小声提醒他：“警察哥哥，安全带解开了。”

江砺不动声色地看着闻希，好一会儿才慢悠悠地起身。

“现在几点了？”江砺刚刚站直了身体，闻希就下意识拉住了他的袖子。

江砺摸出手机来看了眼，回答她：“还有两分钟十一点半。”

闻希她们寝室没有门禁，宿管阿姨大多时候都睁一只眼闭一只眼，只要有卡什么时候都能刷卡进去。

不过虽然如此，这个时间点学校也没什么人了。

垂眸想了想，闻希小声开口：“我不想走路了，这里到寝室还要走好久。”

“那不回寝室了？”江砺故意逗她，“去我家车直接停楼下停车场，就不用走路了。”

闻希怔了下。

她哪里是这个意思了？她分明是想让江砺背背她而已。

也不知道江砺是真不懂还是故意曲解她的意思。

轻哼了一声，闻希撑着车门就要下车。

结果,她伸出去的脚还没碰到地面就看见江砺在她面前半蹲了下去。

闻希明知故问：“警察哥哥这是要背我吗？”

江砺笑了笑：“如果这里还有别人的话，就不是背你了。”

“不行。”闻希撇撇嘴，“有别人在你也只能背我。”

她话音落下，似是为了宣示主权，江砺刚转过了头，她就一把环住他的脖子趴到男人宽厚的背上。

闻希的动作不算轻柔，江砺却稳稳地托住了她。

等到确认闻希趴稳了，江砺才直了身子关上车门，背着闻希慢悠悠地往学校里走。

闻希将下巴搁在江砺的肩上，还想着刚刚江砺那句说要背别人的玩笑话。

酒意微醺的人比平时更较真，她忍不住又强调了一遍：“你不准背别人，谁都不可以。”

江砺的印象里，闻希一直都温温婉婉的，说话也很少大声，这还是她第一次在他面前用有些霸道的语气说话。

江砺不反感，反倒因为小姑娘的占有欲，在她看不到的地方扬了扬嘴角。

A 大这个点很安静，即便有晚归的学生也都是行色匆匆，没谁像他们俩这么不急不缓的。

又走了一段距离，江砺偏头去看趴在他肩上半阖着眼的人，淡声开口:“你十五六岁的时候喜欢过别人？”

“嗯？”

男人的背很结实，闻希趴在上面觉得前所未有的安稳，就这么一会儿，她的意识已经有点涣散了，要不是江砺说话，估计要不了多久她就能睡着了。

“我问你以前有喜欢过别人吗？”江砺把问题又重复了一遍。

他的语气听上去有点生硬，这个问题他憋了一下午了，从下午闻希说十五六岁的小姑娘情窦初开很正常开始，他就想问了。

闻希眨巴着眼睛想了想：“没有啊。”

“真没有？”听到否定的答案，江砺总算松了口气，他实在不知道该用什么心情去想闻希喜欢过别的男生。

“没有。”闻希撑着江砺的肩膀立起身子，去看他的表情。

“看你下午和江南说得那么理直气壮，我还以为我们家希希也是早

恋过的人。”江砺的语气半开玩笑半认真。

“我没谈过恋爱，我情窦初开的时间好像晚了点。”闻希用手在江砺的脸上戳了下，他右边脸上有一个不太明显的梨窝。

“晚点挺好。”江砺面上依旧淡定，要不是闻希情窦初开得晚，他去哪里找这么乖的小姑娘。

不过，江砺很快停了步子，一字一顿地问：“现在也没有在谈吗？”

今晚赵一恺追到林烛的时候，得意得不行，就喝酒那一会儿工夫，明着暗着在江砺面前嘚瑟了好几次。

尤其是趁着两个姑娘去卫生间的时候，赵一恺对着江砺笑得不能更欠打了。

江砺当时睨了他一眼，臭着脸一副不想搭理他的样子，偏赵一恺非往江砺身边凑，故意挤眉弄眼地说：“砺哥我突然觉得人其实各有所长。”

这番话他故意说得很感慨。

没得到江砺的回应，赵一恺也不觉得无趣，一个人继续嘚瑟：“你看啊砺哥，虽然你这几年无论是理论还是实训样样都是第一，可是说到追喜欢的姑娘，你就不如我了。”

江砺轻嗤，也不知道之前是谁被林烛拒绝了之后，拉着他哭得一把鼻涕一把泪的。

喝多了酒，赵一恺也不怕江砺了。

“说真的砺哥，要不要我给你支点招，你说闻希小姐姐都那么喜欢你了，你还追不上人家，我看着都觉得你怪可怜的。”

要不是看在多年兄弟的份上，江砺当时差点一杯酒直接浇赵一恺头上。

“砺哥你理理我啊，我一个人说得怪没意思的。”赵一恺用手肘撞了下江砺。

江砺被嘚瑟得烦了，忍不住爆了句粗。

酒吧里有些吵，要搁平时赵一恺早就被吓得闭嘴了，偏偏此时江砺的声音被酒吧里的喧哗给掩盖，气势上弱了不少，赵一恺丝毫没被唬住。

他喝了一口酒，压低了声音神秘兮兮地开口：“砺哥我是真把你当兄弟才给你说我的秘诀的，就是追姑娘你一定得拉得下脸来，死皮赖脸是关键，要是你再这么端着，别看你长得好看，下半辈子也只能和你的神之右手一起度过了。”

赵一恺说完，还幸灾乐祸地朝江砺眨了两下眼睛。

闻希倒是不知道江砺和赵一恺的这一番对话，不过被这么一问，她忽然就想到了下午江砺对李衡说她是他女朋友的事，而且她当时听两人的对话，看样子江砺不是第一次这么说了。

她明明都还没答应呢。

“现在也没有谈。”说这话的时候，闻希有点心虚。

“没谈？”江砺眯了眯眼，声音听上去有点危险。

闻希咽了口唾沫，嘴硬道：“本来就没有，你说了要给我半个月时间考虑的，结果你居然阳奉阴违。”

末了，闻希还补充一句：“警察哥哥带头骗人，说话不算话。”

“那你说我们现在这样不是谈恋爱是什么？”

闻希还真被问住了。

虽然嘴上说着要晾江砺半个月，但是自从江砺前天表明心意以来，她这两天从潜意识里就把他当成了男朋友来看的。

无论是想和他一起睡，还是想要被他背，闻希觉得如果她真把江砺看做普通朋友，是提不出这种要求的。

不过心里这么想，面子还是要维护的，不然江砺以后肯定会觉得她很好哄。

闻希轻咳一声：“反正我们没有说好就不算在交往，你这样一点仪式感都没有。”

“那我们现在就定下来。”江砺也一点不含糊。

“你说了给我半个月时间的。”闻希嘀咕。

江砺有点头疼，他前晚一定是烧糊涂了才答应了闻希考虑半个月的条件，这根本就是自己给自己挖坑跳，搞得现在连赵一恺都光明正大地正了名，而他还没名没分的。

江砺今晚被赵一恺刺激一通，打定了主意要闻希松口。

他轻嗤：“反正你刚刚也说，警察哥哥骗人，那我今晚就把这个罪名坐实了。”

闻希还没想通江砺这话是什么意思，就看到他忽然改了方向，不再往她寝室走，而是转身去了几乎已经没有人的操场。

操场那边有些黑。

“你要去哪儿？”闻希有点不安。

他们现在走的这条路拐个弯就是A大的操场了，江砺没搭理闻希，一直沉默地背着闻希进了操场，才在跑道上停了下来。

“江砺，你来这儿干什么？”闻希又问了一遍。

“闻希，我只背女朋友的。”江砺的声音散进夜风里，听着有些缥缈，“我背了你这么久，所以你现在只能答应当我女朋友了。”

闻希闻言就挣扎着要从江砺背上下来，边挣扎边说：“那你放我下来，等我答应了，你再背我。”

“晚了，我收回给你半个月时间那句话。”明明是他说话不算话，江砺却一点不觉得羞愧。

下一秒，不等闻希挣扎，江砺便背着她绕着操场跑了起来。

闻希听到他说：“你现在就好好考虑，反正你只有给我正名这一个选择，你什么时候答应做我女朋友了我就什么时候放你下来。”

02.

闻希本以为这个点儿操场上肯定已经没人了，但是江砺没跑两步，她就注意到，在操场一边的健身器旁，还站着两个深夜锻炼的男生。

他们应该也听到了这边的动静，观望了一会儿之后突然对着她和江砺吹了几声口哨。

其中一个甚至还看热闹不嫌事大地吆喝了一声：“兄弟有情趣啊，大晚上的背女朋友跑步这种招儿都想得出来。”

他们的声音不小,哪怕是被夜风吹散了一些,也还是能听得清清楚楚。

江砺没搭理他们。

沿着跑道很快就跑完了一圈。

但闻希就没他那么淡定了，她臊得不行，抬手在江砺背上拍了几下：“江砺你快放我下来。”

“考虑好了？”江砺的声音很低，丝毫没有运动过后的喘息。

闻希低声，听着有些委屈：“之前说好了半个月的，你这样反悔是欺负人。”

“闻希，我不想等了。”说话的时候，江砺放慢了脚步。

以为江砺终于要放她下来了，结果闻希就感觉到他将自己往上托了托，继续沿着跑道跑起来。

他们跑到第二圈的时候，起先那两个调笑他们的男生已经离开了。

空荡荡的操场上只剩下江砺和闻希两个人，除了风声，就是江砺节奏平稳的脚步声。

江砺依旧没有要停下来的意思。

跑步不比走路，即便是江砺已经跑得很稳了，闻希趴在他背上还是被颠得有些头晕。

两人无声地对峙着。

最后还是闻希先服了软,她抬手覆在江砺的眼睛上,软着声音说:“江砺，我考虑好了。”

眼睛被小姑娘柔软的掌心蒙着，江砺连心都软了不少，怕摔着闻希，他倒是没再继续跑，停在了偌大的操场中央。

听闻希不再坚持考虑半个月，江砺松口气的同时又紧张起来。

他真拿不准小姑娘会说什么答案，闻希看着软乎乎的，实则内里倔

得很，根本不会轻易向谁低头。

顿了顿，江砺问她：“所以你是怎么想的？”

“你先放我下来。”闻希松开了蒙着江砺眼睛的手，“我不想这么和你说话。”

她想看着江砺。

想看着他的眼睛说接下来的话。

江砺偏头看了闻希一会儿，确认闻希没有骗他，这才微微弯了腰将人从背上放了下来。

先前被背了太久，闻希碰到地面的时候脚软了下，还不等她反应，江砺就已经稳稳地扶住了她的胳膊。

闻希微垂着眸，兀自活动了一会儿，这才抬头去看江砺。

小姑娘的眼睛雾蒙蒙的，江砺被看得心里躁，他握着闻希的手腕将人拉近了些，沉不住气又把刚刚那个问题问了一遍。

他盯着闻希：“希希，现在可以告诉我答案了吗？”

也不知道是紧张还是什么，向来有分寸的人今晚却握得闻希手腕有些发疼，她用了些力才挣开江砺的手。

“闻希。”江砺怔了下。

在他以为闻希要拒绝的时候,忽然一只柔软的小手钻进他的大掌里，轻轻柔柔地握住了他。

闻希朝江砺弯了弯唇，说了个“好”字。

她这是答应做他女朋友的意思。

江砺觉得这一晚上他的一颗心像是在坐过山车，直到这一刻才终于平稳地落在了地面上。

不等闻希再说话，江砺抬手捧着她的脸，珍重地亲了下去。

温柔的吻先是落在了闻希的额头，然后一路往下，吻过她的睫毛、眼睛，吻过她的鼻尖。

最后停在她香甜柔软的唇上。

夜晚的温度越来越低，风也越来越大。

他拉开大衣的拉链，将闻希整个人拥进了自己温暖的怀里，紧紧抱着。

闻希也不矫情，抬了手环住江砺的腰，将侧脸贴在他的胸前，一下一下地数着他有力的心跳声。

“希希。”感受到怀里人的乖巧，江砺叫了她一声。

闻希轻轻地应他。

“我很开心。”江砺是真的开心，从闻希说了那一个“好”字开始，这么一会儿他翘起来的嘴角就没放下来过。

闻希闻言挣扎着从江砺的怀里抬起头来，认真地将江砺打量了一遍，也跟着他笑：“找到这么帅的警察哥哥当男朋友我也很开心。”

江砺抬手摸了摸她的脑袋：“希希，我知道你从小的生活环境很优渥，我们家没那么有钱，甚至我的职业以后肯定也挣不了什么大钱，所以我可能永远做不到把世界上最好的东西都送给你。”

闻希没想到江砺会说这样的话，不是许诺她什么，反而是明明白白地告诉她，他没有钱可能这辈子都给不了她富太太的生活。

这样的坦诚，听在闻希耳朵里却意外的好听。

她仰头在江砺的下巴上亲了下，望着他的眼睛一字一顿地开口：“警察哥哥，我不在意那些。”

闻希是真的不在意那些。

如果可以的话，她宁愿不要生在闻家，哪怕是过得清贫一点，应该也比在这个人与人之间的关系只靠着利益维系的闻家要好得多。

“我知道你不在意那些。”

和闻希认识这么久，江砺倒是没见过她摆阔，明明有那么好的家庭条件，却也没刻意追求什么大牌奢侈品。

顿了顿，江砺接着说：“你不在意是一回事，但我喜欢你，所以就想把所有的好东西都捧到你面前。”

闻希的眼眶有些湿润。

江砺用拇指在她眼睛下抚了抚，声音低沉：“所以，即便我给不了你最贵的，但是在我能力范围内，我一定会把我能拥有的最好的都给你。还是那句话，我能守万家灯火，就一定能守你。”

“其实……”

江砺很轻地“嗯”了一声。

闻希的目光有些躲闪：“其实我们家没有你看到的那么融洽，我也没有你想象的那么娇生惯养，所以你不要想那么多，现在这样就已经很好了。”

闻希说得小心翼翼。

江砺突然就觉得他还不够了解闻希，她这番话非但没有宽慰到他，反而更让他心疼了。

他盯着闻希，似乎想要抓住些什么。

察觉到江砺的意图，闻希没有给他深究的机会，她还是没有办法亲口对着江砺说出，她从一出生就被钉在了耻辱架上的身份。

吸了吸鼻子，闻希往后一步从江砺怀里退了出来，抬手挽着他的胳膊往操场外走。

江砺站在原地没动。

闻希拉了几下都没拉动，却在转头的时候看到江砺眸色深深地望着自己，他古井似的眸子里蕴着她看不太懂的情绪。

她以为江砺是猜出什么了。

这种感觉就像是她赤裸裸地接受公开的审判一般，闻希一下子就局促起来，在她纠结着要如何开口的时候，就听江砺突然说：“不早了，我先送你回去。”

说完，他就自然而然地握住了闻希的手。

两个人各怀心事，沉默着往闻希的寝室楼下走。

走到寝室楼外那棵树下的时候，闻希突然拉着江砺的手不再走了。

江砺挑眉看她。

闻希低声喃喃："警察哥哥，如果你发现我瞒了你什么事，可不可以不要生气啊？"

见小姑娘垂着脑袋，江砺在她耳朵上轻轻捏了下，随口说："要看是什么事了。"

江砺的意思也就是说，在某些事情上如果发现闻希骗了他，他还是会生气的。

这么一想，闻希心里就更没底了，她着急地解释："这些事我不是故意要瞒着你的，我只是不知道该怎么跟你说。"

江砺替她理了下有些乱的围巾，低笑："你说喜欢我，说要做我女朋友，不是骗我的吧？"

闻希有点茫然地"啊"了声，等反应过来江砺的意思，赶紧否认。

"那我有什么好生气的。"江砺说话的时候拉着闻希往树下站了站，将两个人的身影隐在了树枝投下的阴影里，"希希，即便是做了我的女朋友，你也是一个自由的个体，我不会强迫你做你不想做的事情，也不会强迫你说你不想说的话。"

话落，江砺直接对着闻希的唇亲了下去，把闻希接下来的话全部堵了回去。

从今晚开始，他和闻希的亲热就是名正言顺的了。

闻希几乎是溺在了江砺的吻里，被亲得有些透不过气来，感觉到自己飘飘忽忽的，她下意识环住了江砺的脖子。

好一会儿，江砺才从闻希的唇间退开，有些不舍地亲了亲小姑娘的嘴角，才贴在她耳边低声说："这是今天的晚安吻。"

感受到江砺的气息喷洒在耳朵里，闻希的耳根子很快红了个透。

不敢看江砺，闻希低着脑袋说了句"晚安"。

江砺满意地扬了扬嘴角，在小姑娘的后脑勺上抚了抚，说："回去早点休息，睡不着就给我发消息。"

两个人如今的关系不一样了，所以闻希心里那些依赖与不舍也都不藏着掖着，两个人整整说了五次再见，最后是看到时间真的不早了，闻希才一步三回头地往寝室走。

因着第二天要去局里，江砺索性没回学校直接回了家。

第二天不到七点，他就到了海城公安总局刑警一队的办公室。

孙涛已经到了，正和李衡聊着吴栋那个案子的事情，看到江砺，他满意地笑了笑：“你小子还来的挺早。”

按理说江砺算是高干子弟，他父亲江成也如今是省厅的政委，他要是真想靠家里的关系随便也能在公安总局混个工作，偏他没有一点高干子弟的架子，也从不主动提起他爸，做什么都是靠自己，除了孙涛和局里几个领导，还真没几个人知道他和江成也的关系。

江砺坐在位置上把一份卷宗翻开，才回孙涛：“孙队明明来得更早，还非得打趣我。”

“老了睡不着了，不像你们小年轻。”不谈案子的时候，孙涛整个人都很和气，一点不像个雷厉风行的刑警。

“孙队你这样的都开始叫老了我怎么办？”说话的是李衡，他比孙涛还大两岁。

李衡本以为孙涛会像对江砺那样耐心地安慰安慰他，结果哪知孙涛丝毫没给他面子。

孙涛抬脚就在李衡的凳子上踹了一下，笑他：“你什么怎么办？我说老只是随口说说，该年轻照样年轻，而你本来就是老骨头一把了，就不要挣扎了。”

李衡：“……”

三个人又说了几句玩笑，孙涛才敛了笑意开始说正事。

他看了眼在翻看卷宗的江砺，吩咐他说：“亮子和余教授的助理联系过了，余教授的车八点一刻到海城南站，亮子去接她们，你到时候就和亮子分头行动，九点之前把吴沁月接到局里来。”

03.

因着吴沁月在海城并没有其他亲戚，家里又是现场被警察封锁，所以李衡只能暂时将她安排在她家附近的一家不大的宾馆里。

江砺去接吴沁月之前提前联系了她，等他到宾馆的时候就看到她已经等在宾馆大堂了。

宾馆大堂的皮质沙发已经被磨损得露出了里面的黄色海绵，吴沁月似是浑然不觉，有些木讷地坐在那里，不知道在想些什么。

不过她倒是一眼认出了江砺，看到他走近，赶紧局促地站了起来。

江砺知道她认出了自己。

不过他还是拿出警官证公事公办地自我介绍了一遍：“我叫江砺，是海城公安总局负责你父亲案子的警察之一，之前我们也和你联系过，为了尽快破案今天还要麻烦你再配合我们一下去一趟公安局。”

吴沁月点点头，依旧没什么表情。

“如果没什么问题的话，我们就先走吧。”说着江砺看了眼门外，示意吴沁月走前面。

江砺开的是单位的车，接了吴沁月回局里的路上，吴沁月坐在副驾。

到公安局前的最后一个红灯处，吴沁月忽然叫了江砺一声：“江警官，请问一下我爸爸的案子多久才能抓到凶手？”

江砺闻言很快转头看了她一眼。

他发现虽然吴沁月的眼睛和闻希很像，不过她的眼神却始终很空洞，像是没装什么东西，不如闻希那般始终都充满灵气。

不动声色地收回视线，江砺解释：“破案这种事没有人能说得准，而且你父亲的案子比较棘手，我们现在已经在尽力搜集线索。”

吴沁月问这个问题只是为了让自己心里好受一些，没听到想要的答案，她张了张嘴，最后也只是欲言又止。

事情发生的那天，她在小商店的里屋，那个时候正好是顾客最少的午后，正吃着午饭的时候她忽然听到了外面有打斗的声音。

吴沁月下意识就要出去看，结果刚走了两步，利器捅进皮肉的声音就传进她的耳朵里，像是前面有一堵透明的玻璃墙，使她再也没办法前进半分。

愣了几秒后，她咬着唇悄声爬进了床底。

这几天每每想到那天下午吴栋倒在地上的闷响，吴沁月都还是心有余悸，甚至她觉得如果那天她能勇敢点跑出去，或许她爸爸就不会死。

前方的指示灯由红变绿，见吴沁月不再说话，江砺也不再多说什么，很快平稳地发动了车子。

江砺和吴沁月到公安局的时候，余诗敏已经被亮子接了来，她这会儿正在一队的办公室，一边看这个案子相关的资料，一边听孙涛对案情的分析。

安顿好吴沁月，江砺走进办公室。

见余诗敏的目光投过来，江砺跟她打招呼："余老师好。"

他此时看着余诗敏有种不一样的感觉，眼前这个人不再单纯是他老师，也是他女朋友的母亲，像是提前见了家长。

余诗敏微微点头，很快重新投入了对案子的分析之中。

在基本了解了两个案子之后，余诗敏提出要去案发现场看看，孙涛也有这个打算，安排了几个人留在局里，便带着其他人和余诗敏一起重新去了现场。

现场的血迹已经干涸了，屋里明明只两三天没有住人，阴冷得却像是空了好久。

孙涛让人将门打开，敞了会儿，才亲自陪着余诗敏进去。

其实在公安局将两个案子分析对比了之后，余诗敏心里已经有了大概的答案，不过为了减小推断的误差她还是习惯再走一遍现场。

三个月前的那起命案现场早就被破坏了，所以就只能在这儿。

虽说在闻家余诗敏是个习惯了享受别人伺候的贵太太，但是到了现场涉及她的专业领域时，她连眉头都没皱一下。

她仔细地打量着案发现场的每一寸地方，见她一边看一边在笔记本上记着什么，孙涛也不打扰她，安静地跟在她后面。

“里面是什么情况？”余诗敏突然指着里间问孙涛。

“里面是死者和家人的住处，我们上次痕迹鉴定的时候已经确认凶手没有进去过，案发当时只有死者的女儿躲在里面。”

余诗敏点头，利索地从笔记本上撕掉了她刚刚写的那一页递给孙涛。

等孙涛接了过去，她才说了自己判断：“凶手基本可以确定在三十到四十岁之间，男性，经济条件目前还不错，中等偏上，根据两个案子死者的共同特性和作案手法，凶手很大可能早先的条件并不好，他是在底层挣扎了很久才有了现在的生活，所以在他心里或许觉得一直在底层挣扎的死者是失败的，而他杀了他们是帮他们从人生的失败中解脱出来。

“你们排查的时候着重注意一下以前生活经历很波折的人。另外，凶手以前说不定是和本案死者认识的，毕竟白天作案还选在小商店这样的地点，他肯定是有把握死者不会呼救，你们可以查一下死者十年前甚至更早的关系网，比如一起打工的工友或者邻居。”

孙涛认真听着余诗敏的分析。

“我也倾向两个案子是连环杀人，不过从现场可以看出来凶手的作案个人特征还不成熟，从犯罪心理学来说只处于一个模仿阶段，不过他的智商应该不低，所以现场没有留下可以让我们追踪到他身份的痕迹。”

虽说余诗敏的分析没有明确指向，但的确给案子提供了一些新的思路，孙涛招呼了李衡重新按照余诗敏说的进行排查。

尽量简洁地说完了自己的想法，余诗敏抬脚朝里间走去：“里面算是死者比较私人的空间，我进去看看，说不定能从死者身上找点突破口。”

孙涛自然没意见。

拿了孙涛递来的手电筒，余诗敏从门口一一看过去，和孙涛之前说的一样，里面布置很简单，并没有藏着太多有用的线索。

她正准备转身出去，目光忽地落在了那个掉了门的柜子上。

柜子靠墙的地方立了一个相框。

应该是很少有人擦拭，即便是摆在这么显眼的地方也落了不少灰，不过透过灰尘依旧可以看清这是一张合照，照片里一对夫妇抱着一个还在襁褓中的婴儿，而他们旁边站着一个长得乖巧的小姑娘。

看清小姑娘长相的一瞬间，余诗敏呼吸一窒。

她的卧室里还放着很多女儿闻羽走失之前拍的照片，虽然这张照片上的小姑娘看起来要比她家里照片上的人大了一些，但是不难看出有八九分相似。

余诗敏声音轻颤，指着照片上的人问孙涛：“这照片是？”

孙涛闻声往那边看了一眼，解释：“这是死者一家十多年前的照片了。”

“那他的亲人还在吗？”余诗敏死死捏着手里的笔记本让自己尽可能冷静一点。

“他妻子很多年前去世了，只剩了他和一双儿女，儿子成绩优异，在明礼中学读高三，女儿吴沁月在出事之前在帮着死者经营这家小店，今天早上江砺已经把她接到了局里。”

余诗敏几乎是迫不及待地开口：“可以让我见见他的女儿吗？”

“可以，她已经答应了会尽量配合我们调查。”孙涛只当余诗敏是为了案子，况且他今天叫江砺把吴沁月接到局里就是为了让余诗敏了解更多的情况。

余诗敏现在满脑子都是她的女儿闻羽，孙涛话音刚落，她就急切地往外走，如果可以，她恨不得立刻能够见到那个姑娘。

吴沁月等在海城公安总局的会客室里。

余诗敏进去的时候，吴沁月背对着门口，听到动静，她平静地转过头来，淡淡地看了余诗敏一眼。

几乎不用介绍，余诗敏就能肯定眼前的人是照片中的小女孩。

她望着吴沁月发愣，一直到江砺叫了她一声，她才堪堪回过神来。

她尽量表现得自然，对跟着她的江砺说：“小江，你在外面等我吧，我想单独和吴小姐聊一会儿，了解点情况。”

余诗敏是来帮他们破案的，加上她又是研究心理方面的专家，单独谈话这种合理要求，江砺没理由拒绝。

他点点头，退出房间的时候顺便替余诗敏带上了房门。

安静的会客室就只剩下余诗敏和吴沁月了，余诗敏拉了张椅子在吴沁月旁边坐了下来。

见到了人，余诗敏反倒冷静下来。

她目光落在吴沁月的脸上，自我介绍：“你好，我是余诗敏。”

吴沁月很少被人这么盯着看，有点不太自然地垂了头，小声问余诗敏：“你也是负责我爸爸案子的警官吗？”

她刚刚看到余诗敏和江砺走在一起，不过余诗敏的气质和举止看上去并不像是警察。

“不是。”余诗敏难得耐心地和吴沁月解释，“我是研究犯罪心理的，不算是公安局的在职人员，不过也算是参与了你爸爸的案子。”

吴沁月点点头。

“我能问你几个问题吗，和你爸爸有关的。”余诗敏尽可能地放轻了声音。

听到“爸爸”两个字，吴沁月迟疑了一下，才很小声应了声“好”。

半个小时后，余诗敏握着留了吴沁月电话号码的字条独自出了会客室。

想到刚刚吴沁月在说起小时候时支支吾吾的样子，犹豫了几秒之后，余诗敏还是改了方向往孙涛办公室走。

敲门进去，不等孙涛开口，她直接说：“孙队，我想请检验中心给吴沁月和吴栋做一个亲子鉴定。”

孙涛愣了下：“余教授你的意思是？”

余思敏藏了私心，但是在事情弄清楚之前并不适合声张，便说：“我只是通过和吴沁月的接触怀疑她不是吴栋的亲生女儿，不过这件事和案子有没有关系目前并不清楚。”

顿了顿，她补充：“不过如果有了结果，还麻烦孙队第一时间通知我一下。”

孙涛应下,很快把这件事吩咐了下去,然后亲自送余诗敏离开公安局。

下午的时候，吴沁月和吴栋的亲子鉴定结果就出来了，结果是余诗敏意料之中的，吴沁月并非吴栋的亲生女儿。

接到孙涛通知的时候，余诗敏在学校的办公室差点没能控制住自己的情绪。

她觉得这似乎是十多年来她和她的闻羽离得最近的一次，可是这会儿她又突然不敢去找吴沁月了，她害怕发现吴沁月其实也并不是闻羽，然后希望再一次落空。

公安局里，江砺拿着那张亲子鉴定的结果看了又看，忽然想到什么，找了亮子要三个月前那起案子的详细资料。

在那件案子的卷宗里，死者个人资料写着死者无生育能力，所以十五年前和妻子领养了一个男孩，他妻子说是村里邻居超生的，养不起才送给了他们家，不过事情过了那么久，江砺他们也无从查证。

孙涛笑江砺：“一下午拿着结果和卷宗反反复复地看，看出花来了没？”

江砺起身把手里的卷宗递给孙涛：“孙队，三个月前那起案子的死者也有个非亲生的儿子，你觉得这是巧合吗？”

被这么一提醒，孙涛也转过弯来，他示意江砺继续说。

“我今天听余老师说凶手很有可能在早些年和死者有交集，那这个交集会不会和他们的儿女有关，我想去查一下吴沁月和第一个死者的儿子是怎么到的现在的家庭。”

吴沁月这边是没法查了，不过第一个死者的妻子还健在，江砺和孙涛的意思是去找她了解一下情况。

队里其他人都在忙着排查，江砺只能自己一个人去了。

第一个死者的妻子叫刘莹，是个五十多岁的中年女人，因为儿子长年在外务工，所以丈夫出事后一直独自居住在城郊。

江砺找到她说明来意。

起先她一直坚持儿子是当年村里邻居送给他们的，但听到江砺说这件事很有可能和她丈夫的死有关，终于松了口承认他们当年是花了钱从一个人贩子那里买来的小孩。

而且刘莹还告诉江砺，在她丈夫被杀害之前，她和丈夫出门买菜的时候遇到过那个人。

据刘莹回忆，那个人姓周，当时碰上的时候他西装革履，开着一辆她不认识的气派车子，而且主动跟她和丈夫打招呼，还问起了他们的现状。

说到最后，刘莹满脸的泪水，崩溃地抓着江砺问："不会真是那个挨千刀的杀了我们家老头子吧？他都死了三个月了还没能抓到凶手，你们做警察的到底能不能给我们一个公道啊？"

被死者家属质问，江砺心里有些堵。

这个世界上有太多的恶人得不到应有的报应和惩罚。

他没有辩解，而是安静地由着刘莹发泄，等她的情绪宣泄完，他才低声说："真的很抱歉，但是我们一定会竭尽所能寻找真相。"

/第十四章/

你觉得不好的我都改

01.

江砺从刘莹家出来的时候天已经擦黑了。

迎着从海面上吹来的风，江砺心里没有找到线索的轻松和喜悦，反而第一次觉得身上的担子沉重。

他以前以为的世界太过理想。

不管是他还是其他别的人，永远也没办法让所有犯了罪的人罪有应得，他们唯一能做的，就是永远不停地去寻找真相。

喘了几口气，江砺给孙涛打电话，把了解到的消息告诉他。

孙涛一听，立马让李衡停了手里的活儿，和江砺一起去查刘莹和丈夫买菜那天的监控，同时调查资料库里拐卖人口案件的备案，让他们尽快揪出这个所谓的周某。

两天后，在海城市中心一所高级公寓内，嫌疑人周成落网。

之前局里法医尸检的时候发现吴栋指甲缝里有一些合成纤维，经过对比和周成家里的一件衣服纤维相同，而且在这件衣服上，他们同时提取到了吴栋的血液 DNA 和第一个死者的血液 DNA。

基本可以确定，周成就是两件案子的凶手。

余诗敏和孙涛一起连夜审讯了周成，而江砺和队里的其他人一起在监视器前观看审讯过程。

周成看着孙涛手里的证据，无所谓地笑了笑："就是我做的，没什么好不承认的。"

孙涛皱眉："为什么要杀人？"

"杀人？"周成不赞同地摇摇头，"你看看他们挣扎了大半辈子连温饱都解决不了，我这是帮他们解脱啊。"

果然和余诗敏推断的一样。

周成眼里带着对两个死者的不屑："十五六年前我就帮过他们一次了，给他们两家各送了个小孩，结果他们依旧这么失败，我只能大发慈悲地再帮他们一次了。"

听到小孩，余诗敏放轻了呼吸，她之所以提出参加这次审讯，最大的原因是为了她的闻羽。

她观察着周成的表情，咬着牙问他："吴沁月是你从哪里拐的？"

"吴沁月？"周成显然对这个名字不太熟悉。

好一会儿他才想起是吴栋那个从他手里买来的闺女，他打量着余诗敏，吊儿郎当地反问："你这么着急，该不是被我拐的是你的女儿吧？"

余诗敏和监视器前的江砺闻言同时一顿。

不过江砺是想到了闻希，而余诗敏则是被人说中心事的心虚。

当年闻羽走失这件事闻家消息封锁得很好，加上闻洪海把闻希接回闻家的动作又快，除了闻家和余家两家人，几乎没人知道。

余诗敏很快恢复了自然，没有搭理周成的挑衅。

孙涛干了十多年刑警见过不少喜欢挑衅警察的犯人，也没把周成的挑衅记在心里，而是警告他老实点。

好在周成不是真的想和他们绕圈子。

他随意往椅背上一靠，懒懒散散地开口："说来也是巧，吴沁月那

小丫头还是我当年从海城带走的，我记得当时她的模样，看样子还是有钱人家的小孩。”

说到这儿，周成忽然笑起来：“没有了女儿也不知道这些有钱人会不会痛苦，不过他们也该体会一下人间疾苦。”

余诗敏忽地从椅子上站起来，恶狠狠地盯着周成。她没有做错过什么，却平白无故地和亲生女儿分散了十多年，并且还要好好养着勾引他老公的女人生的女儿。

孙涛没想到余诗敏这么激动。

刚想说什么，余诗敏却头也不回地走出了审讯室。

江砺也从监控室里走了出来，拦住脸色有些难看的人：“余老师，您还好吗？”

所有做老师的都喜欢优秀学生，余诗敏也不例外，何况江砺在破这个案子上立了不少功。

她缓了缓情绪，才开口：“没事，我一个人缓会儿就好。”

江砺注意到，余诗敏今晚是一个人来的，换了别人他可能不会多管闲事，但是余诗敏毕竟是闻希的妈妈。

想了想，他问：“余老师这么晚了，我送您回去吧？”

余诗敏是真的累了。

周成刚刚那番话让她现在想起来都恨得牙痒痒，就因为闻羽生在富有一些的家庭，就应该被人偷拐？刚刚那一瞬间，她甚至连杀了周成的心都有了。

闭了闭眼，良久余诗敏才吐出一个“好”字。

江砺没再留下来看审讯周成的后续，给李衡打了个招呼，送完余诗敏回家他便直接去了 A 大。

到 A 大的时候晚上十点多，这个时间点也不知道闻希在干什么。

他刚刚脑子一热就过来了，到了闻希寝室楼下才发现时间有点不合适。

两天来他忙得连看手机的时间都没有，刚刚在监控室给手机充了电，他才发现闻希这两天都有给他发消息。

站了会儿，江砺打算离开。

闻希和雷佳背着一摞手稿往回走，雷佳正在和闻希说张依依男朋友要请她们吃饭的事。

其实以她和张依依的关系，闻希是不想去的。

正听着，她一偏头就看到了寝室楼旁老树下的人。

江砺穿着一身黑色的羽绒服，指尖夹了一抹猩红，站在抹不开的夜色里，不知道在想些什么。

闻希以为自己是看错了，她闭眼又睁开，发现江砺依旧站在那里。

整个人一下子就雀跃起来。

她把手里的袋子递给雷佳，拜托道：“佳佳我忽然有点事，你能帮我带回寝室吗？”

雷佳以为她是忘了什么东西要回去拿，也不多问，接了她的袋子便往寝室走。

闻希也没多犹豫，小跑着朝江砺跑去。

江砺是打算抽完烟就走的，结果刚点上抽了一口，就听到熟悉的脚步声由远及近。

抬眸看去，他心里正想着的小姑娘就出现在了眼前，笑得明媚。

江砺反应了两秒，也扬唇笑了起来。

怕烫到闻希，他将夹着烟的手往后避了避，抬起另一只手，一把揽住了冲进他怀里的小姑娘。

上次在江南的学校，闻希就知道了江砺最近在忙案子，所以即便她发的微信了无音信，她也忍着尽量不打电话去打扰江砺。

可是并不代表她不想他。

紧紧环着江砺的脖子，闻希将头埋在他胸膛前深吸了一口气，才觉得安心了不少。

江砺抬手在闻希头顶轻轻拍了下，笑她：“别闻了，两天没洗澡了。”

这两天他和李衡不是在外面奔波就是在局里筛查，别说洗澡了，眼睛都没怎么合过。

不过虽然这样说，其实江砺身上也没什么怪味。

“你臭我不嫌弃你的。”闻希仰着头看他笑，“你怎么突然来了？都不给我发个微信或者打个电话。”

江砺言简意赅：“案子办完了，想女朋友就来了，来了以后才发现时间有点晚了。”

这句话换了哪个女孩子都爱听，闻希也就没再追问，安安静静地待在江砺的怀里。

江砺又抱了闻希一会儿才松开她，将已经燃了一大半的烟在树干上摁灭，随意将烟屁股扔进路边的垃圾桶。

闻希看着他一气呵成的动作，忍不住提醒他：“少抽点烟，对身体不好。”

江砺闻言意味深长地看着闻希。

他大概是从大二开始抽烟的，刚开始烟瘾不算大，后来习惯了，就开始抽得多了起来，之前柳恩也说过他几次，不过他每次都当作耳旁风罢了。

其实在闻希面前他已经算抽得少的了，之前闻希看他抽烟也没说什么，他以为闻希是不在意这些的。

闻希被江砺看得不好意思了，挥挥手：“算了算了，随便你。”

她知道当警察的一帮大男人或多或少都会抽烟，压力大的时候抽烟的确是个缓解压力的办法。

闻希刚刚提一嘴也是为了江砺的身体，不过既然他不愿意她也不会强迫他。

哪知下一秒，江砺就低头在闻希的唇上亲了下，混着残留的香烟气味，亲得闻希的一颗心下意识颤了颤。

江砺俯身牵住闻希的手，用那种闻希不太受得了的低沉嗓音说：“以后不抽了，你觉得不好的我都改。”

闻希没想到江砺这么好说话。

不等她开口，她就听江砺说：“还有其他需要改的吗？”

哪里有什么需要改的。

江砺已经足够好了。

闻希朝他摇了摇头，小声说：“其实你也不用什么都听我的，你现在这样就很好。”

而且她并不希望成为那种很霸道的女朋友，不给男朋友一丁点的私人空间。

这个时间点正是大多数人下自习回寝室的时间，周围不少人都朝他们两个望过来。

闻希觉得有点尴尬，试探着问江砺：“要不我们换个地方？”

“去哪儿？”江砺虽然不像闻希那么害羞，但也不喜欢被别人围观谈恋爱。

“都行。”闻希没什么意见。

江砺沉吟了片刻，问闻希：“要不陪我去吃点东西？”

“还没吃晚饭吗？”

看着闻希水汪汪的眼睛，江砺就知道小姑娘这是心疼了，他拇指在闻希手背上摩挲了下，不太在意地说：“我扛饿，没事儿。”

两个人最后去了学校外的烧烤店。

江砺其实没想弄这么麻烦，但是这个时间大多数店都关门了，闻希又坚持要让他吃点东西，所以就只能选择了烧烤。

两个人并排坐着，你看着我我看着你倒也不觉得无聊。

烧烤店上菜速度很快，基本都是江砺在吃，闻希在旁边看着他，偶尔她觉得馋了，“啊”一声，江砺就识趣地将串递到她嘴边喂她吃

上一口。

“今天怎么这么晚才回寝室？”怕闻希无聊，江砺找着话题陪她聊天。

“因为在画设计稿。”闻希有点头疼地抓了抓头发，“下个月国际上有个青年服装设计大赛，我们老师背着我，直接给我报了名，今天磨了一整天的初稿。”

江砺看着闻希抓狂的模样，觉得可爱：“那磨出来了吗？”

闻希撇撇嘴：“没有，毫无灵感。”

江砺已经吃完了烤串，他抽了张纸巾替闻希擦掉刚刚她吃东西时沾在嘴角的油渍，才说：“慢慢来，用我陪你吗？”

“你不忙吗？”闻希眼睛亮了亮。

“工作忙完了，学校也没什么事，正好你画稿子，我写毕业论文。”

江砺说完叫了老板结账，然后牵着闻希出了小店。

站在依旧热闹的街道上，他眼含笑意地问闻希：“难道你不想我陪你？”

02.

江砺这分明是明知故问。

闻希盯着他看了会儿，最后被江砺牵着送回寝室的时候也没回答这个问题。

寝室楼下，闻希踮脚在江砺冒了些胡楂的下巴上亲了下，低声说了句“晚安”。

江砺发现闻希这姑娘也不知道哪儿学的毛病，老是喜欢撩完就跑。他看准了闻希的动作，不等她抬脚就将人带进了怀里。

闻希象征性地挣扎了两下，没挣开索性也就由江砺抱着。

江砺半眯着眼去看怀里的人：“明天什么课？”

闻希歪着头想了想：“满课，要上到明天下午。”

“你们学校允许外校的人蹭课吗？”

“刚刚不是说陪我上自习吗？”闻希有点蒙，“怎么突然又想蹭课了？”

江砺环着闻希的手紧了紧，才说：“突然想去看看有没有人在觊觎我女朋友。”

这句话是开玩笑的，不过话音落下，江砺突然想到了上次和闻希一起去吃饭的李池，他不太确定那人是不是对闻希有意思，不过他就是不爽除他以外所有和闻希走得近的异性。

想到这儿，他又问了一遍：“不能去？”

闻希以前也没谈过恋爱，但是她见过别的同学带男朋友或者女朋友来上课。

她以前觉得这种行为挺无聊，但是想到江砺要和她一起上课，她想了想还有点兴奋。

“能去的吧。”

闻希她们的专业课基本是全年级一起上，一个年级两百多人，老师也不可能每个人都认识。

得到了想要的答案，江砺满意地点点头。

他捋了捋闻希的长发，低声说：“回去吧，明早我在楼下等你。”

闻希心疼江砺这两天都没怎么休息，也不再多说，等江砺在她额头上亲了下，朝他挥挥手往寝室走。

洗完澡出来，她躺在床上将自己的课表给他发了一份。

张依依今晚没回寝室，四人间里就剩了闻希和雷佳。

雷佳在床上探头看了眼闻希紧闭的床帘，欲言又止了半天，还是忍不住开了口。她压低声音：“希希，你睡了吗？”

闻希正在看林烛秀她和赵一恺狗粮的朋友圈，闻声应了句：“没有。”

“那个……”雷佳轻咳了一声，“可以问你个问题吗？如果你不想回答就算了，别生气就行。”

被雷佳郑重其事的语气逗得哭笑不得，闻希锁了手机拉开床帘：“你问吧。”

“就刚刚我在阳台晾衣服的时候，好像看到你和一个男生在一起。”雷佳说到这儿，小心翼翼地观察了一下闻希的表情。

闻希大概猜到了雷佳要问什么。

张依依不在寝室，她倒也觉得没什么不好说的，闻希笑了笑，大方地承认：“你看到的是我男朋友。”

雷佳以为闻希不会和她分享这种事情的，毕竟以前闻希在寝室连话都很少说。

不过比这更让雷佳震惊的是闻希居然谈恋爱了。

雷佳人缘好，知道院里不少八卦，加上闻希又是她室友，所以基本上有人追闻希都逃不过她的眼睛。

无论高矮胖瘦，闻希统统都拒绝了。

雷佳以为至少在大学里，闻希是不会谈恋爱的，没想到她不声不响的就有了男朋友。

她问：“你男朋友是我们学校的吗？”

闻希摇头：“他是隔壁公安大学的，你见过，我们上次一起吃过饭。”

江砺本身长得就出众，何况上次他给闻希挑葱的举动实在是让雷佳印象深刻，所以被闻希一提，她就想起来了。

雷佳仰躺在床上，望着蚊帐消化了一会儿这个八卦，才感慨道：“虽然觉得你这个恋爱谈得有些突然，但是又觉得理所应当，感觉他就是你喜欢的那种人。”

“为什么？”闻希一听来了兴趣。

“说不出来，就是直觉。”雷佳没骗闻希，听到闻希和江砺在一起之后，她突然就有点明白了为什么闻希会拒绝以往那些人。

枕头下的手机振动了下，是江砺给她发的消息。

简单的五个字：“早点睡，晚安。”

闻希拿起来回了个“晚安”，才对雷佳说：“从想和他在一起开始，我就觉得以后都是他了。”

第二天闻希出门得早，就没等雷佳。

她一出寝室大门，果然就看到了江砺提着买的早饭等在了寝室楼下。

等闻希走近，他自然而然地接过了她手里抱着的手稿，然后将小蛋糕和牛奶递给闻希。

闻希不太习惯边走路边吃东西，索性直接带了江砺去上课的教室，找了个不算显眼的位置坐下，才开始美滋滋地吃起早餐。

早餐大概是江砺在学校外面的糕点店买的，蛋糕很小基本上一口就能吃一个。

闻希有些饿了，一口气吃了好几个，才发现江砺基本没动。

她忍不住问：“你吃过早饭了吗？”

“没有。”早训完赵一恺其实叫了江砺去吃早饭，不过他想到闻希起床早，怕闻希等，就拒绝了赵一恺，快步出学校买了早餐就过来了。

闻希闻言把装蛋糕的盒子往两个人中间推了推，示意他吃。

江砺轻笑，跟她解释：“我不太爱吃这些甜食，你自己吃吧。”

闻希鼓了鼓腮帮子，忽地拿了个蛋糕递到江砺嘴边。

江砺一垂眸就看到小姑娘纤细白皙的指尖，捏着个小蛋糕，注意到他的视线，她还朝他抬抬下巴。

江砺挑眉，知道这是让他吃的意思。

闻希见江砺半天没动静，有点急了，“啊”了一声，对他说：“张嘴。”

江砺发现闻希这根本就是哄小孩。

不过他倒是很受用。

他看了闻希一眼，扬扬嘴角，就着闻希的手把蛋糕吃了下去，还是有点甜，不过却没有他想象中的腻人。

闻希见江砺没有抗拒，索性自己吃一个，又喂他一个。

江砺得了闲，随意翻起闻希的素描本来。

想到本子里都是她随手记的乱七八糟的灵感，闻希便也不在意，随着江砺翻看。

前几页的确都是些闻希画的可以用到服装设计里的纹样元素，不过翻到第六页的时候，江砺的眸子眯了眯。

虽说一个大男人不经常照镜子，他也能一眼看出来闻希这一页画的是他，而且他大致辨认了下背景，应该是在他家的客厅。

视线落到右下角的日期上。

一月二十六日。

在心里默默算了下，如果没记错的话，是闻希第一次在他家过夜的第二天，那天早上他就看到闻希坐在他旁边的沙发上写写画画。

想到这儿，江砺又倒回去看了眼本子的封面，的确和他上次看到的一模一样。

他当时还想看闻希画的是什么。

不过闻希怎么说的来着？

她说自己画得很丑，而且这本子是女孩子的秘密，他看不得，只有男朋友才能看。

江砺忍不住轻嗤。

听到江砺的声音，闻希怪异地看了他一眼："你笑什么？"

江砺一脸的意味深长。

片刻后，他才曲起手指在那张画了他肖像的速写本上敲了敲："这就是你说的男朋友才能看的东西？"

闻希探头去看，在看清本子上内容的一瞬间整个人怔在那里。

她今天早上出门得急，根本没注意到拿错了本子。虽然这个速写本她也用来记录灵感，但是自从在上面画了江砺之后，她就不带这个本子出门了，而是换了个差不多大小不同封面的本子。

而且江砺记忆力也太好了，都过了这么久他还能清清楚楚地记得她当时随口诌的一句借口，要不是江砺提起来她自己都快忘了这回事了。

闻希摸了摸鼻子，嘀咕：“你认错了，不是上次那个本子。”

江砺哪里可能会被忽悠。

他手指在画面上摩挲了两下：“我记得你说很丑，原来你那么早就嫌我丑了？”

“没有。”闻希被说得不太好意思，心虚地咬着牛奶盒上的吸管，“我当时就是怕你看到会觉得我居心不良，编了个借口搪塞你的。”

“那你当时居心不良了吗？”江砺很快抓到闻希话里的重点，步步紧逼。

闻希耳根子烫了烫，不过想到画这幅画当晚发生的事，又觉得有些生气。

她轻哼：“我那个时候居心良不良又不重要，反正你当时又不喜欢我。”

江砺噎了下。

他知道那晚他说的话闻希不可能轻易忘记，如果可以的话，他宁愿那晚上重新来过。

不过江砺也不确定，没有经历那晚和之后的事，他到底能不能认清自己早就喜欢闻希的心。

教室里已经陆陆续续有人来了。

江砺伸手抽了张带着香气的纸巾，一根根手指地替闻希将上面的油渍擦干净，才凑到她耳边低声说：“其实我大概比你更早就居心不良了，第一次见你，误会你表哥是你男朋友，那个时候我就在想，这姑娘要是没有男朋友就好了。”

03.

那晚第一次见到江砺，闻希静得没有一丝波澜的心就因为他泛起了涟漪，却不想江砺也是。

她一直以为江砺大概是后来好久才开始喜欢自己的。

闻希看着江砺笑了下，也学着他的样子凑近他低声说：“其实你一点都不丑的，毕竟我也是第一眼看到你的时候就居心不良了。”

雷佳快上课的时候才来教室。

闻希给她占了自己另一边的座位，雷佳还不及坐下，就看到了江砺，一时没反应过来。

江砺注意到雷佳，礼节性地微微颔首。

好一会儿，雷佳才愣愣地坐下，悄悄拉了拉闻希的袖子，小声问她：“你男朋友怎么来了？我坐这儿不会打扰到你们吧？”

雷佳不是那种喜欢当电灯泡的人，要早知道江砺要来陪闻希上课，她肯定就不会麻烦闻希帮她占座了。

闻希看了依旧在翻她速写本的江砺一眼，安抚雷佳：“他就是来感受下我们的课，你就把他当作普通来蹭课的同学就行了。”

虽然闻希说得云淡风轻，雷佳还是觉得有一点尴尬。

不过快上课了，除了最后根本看不清老师 PPT 的几排座位，早就没什么空位了，雷佳换不了座位也就只能坐在这儿了。

很快打铃上课。

虽然江砺坐在旁边，但是上起课来闻希基本没太分心，安安静静地听讲做笔记，有时候和雷佳交流一下。

江砺也在听课，不过隔行如隔山，听不太懂这些专业知识，倒也没有打扰闻希。

讲台上是 A 大服装设计专业的老教授。

讲到一半的时候他突然提了个问，让同学自愿起来发表一下对某国际时尚品牌春季新品的看法。

这种全年级的大课，听讲的人本来就不多，老教授把问题一说，大家就齐刷刷地埋下了脑袋尽量降低存在感。

老教授悠悠地叹了一口气，目光一排排地扫过底下坐着的同学。

直到他的视线落在坐得笔直的江砺身上。

他满意地点点头，朝江砺指了指：“就那个坐得笔直的高个子男生起来回答一下吧。”

听到“男生”两个字的时候闻希和雷佳同时松了一口气，但是闻希很快注意到老教授正满脸期待地看着他们这个方向，而他们这里坐得笔直个子还高的人就只有江砺了。

第一次带男朋友来蹭课就被抓了现行，闻希觉得她这运气真的可以去买一张彩票了。

和她的紧张正相反，江砺却一副气定神闲的样子。

他丝毫没有蹭课的人该有的心虚，甚至没有看闻希一眼，在老教授和全班大多数的目光中淡定地起身。

老教授把问题又重复了一遍，问江砺：“这位同学可以回答一下这个问题吗？”

“老师我其实是来旁听的，对这种专业的东西还不太理解，怕回答得不好，可以请一位同学帮我回答一下吗？”

闻希注意到，老教授听到“旁听”的时候嘴角的弧度明显上扬了不少。也是，想到自己的课这么受欢迎的确是一件令人开心的事。

老教授好说话地问江砺：“这位同学想请谁帮你回答？”

江砺低头看了眼装死的闻希，毫不犹豫地指着她说：“就近吧，我想让这位同学帮我回答一下您的问题。”

顺着江砺手指的方向，老教授看过去：“闻希啊。”他认识闻希，也知道这个小姑娘有设计天赋，笑了笑对江砺说，“小伙子还挺会选人。”

闻希一瞬间有点想把江砺赶出去。

合着他来蹭课就是坑她的。

在闻希迟疑的时间里，她后面的一个女生突然举了手，不等老教授点她，就兀自站起来："老师，要不我来帮这个同学回答吧。"

闻希和雷佳转头看去。

那个女生是学院里一个自负长得还不错的姑娘，不过据说交过不少男朋友，连闻希这种不太了解八卦的人都听过不少她的情史。

闻希皱了皱眉。

江砺闻声淡淡看了那个女生一眼，淡声："我已经请这位同学帮我了，不过还是谢谢你。"

不用看，闻希都知道有不少眼睛黏在了自己身上。

然而下一秒，江砺微微弯腰，用只有他和闻希能听到的声音凑在闻希耳边说："我是你的人，真的要见死不救吗？"

闻希偏头就迎上江砺带着笑意的眼神，甚至江砺还对闻希眨了眨眼。

握了握手里的笔，闻希认命地站了起来，在老教授期待的目光中，替江砺答完了这个问题。

虽然被老教授表扬了见解独特，但是一直到下课闻希都没再搭理过江砺。

课间休息的时候，闻希故意只和雷佳聊天，这样子在不了解情况的人看来她和江砺的确像是陌生人。

江砺靠在座位上，半眯着眼思考怎么哄被自己惹急了的姑娘。

忽然，感觉到肩膀被人拍了下。

他不易察觉地皱了下眉，转头就看到刚刚那个主动要帮他回答问题的姑娘笑得一脸温柔地看着他。

那个女生撩了下头发，问江砺："同学你是哪个专业的啊，我以前好像没在我们学校见过你？"

她拍江砺的时候，闻希的余光就注意到了，不过闻希一直忍着没说话。

江砺似笑非笑，答了句“我不是这个学校的”。

“那你是对我们专业感兴趣吗？”那女生对于江砺会回答她的问题显然觉得很惊喜，像是受了鼓励一般，她调出手机里自己的微信二维码，“我可以加你的微信吗？如果你以后对我们专业有什么问题的话都可以问我。”

“加微信？”江砺说着，眼神却往闻希那个方向跑。

雷佳先沉不住气了，她刚想替闻希说话，就听江砺继续说：“我女朋友说了，不能乱加异性的微信，不然你问问她我能加吗？”

说话的时候，江砺朝闻希抬抬下巴。

那女生自然没想到江砺的女朋友会是闻希，江砺这样说摆明了她就是个挖墙脚的，私下就算了，偏周围这么多双眼睛看着呢。

所以不等闻希回答，那女生就灰溜溜地坐回了座位上。

目睹了全程的雷佳暗暗地碰了碰闻希的胳膊肘，眼里有些羡慕：“希希，你男朋友也太优秀了吧。”

江砺听到了这句话，在桌子下钩了钩闻希的手指，像是在求表扬。

虽然嘴上不说什么，闻希心里还是开心的，她背对着江砺在他看不到的地方弯了弯嘴角。

江砺陪闻希上了一整天对于他来说有些枯燥的设计专业课，其间闻希问了他好几次无不无聊，他的答案都是不无聊。

其实闻希不知道的是，虽然这一天的课乏味是乏味，但是对于江砺来说只赚不赔，毕竟他形影不离地跟了闻希一整天，加上被要微信的事，就是眼再瞎的人也知道闻希是有主的人了。

最后一节课下课的时候，江砺等闻希收拾完东西，直接拿过了她的书包。

闻希书包是黑色的，倒也不是太女性化，见江砺背着没什么违和感，索性也就由着他去了。

等闻希和雷佳打了招呼，江砺牵着闻希往楼下走。

下课的点儿教学楼全是蜂拥而出的学生，怕闻希被撞着，江砺尽可能地护着闻希往边上靠，在他身体和墙之间给她留出了足够的距离。

周围有些吵，他微微低了头问闻希：“明天有课吗？”

闻希摇头：“周五本来有半天的选修课，不过那个课单周才上，所以这周没有。”

“那晚上和赵一恺还有林烛吃个饭？”江砺征询闻希的意见，“据说林烛给你发消息没回？”

闻希拍了一下脑门：“我上课的时候看到了，想着下课回她，结果忘了。”

说着，她拿出手机给林烛拨了个电话出去。

最后的结果自然是答应林烛去聚餐。

林烛喜欢吃辣，所以赵一恺订的是一家看起来挺高档的湘菜馆。

闻希和江砺到包间的时候，就看到赵一恺和林烛黏黏糊糊地凑在一起，他们已经点了菜，等闻希落了座，赵一恺把菜单递给她。

“闻希小姐姐，你看看还想吃什么。”

闻希是个怕麻烦的人，冲赵一恺摆了摆手：“你们点吧，我吃什么都行。”

赵一恺闻言刚想收回菜单，就被江砺一把接了过去，他低头大概扫了一眼，果然就发现赵一恺点的基本都是些听名字就知道很辣的菜。

之前和闻希吃饭的时候，他就看出来了小姑娘不喜欢吃重油重辣的东西。

拿着菜单又在上面钩了几个清淡的菜，江砺才招呼了服务员把菜单拿走。

等到服务员出了包间，赵一恺就迫不及待地开口：“闻希小姐姐，你答应我们砺哥做他女朋友了吗？”

虽然之前他在林烛那里吃了瘪，不过结果最重要，在赵一恺看来，他比江砺先追上女朋友这件事就够他吹一辈子了。

不过那天晚上是酒壮㞞人胆，后来酒醒了他就只敢在心里嘚瑟，哪里敢到江砺面前去挑衅。

但是，他刚刚注意到，闻希和江砺是牵着手进来的。

闻希闻言看了江砺一眼。

感受到闻希的目光，江砺重新握住了闻希放在桌面上的手，对赵一恺轻嗤：“我们在一起了，就不用你费心了。”

从内心深处来讲，赵一恺虽然希望作为兄弟的江砺如愿以偿，但是看到江砺这么快就赶上了他的进度，他心里还是多多少少为了不能继续嘚瑟而失望。

赵一恺拉着椅子往林烛身边靠了靠，直到两个人的椅子完全靠在了一起，他才心满意足地牵着林烛的手，撒娇似的说：“阿烛他们牵手我们也牵，我们不能输给他们。”

/ 第十五章 /

希希，我是不是做错了什么

01.

林烛和赵一恺在一起已一周了，早就习惯了赵一恺这个幼稚样子，见自己的手被赵一恺拉着，索性抬了另一只手在他脑袋上摸了摸，示意他别闹。

偏赵一恺像是受到鼓励一般，索性将脑袋直接歪到了林烛的肩上。

从闻希的角度看过去，赵一恺和林烛就像是连体婴儿似的。

闻希以前真没猜到赵一恺谈了恋爱会是这个样子，实在是像个小朋友。她忽然就想到了之前江砺生病的那天晚上，她叫江砺吃药的时候他也像个小孩子似的。

想到这儿，她偏头看了江砺一眼。

察觉到闻希的视线，江砺捏了下掌心里柔软的小手，低头笑了笑："别看我，我没赵一恺那么幼稚。"

江砺的声音不小，他的话清晰地落入了赵一恺耳中，赵一恺闻言有些不满地问林烛："阿烛，我很幼稚吗？"

林烛有点无奈地和闻希对视了一眼，示意闻希不要见笑。

然后，她才对着赵一恺点了下头：“你是很幼稚。”

眼看赵一恺就要奓毛，林烛又补充了一句：“但是我很喜欢。”

赵一恺这才心满意足，决定大人不计小人过，不和江砺计较。

一顿饭吃下来，赵一恺花式秀了无数次恩爱，就算自己的男朋友就在旁边，闻希也被塞了满嘴狗粮。

快吃完的时候，闻希手上被溅了点汤汁，她和江砺打了声招呼后打算去卫生间清理一下，结果刚起身就被林烛叫住。

“崽儿等等我，我和你一起去。”

闻希没记错的话，这是林烛今晚上第一次和赵一恺分开半米以上的距离，她觉得有趣，下意识地观察了下赵一恺的表情，果然见他视线就没从林烛背上挪开过。

等到两个人出了包间，闻希才忍不住和林烛说：“阿烛，我发现赵一恺超黏你。”

闻希是知道的，林烛以前谈恋爱最讨厌的就是那种很黏人的男朋友，不给林烛一点私人空间，所以一般情况下对方越是黏人她就越是避之唯恐不及。

猜到闻希在想什么，林烛扬了扬嘴角：“我还挺享受被他这样黏着的，和他谈恋爱之后我才发现我是一个对人不对事的人。”

闻希笑了笑，不点破林烛。

世界上哪有那么多的对人不对事，不过是因为喜欢而已。

卫生间里，闻希洗完手等着林烛补妆。

林烛对着镜子细细地描了一遍口红，又抿了抿，忽然神秘兮兮地压低声音问闻希：“崽儿，你和江砺在一起之后有没有那啥？”

“哪啥？”闻希有点蒙。

“就是……”林烛说了一半，忽然转身去把卫生间里每一个坑位的门推了一遍，确认这里只有她们两个人，才看着闻希说，“就是男女之间的事儿。”

刚刚太过隐晦，此时又太过直白。

闻希的脸倏地就红了。

她咬了咬嘴唇，耳根子都快滴出血来了，才用小得不能再小的声音说：“我们在一张床上睡过，但是没有那什么。”

林烛闻言松了口气。她拍了拍闻希的背，教她：“这种事不要答应得太快，不然你会后悔的。”

闻希咽了口唾沫，想到什么，有些不敢相信地问林烛：“阿烛你不会和赵一恺已经……”

后面的话她没说出来，但是她相信林烛是懂的。

林烛悠悠地叹了口气：“所以啊，你别学我，这种事不能心软。”

她和赵一恺的第一次是她答应做他女朋友那天，半夜赵一恺酒醒了，非缠着林烛亲热，两人都是成年男女，所以到最后就越线了。

自从有了第一次之后，这几天赵一恺只要得了空就跑林烛家，偏偏林烛又抵不住他缠。想到两个人昨晚的激烈，林烛现在还有些脸红。

闻希不知道怎么说。

林烛和赵一恺她管不了，但是在她潜意识里江砺应该是不会强迫她的，至少两个人睡在一起的时候，江砺连动作都没逾矩过。

林烛也只是提醒闻希，这种事情点到为止。

她很快岔开了话题，和闻希边聊边往包间里走。

林烛订的包间和卫生间在一条走廊的两端，两个中间又有好几个包间，走到其中一个包间的时候，门突然被人从里面拉开。

闻希和林烛下意识就要避开。

结果闻希还没来得及往旁边让开，手腕就被人抓住了。

“希希？”那人的声音显然有些惊喜。

闻希皱眉去看，余琛的一张脸就映入眼帘，隔着大开的门，闻希注意到里面都是余琛的一些狐朋狗友。

她用了点劲，将自己的手从余琛手里挣脱出来，往后一步退到了林烛身边。

自从上次余琛说了那些话之后，闻希就没再和他联系过，也没再见过他，余琛给她发过几条微信，她统统都当作没看见。

察觉到闻希的冷淡，余琛软了语气：“希希你还在生我气吗？”

余琛的朋友有没见过闻希的，见余琛在门口和一个好看的女生拉拉扯扯，当即朝他们吹了声口哨，吆喝：“余少行啊，这是对人家小姐姐一见钟情了？”

这样轻浮的话闻希听着有些刺耳。

余琛没搭理里面的人,反手关上了包间的门,走廊里一下子安静下来。

林烛先发火了，她恶狠狠地瞪了余琛一眼，拉着闻希就要走。

下一刻，却被余琛抬手拦下。

余琛有些眷恋地看着闻希，低声说：“希希，今天是我的生日。”

闻希知道今天是余琛的生日。

往年两个人没有闹僵的时候，她都会给余琛准备生日礼物，而且都是用了心的，但是今年，她没有那个心情。

闻希淡淡地看了余琛一眼，没什么情绪地说了声“生日快乐”。

余琛笑了笑，抬手要去摸闻希的头发，却被闻希偏头躲开。

他收回僵在半空中的手，眸色沉了沉，问闻希：“那作为寿星可以讨一个生日礼物吗？”

林烛拉了闻希一把，将人护在身后，指着余琛说：“余琛你是不是有病？你难道忘了上次你对闻希说过什么？还好意思要礼物？”

“我问的是闻希。”余琛丝毫没有要和林烛吵的意思，“希希，我只是想让你不要生我气了，我上次实在是气急了才口不择言的，你原谅我吧，就当作是送我的生日礼物。”

林烛冷冷地哼了一声。

闻希淡声：“你说的是事实，我没什么好生气的。还有人在等我和阿烛，我们就先走了。”

说完，闻希没给余琛挽留的机会，转身回了包厢。

余琛站在原地看了会儿，不知道在想些什么。

进包厢的时候，赵一恺第一时间就发现了林烛脸色有些不对，他关切地揽着林烛问她谁惹她了。

林烛看了眼闻希，知道有些事她不想多说，便也懒得理赵一恺。

被赵一恺问得烦了，她索性把赵一恺赶去外面结账。

他们剩下的三个人又在包间里坐了会儿，才起身出门。

江砺依旧帮闻希背着包,出了门之后自然而然地握住了小姑娘的手，将就着她的步调往前走。

却不想刚走了两步，就撞上了站在走廊拐角的余琛，他正盯着闻希和江砺交握的手。

余琛眼里带着让闻希不太舒服的神色。

江砺也认出了余琛，虽然他不知道闻希和余琛之间的矛盾，但想到上次的事情，他的目光黯了黯。

闻希脚步不停，牵着江砺就要走过余琛，却在擦肩而过的时候听到余琛说："希希，我早就提醒过你不要和他在一起。"

自以为是的语气。

如果说之前闻希还只是单纯不想理余琛的话，这会儿她是真的有些生气了。

她站定，转身迎上余琛的视线，一字一顿："我和谁在一起和你有关吗？你还没有那个资格插手我的事情吧？"

余琛嘲讽地笑了两声："希希，你还不知道吧，你这个男朋友可是帮你找回了你姐姐。"

听到"姐姐"两个字的时候，闻希愣了下。

江砺不知道两个人在打什么哑谜。

余琛很满意闻希的反应，继续说："我可是听说了，姑妈这两天正和姑父商量着要把她的亲生女儿接回家，而且已经做过亲子鉴定了。"

“你到底什么意思？”闻希垂在身侧的一只手握了握。

“也不知道你这个男朋友是什么居心，帮着姑妈找回了闻羽，他难道不知道这样一来你的身份在家里会更尴尬？”

说这话的时候，余琛倒是丝毫没有自己是闻羽亲表哥的自觉，一副要为闻希撑腰的模样。

闻希不知道怎么就想到了那日在江南学校有过一面之缘的姑娘。

“猜到了？”余琛意味深长地看了江砺一眼，证实了闻希的猜想，“据说她现在的名字好像是叫吴沁月。”

江砺听了个大概，但是也没完全想明白。

闻希却已经把整件事想通了。

她当时就觉得毫无关系的两个人怎么可能长得那么像，现在看来完全是因为闻洪海的基因原因，她和吴沁月的眼睛都长得像极了闻洪海。

想通了之后，闻希反倒平静了。

余诗敏一直想找回她的亲生女儿，现在终于算是得偿所愿了，至于她自己，闻希倒是觉得也没什么太大的影响，毕竟有没有吴沁月，她在家里都是不尴不尬的处境。

闻希对着余琛弯了弯嘴角，提醒他：“我妈妈从小就很喜欢你，拿你当亲生儿子一般对待，你刚刚那番话被她听到应该会伤心的，毕竟闻羽才是你的亲表妹。”

说完，闻希就和江砺、林烛一起去了总服务台找赵一恺。

林烛一直知道闻希的秘密，虽然不清楚闻家正牌女儿找回来和江砺有什么关系，但是她放心不下闻希。

这个消息连林烛这个外人都觉得太过突然了，何况身处其中的闻希，而且最让人恶心的是这种事闻洪海和余诗敏丝毫没有要通知她的意思。

林烛拉了拉闻希的手：“崽儿，你没事吧？”

闻希看了江砺一眼，见他神色都还正常，便对林烛摇了摇头。

“那你今晚要回学校吗，要不要我陪你？”这种时候越是一个人估

计越容易胡思乱想。

闻希明天没课，她其实不太想回学校。

她正迟疑着，就听江砺开口：“希希明天没课，她今晚去我那里。”说完之后，他才又征询闻希的意见，“可以吗？”

闻希用被江砺握着的手蹭了蹭他的掌心，小声说了句“好”。

林烛也明白，这个时候江砺陪着估计比她陪着有用得多。

没再坚持，她轻咳一声，以闻希朋友的身份提醒江砺：“不管你知道了什么，你都不可以嫌弃我们希希让她伤心，上次那种事情要是再出现一次，我林烛第一个饶不了你。”

“好。”江砺毫不犹豫地应下。

林烛这才放下心和赵一恺一起走了。

江砺今晚没开车，领着闻希打了个车。一路上，闻希都没有说话，而是靠在江砺的肩上闭目养神。

车开到江砺家小区门口，江砺牵着闻希下了车。

闻希忽然指着小区小花园里的长椅开口：“我们在楼下坐一会儿吧。”

江砺由着闻希，等到坐下他才问出了纠结一路的问题：“希希，我是不是做错了什么事？”

02.

过了饭后散步的时间，小区里很安静，偶尔有披着夜色匆匆归家的人，也不会注意到花园长椅上还坐了两个各怀心事的人。

闻希听到江砺的话，忍不住抬头看他，她这才发现，江砺眼底有很多她看不懂的情绪。

见闻希出神，江砺又叫了她一声。

闻希这才回过神来，她下意识地抓住了江砺垂在身侧的手，摸了摸他掌心里那层薄茧。

她声音很小：“你什么都没做错。”

先不说吴沁月是不是江砺找到的，就算是江砺把她带到余诗敏面前的，那他也是做了一个警察该做的事情而已。

而且闻希从来不觉得余诗敏不应该找回她女儿，吴沁月如果真的是闻羽，那闻家本来就是她的家。

“那刚刚余琛的意思是？”余琛的话太意有所指了。

长椅上，两个人坐得不远，但是闻希又往江砺身边靠了靠。

她挽着江砺的胳膊，将脑袋搁在他的肩膀上，才问他：“你还记不记得我上次说的如果我瞒了你什么事情让你不要生气的话？”

江砺低低地“嗯”了声。

“我知道两个人在一起坦诚很重要，但是那些事情我真的不知道要怎么给你说。”

闻希的声音有点急，像是怕江砺误会她的意思。

江砺偏头在闻希的发顶上蹭了蹭，安抚她：“我知道，你不想说的话就不用说了。”

虽然闻洪海和余诗敏还没有要告知她的意思，但是闻希觉得按照余琛今晚的话，闻羽被接回家是迟早的事，那江砺肯定也会知道。

既然这样，还不如她亲口告诉他。

闻希呼了口气：“还是说吧，不说的话我心里总像是梗着一根刺。”

直觉告诉江砺，闻希接下来要说的话大概会是她最不想给人看到的伤疤。

他低头找到闻希的手，牵住。

“警察哥哥，其实我的身份没有你看到的这么光鲜，余诗敏不是我的亲生母亲，我是我爸爸在她怀孕时出轨和我妈生下来的。印象中，我很小的时候就有人对着我叫‘私生子’。”

真正到说出口的时候，闻希反而很平静了。

“我爸爸爱面子，自然不可能留一个私生子，所以当初就给了我妈妈一笔钱想让她打掉我，但是我妈妈却偷偷生下了我，她觉得这样就一

直有砝码找我爸要钱了。”

江砺觉得憋闷得慌。

他从来不知道他的小姑娘，经历过这样的事情，换作是他，他大概都做不到把这样的事如此平静地讲出来。

江砺张了张嘴，好半天才挤出一句话：“那余老师和你爸爸对你好吗？”

闻希有些苦涩地笑了下：“当初是因为闻羽，也就是余诗敏的亲生女儿走失了，但是我爸爸又不想这件事被传出去，才找到了我妈说要将我带回闻家的，所以其实我能理解余诗敏不待见我的心情，而且虽然她不喜欢我，倒也没有苛待过我。”

明明前两天升了温，闻希却还是觉得夜风有些凉。

她轻咳了两声，又往江砺的怀里靠了靠。

“至于我爸爸，他对谁都那个样。”闻希年纪不小了，自然能看出来闻洪海和余诗敏之间名存实亡的婚姻。

江砺心里一阵揪心似的疼痛。

“所以余琛今晚的话是说吴沁月是余老师走失的亲生女儿吗？”

闻希点点头：“应该是吧。”

江砺将闻希的脑袋从自己肩膀上扶起来，微微侧了身面朝着她，将她整个人拥进自己怀里，紧紧地抱住。

像是想通过这种方法告诉闻希，他还在。

闻希将脑袋埋在江砺怀里，抬手在他腰上戳了戳，问他：“我的秘密都告诉你了，警察哥哥不会嫌弃我吧？”

这句话像是明知故问。

江砺抬手在闻希后脑勺上惩罚似的轻轻拍了下，薄唇贴在闻希的耳朵边，声音低沉：“我难道没有说过我只在意你是不是喜欢我的吗？其他对我来说都不重要。”

闻希没说话，却忍不住在江砺怀里偷偷扬了扬嘴角。

这一瞬间，她心里的那块大石头才像是终于落了地。

两个人相拥了半晌，江砺问闻希：“如果你发现他们对闻羽更好的话会难过吗？”

没什么好难过的。

闻希摇了摇头：“余诗敏不对闻羽好对谁好？反正他们对我的态度我都习以为常了，多个闻羽也不会有什么影响的。”

“你还有我。”江砺替捋了捋被风吹乱的发丝，“你可以把我的父母当作你的父母。”

说到这儿，江砺忽地笑了下：“我妈妈一直很想要一个女儿，上次在闻家见过你之后就一直催着我把你带回家给她看看。”

闻希愣了下。

不知道话题怎么就忽地拐到了见家长这件事上。

不过还不等闻希害羞，她突然意识到一件事，她从江砺怀里抬起脑袋，望着他的眼睛：“为什么那个时候你妈妈会让你带我去你家？”

她没记错的话，那个时候她和江砺明明还在冷战，她甚至都没想到过后面还会和江砺在一起。

江砺倒是没什么尴尬。

他翘了翘嘴角，低声道：“因为那个时候我就给她说这是我喜欢的姑娘，惹她生气了正在哄她。”

闻希忽然就觉得自己在江砺妈妈心中留下了一个不懂事的印象。

猜到了闻希的想法，江砺安慰她：“放心吧，我妈只会觉得是我不懂事把你惹生气了。”

别的江砺不敢保证，但是他妈的心以后肯定是向着闻希的，毕竟就上次见了一面，柳恩已经明着暗着说过好多次，让他追到了闻希就赶紧领回家让她认识认识。

两个人又在楼下坐了会儿，感觉到闻希的身体有些被冻得瑟瑟发抖，江砺便牵着人回了家。

家里比外面暖和多了。

闻希一进门就打算脱了外套，结果刚脱了一半就被江砺拉着给她穿了回去。

闻希撇撇嘴表示抗议：“我热。”

江砺摸了摸她脑袋：“屋里气温也不高，先把衣服穿上。”

反抗不过，闻希只好不情愿地穿着外套去了客厅，为了表达自己的不满，重重地在沙发上坐了下来。

江砺被闻希有些幼稚的举动逗笑了。

他故意当作没看见，走到她身边拍拍她的背，朝卫生间抬抬下巴：“你先去洗澡，要吃水果吗，我去给你洗一点。”

闻希仰着头眼神有些期待：“有草莓吗？想吃草莓。”

“有。”

听到了肯定的答复，闻希这才心满意足地收拾了东西去洗澡，等到出来的时候就看到茶几上摆了一盘鲜艳欲滴的草莓。

江砺不在，她凑近主卧听了听，能听到断断续续的水声，估计江砺应该是在洗澡。

闻希便自己蹲在客厅里，一边回林烛消息，一边吃着草莓。

林烛先是问闻希有没有和江砺说清楚，在得知了江砺的反应之后，才算彻底放了心。

结束了有些沉重的话题，林烛不知怎么又跳到了那件事上。

她很快给闻希发了条消息：“我收回之前的话，要是你警察哥哥想和你那啥你就答应吧，别犹豫了。”

闻希正吃着草莓，一下子没控制住，半颗没完全嚼碎的草莓噎在喉咙那里，她难受地咳了好几声才觉得喘匀了气儿。

她红着脸回林烛：“阿烛你在乱说什么呀？”

“我说真的，崽儿，根据我看人的经验你警察哥哥靠得住。”

林烛是真的觉得江砺不会欺负闻希，如果他真的和闻希怎么样，也肯定是个会负责的人。

“江砺才不会，他一直很君子的。”

这句话也不知道是为了说服林烛还是为了安慰自己。

只是不等林烛回复，闻希身后忽然响起一道男声。

“我不会干什么？”

江砺不知道什么时候已经洗完澡站在了闻希的身后，他微微弯着腰，视线从手机屏幕上滑到了闻希脸上。

和闺蜜聊这种话题，却被作为当事人的男朋友看到，闻希恨不得找条地缝钻进去。

她迅速将手机屏幕反扣在桌面上，警惕地看着江砺，支支吾吾地解释：“那个……你看错了。”

闻希不知道她越是解释就越是此地无银三百两，尤其是她红着脸的样子，格外想让人欺负。

江砺意味深长地笑了下。

下一秒，闻希就被他打横抱起放在了沙发上，随即江砺很快压了上去。

他双手撑在闻希身侧，低头在她水润润的唇上亲了下，声音微哑：“希希，我不是个君子，至少在你面前从来都不会是。”

然后不等闻希反应，也没给她说话的机会，江砺就低头吻住了闻希。

03.

江砺家客厅里的灯很亮。

闻希仰躺着，身下是还带着凉意的皮质沙发，而身上是男人炽热的身躯，两种温度从皮肤里渗进去然后在她的身体里碰撞，让她有种不切实际的飘忽感。

江砺垂眸望着被他亲得眉目都含春的姑娘，心里躁得不行。

就像他对闻希说的，他不是不想要，只是觉得现在还不到时候，他没有强大到可以对闻希的人生负责，做不到为了自己的欲望让闻希成为牺牲品。

所以，江砺宁愿忍着也不愿意委屈了闻希。

没人说话，客厅里很快安静下来，闻希能清晰地听到耳边江砺略显沉重的呼吸声，男人的呼吸带着热气，钻进她耳朵里，挠得她心痒痒。

她知道江砺在极力克制着。

犹豫了片刻，闻希用那只没被握住的手揪了下江砺的衣服，红着脸小声说："其实你要是想的话……"

"也不是不可以"几个字还没说出来，嘴巴就被江砺抬手捂住。

江砺甚至都能猜到闻希接下来会说什么，小姑娘可能还不清楚她说这样的话对他来说意味着什么，他却知道，这样的话一旦说出口，那他最后的防线可能瞬间就土崩瓦解了。

他哑着声音提醒闻希："有的话说了是需要负责的。"

被江砺一打断，闻希才意识到自己刚刚打算说些什么，虽然她是真心这样想的，但是这会儿却有些不好意思了，脸顿时烫得像是能烧起来。

她偏头躲开江砺炽热的目光，小幅度地点了下头。

江砺又低头在闻希额头上亲了一下，才撑在小姑娘的身体两侧起了身，顺带着将闻希也一并拉了起来。

他看了闻希一眼，动作温柔地替她理了理有些凌乱的发丝。见闻希连看他都不敢，他索性起身往卧室里走，留了客厅的空间给闻希，而且他自己也需要冷静一下。

主卧卫生间里，才洗过澡的人又打开喷头淋了一个冷水澡。

还好早春的天气还带着冬日未散尽的寒意，所以一通冷水澡洗下来江砺总算将身体里那股冲动压了下去。

他用干毛巾擦着头发出来时，就看到闻希已经神色正常地在吃草莓了。看到他的时候，小姑娘愣了一瞬，随即很快眉眼弯弯地将手里的一颗草莓递给他。

两个人都极为默契地没再提刚刚发生的事情。

草莓的个头并不大，江砺低头就着闻希的手将草莓一口吃了下去。

末了，他揉了一下闻希的脑袋，提醒她：“少吃点，晚上凉的吃多了不好。”

闻希乖巧地点头应下，最后却还是趁着江砺不在客厅的空当，将一盘子草莓吃得一颗不剩。

江砺从书房出来就看到闻希心虚地打算端着盘子去厨房清洗。

他有些无奈地在闻希额头上拍了下，顺手接过了盘子，假意威胁闻希：“晚上肚子不舒服了别找我。”

闻希闻言轻哼了声：“不找就不找。”

洗完了盘子，江砺拿着电脑坐进书房整理吴栋案子的结案报告，见时间还早，闻希也索性窝在他旁边抱着速写本涂涂画画，毕竟她向老师保证了会在设计比赛前交出一幅让她满意的作品。

一张书桌，两个人一人占着一边，谁也不打扰谁倒是和谐。

晚上十一点多的时候，闻希揉着有些酸胀的眼睛打了个哈欠。

她的动作已经尽可能小了，几乎没有发出什么声音，却还是被明明看起来在认真工作的江砺注意到，他很快停了手里的工作，转身问闻希：“要睡了吗？”

“还不是很困。”闻希说着摇摇头，“就是感觉有点累了。”

白天上了一整天课，晚上又被余琛搅扰了一通，闻希多多少少还是有些疲惫。不过这个时间点，她的确也是睡不着的，与其在床上什么都不做躺着失眠，还不如给自己找点事打发时间。

这样想着，她便打算继续画一会儿稿子。

江砺倒是没给闻希继续画下去的机会，他抬手取了小姑娘握在手里的一截铅笔，顺势搁在旁边。

“累了就别画了，明天再说。”他递了闻希的手机给她，示意她放松一下。

铅笔被江砺放到了闻希的可触及范围之外，闻希确认自己够不到，

索性也不再挣扎，接了手机将手里的速写本一起搁在了桌子上，设计稿这种东西没灵感的时候硬画也没什么用，想着反正都是打发时间，玩手机倒也是个不错的选择。

她脱了拖鞋，将一双修长的腿收到椅子上，抱膝问江砺："你还要继续工作吗？"

江砺的视线已经重新回到了电脑屏幕上，他"嗯"了一声："我还差一点，留到明天也麻烦，今天一起弄完了。"

闻希就不再吵他，安静地打开淘宝逛了起来。

等到江砺关了电脑，她的购物车里也已经加了一大堆东西了，她献宝似的将手机递到江砺面前示意他看。

江砺握着闻希的手腕定睛看了下。

闻希的淘宝购物车里全是一堆小东西，比如相框、绿植和一些桌面摆件，都是小姑娘会喜欢的。

他笑了下，问她："买这些干什么？"

江砺下意识以为闻希买这些东西应该是想布置一下寝室。

闻希收回手机又成就感十足地欣赏了一下自己的劳动成果，才跟江砺解释："买来送你的，你不觉得你家里有点太单调了吗。"

当初第一次来的时候，闻希就觉得江砺家里布置得太简洁了，虽说是江砺的风格，但实在是简洁得有些没有生气了。

片刻后，闻希忽然又想到什么，有点不确定地问江砺："我可以买吗？"

她怕江砺觉得她自作主张，会不开心。

看着小姑娘小心翼翼的模样，江砺抬手在她白皙光洁的侧脸上捏了下，才纵容地说："你想买就买，怎么布置都行，由着你喜欢。"

别说这些小摆件了，就是闻希想把房子重新装修一遍他都没有意见，反正他都已经想好了要和闻希共度一生，所以她迟早是这里的女主人。

得了允许，闻希低头继续研究她的购物车，结果她还没来得及点"结算”按钮，忽然就被江砺的大掌遮了视线。

她有些疑惑地抬头。

江砺也不解释，抬手拿了闻希的手机，手指在屏幕上指指点点了几下，将手机重新还给她。

“我在你手机上绑了我的卡，以后想买什么东西就用这个。”

闻希怔了怔，反应过来之后才说：“不用，我有钱的。”

她之前接过一些不太难的设计私活，赚了一些小钱，加上闻洪海也不会在零用钱上克扣她，所以她的确没缺过钱，何况她知道江砺也没有开始工作，有钱估摸着也是家里的。

猜到闻希的想法，江砺淡声解释：“我已经很久不要家里的钱了，前两年我一个朋友创业，我借了他一些本钱，现在他公司做得不错，之前那些钱就当是入股，现在能有不少分红。”

见闻希迟疑，江砺继续给她吃定心丸：“是真的。”

“是真的我也不能用，毕竟还名不正言不顺的。”闻希小声嘀咕，虽说两个人已经算是在正式交往了，但她的确没办法现在就心安理得地用江砺的钱。

“希希。”江砺突然开口叫她。

等闻希的视线和他对上，江砺翘了翘嘴角：“你这是在暗示我早日让你名正言顺吗？”

名正言顺的方法除了结婚还能有什么。

闻希噎了一下，江砺根本就是故意曲解她的意思。

见小姑娘好半晌不知道说什么，江砺才敛了笑意，轻咳一声说：“反正我们迟早都是要名正言顺的，早给晚给都一样，你要是真不想用就先拿着，万一哪天需要用了也别有什么心理负担。”

闻希心里感觉暖暖的。

江砺话里的意思是，他已经将她划进了他的未来吗？

片刻后，闻希低声应下。

不过最后她也没用江砺的那张卡，等她填了江砺家的地址付了款，江砺已经给她热好牛奶了。

江砺斜靠在书房门口，催着闻希去喝牛奶。

闻希放下手机，正准备穿上拖鞋，却在看向江砺的时候改了主意。

她重新将脚收起来，扶着椅子的扶手颤颤巍巍地在椅座上站起来，朝江砺张开手臂，撒娇道：“警察哥哥你抱我。”

闻希坐的那把椅子是一张转椅，她这会儿一站起来整个人重心都不太稳。

江砺看着她摇摇晃晃的身体，心里紧了下，怕她摔着，三两下就走到她身边将人扶住。

他蹙眉，不赞成闻希的举动：“这样很危险，万一你站起来的时候椅子转动摔倒了怎么办？”

“我很小心的。”闻希显然没有意识到这样做的危险性，她朝江砺弯唇笑了下，“而且我要是摔了你肯定会扶住我的嘛。”

转椅旁边是坚硬的书桌，另外一边是书柜，要是真的摔了人肯定伤得不轻，想到这儿，江砺脸色又严肃了几分。

他指了指地上的拖鞋，冷声提醒闻希：“下来把鞋穿好。”

闻希这才发觉江砺是真的生气了。

这是她印象中江砺第一次跟她认真地生气，她一时不知道怎么办才好，犹豫了一会儿，她晃了晃江砺扶着她的手，软着声音认错：“警察哥哥我知道错了，我保证下次不这样了，你抱我一下吧？”

温初礼 著

下

每一秒的你，我都喜欢

花山文艺出版社

/ 第十六章 /

你可以试着依赖一下我

01.

小姑娘的声音很软，像是一只小奶猫用它软乎乎的肉垫在蹭江砺的掌心。

明明想好好教育闻希让她长点记性，可是这会儿江砺却怎么都气不起来，心整个就软下去了。

他望着闻希水汪汪的眸子，意味不明地轻叹了口气。

见江砺迟迟不动，闻希有些摸不准他在想什么，怕惹了他更生气，索性打算自己乖乖穿好鞋去喝牛奶。

结果下一秒，她就看到江砺扶着椅背将椅子转向自己，朝她张开了手。

他声音淡淡地说了句“过来”。

江砺的妥协有些突然，闻希愣了愣，脑子里才反应过来他的意思。

下一秒，她弯唇笑起来，微微倾了身子伸手揽住江砺的脖子，一双细长的腿环在他腰上，整个人像只树袋熊似的。

怕闻希掉下去，江砺一双大掌扶着她的腿将人往上托了托，直到两人视线平齐。

闻希刚刚都以为江砺不生气了，可这会儿两人目光相平时，她才注意到江砺的脸上依旧没什么表情，落在她脸上的眼神也淡淡的，显然是还在介意刚刚她的举动。

她此时也后知后觉地意识到，自己刚刚的举动确实是有些危险了。

江砺没搭理闻希探究的眼神，他很快将视线移到闻希身后，抱着人一言不发地往厨房里走。

自从两人和好之后，江砺就没对她这么冷淡过，虽然她知道今天这事是自己不对，可是也不习惯这样的江砺。

闻希一双眸子滴溜溜地转了下。

江砺刚走到书房门口，闻希忽然凑近他，以极快的速度在他唇上亲了下，然后无辜地看着江砺。

她小声问江砺："警察哥哥这是贿赂，你可以不生气了吗？"

小姑娘柔软的唇瓣贴上来的一瞬间，江砺脚下的步子轻顿了下，不过在闻希察觉之前他又神色如常的继续往前走。

闻希不知道的是，其实江砺心里早就不生气了，毕竟对着自己放在心尖尖上的姑娘，哪里又真的气得起来。

他抱着闻希走进厨房，然后将人放在大理石材质的灶台上，转身端了温度正好的牛奶递给她。

刚刚进厨房的时候，江砺只开了一盏很小的灯。

此时他背对灯光站着，闻希看不清他的表情，加上他始终沉默着，闻希心里越来越忐忑，捧着牛奶一时不知如何是好。

江砺倒是一直在观察着闻希的表情。

见她确实是长了记性以后应该不敢轻易再做这么危险的举动，才摸了摸她的脑袋，放软了语调：“喝吧，我不生气了。”

“真的不生气了吗？”闻希想起刚刚江砺不苟言笑的样子依然觉得心虚。

江砺靠在闻希身边，似笑非笑地开口：“你都贿赂我了，我再生气岂不是显得我不够大方。”

明明刚刚亲他的时候还不觉得，闻希觉得被江砺说出来就变了味儿。

她耳根子烫了烫，低头小口小口地喝着牛奶。等到喝完，她的嘴唇周围沾了一圈白色的奶渍，像是偷吃了东西的小朋友，有点可爱。

江砺眸色暗了暗，俯身吻住了闻希。

直到闻希整个软在他怀里，江砺才松开了她，他摸了摸小姑娘发烫的脸，沉着声音说：“下次记得这样的贿赂更有诚意。”

被江砺接二连三地调侃，闻希也不好意思再要他抱了，她推了下江砺的胳膊，让他帮忙把她的拖鞋带过来一下。

江砺没听，直接就着刚刚的姿势将人抱进了卧室放在床上，然后才去书房替闻希拿了拖鞋。

他回卧室的时候，就看到闻希从包里摸了个小盒子出来，是那种透明的分了格子的小收纳盒，每一个格子里都装着几粒药。

江砺顿了下，问闻希：“这些是助眠药？”

闻希点点头，自从上周在江砺这里住了一晚，她回去之后就准备了这个小盒子，将每天要吃的药装进去，随时带在身上。

江砺有点心疼，在闻希身边坐下来，看了眼她手里的药盒子，淡声问：“这些药要吃多久？”

“说不准，医生说睡眠情况改善了就可以不吃，但是我只要一停药就睡不着。”

医生跟闻希说过，她这种情况也不完全是生理上的问题，很大一部分原因是她潜意识里就很依赖这些药物帮助入眠。而且闻希在治疗过程中，其实好多药都已经对她的失眠没有作用了，医生也给她调过好几次药，上次去复诊的时候医生说如果现在的药吃了她还失眠，以后估计也很难有药能控制了。

江砺记得，闻希给他说过她是在高三的时候开始失眠的。

他握了握闻希的手，声音很轻地开口："最开始失眠是因为学习压力太大了吗？"

闻希摇头。

她其实倒是没有给自己多大的压力，从小她学习就还不错，一直到高三别人都开始埋头苦干的时候她依旧学得轻松。

"那是因为什么？"

闻希犹豫了一下，还是把在心里藏了很久的话说了出来："那个时候快要高考了，学校里组织了一个模拟填高考志愿的活动，我现在都记得我当时填了帝都的一所大学，学校虽然是随便填的，不过我是真的想要离开海城。"

江砺几乎不用问，他就能猜到闻希想要离开海城的原因，在那样一个家庭中，换作是他，他也会想要拼命逃开吧。

"可是后来不知道我爸爸从哪里拿到了我的那张志愿单，直接和我明说了他不会准许我离开海城的，他还说他能拿到我这张没什么作用的单子，就一定也能拿到我正式的志愿单。

"然后从那天晚上开始我就整晚整晚的睡不着觉，只有阿烛知道这件事，也是她带我去看的医生。"

虽然已经过了好几年，说到这个的时候，闻希心里依旧难受得不行。

她那个时候还不知道为什么明明闻洪海觉得她这个私生女可有可无，还是偏偏要把她禁锢在闻家。直到陈明达的出现，她才算明白了闻洪海的“良苦用心”，毕竟他花了钱养大她总不能让这些钱打了水漂。

江砺有点后悔他最开始遇到闻希的时候没能对她好一点。

虽说他不是医学专业的，但是也知道是药三分毒的道理，闻希长期吃这些助眠药肯定多多少少会有副作用，而且他也舍不得看着闻希为了睡个觉需要吃这么多的药。

他拿了闻希手里的药盒子，将盖子盖好放在床头柜上，然后声音温柔地哄闻希：“要不我们再尝试一下把这些药物停掉？你睡不着的时候别总想着依赖药物，也可以试着依赖一下我。”

“怎么依赖？”闻希说话的时候起身挪到了江砺腿上，面对着他坐下来。

江砺虚虚揽了下闻希的腰，笑了笑：“把我当成你的助眠药。”

上次那晚，闻希后来在他怀里很快就睡着了，江砺不敢肯定这个法子每次都有用，但是为了闻希好，他就想要试一下。

“可以吗？”江砺试探着征求闻希的意见。

想了想，闻希点头应下。

她洗漱完的时候，江砺已经收拾完好一会儿了，他这会儿正靠在床头翻一本书，看到闻希进来，他直接合了书，拍了拍床另一边空着的位置。

闻希蹬了拖鞋爬上床。

等到小姑娘躺好，江砺又起身去隔壁的次卧拿了他上次买的小夜灯回来插在闻希那一侧的床边，然后才关了大灯躺下。

他替闻希掖好被角，连着被子和人一块抱进怀里。

小夜灯的灯光很柔和，江砺抬手覆在闻希还睁着的眼睛上，顺势在她嘴角亲了亲，才带着笑意说：“你先睡，你睡着了我再睡。”

闻希很轻地“嗯”了声，依恋地往江砺的怀里又靠了靠。

也许真的是江砺的怀抱给了她足够的安全感，闻希的呼吸很快就变得绵长均匀。

因为睡得早，第二天闻希醒得倒是不太晚。

她睁眼的时候，就看到江砺早就已经醒了，正靠在床边看他昨晚那本书。闻希昨晚没注意，这会儿她才发现江砺看的是一本全英文的书，看封面像是专业书，她便没了兴趣。

翻了个身，正准备问江砺时间，一张口话还没说出来，闻希一张脸就痛苦地皱了起来。

“怎么了？”江砺注意到闻希的不适。

闻希没说话，而是哭丧着脸给江砺指了指自己右侧的脸颊，江砺垂眸去看，这才注意到闻希右边整张脸都有些肿。

缓了好一会儿，闻希才带着哭腔开口：“江砺，我牙疼。”

明明昨晚还好好的没什么症状，也不知道怎么突然就牙疼了。

闻希的样子看起来有些严重，加上她这样也没办法吃早饭，江砺索性直接开车带着小姑娘去了医院。

两个人站在医院的诊室门口，闻希听到里面器械钻牙时发出的声音，心里有些发怵，除了小时候换牙的时候去医院拔过牙，这算是她第一次到医院看牙医。

察觉到闻希的不安，江砺笑着指了下旁边一个小男孩：“小朋友都没哭鼻子，你不会还要哭鼻子吧？”

闻希闻言瞪了江砺一眼，轻哼：“你哭我都不会哭。”

不过被江砺这么一打岔，闻希心里的紧张感倒是消减了不少。

他们来得尚早，医院人还不算多，所以没等多久医生就叫到了闻希，闻希有些不安地拉着江砺的手往里面走，一直到躺在牙科椅位上，都没松开。

那个要给闻希看诊的医生见状安抚闻希：“我先检查一下，检查的时候不会痛的，你不用太紧张。”

闻希这才有些不好意思地松开了江砺的手，不过她可怜兮兮地看了他一眼，那意思是让他不要走。

江砺在闻希额头上抚了抚：“我不走。”

医生的操作挺娴熟，很快给闻希做完了检查，虽然疼痛的症状看着严重，其实也不是什么大问题，不过是闻希的智齿位置长得有些不正，影响到了旁边的牙。

她给闻希开了一些消炎药，叮嘱闻希先吃着，等到炎症消下去再过来把智齿拔了就没什么事了。

闻希本来松了一口气，在听到拔牙的时候又紧张了起来。

那医生估计也是见多了这样的情况，她朝站在闻希身后的江砺抬抬下巴：“要是真害怕，下次拔牙的时候允许你拉着男朋友的手。”

02.

早春的天气在不知不觉之间渐渐开始回暖。

闻希被江砺牵着走出医院，才发现连医院这样本该清冷的地方都染了春色，感受到洒在身上的阳光，她下意识驻足看了看花园里开了满树的桃花。

目光落在花园里坐在轮椅上晒太阳的老人身上，闻希忽然想到什么。

她晃了下江砺的胳膊，等到江砺看过来，才问：“上次你说你爷爷生病了，现在他好些了吗？”

那晚之后江砺就一直在忙着跑案子，闻希自己学业也忙，没听江砺提起几乎快忘了这件事，还是刚刚看到那个穿着病号服的老人她才想起来。

江砺点头：“现在情况稳定多了，再过几天应该就能出院。”

虽然老爷子从小就对江砺很严格，但是江家上下谁都知道他和老爷子感情最深，身体一直硬朗的老爷子忽然病重对江砺来说确实是个不小的打击。

江砺后来好几次想要去医院看望他，结果老爷子听说了自己病重那晚江砺在学校抽烟被罚的事，便说什么都不让他来医院了。老爷子觉得自己毕竟是大半个身子都埋进黄土里的人，没必要让小辈为了自己分神难受。

所以这几天关于老爷子所有的情况，江砺都是在电话里得知的。

听到这个消息，闻希也松了一口气，连语气都轻快了不少：“我就说了爷爷会没事的。”

江砺微微倾身，贴在闻希耳边低语：“你说得都对，爷爷是借了他孙媳妇的吉言才会好得这么快。”

这个“孙媳妇”指谁，不言而喻。

闻希脸微红，不自在地推了江砺一下，不过却没有否认。

注意到小姑娘的这个变化，江砺还没来得及高兴，外套包里的手机就响了起来，铃声音量不小，而且是标准的系统默认铃声。

这个默认铃声又吵又难听，声音响起来的一瞬间闻希被吓了一跳，暗暗决定要找机会给江砺换一个铃声。

江砺倒是没注意到小姑娘心里的弯弯绕，垂眸去看来电显示。

电话是柳恩打来的，这会儿还没接通他都能猜到自己母亲会说些什么。

江砺摸了摸闻希的头发，牵着人走到路边，才接了电话。

果然一接起来，柳恩就劈头盖脸地问江砺：“儿子，你什么时候回来和妈妈一起吃个饭？你爸听你王叔说因为你破了案最近局里给你放假。”

作为母亲，柳恩其实一直不太赞成江砺搬出去住，主要是舍不得。要不是江成也坚持江砺大了应该独立的教育观点，她哪里需要为了见个儿子还要打电话三催四催。

江砺避重就轻地回答：“是在放假。”

“那你今晚就回来吃饭。”柳恩直接替江砺做了决定，“妈妈等会儿叫上你爸爸去菜市场。”

江砺有些无奈，和柳恩商量：“改天吧？”

自己养大的儿子什么样柳恩比谁都清楚，“改天”这两个字摆明了就是江砺用来敷衍她的，而且这一改天就不知道又是多久才有空了。

她没好气：“就今天，你又没有女朋友要陪，回家陪妈妈吃个饭还推三阻四。”

江砺和闻希在一起之后，倒是的确还没来得及和柳恩说过。

他顿了下，侧目看着闻希，翘了翘嘴角：“谁给您说我没有女朋友要陪的？”

闻希就站在江砺身边，虽然不是完完全全能听清楚，但也能听出这个电话是他妈妈打来的。

听到这句话，闻希和电话那头的柳恩同时愣了下。

柳恩很快反应过来，不太相信江砺的话：“你哪儿来的女朋友陪，为了不回家这种借口都编得出来。”

不过话音刚落，柳恩忽然就想起上次去余诗敏生日晚宴上见到的那个小姑娘，当时江砺说什么来着？说他把人家惹生气了。

柳恩一下子从沙发上站起来。

再开口的时候，她声音都拔高了几度："你没骗妈妈？真谈恋爱了？是不是上次你余老师家那个很漂亮的小姑娘？"

"你想让我先回答你哪个问题？"江砺实在没想到他谈个恋爱柳恩能比他还激动。

柳恩也意识到自己有点失态了，她瞪了眼坐在一旁看热闹的江成也，深吸一口气重新在沙发上坐下，才说："儿子，要不你把女朋友带回来给妈妈看看？正好你们今天一起回来吃饭。"

闻希越听越觉得离谱。

虽说上次见柳恩的时候她就觉得柳恩应该会是个很温柔的女人，但是一想到这是见家长，闻希赶紧朝江砺摆了摆手。

她今天这个样子，出门没化妆，脸还肿了半边，哪里敢去见江砺的父母。

"妈。"江砺揽住闻希，有些无奈地叫了柳恩一声，"你这样会吓到闻希。"

一听"闻希"两个字，柳恩就把这个名字和上次见到的人联系了起来。

不过柳恩不吃这套，打定了主意想要见见自家儿子的女朋友，索性命令江砺："我知道希希在你旁边，你把手机给她我跟她说。"

看到闻希略显不安的神色，江砺知道她是听见了，晃了晃手机，他无声问："要接吗？"

江砺知道柳恩其实是有分寸的，所以他想的是闻希如果要接就接，不接的话他再来应付柳恩。

闻希觉得头疼。

江砺之前话里说他要陪她，摆明了就是说两个人这会儿在一起，柳恩作为长辈，这个电话闻希要是不接倒显得她有些不懂事了。

她不希望还没见面就给柳恩留下不好的印象。

思想斗争了几秒，闻希还是硬着头皮接过了江砺的手机，贴在耳朵边上，规规矩矩地向柳恩问好：“柳姨您好。”

闻希没叫柳恩阿姨，而是照着上次两人见面时的称呼叫了“柳姨”，她觉得这样似乎要亲近一些。

江砺注意到，接过电话的同时，闻希站得都比刚刚规矩了不少。

听到闻希娇娇软软的声音，柳恩全然不似对着江砺时的强势，也许是做老师的缘故，她温柔说话时调子很好听：“是希希吗？”

“嗯。”闻希老实得像个问一句答一句的小学生。

“希希你别紧张，柳姨没有恶意的。”柳恩循循善诱，“是这样的，阿姨想请你到家里来吃饭可以吗？”

柳恩没有一点强迫的意思，是真的在和闻希商量，闻希却不知道该怎么拒绝。

“柳姨，我……”

察觉到闻希的迟疑，柳恩顿了顿，解释：“希希你不要误会阿姨的意思，我和你江叔叔就是单纯地想和你们这些小朋友吃个饭，没有要借着吃饭敲打你的意思。”

“我知道阿姨。”闻希向来吃软不吃硬。

见闻希松了口，柳恩继续穷追不舍：“那你愿意和阿姨一起吃个饭吗？”

到最后，闻希还是没有办法拒绝柳恩，只好应下了柳恩的邀请。

江砺重新把手机拿回去，提醒柳恩：“妈，你今天准备点清淡的菜，希希牙疼。”

想到儿子要带未来的儿媳回家，柳恩就满心欢喜，别说是这种小要求，就是江砺想让她给闻希准备山珍海味，她也一百个愿意。

柳恩应下，挂电话之前还不忘叮嘱江砺要好好照顾闻希。

等看到江砺挂了电话，闻希才有些焦虑地说：“这个家长见得太突然了，我还没有准备好怎么办？”

江砺低笑：“你都看到我妈妈对我们两个天差地别的态度，紧张的不应该是我吗？等我妈妈见了你，我在家里估计就是真的毫无地位可言了。”

闻希鼓了鼓腮帮子，没说话。

见小姑娘是真的紧张，江砺复又低头在她耳朵上亲了亲，安抚她：“没事的，要是你真没准备好现在也可以反悔。”

这种事哪里能反悔？

闻希觉得江砺是站着说话不腰疼，轻哼一声，留下江砺径自往停车场走。

刚走了两步，她就被江砺追上牵住了手。

江砺的掌心依旧是温暖干燥，闻希听到他说了句“别怕有我在”，心念微动，偏头躲开江砺的视线笑了下，由着他牵着自己。

没有直接回家，闻希让江砺陪着她去给柳恩和江成也挑选礼物。知道闻希是想给柳恩留下个好印象，江砺便也没说那些“不用买”之类的客套话，反而是认真帮着她挑选合父母心意的东西。

但就算有江砺帮着出谋划策，也免不了闻希一番纠结，在商场里来来回回地逛了一整个下午，才算挑到了她觉得合适的礼物。

见已经不早了，闻希把礼物递给江砺，打算去商场的洗手间化个淡妆，她今天因为牙疼有些病恹恹的，化个妆看起来多多少少能精神一点。

也不知道今天是什么日子，闻希刚进洗手间就看到闻洪海给她打了个电话。

闻洪海向来不会无缘无故找她，能劳烦他亲自给她打电话，那肯定就是有什么非说不可的事。敛了嘴角的笑意，闻希接通，淡淡地叫了一声“爸爸”。

闻洪海对闻希的态度还算满意。

他应了声，才不急不慢地开口：“你今天放学回家一趟，爸爸有事跟你说。”

“什么事？”闻希下意识地就想到余琛说的闻洪海和余诗敏打算把闻羽接回闻家的事，她有预感，闻洪海口中的事很大可能和这个有关。

不过闻洪海显然不想在电话里和她多说，他轻咳一声：“等你回来再说，几点下课？我到时候叫司机去学校接你。”

“不用来接我了。”闻希声音听不出喜怒，她知道她今天要是不回去闻洪海明天也会想办法让她回去，她便懒得费唇舌，“我今晚有点事，大概九点多的样子才能回去。”

03.

闻希本以为闻洪海会要求她早点回去，哪知他竟然好说话地应了下来。临挂电话之前，他还叮嘱闻希：“晚上回来的时候注意安全。”

也许别的父亲说这句话很正常，但是闻洪海就不是了。

闻希淡淡地应了声，挂了电话。

她没花太多时间化妆，简单地描了眉又在唇上抹了层不太明显的唇釉，便出了卫生间。

隔着不太远的距离，她看到江砺有些慵懒地倚在商场的围栏边，脸上挂着漫不经心的表情，而他的身边，站着一个身段窈窕的女人，两人好像在说什么。

闻希只能看到那女人笔直的背脊。

她脚下的步子顿了下，正犹豫着要不要往前，江砺就已经看到了她。

望向闻希的时候，江砺收了脸上漫不经心的表情，取而代之的是他自己都不曾察觉到的温柔，他朝闻希招招手：“希希，过来。”

江砺这是没有要避讳她的意思，闻希便抬脚走过去，不过却抵不住好奇心，十来步的路程她往那女人身上瞄了好几眼。

那人闻声也转了过来。她看到闻希时的眼神是从不敢相信，然后变成带着一些气愤和不甘。

等闻希走到身边，江砺将手上的东西全部换到同一只手上，当着那人的面握住闻希没完全干的手。

像是没看到那人脸上变幻莫测的表情，江砺微微颔首：“语嫣，我和希希还有事，先走了。”

一听“语嫣”，闻希就想起了上次江砺带她去那个四合院吃饭遇到的旗袍姑娘，今天她没穿旗袍，所以闻希一下子没有将人对上号。

“江砺哥哥，你真的有女朋友了？”陈语嫣还是不太敢相信。

上次江砺把闻希带到她爷爷的院子时，她就有了危机感，可是当时看江砺和闻希也就是普通的朋友，没想到两人竟然发展得这么快。

因着两家老爷子的关系江砺之前一直把陈语嫣当成和江南一样不太懂事的妹妹，可是陈语嫣显然自己没有这样的自觉。

他有些不耐烦地扬了下和闻希交握着的手，问陈语嫣：“难道这样还不够明显吗？还是说你觉得我是一个会随便和女生拉拉扯扯的人？”

陈语嫣噎了下：“可是……”

她还想说些什么，江砺却没给她机会，他淡声：“希望你以后不要再这么固执了。”

江砺牵着闻希转身就走。

陈语嫣站在原地有些不知所措，她刚刚在商场看到江砺的时候还小小地惊喜了一下，结果没想到等来的会是这样的结果。

她小时候也说不上是喜欢江砺，那个时候只觉得这个哥哥好厉害，会幻想着被江砺保护的感觉，后来长大了这样的感觉就变了味儿，变成了想成为江砺的女朋友。

江砺上大学三年多，一直没有交过女朋友，陈语嫣就一直觉得自己有机会，只要她等着，江砺肯定能看到她，结果现在好像没有可能了。

一直到停车场，闻希和江砺都没再说话。

等闻希系好安全带，发动车子的同时，江砺忽然开口问她：“生气了？”

“没有。”江砺处理得很好，闻希觉得自己完全没有生气的必要，反而觉得陈语嫣有点可怜，不过可怜归可怜，她还没大度到把江砺让出去的地步。

江砺笑了笑：“那怎么一直不说话？”

闻希顿了顿，实话实说：“我在想等下见到你父母要说些什么。”

江砺一直注意着路况，没去看闻希的表情，不过即便如此他也能猜到小姑娘肯定是皱着一张小脸。

他想了想柳恩的态度，宽慰闻希：“其实我觉得大部分时候，可能我妈一个人就能把话说完。”

江砺话虽这么说，闻希该紧张还是紧张。

只是闻希的紧张劲还没过去，滨海商场到江家十多分钟的路程就开完了，闻希忍不住小声嘀咕：“你开那么快干什么？”

觉得闻希紧张的样子有些可爱，江砺抬手在她脸颊上捏了捏，正准备倾身在小姑娘唇上亲一口，却被她抬手挡住。

她嗔怪：“会把口红亲掉的。”

而且要是江砺唇上染了她的唇釉，闻希都不知道柳恩和江成也看到会是什么样的表情。

知道闻希今天在意形象，江砺想着下次连本带利讨回来，便也没再强迫她。他伸手替闻希松了安全带，朝窗外抬抬下巴：“那下车吧。”

江成也和柳恩之前一直住在警察大院里，是前几年江成也升了职，两个人才搬到了现在的住处。江砺的车停在一幢不太显眼的小二楼外，门里带一个小院子，闻希注意到院子里种满很多植物。

深吸了几口气，又给自己做了一遍心理建设，闻希才带着大义凛然的表情拉开车门下了车，不过却没挪步，等江砺拿好东西锁了车两个人才一起进门。

江砺直接输密码开了院门，门一开，闻希就被人抱了个满怀。

跑过来的人冲击力有些大，还是江砺在背后扶了她一把，才不至于被撞倒，等闻希反应过来去看，才发现抱住自己的是江南。

江砺皱眉，提醒江南：“你一个女孩子能不能不要这么毛躁？”

江南早就看准了自己这个准嫂嫂能吃住她哥，所以有闻希在，她倒是不再怕江砺了，朝着江砺做了个鬼脸，根本没把他说的话放在心上，抱着闻希对她撒娇：“闻希姐姐我好想你啊，一周不见如隔三秋。”

闻希被江南的夸张逗笑了，在她背上拍了拍，才说：“我也想你这个小可爱，不过你今天怎么在这儿？”

江南忽然凑近闻希，小声说：“其实是我哥叫我来的，他怕你紧张。”

刚刚看到江南在的时候闻希确实稍稍松了一口气，闻言，她侧眸看了江砺一眼，心里有点暖。两个人今天一直在一起，她都不知道江砺什么时候叫的江南，而且江砺也没和她说起过。

感受到闻希的眼神，江砺将八爪鱼似的赖在闻希怀里的江南拉开，淡声提醒她：“你又不是来当门神的，别在门口杵着了。”

被一提醒，江南也反应过来，拉着闻希就往里面走：“对对对，姐姐我们快进去吧，婶婶等你们好久了。”

柳恩估摸着也是一直等着的，他们三个刚走到门口，柳恩就从里面开了门。

她热情地邀请闻希进去，然后朝着厨房喊人：“老江快出来，希希来了。”

柳恩话音刚落，闻希就看到系着围裙的江成也从厨房出来。也不知道是不是围裙的原因，闻希觉得今天的江成也看着明显没上次在余诗敏生日宴上看到的严厉。

闻希礼貌地叫了声“叔叔好”。

江成也淡淡地点点头，招呼闻希：“你先随便坐一会儿，饭菜很快就好了。”

柳恩有些不满地瞪了江成也一眼，这未来儿媳妇都来了，也不知道表现得亲和一点。她索性把江成也重新赶回了厨房，笑着同闻希解释：“希希你别多想，你江叔叔就是那个样子，平时装严肃惯了那脸一天不板着他都难受。”

闻希没想到柳恩会这么评价江成也，顿时觉得柳恩也没那么有距离感了，她自己也放松了不少。

其实闻希倒是没在意江成也的态度，反而觉得江砺真是随了他爸爸，两个人刚认识的时候江砺就是这么一副冷冷淡淡的样子。

江成也显然是经常下厨的人。

闻希和柳恩聊了没一会儿，江成也就叫他们吃饭了。闻希大致看了下菜色，每一盘菜肴都是用了心准备的，而且基本都是照顾到她做得很是清淡。

“来，希希坐这儿。”柳恩示意闻希做她旁边。

闻希听话地坐过去，然后江南抢在江砺之前快速占了闻希另一边的位置，然后幸灾乐祸地接了江砺的好几个眼刀。

柳恩是真的如电话里所说，没有任何要敲打闻希这个未来儿媳的意思，甚至连闻希担心的家庭情况柳恩也没有问，所有的话题几乎全是围绕着闻希和江砺以及闻希学校的。

加上江南这个小姑娘在旁边，一顿饭吃下来饭桌上就没安静过。

闻希甚至因为柳恩无微不至的照顾，吃得有些撑了，这也是她第一次感受到一家人吃饭原来应该是这样的氛围。

吃过饭，柳恩又拉着闻希聊了会儿天，听说闻希有事，才不舍地让江砺送她回去，走之前还千叮咛万嘱咐她一定要常来。

江家外面，江砺问闻希：“怎么突然要回家？”

“下午我爸爸打电话给我了。”

“那要我陪你吗？”江砺想起闻希给她说的那些事，明明她回自己家，他却根本放不下心。

闻希摇摇头，半开玩笑地开口：“我又不是去什么龙潭虎穴，你这么紧张干什么？”

她不让江砺陪她的另一个原因，是觉得如果闻洪海真要和她摊牌闻羽的事，江砺去了反而尴尬。

江砺没再多说，把闻希送回了家。

闻希是自己走进小区的，到家的时候刘姨给她开的门。看到刘姨脸上不自然的神色，闻希就知道她的猜测没错。

果然，转过玄关走进客厅，她就看到余诗敏和一个姑娘坐在沙发上，面前的茶几上摆着好几种水果。

那个姑娘显然是她一周前在江南的学校看到的吴沁月，唯一不同的是吴沁月身上穿着的不再是之前洗得发白还有些土气的衣服，而是精心准备的看上去就价格不菲的睡衣。

闻希没什么意外的表情。

倒是吴沁月看到她，有些不安地从沙发上站起来，似是想要说些什么。

不过还不等她开口，余诗敏就拉着她的手叫她重新坐回沙发上，然后没什么情绪地对闻希说：“上去吧，你爸爸在书房。”

/第十七章/

给他十亿他都不会离开我

01.

闻希上楼的时候，闻洪海书房厚重的红木门正紧闭着，她抬手敲了敲，等了好一会儿门才被人从里面打开。

闻洪海看到闻希的时候并不惊讶，对着她比了个噤声的动作然后侧身让闻希进来，自己却走到了窗边继续打电话。

“陈董你放心，我们生意人最讲究的就是诚信，我肯定不会让您和明达失望的。”

闻希不知道陈董是谁，但是她注意到闻洪海和电话那头的人说话时，脸上挂着略带讨好的笑意，即便对方根本看不到。

这个样子的闻洪海和总喜欢在她面前端架子的并不太一样。

不过闻希并不感兴趣，她收回目光找了把椅子坐下来，静静地等着闻洪海结束这个电话来和她谈所谓的事情。

又过了几分钟，闻洪海反复说了好几遍“陈董您放心”，这才终于挂了电话。

等他信步走到书桌前的时候，脸上又恢复了那副高高在上仿佛掌握着一切的神色，他居高临下地望着闻希，全然没有先前的谄媚。

闻洪海看了眼快指向九点的挂钟，清了清嗓子问闻希：“今天去干什么了这么晚才回来？”

“在外面吃了顿饭。”

闻希现在摸不准闻洪海的意思，没有明说自己见家长的事情，只是含糊着搪塞了过去。

闻洪海并没有要在这件事上纠缠的意思，他今天找闻希是有更重要的事情要说，所以很快转了话头：“你看到楼下那个和你差不多的女孩了？”

果然，来了。

闻希淡淡地“嗯”了声：“看见了。”

“你应该知道，我和你妈妈在你之前还有一个女儿，按着年龄来说应该是你姐姐，在把你带回来之前因为你妈妈大意让她走失了。”

闻洪海说这话的时候语调里毫无波澜，没有一点悲伤或难过的情绪，仿佛走失的那个人不是他的女儿，而是别的和他不相干的人。闻希忽然就觉得也挺替闻羽感到可悲的。

闻希点头：“我知道。”

这件事不光是知道，从她到闻家的第一天起，余诗敏就和她打过招呼，让闻希别把她当作妈妈，她的女儿另有其人。

“是这样的。”闻洪海目光落在闻希脸上，观察着她的表情，“你妈妈前段时间接触到了一个案子，案子里被害人的女儿和你姐姐小时候长得很像，刚好她也不是那家亲生的……”

“所以她是你和妈妈的亲生女儿对吗？”闻希没再听闻洪海说下去，而是打断了他，“楼下那个人就是闻羽。”

闻希一直没猜错，果然吴沁月就是闻羽。

“你怎么知道？”闻洪海预想之中闻希听到这件事应该是没办法接受的，就算不会崩溃，至少也不应该像现在这般表现得这么平静。

闻希嘲讽地扬扬唇，回答他：“听余琛说的，听说你们好几天之前就已经做过亲子鉴定了。”

她只是平静地在陈述一个事实，可是听到闻洪海耳朵里，却下意识地觉得闻希这是在责怪他没有早点把这件事告诉她。有了责怪，就说明闻希还是在意闻羽被找回来这件事的，那么他后面的话就能顺理成章地说出来了。思及此，闻洪海的心总算放回去了些。

闻希和闻洪海之间隔着一张书桌，一坐一站。

闻洪海想了一瞬，然后绕过书桌走到闻希身边，抬手故作慈爱地摸了摸她的脑袋。

在他的手放上来的一瞬，闻希身体就僵硬起来，不过她这会儿没有心思去应付闻洪海的怒火，所以忍到最后终究还是没躲开他的触碰。

感受到闻希的顺从，闻洪海假意叹了口气，语重心长：“希希你别怪爸爸，你也是爸爸的亲生女儿，手心手背都是肉，你和闻羽在我心里都是一样的。”

闻言，闻希心里止不住冷笑。

闻洪海不算是说的假话，光是看闻洪海对闻羽的态度以及之前余诗敏和他之间的裂痕，闻希就知道她和闻羽的确在闻洪海心里没什么两样，反正都是可有可无。

“小羽走丢了十多年，如今能找回来，我和你妈妈的确很开心，但是并不是因此就不要你了，我们没有第一时间告诉你，只是还没想好要怎么给你说。”

不得不承认，闻洪海真的很会演戏，也难怪这么多年了外人眼中他一直都是一个好父亲好丈夫的形象。

闻希轻嗤：“那你们现在想好了怎么跟我说了？”

她说这话的时候，并没有掩饰语调中的嘲讽，闻洪海听完有些不悦地皱了下眉，不过很快就恢复了一副自责愧疚的表情。

“希希我没想到你会提前从余琛那里知道这件事，这件事怪爸爸没有处理好，让你受委屈了，以后爸爸一定会尽力补偿你。”

这是闻希印象里，闻洪海第一次说出这种类似于自责的话，不过她已经过了会相信这种骗小孩的话的年纪了，过去十多年闻洪海对她的态度她不信多了个闻羽就能有所改变。

闻希直接拒绝了闻洪海提出的所谓补偿。

今晚闻洪海已经拿出了他自以为最好的态度和耐心，可是闻希现在这样软硬不吃的样子，让他的耐心快要耗尽了。

他压下心里的怒意，淡声问闻希：“你这是不相信爸爸的话？”

话音落下，闻洪海重新走回书桌的另一侧，低头在桌面上翻了翻。闻希看到他从一个文件夹里拿出了一份文件，沿着桌面推到了她面前。

闻希垂眸看了眼，文件的标题写着“遗嘱”两个黑色大字。

她顿了顿，有些不懂闻洪海的意思：“您想做什么？”

见闻希的表情终于有了一丝松动，闻洪海端起桌上早就凉掉的茶润了润嗓子，才说：“这是我的遗嘱，遗嘱里写了我死后闻氏集团我所持有股份的百分之八十全部归你所有，剩下百分之二十是你妈妈和闻羽的。”

似是怕闻希觉得他在忽悠她，闻洪海很快又补充了一句：“你要是不信明天我可以帮你找律师公证。”

闻希不知道闻洪海葫芦里卖的什么药，但她知道天底下没有免费的午餐，何况是闻洪海这种无利不起早的商人，怎么可能会平白无故地把

闻氏集团股份的大头拿给她。

她就算不太懂商场上的事，也大概清楚如果拿到闻洪海持有股份的百分之八十，那基本上就是闻氏集团的第一大股东了。

闻希将遗嘱合上，还给闻洪海："您没必要这样做，我不需要这些股份。"

"希希，爸爸知道我以前对你关心不够，但你现在这么大了，除了这种办法爸爸想不到别的方法补偿你。"闻洪海将那份遗嘱放到了一边，"而且上次爸爸说的给你和明达定下的婚事，也不会因为闻羽的出现而改变。"

听到这儿，闻希脸色一变，她从椅子上站起来，再次申明自己的立场："我说了，我不会和陈明达结婚的。"

今晚闻希一而再再而三地拒绝闻洪海，他这会儿终于耗尽最后一点耐心。

他冷笑着提醒闻希："你要是不和陈明达结婚，那你就拿不到那百分之八十的股份。"

"我说了，我不需要那些股份，如果闻羽喜欢，您尽可以把陈明达和您的钱都留给她。"闻希丝毫不退让。

说到这个，闻洪海就头疼，闻希有多倔他多多少少是知道的，所以他起先刚知道闻羽被找回来的时候不是没想过让闻羽代替闻希和陈明达结婚。

闻氏集团如今已经发展到一个瓶颈期，除非有陈家大量的资金支持让闻氏集团开辟海外市场，否则闻氏集团就只能止步不前，甚至不久的将来还会被许多新兴的小公司打倒。

反正闻洪海的目的是得到这笔资金，所以嫁哪个女儿过去对他来说都无关紧要，可是还不等他动作，陈家那边就神通广大地不知从哪儿知道了闻羽被找回来的事，而且还知道闻羽其实高中就辍学，他们觉得在那种环境下长大的闻羽不配给陈家当儿媳。

刚刚那通电话已经是陈家第二次打电话来提醒他不要玩狸猫换太子的把戏了。

闻洪海重重地在书桌上拍了下，大声吼闻希：“你现在以为你翅膀硬了？这钱你爱要不要，反正这学期结束你就先和陈明达把婚订了。”

闻希一直以为闻洪海叫她回来是为了摊牌闻羽的事，没想到绕来绕去还是逼着她和陈明达结婚。

她往后退了一步：“哪怕您把我赶出闻家我也不会嫁给陈明达，而且我现在已经有了男朋友，我爱他，所以就算是结婚那也是只会和他。”

“谁是你男朋友？”闻洪海嘲讽地笑了笑，“你以为现在真有那么纯粹的爱情，放着好好的陈家太太不当，要去喜欢一个不入流的人，你信不信我用一张一百万的支票就能让他离开你。”

闻洪海说这话的时候眼里都是不屑。

闻希觉得和他没有任何道理可讲，便也不再客气。她盯着闻洪海，一字一顿地说：“这个世界上并不是所有人都和您一样眼里只看得到钱，您就算拿一千万一亿十亿给他，我相信他也不会离开我。”

说完不等闻洪海继续发怒，闻希转身就拉开书房的门走出去了。

门一开，她就看到了站在楼梯口有些局促的闻羽，闻希只是淡淡地看了她一眼，关上书房的门抬脚就往自己的房间走。

和闻羽擦肩而过的时候，她突然叫住闻希：“希希，我能和你说几句话吗？”

她的声音很轻还带着几分不安，闻希下意识就觉得她没什么恶意，说不出拒绝的话，闻希停了步子看向她：“你要和我说什么？”

闻羽往一楼看了看，又朝闻洪海的书房瞥了眼，才说：“能去你房间或者我房间吗？”

02.

闻希犹豫了一瞬，最后还是把闻羽带进了自己的房间里。

闻羽其实已经在闻家这幢别墅里住两三天了，之前她就听刘姨说过二楼最里面那间是闻希的房间，不过这还是她第一次进来。

环顾了一下四周。

可以看出来是一间女孩子的房间，但是又和闻羽那间余诗敏用各种最好的东西堆砌出来的房间不一样，这里每一件摆设显然都是房间主人用过心的，不复杂却在细节之处很显品位。

见闻羽在打量房间，闻希拉了一把椅子放到她身边，然后自己在床边坐下来，才淡声问她：“你想和我说什么？”

听到声音，闻羽的视线从墙上的一幅画移到闻希身上，有些不自在地在那张椅子上坐下来，迟疑了好一会儿：“其实……其实我是想和你说一声对不起。”

闻羽说话的时候垂了眸子，因为长期干活而显得有些粗糙的手无意识地揪着裤缝。

这一声“对不起”实在有些太过突然，闻希怔了怔，她从没有觉得闻羽有对不起她的地方，至少到目前没有过。

“为什么要说对不起？”闻希始终盯着闻羽。

“我怕你会觉得我分走了这个家里本应该属于你的东西，但是我真的不是故意的。”闻羽的声音很轻，还带着一丝不安。

哪怕已经过了这么多天，闻羽依旧觉得所有发生的一切像是一场梦，她在那个贫穷的家庭里生活了这么多年，习惯了那样的生活，却在父亲去世后不久被告知自己其实是有钱人家走失的孩子。

在闻羽回来之前，余诗敏就给她讲了闻希的事，加上今晚看到余诗敏对闻希的态度，她能感觉出来余诗敏对闻希并不是那么喜欢。她刚刚之所以提出要进房间，就是怕余诗敏听见了她说的这些话会迁怒于闻希。

按理说她应该是和余诗敏站在一边的，可是她对闻希根本讨厌不起来，而且她是真的从心里觉得自己抢了闻希的东西，也打破了闻希平静的生活。

闻希没想到是这个原因，更没想到闻羽会因为这个道歉。

她自嘲地笑了笑："你姓闻，这些东西本来就是你应得的，并不需要向我道歉，而且你也看到了，这个家其实没有什么东西是属于我的。"

闻羽不知道的是，如果可以，闻希宁愿自己没有来过闻家。

闻羽想到了她刚刚在书房门口听到的闻洪海的话，关于闻洪海遗嘱和闻氏集团股份的事。

沉默了几秒，她说："他承诺你的那些东西我不会抢的，我回来真的不是为了闻家的钱，我在那个家里有一个读高三的弟弟，他以后还要读大学，可是我一个人不知道该怎么供他读完大学。"

余诗敏答应闻羽，闻羽要是回到自己身边，那她也会帮闻羽照顾弟弟，算是报答那家人对闻羽的养育之恩。

闻希有些不敢置信地看着闻羽，她听江砺说过闻羽的弟弟，上次两个人在明礼中学碰见，就是因为警察要去学校了解有关闻羽弟弟的情况，倒不想闻羽回闻家会有她弟弟的原因。

"你……"闻希一时不知道该说些什么。

把心里憋着的话说了出来，闻羽总算是觉得松了口气，以前吴栋最常挂在嘴边的一句话就是：一个人无论贫富最重要的是要活得敞亮。

她抬头看了闻希一眼:“无论你信不信我,这些都是我的心里话。”

气氛不再像闻羽刚进门时那么生硬，甚至因为这份坦诚，两个人的距离拉近了不少。

片刻后，闻希点点头：“我信你说的。”

闻羽细细打量了一下闻希的神色，见她是真的相信了自己的话，闻羽终于露出了今晚的第一个笑容，有些腼腆。

她没再多留，起身打算出房间。

走到房间门口的时候，她握着门把的手顿了顿，重新转头看向闻希，小心翼翼地问：“上次那个江警官是你男朋友吧？”

闻羽突然提起江砺，闻希有些没反应过来，不知道她这话的意思是什么。

“我没有别的意思，我只是觉得你们很般配。”闻羽很诚恳地看着闻希，“如果可以的话，你能帮我对他说一声谢谢吗，我听说是他找到的杀害我爸爸的凶手。”

“好。”闻希朝闻羽弯了弯唇。

因为闻羽的话，闻希那些因为闻洪海而出现的阴霾散了不少，想到今晚闻洪海应该不会再找她说陈明达的事情，她便留宿在闻家，打算等到明早再离开。

她洗完澡从浴室出来，就听到随手扔在床上的手机在嗡嗡振动。

闻希弯腰捞起手机，看到来电显示上“警察哥哥”四个字，忍不住弯了弯嘴角。她一只手随意地擦着头发，另一只手划开屏幕接通电话。

“希希。”江砺低沉的声音混着电流声传进闻希的耳朵里，一点点渗进她那颗有些烦躁的心里。

闻希软着声音唤了声“江砺”。

“还好吗？”江砺在这通电话之前已经给闻希打过两次了，闻希一直没接电话让他忍不住有些担心，“刚刚怎么没接电话？”

“刚刚在洗澡。”

即便只是简单的几个字，江砺还是从闻希的声音里听出了沮丧，他问她：“你爸爸是找你说闻羽的事情？”

闻希很轻地“嗯”了声。她知道江砺是担心自己，索性把今晚的事情给江砺讲了一遍，不过关于陈明达的事情被她故意略过了，她反正是不会嫁给陈明达，便不想让江砺跟着她一起烦心。

讲到最后，她说：“其实我觉得，如果我和闻羽不是通过这种方式认识，应该能成为朋友。”

“那你为什么还不开心？”江砺没有对闻羽的事情发表看法，而是直截了当地问闻希。

刚刚叙述那一番话的时候虽然闻希刻意掩饰，让自己的声音听上去尽量轻松一些，但是能听得出来情绪不高。

他知道，闻希对闻羽回闻家的事情早就有心理准备，如果真像她说的这样，她完全没有必要低落。

那就说明还有别的事情。

“因为我想你了。”闻希几乎没有任何思考脱口而出。

小姑娘的声音听着像是在撒娇，江砺呼吸一窒，一瞬间他甚至有种立刻就去闻家把闻希接出来的冲动。

他深深地吸了几口气，才冷静下来，沉声道：“我也想你了。”

两个人都安静下来，过了好一会儿，闻希才开口：“警察哥哥，我能问你一个问题吗？”

“什么？”

“你觉得我值多少钱啊？”虽然跟闻洪海说的时候她的语气很坚定，但闻希还是想从江砺这里听到答案。

江砺微微蹙眉："什么意思？"

"就是假如有人给你钱想让你离开我，给你多少钱你会答应啊？"

闻希问完，江砺那边迟迟没有声音，她忽然就有点忐忑，有点怕江砺会因为这个问题生气，也怕江砺会说出一个数字来。

她试探着叫了江砺一声，这才听到江砺说："在我这里你无价，花多少钱也买不走。"

听到了想听的答案，闻希捂着嘴偷笑。

"为什么突然这么问？你爸爸不同意我们在一起？"闻希不像是会无缘无故问这种问题的人。

闻希有点心虚，随口诌了个借口："就是我在网上看到了这种测试，随口问问。"

好在江砺听了她的解释后没有再刨根问底。

闻希的发量不少，她拿着干毛巾擦了好一会儿都不见要干的迹象，索性扔了毛巾甩甩酸痛的手臂窝进被子里。

江砺听到闻希这边窸窸窣窣抖落被子的声音，想着她刚刚说自己才洗完澡，忍不住提醒她："把头发吹干了再上床。"

"知道了。"话这么说，想着江砺看不到，闻希便没挪窝。

她盯着天花板眨了眨眼睛，耳根有些烫，兀自纠结了好一会儿还是忍不住问江砺："警察哥哥我们明天可以去约会吗？"

两个人在一起以来好像还没正式约会过。

江砺闻言一直皱着的眉头总算舒展开来，他低笑："想去哪里？"

"不知道。"闻希这才发觉自己根本没经验，但她也不想和江砺吃饭看电影，这样好像有点太俗气了。

"要不我问问阿烛？"闻希下意识地觉得林烛应该知道一些有意思的去处。

不想她话音刚落，就被江砺拦住，闻希听到他说：“你不知道去哪里的话就我来安排吧。”

03.

闻希和江砺约的时间很早。

她出门的时候整个闻家都还安静着，她轻手轻脚地出了门，却在花园里看到了闻羽。

她觉得有点惊讶。

闻羽也听到动静转过身来，看到闻希先是一愣，然后一副欲言又止的样子。

闻希和她打了声招呼。

闻羽见闻希对自己的态度没那么排斥，看了眼她装满了东西的书包，想了想还是问她：“你是不在家里住了吗？”

听她这话，闻希就知道闻羽大概以为她是因为她要离家出走。

闻希对她比了个噤声的动作，才说：“不是因为你，我只是不想被他们逼着做自己不想做的事，而且我以前就很少在这边住。”

以后回来的次数估计只会越来越少。

见闻羽还想说什么，闻希直接朝她挥了挥手：“我还有事先走了，刚刚的话你要给我保密哦。”

小区门口，闻希远远地看到了江砺神色慵懒地倚在他那辆路虎揽胜旁边。

男人的眉眼长得本来很好看，加上一身干净利落的卫衣运动裤，每一个经过的人都忍不住回头看上两眼。

闻希小跑着跑过去，撞了江砺满怀。

看了眼闻希背着的鼓鼓囊囊的书包，江砺很自然地接过去，一只手轻轻捏着闻希的下巴仔细打量了一番，见她昨天脸上的红肿消了下去，才放下心来。

闻希朝他笑。

江砺摸了摸她的脑袋，正准备领着人往车上走，就感觉到闻希抱住了他的胳膊。

不等他开口，小姑娘就踮起脚在他嘴角亲了下。

香香甜甜的，和以往的每一个亲吻一样。

江砺挑眉：“今天怎么这么主动？”

闻希倒是难得没害羞，她把自己的手塞进江砺掌心里：“因为我想你了，而且我发现今天好像比昨天更喜欢你了一点。”

小姑娘大胆直接的表白让江砺眸子暗了暗，他盯着闻希看了会儿，在闻希忍不住开始怀疑自己是不是太直白的时候，他才悠悠地说：“下次你表达爱意的方式可以再强烈一点。”

闻希听懂了。

江砺的意思大概是觉得她蜻蜓点水的亲吻不够热烈，可这里明明是在大街上，她怎么可能和他热吻啊。

她忍不住红着脸轻推了江砺一下。

看到闻希径直上车的身影，江砺用舌尖抵了抵后槽牙，才笑着跟了上去。

时间还早，江砺先带了闻希去吃早餐。

早餐店是闻希选的，一家顾客不算多的粥铺，以前还在上中学的时候闻希很喜欢来这里，这两年很少来了。

“我以前只喝他们家的南瓜粥，因为很甜。”闻希拉着江砺在一张桌子前坐下，抽了两张纸巾细细地将桌上的油渍擦掉，“你要不要尝尝？”

问完闻希才后知后觉地意识到江砺是不吃甜的，她赶紧改了口：“算了，你再试试其他的粥？这家店的其他粥也很不错。”

江砺偏头望着小姑娘的眼睛，低声问她：“很喜欢喝南瓜粥？”

闻希不知道江砺问这一句的意图，但还是乖乖点了头。

在等到她肯定的答复后，江砺冲老板娘招了招手，指着菜单上南瓜粥的图：“老板我要一份这个。”

然后，他问闻希：“你吃什么？”

闻希很快给自己点了一碗白粥。她那颗发炎的智齿还隐隐有些疼，不太敢吃那么甜的东西，点完之后她想了想又给江砺加了一份烧麦。

这家粥店的南瓜粥确实熬得很软糯，闻希第一次来的时候就点的这个，后来就再也没换过口味。

等到老板娘去后厨准备餐食了，闻希才拽了下江砺的衣服，小声嘀咕：“南瓜粥很甜的，我觉得你不会喜欢。”

“是吗？”江砺将手随意搭在闻希的椅背上，眼里有一层淡淡的笑意。

“骗你干什么。”见江砺一副不太相信她的样子，闻希撇撇嘴轻哼，“等会儿你要是觉得甜了，我是不会帮你解决的。”

说完，她故意抬了抬下巴，睨着江砺：“除非你求我。”

闻希他们旁边的桌子坐着两个十几岁的女孩子，因为店铺面积不大，桌与桌之间隔的距离并不是很远，即便是闻希和江砺已经压低了声音，她们还是将两人的对话听了个全。

听到闻希那句“除非你求我”的时候，两个女孩子都忍不住轻笑起来。

其中一个胆子大一点的歪着脑袋去看江砺，话却是对闻希说的：“姐姐，我要是有你这么帅的男朋友，他想让我干什么就让我干什么，才不

舍得让他求我。”

闻希本来也就是和江砺开玩笑，这会儿被别人调侃，顿时觉得整张脸都烧了起来，偏她又不知道该接什么话。

她憋了半晌，最后只能狠狠地瞪了罪魁祸首一眼，偏了头不再搭理他。

江砺倒是也不急，闲适地往椅背上一靠，跷了二郎腿，才往那两个女孩子那里看了一眼。

刚刚说话的女孩子见他看过来，显然很激动，在桌子下面使劲拽了下同伴的手，然后有些害羞地撩了下头发。

结果不等她继续做梦，江砺就悠悠开口：“你们不觉得有这么漂亮的女朋友，是我赚了吗？”

闻希虽然偏了头，却一直留意着江砺的动静，听到这话的时候，她的震惊程度应该不亚于那两个女孩子。

她对着墙悄悄扬了扬嘴角，却还是没有主动和江砺搭话。

大胆归大胆，可到底脸皮薄，那两个女孩子被江砺这么一问，这会儿连头都不好意思抬起来，更别说再去细看闻希是不是真像江砺说的那么漂亮。

老板娘很快端了粥过来，江砺也收回了目光没再把精力分到那边去。

他把那碗白粥推到闻希跟前，又从筷筒里拿了一个勺子递给她。

见闻希不接，江砺无奈地笑了下，用只有两个人才能听到的声音说：“求我最漂亮的女朋友理我一下可以吗？”

他还求得一本正经的。

闻希忍了忍，最后还是笑了出来。

她瞋了江砺一眼，从他手里接了勺子。

却不想在她的手碰到勺柄的一瞬间被江砺整个握住，才说：“其实我点南瓜粥只是想尝尝看，十多岁的还没遇见我的小闻希喜欢吃的东西都是什么味道。”

其实闻希之前想错了，江砺知道了她的身世之后从来不会看不起她，他所有的情绪都是对她的心疼，他一直很想知道在没有遇见他的那些日子里，她一个人到底是怎么过来的。

所以刚刚听到闻希说她常在这里点南瓜粥的时候，他也就下意识地想要尝尝。

闻希从来没想过，这样的话会是从江砺嘴里说出来的。

她用微凉的手背冰了冰发烫的脸颊：“其实就是一般的南瓜粥的味道，也不是很特别。”

因为江砺的那句话，闻希后来一直有些心不在焉的，除了喝完了自己的那一碗粥，还吃了两个江砺投喂的烧麦，等到出了粥店，她才觉得有些撑了。

江砺看着闻希摸肚子的样子，觉得好笑：“胖不了的，你现在这样子再胖十斤我都能轻轻松松抱起来。”

闻希欲言又止。

没有哪个女孩子不爱美，光是想想胖十斤这件事闻希都觉得有些崩溃。她估摸着她要是胖十斤，除了那些宽大的毛衣和卫衣，其余的衣服裤子应该一件都套不下。

江砺哪能不知道闻希在想什么，他无奈地捏了下闻希鼓着的腮帮子：“行了，别一副苦大仇深的样子了，等会儿带你去消食该满意了吧？”

闻希这才想起来她还不知道今天江砺是怎么安排的。

很快把长胖的事情抛到脑后，闻希一双眸子里是藏不住的期待，但偏偏江砺打定了主意要卖关子，任凭闻希怎么问他都不透露一点信息。

江砺把车停到了一个俱乐部门口，牵着闻希往里面走。

进了门闻希才发现这里全是蹦床，大大小小各式各样，蹦床与蹦床之间还嵌着一些海绵池以及不知道做什么用的高台，她注意到里面有三个戴着鸭舌帽的大男生正在蹦床上做一些类似于空翻的高难度动作。

看起来似乎挺有意思。

闻希有点不确定："我们是在这儿玩吗？"

前台没人，江砺轻车熟路地从旁边的柜子里拿了两双专用的蹦床袜，把其中一双橙色的女士袜递给闻希。

他低笑："你昨天不是不开心？带你出来发泄一下。"

"我没有不开心。"闻希下意识地否认。

江砺领着她往里面走，回头问她："真没有？"

虽说是个问句，闻希却觉得江砺似乎什么都知道的样子。她迟疑了一下，终于承认："好吧，是有那么一点点。"

她话音刚落，其中一个站在高台上的人看到了他们，对另外两个同伴说了句"我朋友来了"，就直直地从两三米高的高台上跳了下来。

虽说下面是蹦床，闻希看到他跳的时候心里还是紧了一下。

不过显然在对方眼里，这种高度完全是小意思，他跳下来的时候眼睛都没眨一下，就朝着他们跑过来。

等跑近了，他抬手在江砺肩上捶了下："你还能想得起兄弟？"

江砺轻笑，顺势和他哥俩好地抱了下。

"你给我陪跑了这么多年，忘了谁也不可能忘了你？"

"江砺，你做个人吧。"那人显然不满江砺的话，他打量着闻希，"我第一天见弟妹能不能给我留点面子，别说那些丢脸的事。"

江砺从善如流地点点头。见闻希疑惑，他介绍道："这是林骞，以前一个院子的发小。”

虽然江砺这番介绍短是短了点，但好歹没揭短，林骞还算是满意的。

只是不等他开口给闻希补充一下自己的光辉事迹，就听江砺继续和闻希介绍：“他从小就和我不对付，喜欢和我较劲，但偏偏比什么都是万年老二。”

说这话的时候，他欠打地看了林骞一眼：“现在林骞这小子连找女朋友也落后于我，所以愿赌服输同意把他这个宝贝俱乐部免费借我一天。”

/ 第十八章 /

警察哥哥毕业快乐

01.

江砺丝毫没有揭林骞老底的愧疚，戳完林骞的痛处后将手随意地搭在闻希的肩上，笑得有点坏。

他叫了闻希一声，等闻希应了他，才悠悠开口：“虽然说今天蹦床俱乐部的免费使用权是林骞打赌输的，但毕竟我们是受过高等教育的人，白拿白占的事情干不出来。”

闻希注意到，江砺说话的时候笑里藏着一抹若有似无的蔫坏。

在闻希的认知里，江砺极少像这样明着对谁使坏，从她认识江砺开始，大多时候江砺在人前都是清冷沉稳的，哪怕是想要噎谁也顶多是似笑非笑地看着对方。

闻希猜大概林骞和江砺的关系真的是很要好。

偏偏林骞自己毫无所觉，听江砺这么说，顿时也不和他计较刚刚揭他老底的事情了，就差期待地搓搓手了。

江砺要的大概就是这种效果，他大掌在闻希的后脑勺捋了捋，招呼她：“来给林骞说声谢谢。”

她就知道会是这样。

闻希憋着笑对林骞说了声“谢谢”。

林骞一脸蒙，他缓了缓，不敢置信地问江砺：“这就完了？你用我的宝贝俱乐部一天，一声谢谢这就完了？”

他以为江砺至少得请他吃一顿大餐的。

江砺理所当然地摊手：“难道这还不够吗？我和我媳妇儿都诚挚地向你表达谢意了，难道比起那些俗气的物质感谢不是更有价值？”

也许是在公安大学的环境熏陶了几年，江砺的身上带着那种很容易让人信服的气质，林骞竟然觉得他说得很有道理，他要是再提出要什么物质感谢反而真是他俗气了。

林骞默默地吃了这个哑巴亏，认了自己无论哪方面都“刚”不过江砺的事实。

玩笑归玩笑，开完玩笑林骞还是很热情地把江砺和闻希领进了蹦床馆里。

昨晚上林骞接到江砺电话说要借蹦床馆的时候还有些震惊，虽然以前江砺和他一起玩过跑酷，蹦床也多多少少接触了一点，但是江砺完全不像他这么钟爱极限运动，特别是这两年江砺几乎没什么时间，见面也多是聚餐。

有一瞬间，他以为江砺要重新对极限运动感兴趣了。

结果那种以为兄弟即将要一起在极限运动领域开疆拓土的激动还没在胸腔蔓延开来，林骞就听到江砺淡淡地开口：“想借你那地儿和女朋友约个会，她心情不好带她发泄一下。”

林骞差点一口气没喘过来。

不过林骞心塞了一会儿还是二话不说答应把自己的俱乐部借给

江砺。

三个人一齐往里走，闻希走在江砺和林骞中间，林骞不放过一点机会向闻希吹嘘自己的经历，说得半真半假的。看闻希听得津津有味，江砺也不拆穿他，打算看看他能把这个牛吹多大。

刚刚和林骞一起玩的另外两个人已经走了。

闻希被江砺扶着小心翼翼地站到其中一张小蹦床上，她以前没来这种地方玩过，觉得有点新奇，抓着江砺的手在蹦床上轻轻蹦了两下。

蹦床上不如地面上那么容易找到平衡，她还在适应的时候就看到林骞整个人跃到了同一张蹦床上。

闻希本来就轻，林骞也没个轻重，闻希被林骞蹦上去的弹力一弹几乎整个人都直接脱离了蹦床表面，她下意识地轻呼一声，幸好她站的位置不是太靠中央，加上又有江砺站在边上扶着，所以才不至于显得那么狼狈。

被江砺瞪了一眼，林骞这才后知后觉地意识到闻希是个女孩子。

他挠了下头，心虚地避开江砺的眼神，对闻希自荐：“弟妹，要不我教你玩蹦床吧？这方面我比江砺专业多了，保证你一天下来能随心所欲地旋转跳跃。”

闻希回忆了一下刚刚林骞和那两个朋友做各种高难度动作的画面，好像是挺酷的。她正犹豫着要不要拜个师，就听见江砺不屑地轻哼了声。

江砺没给林骞一点机会，淡声开口：“想炫技，自己找女朋友炫去，没有女朋友的话就赶紧去找一个，我怕你等会儿会心理不平衡。”

林骞发现江砺是真的一点不和他客气。

他想了想，自己要是继续留下来，估计真的会被喂狗粮，就这么一会儿工夫他已经看出来，江砺和他的小女朋友甜蜜得不行。虽然江砺从小就被公认是他们这群发小中最不可能谈恋爱的人，却没想到他谈起恋爱来居然比他们任何一个人都疼媳妇儿。

他认命了，打算把地方留给江砺和闻希。和江砺擦肩而过的时候，他还是没忍住给自己挽回点面子：“我没有女朋友那是我的心不在那上面，骞哥要是真想找女朋友还有你炫耀的机会？”

江砺懒得和他贫，直接朝他挥了挥手。

等到林骞的身影消失在蹦床馆，闻希才调侃江砺：“我今天才知道你肚子里憋了这么多坏水儿。”

江砺知道闻希是说他和林骞的相处方式，他倒是不在意闻希的说法，翘了翘嘴角解释：“和他太熟了，习惯了。”

不只是和林骞，他们当年院子里那帮人相处起来都这样，不怼得对方无话可说心里就像是不舒坦似的。

江砺把闻希牵到场地中间一张蹦床上。

闻希有些好奇：“你以前玩过蹦床？”

“这两年没怎么碰过，以前经常玩。”以前还处在追求刺激的年纪的时候，别说是蹦床了，蹦极都没少去。

“能像刚刚他们那样吗？”她指的是林骞和他那两个朋友。

江砺没说话，朝蹦床边缘抬抬下巴，等闻希挪了过去，他才随意地在蹦床上做了几个动作。

他的动作没有林骞他们的那么复杂抢眼，但是利落干净，在闻希这样的运动白痴面前已经足够看了。

闻希看得有些心痒，不等江砺招呼就直接重新回到了蹦床中间。

她扶着江砺的胳膊试着蹦了两下，结果她的身体就像是有自己的想法一般，任她蹦了半天也只有上下方向的移动。

闻希停下来，晃了下江砺的手：“你教我一下？”

“想学？”江砺起初还担心闻希不太喜欢这样的地方，不过现在看她的样子显然对这个安排还算满意。

闻希把头点得跟捣蒜似的，还不忘吹捧江砺：“警察哥哥，我发现你太厉害了，没什么是你不会的吧。”

被喜欢的人夸，江砺心里受用得不行，却下意识地口是心非：“别和江南那丫头学得油嘴滑舌的。”

闻希就当没看见江砺微微上翘的嘴角，摩拳擦掌地等着他现身教学。

江砺倒也没让闻希扫兴，思考了一会儿挑了几个容易上手的动作让闻希自己选。

起初，闻希还担心没什么运动基础的自己学不会被江砺嫌弃，结果不知是江砺这个老师教得好还是她真的在蹦床运动上有些天赋，到最后她竟然把那几个动作蹦得像模像样的。

闻希玩得有点嗨，眉眼里都是毫不掩饰的笑意，被场馆上方的灯光一照，像是在眸子里洒了一片星河。

江砺在闻希脸上摩挲了下，问她：“要不要尝试一下其他的？”

“尝试什么？”闻希这会儿兴趣正高。

江砺指了下蹦床旁边的海绵池，海绵池边上有一个一米多的高台。

“从那个台子上仰躺进海绵池，可以体验一下失重的感觉。”

他一直觉得失重是最好的放松方法，至少在那一瞬间可以把脑子里所有的东西放空，这也是他想带闻希来这里的原因。

其实体验失重最好的方法应该是蹦极，但不是每个人都有勇气去面对几十米甚至几百米的高空，所以很多人在蹦极之前其实反而会承受更大的心理压力。

懂了江砺话里的意思，闻希有点迟疑。

江砺也没逼闻希，他直接走过去，手在高台上一撑整个人就站到上面，然后没有犹豫地背对着海绵池跌了下去。

海绵池铺得很厚，摔下去并没有什么危险。

牵住闻希伸过来的手从海绵池出来，江砺又问了一遍：“要试试吗？想试的话我陪你。”

闻希被说得有些心动。

虽说她还在迟疑，脚却已经下意识往那边走了。

高台另一边有个楼梯可以上去，但江砺没带着闻希往那边走，而是直接让闻希踩在他的手掌上，用力往上托了下，等闻希站稳后才撑着台子跟了上去。

两个人并肩，背对着海绵池站在高台上。

江砺注意到闻希心虚地往后看了几眼，他抬手虚虚地揽在闻希的背上：“我先扶着你往后靠，要是怕了就给我说。”

闻希是相信江砺的，便听话地就着江砺手上的力道往后仰。

即便是后面有一股力道撑着，可随着往后仰的程度增加，那种踩不到底的凌空感也越强烈。

本来以为闻希会害怕，但是闻希始终都没叫一声。

江砺托着闻希将人带回来，捋了捋她额前的几缕碎发，低声问她：“还好吗？要不要试着下去？”

“你陪我一起跳吗？”闻希说话的时候伸手拉住了江砺的袖子。

江砺扬了扬嘴角，应了句“好”。

给闻希时间做了会儿心理准备，两个人才重新在台子上站好，江砺依旧是虚虚揽着闻希的姿势，闻希偏头看了他一眼，点点头，然后两个人就一起往后倒。

台子不高，身体很快就接触到了海绵池。

那一瞬间的失重感真的让人轻松了不少，闻希兴奋地转了身去看江砺：“这种感觉真的太棒了，我还想再试一次。”

两个人距离本来就靠得近，闻希这么一转身几乎大半个身子都趴在了江砺身上，和江砺视线撞上的时候她顿了下。

江砺的双眸像是一口望不到底的古井，无声地蛊惑着人。

出于本能，闻希低头在江砺的唇上亲了下。和以前的每一次都不一样，这次她没急着离开，而是学着江砺吻她时候的样子，有些笨拙地分开江砺的唇，小心翼翼地和他深吻。

等到江砺松开闻希，闻希整张脸上都染着绯色，软着声音叫了一声“警察哥哥”。

江砺又在闻希的眼睛上落了一吻，才诱哄地问她：“可以告诉我昨晚上为什么不开心吗？”

闻希昨晚的问题问得实在有些反常，她不是那种很“作”的女生，会通过问这些问题来评判他是不是爱她或者有多爱她。

“一定要知道吗？”闻希的声音里还带着亲吻过后的柔软。

“我想知道。”江砺在她背上轻轻拍了拍，神色温柔，“但是如果你不想说，也不用勉强。”

想到闻洪海给她安排的婚姻，闻希就开始烦躁，她泄愤一般地捡起手边的一块海绵扔到一边，才说：“我爸爸用闻家的财产威胁我，想让我嫁给陈明达，还说要给你一笔钱让我们分手。”

“陈明达？”江砺重复了一遍这个名字，没什么印象。

“就是上次生日宴上你看到的那个二世祖。”闻希对陈明达没有一丁点的好感。

江砺很快想起上次在闻家的阳台上，那个将闻希困在角落的男人，半眯着眼睛不屑地嗤了声。

他不傻，能想到闻洪海左右闻希婚姻的原因。

见江砺没说话，闻希以为他是担心。

她捏了下江砺的耳垂，柔声宽慰他：“我不会嫁给陈明达的，我不需要闻家那些财产，在我心里你也是无价的，所有东西都没有你重要。”

“我知道。”闻希越是这样，他越心疼。

遇到闻洪海这样的父亲和这样的事，该难过的本来是闻希，可是小姑娘反倒来安慰他。

抱着闻希亲了亲她的发顶，江砺淡声问她：“还记得我以前给你说过什么话吗？”

“什么？”闻希不知道江砺指的是哪一句。

“我说过，我能守万家灯火就一定能守你。”

场馆很空阔，江砺的声音不大，却清晰地落在了闻希的耳朵里，她的眼睛有点酸胀。

闻希眨了眨眼睛，答道：“记得。”

江砺满意地点点头，借力从海绵池里站起来，顺势将闻希也拉了起来。

好一会儿，闻希才听到他说：“所以，你不要担心也不要难过，所有的事情交给我来解决。”

02.

闻希和江砺回到家的时候，闻希觉得自己连抬手指的力气都没有了，她胡乱地蹬掉鞋子，直接走到客厅瘫倒在了沙发上。

看到闻希的样子，江砺翘了翘嘴角。

尽管他下午一直提醒她悠着点，小姑娘还是在蹦床馆里玩得不亦乐乎，这下累了，也情有可原。

江砺放好东西，将闻希的拖鞋提到沙发边，低头温柔地看着闭眼养神的人：“晚上想吃什么？”

“我不知道。”闻希的声音有气无力，“你决定吧。”

这几天他们都没怎么在家，冰箱里没什么新鲜的食材，江砺想了下，征求闻希的意见：“点外卖？”

闻希懒懒地应了一声。

江砺也不再吵她，拿着手机打开外卖软件。

他其实很少点外卖，也不太相信外卖的卫生，自己一个人的时候要么吃学校食堂要么吃单位食堂，再不济也可以下碗面条将就一下。

他翻了半天，才找了一家他去过实体店的店铺，点了几道闻希应该会喜欢的菜，又在另一家甜品店给闻希点了个慕斯蛋糕，然后趁着等外卖的工夫拿衣服去卫生间洗了个澡。

正好是送餐高峰期，两份外卖送了大半个小时。

听到敲门声，江砺取了外卖放到餐桌上，才去叫已经在沙发上睡熟的闻希。

他摸了下闻希睡得有些红的脸，低声叫她：“希希，起来把饭吃了再睡。”

本来就很累了，闻希这会儿根本睁不开眼睛，听到江砺的声音，她不满地哼唧了一声，偏了头躲开江砺的手继续睡。

看着耍赖的人，江砺失笑。

他握着闻希的手亲了亲，哄她：“乖，快起来吃点东西，我给你点了你喜欢的草莓慕斯。”

“不想吃。”掌心被江砺亲得有点痒，闻希挣扎了一下，向江砺撒娇，“我身上到处都痛。”

她果然还是不适合运动，早知道这样，在蹦床馆的时候就收敛点了。

江砺半眯着眼，低头将唇贴在闻希耳边，双眸含笑着低声说了句话。

身体的疲惫原本让闻希脑子有些不太清醒，可是感受到江砺说话时喷洒在耳朵上的热气，再咀嚼着他那句话，她一下子清醒了不少。

刚刚江砺贴着她耳朵说的是：“这点运动量就不行了，那以后你要怎么办？”

江砺的话直白得闻希想听不懂都不行。

这是闻希印象里江砺第一次这么不正经，即便江砺自己说过他不是不想，可是她也一直觉得江砺是个君子。

闻希不受控制地想象了一下在床上的那个画面，脸顿时烧得不行，连带着觉得整个客厅的温度都升了不少。

江砺本就是逗一下闻希，他撑着沙发直起身，随意帮着闻希按摩放松酸痛的肌肉。

起先闻希以为他是要干什么，在江砺手搭到自己腿上的一瞬间整个身子不自在地紧绷起来，可是等了会儿发现江砺真的只是在给她按摩，她这才放松下来。

江砺能感受到闻希身体的变化，他从胸腔里溢出几声低沉的笑：“你不会以为我要干什么吧？”

一句话，把有所图谋的罪名扣在了闻希脑袋上。

心事被戳中，闻希心里窘得不行。她半撑着沙发扶手坐起来，嗔怪地瞪了江砺一眼。可是刚睡醒的人哪里有什么威胁，看在江砺眼里，闻希这样子完全就是一只张牙舞爪的小奶猫。

他轻拍了下闻希的额头，将人带着重新靠回沙发上：“你靠会儿，我给你按摩一下。”

江砺的按摩手法勉强算得上是专业，力道也合适，闻希便心安理得地享受着他的服务。

暖黄的灯光从头顶洒下来，细细碎碎地铺在江砺身上，柔和了他周身坚硬的轮廓。安静的氛围中，闻希望着江砺线条流畅的侧脸，忽然就

有种两个人已经是老夫老妻的错觉，从这一刻，仿佛看到了两个人一辈子的缩影。

她垂眸想了下，忽地坐起身揽着江砺的脖子在他侧脸上亲了下。

江砺还没反应过来闻希为什么突然这么激动，就听到闻希带着笑意的声音："警察哥哥我有灵感了，我知道比赛作品要画什么了。"

"是什么？"江砺知道闻希最近都在愁这事儿。

闻希却弯了弯唇："等我画出来再告诉你。"

憋了这么几天，好不容易有了灵感，所以也顾不得身体有多累，吃过晚饭闻希就迫不及待地霸占了江砺的书房打算磨一磨初稿。

第二天，闻希起得有些晚，等她清醒的时候江砺早已不在家了。她看到床头上江砺留的便笺，说是要去一趟局里让她起床后记得吃早餐。闻希也没多想，又赖了会儿床，才爬起来继续完善她的设计稿。

江砺到公安局是因为上次吴栋的案子，虽说是抓到了凶手，但是要彻底结案还有一些流程要走。他和孙涛队里的几个人忙了一上午，才算是把一堆让人眼花缭乱的报告写完。

忙完正事，亮子和李衡几个人撺掇着孙涛要他请客庆祝，哪知孙涛下午家里还有事，只能改天约。

没能蹭到免费的午餐，李衡夸张地在办公室里哀号。

只是他刚号了一半，就被孙涛一巴掌打断。孙涛怒其不争地睨了李衡一眼，又朝始终没有起哄过的江砺挑挑下巴："你脑子里能不能别成天到晚就知道吃，多学学人家小江，先把终身大事解决了，省得我们队里一帮光棍。"

被点名，江砺也只是淡笑了声："孙队你别勉强李哥了，有些事情是学不来的，比如谈恋爱。"

孙涛队里都是大老爷们儿，说话直没那么多心眼，这段时间办案江砺也基本和他们都混熟了，所以开起玩笑来也不避讳什么。

队里几个人一起说笑着出了办公室往楼下走，刚到公安局门口，就碰到了余诗敏和她的助理。

几个人纷纷向她打招呼。

余诗敏估计最近心情不错，对谁都温和地笑着。江砺站在人群后半眯着眼打量了余诗敏几眼，然后在擦肩而过的时候叫住了她。

李衡和江砺走得近，注意到江砺的动静，忍不住回头，却不想江砺在他肩上拍了拍，淡声说：“李哥你们先走吧，我找余老师有点事。”

余诗敏停下步子，向自己的助理交代了几句，然后笑着问江砺：“小江找我有什么事？”

看到李衡他们走远了，江砺开门见山问：“听说余老师最近找到了失散多年的亲生女儿？”

突然谈及自己的私事，余诗敏愣了一下，随即反应过来，闻羽毕竟是案子受害者的女儿，虽然以前在闻家的要求下瞒着这件事，但这次她和闻羽做亲子鉴定的时候并没特意避讳，所以公安局的人知道她和闻羽是亲生母女也不算什么稀奇事。

余诗敏大方地点头承认：“嗯，她的确是我的亲生女儿，现在她叫闻羽。”

似乎想到了什么，她又挺感激地看了江砺一眼：“我听你们孙队说了，这次的案子抓到罪犯主要是你的功劳，那人当初拐走了我女儿，所以算起来你也算是我的恩人。”

“这些都是我分内的事。”江砺的脸上看不出情绪，声音也始终淡淡的，“能抓到罪犯主要还是因为余老师对罪犯的心理画像起了作用。”

年纪轻轻能力就如此出众，偏江砺还不骄不躁，余诗敏是越发喜欢

这个学生了。她想了想问道："小江，你什么时候有空我请你吃一顿饭吧，算是表达一下我的感谢。"

"余老师您不用客气，我今天其实是想找您帮个忙。"江砺婉拒了余诗敏的邀请。

余诗敏倒是豪爽："要我帮什么忙，你说就是了。"

"这个忙是关于您女儿的。"江砺顿了下，注意着余诗敏的表情，"和闻希有关。"

听到闻希的名字从江砺嘴里说出来，余诗敏脸上的笑意很快凝固住，她没开口，沉默地等着江砺的下文。

正午的阳光照在两人身上，却没什么温度，只在地上投出了两片深色的阴影。

江砺盯着自己的影子看了几秒，才将目光重新落在了余诗敏身上。他的态度始终不卑不亢："余老师，其实我和希希正在交往，您作为希希的长辈，我希望我和希希之间的感情能得到您的认可。"

意识到江砺话里的意思，余诗敏极轻地笑了声，只是那笑意不再像先前那么柔和，带着丝冷意。

她说："你既然都知道闻羽是我的亲生女儿，那想必应该也知道闻希和我的关系。我没有权利过问她的感情生活，如果你真想得到长辈的认可大可以找她的父亲。"

余诗敏的一番话说得有理有据，其实却是在撇清和闻希的关系。

江砺也不在意余诗敏的态度，开口时依旧诚恳："即便您不是希希的亲生母亲，这么多年对她也有养育之恩，我知道希希的父亲对她的婚事另有打算，所以才想请您帮忙。"

"你觉得我能左右她父亲的想法？"余诗敏已经有些不耐烦了，"如果是这样，我大概帮不了你。"

余诗敏不欲和江砺多说，话音落下就要往局里走。

她刚抬步，就被江砺拦下：“余老师，其实这件事也和闻羽有关。”

“你什么意思？”一提闻羽，余诗敏果然没再要离开的意思。

“我听希希说，闻叔叔给她许诺如果她最后嫁给陈明达，那么以后闻家财产的大部分都会留给她，而闻羽能得到的少之又少。我想您应该不想看到闻羽吃了那么多苦，好不容易回到闻家结果却落个什么都没有的局面吧。”

江砺简单地陈述着事实，却字字说进了余诗敏的心里。

他知道余诗敏是听进去了，便继续道：“希希不想嫁给陈明达，也表态不想要闻家的财产，您不为希希想也应该为闻羽考虑考虑，也许您是没办法改变希希父亲的想法，但是并不代表您不能破坏掉这桩所谓的商业联姻，余老师，事在人为。”

余诗敏没想到江砺把利弊得失早就分析得清清楚楚，她张了张嘴，最后才说：“这件事，我先想想。”

闻洪海也没逼着闻希要立马嫁给陈明达，而且江砺今天本来也就只是想探探余诗敏的口风给她透个底，所以并没把余诗敏逼得太紧。

他往后退了半步，朝着余诗敏鞠了一躬，带着真诚与恳求：“希望余老师可以帮我和希希这个忙。”

03.

六月初。

海城进入热夏。

热辣辣的太阳炙烤着海城，闷得人连呼吸都不太顺畅。

林烛和一群人翘首以盼地挤在海城国际机场的接机口，她焦虑地看了眼时间，已经快要跳到九点了，明明飞机十分钟前就显示已经抵达，

可是闻希还没见着出来。

正想着要不要打电话催一催，林烛就看到一抹熟悉的身影。

闻希穿着一袭纯白的过膝裙，长发散散地落在肩头，踩着一双秀气的小白鞋，整个人跟下凡的仙女似的朝她挥挥手。

林烛看得有些愣，忽然就觉得江砺有闻希这么个女朋友是真的稳赚不赔。

闻希小跑着来到林烛身边，呼吸有些急促："刚刚等行李等得有点久了，我是不是要赶不上了？"

"还有半个小时，我等下把车开快点。"林烛自然地接过闻希的行李箱，拉着她一路小跑到停车场。

等两个人停在一辆白色的大众面前，闻希才慢半拍地反应过来："阿烛你什么时候买车了？我就出国了一个星期你背着我连车都买了？"

"赵一恺的。"林烛解了锁，示意闻希上车。

等两个人坐进了车里，她才继续说："他怕我们来不及赶过去，才把车借给我开。"

正说着，赵一恺的电话就打了过来。

林烛手机的通话音量调得有点大，闻希听得清清楚楚，几十秒的通话时间里，赵一恺强调了三次让林烛记得开车慢一点，到最后，还是林烛受不了他的啰唆挂了电话。

想到林烛那句说要把车开快点的话，她憋笑："你家赵一恺是真的了解你。"

林烛没好气地发动车子，不满地从鼻子里哼了声："他的啰唆你无法想象，还是你的江砺好，至少不会三百六十度无死角地念叨你。"

"不会才怪。"闻希看着窗外，悄悄扬了扬唇。

江砺其实私底下特别能念叨她，根本不像是外面那样看起来话少，什么在家必须穿拖鞋、早上必须吃早饭、晚上熬夜不准超过十二点，诸如此类，抓她一次把柄念叨她一次。

林烛抽空睨闻希一眼：“得了吧，我看你挺乐在其中的。”

闻希被逗乐，反过来问林烛：“难道你不是？”

林烛被噎了下，她的确是享受被赵一恺黏着、被赵一恺关心着的感觉。她笑了笑没再说话，脚下猛地踩了一脚油门，往海城公安大学开去。

今天是江砺和赵一恺的毕业典礼。

闻希之前灵感忽现设计的那件婚纱，成功地入围了今年青年服装设计大赛的决赛，决赛在意大利举行。她出国一周，比赛在昨晚正式落下帷幕，为了不错过江砺的大学毕业典礼，她临时改签了机票提前回来。

她只是在上飞机之前给林烛发了消息，所以江砺目前应该还被蒙在鼓里，并不知道她已经到了海城。

两个人紧赶慢赶到海城公安大学的时候，刚好九点半。

毕业典礼在学校的大礼堂举行，闻希和林烛走进礼堂，舞台上的大屏幕已经开始播放这一届毕业同学四年来的影像记录，好在观众席这边灯光都关掉了，除了最后一排的几个人偏头看了她们几眼，其他人都没发现她们。

闻希牵着林烛坐到了倒数第二排。

她们两个刚坐下一会儿，整个礼堂的灯就被打开，然后典礼的主持人端着主持腔说起了早就写好的台词，邀请几位校领导上台讲话。

闻希听得有些无聊，用手肘碰了下林烛，等她转过头才贴着她耳朵小声问：“你问问赵一恺他们坐在第几排？”

整个礼堂除了她们两个，望过去全是乌压压戴着警帽的人，衣服也都一样，根本分不清谁是谁。

“想你的警察哥哥了？”林烛调侃闻希，不过却拿了手机出来给赵一恺发微信。

闻希微微红了脸，却是坦然承认：“想也很正常，我都一周没见过江砺了。”

说着话，赵一恺的消息已经回复过来了。

闻希迫不及待地凑过去看了眼林烛的手机屏幕，白色的消息框里写着“左边第二排”。

她抬了头去看，正在琢磨着哪个背影是江砺的时候，左边第二排靠着过道坐得笔直的那个人突然转过头来。

两个人的视线就在空中撞上。

第二排和倒数第二排之间隔着十几排的距离，闻希看不太清楚，但是她可以肯定那个人一定是江砺。

她下意识地握紧了椅子的扶手，和江砺对视了一会儿，随即小幅度地朝他扬了扬唇。

江砺眯着眸子看了闻希好一会儿，一周多没见的小姑娘突然出现在他的毕业典礼上，巧笑嫣然地看着他，实在是一个巨大的惊喜。他深深地吸了一口气，才按下想要去抱抱闻希的冲动，神色淡淡地将头转了回去，也不搭理赵一恺的调侃，从外套里摸了手机出来。

很快闻希就收到了江砺的微信消息：“现在都学会先斩后奏了？”

闻希看着屏幕笑了下，回他：“这是送你的毕业礼物。”

闻希没再收到江砺的消息，因为很快主持人就叫了优秀毕业生代表上台发言，优秀毕业生代表意料之中的是江砺。

当那个名字从主持人口中说出来的时候，她看到原本坐在座位上的男人淡然起身，正了正警帽，大步往台上走。

站在话筒后面，江砺镇定地扫视了礼堂一圈，最后将视线落在了闻希身上。他定定地看着她，仿佛全世界只剩了她一个人。

直到有人开始顺着他的视线转头去看后排的人，他才开始讲话：“各位老师同学大家好，我是 2016 届刑侦专业毕业生江砺……”

江砺的声音沉稳有力，在他讲话的时候，闻希听到前面两个穿着警服的男生在低声讨论。

他们的声音断断续续，但是有一句话闻希听清楚了，是她正前方的那个男生说的：“不知道什么时候才能有人来打破江学长四年来在学校的各项纪录。”

是夸江砺的。

闻希偷偷笑了下，重新将注意力移到舞台上，那个周身都是光芒的男人身上，莫名地，她就有一种与有荣焉的感觉。

江砺的发言简短有力，最后结尾的时候，他说：“最后，衷心祝愿在座的各位都能用自己所学，守国家守人民，也守自己想守的人。”

闻希在台下听得眼眶有些发红。

为了江砺，也为了这里所有人的家国情怀。

江砺从台上下来的时候，闻希和林烛鼓了此生最热烈的一次掌。

毕业典礼的流程不算复杂，最后一个环节是老师们给毕业生授予毕业证书，所有的毕业生以班级为单位依次上台。

等江砺和赵一恺领完，林烛便拉了闻希起身。

“等会儿典礼结束人太多了，我们先出去等他们。”

闻希也是这么想，便拿着包和林烛从礼堂的后门推门出去。

一出去，就是扑面而来的热浪，闻希努力吸了两口气才缓过来一些，她和林烛靠在墙边有一搭没一搭地聊天。

赵一恺很快就出来了。

在林烛面前，赵一恺身上根本看不出一点警察同志该有的沉稳。只见他撒着欢儿地朝林烛跑过来，然后像只巨型犬一样赖在林烛身上。

林烛没好气地拍了下赵一恺的肩，提醒他：“赵警官你注意一点影响好吗？”

“我抱自己女朋友怎么不注意影响了？”话虽这么说，赵一恺还是在周围调侃的目光中不情不愿地松开了林烛。

见两个人腻歪完，闻希总算能插进一句话。

刚刚只有赵一恺一个人从礼堂里出来，并没有看到江砺，她又朝他身后看了眼，才问：“江砺怎么没和你一起？”

赵一恺这才意识到自己忽视了闻希。

他不好意思地朝闻希笑了下，给她解释：“砺哥刚刚被王局叫走了，可能要等一会儿，他让我先带你们找个凉快的地方休息一下。”

既然赵一恺都这么说了，那江砺肯定是有事，她便应下跟着赵一恺和林烛往人少的地方走。

江砺领完毕业证书刚回到座位就被王建书叫走了，不过王建书没直说什么事，而是示意江砺去他办公室再说。

一路上，王建书有一句没一句地和他聊着天，都是些无关紧要的话题，江砺也就随意地应着，不过却一直在想王建书找他究竟是什么事。

走到办公室门口的时候，江砺忍不住问了句：“王叔，您这么神秘兮兮地把我叫到办公室来到底是有什么事要对我说？”

“年轻人就是沉不住气。”王建书睨了江砺一眼，兀自打开门。

一进门，江砺就看到了等在办公室里的江城也，江城也正神色严肃地看着他。

“爸。”江砺叫了一声。

江砺心里的疑虑越来越重，显然江城也应该是在这儿等着他的，有什么事非得当着王局的面说？

王建书这会儿也没有了刚刚轻松的表情，征求地问江城也：“你跟他说？”

江城也摇摇头：“你说吧，这件事我本来就没有权利干涉。”

虽说明白警察的职责，但是作为一个父亲，他实在是没办法说出让自己的儿子去犯险的要求。

江砺顿了顿，看向王建书：“王叔您有什么话就直说吧。”

王建书轻轻叹了口气：“小砺，接下来我要说的事情，虽然我们一致觉得你是最合适的人选，但是去不去、做与不做都由你自己决定。”

江砺微微颔首。

王建书示意江砺坐下，才从办公桌的抽屉里抽了一个档案袋递给他：“西南边境那边之前出的事你知道吧？”

档案袋摸着有些厚度，黄色的牛皮纸正中间印着红色的“绝密”两个字，江砺利索地绕开档案袋后面的线扣，将文件抽出来大概扫了眼。

“是之前那两名缉毒警察牺牲的事？”江砺的声音里听不出情绪。

早在半个多月前，全国公安系统就通报了有两名年轻的缉毒警察在西南边境英勇牺牲的事情。江砺看过相关的文件，据说当时那两名同志为了摸出犯罪集团的线索一路追到了西南边境附近，结果却不幸遇难。

“是。”王建书指了指江砺手中的文件，“这里面有他们死之前最后传回来的关于犯罪集团的一些线索。”

江砺这才低下头仔细去看文件。

这个犯罪集团在西南边境盘踞多年，原先还只是在境外活动，可是近几年多次向中国警方挑衅，频繁地在中国的西南边境线上活动，极大地扰乱了西南边境的治安。

江砺以前只是大概知道这个犯罪集团的存在，这第一手资料还是他第一次看到。

越往后看，他的眉头皱得越紧。

除了已公开出来的牺牲的烈士，在与这个犯罪集团较量的过程中，还有许许多多无名的没办法公开的英雄。

王建书和江城也都没打扰他，沉默地等着江砺将资料看完。

好半晌，江砺才深吸一口气。

他将文件放在桌子上，目光毫不怯懦地直视着王建书："王叔您应该不会无缘无故地把这种绝密资料拿给我看吧？"

问这话的时候，江砺的心中其实已经有了大概的猜测。

王建书眼含愧意地看了江城也一眼，江城也只是淡淡地对他点点头，没有表现出太多的情绪。

办公室里的气氛忽然就沉重起来。

王建书淡声开口："西南公安厅那边的副局张之为和我是大学同学，当年毕业在大多数人选择留在海城的时候他选择去边境做了一名缉毒警察，这份资料也是他传给我的。"

江砺没说话，他知道王建书不会是叫自己来听他追忆往昔的。

"这次那两名同志牺牲的事情影响实在是太过恶劣，无论是张之为还是上头都希望能尽快将这个犯罪集团一网打尽，所以他提出希望我们能提供一些支援。"

"是要派我过去吗？"江砺的声音依旧沉着。

王建书点点头："这种集团的势力盘根错节，光是明着对抗，我们不一定能取得进展，只能尽可能地安插一些眼线进去，我们局里的几个老骨头一致觉得你是最合适的人选。"

警方安排卧底在打击犯罪集团的事例中并不少见，江砺个人能力出众，和孙涛那样的老资历刑警比起来虽说没有太多的实战经验，但也正是因为他刚毕业没有真正出现在敌人的视野中，所以伪装起来要更容易一些。

“不过，这种事情我们不会逼你。”王建书的语气尽量放得温和，“你可以自己拿主意。”

毕竟这一去，谁都不能预料会发生什么，这也是王建书为什么要提前告知江城也的原因，老江家就江砺这么一个儿子，虽说江城也不会干扰他们的决定，但也可怜天下父母心。

这一刻，江砺忽地就想到了刚刚在礼堂里对他低眉浅笑的姑娘。

即使刚刚在台上接过毕业证书的时候他才发过誓，所有的一切要以国家、人民的利益为先，可是在这种时候他控制不了自己不去考虑闻希的存在。

江砺下意识地看了江城也一眼。

江城也的眼神里含着太多复杂的情绪，他沉默了几秒，对江砺说：“你自己决定吧，无论你选择什么，站在一个父亲的角度我都支持你。”

生平第一次，江砺不知道自己该做出什么样的决定。

他问王建书：“这个任务需要多久？”

话音刚落，江砺就意识到了自己的这个问题问得有多么可笑。果然，下一秒他就听到王建书说：“这个我们谁都不知道，而且你应该清楚，如果一旦决定深入虎穴能不能回来都是个问题。”

江砺沉默下来。

好一会儿，他才缓缓开口：“王叔，能不能给我点时间考虑一下？”

“好，这件事也急不来，而且就算你要去那边也还要花时间安排。”王建书顿了顿，提醒江砺，“考虑可以，但是这件事需要保密。”

江砺和江城也一起走出王建书的办公室。

在电梯里，江城也拍了拍比自己高半个头的儿子。

“你是因为希希犹豫的吧？”知子莫若父，这段时间在柳恩的邀请下闻希去江家的次数不少，他能看出来自己儿子有多在意这个姑娘。

“爸……”江砺这个时候有些不知道该怎么面对江城也。

江城也自己也是警察。在江砺印象里，小的时候，江城也告诉他作为男人要有家国情怀，先有国才能有家，可是在国家需要他的时候他却犹豫了。

“放心吧，爸爸没有怪你。”严肃惯了的江城也难得和蔼，他知道江砺心中若是没有家国也不会如此犹豫，他宽慰江砺，“去或不去都是你自己的事，无论怎么选择只要你自己不后悔就行。”

两个人都没再说话。

江砺没有和江成也一起走，而是把江城也送到校门口后，就转身去找闻希和赵一恺。

他刚刚看到赵一恺给他发的微信，说他们三个人在学校外面的一家冷饮店。

今天冷饮店的人并不是很多。还隔着一条马路，江砺就透过冷饮店的玻璃橱窗看到了坐在橱窗边的闻希。

也不知道他们在聊些什么，小姑娘的嘴角始终挂着浅浅的笑意。

江砺觉得心里堵得慌。

他迟疑的时候，闻希也看到了马路对面的他，她有些兴奋地朝他挥手，他这才敛了情绪大步朝冷饮店走去。

他刚推开门，闻希就抱起放在一旁的花束跑到他面前，将花递给他：“警察哥哥毕业快乐！”

江砺定定地看着巧笑嫣然的人，没有动作。

这束花其实是刚刚他们经过一家花店的时候她临时起意买的，鲜艳炽热的玫瑰，本来满心期待地要把它送给江砺，可是这会儿看江砺的表情，她又不太确定了。

想了想，她心虚地钩了下江砺垂在身侧的手，小声问他：“江砺，你是不是觉得被女孩子送花很没面子啊，要真是这样我就不强迫你收下了。”

江砺这才反应过来。

他伸手接过闻希手里的花束，抬头在她脑袋上揉了下，轻笑：“想什么呢，我有说我不喜欢吗？”

“真的喜欢？”闻希又确认了一遍。

江砺温柔地望着闻希的眉眼，一字一顿：“喜欢，你送的所有东西都喜欢。”

闻希放下心来，开心地拉了江砺坐到自己旁边的座位上，然后献宝似的把自己的奶茶推到他面前：“你尝尝，很好喝的。”

江砺闻言似笑非笑地睨了闻希一眼。

他哪里不知道闻希心里的小九九。因为闻希体寒，之前柳恩带她去看老中医的时候那个医生提醒过她要少吃一点凉性的东西，闻希自己不长记性便只能江砺监督她。

这会儿她主动把奶茶让给他喝，估摸着就是心虚。

江砺抬手试了下奶茶的温度，意料之中是冰的。他翘了翘嘴角，也不和闻希客气，端了杯子就着闻希的吸管吸了一大口，然后才淡然地将奶茶还回去。

还回去的时候，他还故意说了句：“是很好喝。”

闻希端着就剩了小半杯的奶茶，欲哭无泪，但偏偏是她理亏，敢怒不敢言。

她朝江砺轻哼了声：“下次再也不给你喝了。”

江砺笑了笑，捏了下闻希的脸颊。

赵一恺刚刚在和林烛开黑打游戏，倒是没有注意到江砺和闻希的动

静，这会儿打完一局看到江砺怀里的玫瑰花，忍不住嫉妒。

他知道闻希买了花，却没想到花是给江砺买的，毕竟江砺那样子怎么也不像是会收花的人。他托着下巴思索了一下，忍不住开始作妖。

赵一恺扯着林烛的手不停晃荡："阿烛，我也毕业为什么你不送我花？我要一束比砺哥那个更大的玫瑰花，你亲自选的那种。"

"你要个大头鬼。"林烛没好气，朝赵一恺手腕抬抬下巴，"我没送你毕业礼物？"

经她一提醒，赵一恺这才反应过来自己也是有礼物的人。他炫耀似的将林烛送的手表在江砺眼前晃了晃，故意问："砺哥，你觉得这表还不错吧？"

江砺懒得搭理赵一恺的幼稚行为，他抬手将自己的手机扔给他，然后揽住闻希，淡声吩咐赵一恺："给我和希希拍个合照。"

"怎么突然想拍照了？"闻希疑惑。她和江砺都不是爱照相的人，除了上个月两人一起出去旅游时自拍过几张合照，就再没有其他存货了。

"今天日子特殊，想和你留个纪念。"江砺垂了眸，不知道在想什么，顿了顿才轻声说，"而且我怕以后没机会了。"

/第十九章/

踩着七彩祥云的盖世英雄

01.

江砺说最后一句话的时候，声音小到像是在喃喃自语。

闻希没太听清楚，她咬着奶茶吸管疑惑地抬头看他：“你刚刚说什么？”

江砺翘了翘嘴角，抬手将闻希捧着的奶茶抽出来放回桌子上，然后把人又往怀里揽了揽：“没说什么。”

闻希半信半疑，但余光瞥到赵一恺已经把摄像头对准了他们，便没有再纠结，而是转头靠着江砺笑得眉眼温柔。

赵一恺连拍了三张，才把手机递给江砺。不过在江砺抬手去接的时候，他突然扬了手，不怀好意地看着江砺。

接了个空，江砺凉凉地睨了赵一恺一眼。

赵一恺仗着林烛和闻希在，江砺也不敢把他怎么样，小人得志地笑起来：“我把你和闻希小姐姐拍得这么好看，你打算怎么感谢我？”

江砺轻嗤，没开口。

赵一恺正想趁机翻身农奴把歌唱，下一刻林烛就一巴掌毫不客气地招呼在了他背上。

这一巴掌太过突然，赵一恺整个人有点发蒙。

他缓了两秒，才委屈巴巴地看向林烛："阿烛，你为什么打我？"

林烛看都懒得看他，直接抽了他手里的手机还给江砺："拍得好看是因为我家希希长得好看，你就别往自己脸上贴金了。"

"阿烛，我才是你家的。"赵一恺扶着林烛的头非要她看着自己，"在你眼里，我才应该是最好看的。"

林烛早就习惯了他这副耍宝的样子，没搭理他，拍开赵一恺的手自顾自地和闻希商量下午的安排。

两个人商量了半天，最后还是选择了最俗气的看电影吃饭，闻希和林烛的理由是懒得折腾。

晚上吃完火锅，闻希一到江砺家就受不了地往浴室跑，冬天还好，夏天气温高吃完火锅方圆三米都是挥之不去的火锅味。

江砺细心地帮着闻希把从国外带回来的行李打开收好，这才去了主卧的卫生间洗澡。

他的动作比闻希快得多，等他洗完澡出来，外面的浴室里水声还没停。站在空荡荡的客厅里，他又想到了上午王建书跟他说的事情。

去，还是不去？

江砺知道作为一名警察守家卫国是他义不容辞的事情，可他就是迟迟做不了决定，因为他也答应过闻希要好好地守着她。

烦躁地从茶几下的抽屉里摸了一包没开封过的烟，江砺拿着手机抬步往阳台上走。

阳台是开放式的，闻希收拾完出来，就看到江砺懒懒地趴在阳台的栏杆上，手里夹着一支燃了一大半的烟，而他的脚边已经落了好几个烟头。

自从上次江砺答应了她要戒烟开始，闻希已经有小半年没见着他抽过烟了，突然又抽得这么凶也不知道是不是有什么烦心事。

这一瞬间，江砺让闻希觉得孤独又遥远，她有一种江砺似乎随时都会离她而去的感觉。

闻希顿了顿，轻轻走向江砺，然后小心翼翼地从身后环住他。

“警察哥哥，你不开心吗？”

江砺刚刚沉浸在自己的思绪里，向来警觉的人倒是完全没有注意到闻希的靠近。他低咳一声，将烟掐掉，这才握着闻希环在他腰间的手转过身。

他故作轻松地笑了笑，回答闻希的问题：“没有不开心。”

“那怎么突然抽烟了？”闻希说话的时候吸了吸鼻子，被江砺身上的烟味熏得直皱眉。

“烟瘾犯了。”江砺抬手捋了捋闻希还湿着的头发，语气里带了丝笑意，“看在我之前表现良好的分儿上，今晚上你就让我过过瘾吧。”

“真的吗？”闻希总觉得江砺没他看起来这么轻松。

“我保证。”江砺故意曲解闻希的意思，四指并拢举到耳边发誓，“我以后绝不在你面前抽烟了。”

闻希欲言又止，一偏头看到了江砺没有锁屏的手机里正好显示着两个人下午拍的合照。

所以他刚刚是在看这个？

注意到闻希的视线，江砺索性大方地将手机递到她面前让她看个清楚：“我发现我们家希希是真好看。”

开口的时候，江砺的眼里是毫不掩饰的情意。

闻希被他看得有些害羞，不好意思地嘀咕：“你这是情人眼里出西施。”

盛夏的海城，即便是入了夜也闷得人难受。和江砺在阳台上没站多

久，闻希后背上就腻了层细汗，不想等会儿再花工夫洗一遍澡，她便牵着江砺的手进了客厅。

虽说夏日气温高，但是在空调房里，湿漉漉的头发要想自然风干还是有些困难的。

闻希和江砺对视了一眼，索性去浴室拿了吹风机给他，自觉地在沙发上坐下来，仰着头撒娇："警察哥哥你帮我吹一下头发吧。"

江砺神色温柔地接过，弯腰将插头插上。

他的动作很熟练，感觉到江砺干燥温暖的手指在发间穿梭，闻希像只猫似的，享受地眯了眯眼。

头发快要吹干的时候，他扔在茶几上的手机忽然响起来，在只有吹风机工作声音的客厅里显得有些突兀。

闻希正要起身去拿，江砺已经关了电吹风先她一步将手机拿了起来。

"谁啊？"闻希随口问。

江砺低头去看来电显示，上面写着"闻洪海"三个字。他眸子暗了暗，淡声："你爸爸。"

这大概是她最不想接的电话了。

听到江砺的话，闻希抬了一半的手直接收了回去，脸上的笑意也尽数消失。

她没什么情绪地开口："帮我挂了吧，我不想接。"

这段时间闻洪海时不时就要给她打电话，半个月来打的电话几乎比以往好几年的总和还要多，只是每一次他都三句不离要闻希嫁给陈明达的事情。

"真不接吗？"江砺又问了一遍。

"不接。"闻希态度坚决。她能猜到闻洪海要说什么，便不想给自己找不痛快。

江砺没再坚持，摁掉了电话。

将手机放回茶几的时候，江砺余光看到闻希的锁屏通知栏上显示了一条未读微信消息。

发信人的备注是“吴老师”。

江砺并不是故意要窥探闻希的隐私，但是这个通知栏实在是太过显眼，哪怕只是快速地扫过一眼，他也看清楚了所有的内容。

“你再考虑一下出国深造的事吧，这是个不可多得的……”

通知栏里显示的字数有限，但是仅凭这一句不完整的话江砺也已经有了猜想。

他这才意识到因为自己今天心里太乱，以至于忘记了问他的小姑娘这次出去比赛的结果如何。

江砺若无其事地放下手机，重新打开了吹风机。

一直到替闻希将一头秀发完全吹干，江砺才状似随意地问起：“在国外的比赛都比完了？”

闻希笑眯眯地点头。

“结果怎么样？”江砺摸摸她的脑袋，看闻希的表情也能猜出结果不会差。

“你等等。”闻希不等话落，就急匆匆地跑到玄关那里，从自己随身背着的包里翻了个什么东西出来，又重新跑回江砺身边。

她郑重其事地将东西递给江砺，才说：“这是送你的第二份毕业礼物。”

江砺接过。

是一份设计手稿，以及一枚金灿灿的奖牌。

手稿江砺之前见过，是闻希设计的那套婚纱，也是她这次的参赛作品。

“得了金奖？”江砺仔细端详了一番那枚奖牌，分量不轻，正面印

着一个有些抽象的 logo。

闻希大幅度地点了点头：“把它送给你，这是我得的第一个国际大奖。”

其实闻希之前并没有想到能得奖，更没想到能得一等奖。在颁奖现场接过奖牌时，短暂的欣喜过后，她最先想到的就是要将这个很有纪念意义的奖牌送给江砺。

想了想，闻希又补充了一句：“以后说不定我还能拿更多的奖牌，到时候都送给你，你一定要好好保管。”

“好。”江砺没有拒绝，扬了下手稿，“这个也是送给我的？”

“算是又不是。”说起手稿，闻希的耳根子烫了烫。

“什么意思？”江砺没懂闻希这个模棱两可的回答。

“就是我要送你的不是手稿，但是实物现在还不在我这儿，只能先用这个代替了。”闻希的声音越说越小，最后要不是江砺凑近她，估计根本听不清楚她在说什么。

“实物？”江砺咀嚼了一下闻希话里的意思。

闻希扫了江砺一眼，这个人平时不是挺聪明，这会儿怎么就听不懂她说话了？难道非要让她明说吗？

见江砺是真没有反应过来，闻希认命地给他解释：“我真正想送你的是这件婚纱，是因为你，我才有了灵感，所以也是为了我们两个而设计的。”

有什么东西在江砺的心里燃烧起来。

他之前不是没想过这种可能，可是见闻希一直那么淡定，他便也就单纯地把这个当成一个普通的设计稿了。

何曾想到这个居然是闻希为了他们以后的婚礼而设计的。

闻希揪了下江砺的衣服下摆，声音很轻：“这是我第一次设计婚纱，你不要嫌弃哦。”

江砺低头在闻希唇上亲了亲：“我敢肯定，这一定会是我这辈子见过的最好看的一件婚纱。”

闻希被江砺哄得眉眼里都是笑意。

江砺领着闻希走进书房，将那块奖牌放在最显眼的位置上，又仔细地将闻希的设计手稿保存好，才走到电脑椅边坐下来，把闻希整个人抱在怀里。

他问：“这次去比赛有没有遇到什么赏识你才华的伯乐？”

江砺的这个问题问得太过突然，闻希愣了下，不过她神色很快恢复自然：“我得奖很大一部分原因是我运气好吧，哪里有什么赏识我的伯乐。”

“真没有？”江砺直视着闻希。

江砺的目光太过迫人，闻希下意识摸了下耳朵：“没有。”

“那我刚刚看到你手机里吴老师给你说的出国深造是怎么回事？”

02.

闻希蓦地抬头。

她坐在江砺的腿上，目光正好和他的平齐。不同于她的惊讶，江砺望着她的眸子里平静得没有一丝涟漪。

像是早就料到了她会是这种反应。

“你偷看我手机？”闻希从江砺腿上站起来，脸色有些不太好看。

“没有。”江砺既然选择摊开了说，就没打算遮遮掩掩，“只是刚刚帮你挂电话的时候看到了通知栏里的消息。”

闻希怔了怔，随即转身去客厅里拿了手机。看到消息栏里果然如江砺所说躺着那条她还没有来得及查阅的消息，她心里的不舒服这才缓和了一些。

江砺没有跟出来。

闻希犹豫了一下，还是重新进了书房，不过却只站在书房门口，不太好意思地垂着头。

江砺看闻希不敢上前的样子，觉得有些好笑。他无奈地摇摇头，朝闻希招手，声音温柔："过来。"

闻希没敢动。

江砺只好又开口："还要我抱你过来吗？"

闻希这才迈着小碎步朝江砺走过去。

见她停在隔自己一步远的地方，江砺抬手覆在闻希的手腕上，将人重新带进了自己的怀里。

他轻轻捏了捏闻希的下巴，让她抬头看着自己，才问："生气了？嗯？"

说最后一个字的时候江砺的调子微微上挑，像是故意在磨闻希。闻希听得脸烫了烫，红着耳根子开口："对不起。"

"怎么突然道歉？"江砺说话的时候动作温柔地替闻希将晃在眼前的几缕碎发别到耳后。

"就是刚刚我不应该不相信你。"要换了她是江砺，被喜欢的人这么怀疑，估计这会儿心里能气死。

江砺神情却依旧温和："我的确是看了，是我不对。"

他越是这样若无其事，闻希心里就越是过意不去。想了想，她轻声问："那你就没什么想问我的吗？"

江砺低笑："想问的刚刚不是都问过了吗？"

闻希顿了顿："可是我刚才是骗你的。"

"那你现在想对我说实话了吗？"完全是商量的语气，江砺不打算逼闻希，她如果不想说他也不会再逼她。

闻希叹了口气，窝回江砺怀里："其实是有人认可我的设计的。我去意大利的第三天，吴老师就告诉我马兰欧尼学院对我抛出了橄榄枝。”

即便是江砺这种不太研究时尚的人也听说过马兰欧尼学院，毕竟是意大利也是世界公认的时尚界一流学府。

“他们的意思是可以破格录取我成为他们学校的学生。”能够被这样的学府认可，闻希其实是开心的。

“是去意大利学习吗？”江砺抚着闻希的背。

闻希点点头：“要去学习至少两年，听说要是课业成绩不合格还要延长学习时间。”

“才两年而已，而且我相信我们希希这么优秀不会课业不合格的。”江砺的语气像是在夸奖自己学业有成的女儿一般，“那什么时候开始上课？”

“吴老师说这学期在 A 大的课程结束后就过去，但是我说了我不想去。”

“真不想去？”江砺看得出来闻希是喜欢设计的，也极有天赋，不然不可能仅凭着一幅设计图就获得了马兰欧尼学院的青睐。

“两年太久了，我不想和你分开这么久。”闻希说了实话。

“我也不想和你分开。”江砺温言细语地开导闻希，“但是你想想我们还有一辈子，两年也不是很久。”

其实听到闻希要出国两年的时候，江砺心里就有了计较。

虽然还没有下定最后的决心，但是他心里明白，如果自己这次逃了，那他大概以后都没办法心安理得地穿上那身制服。

而这个深造的机会来得正是时候，不论是于公于私，江砺都希望闻希能去。

因为需要保密，他没有办法和闻希说要去西南边境犯险的事，而且闻希毕竟是个女孩子，很多时候也容易胡思乱想。江砺舍不得闻希为自

己担惊受怕，也不想她为了自己难过。

所以在他出任务之前如果能把闻希送出国，也不失为一个办法。如果他真的在出任务的过程中遇到了什么不幸，那个时候闻希应该是能理解他的。

闻希却有些固执地摇头：“我不想去，两年对我来说太长。”

她从小到大见过太多的物是人非，她害怕两年之后一切都会变了，她舍不得失去现在自己所拥有的一切。

“希希，你要听话。”江砺的声音严肃了几分。

闻希忽地冒出了几分逆反心理。

闻希将自己的观点重申了一遍：“我不想出国，我也不想和你分开两年。”

江砺也意识到自己有些急了，他呼了两口气，努力让自己冷静下来，才低声说道：“希希，美好的爱情不应该成为拖住彼此的绊脚石，而是应该成为彼此的动力。”

他顿了顿，在闻希的发顶落下一个轻吻。

“无论是两年还是三年或是更久，我都会支持你去变成更好的自己，而我会一直在这里等着你回来。”

闻希不是不相信江砺，但她就是害怕分离，这也是为什么最开始知道马兰欧尼学院录取她的时候她选择瞒着江砺的原因。

“你不要劝我了，我不想去。”声音不大，却很坚决。

“希希……”

江砺还想说什么，却被闻希打断：“我今天坐了好久的飞机，这会儿有点困了，我先去睡了。”

说完，她直接回了卧室。

江砺兀自坐了一会儿，半阖着眼不知道在想些什么，良久才起身，关掉了屋子里的所有灯，进了卧室。

这么久了，闻希还没睡着。

江砺刚坐到床上，闻希就翻了个身，滚到大床最边缘的地方，背对着江砺，一副不想和他说话的模样。

江砺看了看闻希有些单薄的背影，抬手替她将被子掖好，才在自己这一侧的床上躺了下来。

这是两个人在一起以来第一次在一件事上出现分歧，也是第一次躺在同一张床上，却心思各异无话可说。

快天亮的时候，闻希才睡着。

哪知没睡多久，又被电话铃声吵醒。闻希半睁着眼看了眼，是闻羽打来的。她摸索着接通，还不等将手机放到耳边，就听到闻洪海带着怒意的声音从听筒里传出来。

“闻希我管不住你了是吧？我的电话你想挂就挂，还有没有一点尊卑？”闻洪海大概气急了，声音很大。

闻希最后的睡意尽数被赶跑。

她不知道为什么闻羽的手机会在闻洪海那里，她只是安静地听着闻洪海宣泄怒意。

等他骂完，闻希才不咸不淡地开口：“您找我有什么事吗？”

没有称呼“爸爸”，而是直接用的“您”。

闻洪海没想到闻希居然没有一点悔过的意思，他气得胸口发闷，好半晌才从牙缝中挤出一句话：“你给我回来，现在立刻，不然我就是翻遍海城也要把你揪出来。”

挂了电话，闻希才注意到江砺也已经醒了。

想了一个晚上，闻希也知道江砺说的那些都是为了她好，却并不代表她改变了不想出国学习的想法。

她看了江砺一眼，有些别扭地开口："我要回家一趟。"

江砺自然也听到了闻洪海的一通怒吼，他从床上坐起来，眼底一片清明："我陪你回去吧。"

"不用了，我自己回去就行。"闻希都能猜到闻洪海会对她说什么，无非是威逼利诱让她嫁给陈明达，要是这个时候江砺再跟她回去，只会让事情变得更加复杂。

闻希说完利索地下床，走到卫生间门口的时候，江砺突然叫住她："希希。"

闻声，她转头。

江砺张了张唇，才哑着声音说："关于出国的事你再考虑考虑吧，如果你真不想去我也不会逼你。"

闻希望着江砺，最后还是点了点头。

九点半的时候，闻希出现在闻家门口。

刘姨一开门，闻希就看到了坐在客厅里显然是在等她的闻洪海。

她沉默着走进去，站到闻洪海对面。下一秒，一杯茶水就尽数泼在了她身上，好在茶水并不是很烫，除了衣服黏腻，倒也不痛不痒的。

闻希没躲，甚至表情都没变分毫，依旧淡淡地看着面前这个气得跳脚的男人。

反倒是一旁的闻羽吓了一跳，她不顾余诗敏的阻拦，拿了纸巾细心地替闻希擦掉身上的水渍。

闻羽回闻家这么长时间，和闻希的关系相处得虽不算多亲密，但也不差，至少每次两个人单独相处的时候都还挺愉快。而且在闻希与闻洪海的这段抗争中，闻羽一直是支持闻希的，明里暗里向闻希透露了不少家里的消息。

但是今天这件事，闻羽觉得很对不起闻希，虽然她也是十分钟之前才知道闻洪海趁她不注意的时候拿了她手机给闻希打电话。

闻羽的声音带着哭腔，帮闻希说情：“爸爸，您有话好好对希希说吧，她不是故意要惹您生气的。”

闻希按住闻羽还在帮她整理衣服的手，对着她轻轻摇了摇头。

这个动作落在闻洪海眼里，却有些不是滋味了。他不屑地用鼻子哼了声：“不是故意？我看她就是分明想把我这个当老子的给气死。”

他转身死死地盯着闻希，一字一顿地继续说：“我告诉你闻希，你别以为这样跟我耗着我就会同意不让你嫁给陈明达。你不是在外面不接我电话吗，那从今天开始你就好好地在家里给我待着待嫁。我和陈家商量过了，下周日你们先订婚，等到你和明达的事情定下来你再出去。”

闻希没想到闻洪海会干得出圈禁这种事，冷静的脸上终于出现了一丝裂缝。

她不可思议地看着闻洪海。

下一秒，闻洪海就大步走到她面前，夺了她手里握着的手机，狠狠地砸到地上。

“别这么看着我，连你都治不了我还怎么当你老子，我说到做到，在订婚典礼之前，你别想踏出闻家大门半步。”

03.

闻洪海的耐心早就在闻希和他僵持的这几个月里耗尽了，他没再多说，直接拖着闻希将她关进房间。

临关门的时候，他还不忘假装父女深情地说一句：“爸爸做的这一切都是为了你好。”

这一瞬间，闻希对闻洪海最后的一丝尊重也都烟消云散，以后也不会再对他有任何不切实际的期待。

怕闻羽胳膊肘拐向闻希，闻洪海甚至亲自叫了人来换了闻希房间的锁，两把钥匙，他自己留了一把，一把给了保姆以便她给闻希送饭。

闻洪海做这一切的时候，余诗敏就在旁边冷眼看着，从始至终未置一词。

被关在房间里，听着门上叮叮咚咚的换锁声，有一瞬间闻希甚至想过结束在这里，但是下一刻想到江砺，她又很快打消了这个念头，她才和江砺在一起过了三个月的时光，她舍不得他。

想到这儿，闻希在屋子里环视一圈，像是抓住救命稻草一般打开了书桌上的台式电脑。

电脑还是她当初上小学的时候买的，自从上了高中她就没怎么使用过，更记不得上一次开机是什么时候。因为放置太久，电脑开机的时候发出了不小的噪音，闻希急得紧紧按着桌沿，生怕作为最后希望的电脑会打不开。

过了三四分钟，电脑桌面终于显示出了各种图标，闻希迫不及待地点开 QQ，输入账号密码然后摁下回车键，只是她试了好几次都显示登录超时。

闻希心里急得不行，却在低头的时候看到了电脑桌面的右下角，网络连接那里显示着一个红色的叉，她才意识到大概网线也被闻洪海剪断了吧。

轻嗤一声，闻希烦躁地扔掉了手里的鼠标，突然后悔早上的自己一意孤行，如果有江砺陪在身边大概她也不会这么狼狈。

中午和下午的时候，刘姨来给她送了两顿饭。闻希本来想求刘姨帮忙，结果她心思刚动，就看到闻洪海幽灵似的站在门口守着。

一直到入夜，闻希都被困在房间里。

她躺在床上辗转反侧，已经一天没和江砺联系了，不知道他现在有没有想她。

闻希闭了闭有些酸胀的眼睛。

忽然，她听到有什么东西砸在了窗户玻璃上。她呼吸一紧，短短两秒的时间里脑子里闪过无数种可能。

在闻希思索的时候，很快又想起了第二声轻响。

连拖鞋都来不及穿，闻希翻身下床跑到窗边，就看到闻羽在下面向她招手。

隔着落地窗和新安置上去的防护栏，闻希注意到闻羽在看到她没什么事的时候明显松了一口气。

怕惊扰了闻洪海，闻羽不敢出声，手舞足蹈地和闻希比画着什么。闻希凝神看了会儿，才反应过来闻羽是在安抚她，示意她别急，她会想办法的。

闻希想了想，示意闻羽等她一下，然后她就转身跑到了书桌那里拿了纸笔。

等再回到窗边的时候，闻希将那张写了江砺电话号码的纸揉成一团扔了下去，她想让闻羽帮她联系江砺。

闻羽担心被发现，没有逗留太久的时间，她捡了纸团，很快从花园的小路跑到门口。

小心翼翼地推开门，闻羽还没来得及松口气，就看到悄无声息坐在沙发上的余诗敏。

闻羽惊了一下，下意识地将捏着纸团的手藏在身后，心虚地叫了一声“妈妈”。

余诗敏闻声淡淡地扫了闻羽一眼，施施然起身往楼上走。结果，她上了几级台阶后，发现闻羽还愣在原地，只好又停下来招呼她：“跟我

过来。”

这下闻羽想装傻都不行了。

她迟疑了一下，最后还是跟在余诗敏身后进了自己的房间。

闻羽刚将门关上，就听到余诗敏带着嘲讽的声音在耳边响起：“刚刚干什么去了？”

“没干什么，我就去花园乘会儿凉。”闻羽强迫自己冷静下来，随便胡诌了个借口。

哪知余诗敏根本不买账，她嗤了声：“你倒是挺喜欢做老好人的，人家都快把属于你的东西抢光了，你还这么巴巴地凑上去。”

“妈妈您什么意思？”闻希愣了下。

“什么意思？”余诗敏退了两步坐在闻羽床边，“你爸说了，等闻希嫁给了陈明达，闻家的大多数财产都会留给她，到时候我们两个就等着被她和你爸扫地出门吧。”

上次江砺和余诗敏私下谈过之后，余诗敏特地托关系查了闻洪海的律师，的确如江砺所言，闻洪海立了那份遗嘱。

得知这个消息的时候，余诗敏心里有种说不出的滋味。当初闻洪海在她怀孕的时候在外面乱搞出轨了闻希的母亲，后来她的闻羽被拐卖，闻洪海毫不犹豫地接回了闻希，到了现在她好不容易找回女儿，闻洪海却连立遗嘱都不考虑闻羽半分。余诗敏觉得自己这一辈子坚持的这段婚姻实在是可笑到了极点。

闻羽不知道余诗敏想了这么多，她默了片刻才看着余诗敏的眼睛，轻声开口：“妈妈，我并不在意他有没有留什么东西给我，就是因为拥有的财富太多，爸爸的眼里才会只有利益。而且您也看到了，希希她不是出于本心想要争夺家产的。”

虽然知道闻羽的话在理，但余诗敏就是看不惯女儿为闻希说话，毕竟她这一生悲剧的开端都是因为闻希的母亲明知闻洪海是个有夫之妇还和他纠缠不清。

余诗敏故意板着脸，将手摊开在闻羽面前："手里拿的什么，给我看看。"

"妈妈。"闻羽的脸上带着恳求，"求求您放过闻希吧，她其实什么都没有做错，她也是受害者。"

"放过？"余诗敏心头闪过一丝不满，"我有说我要把她怎么样？"

闻羽在心里默念了一遍余诗敏的话，才反应过来。她半跪在余诗敏身边，晃着她的手撒娇："我就知道您最善良了，所以您能不能想办法帮帮闻希？"

"你刚刚还觉得我要害她，这会儿又觉得我能帮她了？"

"妈妈，我错了。"闻羽也会察言观色，这会儿见事情有转机，赶紧对着余诗敏服软，"您大人不计小人过。"

余诗敏的目光重新落在那个被闻羽护着的纸团上："那你先给我看看你拿的什么。"

闻羽有些犹豫，但权衡利弊之后还是将手里的纸团递给了余诗敏。

余诗敏慢条斯理地将皱得不成样子的纸铺展开来，意料之中地看到一串手机号。她意味不明地扬了扬唇，问闻羽："闻希让你联系江砺？"

闻羽微微点点头。

得到了肯定的答案，余诗敏将那张纸随意地搁在床上，起身往门口走。

眼见着她就要开门出去，闻羽急了，上前拉住她的手："妈妈？"

余诗敏在闻羽焦急的眼神中，不急不徐地开口："行了，你别跟我撒娇了，自己的事没见你上心，别人的事倒是费尽心思。明天上午你爸爸要去公司开董事会，你让江砺明早九点来家里吧。"

第二天早上九点，江砺准时出现在闻家门口。昨晚接到闻羽的电话，除了担心和心疼，江砺心里更多的是愤怒。

他想不出一个父亲要狠到什么地步才能对自己女儿做出这种事情。

闻羽打开门的时候，就看到江砺阴沉着脸站在门口。他周身的气压太低，闻羽下意识瑟缩了下肩膀，好一会儿才反应过来，侧了身让江砺进来。

“闻希在哪儿？”江砺的声音有些哑。

“在楼上。”闻羽给江砺指了指楼梯的方向，“江警官，希希现在被锁在房间里。”

江砺的眼睛有些发红，他不顾一切地往楼上大步走去，结果却在二楼楼梯口被余诗敏拦下。

余诗敏神情淡淡：“小江我们聊一下？放心吧，闻希在房间里好好的，没有事。”

江砺垂在身侧的手握了握，半晌才挤出了一个“好”字。

余诗敏把江砺带到了一个房间里，没让闻羽进来。她仔细地锁了门，才示意江砺在椅子上坐下来。

江砺像是猜到了余诗敏要和自己说什么，也不兜圈子：“余老师上次的事您是想好了？”

他给了余诗敏足够的时间考虑，就算余诗敏今天不找他，他也会找机会联系余诗敏的。

“想好了。”余诗敏脸上带着淡淡的笑意，“我可以帮你和闻希破坏掉她与陈明达的婚事。”

“那您提条件吧。”虽然这事余诗敏和闻羽是最大的受益者，但是江砺也明白天下没有白吃的午餐。

“其实也不算是什么条件。”余诗敏说着拿了份文件出来，“让闻希把这份财产转让文件签了，以后就算她父亲有什么资产给她，也会自动转到闻羽的名下，而这份文件成立的前提是闻希不会和陈明达结婚。”

江砺是聪明人，和聪明人说话要小聪明反而显得自己愚蠢，余诗敏索性把所有事情都摆到明面上来讲。

“闻希签了这份文件，我可以做主放她离开闻家，但是她走了就不要再回来。”

这其实是江砺想看到的结果，但他不是闻希，他不能直接代替闻希做决定。

想了想，他看向余诗敏：“让我和闻希谈谈，她有权做出自己的选择。”

余诗敏自然没意见，她出去叫了刘姨给江砺打开房门。

起初刘姨还在犹豫：“太太，先生说了没他的吩咐谁都不能放希希出来的。”

“先生的吩咐？”余诗敏冷笑，“别忘了我也是这个家的主人，你的工资有一半是我开的。”

“太太，我……”

余诗敏直接打断她：“把门打开，要是闻洪海追责，所有的问题我来承担。”

刘姨拗不过余诗敏，最后还是给江砺开了房门。

余诗敏朝开了条缝的门抬抬下巴：“空间留给你，不过别耽误太久。”

“谢谢余老师。”江砺说完，转身进了闻希的房间。

房间里的床帘拉着，也没开一盏灯，江砺只能勉强看清闻希大概是躺在床上的，也不知是睡着了还是怎么样，她就在那里一动不动。

江砺试探着叫了一声：“希希？”

这回床上的人终于有了反应。

刚刚听到动静，闻希还以为又是刘姨来给她送食物，结果却听到了

江砺的声音。

闻希从床上撑起来，欣喜地望着面前的男人，然后不等江砺说话，直接整个人蹦进了他的怀里。

嗅着熟悉的味道，闻希才觉得一颗心落了地，好像只要有江砺在，所有的问题就不再是问题了。

她抱了江砺一会儿，才轻声说：“警察哥哥，我觉得现在的你像是踩着七彩祥云来救我的盖世英雄。”

/ 第二十章 /

拼了命想和你朝朝暮暮

01.

昏暗的房间里，两个人紧紧拥着，像是要通过这种方式确定彼此的存在。

江砺知道闻希这一天应该是吓坏了，他一下一下地抚着闻希的背，好半晌才拉了小姑娘坐在床边。

他顺手打开了房间的灯，暖黄的灯光顿时倾洒下来，柔和了两个人的轮廓。

江砺低头看了眼依赖地拽着自己衣服下摆的手，在心里叹了口气，轻轻握住。

他低声开口：“希希，如果让你放弃闻家所有的一切，你会后悔吗？”

“闻家的钱和闻家大小姐的身份吗？”闻希静静地望着江砺，眼里没有一丝惊讶。

“嗯。”江砺捋了捋闻希的长发，“余老师说如果你答应放弃闻家的一切，她可以让你父亲放弃逼你嫁给陈明达的想法。”

“真的？”闻希有点不敢相信。

“是真的。”江砺说话的时候，转头看到了堆在闻希书桌上的早已经凉掉的饭菜，硬朗的眉头不易察觉地皱了下。

得到了肯定的答案，闻希整个人忽然从里到外透着一股轻松，拉了江砺就要往外走：“我现在就去告诉她，她的要求我都能答应。”

这些东西或许别人会羡慕，但对闻希来说，只是她一直想摆脱的枷锁。

江砺坐在床边没动，正色看着小姑娘。

闻希有些疑惑：“怎么了，还有什么问题吗？”

“希希，关于你出国留学的事……”江砺没有再继续说下去，他观察着闻希的表情。

经历了这件事，他从心底里更希望闻希能出国留学，至少在国外，闻洪海的手伸不到那么远。

“你很想我出国吗？”闻希站在江砺面前，居高临下地看着他。

江砺看到，闻希眼里的笑意淡了一些。

他突然觉得嗓子像是被什么东西扼住了一样，连呼吸都有些困难。如果他能一直守着闻希，那她出不出国都无所谓，可是他的职业注定了他有太多的身不由己。

而且昨晚在接到闻羽的电话之前，他已经答应了王建书他会去西南边境。在那样穷凶极恶的环境中，他甚至不敢百分之百保证活着回来，又怎能时时刻刻护着闻希。

深深吸了一口气，江砺哑着声音说：“虽然这次余老师阻止了你爸爸，那万一之后又出现张明达、王明达呢？希希，我们这次已经用光了所有的筹码，所以你只能让自己变得更强大，才能和这个世界上的不如意抗衡。”

“警察哥哥。”闻希叫了他一声，却也不急着表态。

江砺摩挲着闻希的手背，轻轻应了声，没等着闻希的下文，他才接着开口：“我知道变强大需要时间，我等你，你回来我们就结婚好吗？”

不光闻希需要时间变得强大，他也需要，他也要足够强大才能守他珍惜的人。

闻希垂着头，有些心疼地抬手抚了抚江砺眼底的青黑色：“我出国，但是你一定要等我。”

一个人被闻洪海锁在房间的时候，闻希把所有可能发生的事情都想了一遍。她之前只希望不和江砺分开，可是如果这两年的分开真的可以让两个人的以后变得更容易，好像也不是不能接受。

“真的想好了吗？”江砺的眼神很深邃，虽然这是他希望从闻希口中听到的答案，但是他不希望闻希做决定的时候委屈了自己。

闻希点头：“想好了。”

看得出来江砺心里其实也不好受，她偏着头想了想，半开玩笑半认真地说：“等我变得更好之后你肯定会有危机感，到时候为了我不被抢走肯定会对我更好。这样想想，这两年也不亏。”

江砺低笑：“现在的希希也有很多人觊觎，我的危机感并不少，所以你出了国不准在大街上给那些外国男人乱送秋波。”

闻希故意轻哼一声：“反正送了你也不知道。”

“你看我知不知道。”说着，江砺惩罚似的在闻希的鼻梁上刮了一下。

气氛终于没有先前那么凝重。

两个人谈好，便和余诗敏签了那份所谓财产转让协议，然后在余诗

敏的目送下离开了闻家。

中午，闻洪海从公司回家，刘姨上前接过他脱下来的西装外套，她不敢看他的眼睛，一个没接稳，昂贵的衣物便落到了地上。

闻洪海意味深长地看着刘姨，她向来办事稳妥，根本不会犯这种低级错误，不然也不可能在闻家干了这么多年。

刘姨被闻洪海看得有些不自在，她知道闻洪海的性子，也知道闻洪海对闻希婚事的看重，如今人在她的眼皮子底下逃跑，除了心虚，大概只剩下了害怕。

刘姨低着头说了句“先生我去厨房看看菜烧好没”，只是还不等她抬脚，闻洪海就叫住了她。

“等等。”闻洪海松了领带。

“先生，您有什么吩咐吗？”刘姨的声音微微发颤。

“闻希没什么情况吧？”闻洪海一边问一边往楼上走，“她还不吃饭？”

说起闻希，刘姨更加不知所措了：“那个……我……”

“怎么了？”闻洪海的声音拔高了两分，审视地盯着刘姨。

一直坐在客厅不发一言的余诗敏笑了笑，不急不缓地走到闻洪海面前，淡声：“不用上去找了，闻希被我放走了。”

闻洪海眼底顿时聚满了怒意：“余诗敏，你到底什么意思？”

之前余诗敏一直对闻希要嫁给陈明达这件事没有发表过看法，闻洪海便以为她不会插手，所以也就没防着她，倒不想最后还是后院起火。

“没什么意思，看着闻希怪可怜的。”余诗敏像是根本感受不到闻洪海的怒气，脸上的表情始终淡淡的。

“你对她什么态度我不知道？”闻洪海冷笑，“你少在这儿猫哭耗子假慈悲。”

余诗敏靠在楼梯的栏杆上，看着闻洪海气得不行的样子，心里抑制不住有一种报复的快感。

她把玩着手指，扬扬唇：“我也没说我放走她完全是可怜她，主要还是因为我不太赞同这门婚事。”

“我要嫁的是闻希，不是你的闻羽。”

“我的闻羽？难道闻羽不是你的女儿？”闻羽出门去了，余诗敏说话便也不再顾忌，“我实话给你说了吧闻洪海，以前没闻羽的时候你想怎么折腾我都没兴趣搭理，可是现在该是属于闻羽的东西，那么一分一毫都不能给闻希。”

不等闻洪海吱声，她继续道：“关于你那份遗嘱，如果闻希嫁不了陈明达，应该没办法生效了吧？”

“你敢调查我？”闻洪海瞪着余诗敏的眼神似是要杀人。

“你在商场叱咤了这么多年，该不会连‘若要人不知除非己莫为’的道理都不知道吧？”

不过，闻洪海很快笑起来，眼里满是不屑：“你以为你放走了闻希我就没办法把她重新找回来？海城就这么大点地方，只要我活着，她就必须嫁给陈明达。”

“老闻啊，有些时候话还是不要说得太满了。”余诗敏说话的时候，朝刘姨递了个眼色，示意她去厨房忙自己的事情。

等到刘姨的身影消失在视线中，余诗敏才挑衅似的拂了拂闻洪海肩上并不存在的灰尘，压低了声音凑在他耳边：“如果你坚持把闻希嫁给陈明达，那我就只有把你上个月和某位领导的交易向相关部门反映一下了。”

“你……”闻洪海气得说不出话来。

“你放心，我不会冲动的。不过，关键是你得掂量掂量自己究竟应该怎么取舍，毕竟鱼死网破对大家都不好。”余诗敏说完，留下暴怒的闻洪海直接回了房间。

她有把握，闻洪海这种人永远只会选择利益损失最小的那条路。

七月初，闻希结束了大二的所有课程，紧接着又为了出国的事忙了好几天，一直到距离出国还有三天的时候，所有的事情才尘埃落定。

那次从闻家离开之后，闻希和江砺没有再被闻洪海打扰过。对于这件事，闻希是喜闻乐见的，可是这样的高兴也并不能掩盖因为分离带来的难过。

想到要和江砺分开两年，仅剩的三天时间里，闻希几乎和他形影不离。

出国前一晚，闻希和江砺相拥而眠。

可能因为之前说过的关于离别的话太多，真到了这时候两个人仿佛都不知道该怎么开口。

闻希听着江砺胸腔里传出来的有力的心跳声，轻声唤他：“警察哥哥你睡了吗？”

“没有。”江砺心里的不舍不比闻希少，他声音温柔，“怎么了？”

“没事。”闻希用额头抵在江砺的胸膛上轻轻蹭了蹭。

江砺以为闻希真的只是叫叫自己，便在她后脑勺上温柔地抚了抚，叮嘱她：“那早点睡，坐飞机累人。”

“好。”闻希应得乖巧，身体却一点不老实。

“希希。”他摸了摸闻希的发顶，“这种事情受到伤害的终究是女方，只要做了就有可能会怀孕。你马上要出国了，我不敢让你担着这样的风险，我希望你能好好的。”

闻希抿着唇没说话，轻哼了一声。

看着小姑娘赌气的样子，江砺低笑：“你乖一点，我们不急在这一时。你放心，等你从意大利回来我会连本带利把欠你的债务还给你。”

安静的卧室里，江砺低沉好听的声音尽数传进闻希的耳朵里，她忽然就忍不住红了眼眶。

她知道江砺是为了逗她开心才这样故作轻松逗她的。

闻希在被子里挣扎着翻身面对着江砺，将隔在两人之间的被子拉开来替他盖上，然后自顾自地重新窝进他怀里，抬手环住他精瘦的腰。

“警察哥哥。”闻希深深地吸了口江砺身上散发的清冽香气，“你一定要好好地等我回来，要给我打电话和我视频给我发微信。”

江砺郑重地点头，答应她：“我会等你回来。”

02.

三年后。

意大利米兰。

五月的米兰有着最温柔的阳光，作为国际时尚都会，熙熙攘攘的马尔潘萨机场，就连头发斑白的老太太，浑身上下也都透着精致与时尚。

机场的落地玻璃窗前站着一抹纤细的身影，她站得笔直，经过裁剪设计的格纹西装小外套衬得她利落干净，而一双精致的细跟高跟鞋又恰到好处地展现了她的妩媚。

她正在打电话。

“希，你真的想好了要离开这里吗？你要是留下来，我保证你很快就能成为最优秀的婚纱设计师。”

和闻希通电话的，是她在马兰欧尼学院的老师卡萨帕先生，也是她这一年来所在服装设计工作室的老板。

被透过玻璃的阳光刺得眯了眯眼，闻希将遮在额前的几缕碎发别到耳后：“卡萨帕，谢谢你三年来的照顾，但是我真的要回去了，我爱的人在中国，我得去找他。”

卡萨帕也听闻希多多少少说过她在国内的一些事，不再勉强她：“那好吧，希，你要是回来我随时表示欢迎，祝你能早日找到所爱。”

“以后会有机会再见的。”

挂了电话，闻希转身去咖啡厅点了一杯浓缩美式咖啡。她还没走回贵宾室，就又接到了闻羽的视频请求。

闻希没急着接，而是快走了几步，在贵宾室找到位置坐下来，轻轻抿了一口咖啡，才戴上无线耳机摁下接通键。

闻羽带着温和笑意的脸立即出现在手机屏幕上，看背景，她这会儿应该是在闻家别墅的小花园里。闻羽喜欢这些花花草草，而且据说闻家花园的花草都是她亲自在侍弄。

闻希出国的那年，闻羽靠着自学高中知识考进了海城A大的外交系。因为专业关系，闻羽这几年出国的次数不少，每次不管她去哪个国家，最后都会专程来意大利和闻希见上一面，加上平时联系也多，所以两姐妹的关系和以前比亲密了不少。

“希希，你什么时候回来啊？”

闻希微微垂眸，看了眼腕间的手表：“航班还有半个多小时起飞，不出意外的话，明天应该就回去了。”

“那我来接你。”闻羽显得比闻希还要激动。

“不用麻烦了。”算了算时间，她抵达海城应该是下午两三点，而且明天是周四，闻羽应该是有课的，“我行李不多，到时候我直接从机场打车就行了。”

“你好不容易才决定要回来，我怎么可能不来接你。”闻羽撇撇嘴，不给闻希拒绝她的机会，“反正就这么说定了，你等会儿记得把航班号发给我，你要赖你就是小狗。”

闻希无奈地笑出声：“你是姐姐，你能不能别这么幼稚？”

“我不管，你要是不发给我航班号我明天一早就去机场等你，看你的良心会不会痛。”这几年眼界宽了，闻羽的性格也不再像之前那么沉闷。

闻希拗不过她，只能妥协：“行了，怕了你了，我等会儿发给你。”

“对了，希希。”闻羽想到什么，迟疑了一下，“你回来的事要给江警官说吗？他前段时间还找我问起你的情况。”

闻羽忽然提起江砺，提起那个刺在她心尖尖上的人，让她很快敛了脸上的笑容。

她将视线从手机屏幕上挪开，沉默地盯着一旁软糯糯的金发碧眼小男孩看了一会儿，才缓缓开口：“算了吧，先别告诉他。”

闻希这次回去的事，只有闻羽知道。

她没记错的话，她已经有两年多没有和江砺联系过了，虽然毕业这一年来她会定期在邮箱里收到江砺发来的邮件，但她从来没有打开看过，更没有回过一封。

她在生气。

气江砺。

当初她刚出国的时候，面对语言不通的困境和巨大的课业压力，是靠着和江砺每天的视频通话才坚持下来的。但是，她的情况刚刚开始好转，她就发现江砺联系她的频率变少了，从开始的视频变成电话，到最后甚至只是寥寥几条微信。

江砺给闻希的理由是局里最近很忙。

闻希是见识过他工作时的忙碌的，便不疑有他。而且她也知道刑警的工作随时面临着许多不确定的危险，所以江砺不找她，她也尽可能地不打扰他。

这样的情况一直持续到闻希在马兰欧尼学院的第一个半年结束。

正好快要到国内的春节。

当时闻希刚交了一幅设计稿给卡萨帕，然后求了他好久才获准五天的假期回国。这是闻希和江砺正式在一起之后的第一个新年，她不想错过。

闻希花了很多时间给江砺挑选了新年礼物，然后瞒着他买了回国的机票，打算要给他一个惊喜。

米兰到海城的一路上，闻希幻想了无数种江砺看到她时会出现的表情，可独独真正发生的那一种情形她没有想到。

回到熟悉的城市，闻希没有找到江砺。

闻希想不通，好好的一个人怎么会凭空就找不到了，像是从来没有存在过一样。

那一晚，她给江砺打了几十个电话，最初是通了没有人接，再到后来就是一个冰冷的女声不停重复“您拨打的号码已关机，请稍后再拨”。

第二天一早，闻希去了江家。

敲门的时候，闻希甚至有过一瞬的担心，她或许连江砺的父母都找不到。不过，还好，最后是江城也给她开了门。

“叔叔。”闻希整整一夜没睡，眼睛肿得吓人。

看到她的时候，江城也显然惊了一下，不过到底是见过了大风大浪的人，他很快冷静下来，问闻希：“希希，你不是应该在国外吗？”

“叔叔，我找不到江砺了。”忍了一晚上，在说这句话的时候，闻希终于忍不住落了泪。

江城也叹了口气，看着不知所措的小姑娘，终于还是心软侧了身让她进门。

柳恩出去买菜了，江城也便将闻希带到了书房。

看着江城也淡定的模样，闻希就猜到他是知道发生了什么的。擦掉脸上的泪痕，她哑着嗓子开口：“叔叔，你知道江砺在哪里是不是？”

江城也示意闻希坐，又给她倒了杯茶，才语重心长地劝她：“希希你放心，小砺他没有做对不起你的事。你听叔叔的话，先回去读书好不好？”

“叔叔，我想知道江砺他去哪里了。”闻希有些固执，她不明白江砺为什么躲着不见她。

江城也没说话。

他当初就觉得江砺瞒着闻希的做法有些欠妥，虽然这次的任务需要保密，但只是跟闻希稍稍提及有任务，不说任务内容即可。但江砺舍不得闻希整天提心吊胆，他也就由着小辈的想法，结果到头来江砺苦心设计的一切还是被闻希撞破了。

“叔叔，求求你。”闻希眼里都是水光，“求求你告诉我江砺在哪里好不好？”

“希希，江砺他其实不想让你知道的。”江城也欲言又止，好半晌才接着说，“小砺希望你能一直过得轻松快乐。”

江城也越是这么说，闻希就越想知道。

她甚至在某个瞬间想江砺会不会是因为在查案的过程中受了伤，伤势严重不想让她知道才瞒着她。

这样想着，她的心里更没底了。

江城也最后还是拗不过闻希，心痛地摇摇头，告诉了闻希实情：“小砺他出任务去了，更多的实情因为涉及保密条例，我是真的没办法告诉你。”

闻希听得有些愣。

她不是什么都不懂的三岁小孩子，既然江砺连半个字都不愿意告诉她，那肯定不会是一般的任务。

她张了张唇，试着找回自己的声音：“那……这个任务会很危险吗？”

闻希看到江城也点了点头。

闻希完全不知道自己最后是怎么走出江家的，江城也留她在江家过年，她委婉地拒绝了。她漫无目的地在街上走着，最后倒是不知道怎么走到了江砺的公寓楼下。

江砺很早之前就给了闻希他公寓的钥匙，她昨晚为了找江砺也来过这里，但是因为江砺不在她也没心思多留。

闻希皱着眉想了想，乘电梯上楼，用江砺留给她的那把钥匙开了门。

这次她直奔书房。

她总觉得江砺肯定会留下什么。

闻希有些急切地在书房里翻找起来，每一个抽屉每一本书，最后她倒是真的翻到了两样东西。

一样是夹在江砺常看的那本英文推理小说里的遗书，还有一样则是他抽屉里的存折。

遗书是写给闻希的。

闻希认得江砺遒劲有力的字。

她几乎是颤抖着读完这封遗书的，她的视线落在最后一页信纸上时，顿时泪如雨下。

上面写着：

“希希对不起，虽然我拼了命想要和你朝朝暮暮，但是我可能再也回不来了，不过你要快乐，找一个会照顾会疼你的人好好过完一生。”

也是这一刻闻希才知道，江砺早已经做好了向死而生的准备。

而那本存折上，记录着江砺给她的三百万汇款。

闻希在出国前的确收到了一笔三百万的汇款，当时的汇款卡号她很陌生。江砺告诉她，是余诗敏答应给她的留学费用，她便没多想，却不想所有的一切都是江砺给她准备的。

心里说不出是什么滋味。

她一个人在江砺的公寓里住了两天，过完了年，将那封遗书和那个存折放回原处，重新回到了米兰。

闻希依旧是马兰欧尼学院里最刻苦的学生，可以为了一份设计稿废寝忘食。她的设计依旧让包括卡萨帕在内的所有人惊艳，她靠着自己的努力一点点改变学院里那些人对华人设计师的看法。

似乎所有的生活都还和以前一样运转，但是只有闻希自己知道，有些东西变了。

她时时刻刻都在记挂着江砺的安危，如果可以，她宁愿那封遗书永远不要被交到自己手上。

此外，她也没办法心安理得地再用那笔钱，她开始画更多的设计稿，卖给各个工作室和公司，通过这种方法赚取学费和生活费。

又过了一年。

闻希从闻羽那里知道了江砺回来的消息，而且江砺还在这次任务里立了头功。

松了一口气的同时，闻希终于忍不住开始生气。她气江砺连这种事都把她蒙在鼓里，她气他明明连遗书都写好了，还骗她说他会一直等着她回去。

所以闻希没有和江砺联系，也不回他的邮件。

而且她知道江砺因为职业关系没办法出国，所以从马兰欧尼学院毕业之后，她便决定选择留在米兰工作一年。

……

思绪飘得有些远了。

闻希回过神，才意识到自己和闻羽的视频还连着，她轻咳了声，又向闻羽强调了一遍：“阿羽，别告诉他我回去的事，有些事情我还没准备好怎么面对。”

03.

在去机场之前，闻希为了完成在卡萨帕工作室的最后一份设计稿，已经熬了将近两个通宵，飞机起飞不久，她就戴上眼罩和降噪耳塞开始补眠。

也不知道是不是近乡情怯的缘故，闻希睡得并不太好，昏昏沉沉地梦到了好多乱七八糟的片段。

都和江砺有关。

她梦到的最后一个片段是林烛和赵一恺焦急地给她打电话，说是江砺在出任务的时候遇到了危险，让她赶紧赶回去见他最后一面。

闻希一下子就被吓醒了。

意识到只是梦，她后怕地喘了几口气，刚准备再养会儿神，就感觉到一股柔软的力道碰了碰自己的手背。

很轻，似乎还带着一丝试探。

闻希犹疑了一下，还是伸手掀了眼罩，然后她就看到一双海蓝色的眼眸正可怜巴巴地望着自己。

小男孩看起来有点眼熟，闻希凝神想了下，好一会儿才想起来他是之前在马尔潘萨机场贵宾室里的那个金发碧眼小正太。

闻希摘了耳塞，神色温柔，用意大利语问他：“怎么了小乖乖？”

小男孩看起来也就两三岁大的样子，见闻希主动和自己说话，顿时开心得手舞足蹈。

他有些费力地挤进闻希的两腿之间，亲昵地扑进闻希怀里，一套动作行云流水，倒是让几乎没怎么和小朋友接触过的闻希不知所措。

她四下张望，但并没有看出来谁是这个小朋友的家长。

正在闻希纠结要怎么办才好的时候，怀里的小男孩忽然仰着头叫了她一声“妈咪”。

闻希从来没有遇到过这样的事情。

她朝小男孩摆摆手，耐心地和他解释：“乖乖，我不是你的妈咪，你认错人了。”

但是他似乎根本不搭理闻希的解释，又连连叫了好几声“妈咪”，一边叫还一边在闻希怀里蹭来蹭去。

闻希发现自己根本搞定不了这样软乎乎的小家伙，她正准备叫空姐帮忙找一下小朋友的家长，就看到一个西装革履的男人朝她迎面走过来。

男人看上去三十多岁的样子，轮廓深邃，是个典型的欧美帅哥。他有些抱歉地看着闻希，熟练地将小男孩从她身上抱开。

小男孩起先不太情愿离开闻希，可是看清抱着自己的人之后，立马激动地指着闻希向他介绍：“爸比，她是妈咪。”

“奥吉，她不是妈咪。”男人用的是标准的中文，闻希这才意识到这个小男孩是听得懂中文的。

小男孩有些固执：“她就是我妈咪。”

男人没再当着闻希的面和小男孩争执，他对闻希微微颔首：“抱歉，打扰您了，小家伙认错人了。”

“没关系。”小朋友没有恶意，闻希便没太在意。

那个男人很快抱着叫奥吉的小男孩往自己座位上走。在男人转身的时候，闻希听到他对小男孩说："奥吉，并不是所有黑头发的女士都是你的妈咪。"

被这么一闹，闻希的睡意也基本没了，她索性找空姐要了两本时装杂志打发时间。

米兰直飞海城的这趟航班是北京时间下午两点三十五在海城国际机场降落的。

因为坐的头等舱，闻希倒是没花太多时间在等行李这件事上，她很快拿了自己的行李箱往外走。

快走到接机口的时候，闻希又听到了一声软糯的"妈咪"，她鬼使神差地回头，果然就看到奥吉小小的一个人坐在他爸爸推着的行李箱上，朝她挥手。

闻希注意到，那个男人似乎也有点无奈。

他低头去和奥吉说了几句什么，然后便领着奥吉朝闻希走过来。似乎不知道如何开口，他纠结了几秒才说："奥吉说他想和您拍张照可以吗？如果您觉得冒昧的话就算了。"

这个要求的确有些冒昧，可是闻希一低头看到小男孩委屈巴巴的样子，又忍不住心软了。

反正是和小朋友拍照，她只稍稍纠结了一下便答应了这个请求。

见闻希点头，奥吉几乎是迫不及待地从行李箱上蹦了下来。闻希怕他摔着，忍不住伸手护了一下他，哪知奥吉却顺势环住了她的胳膊。

等闻希蹲下来，他便紧紧依偎在她旁边，对着镜头笑得满足。

好在男人知分寸，只拍了一张就收了手机，将奥吉牵到自己身边，再次绅士地和闻希道谢。

闻希示意不用客气。

其实刚刚在拍照的时候闻希就看到闻羽已经等在外面了，怕她久等，闻希笑着对奥吉说了句“拜拜”便转身走了。

两姐妹也大半年没有见过面了，闻羽先是抱了抱闻希，才接过她手里的行李，有点好奇地问：“刚刚那个小正太是谁啊，还有那个男人？”

“不认识。”闻希没把今天的事放在心上，“飞机上小朋友把我认成了他的妈妈。”

“妈妈？”闻羽闻言忍不住笑起来，“这小朋友也太可爱了吧，妈妈都能认错。”

闻希无奈地笑了笑。

闻羽用空着的那只手挽住闻希，调侃她：“我还以为是你的意大利追求者不远万里都追回国来了。”

闻希觉得闻羽变得越来越能胡说八道了。

她毫不客气地在闻羽的手上轻拧了下，懒得搭理她的这个玩笑。

两个姑娘有说有笑地到了机场停车场，闻羽开的是一辆红色的保时捷城市越野，她直接将闻希的行李放到后备厢，才问她：“要去吃点东西吗？还是直接回家？”

“回家吧。”闻希坐到副驾上。

闻羽口中的家是她最近帮闻希找的一处房子，三环内的老式小区，外观虽然老旧了点，却很安静，住房面积也大。

闻希看房子的资料和照片很是满意，当时闻羽问她要不要买下来，却听她说：“不买了，先租半年吧。”

本来还在纠结闻希是不是真打算和江砺老死不相往来的人顿时明白了，闻希这一年哪里是放下了，根本就是放不下。

这处房子闻羽已经重新布置过一番了，家具和各类生活用品也全都是新的，闻希一推门看到的就是一个温馨的小家。

闻羽还特地给她腾了一间屋子作为她的书房，里面有各种她画设计稿时会用到的工具。

看到这样的用心，闻希忍不住动容，她倾身抱了下闻羽，声音很轻："谢谢你。"

"这有什么好谢的，反正花的都是你自己的钱，我就出了点力而已，而且你喜欢，我开心还来不及。"闻羽笑了笑，"你要真感谢我，请我吃顿大餐就行了。"

"好。"闻希失笑。

闻羽没急着走，她陪着闻希简单收拾了一下行李，差不多就已经到晚饭的点了。闻希说话算话，当真请闻羽出门吃了一顿不算便宜的大餐。

吃饭的时候，闻羽问闻希："希希，你接下来什么打算？工作还是先休息一段时间？"

"先办个展会，然后就工作吧。"闻希正好咬了一口蘸了芥末的刺身，她吃不惯这种生食，忍不住轻轻皱了皱眉。

等将刺身咽下去，她才接着说："我在马兰欧尼的老师有个朋友在国内开了家工作室，他的意思是要把我引荐过去。"

"也是服装设计？"隔行如隔山，闻羽其实不太懂。

"那家工作室做各类时尚设计，还挺有名的，我暂时可能还是只做婚纱设计。"

说起婚纱，闻羽忽然想到什么："希希，你有空帮我设计一件婚纱吧，我觉得你真的天生就是当设计师的料。"

"可以。"闻希答应得爽快，只是闻羽还来不及高兴，就听她话锋一转，"等你要结婚了，不管有没有空我都亲自为你设计一件最特别的婚纱。”

闻羽撇撇嘴：“我的眼里只有学业，至少五年之内我都没有结婚的打算。”

和闻羽吃过饭，闻希直接回了家。

她在家里昏天黑地地倒了三天的时差，才终于决定在周一的时候去卡萨帕说的那家工作室看看。

闻希照着地址打车过去。

工作室位于海城市中心最大的 CBD，她走进其中一栋写字楼，乘电梯直达最顶层。

工作室叫 The One。

门口妆容精致的前台小姐看到闻希，立马尽职地端出一脸标准的露齿笑：“您好，请问您找谁？”

“程峰总监。”

“请问您有预约吗？”

“我和他约的九点。”闻希偏头朝柜台上的时钟看了眼，差五分钟九点。

前台小姐也看到了时间，她盯着电脑屏幕在程峰的行程记录上核对了一下：“请问您是闻希小姐吗？”

闻希点点头。

“那请您跟我来。”前台小姐做了个请的手势，然后将闻希带到了程峰的办公室，她站在门口敲了敲门，“程总，您的客人到了。”

“请进。”低沉的男声。

得了允许，闻希便就着前台小姐打开的门进了办公室，坐在桌前的男人听到动静起身迎过来。

哪知两个人在看清对方的模样后，同时一愣。

“您是程峰总监？”闻希觉得有点不可思议，这个男人分明就是她在飞机上遇到的那个小男孩奥吉的爸爸。

“我是。”程峰闻言低笑，“你应该就是卡萨帕最得意的学生闻小姐了吧？”

闻希自我介绍：“您好，我是闻希，不过卡萨帕过奖了，我实在是担不起‘最得意’三个字。”

程峰不甚在意，他请闻希到沙发上坐下，又吩咐助理给她倒了一杯咖啡，才说：“你现在应该是在想我明明是意大利人，为什么会有一个中文名字吧。”

心里的想法被揭穿，闻希有点不好意思。

“我来中国快十年了，我的前妻是个中国人，她姓程，所以我便给自己起了这么个名字，我的意大利名叫西塞尔。”说到这儿，程峰想到了什么，微微顿了顿才继续说，“之前奥吉把你认成是他的妈咪，便是因为我跟他说他的妈咪是位黑头发的漂亮女士。”

原来如此。

虽然程峰和闻希分享了一些自己的私事，可是两个人并不熟，谈这些终究不太合适，闻希便转了话头：“程总，我听卡萨帕说您的工作室并没有涉及婚纱设计这一块，但是我目前主要的方向却还是婚纱设计，如果您不方便没有必要看在卡萨帕的面子上留下我。”

闻希知道，如果设计师和工作室的风格不符的话，留下来于她于工作室都不是好事。

“The One 发展到现在，耗费了我不少心血，我不会因为所谓的面子而不考虑它的发展，而且我们意大利人不讲究所谓的面子文化。”程峰这番话说得很认真。

“我之所以会接受卡萨帕的推荐，只是因为我觉得婚纱设计很有市场前景，但我的工作室目前在这一块是短板，最重要的是你又刚好是一名才华横溢的婚纱设计师。”程峰表情诚恳，“所以我非常希望能和闻小姐合作。”

才华能被欣赏，对闻希来说的确是一件值得高兴的事。

她想了想，才说：“我也很希望能和您合作，不过我可能没有办法现在就入职，我和卡萨帕打算先在国内办一个联名展。”

“这个我知道，卡萨帕和我说过了，以前卡萨帕帮助过我，所以礼尚往来我会尽可能地帮你办好这次展览，所以你有任何需要帮助的地方都可以告诉我。”程峰说着递了一张名片给闻希，“你可以先专心策划展览的事，入职我可以等你。”

The One 在国内的名气不小，如果展览能有 The One 承办，那许多事情的确会容易不少。闻希没有拒绝：“那就麻烦您了。”

从 The One 出来，闻希临时起意去了 A 大，时隔三年再回到母校，有种说不出的感觉。

她从 A 大沿着那条熟悉的小吃街走到海城公安大学，又从公安大学走回 A 大。这条路她曾经走过无数次，却没想到过自己有一天会独自用这种方式重温。

一直到夜色笼罩了整座城市，闻希才慢悠悠地回了家。

老式的小区楼没有电梯，她住在三层。闻希一边爬楼梯一边从包里摸着钥匙，包里被她搞得有些乱，一直到离家门还有几级台阶的时候，她才将钥匙串摸了出来。

她抬头准备开门，却在看到眼前的场景时顿时怔住。

闻希记得她上午出门时明明将大门反锁过的，可是这会儿大门却开了条缝，有灯光透过门缝漏到楼道里。

她倒吸了一口凉气。

脑海里闪过无数种可能，闻希甚至不敢再往前迈一步。稳了稳心神，她冷静地脱了脚上的高跟鞋，头也不回地下了楼。

一直到小区门口，她才停下来。

扶着墙穿上鞋，闻希又喘了几口气，才摸出手机报警。

打的 110，电话很快接通，她说：“您好，我要报警，我刚刚回家的时候发现我家大门被人撬开了，我没进去，里面具体的情况我也不是很清楚，能麻烦你们派人来看看吗？地址是春江小区，我现在在小区门口。”

第二十一章

面子重要还是闻希重要

01.

明明还没有正式入夏，可是海城的夜晚已经隐隐开始燥热起来，空气中弥漫着路边大排档溢出来的香味。

海城公安总局的办公楼灯火通明。

五楼刑侦大队二队办公室里白炽灯亮得有些晃眼，桌面上几台电脑因为太久没有人使用，已经切换成了泡泡模式的屏保，许是为了透气，几扇窗户都大开着。

靠门的一把椅子上坐了个男人，眉眼深邃，一双长腿随意地伸着，这会儿正垂着头研究手里的一份文件。

忽然，走廊上响起一阵急促的脚步声，很快办公室的大门就被人从外面风风火火地推开。

张放看到江砺，明显松了口气：“砺哥，王局让你出警。”

“出什么警？”江砺神情淡淡地从文件中抬起头来，“命案？”

能惊动王建书的案子，估计不光是命案了，这个案子估摸着还造成了不好的社会影响。

“不是。”张放显然是怕王建书的，他小心翼翼地将门关上，才压低声音说，“就下面报上来的一普通入室盗窃案子，但是王局指名道姓要让你去。”

说完，张放有些不确定地补充道：“对了，王局还说了一句话，好像是说你既然想要忙碌一点他就满足你。”

张放其实也很疑惑，他们这里是海城最大的刑警支队，按理说入室盗窃这种案子叫他们实在是有点杀鸡用牛刀了，何况下面又不是没有地方派出所。而且自从江砺去年卧底立功以来，王建书对他很是重用，不光当着全局的面表彰了他，还在原来刑侦二队的队长调职之后破格升了他为新的二队队长，江砺升职这一年来二队的破案率并不亚于一队。

闻言，江砺倒是懂了王建书的意图。

当初闻希说要去意大利深造，原本定的是两年就会回来，可是现在两年期满又过了一年也没见着个人影，虽不好明着问，王建书多多少少也能猜到几分，大半可能都是因为人家姑娘接受不了江砺这职业随时都有危险和他分了，这样的情况在刑警大队并不少见。

当初是王建书让江砺去出这个任务的，现在江砺和女朋友崩了，他心里有些过意不去，便决定给江砺再介绍一个知书达理的女朋友。哪知江砺根本不领情，每一次都用忙得抽不开身的借口婉拒了王建书的好意。

江砺不在意地扬扬唇，吩咐张放：“去找恺子，让他带两个人出警。”

“那个……”张放欲言又止。

江砺原本打算继续看手里的文件，见状停了动作：“还有事？”

“恺子哥下午下班时间一到就走了，说是要回家给嫂子煮饭。”张放说话的时候在心里默默为赵一恺点了一根蜡。

赵一恺毕业之后起初是跟着孙涛在一队，后来江砺当了二队队长，便跟着他一起到二队来了。

这三年来，赵一恺和林烛的感情依旧是如胶似漆的状态，而且明明还没结婚，赵一恺已经是一个不折不扣的妻奴了。

江砺有点头疼：“那队里还有谁在？”

“都走了。”最近二队手里没案子，大家基本上都是准时准点下班，张放自己是因为想要多看看卷宗，才留到了这个时候。

张放是江砺的学弟，才从警校出来不久，虽然据报案人说只是个入室盗窃案，但是江砺也不可能让他单独去现场。

将手里的文件扔到桌子上，江砺认命地起身：“走吧，出警。”

张放开车，从海城公安局到春江小区花了半个多小时。

因为春江小区是老式居民楼，没有专门的停车场，所以从下了大公路到小区门口的一段路停满了小区居民的私家车。

警车开不进去，张放最后只能把车停在距报案地还有两百多米的地方。

江砺示意张放联系报案人，正准备下车，他的手机却响了。江砺低头瞥了眼，是赵一恺打来的，他示意张放先进去了解情况，然后才开门下车，懒散地靠在车门上将电话接起来。

“有事？”江砺的声音透着股不易察觉的不爽。

赵一恺没听出来，自顾自地问江砺：“砺哥你在干吗？”

“帮你跑腿。”江砺盯着张放的背影，不知道在想些什么。

“帮我跑什么腿？”赵一恺有些蒙，没听懂江砺的意思。

“王局扔了个入室盗窃的案子给我们，要不是你跑得快这就是你的活儿。”

赵一恺忍不住笑起来，庆幸自己溜得早，要不今天铁定又要加班。

笑了一会儿似是怕江砺更不平衡，赵一恺努力憋住，赶紧拍他马屁："砺哥您辛苦了，王局这估计是怕您大鱼大肉吃多了噎住，偶尔给点清粥小菜给您换换口味。"

江砺轻嗤，懒得搭理赵一恺的"塑料安慰"。

电话两边都安静了一瞬，赵一恺一拍脑袋这才想起自己给江砺打电话是有正事的。

他往传出水声的浴室看了眼，鬼鬼祟祟地压低声音："砺哥，闻希小姐姐好像回来了。"

"你说什么？"赵一恺的声音很小，有一瞬间江砺甚至怀疑自己出现了幻觉。

"我说闻希小姐姐好像回来了，我媳妇告诉我的，不过她不让我告诉你，你听过就当不知道行吗？"

江砺猛地站直身体，握着手机的手因为太过用力而骨节泛白："闻希现在在哪里？"

"我不知道，阿烛只说闻希小姐姐今天给她发微信了，说是有空聚一下。"就像赵一恺是偏心江砺一样，林烛自然是偏袒闻希的。

好半晌，江砺才轻轻地应了一声。

因为赵一恺这个电话，他的一颗心忽然乱起来，脑子里闪过的全都是闻希的模样，想知道她什么时候回来的，想知道她在哪里，也想知道她回来了还会不会走。

挂了电话，江砺步履有些虚浮地往春江小区走，他知道，就算要找闻希，他也必须先把手里的案子处理完。

春江小区的大门有些破旧，江砺走过去的时候，远远地只看到张放和一个女人在交流什么。

那个女人应该就是报案人了。

她的上半身几乎都被张放挡住，江砺没在意，又往前走了几步，直到看清那人的侧脸时，整个人错愕地僵在原地。

张放面前站着的，是他日思夜想了三年的女人。

闻希打完电话等了大半个小时，才等着一个拿着警官证的人出现，其实等待的时候她想过会不会恰巧遇到江砺，不过很快又想这种小事情应该不会惊动到总局那边。

看到张放的时候，闻希说不出是松了一口气还是略有些失望。

张放大概和她了解了一下她发现自家房门被人撬开的经过。询问过程中，张放忍不住盯着闻希看了好几眼，他总觉得这个女人有些眼熟，但是又回忆不起来到底在哪里见过。

正说着话，闻希下意识地觉得有一道无法忽视的目光落在自己身上。

她转头，在看到十步之外的人时微微瞪大了眼睛。她已经整整三年没有见过江砺了，连照片都不曾见过，可是在看到他的第一眼，她还是认了出来。

江砺和三年前不太一样，头发比以前短了些，眉眼比以前更为深邃，大概是去卧底的日子过得并不轻松，现在的江砺给人的感觉倒是越发深沉了。

江砺和闻希的视线对上，谁也没有先移开。

察觉到闻希在出神，张放顺着她的视线看过去，就看到自己的队长站在不远处。他微微笑了下，给闻希介绍："这是我们刑侦支队的队长江砺，和我一起负责您的案子。"

被张放的声音提醒，闻希这才回过神来。她轻轻咳了一声，在江砺走到自己面前的时候恰到好处地端出一副有些疏离的笑容。她微微颔首，主动和江砺打了声招呼："江警官好。"

完全对待陌生人的姿态，和闻希刚刚与张放打招呼时并无二致。

江砺所有的话顿时被"江警官好"这四个字堵在了嗓子眼。

自打从江城也那里知道闻希回国找过他之后，他就知道闻希在因为他骗了她而生气，虽然她不和自己联系，可他完全没想到再见面闻希会把他当成一个陌生人。

他紧紧地盯着闻希，眸子里含着无数复杂的情绪，他拼了命地控制着才没冲动地上前去拥住她。

"砺哥。"感觉到江砺的不正常，张放碰了碰他的手肘。

江砺不动声色地收回视线，淡声问张放："什么情况？"

张放把刚刚从闻希那里了解到的信息挑了重点给江砺讲了一遍。

听到后面，江砺状似无意地问了句："她一个人住？"

张放以为江砺就是随口一问，点了点头直接回答："闻小姐说她是四天前回国的，房子是她朋友帮忙租的，没住几天。"

江砺没多说，直接示意去现场看看。

闻希走在前面带路，与江砺和张放隔着半米的距离。虽然看上去她镇定自若，但是只有她自己才知道，她手心里全是汗。

她承认自己回来是来找江砺的，但是她没想这么快就和他见面。

三个人心思各异地走到闻希家门口。

刚刚在楼道口的时候，江砺就已经和闻希换了位置，这会儿是他走在前面，他吩咐张放："你在门口陪着她，等下我进去看看。"

张放愣了一下，他本来以为这种小现场江砺多半会交给他来的，倒没想到他会亲自上手。不过从大学时期开始，江砺就一直是张放的偶像，他自然不会反驳他。

他和闻希站在门口，看着江砺进入闻希的家里。

在江砺进去的时候，闻希没忍住，有些担忧地小声问张放：“他一个人进去没问题吧？”

闻希之前就被自己脑补的各种场面吓得不轻，她总觉得自己屋里还有人藏着，所以自然也担心江砺的安危。

张放权当闻希是个关心警察的好公民，他有些骄傲地摆摆手：“放心吧，我们队长的擒拿格斗没几个比得过，这种入室盗窃对他来说完全是小场面。”

闻希听张放语气轻松，紧绷的神经这才放松了些。

江砺在每一间屋子都仔细检查确认没有危险之后，这才重新走到门边。他淡淡地看了闻希一眼：“暂时没事了，进来看看丢了什么东西。”

闻希没再去看江砺的眼睛，垂着头从他身旁进了门。

江砺在心里叹了口气，转头对张放说：“你也进来，仔细把屋里检查一遍，看看有没有留下什么明显的痕迹。”

张放点头应下，开始忙起来。

这种事情对于张放来说不是什么难事，江砺便由着张放自己处理，然后他自己不远不近地跟在闻希身后，看她一样一样地检查自己的财物。

检查到卧室的时候，闻希看到自己被扔了满地的衣服，怔了怔，她转身看向江砺：“这边我自己检查就行了。”

江砺其实一只脚已经迈进了卧室里，闻声，他站着没动，视线却落在闻希床头柜的相框上。

相框里的照片是一张合影，江砺很熟悉，是他当年警校毕业那天在冷饮店里他揽着闻希拍的，他的床头也立着一张一模一样的照片。

原来闻希也并不是像她表现出来的那样把他当成一个陌生人。

意识到这一点，江砺的嘴角微微翘了翘，不过倒是很快恢复了正常。他靠在门框上，故意说："刚刚我检查的时候所有的地方都看过了。"

言下之意就是闻希没有必要故意避着他。闻希被噎住，好像的确是这样，如果她非得要江砺避开，反倒显得她此地无银三百两了。

没再坚持，闻希沉默着开始整理卧室里的东西。走到床头柜边的时候，她看了江砺一眼，见他视线没看这边，自以为无人察觉地将相框扣了起来。

闻希在这里住得不久，东西本来就不多，所以很快就检查完了。

她将始终跟着自己的江砺带到客厅，又给他和张放各倒了一杯水。

江砺端着杯子没喝，问她："丢了什么？"

"一台平板电脑和五千元现金。"闻希庆幸，她今天想到要去 The One，所以将电脑带了出去，不然她电脑里存的所有设计稿估计都报废了。

"闻小姐您放心，我们会尽快立案调查的，案件有了进展我们也会在第一时间通知您。"这话是张放说的。

办案基本就是这么个流程，接下来就是他们回局里查监控分析现场采集到的痕迹，所以张放话落便起了身。

"谢谢你们。"闻希跟着起身，将张放和江砺送到了门口。

她正准备关门，忽然有一只手摁在了门板上。闻希有些惊讶地抬头，就看到原本已经下了两级台阶的江砺重新出现在门口。

他的眸子里映着闻希，轻声叮嘱她："暂时别住这里了，不安全。"

02.

门外墙上的照明灯因为常年使用有些接触不良，暖黄的灯光忽明忽暗的，衬得楼道里的气氛有些诡异。

江砺说话时的声音很温柔，是闻希印象里的那种温柔。这种自然而然的熟稔让闻希微愣，仿佛这分开的三年不曾存在过，两个人又回到了当初那种亲密无间的状态。

她微微垂了眸子，细密的睫毛在眼睛下方投下一小片阴影。

明明两个人之间就隔着一步的距离，江砺却有些看不懂闻希在想些什么。没等到闻希的回答，他顿了顿，开口解释：“这个锁被撬过一次，锁芯已经坏了，很容易再次被人撬开，你一个小姑娘住在这里，我不放心。”

江砺说的是他不放心。

闻希正想说什么，还没发出半个音节，就被站在楼道里一直看着这边的张放抢了先，他附和江砺：“我们队长说得在理，闻小姐要不您先去亲戚或者朋友家里暂住一下？等找人把锁换了再回来住也放心一些。”

张放嗓门大，打破了闻希和江砺的僵持。闻希看了眼江砺还挡在门上的手，偏了头朝张放笑了笑：“谢谢你们提醒，我知道了。”

闻希说着就打算将门带上，只是江砺却丝毫没有要松手的打算，她下意识去看江砺。

她还穿着没来得及换下的高跟鞋，但即便如此她依旧比江砺矮了半个头，江砺居高临下地看着她，让她觉得有些压迫。

“闻希，今晚别住这里了。”他又强调了一遍。

“我说我知道了，你和张警官先回吧，今晚麻烦你们跑这一趟了。”闻希心里没来由地烦躁，直接对着江砺下了逐客令。

她清楚，江砺站在她面前就是对她意志力最大的考验，虽然这会儿她还能绷着，但是她不敢保证再僵持下去她能继续忍住想要钻进那个熟悉的怀抱里的冲动。

江砺舔了舔有些发干的嘴唇，好半晌才应了声“好”，转身和张放下了楼。

闻希看着江砺宽阔的背影消失在楼道口，才轻叹了一口气，把门轻轻带上。

她走到客厅里，刚刚江砺和张放在的时候还不觉得，这会儿屋子里只剩了她一个人，她突然就有一种到处都透着阴森的感觉，仿佛下一秒就能从房间的某个角落蹦一个人出来。

她今晚的确是不敢再住这里了。

不再耽搁，闻希步履匆匆走进卧室开始收拾自己的日用品。

江砺和张放一前一后下了楼。

从见到闻希的第一眼开始，张放就有种两人以前见过的感觉，可是按照刚刚了解到的情况，闻希说了自己才从国外回来，他便只能否认了自己是在以往的查案过程中见过她的猜想。

想不出所以然，张放撞了下江砺的肩：“砺哥，你有没有觉得刚刚那个闻小姐有点眼熟啊？”

江砺正在想事情，反应慢了半拍，停了几秒才淡声问：“你刚刚说的什么？”

放在以往江砺绝对是不会犯这种低级错误的，张放感觉得到江砺一整晚都有些不对劲，可是哪里不对劲他又说不上来。他忍不住关心江砺：“砺哥，你最近是不是太忙了有些累了啊？”

“没有。”江砺没什么多余的表情，声音也平静得没有起伏，“我刚刚只是走神没听清。”

江砺都这么说了，张放也不好再问什么，便将自己最开始那个问题又重复了一遍。察觉到江砺审视的眼神，张放赶紧举手澄清：“砺哥你别误会，我真不是看人姑娘漂亮才这么说的，我就是单纯觉得眼熟。”

“真的？”江砺嗤了声。

“我的单纯，日月可鉴。”张放就差发誓了，他不想自己的偶像误会他对报案人有什么不纯洁的想法。

江砺闻言停了步子，抬头往闻希家里亮着灯的窗户看了一眼，才说：“是挺熟，而且不光眼熟，哪儿哪儿都熟。”

“哪儿哪儿都熟是什么意思啊？”

只是江砺这回没有再回答张放，他把警车的车钥匙扔给张放：“我还有点事就不回局里了，你把车开回去就下班吧。今天不早了，明天上班再开始查春江小区的监控。”

“啊？”张放被江砺这一连串的话弄得有些蒙，他愣着接过江砺扔来的钥匙，脚下却没挪半步。

江砺半眯着眼朝小区大门口抬抬下巴：“啊什么啊？还要我送你上车吗？”

张放这才反应过来，他哪里敢让江砺送他，连连摆手：“不用了，不用了，砺哥你有事就去忙。”

话音落下，张放便小跑着往停车的地方去。夜里的小区没什么人，快走到警车旁边的时候，他忽然灵光一现。

张放想起来自己刚进队的时候，赵一恺私下警告过他别在江砺面前提女朋友这茬儿，哪怕是开玩笑都最好不要，因为他们队长的女朋友生他气留在国外不打算回来了。

当时张放多嘴八卦了一句谁是江砺的女朋友，结果他就看赵一恺不怀好意地笑了笑，说起他当年在公安大学执勤当监督岗的时候误会闻希用手机拍照的事。

这么一想，所有的细节都对上了。

也就是说今晚那个报案人闻小姐是江砺出国多年的女朋友，难怪江

砺从见到她开始整个人就魂不守舍的。

张放觉得自己发现了一件天大的秘密，可是偏偏此时就他一个人，前后左右没个可以分享激动的人。他心里憋得难受，最后还是忍不住给赵一恺打了电话。

打发走了张放，江砺在闻希楼下站了会儿。

他都做好了一直等着闻希的准备，可是他的小姑娘却突然从异国他乡回到了他的身边。脑子里有些乱，江砺下意识就从包里摸了支烟出来点上。

卧底的那段时间，过得太过压抑，江砺只能靠着抽烟来缓解压力，虽说回来之后他也有控制烟瘾，但工作忙起来还是会抽上一两支提神。

可是今晚刚抽了一口，江砺突然想到什么，把还剩了一大截的烟掐掉扔进了路边的垃圾桶里。

他刚刚想起来自己以前答应过闻希不再抽烟的，他怕小姑娘等会儿出来时看到又会说他不守承诺。

然而，江砺等了十多分钟，都没听到闻希出门的动静，更别说看到她了。他有点恼，合着闻希这是把他的提醒当成了耳旁风？也不知道该说她是心大还是胆子大。

他又往三楼亮着灯的窗户看了看，最后还是没忍住，大步上了楼。

“咚咚咚！”

敲门声响起的时候，闻希正好提着一个装满东西的小行李箱往门口走，听到拳头砸在门板上的声音，她整个人顿时僵在了原地。

闻希的第一反应是那个入室盗窃的人去而复返了。

紧张地咽了口唾沫，闻希想到前几天和闻羽逛街时刚买的刀具，几乎是毫不犹豫地就往厨房走。

只是她刚走到厨房门口，就听到一道熟悉的声音在门外响起：“希希，开门。”

是江砺。

闻希抬手抹了抹额头上的冷汗，还是去给江砺开了门。

江砺的眸色浓得化不开，像是要把闻希整个融进去，他将闻希只开了一条缝隙的门拉开，径直走了进去。

闻希下意识侧身给江砺让了位置，等她反应过来的时候江砺已经兀自将门关上了。她看着气定神闲站在自己面前的人，语气染着疏离：“江警官还有什么事吗？”

一声“江警官”叫得江砺有些窝火，他轻咳了声，尽量让自己的语气听上去不那么生硬：“不是答应了我今晚不住在这里了？”

两个人挨得很近，闻希甚至能感受到江砺呼吸时洒在自己头顶的热气。

让人有些心痒。

她往后退了两步，和江砺拉开了距离，才强装镇定地反问他：“我有说我今晚要继续住这里吗？”

听闻希这么一说，江砺才注意到客厅中央摆着的小行李箱。他今晚所有的注意力都在闻希身上，完全没有心思去关注这些细节。

意识到自己冤枉了闻希，江砺有些不自在地摸了摸鼻尖：“那你打算去哪里？”

“我住在哪里应该不需要向警察报备吧，而且虽然江警官您作为警察，现在的行为也应该算是强闯民宅了。”闻希说话故意带着刺儿，咄咄逼人。

“希希。”江砺压低了声音叫她，放软了语气，“我们可以不要这样吗？”

闻希心里其实是憋了一股气的。

她在等江砺给她一个解释，哪怕只是一句“迫不得已”，她也希望江砺能对写好遗书瞒着她去出任务这件事有个交代。

这是她梗在心里多年的刺，可是江砺偏偏一句话都没有提。

见闻希不说话，江砺抬手想要去摸摸她的发顶，然而他的手还没碰到就被她偏头躲开了。

江砺皱了下眉，到底还是收回了手，换了话头：“希希，你去我那里吧，比这里安全多了。”

“你那里？”闻希重复了一遍，极轻地哼了声，“我不去。”

她没猜错的话，江砺说的应该是他那间两人一起住过的公寓。回国那次，闻希在那里住了三天，走的时候将公寓的钥匙留给了江砺，那个时候她就想好了不会轻易回去。

“那你去哪里？找林烛吗？”江砺停顿了一下，给闻希分析，“林烛现在和赵一恺住在一起，你去不方便。”

“那我去酒店。”从一开始闻希就是这么打算的。

江砺知道闻希一旦做了决定就不会轻易改变，便也不再勉强她：“那你找好酒店了吗，我送你过去吧。”

“我自己去就行，不麻烦江警官了。”

“希希。”江砺沉了声音，盯着闻希，“我们是男女朋友关系，我不想你和我这么生疏。”

男女朋友。

虽说分别了三年，但是两个人的确谁也没说过分手。

不过闻希偏偏不想如江砺的意，她用舌尖舔了舔牙面，淡声开口：“现在我单方面宣布不是了。”

这一瞬间似乎有无数的针尖，细细密密地扎在江砺的心上，闻希的话仿佛是一根被点燃的线，让江砺克制了一整晚的情绪尽数爆发。

他上前，直接揽着闻希的肩将她抵在身后的墙上，在她反抗之前低头找准她的唇亲了下去。

江砺亲得很用力，像是在通过这种方式确认闻希是否真的回到了自己的身边，闻希感觉他的气息宛如疾风骤雨，瞬间充满了自己的整个口腔。

身后是冰冷的墙，身前是男人坚硬滚烫的身躯，很快，闻希便沉溺在这个吻里，腿脚发软，她完全是靠着江砺揽在她腰上的力道，才不至于整个人滑下去。

良久之后，江砺才微微松开了闻希，他盯着小姑娘被他亲得微肿的唇瓣，意犹未尽地笑了笑：“现在回忆起我们之间的关系了吗？”

03.

亲吻的时候是情难自禁。

可是当这个久别重逢的深吻结束，闻希忽然就觉得有无数的委屈涌到心头，她有些气愤地盯着江砺，眸子湿漉漉的。

凭什么啊？

江砺要去犯险的时候就自以为是地给她留一封遗书，现在她回来了，他又自以为是地以为一个拥抱、一个亲吻就能消除她心里的芥蒂。

江砺被闻希的眼神看得一惊，脸上的笑意也没有了。

还不等他反应，闻希就用力将他推开，带着哭腔控诉他：“江砺你流氓。”

江砺没想到闻希的反应会怎么大，更没想到才见面他就把小姑娘惹哭了，顿时有些不知所措。

他笨拙地想要替闻希擦掉眼角聚着的泪花，哪知还没碰到，他的手

就被闻希拍开。

闻希用手背胡乱抹了下，像是只浑身竖满了刺的刺猬：“你离我远一点，你要是再对我用强，我就去你们局里投诉你，说你利用职务之便骚扰报案人。”

江砺张了张嘴，不知道要怎么安抚气头上的人。

闻希不再看江砺，转身去客厅里提了那个收拾好的小行李箱，她返身回来见江砺还杵在门口，也不再和他纠缠，索性直接绕过他开了门。

擦肩而过的时候，她没有半分停留，只是淡声提醒江砺：“我先去酒店了，麻烦江警官离开的时候帮我锁好门。”

“希希。”江砺恍然回过神来，连忙带上门追了出去。

出国前闻希就很瘦，在国外待了三年也不知道她是怎么过来的，看上去好像比以前更纤弱了，江砺落后闻希两级台阶，看着她吃力地提着行李箱的背影，忍不住上前想要接过来。

闻希没松手。

“希希，你不要生气了好不好？刚刚是我错了，让我帮你把行李箱提下楼吧。”江砺的声音近乎恳求。

闻希抬眸，就看到江砺眼底的不确定，以及一闪而过的不安，看上去有点像是被主人抛弃的可怜兮兮的巨型犬。

“希希。”江砺又叫了她一声。

闻希迟疑了一下，心忽然就软下来了。即便是过了三年，江砺依然知道她的软肋在哪里。

在心里叹了口气，闻希终究还是松了手，由着江砺将行李箱提了过去。

两个人一前一后往小区门口走，江砺的视线始终黏在闻希的背上，想开口说什么但又怕惹小姑娘生气。

走到门口的时候，正好有人从外面打车回来，闻希等那人下了车，直接将出租车拦了下来，她低着头透过车窗叫住司机：“师傅，麻烦您等我一分钟。”

不用跑空车，司机好说话地点了点头。

闻希这才转身，她看了眼还被江砺提着的行李箱，声音淡淡地开口：“江警官谢谢你，把箱子给我吧。”

“希希，我送你到酒店可以吗？”

江砺没有动作，闻希只好自己倾身去拿。她刚要碰到箱子，江砺提着箱子的手往后避了下，躲开了她。

“我自己去就行了。”闻希站直身体，微微仰头和江砺对视，“麻烦江警官把我的箱子还给我。”

闻希故意加重了“我的”两个字。

两个人僵持着，出租车司机等得有些不耐烦了，摇下车窗招呼闻希：“姑娘你还走吗？”

“要走的。”闻希抱歉地朝司机笑了笑，“不好意思，这就来。”

说完，她重新转头看向江砺，一字一顿地威胁他：“江砺你要是再不还我箱子，我以后就真的不理你了。”

闻希打他骂他，江砺都能接受，但是如果闻希以后真不理他把他当成陌生人，他想都不敢想。

拗不过闻希，江砺只能替她将行李箱放到出租车的后备厢里，站在原地看着闻希上了出租车绝尘而去。

也不知道站了多久，一直站得腿开始发麻，他才心有不甘地往回走。

第二天，赵一恺刚到办公室，就敏锐地感受到了屋子里的低气压。队里一帮平时只要闲下来就闹腾得不行的小伙子，这会儿都老老实实地

坐在座位上，就连偶尔的交流也都尽可能地使用唇语。

赵一恺下意识打了个冷战，退出办公室看了看门口的标识牌。

确认上面写着“刑侦二队”，他才重新走进去，疑惑地开口：“你们今天怎么这么安静？演哑剧？”

赵一恺的声音不算很大，但是在一群安静如鸡的人之中就显得有些突兀。所有人的脑袋埋得更低了，张放正准备义气提醒他小点声，就看到江砺冷着一张脸站在他那间单人办公室的门口。

他淡淡地睨了赵一恺一眼，吩咐：“恺子，你去把前几天那起案子的结案报告写了，今天下班之前交。”

赵一恺顿时蒙了。

他现在终于知道为什么所有人都安静如鸡了，想着一天之内要交的结案报告，他欲哭无泪。

江砺丝毫不觉得自己给赵一恺扔了个多么变态的任务，话落就直接转身进了办公室。

目睹赵一恺吃瘪全程的张放憋着笑，给他递了个自求多福的眼神。

赵一恺的办公桌和张放挨在一起，他看着自己大半天只憋了“结案报告”四个字的文档，索性扔了鼠标，脚一蹬将椅子滑到了张放身边。

他这回压低了声音：“砺哥被领导骂了？”

张放正在筛查昨晚闻希小区里的监控，闻声头也没抬：“砺哥这样的都能被领导骂，那我们岂不是早就被领导炒鱿鱼了。”

赵一恺挠了下头：“那他怎么这么暴躁，按理说他都见到闻希小姐姐了不应该这样啊。”

张放叹了口气。赵一恺不知道，但他可是目睹了全程，昨晚那个闻小姐对他们砺哥有多冷淡，他清清楚楚。

赵一恺没好气地拍了下张放：“年纪轻轻的装什么深沉，你小子是不是知道什么内情？”

张放在大致锁定了一个可疑人员之后，终于暂停了电脑里的画面，抬起头来：“恺子哥，当初真的是砺哥女朋友主动追他的吗？”

“怎么了？”赵一恺拿起张放桌上的饼干咬了一口，声音有些含糊，“你这是不相信我的八卦情报？”

“不是这个意思。”张放心虚地朝江砺紧闭着的办公室看了一眼，凑到赵一恺耳边，“我怎么昨天看着像是砺哥死皮赖脸地缠着人家姑娘啊？”

“真的？”赵一恺一个激动没有控制好音量，周围的人都忍不住看向他们。

赵一恺赶紧捂住嘴，生怕再次祸从口出，缓了好一会儿才问张放：“砺哥昨晚吃瘪了？”

张放点点头。

难怪。

赵一恺了然，都是有女朋友的男人，他能理解江砺，他要是在林烛那里吃了瘪，估计他也得郁闷很久。

这样想着，赵一恺起身往江砺办公室走。

张放眼疾手快地拉住他：“恺子哥你要干吗？不会想出卖我吧？”

“哪能啊。”赵一恺示意他安心，“我这是去对症下药，为找回我们办公室的欢声笑语出一份力。”

张放半信半疑，但还是松了手。

赵一恺在众人的目光中敲了敲江砺的门，听到一声“进来”，他推了门走进去。

“结案报告写完了？”

“我又不是你，怎么可能这么快。”赵一恺理所当然地在江砺的办

公桌对面坐下来，和他讨价还价，“所以砺哥，能不能多给我两天时间啊？”

江砺嗤了声：“你说呢？”

赵一恺是有备而来，他摆出一副同情的表情，试探着问江砺：“砺哥，闻希小姐姐还在生你气啊？”

这一点赵一恺的确没想到，他以为闻希主动回来肯定是想和江砺重修旧好的。

被揭了伤疤，江砺写字的手顿了下，在 A4 纸上留下了一团墨迹。

他盯着突兀的墨迹看了眼，索性扔了手里的笔，抬头看向赵一恺：“想说什么？”

“当然是想帮你勇敢追爱了。”赵一恺朝江砺挑了挑眉，“你难道忘了我能从我媳妇那里获得闻希小姐姐行踪的第一手资料？”

“结案报告周五下班之前交给我就行了。”

“真的？”幸福来得太突然，赵一恺忍不住在心里偷笑，果然自古英雄都难过美人关。

江砺没搭理赵一恺那点心思，屈起食指在桌面上敲了敲：“现在可以说说你得到的第一手消息了？”

赵一恺也不卖关子，把自己知道的事情和盘托出：“我昨天看到我媳妇儿和闻希小姐姐聊天，她让闻希小姐姐明天下午陪她去滨海广场做发型，我们到时候可以去偶遇一下。”

江砺有点犹豫，他自然是想见闻希的，可他又担心闻希不想见他。

“这还用犹豫？”赵一恺恨铁不成钢，“砺哥我给你讲，你要是再犹豫放走了闻希小姐姐，到时候别来找我哭……”

赵一恺话还没说完，江砺直接打断了他：“那去。”

酒店里。

闻希揉了揉因为长时间盯着电脑屏幕而酸胀的眼睛。

虽说程峰那天和她明确表示了，他愿意帮助她和卡萨帕办这次联名展，但是毕竟不太熟，不到必要的时候闻希也不好过多地麻烦他，所以这两天在酒店她几乎把海城大大小小能用来办展的地方都了解了一遍。

只是看了这么多的地方，没一处让她满意。

闻希正发愁，程峰的电话就打了进来。

她一边盯着电脑屏幕上的资料，一边接起程峰的电话：“程总。”

“闻希，你今天有时间吗？”程峰开门见山，“我这边找到一处符合你展览主题的地方，等会儿我们去看看？”

“在哪里？”闻希眼睛亮了亮。

“在城南那边，是我朋友的地方，不过毕竟是你自己的展览还是要你去看看地方合不合适。”

闻希正为了这事烦心，便毫不犹豫地应了下来：“那麻烦程总了。”

程峰笑了笑：“不客气，那你把地址给我，半个小时后我让司机去接你。”

挂了电话，闻希简单收拾了一下。

和程峰到目的地的时候正好是中午时分，程峰说的那处地点其实是一座废弃工厂，不过早几年被他的朋友买了下来。

被程峰的朋友带着走进去，只大致看了看，闻希就觉得这里是她想要的感觉，她甚至想象到了她的那些婚纱和这些废旧钢筋形成强烈视觉冲击的画面。

她拿出手机简单拍了几张照片，直接发给了卡萨帕。

“满意吗？”程峰站在闻希旁边。

闻希笑着点点头，不能更满意了。

“那我们就把展览地点定在这里？到时候我再派两个人帮帮你，有的地方可以再重新布置一下，效果可能会更好。”

好的办展地点对于设计师来说其实是可遇不可求的，闻希是发自内心地感谢程峰为她和卡萨帕提供了这样一个地方。

“程总，谢谢您。”不知道说什么，闻希只好又道了一次谢。

程峰摆摆手，和闻希开玩笑道：“现在你是 The One 的员工，帮你办好展览也有我想为工作室宣传的私心，所以不用和我这么客气。”

正说着，程峰的助理从外面走进来：“程总，我把奥吉接过来了。”

她话音还没落，一个小人就在闻希反应过来之前直直冲进了她怀里。

奥吉跑得快，闻希被他撞得差点没站稳，还是程峰在后面扶了下她的胳膊，这才不至于一大一小两个人都摔倒在地。

“妈咪，我好想你呀。”

闻希有些愣，倒是程峰见她尴尬，敛了脸上的笑意：“奥吉你这样的举动很危险也很没有礼貌，现在和闻希阿姨道歉。”

奥吉有些怕程峰。他可怜兮兮地看了闻希一眼：“妈咪对不起，我没有撞疼你吧？”

“奥吉。”程峰警告似的叫了小家伙一声，“这是闻希阿姨，不是妈咪。”

“她就是妈咪。”奥吉有些固执，抱着闻希不肯撒手。

闻希被夹在这对争执的父子之间，她摸了摸奥吉的脑袋，放柔声音：“奥吉，妈咪这个称呼是不可以乱叫的。”

奥吉咬着唇没说话。

闻希鼓励地看着他：“奥吉叫我闻希阿姨好吗？”

和对着程峰的固执不一样，奥吉犹豫了一会儿后难得听话地点了点头，小声叫了她一声“闻希阿姨”。

程峰也不知道为什么，闻希其实长得和他前妻并不像，奥吉却偏偏要叫她妈咪。他抱歉地看着闻希：“实在是不好意思，我叫助理带奥吉过来是因为我要去平城两天，他一个人在家我不放心。”

“那程总您赶时间我就不耽搁你了。”闻希表示理解，她弯了腰和奥吉告别，“小家伙拜拜啦。”

奥吉本来见到闻希还挺开心，可是没想到还没说上两句话就要分开，他顿时抱着闻希的腿不肯撒手：“我不想和爸比去平城了，我要和妈……和闻希阿姨待在一起。”

“奥吉。”程峰觉得头疼，“不可以这样。”

“我不想和闻希阿姨分开。”奥吉奶声奶气，说着还挤了几滴泪出来，他拽了拽闻希的衣摆，“闻希阿姨，你能不能帮我求求爸比让他同意我留下来啊？我很乖的。”

程峰低头看了眼时间：“奥吉你这样一点都不乖，听爸比的话，我们现在要赶去机场，等回来我再带你见闻希阿姨好不好？”

“不好。”奥吉忍不住放声哭起来，“我就想今天和闻希阿姨待在一起。”

奥吉本就长得可爱，这会儿他一哭起来，哭得闻希心软了。

她看着程峰为难的样子犹豫了一下，不确定地问他：“程总，要不就让奥吉留下来吧？”

程峰没想到闻希会同意，他惊讶地看着她：“奥吉有些调皮，我怕太麻烦你了。”

“不会，奥吉其实很可爱。”闻希仔细替小朋友擦掉脸上的泪痕，安抚地拍拍他的背，才有些不好意思地说，“只是我没有照顾小孩子的经验，我怕照顾不好他。”

见事情有转机，不等程峰开口，奥吉立马表态：“闻希阿姨我不用你照顾，我可以照顾自己。”说完他又重新看向自己的爸爸，“爸比你就让我和闻希阿姨一起玩一下好不好？”

程峰有些无奈，但也拿奥吉没有办法，最后在奥吉跟他保证了一定会听闻希的话之后，还是答应了让他留下来。

看着自己爸比匆匆离开的背影，奥吉手舞足蹈地在闻希脸上“吧唧”了一口，高呼：“妈咪万岁！”

/第二十二章/

我 可 以 亲 你 吗

01.

闻希和林烛约的三点在滨海广场碰面。

从城南到滨海广场几乎横穿了大半个海城，闻希带着奥吉打车到广场外围的时候，只差两分钟就三点了，偏偏因为滨海广场交通限制，出租车根本开不进去，闻希只能下了车牵着奥吉走进去。

小家伙人小腿短，闻希也不敢走得太快，最后看见林烛的时候他们还是迟到了十分钟。

闻希和林烛有三年没见了。

她站在离林烛两步远的地方，因为迟到而有些抱歉地看着林烛。虽说这三年两个姑娘没有断过联系，闻希也看过林烛的照片，但是当两个人面对面站着的时候，她还是能感觉出来林烛变了，变得好像比以前柔和了些。

林烛一只手挡着太阳，微微偏头打量着闻希，好一会儿，她才笑起来，朝闻希张开了双臂：“过来抱一下。”

简单一句话，就让闻希眼眶有些发酸，她没犹豫，倾身抱住了林烛。

“想死我了。”林烛将下巴轻轻搭在闻希的肩上，故意用凶巴巴的语气说，“先说好了你以后不准再跑出去这么久，不然下次迎接你的就不是我的怀抱了。”

闻希被逗笑，好半晌才轻声应下：“阿烛我不走了。”

林烛是真的因为闻希回来而开心，她和闻希高中认识，最开始的时候是单纯地聊得来，后来时间久了两个人倒更像是亲人，是以闻希出国这三年林烛连个可以分享心里话的人都没有。

想到以后自己又有小姐妹了，林烛抱着闻希就舍不得松开，直到她听到一道奶声奶气的声音叫了句“妈咪”。

林烛好奇地低头，就看到一个小朋友眼巴巴地仰头望着闻希。刚刚她的注意力都在闻希身上，就忽略掉了这个小不点。即便是此时，林烛也没能把这个金发碧眼的外国小正太和闻希联系起来。

她碰了下闻希，忍不住和她分享：“崽儿，你快看这个小朋友太萌了。”

察觉到林烛毫不掩饰的打量，奥吉害羞地抓着闻希的衣摆往她身后站了站，只露出一双晶亮的眼睛望着林烛。

这下林烛怔住了，她不敢相信地看着闻希：“他刚刚不会是在叫你妈咪吧？”

闻希有些无奈地点点头。

之前当着程峰的面奥吉明明已经乖乖改口叫她闻希阿姨了，可是自从送走了程峰，任凭她怎么说奥吉都坚持叫她妈咪，闻希没办法只好由他去了。

“你不是出国读书吗？怎么连儿子都有了？”林烛下意识扬高了声音，引得周围路过的人忍不住纷纷侧目。

闻希示意林烛冷静一点：“阿烛，事情不是你想的那样。”

“那是什么样的？”林烛看看闻希又看看奥吉，似是想从两个人的长相中找出一点蛛丝马迹。

闻希只好把和奥吉认识的经过给林烛讲了一遍，见她听进去了，才朝她无可奈何地摊手：“他爸爸今天出差去平城，他非要跟着我，我看他哭得可怜就心软了。”

林烛已经在极短的时间内消化了这个消息，自来熟地揉了下奥吉的小脸，才搭着闻希的肩和她开玩笑：“小家伙长这么可爱换作是我也心软，不过话说回来白捡这么个大胖儿子，你不亏。”

两个大人之间的对话奥吉听得云里雾里的，不过林烛最后一句“大胖儿子”他倒是听懂了，像是受到了鼓励，他上前在闻希手上蹭了蹭，又脆生生地叫了她一声“妈咪”。

下午正是太阳毒辣的时候，怕奥吉晒着，林烛索性直接带着闻希和奥吉去了预约好的发型工作室。

因为工作室是会员制，所以人并不多，林烛被Tony老师摧残的时候，闻希就在一旁陪着奥吉玩。

奥吉从小就是程峰带大的，以前没什么机会来这种发型室，所以起先还算有新鲜感，只是小朋友的新鲜感来得快去得也快，没一会儿他就有些坐不住了。

在奥吉第三次问林烛还需要多久的时候，闻希索性决定带他到楼下的商场里去逛逛。

一听不用困在这里，奥吉顿时兴奋起来，他蹦跶着到林烛身边，认真地提醒她：“林烛阿姨你在这儿不要乱跑哦，我等下和妈咪来接你。”

林烛整颗心都化了，这会儿终于知道闻希为什么会拿这个叫她妈咪的小朋友没辙了。她笑着摸摸奥吉的脑袋：“你和你妈咪去玩吧，我会在这里乖乖等你来接我的。”

闻希和奥吉一走，没人陪说话的林烛就开始无聊起来，她正昏昏欲睡的时候，有人从外面推开了发型室的门。

林烛没兴趣搭理，耷拉着眼皮子打算继续小憩，就听到赵一恺的声音：“我不做发型，我来找我媳妇儿。”

在一起这么久了，赵一恺从来就没低调过，无论在哪儿，恨不得所有人都知道他和林烛是一对。

林烛打起精神，朝他招手，一抬眸就发现赵一恺身后还跟着个人。

江砺。

林烛忍不住扬唇笑了下，并不意外。

中午的时候赵一恺给她打电话约她晚上一起吃饭，她早就和闻希约好了自然只能拒绝赵一恺，哪知赵一恺直接卖起惨来，说什么他不想一个人孤苦伶仃地吃家里的残羹冷炙。

林烛光听声音就知道赵一恺在演戏，她打断他的哭诉：“有话直说，再装疯卖傻，我就挂电话了。”

“别别别。”赵一恺一听急了，赶紧放低姿态求林烛晚上吃饭能不能带上他。

林烛起先不同意，后来被磨得烦了，只好征求闻希的意见。闻希想着大家都这么熟了，一起吃个饭也没什么，索性便让林烛叫上赵一恺。

赵一恺朝林烛走来，不等林烛开口，他直接对着林烛的半成品发型夸起来：“媳妇儿，我发现你真的是天生丽质，什么发型都能驾驭得了。”

林烛看了眼自己头上一堆丑得不行的卷发棒，觉得赵一恺可能是瞎了。

她翻了个白眼，推开赵一恺搭在自己肩上的手：“少拍马屁。”

赵一恺也不恼，他“嘿嘿”笑了两声：“媳妇儿，闻希小姐姐呢？”

赵一恺这么一问，林烛直接将目光投向江砺。中午赵一恺打电话的时候她就猜到了他的那些小心思，肯定是知道了她和闻希在一起，所以要给江砺和闻希创造机会。

林烛和江砺打了个招呼：“砺哥今天不忙啊？”

“忙。”林烛这种意味深长的眼神赵一恺太熟悉了，不敢耽搁，他赶紧给自己和江砺打圆场，“我刚刚在楼下的时候正好遇到砺哥，想着砺哥也一个人索性直接叫了他和我们一起吃晚饭。”

“这样啊？”林烛似笑非笑。

“真是这样。”赵一恺心虚得不行。

“那行。”林烛点点头，“你和砺哥商量一下吃什么，提前订一下三个人的位置。”

“三个人？”赵一恺愣住，“不是还有闻希小姐姐吗？”

林烛这才做出一副恍然大悟的表情：“你说闻希啊，她刚刚临时有点事先走了。”

江砺原本是靠在一旁的桌边，听了林烛的话，直起身子：“我想起来局里还有个会，就不掺和你们晚上的二人世界了。”

说完，他就打算离开。

“砺哥。”林烛怕自己玩飘了，赶紧叫住他，“你这么快就走了？”

江砺“嗯”了声：“有事儿。”

“十万火急的事儿？”林烛摆出一副遗憾的表情，故意叹了口气，“要是等会儿希希还回来你也还有事情吗？”

江砺停下了脚步。

合着林烛这是在故意敲打他。

赵一恺也看懂了林烛的意思，他悄悄拽了下林烛的胳膊，压低声音：“媳妇儿悠着点，砺哥要面子的。”

哪知林烛根本不吃这套，她盯着江砺，一字一顿：“砺哥应该清楚

面子重要还是希希重要。”

知道闻希还要回来，江砺也不急着走了，他索性直接坐到林烛对面，脸上不见一点局促，真诚地开口：“的确是希希重要。”

林烛对江砺的回答还算满意，她其实也希望闻希和江砺能够早点和好，便打算点拨江砺一下：“砺哥，你知道闻希为什么愿意回国却不愿意重新接受你吗？”

“大概是还在怪我当初瞒着她去出危险任务的事情吧。”江砺看着虚空的某一处，不知道在想什么。

“你真的这么想？”

江砺收回目光，没说话。

赵一恺倒是比江砺还急，他忍不住催林烛：“媳妇儿你别卖关子了，有什么话快说吧。”

哪知他刚说完，就收到了林烛警告他的一记眼刀。赵一恺不敢再多嘴，识趣地做了个在嘴巴上拉上拉链的动作。

林烛这才重新看向江砺：“希希她不是不懂事的小女孩，她知道你的工作性质，她不是怪你去出危险任务，而是气明明你做好了牺牲的准备她却毫不知情。”

她顿了下，继续说：“你想一下如果你真的有个三长两短，希希在一无所知的情况下看到你的尸体会是什么感想？”

江砺被林烛说得哑口无言。

他现在才意识到，他留下的那一封遗书对闻希来说有多么残忍。

“那希希她现在在哪儿？”江砺声音有些沙哑，像是被什么压着。

说开了，林烛也就没必要瞒着他，她指了指楼下：“她说去下面逛逛，应该等会儿就上来了。”

“我去找她。”江砺现在就想见到闻希。

林烛倒是没反对，叮嘱他：“你好好哄哄希希，结是你系上的，也只有你自己才能解开。”

江砺已经推开了发型室的门，他脚下略一停顿，回头对林烛道了声谢。

闻希和奥吉逛街逛得不亦乐乎，并不知道江砺已经和赵一恺一起到了滨海广场的事。

她提着给奥吉买的一堆玩具和零食，打算找个地方歇会儿。

奥吉有些心疼闻希，想要帮她分担一些：“妈咪我帮你提吧，爸比说过和女士在一起的时候要有绅士风度。”

“所以奥吉是个小绅士？”

“是的。”奥吉有些骄傲地抬抬下巴，“所以妈咪把袋子给我提吧。”

闻希没想到小家伙这么暖，不过她到底不舍得让一个刚满三岁的小朋友提这么多东西，便把所有的东西挪到一只手上，用空出来的手牵着奥吉，柔声告诉他：“你牵着我，我就不累了。”

“真的吗？”奥吉半信半疑。

“是真的。”闻希笑了笑，“因为被奥吉牵着，我就能感受到你把你的力量传给了我。”

奥吉没有再怀疑闻希的话，喜滋滋地牵着她往前走。

闻希找了一家甜品店。

放下手里的东西，她问奥吉：“想吃小蛋糕吗？”

奥吉本来想点头，可是他一抬头就看到了旁边桌上摆着的冰激凌，顿时改了主意。他指着那个看起来很精致的冰激凌：“妈咪我想吃那个。”

闻希顺着他手指的方向看了眼，立马摇头：“小朋友不可以吃太多

冰的，肚子会痛的。”

“可是我想吃。”奥吉嘟着嘴。

闻希最怕奥吉做出可怜的样子，她想了想赶紧转移他的注意力：“奥吉你试试他们家的小蛋糕好不好，很好吃的。”

奥吉摇摇头，坚持道：“可是我觉得冰激凌更好吃。”

闻希有些松动了，和他商量：“那我买一个，不过你只能吃一口，你答应了我就去买。”

奥吉见有冰激凌吃，赶紧用手指比了个“1”，和闻希保证：“我只吃一口。”

得了承诺，闻希这才牵着奥吉去前台点单，她讲信用地给他点了一杯冰激凌球，想了想又加了一份小蛋糕。

结账的时候，店员有些抱歉地看着闻希出示的二维码：“小姐不好意思，今天我们店里的扫码机坏了，能麻烦您用现金支付吗？”

闻希好说话地点点头，把手机递给奥吉让他帮忙拿着，然后从包里摸出钱包来。她递了张一百元的现金给店员。

等着找零的时候，跪坐在椅子上的奥吉突然用手指点着闻希钱包夹层里的照片，有些好奇地问：“妈咪，这个帅气的叔叔是谁啊？”

闻希低头看了眼，忍不住笑了笑。奥吉指着的照片是当初她第一次去公安大学趁江砺训练的时候偷拍的，后来去了国外就洗了出来。

她摸摸奥吉蓬松的卷毛，柔声说：“是我喜欢的人，奥吉觉得他很帅吗？”

奥吉用力点点头：“爸比说有肌肉的男人就很帅，以后奥吉要像他一样帅，所以妈咪也要喜欢我。”

闻希接过店员的找零，顺着奥吉的话鼓励他：“奥吉以后要努力像他一样帅。”

发型室在商场六楼，江砺怕和闻希错过，便一层楼一层楼地找下去，终于在二楼的一家甜品店看到了那抹熟悉的身影。

刚刚听林烛说闻希来逛街的时候，江砺便下意识以为她是一个人，倒不想和她一起坐着的还有一个外国小男孩。

那个小男孩正眼巴巴地盯着闻希面前的冰激凌，江砺第一反应是闻希被贪吃的小朋友缠上了。

甜品店是开放式的，他离得不算远，正准备抬步走过去，就听到闻希身边那个小男孩开了口。

他央求闻希："妈咪，你再让我吃最后一口好不好？"

02.

妈咪？

有那么一瞬间，江砺的脑海几乎是空白的，他紧紧地盯着前面一大一小两个人，胸口像是被一块巨大的石头压着，有些喘不过气来。

闻希从哪儿搞来这么个儿子？

江砺眼底看不清情绪，他抬手捏了捏鼻根，强迫自己冷静下来。

他安慰自己，虽然那个小孩看起来像个混血儿，但是闻希只出国了三年，而且至少头半年两人是一直在保持联系的，她怎么可能会生一个这么大的儿子。

可是还不等江砺说服自己，闻希先开了口，她偏头温柔地看着身边的小男孩："奥吉，你刚刚和我约定好的，你要是说话不算话我就不和你玩了。"

明明闻希的声音很温柔，江砺却觉得她是拿了一把刀子往他的心里戳，一刀一刀的，毫不留情。

闻希和那个小男孩显然很熟悉，而且闻希也默认了他叫她妈咪的

事实。

不敢再想下去了。

再想下去江砺觉得自己大概会疯掉。

他闭了闭眼，面无表情地走进店里。有店员看到他，热情地迎上来打算招待他，可他就像是看不到周围的人一样，径直走到了闻希那一桌，在她和奥吉的对面坐了下来。

闻希正和奥吉理论该不该吃冰激凌的问题，余光瞥到对面似乎多了一道身影，她下意识抬头去看，在看清来人的时候，整个人愣了下。

闻希怔怔地望着江砺，虽说那晚分开之后她就知道两个人肯定会再见面，但是她没想到两个人会在这儿碰上。顿了顿，她先开口：“你怎么在这儿？”

来逛街？

江砺这会儿手里空空的，看着并不像。

江砺的脸上没有太多的情绪，他盯着半掩在闻希身后的男孩子，淡声：“赵一恺叫我来的。”

闻希一听明白了过来。

江砺和赵一恺两个人关系好得能穿一条裤子，想来中午林烛和她说赵一恺非得跟来吃饭的时候，他们两个就合计好了一起过来。

闻希轻轻“哦”了声。

闻希没再追问，江砺也就不再多说。

刚刚和林烛谈了那么一番，他本来是想找到闻希，好好地和她谈谈，可是在亲眼看到一个小孩子叫她妈咪之后，他完全没了心思，他现在满脑子只想知道这个小孩儿和闻希到底是什么关系。

顿了顿，江砺面无表情地朝奥吉抬抬下巴：“这个小孩是谁？”

小孩子的感觉是敏锐的，从江砺在对面的椅子上坐下来开始，奥吉就能感受到这个叔叔不喜欢自己。

这会儿他听到自己被点名，赶紧宣示主权一般抱紧闻希的胳膊，警惕地盯着江砺，自报家门：“我叫奥吉。”

江砺嗤了声，见闻希没有要开口的打算，索性直接指着闻希问奥吉：“小朋友，你和她是什么关系？”

“她是我妈咪。”

闻希能感受到，奥吉话音落下去的一瞬间，江砺周身的气压又低了几度，她看着江砺黑得不行的一张脸，知道他这是误会了。

“江砺。”闻希叫了他一声。

“干什么？”江砺的语气不太好，他觉得自己此时还能镇定地坐在这里真是亏了他强大的定力，他故意讥讽闻希，“你儿子都有了，还叫我做什么？”

江砺这个样子像是受了天大的委屈。

闻希被他有些幼稚的控诉逗笑，又有点于心不忍。

回国后和江砺第一次见面那晚，江砺在她没有做好准备的情况下吻了她，她当时是很生气，可是这两天冷静下来之后，她觉得当时那个吻更多的其实是你情我愿与情不自禁，现在见江砺这个样子她就更是气不起来了。

眼见着江砺的眼神越来越冷，闻希开口解释：“你想多了，他不是我儿子。”

“不是？”江砺把闻希的话咀嚼了一遍，“不是你儿子他为什么叫你妈？”

“那你觉得是就是吧。”见江砺不信自己，闻希撇撇嘴。

“什么叫我觉得是就是？”这种模棱两可的答案也亏她说得出口，江砺觉得他真的是快被闻希给磨死了，“希希你生我气打我骂我都行，

能不能别拿这种事儿刺激我。”

闻希有点无辜：“都是你自己脑补的，我什么时候刺激你了？”

“那你告诉我，他是谁好不好？”江砺软了态度。

闻希知道适可而止，何况她虽然在生江砺气，但也不想他误会这种事让两个人之间的裂痕更深。

她把桌上的蛋糕往奥吉面前推了推，才说：“我第一次遇到他，他就扑我怀里叫我妈咪，结果后来发现他是我老板的儿子。”

江砺抓到了关键词：“老板？”

“江砺。”闻希嘴角带着抹不易察觉的笑意，“你知不知道你现在酸死了。”

本来是自己的媳妇儿，现在在他不知情的情况下突然多了个“儿子”，又莫名其妙牵扯出来个老板，他不酸才奇怪。

江砺绷着脸没说话。

“我觉得你这么丰富的想象力，不写小说真是可惜了。”看江砺吃瘪，闻希憋笑憋得有些辛苦，“我和我老板才认识几天，今天是因为他出差小家伙非要闹着和我一起，我才帮他照顾一下奥吉。”

闻希不像是在撒谎，而且她也没必要撒谎。

听她说完，江砺才意识到自己刚刚的反应有些过激了，所有事情只要牵扯上闻希他似乎就没办法冷静思考。

江砺摸了摸鼻尖，有些不自在。

闻希倒是一脸坦然：“现在还有什么问题吗？”

“对不起，希希。”江砺此时身上也没了刚进来时的戾气，“我刚刚只是太害怕了。”

江砺有那么一瞬间以为他和闻希是真的没有机会了。

闻希第一次见到这样的江砺，心里某个角落柔和得一塌糊涂，不过她到底还计较着那封遗书的事，偏了头告诫自己不能在这个时候心软。

奥吉一边吃蛋糕，一边打量着江砺，忽然他想到什么，有些激动地拽了拽闻希的袖子：“妈咪！”

“怎么了？”闻希被奥吉的动静吓了一跳。

“那个……对面这个叔叔……”因为太激动，奥吉一句话说得并不连续，“他是不是刚刚我看到的那个？”

闻希被奥吉弄得一头雾水：“哪个？”

见自己说不明白，奥吉索性就要动手去拿闻希包里的钱包：“就是妈咪钱包里，你说你……”

提到“钱包”两个字，闻希顿时恍然大悟。

她反应过来奥吉要说的大概是江砺和她钱包里夹着的照片上的人是同一个。她担心奥吉直接脱口说出江砺是她喜欢的人，所以在奥吉闯祸之前赶紧捂住了他的嘴。

闻希觑了眼江砺，岔开奥吉的注意力：“奥吉你刚刚不是说要吃冰激凌吗？我再给你吃一口好不好？”

奥吉果然把刚刚的话抛到脑后，乖乖地等着闻希的冰激凌投喂。

闻希拿起勺子喂了小家伙一口，见他重新心满意足地吃起了蛋糕，这才松了一口气。

要是被江砺知道她给一个小朋友介绍说他是她喜欢的人，闻希觉得自己大概丢脸丢到外婆家了。

她看见江砺目不转睛地盯着自己，迟疑了一下问他：“我脸上有什么吗？”

“没有。”江砺嘴角翘了翘，没纠缠着要知道奥吉刚刚究竟想说什么，而是朝闻希面前有些化了的冰激凌努努嘴，“我也想吃冰激凌了。”

“那你自己去点。”

江砺意味深长地笑了笑："我就想尝尝你那个是什么味道。"

闻希神情怪异地看了江砺一眼，想着这个冰激凌反正也只有奥吉吃过两口，索性直接给了江砺。

江砺的意思是想让闻希喂他，可是也不知道闻希是真没听懂还是装作不懂，他垂眸看了眼被闻希推过来的冰激凌，顿时没了兴趣。

奥吉吃蛋糕的时候弄得一整张脸上都是黏糊糊的奶油，闻希刚刚捂着他嘴的时候全蹭到了自己手上，黏得有些难受。

她没搭理江砺的不满，轻声叮嘱奥吉别乱跑，便起身去了洗手间。

等她的身影走得远了，江砺才饶有兴致地看向对面正和蛋糕斗争的奥吉："小孩。"

奥吉听到声音，抬头看了江砺一眼。

江砺屈起手指在面前装着冰激凌的杯子上弹了下，诱哄奥吉："想吃冰激凌吗？"

奥吉几乎是毫不犹豫地点点头。

见小家伙上了钩，江砺满意地扬扬唇："那你告诉我，你刚刚说你闻希阿姨钱包里有什么？"

江砺还是没办法接受奥吉叫闻希妈咪。

奥吉现在眼里只看得见冰激凌，哪里还记得闻希刚刚叮嘱他别乱说的事。他咽了口唾沫，毫不犹豫地出卖了闻希："就是妈咪钱包里有一张照片，上面的人和叔叔你长得很像。"

说着，见闻希挎包的拉链没有拉，奥吉直接把钱包拿了出来，打开摆在了江砺面前。

江砺看着夹层里的照片眯了眯眼。

这张照片是他第一次看见，但只看了一眼他就想起了当初闻希在训练场外被张放抓住用手机拍照的事。

“妈咪说了这是她喜欢的人。”奥吉把闻希卖了个底朝天，“所以叔叔你是妈咪喜欢的人吗？”

“闻希是这么跟你说的？”

奥吉回想了一下之前和闻希的对话，肯定地点点头：“妈咪就是这么跟我说的，所以你到底是不是照片上的人啊？”

江砺眉眼都染着笑意，忽然就觉得身心舒畅。他示意奥吉将钱包收好，然后守信地把冰激凌递给他，大方承认：“照片上的人是我。”

奥吉看江砺的眼神顿时变了，从警惕到崇拜。

他问江砺：“那叔叔你能不能告诉我怎么才能有肌肉？我好想变得和你一样帅。”

“想知道？”江砺心情好，耐心也跟着好起来。

“想。”奥吉眼巴巴地看着江砺。

江砺慵懒地靠在椅背上，不急不缓地开口：“你答应叔叔一件事我就告诉你怎么变得和我一样帅。”

奥吉已经迫不及待了，他真的很想像江砺一样有流畅的肌肉，索性跳下椅子跑到江砺身边：“什么事？”

“你答应我不再叫闻希妈咪，我就教你怎么拥有肌肉。”

提到闻希，奥吉有点犹豫，但是也仅仅是犹豫了一瞬，就满心欢喜地答应了下来，他还告诉江砺：“其实妈咪也让我叫她阿姨的。”

闻希从洗手间回来的时候，就看见刚刚还相对而坐的两个人这会儿坐在了同一边，而且奥吉还亲热地缠着江砺问东问西。

她有些疑惑。

看到闻希回来，江砺若无其事地拍了拍奥吉的肩，示意他起身，才和闻希说：“刚刚恺子打电话说他们那边结束了，让我们一起去吃饭。”

闻希看了眼时间，五点多了，点头拿起了椅子上的包。她正顺势准

备去提那一堆购物袋，就有一只手先她一步提了起来。

闻希迎上江砺的视线，就见江砺摸了摸她的脑袋，说了句“我来拿”。

江砺的声音很温柔，脸上带着淡淡的笑意，闻希感觉自己被电了下，鬼使神差地没和他争执，将袋子让给了他提。

脸微微有些烫，闻希躲开江砺的视线，牵着奥吉往外走。

也不知道是不是小蛋糕吃得有些多了，刚出甜品店没几步，奥吉就撒娇：“闻希阿姨我走不动了，你抱我一下好不好？”

奥吉撒起娇来根本让人无法拒绝。

闻希将挎在身前的包往身侧挪了挪，还没弯下腰，江砺直接朝奥吉招了招手：“奥吉，到我这儿来。”

“你提着那么多东西不太方便吧，而且奥吉也不是很重。”

“不想看你抱别的异性。”江砺把袋子顺到一只手上，弯腰轻轻松松地抱起了奥吉，才垂眸看向闻希，“是个小孩也不行。”

03.

一顿晚餐，闻希吃得有些感慨。

在国外三年，她更多的时候都是一个人，有时候画稿子忙起来甚至直接用面包蛋糕填填肚子就行，像这样和朋友们聚在一起热热闹闹地吃一顿饭，随意地聊着天，她真的是好久都没有体验过了。

心里高兴，闻希忍不住和林烛小酌了两杯，要不是江砺和赵一恺提醒她们悠着点，估计闻希能和林烛不醉不归。

晚上八点多的时候，四个人带着奥吉一起从火锅店里走出来。

林烛下午来的时候开了车，加上她和赵一恺一心想给江砺和闻希创造机会，两人没多留，直接找了个借口驱车离开。

临走的时候，林烛还不忘点拨江砺：“砺哥，记得把我们希希安全送回去。”

闻希没说话，捋了捋被夜风吹得有些乱的发丝，朝林烛、赵一恺挥了挥手。

此时正是滨海广场最热闹的时候，随处可见三五成群的人聚在一起，五颜六色的霓虹灯照在人群身上，显得这样的热闹有些不真实。

江砺垂眸去看闻希。估计是喝了酒，闻希这会儿白净好看的脸上一片酡红，整个人都透着一股软乎乎的劲儿。

忍着想要上前抱住小姑娘的冲动，江砺将怀里的奥吉往上托了托，轻声问她：“我送你们回去吧？”

从火锅店到公路边几分钟的路程，奥吉已经在江砺怀里昏昏欲睡了，这会儿一双宝石似的眼睛耷拉着，没精打采地盯着闻希。

“闻希阿姨。”他的声音很小。

闻希凑过去，轻轻捏了捏奥吉胖乎乎的小脸：“怎么了奥吉？”

“我想让江砺叔叔送我们回去，这样我就可以和他多待一会儿了。”

江砺低低地笑了声，突然觉得这小孩也挺可爱。

他动作温柔地拍了拍奥吉的脑袋，脸上还挂着好看的笑容：“听话，让我送你，你一个人提这么多东西还带着奥吉，我不放心。”

闻希仰着头去看一大一小两个人，想了想还是没有拒绝。

回酒店的路上，闻希陪着奥吉坐在后排，车开出去不远，奥吉便枕着闻希的腿睡熟了。

闻希轻手轻脚地脱了外套替奥吉盖上，才看向驾驶座上专注开车的人。

“江砺。”她叫他。

江砺看着前方的路况应了一声：“怎么了？”

“今天下午我去洗手的时候你和奥吉说了什么啊？”

闻希心里疑惑，奥吉其实是个有些认生的小朋友，下午刚和林烛见面的时候，林烛讨好了他半天，奥吉才肯跟林烛一起玩，可是她就去趟洗手间的工夫，奥吉就和江砺亲密无间了。

江砺又笑了，闻希都快记不得这是他今晚第几次笑了。

等到车在一处红灯路口停下，江砺才转身去看大半张脸都掩在黑暗里的人，反问她：“你之前不是问奥吉了吗？奥吉没告诉你？”

闻希一噎。

她吃晚饭之前的确是把奥吉拉到一边悄悄问过他，倒是没想到江砺会知道这件事，可是如果他真听见了，这话就分明是明知故问了。

当时闻希问奥吉的时候，本以为他会乖乖交代，哪知小家伙神秘兮兮地告诉她那些话是男人之间的秘密，是不可以告诉她的。

那一瞬间，闻希一口老血梗在心头，不上不下的。

想到这儿，闻希没好气地瞪了江砺一眼：“那些话是你教奥吉的吧？”

她才不信一个三岁的熊孩子能知道什么是男人之间的秘密。

江砺神色温柔地看着闻希，顺手给她开了一瓶矿泉水递过去，见她仰头喝了两口，才不急不缓地说：“我和一个小家伙能说什么，而且奥吉不是说了这是男人之间的秘密嘛，所以就算真说了什么也不能告诉你。”

看样子，是真不打算告诉她了。

矿泉水瓶的盖子在江砺手里，闻希喝完水把水瓶递给他，别开脸看向窗外，不服气地哼了哼。

一直到酒店，闻希都没再搭理过江砺。

江砺在路边停好车，小心翼翼地将睡在闻希腿上的奥吉抱起来，陪着闻希到了房间门口。

“能一个人搞定这个小孩吗？”江砺有些不放心闻希，总觉得她也还是个需要人照顾的小姑娘。

闻希已经拿卡刷开了房门，没有要让江砺进去的意思，她将手里的大包小包扔在玄关，站在门口从江砺怀里抱过奥吉。

“奥吉还算听话，而且他爸爸刚刚给我发微信说明天就能回来接他了。”

江砺点点头，想到什么，问闻希：“明天什么时候有空？”

“有事吗？”闻希不知道江砺什么打算，便没急着表态。

“张放今天下午带人抓到了撬你家锁的那个人，还没审那人就什么都招了，基本算是可以结案了。”江砺调出手机里张放下午发来的消息给闻希看了眼，“不过走流程你还要去局里签个字。”

闻希没想到这么快就破案了，不过早点了结也挺好。

抱着奥吉的手有些酸，闻希有些费力地换了个姿势，才问：“明天下午可以吗，上午我要等我老板来接奥吉。”

“可以。”江砺手里把玩着手机，想了想开口道，“你过来的时候给我打个电话，我带你去办。”

闻希挑挑眉，视线落在江砺流畅的下颌线上：“吃晚饭的时候赵一恺不是说你们队里办的都是重案要案，怎么你堂堂一个刑警队长还管这种小案子啊？”

而且那天晚上江砺还是亲自带队出警，当时闻希没觉得有什么，现在想起来的确有些巧。

江砺自然没有说那晚他被叫去出警，是因为拒绝了王建书想给他找对象的好意。虽然王建书是存了心要折腾他，但是他现在挺感激他，毕竟要不是他这一出折腾他还不知道什么时候能跟闻希见上面。

想到这儿，江砺嘴角翘了翘：“我们队里的确不怎么管这种小案子，但是我不能不管你。”

说到后半句的时候，江砺的调子扬了半分，像是一根轻飘飘的羽毛，在闻希心尖尖上挠了几下。

闻希听得耳根子有些发烫，她垂着眼小声嘀咕：“谁要你管啊。”

江砺笑着揉了下奥吉的脑袋，见时间不早了，便没再多说，示意闻希赶紧进去休息。

第二天下午两点，闻希到海城公安总局的时候，一楼大厅咨询处的人刚上班。

她直接朝着咨询处窗口走过去，可是还差几步的时候，她又莫名想到了昨晚江砺说的那句话。犹豫了一下，闻希还是走到一边给江砺打了个电话。

江砺让她在楼下等几分钟。

这是闻希第二次来这里，第一次已经是三年前了，她这才意识到自己似乎已经很久没有见到过江砺穿制服的样子了。

闻希捏着手机，有些期待地看着电梯门。

两分钟后，电梯门打开，闻希愣了下，里面站着的并不是江砺，而是笑容满面的赵一恺。

他朝闻希招招手：“闻希小姐姐，这边。”

有路过的同事调侃赵一恺：“恺子这背着女朋友从哪儿找到的漂亮小姐姐啊？”

“去去。”赵一恺没好气警告那人，“你别瞎说啊，这我们砺哥的女朋友。”

他们两人说话间，闻希已经上了电梯，等到门合上，她才状似无意地问赵一恺：“江砺呢？”

“临时有案子砺哥出现场去了。”赵一恺一边摁楼层键一边给闻希解释，“不过闻希小姐姐你放心，砺哥已经和相关的负责人打过招呼了，你等会儿字一签就没什么事儿了。”

“这样啊。”事关他们的工作，闻希便也没多问。

赵一恺直接带了闻希去他们队里的办公室，江砺带了几个人出去，办公室里剩下的全是一帮小年轻。

听到动静，所有人齐刷刷地起身，对着门口打招呼：“嫂子好。”

闻希被这道整齐划一、气势如虹的问候吓了一跳，怔了几秒才反应过来，有些局促地朝这帮小伙子笑了笑：“那个……我不是。”

“嫂子您别谦虚了，恺子哥都和我们说了，您都和砺哥在一起好几年了。”其中一个看上去白白净净的小伙子从电脑屏幕前抬起头来，“不过要不是今天见到真人，估计没人会相信砺哥有女朋友。”

闻希疑惑：“为什么？”

“因为砺哥自从当队长以来成天就知道工作，加起班来根本停不下来，要不是有恺子哥一个人撑着，我们这里真成和尚庙了。”这些小年轻好不容易见到传说中江砺的女朋友，便忍不住向她控诉江砺压迫他们加班的恶劣行径，期待着她能多和江砺约约会，少让他们加一点班。

“怎么说话呢？”赵一恺在闻希身后疯狂暗示他们别乱说话，他指了指江砺的办公室又做了个抹脖子的动作，“砺哥平时对我们不好吗？”

赵一恺是在提醒他们要是被江砺知道他们在闻希面前告黑状，估计他们这一帮人都得吃不了兜着走。

那几个人很快反应过来，赶紧给闻希端茶倒水。

“嫂子您喝茶，刚刚我们都是开玩笑的，您别当真。”

闻希接过，笑着说了声“谢谢”。

其他人见状纷纷拿出自己囤积的零食饼干送到闻希面前，甚至还有

一个人拿了包方便面出来，要不是闻希拦着，他估计能当场给闻希泡上给她来一顿特别的下午茶。

闻希之前一直以为做警察的都是像江砺那样严肃沉稳，倒不想他们还有这么可爱的一面。

而且江砺队里的人大多年轻，闻希和他们也算聊得来，她在办公室里待了一个多小时，才和赵一恺去签了入室盗窃案的字。

走完流程，赵一恺让闻希再去办公室坐会儿："闻希小姐姐你再等一会儿，砺哥估计就回来了。"

"你们看上去挺忙的，我就不打扰你们了。"闻希想到刚刚那一群热情得不行的小伙子，要是她和江砺出现在同一个画面里，指不定怎么调侃呢。

"真的不等了？"赵一恺还想挽留一下，他估摸着江砺应该是想和闻希见上一面的，不然也不会专程叫了他来接闻希。

闻希笑了笑："不等了，下次有机会再来吧。"

该签的字都签了，流程也都走完了，闻希执意要走，赵一恺也不好再多说什么，只好把闻希送到了公安局门口。

闻希等赵一恺回去了，她才往公路边走，正准备叫车，就看到一辆黑色越野车停在自己面前。

她抬头，就透过降下来的车窗看到江砺正望着她，在她反应过来的时候，江砺已经拉了手刹熄火下了车。

江砺低头辨认着闻希脸上的神色，在确认她没有生气后才松了一口气。他解释："我临时接了个案子，不是故意爽约的。"

闻希刚刚才从江砺的那一帮同事那里听到了不少关于他的事，都是工作上的，她以前知道刑警这工作辛苦，倒是没想到会这么不容易。

她看着江砺，柔声道："我知道。"

“等会儿打算干什么？”太阳有些大，江砺虚虚揽着闻希将她往树荫下带，“没事的话晚上一起吃个饭吧。”

“我回去换锁，不想住酒店了。”闻希并不喜欢酒店里那一套白色的床单被套，觉得看着有些不舒服。

“还是回去一个人住？”江砺轻蹙了下眉，这儿才出了入室盗窃的事，没想到闻希这么快就打算搬回去了。

“嗯。”闻希倒是没觉得有什么不妥。

“那晚上去你家吃饭吧，到时候我去检查一下你新换的锁。”

闻希倒是不抗拒和江砺一起吃饭，她也知道两个人的确需要好好把问题解决一下，只是……她并不会煮饭。

她迟疑了一下，才有些不好意思地开口：“在家里的话就只能吃外卖了。”

江砺没想到闻希出国三年厨艺竟然没有一点长进，也不知道一个人是怎么熬过来的。他低头笑了笑，才说：“你别操心这些事儿了，等会儿我下班买了食材带过去，我来煮饭。”

/第二十三章/

你刚刚欠我的早安吻

01.

闻希听到敲门声的时候，正坐在沙发上和卡萨帕打视频电话商定关于联名展的细节。

她凝神看了眼 iPad 屏幕左上角的时间，差七分钟六点，这个点儿敲门的估摸着只能是江砺。

闻希示意卡萨帕稍等她一下，然后起身去开了门，果然看到江砺手里提着两个厚实的塑料袋站在门口。

“饿了没？”

“还不是很饿。”闻希侧了身让江砺进来，“你先进来随便坐一下，我正在和我老师打电话。”

江砺点点头：“你先去忙吧。”

等闻希转身回了客厅，江砺才不急不缓地进了门，把手里刚刚买的一堆东西放在餐桌上，重新走回门口，将掩在门后的黑色行李箱轻轻松松提了进来。

他抬眸看了眼已经坐在沙发上的姑娘，想了想，不动声色地把行李箱放在了玄关处。

江砺走进客厅，在闻希身旁的单人小沙发上坐下来，一双长腿随意地支着，抬眼看着闻希。

闻希和卡萨帕用的是意大利语在交流，这是江砺第一次听见闻希说意大利语，小姑娘的语调很软，虽然他听不懂，但并不妨碍他觉得好听。

卡萨帕隔着视频问闻希:“希,你的第一件婚纱作品会放在展览中吗？”

第一件婚纱作品，闻希当初得奖的那一件，也是江砺给了她灵感的那一件，虽说现在看来那件作品或许不够完美，但那件婚纱一直是她最喜欢的一件，而且出国之前，她把那件婚纱的设计稿送给了江砺。

闻希下意识地偏头看向江砺。

两个人的视线在空中撞上，江砺也不躲，大大方方地和闻希对视，小声问了句：“怎么了？”

闻希轻摇了下头，收回目光看向卡萨帕：“卡萨帕，那件作品我已经送给别人了，如果真要展出的话我需要问问他同不同意。”

卡萨帕闻言有些遗憾，他一直很喜欢那件作品，也是因为那件作品让他发现了闻希的天赋。

如果这次展览没有闻希的那件作品，对闻希来说其实是不完整的。

想了想，卡萨帕打算让闻希好好争取说服得到设计稿的那个人，可是正要开口，他忽然想到什么：“希，你的第一件婚纱不会是送给你喜欢的那个人了吧？”

闻希没想到卡萨帕会猜到，顿了一下，她坦然承认：“很早以前就送给他了。”

既然这样，卡萨帕就觉得自己没必要强人所难了，毕竟那件婚纱已经是闻希和他爱人的定情信物，他们有权利选择展不展出。

卡萨帕笑得和蔼：“那你已经在中国找到你爱的那个人了吗？”

“找到了。”提到江砺，闻希的神情变得柔和起来。

“那你什么时候带着他来意大利看看？我很好奇你喜欢的人会是什么样的。”卡萨帕已经六十多岁了，可是依旧毫不掩饰自己的八卦。

“他可能没办法去意大利，他是一名警察。”闻希和卡萨帕解释，其实她也有些遗憾，不能带着江砺去看看她待过三年的地方。

“这样啊。”卡萨帕托着下巴思索了几秒，“那你们结婚的时候记得邀请我，我带着礼物来中国看你们。”

卡萨帕突然就提到了结婚，闻希愣了愣才反应过来，不过她倒是没有拒绝，笑着应下：“到时候一定邀请您来。”

闻希和卡萨帕没有聊太久，很快挂了电话，没有了交谈的声音，室内很快安静下来。

江砺轻咳一声：“你刚刚和你的老师提到我了？”

“你听得懂意大利语？”闻希一下子就有些心虚，她刚刚就是想到江砺应该听不懂才会直言不讳地对卡萨帕说那些话。

“听不懂，直觉。”看闻希的反应，江砺翘了翘嘴角，“所以你和你老师说我什么了？”

原来听不懂啊。

闻希很快镇定下来，看着江砺笑了笑：“的确提到你了，不过是因为我老师问我谁来了，我告诉他是一位热心的中国警察，不光帮着破案还提供上门供应餐食的服务。”

也不知道闻希说得是真是假，不过江砺也没纠结，他眯了眯眸子，顺着闻希的话开口：“不光是上门供应餐食，你想要什么服务我都能提供。”

“骗人。”闻希没听出江砺话里的深意，自顾自起身去看江砺放在餐桌上的那两大包东西。

本来以为江砺就简单买了点做晚餐需要的食材，结果闻希越看越吃惊，两大袋子里的东西真的是应有尽有，除了数量不少的蔬菜肉蛋，还有一堆闻希甚至认不全的调料以及各种蛋糕、奶制品。

“你买这么多东西干什么？”闻希朝还坐在客厅的江砺招招手，“这么多东西我们两个今晚也吃不了吧。”

江砺倒是没有一点忧色，淡声：“吃不完的放冰箱，谁跟你说我们要今晚吃完了。”

他说着，就准备将闻希已经顺出来的今晚用不上的东西替她放到冰箱里。

闻希没想到江砺是个彻头彻尾的行动派，这些东西留她这儿也没用，她有自知之明，与其花时间自己下厨房弄一堆没办法吃的东西，不如动动手指点份外卖。

她拦住江砺，朝他手上的东西努努嘴：“等会儿你把多的东西带回去吧，我不会弄这些东西。”

江砺没开口，他绕过闻希将东西放进了冰箱，才靠着冰箱开口：“你不用会弄，我会就行了。”

闻希的心漏跳了一拍，她总觉得江砺在暗示什么，可是等她细想又什么都抓不住。

不知道说什么，闻希索性当作没听见，进了厨房给江砺倒水，江砺跟着她进去，趁着她洗杯子倒水的空隙检查了一下厨房都有些什么东西。

好在锅碗瓢盆之类的还挺齐全。

江砺接过闻希递过来的水杯一饮而尽，然后就挽起袖子开始洗菜。

闻希站在旁边看了会儿，觉得好像没什么自己能帮得上的地方，她

正准备走出厨房，在看到江砺身上的白衬衫时又忍不住折了回来。

她记得上次闻羽给她选了一条围裙。

有些记不清具体位置了，闻希找了好一会儿，才从厨房吊柜的角落里把它翻出来，是一条紫粉色上面还印着美少女战士的围裙。

当初闻羽挑选的时候是觉得可爱，可是闻希这会儿怎么看这围裙都和江砺格格不入，她迟疑了一下，小心翼翼地碰了碰江砺的手臂，把围裙提到他面前："你要这个吗？"

注意到江砺的眼神有些奇怪，闻希赶紧解释："家里只有这一条围裙，我是怕你的衣服弄脏了，如果你实在不想用就算了吧。"

说着，闻希就打算把围裙放回去。

"等等。"江砺淡淡地睨了闻希手里花里胡哨的围裙一眼，想了想开口，"你帮我穿上吧。"

闻希本来想让江砺自己穿，但转念一想他这是在给自己煮饭，她就一吃现成的，还拒绝这么小个要求实在有些过分了。

这样想着，她把围裙抻开，示意江砺低头，即便这样，她也还是踮了脚才将围裙的系带在江砺脖子后系好。

这样的动作让两个人此时站得极近，近到江砺甚至能清晰地闻到闻希身上的香气，他看着小姑娘近在咫尺的红唇，喉结滚了滚："希希。"

"嗯？"闻希怕江砺不舒服，又将刚刚打好的结调整了一下。

闻希对江砺的意图没有丝毫察觉，江砺眸色沉了沉，声音微微有些哑："我想亲亲你可以吗？"

然后下一秒，不等闻希反应，江砺便低头亲了下去。

蜻蜓点水的一个吻，他很快就离开了闻希的唇。

江砺看着瞬间往后蹦了一大步的闻希，有点恼自己的冲动，刚刚那一瞬间他是真的想亲亲小姑娘。

他张了张唇，想要给闻希道歉，却看到本来应该生气的人很快红了脸，扔下句“江砺你又耍流氓”便落荒而逃。

一直到吃饭，江砺才把闻希从书房里叫了出来。

也不知道是不是害羞，一顿饭闻希都埋着头不说话，偶尔江砺主动挑起话题，她也只是用“嗯”“哦”之类的单音节词敷衍过去。

吃过饭，闻希主动提出要去洗碗。

在她起身的时候，江砺握住她纤细的手腕，朝客厅抬抬下巴：“你去坐一会儿吧，我们希希的手是用来画画的，这些活儿我来做就好。”

最后闻希也没能拗过江砺。

江砺动作很快，只用了十来分钟就把厨房收拾好，他端着一盘切好的苹果出来的时候，就看到闻希背对着他站在阳台上，不知道在想些什么。

“希希。”江砺将果盘放在闻希手边。

闻希想事情想得出神，被江砺一叫才回过神来，她侧头看着比自己高出不少的男人，声音淡淡地开口：“洗完了吗？今天辛苦你了。”

江砺笑了笑，这些最平淡的事，他想了整整三年，哪里又会觉得辛苦。

“你要回去了吗？”闻希问这话的时候，声音里有股连自己都没察觉到的失落。

江砺垂眸看着闻希，好半晌才回答她：“不急，我有话想和你说。”

“说什么？”闻希眼睛里映着客厅里透出来的光，晶亮晶亮的。

初夏的夜里，难得吹丝凉风，江砺抬手替闻希将额前的几缕碎发别到耳后，才轻声说：“希希，我们和好，好不好？”

闻希安静地望着江砺，没说好，也没说不好，她在等江砺说那些她想听的话。

看着闻希平静的眼神，江砺觉得心里被什么压着，他往后靠在阳台的栏杆上：“希希我知道你怪我当初一个字不提就去执行任务的事，当

时我太过自以为是，以为什么都不告诉你不让你担心就是对你最好的方式，可是后来我才意识到，你远比我想象的要坚强很多。”

闻希眼底闪了点泪光。

不想在这种时候哭出来，她吸了吸鼻子，才开口：“你能想象得出我看到那封遗书的时候心里有多难过吗？”

说这话的时候，闻希的身体微微颤抖，当时除了难过，还有害怕，害怕她在没有一点准备的时候再也见不到江砺了。

江砺心里也不好受，尤其是看着闻希难过的样子，他抬手牵住闻希将她带进自己怀里紧紧抱着，怜惜地在她发顶亲了亲。

闻希没躲，由着江砺将自己抱住。

“希希真的对不起，你打我骂我想怎么发泄都行，我答应你如果以后再有什么事我都不会再自作主张地瞒着你了。”江砺的声音微微有些哽咽，“我不想再和你分开了，你回到我身边好不好？”

02.

江砺有些忐忑地等着闻希的答案。

和最初追闻希让她做自己女朋友的时候不一样，当初虽然闻希也说要考虑考虑，但是至少江砺是志在必得的，不过是时间的问题，可是如今分开三年之后他完全摸不准闻希会不会原谅他。

除了偶尔几声从公路上传来的不太清晰的汽车鸣笛声，空气里安静得江砺甚至能听见自己的心跳声。

没等到闻希的回答，江砺不确定地叫她：“希希。”

只是他话音刚落，左肩上就传来一阵刺痛，江砺闷哼了一声，低头看见闻希红着眼眶，踮脚咬在了他的肩上。

见江砺不躲，闻希咬得更狠了一些，好一会儿她才松开了江砺。

看了眼江砺衬衣上留下的一排整齐的牙齿印，闻希轻哼了一声，偏过头看着阳台外无边的夜色。

“江砺，你以后要是再随随便便给我留遗书，别说三年了，我一辈子都待在国外，还要找一个帅气的外国小哥，生一个像奥吉那么可爱的混血小朋友。”

江砺知道，闻希这么说，就代表原谅他了。

他无声地扬扬唇，轻声道：“希希，我保证不会再做让你难过的事了。”

想到闻希刚刚说的后半句话，江砺顿了顿，在她开口之前继续道：“但是和外国人生孩子就算了，你只有和我生出来的小朋友才是最可爱的。”

闻希没发现江砺还有这么自恋的一面，她撇撇嘴，开玩笑地讥讽他：“警察哥哥真不要脸。”

快三年了，江砺都没听到闻希娇娇软软地叫他警察哥哥了。

他眸色沉了沉，揽紧了怀里的人，低头找着她红润的唇瓣就要亲下去。

闻希察觉到江砺的意图，在他的唇碰到自己之前，抬手抵着他的胸将人推开。

“事还没说完。”

在江砺微微不满的目光中，闻希留下这句话后淡然转身去了书房，两分钟后拿着一张薄薄的卡片回来塞到江砺手里。

江砺低头看了眼，是张银行卡。

他舔了下有些干的唇，迎上闻希氤氲着雾气的眼睛：“什么意思？我们家希希要包养我啊？”

闻希被江砺的“包养”两个字逗笑，她轻咳一声：“你这么五大三粗的谁要包养你啊？要包养也是包养白嫩嫩的小鲜肉好吧。”

原来闻希还打着白嫩嫩小鲜肉的主意呢，江砺还真是没看出来。

江砺眯了眯眸子，神色有些危险地揽过闻希：“你再说一遍？想包养谁？”

闻希就随口一说，没想到江砺连这种飞醋都吃，她有些费力地将江砺禁锢在她肩上的手扒拉开，和他面对面站着，敛了脸上开玩笑的神情。

她微微仰头看着江砺，一字一顿：“这是还你的钱，三百万。”

江砺眼底闪过一丝僵硬。

他没想到闻希会知道她出国的钱是他出的，更没想到她会和他算得这么清楚，拿着手里有些烫手的银行卡，他没说话。

“江砺，我知道你为我做了很多事，但是有些事情我没办法心安理得地接受。”闻希垂眸看了眼江砺用力捏着银行卡的手，抬手轻轻覆上去，“你当初拿出这三百万应该也不容易吧？我听赵一恺说你当时还卖了车，现在我有能力还给你，你就收着吧。”

“希希……”

“警察哥哥。”闻希打断江砺，“我以前就说过我想单纯地和你在一起，不是图你什么，所以你就当满足我这个简单的心愿吧。”

闻希都这么说了，江砺也说不出拒绝的话了，他迟疑了片刻，还是点头同意了。

他看着闻希脸上轻松的表情，也跟着笑起来，他轻轻弹了下那张银行卡：“你非得还我，那我就只有留着当老婆本了，估计很快也就能派上用场了。”

好好地在谈正事，江砺突然提起老婆本让闻希忍不住红了脸，她垂着头，浓密的睫毛轻轻颤了颤：“谁给你的自信说很快就能派上用场的。”

“你给的啊。”江砺说着将人重新揽进怀里，拥着闻希的腰低头亲了下去。

终于可以名正言顺地亲吻他心爱的姑娘了。

闻希被江砺困在他身体和阳台的栏杆之间，承受着他的亲吻，意乱情迷的时候，她听到好像有人在敲门。

江砺不为所动，闻希忍不住推了推他。

一直到敲门声持续了一两分钟，江砺才有些不耐烦地松开了闻希：“这个时间点来的是谁？”

闻希摇摇头，真猜不出来。

门口的敲门声还没消停，闻希看了江砺一眼，理了理微乱的发丝，红着一张脸往门口走，江砺皱着眉跟在她身后。

想着有江砺在，闻希便也没有多此一举地去看猫眼，直接拉开门，看到站在门口的房东时愣了下，随即想起来是她自己通知房东来的。

被江砺这么一打断，她差点都忘了这事儿，毕竟出了入室盗窃的事，加上今天又换了锁，她想着还是应该告知人家一声。

房东意味深长地看了闻希和江砺一眼：“小闻你在家啊，我敲半天门没动静还以为你不在呢。”

“在的，在的。”闻希有些心虚地回头瞪了江砺一眼，要不是因为江砺她哪里需要这么久才来开门，不过话虽如此她也不好意思明着给房东说两人刚刚在做的事，“刚刚我们在厨房忙没听到您敲门。”

闻希说着请房东进门：“杨阿姨您进来看看吧。”

房东倒是没待多久，简单检查了一下房子找闻希要了新的钥匙之后便打算离开，走到门口的时候，她意有所指地看了江砺一眼。

“小闻这是打算和朋友合住？”虽说当初租房协议上没有明确写闻希不能带朋友同住，但是多了一个人她作为房东还是要了解一下。

闻希摇摇头：“没有要合住，他只是来家里吃顿饭而已。”

房东这才没再多问，叮嘱了闻希几句有事记得联系她之后，离开了房子。

送走了房东，闻希看向坐在客厅里神色不太愉悦的男人，想了想提醒他："都九点多了，要不你先回去？"

"回哪儿？"江砺迎着闻希的视线，挑眉。

"回你自己家啊。"闻希被江砺这话问得莫名其妙，"你该不会还真想留下吧？"

"如果我真想留下呢？"江砺稳坐在沙发上，并没有要起身的意思。

"我这儿就一间卧室，没有多余的床给你睡，你别闹了早点回去吧。"闻希边说边去拉江砺的胳膊，示意他赶紧起来。

江砺笑了笑："一间卧室就够了。"

这句话的暗示意味太强烈，闻希脸烫了烫，两个人以前的确同床共枕过，可是这都隔了三年了，闻希有些不好意思。

她嘟囔："你又不是没有家。"

江砺见闻希态度有些软化，起身去玄关把行李箱提了出来，坦然地看着闻希："希希我东西都带来了，你就收留我一下？"

刚刚闻希的精力都放在应付房东上，倒真没注意到门口的行李箱，这会儿见江砺突然提出来，惊讶地瞪大了眼睛。

"江砺你是不是早就计划好了先斩后奏？"

"不是。"在闻希恼怒之前，江砺先她一步上前，将人拉到沙发上坐下，"我是真的不想回家，家里楼上最近在装修吵得我整晚都睡不着，你就可怜可怜我收留我一段时间吧。"

"装修在晚上？"闻希显然不太信。

江砺没想到闻希这么快就抓住他话里的破绽，不过到底是见惯了各种突发情况的刑警，他轻咳一声保持淡定，睁着眼睛说瞎话："就是在晚上，有别的户主投诉了也不管用。"

闻希还想说什么，江砺没给她机会："你要是真不愿意我睡沙发也行，而且前两天才有入室盗窃的事发生，你一个人在家我也不放心。”

“可是……”闻希还有些犹豫。

江砺侧了侧身，把小姑娘整个圈在怀里，将下巴搭在她的肩窝上：“不要赶我走，好吗？”

说话的时候，江砺沉了调子，像是低沉悦耳的大提琴，明明还没想清楚，闻希却鬼使神差地点了头。

等到她反应过来自己被蛊惑之后，江砺已经开始自顾自地收拾东西了。

看着江砺的背影，闻希在心里默默叹了口气，终是没说什么，去卧室里给江砺抱了枕头和被子出来。

闻希这里不比江砺的公寓，只有一个卫生间，所以江砺等着她洗了澡出来，才拿着睡衣走了进去。

想着毫无准备地要和江砺重新处在同一个屋檐下，闻希觉得心里莫名燥得慌。

她在卧室里来回踱了两圈，忽然想到今天在总局办公室听到江砺一个同事无意间提了句“那个时候去医院看砺哥”却被赵一恺打断的事，犹豫了几秒，还是拿出手机给林烛打了个电话。

林烛很快接通，闻希压着声音问她：“阿烛，你和赵一恺在一起吗？”

“他在我旁边，怎么了？”林烛听闻希的语气有些不对劲。

“想问他一点事，你方便开个免提吗？”怕江砺洗完澡出来，闻希就没绕圈子。

“在的，你等一下。”林烛没问闻希什么事，窸窸窣窣地开了免提，招呼赵一恺，“别打游戏了，希希找你有事。”

赵一恺的声音很快传过来：“怎么了闻希小姐姐？”

“就是我今天下午听到小刘说他当初去医院看过江砺，江砺是不是在执行任务的时候受了很重的伤啊？”闻希不太敢直接问江砺，她怕江砺说实话也怕江砺不说实话。

赵一恺显然没想到闻希专程打电话是为了问这个事，闻希话落他便也没有了声音。

不过他越是沉默，闻希越能猜到答案。

她下意识攥紧了睡衣的下摆：“那你能告诉我他伤在哪里吗？”

林烛也没想到闻希会问这个，她看了眼有些为难的赵一恺，还是把她知道的事告诉了闻希。

江砺洗完澡出来的时候，就看着闻希穿着单薄的睡衣，抱着膝盖坐在沙发上，眼睛湿漉漉的盯着茶几上的插花，也不知道在想些什么。

他走过去，摸摸闻希的脑袋，轻声问她：“在想什么？”

从卫生间的门被打开，闻希就知道江砺洗完澡了，她抬头仰视着穿着黑色纯棉短袖的男人，淡声：“把衣服脱了。”

江砺愣了一下，随即轻笑：“怎么，我们希希想非礼我啊？”

“把衣服脱了。”闻希没有搭理江砺的玩笑，有些固执地盯着挡了她视线的衣服。

刚刚林烛在电话里告诉她，说江砺执行任务的时候中了枪，具体的情况林烛也不知道，都是后来听赵一恺说的，据说当时江砺伤得很重，是直接被直升机紧急送回海城的，后来一直在医院住了小半年才被允许出院。

闻希突然的反常，江砺大概猜到了她的想法。

他微微蹲下身子，和闻希视线平齐，安抚她：“那些事情都过去了，你看我现在不是好好地站在你面前嘛。”

“可是我想看看。”

江砺盯着闻希看了会儿，终究还是拗不过她，妥协地叹了口气，当着她的面利落地脱了上衣，露出线条流畅的上身。

闻希没有兴致去欣赏江砺的肌肉，她很快注意到刚刚江砺被她咬过一口的左肩下方有一块很明显的凸出来的疤痕，比其他地方的肤色要深很多。

她拉着江砺转了身，在他背后同样的地方也有一个疤痕。

“疼吗？”闻希的声音轻颤，跪坐在沙发上轻轻环住江砺的脖子。

“早就不疼了。”江砺云淡风轻地笑笑，侧头亲了亲闻希的耳垂。

他其实当时卧底得很成功，只用了短短几个月就成功地拿到了犯罪集团的证据，只是没想到最后在他把消息传出来打算和外面的武警里应外合的时候，暴露了踪迹。

在外面的武警对犯罪集团进行剿灭的时候，那些亡命之徒想着既然逃不掉便打算让江砺当那个垫背的。好在前来接应江砺的人赶到得及时，这才把他救了出来。

后来在医院，医生对江砺下过两次病危通知，所有人都觉得江砺挺不下去的时候，只有他自己知道，他得活着才能见到闻希，那些混混沌沌不清醒的日子里，他的梦里几乎全是闻希的身影，笑着的，哭着的，说喜欢他的，也有怪他的……

再开口时，闻希带了丝哭腔：“我知道你的使命是守着万家灯火守着国家和人民，我不会拦着你，但是至少以后在你要拼命的时候别瞒着我。”

江砺轻轻地应了声。

闻希松开江砺，倾身在他肩下的伤痕上亲了亲，破涕为笑：“我就知道我的警察哥哥会是了不起的英雄。”

03.

第二天早上闻希是被七点的闹钟吵醒的，她迷迷糊糊地摸索着把闹钟关掉，正准备翻身再眯一小会儿，就隐约听到房间外面有窸窸窣窣的动静。

躺在床上醒了醒神，闻希才想起来昨晚江砺非要留在她家的事情。

两个人这么快就住在同一个屋檐下完全不在闻希的意料之中，可是当她真要细究的时候又发现似乎所有的事情都是顺其自然合乎常理的，而且的确两个人分开的时间有些久了。

想到和她只隔了一扇房门的男人，闻希忍不住弯了弯嘴角，掀开被子下了床。

房间门一开，闻希就嗅到了厨房里飘出来的诱人香味，她循着味道走过去，刚走到客厅就看到江砺穿着睡衣在厨房里忙碌的背影。

闻希租的这套房子不算小，可是江砺高高大大的一个人往厨房里一站，就显得原本大小还算合适的厨房有些逼仄了，闻希站在客厅里看了会儿，不觉得违和，反倒有种久违的烟火气息。

像是过日子的样子。

江砺一转身就看到不声不响站在客厅里的闻希，小姑娘的脸上还带着刚睡醒的柔和与懵懂，他一怔，随即低头笑了笑，朝着闻希招了招手："怎么这么早就起来了？"

"今天有事儿。"闻希乖顺地朝着江砺走过去，将侧脸靠在他的胳膊上，探头往锅里看去，"你在做什么？好香啊。"

"煎了两个蛋，等下给你做三明治。"

鸡蛋在滋啦啦的油锅里被煎得金灿灿的，光是看着就让人食欲大动，江砺等了半分钟关掉火，转身将赖在他身上的人揽进怀里。

他替闻希将睡得有些乱的发丝捋了捋，轻轻捏着她的下巴低头亲下去。在两片唇瓣相碰的前一秒，闻希挣扎着将面前的男人推开，有些不自在地别开眼："江砺，我还没有洗漱。"

江砺轻笑，知道闻希爱面子，也没再难为她，拍了拍小姑娘的背：“洗漱完了出来吃饭。”

闻希没好意思去看江砺的眼睛，低着头进了卫生间。

二十分钟后闻希从房间里出来，她换了一套出门的衣服，蓝白相间的竖条纹衬衫，腰间系了个随性的结，平坦的小腹若隐若现，搭一条不算夸张的破洞牛仔裤，整个人青春得没边儿。

江砺盯着她看了几秒。

“怎么了？”闻希被江砺盯得有些心虚，虽说现在她也会穿一些知性优雅风格的衣服，但终归还是觉得这样舒服一些，“我穿得不合适吗？”

江砺笑着摇摇头，都二十五六的人还跟个毛头小子似的，看着喜欢的人就移不开眼。

他放下手里的牛奶，朝闻希走过去：“我的希希很好看。”

江砺的夸奖太过直白，闻希耳垂泛了点粉，正打算岔开话题拉江砺去吃早餐，整个人就被江砺圈进怀里，然后男人温柔的吻就落了下来，强势不容拒绝地撬开了她的红唇。

闻希被亲得有些晕，一直到她觉得快要呼吸不上来了，江砺才松开她，食髓知味地翘了翘嘴角：“这是你刚刚欠我的早安吻。”

也不知道江砺哪里学的，闻希觉得她快有些招架不住他的温柔攻势了，不知道该说些什么，她红着脸钩了钩江砺的小手指，牵着他往餐桌边走。

一直到早餐吃了快一半，闻希才觉得脸上烫人的温度降了些。她抬头看见已经被收拾齐整的沙发，关切地问江砺：“你昨晚睡得还好吧？”

“还行。”江砺语气里倒是无所谓。

“真的还行吗？”虽说是柔软的布艺沙发，但是闻希担心江砺这么大个人在上面会觉得伸展不开睡不舒服，“要不要再给你买一张床放在

客厅或者书房？”

江砺好歹也做了一年多的刑警了，真跑起案子来都是车里随便将就一晚，睡个沙发对他来说已经算是好条件了。他想说自己没那么娇气，可是在听到闻希说要买一张床的时候，话到嘴边临时拐了个弯。

他抬手在后脖颈上摸了摸，做出一副不太舒服的样子：“沙发好像是有点小了，但是买床也没必要，好端端的浪费那些钱干什么。”

闻希端起杯子喝了口牛奶，听到江砺的话忍不住挑眉，昨晚上三百万摆他面前他还一副不愿意收下的样子，怎么看也不像是缺买张床的钱的人。

“要真不舒服就买张床吧，反正现在送货什么的也方便，现在网上下个单估计今天就能送来。”闻希说着就拿了放在桌边的手机，打算给江砺看看床。

江砺哪里能让闻希真的买床，这样他还怎么打如意算盘，不等闻希操作他直接抽了她手里的手机，意味深长地看着对面的人：“你要是真心疼我，就大方点让我跟你挤挤，反正你房间里那张床也挺大的。”

闻希微怔，等反应过来江砺话里的“挤挤”是什么意思的时候，眼眸含春地瞋了江砺一眼。

她小声嘀咕：“美得你，不买床就算了，你自己睡你的沙发吧。”

江砺也知道有的事讲究天时地利人和，急不来，便也没再继续这个话题。见闻希已经吃完了早餐，他三两口喝掉他自己的牛奶，收拾好东西拿了车钥匙出门。

春江小区是个老式小区，住户多是些老年人，一大早便有不少人在小区里锻炼。

闻希在路边等着江砺倒车，等他把车停在了自己面前，才利落地打开副驾的门坐上去，系好安全带。

“你送了我不会迟到吗？”闻希现在还没正式入职，就算她这职业入了职估计也不用严格地朝九晚五上下班，但是江砺就不一样了。

“没事，现在时间还早。”小区内人多，江砺不敢把车速开得太快，“你今天去哪儿？”

“你先送我去工作室吧。”闻希给江砺报了 The One 的地址，“我和我老师打算在海城办一个联名展，这段时间估计都得忙这个事，今天刚好那些要展览的服装寄到工作室，我去看看。”

“好。”车已经开上了主路，江砺腾出一只手捏了捏闻希小巧精致的耳垂，“到时候我一定亲自去看看我们希希的设计展。”

已经提到设计展，闻希就想到了昨天卡萨帕给她说的那件事，她沉吟片刻，偏头看向江砺：“警察哥哥，跟你商量个事儿可以吗？”

“说吧。”江砺做出一副洗耳恭听的样子。

“你还记得我出国前送你的那张设计图吗？”想到当初已经送给了江砺，闻希出国的时候就没带走，只有电脑里存的电子版设计图，怕江砺想不起来，她又提醒了一句，“就是我当初去意大利得了奖的那份设计。”

江砺自然知道，不光知道，那份设计稿还被他珍藏了起来，那毕竟是闻希说过为他们两个人以后的婚礼设计的。

他点点头：“怎么突然提起来？”

“就是我有点想把那件婚纱放进展览里。”闻希声音很轻，要是不仔细听完全就被公路上的嘈杂声掩盖掉，“但是毕竟已经送给你了，我还是想征求你的意见。”

江砺敏锐地捕捉到了“把婚纱放进展览”这个关键信息，趁着堵车的空当，他偏头迎上闻希的视线：“婚纱是已经做出来了吗？”

闻希点头：“我毕业之后亲自裁剪出来的，今天跟着其他服装一起寄回来。”

“所以我现在有权决定它会不会放进展览里？”江砺没急着回答闻希，而是又和她确认了一遍婚纱归属权的问题。

“是的，展览完依旧是你的。”

这句话算是安了江砺的心，他骨节修长的手指在方向盘上敲了敲，沉声开口：“展出可以，但是我想先让你穿给我看。”

“可是……”闻希有点犹豫。

江砺不急不缓地开口：“那毕竟是我最宝贝的礼物了，你现在要借出去，不应该拿出点诚心？”

他是真的很想知道闻希穿上她为他设计的婚纱会是什么样的，他已经等不及婚礼那一天了。

闻希不服，鼓了鼓腮帮子：“可是那明明是我设计的。”

江砺轻笑：“你刚刚才说了毕竟你已经把它送给我了，所以现在我持有这件婚纱的所属权。”

闻希发现，从开始认识江砺到现在，她讲道理从来都讲不过他，这次也一样。迟疑了一会儿，闻希还是咬着唇答应了江砺这个要求。

江砺把闻希送到 The One 工作室楼下，闻希下车之前他叫住她：“要忙到什么时候，我下班来接你？”

“不确定。”闻希凝神想了想今天的安排，“有可能我还要去城南那边的展览现场看看，到时候我再给你打电话吧。”

江砺应下，等看着闻希进了写字楼，这才驱车往海城公安总局开去。

闻希到工作室的时候程峰已经到了，正在茶水间随意地翻看一本杂志，看到闻希，他笑着和她打了个招呼。

“程总。”闻希朝他微微颔首。

“听说你和卡萨帕的展品今天寄来？”程峰是做时尚的，加之他自己也是个设计师，自然会惺惺相惜期待看到闻希和卡萨帕的展品。

“是今天，不过估计快中午的样子才能送过来。”闻希见饮水机的指示灯由红便黄，起身给自己泡了一杯速溶咖啡，“程总我有个关于设计展的想法，但是可能得麻烦您帮忙。”

“什么想法？你说就是了。”程峰丝毫没有被麻烦的感觉，依旧笑得温和。

“我和卡萨帕的这些服装，有的是已经公开发布过的，有的则是第一次面世，虽然公开发布过的已经在意大利拍过模特上身效果图，但是考虑到这次展览的受众主要是中国人，所以我想再在国内找一批模特重新拍摄效果图。”这个提议闻希是深思熟虑过的，要想短时间内找到合适的优质模特，她认识的人里也只有程峰有这个资源了。

“你的意思是让东方女性穿上这些服装？”

“嗯。”闻希态度诚恳，“就是不知道会不会太麻烦您了，另外关于模特这方面的预算我自己来负责。”

“不会很麻烦，不过既然要拍摄效果图，我倒是觉得还可以再拍摄一个短片，宣传效果可能会更好。”

闻希不是没想过这种可能，但是这次的联名展时间紧，拍摄短片不仅对摄影师要求高，对后期也有极高的要求，而且她还担心拍出的短片不是她要的效果，最后让大家白忙活一场。

察觉到闻希的迟疑，程峰笑着替她打消疑虑：“反正模特都找了，拍摄短片也就是顺带的事，放心吧我有个私交很好的导演，我等会儿和他联系一下，看他有没有时间。”

“程总您这么帮忙，我真的有些过意不去。”程峰为人热心是一回事，可是并不代表闻希能坦然接受他所有的好意。

“你前天不是还帮我照顾了奥吉？”程峰不觉得这些举手之劳的小事有什么，开玩笑道，“你要是实在不好意思，以后就为我这间小工作

室努力工作。”

“您这哪里是小工作室。”虽说程峰说过他是看中了闻希的才华，但闻希也知道自己多多少少还是沾了卡萨帕的光，毕竟 The One 在国内多少设计师挤破脑袋都不一定进得来，“就算您不这么帮我，我以后肯定也会为了工作室努力工作的。”

拍摄短片这件事算是基本拍板定案。

两天后，闻希在 The One 的一间会议室里面试了程峰找来的一批模特。其实她对模特的要求不算太高，而且她也不是专业模特出身，只能靠着感觉问一些自己觉得重要的问题，所以很快就敲定了模特人选，只是对她最为特别的那一件婚纱，她一直没挑到满意的人选。

面试到最后的时候，闻希有些泄气。

程峰安排来协助她一起面试的工作人员提醒她：“今天还有最后两位模特没面试，要是您还没有看中的人选估计只能再等下一批面试了。”

还有下一批面试的话意味着要重新再麻烦程峰一次，闻希知道自己有些精益求精了，叹了口气，淡声：“先把她们叫进来看看再说吧。”

倒数第二位模特依旧不是让闻希太满意。

趁着工作人员去叫最后一位模特的间隙，闻希甚至开始琢磨要不要适当降低一点要求，毕竟那件婚纱只是对她来说特别，在别人眼里或许并没有那么好。

正想着，闻希听到门口的动静抬头看去，在看清面试者的长相后忍不住眼前一亮。

她大概就是要的这种感觉。

进来的姑娘从里到外都透着青春的气息，很单纯的模样，但是又能从她的眸光里看到她含羞带怯藏着的少女心事。

闻希当初设计这件婚纱时的内心活动就是这般的，把一个人喜欢进心坎儿里，满心满眼就只有他了。

连提问都省了，闻希直接和工作人员低语：“就定她吧。”

听到闻希满意的答案，工作人员也算是松了一口气，她应下后开始着手准备要签约的合同，因为时间紧张怕节外生枝，今天的面试基本是闻希拍板定下一个，就签一份合约。

在工作人员准备合同的几分钟时间里，闻希大概了解了一下这位模特的基本情况。小姑娘叫顾媛媛，是海城电影学院表演系大三的学生，来应聘主要是看中了 The One 的短片拍摄，想要找机会多露露脸。

感觉她和大学时的自己有点相似，闻希便忍不住多和她聊了两句，顺便叮嘱她：“我们短片找的是傅斯寒导演，你们学表演的应该知道傅导的名气，他特地空了两天的时间给我们，所以到时候我不希望看到你们缺席。”

闻希也是后来才知道程峰当时说的私交很好的导演是傅斯寒，因为闻家的关系，她其实算和傅斯寒认识，只是平时联系得并不多罢了。

顾媛媛满口答应：“您放心吧，我一定不会掉链子的。”

这边模特的事敲定了，后续的问题也有程峰派给闻希的助理处理，所以闻希便打算剩下的时间再去展览馆那边看看，这两天那边正好也开始布置了，她得亲自看着才能放心。

她和顾媛媛一起下了楼。

走到写字楼门口的时候，顾媛媛热情地开口：“闻希姐你要去哪里？我男朋友来接我，顺便让他送送你吧？”

“我去城南那边，有点远我自己打车过去就行了。”闻希是觉得顾媛媛看着亲近，但也没亲近到去麻烦她的地步。

“哎呀，没事的。”顾媛媛正说着，看到等在路边的人，兴奋地朝他挥了挥手，“余琛哥哥！”

闻希听到“余琛”这个名字的时候，愣了一瞬，随即安慰自己大概是巧合，可是等看清对面站着的人，她连安慰自己的话就说不出口了。

自从三年前余琛挑拨她和江砺的关系之后她就没再和他联系过，以前有多感激余琛对她的关爱现在她就有多反感他。

倒是没想到这么巧，余琛竟恰好是顾媛媛的男朋友。

余琛也看到了闻希，眼神从惊讶到欣喜。这边听到顾媛媛还在一个劲儿地邀请她坐自己的车，闻希淡淡地笑了笑：“媛媛，我想起来我有东西忘在工作室了，我得回去取一趟，你先走吧。”

“闻希姐……”

闻希没再给顾媛媛继续邀请的机会，转了身就往写字楼里走。她没上楼，而是径直往大堂的沙发走去，打算等着余琛和顾媛媛离开之后再走。

顾媛媛看着闻希的背影消失，摇了摇头，笑着朝余琛走过去，亲昵地抱住他的胳膊：“余琛哥哥，我们等下去哪里？”

余琛脑海里一直都是闻希刚刚那淡淡的一笑，他不动声色地将顾媛媛缠在他胳膊上的手拉开，面不改色地开口：“我肚子突然有点不舒服，我去写字楼里上个厕所，媛媛你在这儿等我一下。”

“余琛哥哥，你没事吧？”

“没事。”见顾媛媛要跟上来，余琛转头又和她强调了一遍，“媛媛你在这里等我就行了。”

余琛说完一个人进了写字楼。

他径直往前台走过去，正想问问今天是哪个单位在招聘模特，一侧身就看到了坐在沙发上百无聊赖玩手机的闻希。

余琛径直走去，声音有些轻颤地叫她：“希希。”

闻希闻声皱眉，抬头就看到本来应该和顾媛媛离开的人此时正站在自己面前，眼神复杂地看着自己。

“有事吗？”闻希语气有些不耐烦。

“希希，你什么时候从国外回来的？怎么没有告诉我？”其实余琛不光不知道闻希什么时候回来的，就连她出国这件事他也是无意间从余诗敏那里听来的。

闻希的神情依旧淡淡的：“我什么时候回来应该和你没关系吧。”

这句话不知道是触动了余琛的哪一点，就看到原本还算平和的人忽然激动起来：“什么叫和我没关系，希希你知不知道我等了你三年？”

闻希真的快被余琛气笑了，也不知道他是站在什么立场上说的这句话。

她从沙发上站起身，睨了余琛一眼：“你应该知道我现在和闻家已经没有关系了，和你自然也没有关系了，所以还是请你不要自作多情。”

闻希说完就要走，却不想被余琛拉住了手腕。

“松开，余琛你自重一点，我没猜错的话你女朋友还在外面吧？”

听到闻希提起女朋友，余琛脸上僵硬了一瞬，随即很快恢复正常：“希希，我不是真的喜欢顾媛媛，是她缠着我的，而且你和闻家没了关系正好，我本来也不想和你当什么表兄妹，希希，我喜欢你。”

余琛一口气说完这一番话，闻希却听得整个人都开始恶心。

她以前真的是看错了余琛。

狠狠瞪了余琛一眼，闻希用力将自己的手腕从他的掌心中抽出来，不屑地笑了笑：“不好意思，我一辈子都不可能喜欢你这种人。”

/第二十四章/

我们结婚好不好

01.

因为余琛的出现，闻希一整天都恶心得跟吃了苍蝇一样，一直到晚上心里憋着的那口气都不上不下的。

她坐在沙发上，面前摆着的iPad正在放一部法国电影，优雅浪漫的法语从扬声器里传出来，她却一点没看进去。

她偏头看了眼坐在旁边单人沙发上安静看卷宗的江砺，神情认真得似乎丝毫不受她这边动静的打扰。

闻希轻轻哼了声，暂停了电影画面，起身走到江砺身边，一言不发抬手将他手里的那份卷宗抽走了。

手里突然一空，江砺抬眸就撞上闻希雾蒙蒙的眼睛，倒是没恼，捏了下闻希柔软的手，他轻笑：“怎么了？”

“不开心。”见江砺没有要继续看卷宗的意思，闻希顺势将拿过来的卷宗放到茶几上，拉开江砺的手坐到他腿上，环着他的脖子。

江砺吃晚饭的时候就能感受到闻希的郁闷，但是见闻希当时没有要说的样子，他便也没问。

这会儿闻希主动提出来，江砺就顺着她的话开口：“说说？”

闻希在江砺微微冒着胡楂的下巴上摸了一把，嘟囔道：“今天在工作室楼下遇到余琛了。”

听到余琛，江砺垂眸想了片刻，等把这个名字和闻希原来那个所谓的表哥联系起来之后，他的眉头忍不住皱起来：“他找你干什么？”

当初江砺对余琛就没好感，现在更甚。

“意外碰到的。”闻希把今天面试顾媛媛而余琛恰好又是她男朋友的事简单给江砺讲了一遍，“我只是没想到余琛会变成这种渣男，看得出来顾媛媛很喜欢他，结果他还来恶心我。”

江砺越听脸上的神色越冷，如果余琛光是个恶心人的渣男就算了，偏偏这渣男还觊觎闻希。

他嗤了声：“下次他再来骚扰你告诉我，让他吃不了兜着走。”

闻希被江砺半真半假的狠话逗笑，加上把事情说出来，心里的郁闷也消了大半：“听你的意思是要把余琛揍一顿吗？你们警察还能随便打人啊？”

“警察是不能随便打人。”江砺握住闻希在他脸上作乱的手，“但是作为你男朋友可以教训恶心你的人。”

你男朋友。

听起来实在是让人身心愉悦。

最后一点不快也没了，闻希弯唇笑了笑：“警察哥哥，你陪我看电影吧。”

“好。”江砺没松开闻希，直接伸手将闻希的 iPad 拿过来摆在两人面前，点了播放键。

电影先前已经播放了一大半，因为闻希没有用心看所以她也不知道

究竟放到了哪里，此时江砺刚放了没几秒，画面里原本还面对面说话的男女主就拥吻了起来。

毫不掩饰爱意的那种亲吻。

配上暧昧的背景音乐，室内的温度一下升高了不少。

这部电影闻希很喜欢，也看过好几遍，也许是因为这一次坐在江砺怀里的缘故，闻希的脸很快开始发烫。

她轻咳一声，想说点什么缓解此时有些凝固的气氛，还没来得及开口，就见江砺直接抬手按下了暂停键。

客厅里顿时安静下来。

江砺意味深长地看了闻希一眼，用舌尖顶了顶后槽牙，声音喑哑："电影没什么好看的，做点其他的事。"

"做什么事？"闻希的声音细若蚊蚋，像是猜到了江砺的想法，她扣在江砺脖子上的手下意识攥紧了他的衣领。

江砺翘了翘嘴角，揽着闻希纤腰的手紧了几分，他没说话，而是怜惜地吻了吻闻希轻颤的睫毛。

炽热的吻一路往下，吻过闻希的侧脸，最后落在她嫣红的唇瓣上，江砺的动作只是微顿，随即强势地撬开她的唇和齿关，长驱直入。

闻希有片刻的恍惚，被江砺亲得有些飘飘然的时候，她抓住最后一丝理智想到和江砺接吻似乎的确比看爱情电影要有趣得多。

一周后，闻希和卡萨帕联名展的短片拍摄如期进行。

闻希事先已经和傅斯寒商讨过宣传片的拍摄内容以及她的一些想法，所以拍摄的时候她直接去了影棚。

见傅斯寒正在摄像机后面和工作人员交代什么，闻希笑着和他打了个招呼："斯寒哥哥早。"

傅斯寒闻声抬起头，朝闻希点点头：“你去看看模特那边准备得怎么样了，如果好了的话我们差不多可以开始了。”

“好。”闻希步子拐了个弯，往更衣间走去。

闻希在更衣间门口看到了上次协助她面试的工作人员，见工作人员有些焦急地似乎在给谁打电话，闻希心里下意识有种不好的预感。

她拍了拍对方的肩：“出什么问题了吗？”

“顾媛媛没有来，打她电话也不接。”工作人员显然有些无奈。

他们在设计短片内容的时候，最终决定以一个小故事的形式来呈现，既起到了展示服装的效果，也避免了以往传统宣传片的索然无味。

因为第一件作品对闻希的特殊性，即将穿上那件婚纱的顾媛媛自然成了短片的重要组成部分，短时间里再找一个满足闻希要求的模特显然不现实。

闻希蹙眉：“昨天做最后确认的时候联系上她了吗？”

“联系上了，她当时说今天肯定会来的。”说话的时候那个工作人员又给顾媛媛拨了一次电话，“可是从半个小时前我就开始打电话了，一个也没接通。”

“会不会出什么事了？”

电话依旧没接通，工作人员不知所措地看着闻希：“不清楚，除了电话号码当时我们也没有留其他联系方式。”

闻希沉吟片刻，尽量保持着冷静：“这样吧，你先去看看其他模特准备好没有，你把顾媛媛的电话给我，我来联系她。”

她微信里很快收到了一串电话号码。

闻希走到走廊的尽头，想了想还是输入号码拨了出去，本来没抱什么希望，倒不想电话竟然很快接通了。

“顾媛媛？”闻希松了口气。

“闻希姐，是我。”电话那头的声音听上去很平静，“我还以为你不会给我打电话呢。”

闻希是想问问顾媛媛还没来的原因，结果听到顾媛媛话里有话的后半句之后，闻希到嘴边的关心生生止住，她盯着窗外的树枝看了半晌，才缓缓开口：“你在等我给你打电话？”

“是啊，你不知道我花了不少劲儿才从余琛哥哥手里找到了你的电话号码。”

顾媛媛的声音轻飘飘的，闻希却很快找到了症结所在：“所以你是故意不来的。”

“算是吧，突然不是很想去了，不想给你的设计当模特。”

闻希脸色有些不太好看：“顾媛媛，我有必要提醒你，我们是签了合约的。”

“闻希姐，面试那天余琛哥哥后来进写字楼是去找你了吧？”当时顾媛媛不放心余琛，跟在他后面往楼里走，结果就看到了他和闻希在大厅里拉拉扯扯的画面。

“所以你觉得我和他有什么？”闻希不屑地笑了笑，余琛这种人估计也只有顾媛媛才会拿他当宝贝吧。

“余琛他喜欢你。”顾媛媛说得很肯定，“而且闻希姐你也知道对吧。”

“抱歉，我有男朋友了，而且我和我的男朋友很恩爱，至于余琛他以前是我表哥，现在我和他没有任何关系。”

“可是你依旧能得到余琛哥哥的喜欢。”顾媛媛自嘲地笑了笑，“我好嫉妒你啊闻希姐，拍摄我不想去了，违约金我会赔给你的。”

其实顾媛媛不算坏，面试那天从她的眼神里闻希就能看得出来，只是个被爱情蒙蔽了双眼的小姑娘罢了。

闻希没再强迫她，临挂电话之前，她想了想还是忍不住劝诫顾媛媛：

“余琛也许并不值得你这么喜欢他。”

挂了电话，闻希直接往拍摄棚走。

“听说有模特没来？”傅斯寒看到闻希后先开了口，这会儿所有的部门都准备到位了，只差最后一个人了。

闻希歉意地看向傅斯寒：“她说她不来了。抱歉，是我没有处理好这件事。”

“现在就是这个承担着重要戏份的模特罢演了？”傅斯寒再次和闻希确认了一遍。

闻希点点头：“可能今天的拍摄没办法如期进行了，实在是不好意思白白耽误你这么多时间。”

其实不光是对傅斯寒有歉意，对程峰，闻希也不知道该怎么交代，毕竟展览这件事进行到现在程峰真的出了不少力。

周围听到闻希和傅斯寒对话的其他模特已经开始窃窃私语了，原本安静的片场一时间嘈杂起来。

傅斯寒没急着表态，他若有所思地看向闻希，好一会儿才悠悠开口：“其实也不是不能如期进行。”

闻希错愕地抬眸，不知道傅斯寒的话是什么意思。

“这个短片不是非得要那个模特才能拍摄，她气质是不错，但我觉得有比她更合适的人选。”

“谁啊？”闻希眼睛亮了亮。

傅斯寒没说话，伸手指了指闻希。

意识到傅斯寒的想法，闻希条件反射地立刻拒绝：“我不行的，我没有走秀的经验，而且我也没有面对过这么多的镜头。”

“上次开会的时候你不是说了这件婚纱是你为自己和江砺设计的？”傅斯寒慢慢诱导闻希，“其实你之所以挑中那个模特无非是觉得她和你有些像，但是也只是像，替代不了你的。”

闻希还在迟疑：“可我觉得我会弄得一团糟。”

傅斯寒轻笑：“我是导演，看演员一向很准，你这是不相信我作为一个导演的专业目光？”

“我不是这个意思。”闻希连忙摆手，傅斯寒年纪轻轻就名声大盛，她也看过他执导的电影，哪里可能会质疑他的专业能力。

“既然你相信我，把这个片子交给我拍摄，那就按照我说的话去做，我保证交给你一件让你满意的作品。”

02.

傅斯寒都拿出专业能力来压闻希了，闻希拗不过他，只能被工作人员领着去更衣室赶鸭子上架地穿上了那件婚纱。

除了当初裁剪完的时候，闻希自己穿给自己看过，后来闻希就再也没穿过这件婚纱，一方面是因为当时知道了江砺在出任务没心思穿，另一方面也因为她想下一次穿上这件婚纱的时候，是在和江砺的婚礼上。

闻希换好婚纱坐在化妆镜前，由着造型师摆弄，想到等下自己会被一堆黑压压的摄像机对着，心里就忐忑得不行。

造型师在圈内算是比较资深的前辈了，她看闻希因为紧张搅在一起的手指，轻笑着安抚她：“闻小姐你没必要紧张，我也算是给大半个娱乐圈的明星做过造型了，真没几个人有你这样好的底子。”

闻希不好意思地抿唇笑了笑：“我毕竟不是专业演员和模特出身，我担心我等会儿在镜头前面会怕得忘了反应。”

“这有什么好怯场的。”造型师熟练地给闻希上着眼影，“有傅导在，他肯定会指导你的，而且你这么好看光是在镜头下站着就能让人移不开眼，哪里还需要什么表现技巧。”

“就是，就是。”一直跟着闻希的工作人员也跟着附和，眼底里是毫不掩饰的羡慕，“闻希姐你穿上这身婚纱真的要美死了。”

她们越说越夸张。

虽说被人夸心里是开心的，但闻希多多少少也有些不自在，好在这位造型师是真的经验丰富，一套造型很快就完成了。

听到一声“好了”，闻希小心翼翼地睁眼看向镜子，镜子里的人此时穿着一身洁白的花嫁，亭亭玉立，经过精心裁剪的婚纱将她衬得宛如一朵含苞的玉兰，等着被人采撷。

待嫁的新娘大概也不过如此了。

放在平时闻希很少会化这么精致的妆，也很少会穿得这么正式，乍一看镜子，她倒是有些不认识自己了。

“还满意吗？”造型师一边收着东西一边和闻希搭话。

“很喜欢。”闻希抬手轻轻碰了碰刚刚绾好的发髻，“真的特别好看，谢谢你。”

闻希喜欢这样的发型和妆容，造型师自然也高兴：“闻小姐太客气了，给你做造型完全是一件享受的事，希望以后有机会能再次合作。”

“没问题，以后有机会再合作。”

见闻希和造型师这边基本聊得差不多了，那个工作人员才上前提醒闻希：“闻希姐，傅导刚刚叫了人来问你准备好了没有。”

“走吧。”心底再紧张，闻希也不好意思让别人多等，索性直接起了身跟着工作人员往摄影棚走。

婚纱不如常服那么方便，加之又穿了一双高度不低的高跟鞋，闻希走得不快，一步一步的。

工作人员忍不住开她玩笑：“闻希姐你走得这么郑重，不知道的还以为你真在婚礼现场呢。”

她没见过江砺，也不知道闻希有没有男朋友，偏着脑袋想了想，继续道："我要是你男朋友看到你这样估计只想让你下不了床。"

闻希没来由地就想到了一周前她和江砺无疾而终的那一次，心虚地轻咳一声："你一个小姑娘整天脑子里都想什么呢？"

见已经快到摄影棚了，那个工作人员也识趣地没再多说，俏皮地吐了吐舌头，小心地搀了闻希一把。

闻希出现在摄影棚门口的时候，场内大部分人都忍不住惊艳了一下，傅斯寒也不例外，他甚至能想象到闻希在镜头中绽放的样子。

他就知道自己的判断没错，闻希的确是最适合这件婚纱的人。

察觉到周围打量的目光，闻希垂着眸走到傅斯寒身边，忍不住再次和他确认："斯寒哥哥你真的确定要让我上吗？"

"看到你穿上这件服装之后我比刚刚更确认了。"傅斯寒觉得闻希要是选择进娱乐圈，大火都是迟早的事，他示意闻希放轻松，"你不用太紧张，到时候你按照我说的来就行。"

闻希犹豫了下，有些担忧地问他："我要演不好会被骂得很惨吧？"

不怪闻希多想，她早上来影棚的时候，无意间听到有人在谈论傅斯寒在片场是出了名的高标准严要求。作为最外行的一个人，闻希觉得和别的模特比起来她大概会是被骂得最惨的那一个。

倒是没想到闻希在担心这个，傅斯寒无奈地笑了下："我要是骂了你江砺不得找我拼命？我一个拍电影的可打不过他这个天天训练的人。"

提到江砺，闻希的注意力被分散了一些，忍不住护短道："江砺他讲道理的，不会随便动手的。"

傅斯寒哪能不知道江砺，他嗤了声："江砺是讲道理，只不过他的道理是你。"

轻飘飘一句话，闻希被噎得没话说，索性主动提了开始拍摄。

原定的拍摄时长是三天，除了第一天有些放不开，接下来两天闻希的表现还算是让傅斯寒满意。

第三天下午，最后两组镜头的拍摄地点是在海边。

傅斯寒坐在监视器后面，远远看着光着脚站在礁石上找机位的闻希，若有所思地眯了眯眼，拿起手机拍了张照片，在微信联系人里找到江砺，把图片给他发了过去。

照片里只有闻希一个人，她嘴角还带着浅浅的笑意。

江砺很快给傅斯寒回了个问号。

临时被抓壮丁拍短片这件事闻希并没有告诉江砺，她怕自己拍不好闹笑话，便决定等成品出来了，如果拍得不错再给江砺看。

所有的模特都已经做好了拍摄前的准备，傅斯寒便没和江砺多说，给他发了个定位信息，又发了条“要过来就赶紧，到时候别说我不够兄弟”后锁了手机屏。

江砺他们队里刚破了一个案子，今天倒是没什么要紧的事，他坐在椅子上盯着傅斯寒发来的图片看了会儿，一言不发地拿了桌上的车钥匙大步走出办公室。

“砺哥你去哪儿？”看江砺风风火火的，赵一恺开口叫住他。

“下班。”江砺言简意赅。

“这么早？”赵一恺疑惑地朝电脑屏幕右下角看了眼，才下午两点半，“出什么事儿了吗？”

江砺这会儿急着去见闻希，没心情和赵一恺废话，他晃了晃手里的车钥匙，半开玩笑半认真道：“去结婚算是事儿吗？”

说完，他就头也不回地走了，留下一屋子惊掉下巴的人面面相觑。

江砺赶到傅斯寒发的定位地点时，远远就看见了一群人拉着警戒线，从外围看不到闻希，只能看到一堆架起来的摄像机。

他给傅斯寒打了个电话，听到傅斯寒懒懒地“喂”了声，他直接开口问：“闻希在里面？”

“你到了？”傅斯寒看了眼时间，距离他给江砺发消息只过去了二十分钟，而海城公安总局到这里车程少说也要半个小时。

“到了。”听傅斯寒这语气，闻希肯定在里面没跑了，江砺便直接下车锁门。

果然，傅斯寒下一句就给江砺说：“你直接进来吧，我给工作人员打过招呼了。”

江砺还没走到门口，但是先看到了余琛，他这会儿似乎正和工作人员理论着什么，他往前走了几步，才听清了余琛和工作人员的对话。

“我女朋友顾媛媛在里面，我来探班的。”

那个工作人员怪异地看了余琛一眼：“你难道不知道顾媛媛已经罢演了？”

余琛一怔，他这两天都没联系过顾媛媛，倒是的确不知道这件事。他沉吟片刻，想到什么：“闻希你知道吧？就是这里的设计师，我是她表哥。”

余琛突然换了说辞，工作人员显然不太信，他们圈子里人见多了这种打着自己是谁谁谁亲戚朋友的旗号想要进片场的人。

他不冷不热地看着余琛：“您要真是谁的亲戚，就先跟她联系，让她出来接你。”

话落，那个工作人员看到余琛身后两步远的江砺，立马收敛了脸上的不屑，语气也好了不少：“您是江砺先生？”

江砺点点头。

“傅导给我们打过招呼了，您直接进去就行了。”说着，他就要给江砺让路。

江砺抬手拦了他一下，看向余琛：“先不急，我和这位自称是闻希表哥的先生聊两句。”

余琛没想到会在这里看到江砺，而且江砺还能轻而易举地进入片场。听到他点自己的名，余琛脸色也阴沉了起来：“我和你没什么好聊的。”

“可是我和你有聊的。”江砺说得不急不缓，话音落下的瞬间，他也不在意有工作人员看着，直接抬手揪了余琛的领子将他拖到了停车场。

余琛根本没有反抗的余地。

等到确认周围没了人也没了摄像头，江砺顿时敛了脸上的懒散，抬手狠狠地在余琛脸上砸了一拳。

“你干什么？”余琛吃痛地捂着脸。

“不干什么，用这种方法提醒你以后离闻希远一点，不然这样的见面礼我见你一次送你一次。”江砺说着又毫不客气地落了一拳在余琛身上。

余琛被激怒，想要还手，结果还没碰到江砺就被江砺握住手腕反折回去摔到了地上。

“你信不信我去举报你？”余琛被江砺反扣着，只能偏了头瞪他，“举报你们警察随便打人。”

江砺丝毫没有被威胁到，他挑挑眉：“你要去尽管去，我不会拦着你，只是……”

说到最后，江砺故意拖长了语调。

“只是什么？”男人之间堂堂正正的打架，余琛作为占下风的那一个这会儿觉得耻辱得不行。

“只是我听说正飞科技这两年的账面似乎有问题。”正飞科技是三年前余琛和朋友一起创建的软件公司，这两年发展得蒸蒸日上。

上次听闻希说见到余琛之后，江砺就私下找人查了余琛，想着抓他点把柄总能派上用场，倒没想查出这么大个把柄。

余琛闻言果然变了脸色，他顿了顿开始装傻："你说什么我听不懂。"

"听不懂？"江砺嗤笑，"那需要我把这件事告诉我经侦的同事让他们来给你解释吗？"

"江砺。"正飞科技是余琛几年的心血，他压低了声音，"你到底想干什么？"

"让你离闻希远点，然后自觉点把漏的税补上。"江砺松了余琛，像是刚碰了什么脏东西一般嫌弃地拍了拍手，"你最好老实一点，不然我可不敢保证你的正飞能安然无恙。"

余琛还想说什么，江砺却没了耐心，对着余琛轻轻吐了个"滚"字。

江砺进入片场之后，没急着上前，而是远远地站在人群后面看着镜头下那个美目盼兮巧笑嫣然的姑娘。

嗓子有些干。

看着他的小姑娘被这么多双眼睛盯着，江砺忽然就有一种冲动，想要上前把闻希带回家藏起来，让她的美好只能被他一个人看到。

还是傅斯寒先看到江砺，他朝江砺挥了挥手，等江砺走近，才招呼工作人员给他搬了一张折叠椅放在监视器后面。

他们这里被一把巨大的遮阳伞挡着，倒是不担心闻希会看到。江砺对着监视器抬抬下巴，问傅斯寒："怎么回事？"

"什么怎么回事？"傅斯寒故意装作听不懂的样子。

"为什么是闻希在拍摄？"江砺没好气地睨他一眼。

拍摄进行了三天傅斯寒都没见着江砺，觉得有些奇怪，所以他才故意发了那张照片试探他，结果没想到江砺是真不知道闻希参与短片拍摄的事情。

傅斯寒没再和江砺绕弯子，简单给他讲了一遍事情的原委，末了还不忘补充一句：“我觉得闻希挺有镜头感的，要不你劝她考虑考虑改行进娱乐圈当演员？”

“当个屁。”江砺想都没想就否决了傅斯寒的馊主意，别说闻希自己没那方面的兴趣，他除非是有病才会主动把闻希的美好分享给更多的人。

傅斯寒也就是随口一提，见江砺不答应便没再多说，轻笑着继续指挥拍摄了。

接下来的拍摄进行得很顺利。

最后一个群景拍完，傅斯寒示意其他参演模特可以结束工作，只单独留了闻希来补拍几个镜头。

虽说是补拍，也还是花了一个多小时，等闻希这边全部结束的时候其他的模特早就走光了。

闻希揉了揉笑得有些僵硬的脸，一个人往临时搭建起来的更衣室走。

她握着门把推开门，还没反应过来，整个人就被一股不容拒绝的力道压着抵到了墙边，不等她发出声音，江砺就强势地堵住了她的唇。

从他在片场看到闻希身影的那一刻起他就想亲她了。

突然被强吻，闻希先是惊恐地挣扎，等意识到亲自己的人是江砺，这才放松下来，甚至微微踮了脚，迎合着他。

一个吻持续了几分钟。

江砺眸色沉沉地看着软在自己怀里的人，嗓音微哑：“说好了穿婚纱给我看，怎么不通知我？”

03.

临时搭建起来的更衣室在海边晒了一整天，这会儿里面闷热得不行，连空气都变得黏腻起来。

闻希被亲得有些喘不过气来。

江砺还圈着闻希的腰，没等到她的回答，他低头碰了碰闻希的鼻尖，深邃的眸子里染了几分笑意："怎么不说话？嗯？"

最后一个"嗯"字从江砺的嗓子里溢出来，像是故意在蛊惑闻希的心神，她下意识咽了口唾沫，心虚地低喃："反正你现在也看到了。"

江砺也不是真要和闻希计较这事儿，无非是找个话头逗逗她，他滚烫的唇缓缓移到闻希的耳垂边，轻含了一下："你不守信，你说我该怎么惩罚你？"

在这种艳阳天高强度工作了一下午，闻希脑子里本就晕晕乎乎的，又被江砺这么撩拨，耳朵里顿时只剩了那句"我该怎么惩罚你"。

闻希抬手抵着江砺的肩，将他稍稍推开了些："一定要惩罚吗？"

江砺没想到闻希当了真，他盯着眼神有些失焦的小姑娘，不动声色地扬了扬唇："希希，警察当久了自然而然就会觉得做错了事接受惩罚是理所应当的，但是我舍不得惩罚你。"

"那怎么办？"闻希迷迷糊糊顺着江砺的话开口。

这个样子的闻希太乖了，江砺有些受不了，他喉结上下滚动了一下，后退一步松开了闻希："晚点再说吧，你先把衣服换了我带你去吃饭。"

说完，江砺就出了更衣室。

突然没有了禁锢，闻希靠着墙缓了会儿，才直起身子往里面走。因为其他使用这间更衣室的人都已经走了，这会儿不大的空间里乱糟糟的，闻希翻找了半天才在墙角的一个木架子上找到自己的常服。

她随手把衣服取下来，搭在椅背上，抬手摸索着婚纱腰间的系带，在解开系结的一瞬间，她突然想到什么。

意识到自己想法的时候，闻希都被自己的大胆吓了一跳，可即便如此，她还是放下了要解开系结的手，四下张望了片刻，然后从化妆桌上拿了瓶不知谁喝剩下的半瓶可乐，拧开瓶盖一点不心疼地就往自己那套常服上倒。

闻希拉开门，朝着等在一旁低头看手机的男人走过去。

江砺听到动静抬头，在看到闻希那一身婚纱之后愣了两秒，随即开口：“怎么没换衣服就出来了？有什么问题吗？”

闻希尽可能表现得无辜一些，将手里那件染着可乐渍的衣服举到江砺面前，她有些无奈地耸耸肩：“不知道谁不小心把可乐洒到我衣服上了，警察哥哥你开车了吧？我们直接回家，回去我再换衣服。”

江砺扫了那件被弄脏的衣服一眼，抬眸将目光落到闻希脸上。

意味深长。

闻希被江砺的眼神看得发怵，垂在身侧的手下意识攥住婚纱上的一片轻纱，正想着要不要再解释一下的时候，就听江砺轻笑了声，从她手里拿过了那件脏衣服。

江砺问她：“还有别的东西要拿吗？”

“没有了。”其他的服装都有专门的人带回工作室了，闻希除了一个手提包一件衣服就没更多的东西了。

江砺点点头，微微倾身牵住闻希的手：“走吧，车在停车场。”

被江砺牵着的同时，闻希悄悄松了一口气，可是一想到自己等下要做的事情，心里又隐隐有些期待。

因着闻希的打扮，两个人自然是不可能直接出去吃饭的，回家的一路上，除了简单应付江砺的几个问题，闻希几乎没怎么开过口。

快到小区的时候，闻希忽然叫住江砺：“警察哥哥，你停一下车吧。”

“怎么了？”江砺不解，但还是照着闻希的话在路边停了车。

闻希心里藏着事，根本不敢看江砺的眼睛，她囫囵说了句：“我去便利店买点东西。”

“买什么？你衣服不方便，我帮你去买吧。”

江砺说着就要解安全带，闻希及时按住了他的手，想了想胡诌了个借口：“我有点渴了想喝水，这里人多车多的你就在车上吧，万一等会儿有什么需要要你挪个车。”

怕江砺再说什么，话音一落闻希就提着手提包迅速溜下了车。

这个时候是上下班高峰期，便利店里的人有些多，闻希站在门口犹豫了几秒，心里甚至打起了退堂鼓，可是一想到江砺，她还是咬咬牙推门走了进去。

从闻希进去那一刻开始，所有人都朝她投来好奇的目光，估计是从来没见过有谁会穿着婚纱来逛便利店，偏偏这个人还尤其好看。

有个老婆婆甚至拦着闻希，有些欣喜地问她：“姑娘你是不是哪个明星？没想到我这辈子居然有机会见到电视上的明星。”

闻希被看得有些不好意思，一边推说自己不是什么明星，一边迅速从冰柜里拿了瓶普通的矿泉水。

收银台有四五个人在等着结账，闻希排在队伍的最末尾，忐忑地一点点往前移动，等到终于轮到她结账的时候，她用手背冰了下烫得不行的脸，飞快地在一旁花花绿绿的架子上拿了一小盒东西递给收银员。

结账的全程闻希都没敢抬头，给收银员扫完付款码后，她将那一小盒东西塞进手提包里，拿着用来当幌子的矿泉水落荒而逃。

看闻希像是被什么东西追着，江砺在闻希坐上副驾后下意识地往她身后看了一眼，轻轻捏了下她微凉的指尖。

“怎么跑得这么急？”

“可能穿得太奇怪了。”想着刚刚被当猴子围观的眼神，闻希现在还觉得浑身不自在，她轻轻晃了下江砺的手，“先回去吧。”

好在下车到上楼这段路闻希和江砺没再遇到什么人。

等着江砺开了门，闻希拉着他进去，把脚上的高跟鞋一蹬转身看向比自己高了一个头还要多的男人。

江砺手上拿着闻希那件脏了的衣服，笑着用另一只手摸摸闻希的脑袋：“你去休息会儿，想想有什么想吃的，我先把衣服给你洗了。”

“不用洗了。”闻希一边说一边从江砺手里拿了那件衣服随意地往玄关处一扔，“我有事和你说。”

“什么事？”一路上江砺都觉得闻希有些不对劲，但是哪里不对劲他又说不上来。

闻希抿着唇，牵住江砺的大掌就往卧室里带，然后不等江砺开口，她拉着他的胳膊示意他在床边坐下来。

下一秒，闻希将提了一路的包丢在床边，径直在江砺腿上坐下来，捧着他的脸主动在他唇上轻轻印了一个吻。

江砺被闻希这一连串的动作弄得有些茫然，在闻希的第二个吻落下来之前，江砺抬手轻轻捏住闻希的下巴，眯了眯眼：“怎么突然这么主动？”

“贿赂你。”事情发展到这个地步，闻希也不害羞了，破罐子破摔道，“可以用主动贿赂的方法免了你对我的惩罚吗？”

“所以就主动亲我？”江砺挑眉。

“不是。”闻希微微偏了下脑袋挣开江砺捏在她下巴上的手指，她捧着江砺侧脸的手略略下滑，变成了环住他脖子的姿势，学着之前在更衣室江砺的样子，含住了他的耳垂，片刻后才用低得听不见的声音说，“警察哥哥，我生理期结束了。”

暗示意味极强。

江砺脑袋里轰地就炸开了。

“希希，你再说一遍。”和刚刚比起来，江砺的声音略微有些哑。

这种事情说过一遍之后哪里好意思再说第二遍，闻希将脑袋埋在江砺的肩窝里，瓮声瓮气地开口："你听懂了，我不说了。"

江砺又问了一遍："是我想的那个意思？"

"是是是，就是你想的意思。"都这个时候了，江砺还磨磨蹭蹭的，闻希甚至有些怀疑是不是自己想错了，江砺其实没有那么想。

只是还不等她的尾音消失，整个人就被江砺抱着翻了个身，压在床上。

家里没有菜，江砺正在下面条。

闻希走过去，从背后环住他的腰，将脸贴在他宽厚的背上，轻轻叫他："警察哥哥。"

江砺把一把挂面下进锅里，将灶上的火调得小了些，转过身将闻希圈在怀里，因为刚刚拥有了她，江砺这会儿心里软得一塌糊涂。

他在闻希半干的发顶亲了亲，问她："还疼吗？"

看闻希累得四肢发软，江砺本来是想帮她洗澡，但奈何那个时候闻希防狼似的防着他，说什么都不让他跟进浴室。

闻希贴着江砺的胸口点点头。

哪里可能不疼，不光那里疼，浑身上下都疼，但因为对方是江砺，所以她心甘情愿。

闻希环着江砺腰的手紧了紧，轻声开口："警察哥哥，我们结婚好不好？"

/第二十五章/

我陪你一起守我们的灯火

01.

“结婚”两个字让江砺微微失神。

江砺不是没想过要和闻希结婚，闻希不在身边的这三年，他做梦都想和她结婚，出任务的那段日子他时刻提醒自己万事小心，为的就是想和闻希朝朝暮暮。

可是他一万个没想到结婚这件事会是由闻希提出来，而且也不该由她先提出来。

轻咳一声，江砺怜惜地替闻希捋了捋发丝，才缓缓道：“希希，女孩子不用这么主动的，有些事留着我来做就好。”

“可是……”闻希也知道自己心急了，但是有的遗憾她不想再经历第二次，她语气有些急促，“江砺，我不想再在遇到事情的时候，被你一厢情愿划出你的世界，你的职责是保家卫国守一片平安，我不拦着你，甚至因为你的家国情怀让我更喜欢你，但是我希望在你有什么危险的时候我能作为第一个被告知的人。”

她没办法陪他在充满危险的第一线拼命，但至少可以有机会告诉他她在等着他回来。

而要想作为第一个被告知江砺消息的人，闻希只能让自己的名字名正言顺地出现在他的配偶栏里。

江砺心底软得一塌糊涂，看到闻希眼底略有些难过的神色，他轻轻将她从自己怀里拉开了些，低头亲了亲她晶亮晶亮的眼睛："希希，我知道你的意思。"

锅里的水已经开始沸腾，江砺却没有心思搭理，他略略弯了腰，让自己的视线和闻希平齐，柔声开口："我虽然没有办法事事以你为先，但是我也不想让你在人生大事上这么受委屈，你再给我一点时间，你想要的我都会一件一件给你。"

"会等很久吗？"

江砺轻摇了下头，一字一顿地承诺闻希："我答应你不会很久。"

闻希闻言点了点头，没再固执着继续这个话题，她环住江砺的脖子在他唇上亲了下。

江砺闭眼深吸了一口气，拍拍闻希的背，示意她："希希你去客厅坐会儿，面好了我叫你。"

刚刚的一锅面已经煮得稀烂。

等闻希出了厨房，江砺将水龙头开到最大，往脸上浇了几捧冷水，才觉得身体里的躁意稍稍消减了些。他自嘲地笑了声，将原先锅里坨掉的面倒进垃圾桶，重新下了一锅。

两个人一直到快十点才吃上晚饭。

闻希其实不太爱吃面，大概是因为今天做了这么久的高强度运动，累得狠了，很快就把不小的一碗面吃得干干净净。

江砺看得眉眼都染着笑，他看了眼闻希连面汤都不剩的空碗，意味深长地开口：“还要吗？多吃点到时候才有力气。”

他说的到时候究竟指什么时候不言而喻，闻希红着脸瞋他一眼：“警察哥哥，你今天一点都不正经。”

江砺无所谓地摊手，笑道：“对你不需要正经。”

吃过饭，闻希觉得撑，江砺索性抱着她坐在阳台上吹风，她坐在他腿上，有一句没一句地和他聊着天。

提到这两天拍摄短片的事，江砺捏了下闻希的鼻尖：“真没想到我们家希希还挺有镜头感，今天连毒舌得不行的傅斯寒都跟我夸你了。”

“真的还行吗？”闻希身在其中倒是没什么感觉。

“傅斯寒都让我劝你考虑改行当演员了。”江砺嗅了嗅闻希发间的香味，反问她，“你觉得这样的肯定算是行还是不行？”

闻希没想到傅斯寒这么看得起她，如此一来她也算是有了点信心。她垂眸想了想，问江砺：“警察哥哥，你下周日有空吗？”

“怎么了，有事？”

“下个周日是我和卡萨帕联名展的最后一天，我们会举办一场小型秀，你来看好吗？”办秀这个想法是闻希当初决定要找模特的时候就有了的。

“你要去走秀？”江砺一眼就看穿了闻希没有说出来的话。

如今连短片都拍了，闻希也没必要为了走秀再去寻找新的模特，索性决定有始有终把这件事做完。

闻希抬手摸了下阳台上放着的多肉植物，语气轻松：“这可能会是我第一次也是最后一次走秀，虽然不知道能不能走好，但还是想邀请你去看。”

江砺半垂着头，若有所思。

见他不开口，闻希侧头靠在他肩膀上，软着声音撒娇：“你没有事情的话就来看吧。”

被闻希的声音拉回现实，江砺摸了下闻希的脑袋，笑着应下：“好，有空我一定去。”

闻希这才笑起来：“那我到时候一定会好好表现。”

闻希和卡萨帕的联名展一共开放了五天。因着程峰的宣传，来看展的人并不少，而且除了时尚圈的人，还有不少圈外人，是以最后一天来看秀的人坐满了秀场。

闻希在后台单独的化妆间里做准备，她看着前面工作人员给她发回来的热热闹闹的现场照片，觉得自己的努力得到了回报，她欣慰地扬了扬唇。

昨晚睡前，闻希叮嘱过江砺，他来了的话可以直接来后台找她，只是这会儿秀都快开始了，江砺的身影还没有出现。

闻希等着化妆师出了化妆室，还是没忍住给江砺打了个电话。

电话响了很久，久到闻希以为不会有人接，她正准备挂了再打一次，江砺的声音却从听筒里传出来。

他的声音有点空旷，听着像是在外面。

闻希忍不住先开口：“警察哥哥你来了吗，还有十多分钟走秀就要开始了。”

卡萨帕不在，闻希作为这次联名展的设计师之一，会先在走秀开始之前上台简单讲一讲自己的设计理念，然后再回到后台换上婚纱，作为压轴的那个出场。

如果江砺能赶上，看完整场秀自然是最好的，但如果他真是赶不及，闻希希望他至少不要错过自己出场。

“希希，对不起。”江砺的声音里带着歉意。

听到对不起的一瞬间，闻希心底已经有了猜想，但她还是下意识问了句：“怎么了？”

“临时出了案子，我得去趟现场，秀场那边……”说到这儿，江砺顿了顿，“秀场那边我可能赶不过去了。”

闻希眼底有失望一闪而过。

但也只是一瞬，她知道江砺有很多的身不由己，她既然想和他在一起，就应该有当警嫂的自觉，不能让自己拖了江砺的后腿。

闻希对着镜子扯了个笑容，尽量用轻松的语气：“那你要注意安全，别查起案子来就不知道休息。”

“好。”江砺应该真的是很忙，没有再和闻希多说，很快挂了电话。

闻希看着已经自己跳回主屏幕的手机，长长地呼了口气，调整好心情起身跟着正好来叫她的工作人员往秀台的方向走。

这一场秀的反响很好。

当闻希穿着婚纱压轴出场的时候，全场响起了热烈的掌声，她站在台上，闪亮的聚光灯打在她身上，让她宛如一只落入凡间的精灵。

她朝着台下笑了笑，正准备返身往回走的时候，穿着一袭裸色长裙的主持人忽然通过麦克风叫住了她。

那主持人只是站在台边，没有要上台的意思：“请闻希小姐和在场的各位观众留步，今晚我们还给大家准备了一份彩蛋。”

闻希疑惑地皱眉，这场秀的流程是她亲自安排的，她并没有准备过什么所谓的彩蛋。

她盯着那个笑容得体的主持人，不知道她要干什么。

闻希的疑惑并没有持续太久，很快就有一束聚光灯落在红毯的尽头，她看到原本应该在案发现场的男人，这会儿竟然西装革履地站在聚光灯

下，手里捧着一束鲜艳的玫瑰，温柔地对她笑着。

即便隔了这么远，闻希依旧可以肯定江砺深邃的眸子里都是她。

闻希站在原地忘了反应。

江砺一步一步地往前，聚光灯随着他的移动缓缓移动，台下所有人都安静下来，看着台上耀眼的男女。

走到闻希面前的时候，江砺低头在她额头上落下一个吻，低声："希希，我来了。"

江砺不光来了，而且看完了整场秀，看到了他心爱的姑娘光彩夺目的模样。

一瞬间，闻希心跳如擂鼓。

江砺的出现太过突然，而且是以这么惊喜的出场方式，她愣愣地接过江砺递过来的玫瑰，痴痴地看着他在自己面前单膝跪下。

"希希。"江砺叫她。

闻希低低地应了声，垂眸看着江砺。

江砺抬手牵着闻希纤细柔软的手，放在唇边亲了一口："希希，我知道这一天让你等得有些久了，但是我说过我想把我能给你的最好的东西都给你。

"很抱歉曾经因为我的自以为是让你伤心过，也很抱歉因为我的职业不得万事以你为先，或许这个世界上有很多比我更好更配得上你的人，但是希希，我依旧很想自私地把你留在我身边。

"我守万家灯火，但更想守住我们的那一盏灯火，所以希希，请你嫁给我好吗？"

"希希姐，你嫁给我哥吧。"见闻希迟迟没开口，台下的姑娘忍不住了。

闻希循声看去，眼底有些惊喜，刚刚大声喊话的那个姑娘，正是三年未见的江南，在江南旁边站着的，有江砺的父母，有林烛、赵一恺，有闻羽、程峰，还有江砺队里的那一帮同事。

没想到所有人都来了。

重新将目光落在江砺身上，闻希又哭又笑地点点头，弯腰抱住还半跪在地上的江砺。

她贴在他的耳边，用只有两个人听得见的声音说：“警察哥哥，我答应你，陪你一起守着我们的那盏灯火。”

正文完

/ 番外一 /

深 更 半 夜 别 对 我 撒 娇

01.

因为联名展的顺利举办，闻希在国内的时尚圈渐渐开始小有名气，加上那条傅斯寒执导的宣传短片在网上迅速传播，一时间不少人慕名来 The One 找闻希合作。

是以从联名展结束后，闻希几乎所有的工作时间都扑在画设计图上。

这天刚开完晨会，程峰叫住起身准备离开的闻希：“闻希，你等等。”

“程总，怎么了？”闻希不知道程峰叫自己有什么事，该交代的事情刚刚会上应该已经都交代了。

“我有件事想和你商量。”程峰朝闻希笑了下，指了指身旁的椅子，“你先坐。”

程峰虽然笑得温和，但是免不了闻希心里打鼓，她是一点不知道程峰究竟要找自己干什么。

看闻希一脸紧张，程峰索性起身给闻希倒了杯水，示意她放轻松，才不急不缓地开口：“闻希，我只是想找你谈谈关于你设计的问题。”

“是我有什么做得不好吗？”闻希没有丝毫的放松，反而是下意识开始回忆自己这段时间是不是在工作上出了什么纰漏。

服装设计这件事对于她来说，不仅仅是她用来谋生的工作，也是她喜欢的事情，每一件设计品闻希不敢保证让所有人喜欢，但至少她自己是满意的。

“不是做得不好。”程峰不再和闻希绕圈子，“而是你做得太好了。”

The One 瞄准的客户群一直是中高端收入人群，这里面不乏愿意为了一件时装洒重金的女性，何况是对人生有重要意义的婚纱。闻希的设计有自己独特的风格，很能抓人眼球，所以联名展之后的这一段时间，工作室的业绩明显好于往年同期。

“那您是想和我谈什么？”不是自己工作出了问题，闻希勉强松了一口气，但也没全然放松，程峰也不清闲，肯定不会为了夸她这么一句就把人单独留下来。

程峰端起桌上的杯子喝了口水，看闻希的目光里尽是欣赏：“闻希，我想为你单独创立一个婚纱品牌。”

闻希怔了怔，有些不可思议地看着程峰。

程峰倒是表现得淡然，显然这个决定他已经深思熟虑很久了：“如果能给你的设计单独创立一个品牌，而这个品牌附属于The One，对于你，对于 The One 都能更好发展。”

闻希理解程峰的意思，很多规模较大的公司或者工作室都有自己的子品牌，她在卡萨帕的工作室工作的一年也见过这样的事情，但是要创立一个品牌并不是想象的那么轻松。

她有些迟疑：“程总，创立一个品牌不是小事，而且我不确定我能做好这件事。”

“闻希，并不是你一个人去做这件事，我和The One也会参与其中。”

程峰觉得闻希最大的问题其实在于太低估自己的实力，“我早就说过，我不会做对 The One 有害无益的事情。”

“那……”

“我今天主要是把这个想法告诉你，当然，毕竟如果创立出来也算是你的个人品牌，所以我还是尊重你的决定，但是我希望你能尽快把考虑的结果告诉我。”

闻希知道这对自己来说是一个机会，她没拒绝，答应了程峰自己会好好考虑。

关于创立品牌这件事闻希考虑了整整三天，她也问过江砺和卡萨帕的意见。卡萨帕是完全赞成程峰的看法，江砺没说好也没说不好，只是告诉闻希她想做的事情他都会无条件支持她。

闻希最后还是决定试一试。

还有两个月是 The One 的八周年庆，程峰决定在周年庆上推出这个子品牌，但是为了品牌的推广，闻希需要在两个月的时间里完成这个品牌第一个系列的设计。

两个月时间要完成一个系列的设计确实有些紧迫。

程峰倒是完全相信闻希，但是闻希自己给了自己不小的压力，从决定要做好这个品牌开始，闻希几乎每天都是凌晨才上床睡觉。

这种事江砺帮不了闻希，除了心疼就是心疼。

闻希磨了大半个月，基本的稿子算是画出来了，但是无论她怎么看总觉得这些设计差点意思，但偏偏她抓破脑袋也不知道问题究竟出在哪里。

晚上，江砺坐在书桌旁随意地翻着一本名人传记，书里讲的内容没太看进去，因为他的注意力全放在了闻希身上。

吃过晚饭进了书房之后，闻希就坐立不安，一会儿蹲在椅子上，一会儿又跑到墙角面壁，来来回回几次之后终于被江砺握住了手腕。

闻希一脸愁色地站在江砺身边，可怜兮兮地望着他，声音带着哭腔：“警察哥哥。”

“怎么了？”江砺拇指在闻希手背上摩挲了两下。

“没有灵感。”闻希现在脑子里一片空白，对着设计稿根本不知道从何落笔。

江砺拉着她往自己怀里带，眼底都是心疼：“给自己放一晚上假？你这样绷得太紧我会心疼的，我带你去一个地方。”

“去哪里？”闻希其实有些不太想去，她这会儿做什么都没有心思。

江砺哪能不知道闻希在想什么，他坐直身体环住闻希的腰，仰着头去看小姑娘：“地点先保密，你就当是陪我好不好？我已经被你冷落大半个月了。”

说后半句话的时候，江砺的表情当真像个被丈夫冷落的小媳妇。

闻希有些松动，这大半个月她的确没有精力放在江砺身上，被江砺这么一说，心里多多少少还是有些愧疚。

闻希想了想没能忍心拒绝江砺。

闻希直接去拿了包，朝还坐在椅子上的江砺招手：“那走吧。”

江砺翘了翘嘴角：“你先去门口等我，我带个东西。”

闻希这段时间大概真的是累坏了，车没开多久她就昏昏沉沉地睡了过去。

到了目的地，江砺没舍得叫醒她，他安静地坐在驾驶座上看着身边的姑娘，怜惜地抚了抚她眼底明显的青黑色。

闻希睡了一个多小时才悠悠转醒。

她揉了揉惺忪的睡眼，声音有些含糊：“到了吗？”

江砺没提她睡着的事，点点头，开门下车走到闻希那一侧，替她松了安全带，背对着她："我们要爬山，我背你。"

因为是晚上，闻希也不知道江砺带自己来的是哪里，她拉着江砺的胳膊："要不我自己走吧，这里太黑了。"

"不相信我吗？"江砺扬扬唇。

"不是。"

"不是的话就上来，当初追你的时候就说了要背女朋友，可是都过了这么久也没机会背背你。"

说着江砺重新背对着闻希，在她面前微微躬了身子。闻希看着男人宽厚的背，张了张唇，还是乖乖趴了上去。

明明走的是山路，江砺却走得很平稳，闻希趴在他背上倒是没有什么不适。

也不知道走了多久，一直到江砺在一间小木屋前停下来，闻希才意识到这里是哪里。

当初还没和江砺在一起的时候，闻希参与那次警校的演习就被关在这里，时隔三年再回到这里，闻希心里突然被什么东西填满。

她挣扎着从江砺背上跳下来，看看面前的小木屋又看看江砺，有些不敢相信："你为什么带我来这里啊？"

江砺摸摸闻希的脑袋，轻笑："难道你不是一直想来这里看星星吗？"

"你怎么知道？"闻希满脸惊讶。

当初参与演习被关在这里，透过这个小木屋的天窗看到满天星海时，闻希就一直想和江砺来这里看星星。

想到什么，闻希瞪大了眼睛看向江砺："警察哥哥你不会是偷看了我的记事本吧？"

她有个很精致的记事本，闲来无事的时候会记一些乱七八糟的东西，前段时间网上流行“想和男/女朋友一起做的一百件事”，她看到了心血来潮就在本子上记了一些，来看星星是其中一件。

江砺也不否认，笑得意味深长：“你上次把本子扔在我枕头上，我还以为你是想让我看。”

“哪有。”闻希脸红了红，上面写了不少她的少女心事，“我明明只是忘记收了，你下次不准看了。”

“好，以后不看了。”江砺从善如流。

闻希也不是真计较，只是觉得有些害羞而已。得了江砺的保证，她弯弯唇往小木屋里走。

江砺跟在她旁边，替她开了门，又摸索着摁亮了门口的电灯开关。

屋子里和闻希上次来的时候比起来没什么变化，依旧是一张床一张桌子，她有些不确定地问江砺：“我们这么随随便便过来真的没事吗？”

“这里以前是看林人住的，现在他们在另一边山上修了新的落脚点，这里就荒废了。”江砺说着拿了张纸弹了弹床上的灰，然后从随身带着的包里拿了条新的床单出来。

闻希看着江砺忙活，恍然有种不真实的感觉，一直到江砺把床铺好，才对着发呆的人招招手：“希希过来。”

闻希回过神，有些新奇地躺上去，床的顶上正对天窗，一抬头就看到满天繁星。

等江砺关了灯，闻希拍拍身侧的位置：“警察哥哥快来。”

床是单人床，江砺站在床边看了会儿，笑了下：“你躺着吧，我上来太挤了。”

“不会挤的，我很瘦的。”闻希说着又朝床里边挪了挪身子，“你上来嘛，要两个人一起看才有意思。”

“希希。”江砺眸色突然暗了暗，低声提醒闻希，“深更半夜的别

对我撒娇。”

老旧的单人床突然承受了两个人的重量，嘎吱嘎吱地响起来，江砺圈着闻希，呼吸之间全是香甜的味道，根本没了看星星的心思。

他看着小姑娘比星辰还要亮的眼睛，忍了片刻还是亲了上去，亲吻一路往下，最后含住闻希水润润的唇瓣……

闻希一觉睡到天光大亮。

她有些不适地遮了遮从天窗洒下来的阳光，刚动了动身体就撞上了男人硬邦邦的胸膛。

闻希嘤咛了一声，问江砺：“几点了？”

江砺早就醒了，其间还出去打了个电话，听到怀里的动静，他抬手看了眼手表：“才八点多。”

闻希挪了挪仿佛被碾压了一遍的身体，想要坐起来：“那我上班要迟到了，今天工作室还要开会。”

江砺揽着闻希的腰起身，动作温柔地替她将衣服一件件穿上，末了才在她额头上亲了亲：“我替你向程峰请了假，他让你好好休息一天。”

“但是今天工作室还有……”

闻希话还没说完，就被江砺打断：“程峰说了今天的会挪到明天，你最近把自己绷得太紧了，听我的话今天放松一下。”

其实闻希自己也能感受到最近状态不太好，听江砺这么苦口婆心，便也没再坚持，点点头整个人歪在江砺肩膀上靠着。

江砺在闻希背上拍了拍，轻声问她：“那我带你回家休息好不好？”

家里条件肯定比这个小木屋要舒适得多，昨晚带闻希出来是为了把她紧绷的神经拉开一个口子，这会儿人放松了，想好好睡一觉还是家里更合适。

闻希眼睛半睁半闭，迷迷糊糊地点了点头。

等到回家洗完澡，闻希脑袋里的混沌消了大半，想了想那些设计稿，索性趿着拖鞋就往书房走。

只是还不等她走到书房，就被江砺整个儿扛在肩上，江砺大步走进卧室，将闻希放倒在床上，垂眸看着闻希楚楚动人的模样。

“怎么了警察哥哥？”闻希茫然地撑着床坐起来，没太懂江砺的意思。

江砺的神色有些严肃：“不是说好了回来休息？怎么又往书房走？”

“我现在还不困。”闻希挣扎着又要起来，“反正也睡不着不如抓紧时间磨一下设计稿。”

“睡不着？”江砺的声音听着有几分危险。

闻希点点头：“嗯。”

“那行。”江砺也刚洗完澡，他把搭在肩上的用来擦头发的毛巾扔到一旁的椅背上，单膝跪在床边，欺身压在闻希身上，“看来你是还不够累，那我们继续昨晚上做的事，到时候你别哭着求我。”

“不要了，我现在腰还疼。”

江砺轻嗤:“你不是不累？反正继续昨晚的事和睡觉休息你二选一。”

“没有别的选项了吗？”闻希试图再挣扎一下。

江砺丝毫不为所动，坚定地摇摇头。

昨晚上就已经被江砺折腾得够呛，闻希最后到底还是选择了睡觉。江砺监督着她躺下，又替她盖了被子拉了床帘，这才带上门出去。

因为要陪着闻希，江砺也和单位那边请了一天假。

一直到傍晚闻希才睡醒。

江砺的办法是真的有用，大半个月来闻希第一次觉得睡得精神饱满，她伸了个懒腰，又在床上赖了一会儿。

正在纠结要不要起床，卧室的门就被人从外面推开，客厅暖黄的灯光倾泻进房间里，闻希听到动静抬头去看，就看到江砺抱着手斜倚在门口。

闻希忍不住嘟囔："江砺你是在我身上装了感应器吗，我刚醒你就进来了。"

江砺哪能有什么感应器，他只是做好了饭进来看看，倒不想正好碰上闻希起来。他翘了翘嘴角，起身走到床边，握着闻希的手将人拉起来。

闻希也不磨蹭，顺着江砺的力道起身，然后顺势整个人都挂在他身上。

感觉到闻希一双修长的腿盘在腰上，江砺将闻希往上托了托，在她唇上啄了一口，才说："不用感应器，我和你心有灵犀。"

闻希低声笑起来，她圈着江砺的脖子，和他四目相对，可怜巴巴地开口："警察哥哥我有点饿了。"

一整天下来闻希就吃了顿早饭，不饿才怪，江砺将她抱到卫生间的盥洗台上坐着，细心地将挤了牙膏的牙刷递给她，才捋了捋她的发丝："洗漱完出来吃饭，我先去把菜端出来。"

闻希乖巧地点点头。

用过晚餐闻希是真没了睡意，也不知道是不是这一天一晚的放松起了作用，她坐在书桌前涂涂画画一会儿真觉得设计稿比昨晚的看着顺眼了不少。

工作顺利，连带着心情也好了不少。

02.

闻希又用了一周时间把一堆稿子反反复复地修改打磨了几遍，这才把成品提交给程峰过目。程峰自然是满意的，也对这个即将成立的子品牌充满了信心。

他坐在办公桌前，笑着问闻希：“你对品牌的宣传有什么想法吗？”

这个闻希倒是想了挺久，她不急不缓地将自己的想法说给程峰听：“程总，我想请姜画作为品牌的形象代言人，除了因为她现在风头正盛，能给品牌很好的宣传，她也的确是圈里我觉得气质长相和我的设计最相符的女星了。”

程峰自然知道姜画，当红小花旦，杰出青年导演傅斯寒的未婚妻，虽然他也很认可闻希的看法，但他还是有些迟疑。程峰看向闻希，声音温和：“请姜画代言的确是最好的选择，但是以我们现在子品牌的启动资金来看却有些吃力。”

他顿了顿，试探着问：“你看我们能不能退而求其次？”

闻希抿着唇没说话，她知道程峰的难处，他是整个工作室的主心骨，一言一行都得为工作室考虑，但是那些婚纱都是她的心血，她也不想委屈它们。

她白皙纤细的手指握紧了杯子，等到松开的时候，她目光坚定地看着程峰：“程总这样吧，找代言人这件事我自己来负责，包括所有费用。”

“闻希，这不是一笔小钱，你再考虑考虑。”程峰还想劝劝闻希。

只是闻希既然做了决定，就没打算反悔：“程总，您让我先试一下吧。”

两个人共事这么久程峰多多少少也算是知道了闻希的性格，她执意如此，他拿她也没办法，最后只好同意让她先试一试。

闻希只在一次饭局上和姜画有一面之缘，两个人不算很熟，她便只能厚着脸皮从傅斯寒那里要到了姜画的微信。

倒不想姜画知道闻希的来意后，主动提出了要和闻希面谈。

两个人将见面的地点选在一家清幽的咖啡厅，因为消费不低，所以并没什么人上前来打扰两个人。

“闻希姐，你能给我看看你设计的婚纱吗？”姜画晚些时候还有通告，时间有限她便没绕圈子。

闻希打开平板电脑，将自己的设计图以及成品图调出来，递到姜画面前，给她介绍：“这些是新品牌第一个季度的设计，你随便看看。”

姜画其实对闻希的设计不陌生，两个人那一次饭局见面之后，闻希看在傅斯寒的面子上送了姜画一件精致的婚纱，姜画喜欢得不得了，虽说还没有把和傅斯寒办婚礼的事提上日程，但她心里早就决定等婚礼时一定要穿闻希送的这件婚纱。

这一次的设计依旧是极具闻希个人特色的风格。

姜画只随便看了看就觉得喜欢，她朝闻希笑得眉眼弯弯：“闻希姐，我真的可以代言这些婚纱吗？”

“你愿意？”闻希没料到姜画这么好说话。

“为什么不愿意。”姜画俏皮地朝闻希眨眨眼，“谁不想穿上好看的婚纱啊。”

虽说是圈里当红花旦，可是姜画从里到外都透着一股纯真，一看就是被保护得特别好的那种小姑娘，笑起来的时候很能感染人。看着姜画好看的小脸，闻希忍不住也扬了唇。

不过姜画愿意归愿意，闻希自然不会占她的便宜。她看着姜画，认真道：“姜姜，如果你觉得这个代言合适的话我们可以尽快签合同，代言费按照你平时的标准来，不过可能需要你在近期内给我们空出两天档期来拍摄宣传海报。”

“闻希姐，帮你代言我不要代言费。”

“这怎么行。”闻希想都没想就拒绝，“你愿意帮我代言我就已经很开心了，怎么可能不付你代言费。”

姜画将刚上的一小碟甜点推到闻希面前，示意她别急，这才低声解释：“闻希姐，你真不用给我代言费，我帮你代言其实是有私心的。”

闻希不解。

姜画笑了笑：“我是真的喜欢你的设计，如果可以的话你每设计一件新的婚纱就送我一件合我尺寸的成品，就当作是付我的代言费。”

“可是你代言的话，这些本来就是你应得的，怎么能算作代言费。”

姜画一噎，她只是单纯把闻希当朋友，加上她又喜欢这些婚纱，所以就想把这件事当成帮朋友一个忙，反正她也不缺这一份代言费。

两个姑娘正僵持的时候，来接人的傅斯寒和江砺一前一后走进咖啡厅。见两人之间的气氛有些生硬，还是傅斯寒先打破两人之间的僵局。他随手揽着姜画的肩膀，问她：“怎么了这是？”

姜画倒也没瞒着傅斯寒和江砺，把事情经过简单讲了一遍，末了还不忘和闻希强调：“闻希姐，你就别这么见外地非要付给我代言费了。”

傅斯寒也不在乎那一笔代言费，自然是姜画怎么说他就怎么做，但是闻希毕竟也是熟人，他也不可能为了姜画高兴就强人所难。

他思索了片刻，忽然意味深长地看向江砺：“我说你行不行啊？你和闻希都求婚这么久了怎么还没听着你们要结婚的动静，不说婚礼，至少先把证领了吧。”

江砺觉得傅斯寒真是哪壶不开提哪壶，这段时间闻希忙得连轴转，他就是有那心思也不可能没眼力见地在这种时候提出来。他没好气地睨了傅斯寒一眼，没搭理他。

倒是闻希一听傅斯寒把错都怪在江砺头上，顿时忍不住护短起来，她轻咳一声有些不自在地开口：“这个不怪江砺，是我太忙了，我们应该近期就会领证。”

话音一落，江砺倏地转头看向闻希。

他捏了下闻希垂在身侧的手，语气里是掩饰不住的开心：“希希你

说真的？”

闻希点点头，她的确也是这么想的，要不是突然出了要创立品牌这事儿，她估摸着早就和江砺领证了。

得了想要的答案，江砺还想说什么，却被傅斯寒打断。

他笑得促狭：“那事情就简单了，我们家软软那笔代言费就当是我们提前给你们的份子钱了。”

虽说傅斯寒半开玩笑半认真地说了那笔代言费就当是他和姜画提前给江砺和闻希结婚的份子钱，但闻希到底过意不去，最后也只和姜画签了一年的合约，并且说好了以后要再续签所有的费用都得按照姜画正常的代言标准来。

给新品牌找代言的事就算这么定了下来。

最难的设计和代言环节已经尘埃落定，按理说闻希应该会稍微轻松一些，可是这个新品牌于她而言就像一个孩子，每一件有关它的事她都忍不住亲自过问，所以接下来一段时间她依旧忙得脚不沾地。

江砺看着闻希每天好好吃顿饭的时间都难得，到底是心疼，所以即便他抓耳挠腮地想要把和闻希的关系合法化，却尽力克制着，不想再用这件事增加闻希的压力。

一直到开完 The One 的周年庆那天，闻希才算是松了口气。

江砺在会场外等着接她，闻希一出酒店大堂就看到斜倚在车边的男人，她好心情地弯弯唇，像个小姑娘似的雀跃着冲进江砺怀里。

闻希今天化着精致的妆，江砺没忍心破坏她的妆容，只是低头在闻希的发顶落下一吻。

他轻声问闻希：“这下该忙完了？”

“忙完了。”闻希点点头，语气轻快得像是即将放寒暑假的小朋友，

“终于摆脱了工作的奴役可以享受一下自己的生活了。”

看着闻希轻松的样子，江砺笑着和她商量：“那今天和我一起去家里吃顿饭？”

其实柳恩已经催了江砺很多次带闻希回家吃饭了，之前因为闻希忙没时间，江砺便直接找借口搪塞了过去，而且没提半分闻希的不是，几乎把责任都揽在了自己身上。

江砺一提，闻希也意识到自己的确好久没去看过他的父母了，没多想便应了下来。她从江砺的怀里退出来，挽着他的胳膊：“那我们先去给叔叔阿姨买点东西。”

03.

两个人提着一堆东西赶到江家的时候，刚过下午三点。

因着江砺和闻希没有提前打招呼，柳恩开门看到闻希的一瞬间满脸都是惊喜，她一边招呼着江成也一边接过闻希手里的东西，热情地将闻希牵进了门。

江砺落后闻希半步，正要跟在她后面进门，结果他一只脚还没踏进门槛，就被柳恩冷着脸拦在了门外。

柳恩没好气地看着江砺，秀眉一蹙就开始指责江砺：“你这个不孝子还知道带我儿媳妇回来，估摸着今天要不是希希主动提出来，你还不想回来吧。”

江砺：“……”

闻希对于柳恩的印象，向来都是轻声细语的，倒没想着今天突然会对江砺生气，她蒙了一瞬，等意识到柳恩的意思，赶紧替江砺解释：“柳姨，今天其实是……”

只是柳恩根本没有给闻希解释的机会，她直接打断她：“希希你乖，

你就别替这个臭小子说话了，外面这么热，你先进去吃点水果。”

说着，她就将闻希领进了客厅，然后毫不客气地将江砺关在了门外。

从头到尾，江砺连开口的机会都没有。他看着面前的门板，想到自家妈妈刚才那亲疏有别的态度，颇无奈地叹口气。

这边闻希还惦记着被关在门外晒太阳的江砺：“柳姨，江砺他……”

“希希。”柳恩给闻希递了半个剥好的橙子，脸上丝毫不见刚刚对着江砺时的疾言厉色，“大中午的过来热坏了吧，这是柳姨今早亲自挑的橙子，你尝尝甜不甜？”

闻希不好拒绝柳恩的好意，接过她手里递来的橙子：“谢谢柳姨。”

“你这孩子，跟我还客气什么，以后迟早是一家人。”说到一家人，柳恩心里的气又不打一处来，她坐在沙发上朝闻希那边挪了挪，握着她的手问她，“希希，你老实告诉柳姨，江砺这孩子是不是从求婚之后就没主动跟你提过领证的事？”

闻希垂眸想了下，好像江砺的确是没提过，便朝着柳恩摇了摇头。

“我就知道江砺不争气，从小到大什么都没让我操心，偏偏找媳妇这事一点不让我省心。”要不是江成也在旁边示意柳恩别吓着闻希，她估计能气得跳脚。

之前江砺求婚的时候柳恩还觉得自己儿子好不容易开窍了，结果她等了两三个月也不见江砺把闻希娶进江家，而且每次只要她一催，江砺就会用单位事情多来敷衍她，她自然觉得是江砺的问题。

江成也一向是和柳恩统一战线的，听到这儿也配合着叹了口气。

等心里的火气稍稍平息了一些，柳恩才重新握着闻希的手，语重心长地开口：“希希，柳姨知道，江砺用工作忙为借口拖着不和你领证这事儿是他做得不对，但是这事儿也怪柳姨和你江叔叔没把他教好，你能不能别和他计较，柳姨跟你保证，你要是嫁进我们老江家没有人敢让你受委屈。”

闻希听了柳恩的这番长篇大论，总算是听出柳恩这气从何而来了。

只是这工作忙的是她而非江砺，柳恩完全是错怪江砺了。

闻希不好意思地轻咳一声，心虚地环住柳恩的胳膊：“柳姨，其实你误会江砺了，这件事真不是他的错。”

“不是他的错还能是谁的错。”听到闻希非但不生气还帮着江砺说话，柳恩这心里也算是安稳了一些，“希希你别替江砺说话，等会儿我会让你江叔叔好好教训他的。”

“柳姨你要怪就怪我吧，一直拖着不领证这事儿其实是我的错。”闻希哪里舍得让江砺背锅，哪怕心里没有底也还是和柳恩实话实说。

怕柳恩不信，闻希索性将这段时间自己工作上的事给柳恩讲了一遍，到最后似是担心柳恩会生自己的气，闻希跟她保证：“柳姨我现在工作上的事基本算是稳定了，我和江砺明天就去领证。”

“真的？”柳恩怀疑自己听错了。

闻希点点头：“其实江砺真的对我挺好的，我也很幸运能遇见您和江叔叔这样的长辈，所以嫁给江砺我一点都不担心会受委屈。”

柳恩这下哪里还气得起来，满心都是欢喜。

她安抚地拍了拍闻希的背，全然忘记自己刚刚数落过江砺，对着闻希笑得慈爱：“希希你别多想，你们年轻人有事业心是好事，柳姨都支持的。”

柳恩的双标太过明显，连闻希都忍不住默默同情起江砺。

她拉了下柳恩的衣袖，讨好地朝柳恩笑了笑：“柳姨这下可以让江砺进来了吧？外面的太阳太大了万一中暑就不好了。”

“堂堂一个大男人哪有那么容易中暑。”

不过话虽这么说，江砺到底是自己的亲生儿子，柳恩心里多多少少

也舍不得，便挥挥手示意闻希去把他领进来。

得了允许，闻希赶紧起身跑到大门口替江砺开了门。

大夏天的外面站了这么一会儿，江砺的衣服都被汗浸湿了不少，闻希心疼得不行，抽了两张纸巾细心地替他将额头上的汗擦干净，又赶紧起身去给他倒了杯凉白开。

柳恩看着小两口是真的恩爱，心里也是欣慰。

趁着闻希去倒水的间隙，她睨了江砺一眼，警告他："以后你给我好好疼希希，要是让她受委屈我和你爸有你好看的。"

江砺其实也乐得自己父母喜欢闻希，他看着闻希的背影，淡声："您不说，我也舍不得让她受委屈。"

闻希和江砺在江家吃过晚餐便离开了。

在车上，江砺随口问闻希："你今天给妈说了什么，我看她一下午都笑得合不拢嘴。"

闻希一边给闻羽发微信，一边装傻道："没说什么啊，可能柳姨看我好看就觉得开心吧。"

江砺没想到闻希现在都会开这种自恋的玩笑了，他低笑两声，腾了一只手摸摸闻希的脑袋，顺着她的话说："也是，谁叫我这么有眼光，给她找了一个这么好看的儿媳妇。"

自己说的时候还不觉得，被江砺这么一说，闻希莫名就觉得有些羞耻，她摸了摸自己发烫的脸，别过脸不再接话。

晚上江砺洗澡的时候，闻希接到了闻羽的电话。

她随手扯了件外套披在睡衣外面，就小跑着下了楼，还没出楼道门，她就看见闻羽站在小区的花园里朝她招手。

闻希笑着走过去："阿羽，你东西帮我带来了吗？"

闻羽"啧"了声，意味深长地摇摇头："我说希希你这想嫁人的心也太迫不及待了吧？这么久不见，你都不问问我怎么样，开口就找我帮你从家里拿东西。”

闻希赶忙点点头，改了口：“行行行，那请问阿羽姐姐你最近过得怎么样？”

“算了，算了，你这问候太假了。”闻羽本来也只是和闻希开玩笑，话落从包里取出她从家里拿出来的户口本递给闻希。

虽说余诗敏当初拿了闻洪海的把柄让他不再逼着闻希和陈明达结婚，这几年除了闻羽，闻希也和闻家没什么联系，但是闻希的户口还是一直在闻家，她不想回去面对闻洪海和余诗敏，所以才联系了闻羽让她帮忙把户口本拿出来。

闻希接过户口本，倾身抱了抱闻羽：“谢谢你啊，阿羽。”

“跟我客气什么。”闻羽也回抱着闻希，弯唇笑了笑，“你和江警官过得幸福就行了，你要是真想感谢我改天请我吃顿大餐就行了。”

“没问题，你想吃什么随便点。”

闻羽还要赶回学校，把户口本拿给闻希之后，随便聊了两句就匆匆离开了。

江砺洗完澡从卫生间出来，就看到闻希站在卫生间门口，望着他笑得一脸神秘。

“做什么亏心事了？”江砺一只手擦着头发，另一只手揽着闻希的肩往客厅走。

闻希撇撇嘴，不服气：“你才做亏心事呢！”

江砺笑：“那你为啥笑得一脸谄媚？”

“警察哥哥你好好说话。”闻希爬到沙发上站着，居高临下地看着江砺，故意叉着腰睨他，“再给你一次组织语言的机会，不然我就要收回我即将送你的礼物了。”

“什么礼物？”江砺挑眉。

闻希轻哼一声：“你先重新把刚刚的话说一遍。”

“我们家希希笑得一点都不谄媚，我们希希笑起来倾国倾城。”既然闻希想听，江砺夸起来一点都不含糊。

果然见闻希满意地点点头：“这还差不多。”

江砺将大掌摊在闻希面前：“这下可以看看你要送我的礼物了吧？”

闻希也不卖关子，从一旁的抱枕后面将刚刚藏起来的户口本拿出来放到江砺手掌上，然后求表扬似的抬抬下巴。

江砺看清手里的东西后整个人怔在原地，不可思议地看着闻希。

好一会儿，他才哑着嗓子叫了一声“希希”。

闻希对于江砺的反应很满意，她笑着从沙发上蹦到江砺身上，笑意盈盈地看着他，低声：“警察哥哥，我们明天去领证吧。”

/ 番外二 /

你 好， 江 太 太

01.

想着要领证，江砺几乎是一大早就醒了，也没了出去晨练的心思，躺在床上安静地看着还在熟睡的闻希，眼神温柔得像是能滴出水来。

一直等到七点，江砺到底是忍不住了。

他在被子里环住闻希的腰，倾身在她鼻尖上亲了亲：“希希，该起床了。”

昨天晚上闻希被江砺缠着胡闹了一通，这会儿整个人还混沌着，感觉有人在闹自己，不适地哼唧了几声，扯了被子将整个人盖住。

“希希。”江砺捏了捏闻希腰间的细肉，耐心地哄着小姑娘，“起床了好不好？累的话等把正事办完了再回来睡。”

听到“正事”，闻希清醒了几分，她差点都忘了，今天还要和江砺去领证。

想到这儿，她也没了睡意，闭着眼在江砺的颈窝里蹭了蹭，撒娇似的叫了他一声“警察哥哥”。

“怎么了？”江砺动作温柔地在闻希的后脑勺上抚了抚。

闻希闷闷地笑了两声，摇摇头：“没事儿，就是想叫叫你。”

其实是心里欢喜，两个人认识到现在四年了，其间经历了这么多事，终于很快她就要成为江砺名正言顺的合法妻子了。

江砺扬扬唇，坐起身顺带着将闻希整个打横抱起放到床边，又去衣柜里替她拿了衣服。

是一条白色的连衣裙，裙子上有不规则的镂空装饰，光看着就很仙。

闻希摸了摸，偏着头问江砺：“为什么是这件？”

“你穿这件最好看。”

闻希学着江砺半眯着眼，意味深长地看向他：“你们这种直男是不是都喜欢女生穿白裙子啊？”

两个人相处这么久，闻希多多少少能看得出来，江砺特别喜欢她穿气质干净的衣服，尤其是白裙子之类。

江砺也不反驳，低头笑了笑，纵容地摸了摸闻希的发顶，赶着她去洗漱收拾。

两人到民政局的时候，已经九点多了，登记结婚的窗口已经排了好几对新人。江砺看了一眼，牵着闻希到楼上先去拍照。

拍结婚照的工作人员是个中年女人，大概每天都能见证不少新人的幸福，见谁都笑呵呵的，一脸福相。

看到闻希和江砺，她招呼他们坐好，边拍边忍不住称赞：“好久没见着两个人都这么俊的新人了。”

闻希被夸得有些不好意思，江砺却丝毫不觉，他侧眸看向闻希，和那个大姐搭话：“主要是我媳妇儿长得好看。”

拍照的大姐闻言看着闻希笑：“小姑娘我给你讲，我看人准得很，你找的这个老公以后肯定把你放心尖尖上疼。”

闻希腼腆地笑了下，小声应她：“我知道他很好。”

后面还有人排着队，大姐也没多说，示意闻希和江砺靠近一点，给他们拍了照，很快就把照片洗了出来。

闻希拿着红底的照片端详了半天，末了满意地咂咂嘴，仰头冲江砺一笑：“我发现是挺好看的。”

“谁？”

当着江砺，闻希也不害羞了，坦然：“当然是我啊。”

旁边有人从两人身边经过往楼上走，听到闻希和江砺的对话善意地笑了笑，上一秒还自恋的人下一秒立刻就脸红了，面朝着江砺试图遮住自己的脸。

哪知江砺根本不知道低调为何物，直接捧着闻希的脸在她嫣红的唇上亲啄了一口，点点头评价：“我们希希沉鱼落雁闭月羞花。”

一楼办理登记的窗口还排着两对新人，闻希把刚拍的照片拿给江砺：“警察哥哥你先排着，我去一趟洗手间。”

江砺排到队伍的最后，窗口工作人员效率挺高，很快就轮到排在他前面的那一对情侣。

无意窥探别人的隐私，即便是排在他们后面，江砺的视线也没落在他们身上，只是没两分钟，他就听到那两人吵起来。

“你什么意思啊？以为把我带到民政局就稳了是吧？”那女的声音听上去有些尖酸刻薄，“当初说好了买房才结婚，结果现在却告诉我买不了房了？”

“不是，小小你听我说。”那个男的没想到自己女朋友会当场发作，一边示意她冷静一边面带尴尬地解释，“我妈说房贷那边出了点问题，只是把买房这件事稍微延后了一点。”

那女人冷笑一声：“延后？那我们也延后结婚吧。”

男方一听要延后结婚也火了：“小小你什么意思？你到底是嫁给我还是嫁给房子？”

见对方非但没有承认错误的意思，反倒吼起她来，那女的将手里填资料的笔一甩，站了起来：“你也不看看你自己什么嘴脸，要不是你答应了买房买车，你以为我会嫁给你？真是癞蛤蟆想吃天鹅肉。”

话落，她转身就要走，却在看到江砺时愣在原地。

大概是从没看见过这么好看的男人，长身玉立地站在那里，仿佛所有的一切都没放在眼里。

而且他也只有一个人。

她甩开身后拽着自己的男朋友，望着江砺张了张唇，下意识地问道：“帅哥你也被女朋友甩了？”

江砺冷着脸看了她一眼，没说话。

只是江砺这个冷漠的样子，落在那女人眼里完全变成了悲伤过度不想说话。她撩了撩头发，往江砺身边又靠近了一步：“你不会也是因为买不起车房吧？”

她说着叹了口气：“你这女朋友要求也太高了，颜值这么高还要你买房买车。”

江砺有些不耐烦，转身就要避开她，却不想还没挪步那女人就直接拽住了他的衣袖。

她笑得风情万种：“这样吧帅哥，你看我们同是天涯沦落人，我长得也还不错，也不要你买房买车，要不我们试试？”

“小小。”她身后的男人此刻觉得丢脸到了极点，压低声音警告着她。

僵持的时候，江砺的余光正好瞥到从洗手间回来的闻希，他嫌弃地甩开那女人的手，返身两步将闻希揽到身边，这才不悦地开口：“这位小姐还请你自重，另外我女朋友长得比你好看得多，也比你善解人意。”

那个女人显然也没想到闻希只是去了洗手间，这会儿正主回来，她脸上青一阵白一阵的，索性愤愤地冲出了民政局。

刚刚他们吵闹的声音不小，闻希其实听了个七七八八，她下意识睨了江砺一眼，心里有些醋意。

这男人还真是到哪儿都招桃花。

江砺自然不知道闻希在想什么，没了闲杂人等的打扰，他直接牵了她在窗口前坐下来，接过工作人员的资料单。

闻希拿了笔，刚写了一个笔画，忽然收了笔，转头看向江砺。

她无意地转着笔，故意用挑事的语气开口：“突然想起来，你也没送我车房，现在还蹭住在我家，那这个婚结还是不结？”

江砺没什么反应，倒是那个窗口的工作人员闻言一愣，他生怕这一对和上一对一样一言不合地吵起来，赶紧劝闻希：“美女，车房钱财都是身外之物，找老公最重要的是爱你对你好，毕竟两个人在一起才是生活，人哪能一辈子守着车房度日，何况你老公还这么帅，别人求都求不来。”

工作人员一口气说了一大堆，字字都是肺腑之言，闻希一副听进去的模样，点了点头。

还不等工作人员高兴自己这一番说辞起了作用，就又听闻希问江砺：“所以我们结婚你不送我车房吗？”

工作人员：“……”

作为当事人的江砺倒是不急不缓，他淡然地笑笑，凑近闻希：“你养我就不能结婚了吗？这婚不光得结，结了之后还不准离。”

这回不光工作人员，就连排在他们后面的情侣都被江砺的话惊住，

甚至有女生替闻希抱不平：“这男的怎么这样啊？”

闻希却像是没听到她们的话一般，忽地笑起来，握了一下江砺的手，低声说：“那以后就我养你，车房都我送你。”

一直到闻希和江砺拿着盖了戳的红本本出了民政局，工作人员都久久没回过神来。

站在民政局门口，闻希抬手挡了挡头顶的太阳，冲江砺勾勾手指：“警察哥哥来拍张照。”

江砺顺从地走过去，配合着闻希的身高半蹲下去，举着红本本自拍了一张，他低头看了两眼，顺手发了条朋友圈。

配文是：你好，江太太。

02.

等闻希看够了结婚证，江砺才钩着她的肩将人往停车场那边带。

“我们去哪儿？”

江砺没直说，只淡声道：“送你个结婚礼物。”

他打定了主意保密，一路上任凭闻希怎么撒娇江砺都不肯多透露一个字。等到江砺的车开进一个陌生的小区，闻希才像是意识到什么一般，不再讲话。

她心里打着鼓，这个小区一看就是新修建的，里面的住户并不多。

江砺停好车，好笑地看着副驾上突然安静下来的人：“怎么突然不说话了？”

“不知道说什么。”闻希老实回答。

江砺便也没再多问，下了车牵着闻希的手直接从停车场进了电梯，摁下楼层键，从始至终，他都没有松开闻希的手。

电梯到达十三层，两个人走到其中一户的门口，江砺朝门上的密码锁抬抬下巴。

“警察哥哥，你这是什么意思啊？”闻希愣着没动。

江砺笑：“让你开门，密码是我们在一起那天的日期，不会不记得了吧？”

心里那个答案几乎呼之欲出，闻希深吸一口气，在江砺的注视下缓缓摁下了几个数字，拉着门把开了门。

门打开的一瞬间，闻希听到江砺在身后说：“欢迎回家，江太太。”

闻希整个人都蒙住了，她站在门口好一会儿才回过神来，不敢置信地问江砺：“这是你买的房子？”

江砺翘了翘嘴角，关了门牵着闻希走进客厅，笑说：“刚刚在民政局不是说我没送你车房吗？现在把房子补给你，至于车子你有需要，我随时给你当司机。”

江砺话里的意思再明了不过了。

正如他承诺的那样，虽然给不了闻希最贵的东西，但是在他能力范围内，他会尽可能给闻希他给得起的最好的东西。

闻希满眼新奇地一间屋子一间屋子参观。

这套房子比江砺原先那套公寓要大得多，除了主次卧，还有一间面积不算小的婴儿房，此外江砺在书房里放了两张书桌，甚至专门给闻希辟了一块地方用来画画。

“你自己装修的？”闻希发现这套房子的装修风格和江砺原来公寓单调的黑白灰完全不一样。

“也不算是，我问了林烛你喜欢的装修样式。”说到这儿，江砺有点底气不足，“房子是我在你回国之前买的，但是装修是前两个月才弄的，我想给你一个惊喜，所以瞒着你装修的，希希你喜欢吗？”

难怪了。

从看到的第一眼，闻希就觉得房子里很多细节完全符合她的喜好。

她点点头，倾身抱住江砺：“简直不能更喜欢了。”

晚上，闻希和江砺留在了新房子里，江砺在厨房洗水果，她趴在沙发上有一搭没一搭地和林烛聊天。

她把今天和江砺的那张合照发给了林烛看，结果林烛立马回了句：“今晚就是你和你警察哥哥的洞房花烛夜了，激动吗我的崽儿？”

闻希瞥了眼在厨房忙碌的背影，脸红地回林烛：“其实不是第一次了。”

这些事毕竟是私事，林烛没问，闻希便一直没提过，所以林烛至今不知道其实她和江砺早就那什么过了。

林烛果然发了个吃惊的表情过来，不等闻希反应，她立马调侃：“看你警察哥哥那一身肌肉想来体力应该很好吧？”

明明只是几个字，闻希却忽地想到了在床上江砺反反复复折腾她的模样，她的脸一下子就红了，明明在说领证的事，不知道怎么就被林烛带到这个话题上了。

她不自在地轻咳一声，不自在地在手机上打了几个字，还不等她按下发送，就听到身后忽然响起一道不太愉悦的声音。

“也就那样吧？”江砺磨了磨牙。

江砺这人走路完全没声音的吗？闻希吓得一个激灵，手机也滑到了地上，发出一声不小的声音。

看到江砺有些黑的脸色，闻希忽然想起来她似乎在网上看到过男人好像都不喜欢被质疑那方面的能力，她赶紧解释：“警察哥哥，我不是那个意思……”

她的确没有觉得江砺不行的意思，反而每一次都觉得江砺体力好得吓人，之所以要发“也就那样吧”，完全是因为不好意思。

江砺却没有要听闻希解释的意思，他把手里端着的车厘子放到茶几上，整个人直接将闻希压进了沙发里。

他低头惩罚似的在闻希唇上咬了下，沉声道：“看来是我之前不够努力让希希失望了，你放心，洞房花烛夜我一定让你满意。”

/ 番外三 /

恭喜警察哥哥要做爸爸了

01.

闻希和江砺的婚礼订在十月。

九月，江砺把整整三年没有休过的年假一起请了，毫不客气地将队里大事小事全部交给了赵一恺负责，然后带着闻希去各个城市旅拍婚纱照。

因为家庭原因，从小到大闻希都没怎么旅游过，所以从要出发的前一周开始，她就兴奋得不行，每天最大的乐趣就是和江砺一起研究旅行的路线，以及在她的记事本上记下在每一座城市要和江砺完成的事。

出发前一晚，闻希在床上翻来覆去迟迟不肯睡觉，感觉到身边窸窸窣窣的动静，江砺无奈地叫她一声。

“希希。”

闻希本来以为江砺都睡了，却不想他还醒着，她立马滚进江砺怀里，微微直起上半身：“警察哥哥你设闹钟了吗？我担心我没听到闹钟起晚了会错过飞机。”

“设了。”江砺拍了拍身旁的位置，“你早点睡，明早我叫你。”

闻希这才点点头，睡回了自己的位置，只是还不到两分钟，她又一惊一乍地坐起来：“警察哥哥，我突然想起来我忘记检查装婚纱和西装的行李箱收没收好了。”

说着她就要掀开被子下床，江砺眼疾手快地握住她的手腕：“所有的行李都检查过了，不会出问题的，乖乖睡觉好不好？”

“这样啊。”闻希松了一口气。

江砺以为小姑娘这回终于肯睡了，正要替她盖好被子，就听闻希又叫了他一声：“警察哥哥。”

都不用想江砺也知道闻希大概又是想到什么奇奇怪怪的问题了，他算是发现了，他要是不找点事情做，估计闻希能这么折腾一晚上。

所以不等闻希继续说下文，江砺直接揽着闻希的腰将人带进了怀里，他线条流畅的手臂撑在闻希身侧，低头含住她的唇，将她未说出口的话尽数淹没在这个吻里。

等到江砺松开她的时候，闻希眼神已经有些迷蒙了，她下意识地抓着江砺睡衣胸前的扣子，软着声音抗议：“我话还没有说完。”

江砺笑了下：“不用说了，再说下去你今晚都说不完，我们运动一下给你助眠。”

“不行。”察觉到江砺的意图，闻希下意识就想拒绝，“明天我们还要早起。”

被折腾一番的人总算是老实下来，一沾床很快就睡了过去。

江砺知道闻希很期待这次旅行，所以他几乎是带着她从南到北跑了大半个中国，而且选的地方几乎避开了所有的商业化网红旅行地点。

他们没有专门找摄影师，每到一处闻希喜欢的地方，都是江砺先架好相机找好取景框，然后再和闻希摆好造型拍照。

每一张照片闻希都喜欢得不得了。

而且除了这些照片，闻希觉得这次旅行最大的收获大概是收到了许许多多陌生人的祝福，每一个看到他们穿着婚纱西服的人，路过的时候都会笑着对他们说声恭喜。

闻希和江砺是在十月初回到的海城。

婚礼前一系列的琐事杂事几乎都由江砺承包了，闻希没操一点心，就连闻羽看到她这副安心待嫁的模样，都忍不住发酸，调侃闻希说大概这个世界上没有比她更省心的新娘了。

关于这场婚礼闻希按着义务告诉了闻洪海，但是显然闻洪海没有要来参加的意思，闻希便也作罢。

婚礼前夕，按照习俗，新娘新郎要分开回到各自家里，柳恩清楚闻希家里的情况，她也心疼闻希，索性把闻希接回了家里，让江砺去新房里住着。

闻希住的是江砺读书时代的房间，房间的个人风格很明显，一推开门就能看得出来这是个男孩子的房间。闻希好奇地看着书架上的军事模型和墙上贴着的大大小小的奖状，莫名有种在和十多岁的江砺对话的感觉。

柳恩跟在闻希身边，看着奖状欣慰地笑笑：“其实现在想想，江砺这孩子也真是没让我操过什么心。”

闻希闻言倾身抱了柳恩一下，亲昵地靠在她肩上：“谢谢妈妈生下了江砺。”

自从闻希和江砺领证之后，闻希就改了口叫柳恩妈妈。柳恩是真的把闻希当成亲闺女一样对待，一到周末就催着江砺带闻希回家，什么好吃好喝的都先紧着她。

嫁进江家的这段时间，闻希终于体会到了迟到了二十多年的亲情。

柳恩怜爱地摸摸闻希的脑袋：“妈妈也谢谢你愿意嫁给小砺，愿意成为妈妈的闺女。”

晚上闻希刚洗完澡出来，扔在床上的手机就“嗡嗡”地振起来。闻希看了眼来电显示，索性直接盘腿坐床上接了起来。

她笑得温柔：“警察哥哥。”

“希希，我想你了。”江砺的声音从扬声器传进闻希耳朵里，像是带着电流一般，刺得闻希全身都泛着酥。

闻希摸了摸发烫的耳垂，小声嘀咕：“可是我们明明一起吃过晚饭才分开的，现在还不超过三个小时。”

“才三个小时吗？”江砺自嘲地低笑一声，“我以为都过了三年了。”

“瞎说什么呢。”闻希也跟着江砺笑。

之前两个人一起出去旅行的时候，几乎是一天二十四小时都腻在一起，好像大晚上的两人被分开，还是婚后头一次。

江砺叹了口气，低声道：“想见你。”

闻希其实也想江砺的，正准备回应他一句“我也想你了”，就听到电话那头的人接着开口：“希希，小江砺也想你了。”

闻希有些蒙，她蹙眉想了几秒，等意识到江砺口中的“小江砺”指的是什么的时候，整个人瞬间被一簇火点燃。

她轻咳一声，嗔道：“江砺你能不能正经一点，要是你那些同事知道他们队长这么不正经不知道会怎么笑话你。”

江砺倒是不在意，听到闻希带着羞恼的声音，忍不住愉悦地笑出声：“希希我都是实话实说，而且这哪里不正经，完全是因为太过爱你表达的真情实感，至于我们队里那帮大老爷们儿，大家都是男人有什么好笑话的。”

闻希说不过江砺的歪理，索性搪塞他：“我困了，先挂了。”

江砺也不再继续逗她，在她挂电话之前，他叫住她，等她应了一声，他才沉声开口：“希希，等着明天我来娶你。”

那个晚上，闻希躺在少年江砺睡过的床上，做了好多梦，与其说是梦，倒不如说是对两人经历的点点滴滴的回忆。

在梦里，闻希似乎回到了初见那晚，看到穿着制服棱角分明的男人缓缓朝她走过来，每一步都走得坚定又郑重，然后向她伸出手，将她从看不到光亮的无尽深渊中缓缓带出来。

第二天早上十点，婚礼准时开始。

因为江砺一直瞒着的缘故，一直到迎亲的车队在 A 大的操场外停下来，闻希看着被精心布置过的操场，才知道江砺把婚礼现场选在了这里。

心跳忽然就有些加速。

闻希提着婚纱小心翼翼地从婚车上下来，被闻羽扶着往操场中间走，精致高跟鞋踩在塑胶跑道上，闻希每一步都走得格外小心。

她远远看着站在红毯尽头西装革履的男人，嘴角的笑意再也藏不住。

因为闻希和江砺都是低调的性子，请来婚礼现场的人并不多，无非是两边的亲戚朋友，但是到场的每一个人，都是真心实意地祝福他们能够幸福美满。

闻希被闻羽带到红毯前面，她早就做好了没有父亲送嫁的准备，正打算一个人踏上红毯，却不想突然从旁边走出来一个人。

她下意识侧头去看，在看清来人之后整个人都愣在原地。

闻希惊喜地上前抱了抱他：“卡萨帕，你不是来不了吗？”

卡萨帕对于闻希来说算是生命中很重要的一个人，是他手把手地将她带进了时尚圈，婚礼前闻希特地邀请过他，可是卡萨帕却告诉闻希因为一些私人原因他可能无法出席。

卡萨帕笑笑，慈爱地看着闻希，跟她解释："是江砺辗转联系到我请求我来的，他说他舍不得让你一个人出嫁，希，我没办法拒绝他的诚恳。"

闻希眼睛忽然就有些酸胀，原来在她不知道的地方，江砺默默地为她做了这么多事情。

卡萨帕拍拍闻希的背，安抚她："新娘子哭了就不美了。"

闻希破涕为笑，仰头将眼底的泪意憋了回去，然后被卡萨帕牵着朝江砺走去。

十几米的红毯，闻希却觉得走了很久，江砺站在红毯的另一端，全神贯注地看着他喜欢的姑娘一步步走近他。

卡萨帕将闻希的手交给江砺，用有些蹩脚的中文祝福闻希："希，祝你新婚快乐。"

也是一直到这一刻，江砺才觉得有种尘埃落定的感觉，终于他的姑娘穿着她亲手设计的洁白婚纱站在了他旁边。

江砺轻轻抚了抚闻希的侧脸，缓缓开口："希希，当初在这里你答应做我的女朋友，三年后，同样的地方，我想娶你做我江砺的妻子。"

闻希忍了一路的泪水终于在听到这句话的时候，缓缓滑落。

主婚人看着这对新人，郑重地开口。

"江砺先生，你愿意娶闻希小姐为妻吗？无论她将来是富有还是贫穷，无论她将来身体健康还是不适，无论她将来处于顺境还是逆境，你都愿意和她永远在一起，保护她爱护她吗？"

江砺看着闻希：“我愿意。”

“闻希小姐，你愿意嫁给江砺先生为妻吗？无论他将来是富有还是贫穷，无论他将来身体健康还是不适，无论他将来处于顺境还是逆境，你都愿意和他永远在一起，支持他陪伴他吗？”

闻希点点头：“我愿意。”

这声“我愿意”，对于江砺来说大概是世界上最动听的三个字了。在所有宾客的见证下，他和闻希交换了戒指，不等主婚人开口，他便迫不及待地吻住闻希。

台下掌声雷动。

江砺缓缓松开闻希，贴在她耳边低语：“虽然人生有太多的不确定性，但是希希我向你保证，只要我还活着，我就一定会紧紧牵着你的手一起走下去，走到我们都白发苍苍，走到我们生命的尽头。”

02.

江砺和闻希结婚的第三年，省里出了一件重案，迫于舆论的压力，省厅紧急成立了专案小组，并且上头亲自点名江砺作为专案组的副组长。

为了这件案子，江砺出差了整整一个月。

一个月的时间里，江砺几乎没闲过，起早贪黑，哪怕再想闻希也只能每天趁着吃饭的时间和她打电话说上几句话，而且只要一有情况，立马就得挂了电话去处理手头儿的事。

所以案子一破，江砺就立刻回了海城，他迫不及待地想要见到闻希，前两天看到她发来的照片，也不知道是不是一个人没有好好吃饭，小姑娘看上去好像比他出门的时候要瘦一些。

因为是临时买的机票，所以飞机抵达海城国际机场的时候已经快半夜十二点了。

怕闻希大半夜执意要来机场接他，江砺索性没有告诉她今天回来的消息，一个人提着行李从机场打了车回家。

开门的时候江砺放轻了声音，屋子里黑漆漆的，想来闻希应该是已经睡了。

他轻手轻脚地走进卧室，借着窗外投进来的路灯光看着床上抱着玩偶熟睡的人，江砺的心软得一塌糊涂。

他上前，轻轻吻了吻闻希的额头。

见闻希秀气的眉皱了皱，江砺没再吵她，起身去了卧室外的卫生间洗澡，结果等他再出来的时候，就看到闻希已经开了床头的小夜灯，抱着玩偶窝在床上看他。

江砺笑了下："吵醒你了？"

闻希懒懒地哼了声，摇摇头："你回来怎么都不告诉我？"

倒的确不是江砺吵到了闻希，她就是刚刚睡着睡着忽然就醒了，听到外面有水声，先是吓了一跳，等开灯看到江砺放在卧室门口的行李箱，闻希才知道是他回来了。

江砺三两步走到床边，握了下闻希搭在被子外面的手，还没开口，就看到闻希掀了被子窜进他怀里。

"警察哥哥。"闻希依恋地蹭了蹭江砺的颈窝。

这还是两个人结婚到现在第一次分别这么长的时间，她知道江砺破案的压力大，整整一个月连视频都没有开过一次。

江砺头发还滴着水，他拍了拍闻希的背，轻声问她："是不是困了？你先睡一会儿我去吹个头。"

"现在不困了。"闻希环着江砺的脖子没松开，仰着头要去亲他。

江砺低笑一声偏头躲开，闻希的唇只轻轻擦过他冒了点胡楂的下巴，

有些刺人。

闻希有点恼，不满地瞪着江砺。

江砺却只是笑，他抬手捏了下闻希秀气的下巴，垂眸看她：“想我了没？”

想到刚刚故意被江砺避开的那个吻，闻希故意说反话：“不想，一点都不想。”

“真不想？”江砺眯了眯眸子。

闻希肯定地点点头：“你不在没人管我，我还乐得自在呢。”

江砺嗤笑。

他看着怀里故意不肯看他的小姑娘，搭在闻希腰上的手摩挲了两下，然后不声不响地将闻希整个人压在床上。

突如其来的失重感让闻希下意识轻呼，但下一秒，江砺强势的吻就将她的声音尽数淹没。

结婚三年，从江砺身上她算是发现了，不管一个男人在外面有多正经，回到家关起门之后都是蔫坏的。

她知道江砺想听什么，但是她偏不如江砺的意，咬着唇不肯说话。

江砺也不逼闻希，耐心十足地磨着她，两个人结婚这么多年，他几乎知道闻希身上所有的敏感点，闻希任由江砺搓圆捏扁，没有一点反抗的力气。

江砺耐心地观察着闻希的反应，等到闻希整个人都软成了一摊水，秀气的脸上染上了绯色，江砺突然起身坐起来，眸色沉沉地看着床上的人。

闻希被江砺撩拨得正难受，江砺的撤离让她像是漂浮在海上的人突然失去最后一根浮木，她嘤咛了一声，有些迷蒙地看着江砺。

江砺哑着声音开口：“说实话，到底想不想我？”

静悄悄的夜晚，闻希这会儿整个人都混混沌沌的，她下意识抓住江砺的胳膊，咬着唇轻点了下头。

“说话。”显然江砺并不打算这么轻松就放过闻希，“想了还是没想？”

无论过多久，闻希发现自己都不是江砺的对手，身体里像是蹿着火，她最终还是低低地说了个“想”字。

两个人用亲密的举动诉说着对彼此的思念，最后的一瞬间，江砺伸了手去床头柜的抽屉里摸索，结果最后却只摸出了一个空盒子。

他出差临走前的那晚用完了。

察觉到江砺有一瞬间的生硬，闻希扬扬唇：“我们都结婚三年了，虽然爸爸妈妈没有催过，但是我看得出来他们是想抱孙子的。”

“那你呢？”这种事情江砺最在乎的还是闻希的感受，“你准备好要孩子了吗？”

当初两个人刚结婚的时候，闻希就告诉江砺她暂时不想要孩子，她说她还不知道要怎么当一个妈妈。

江砺自然是尊重闻希的意见。

“没太准备好。”闻希实话实说，“但是如果小家伙真的来了，我也会真心欢迎他。”

“希希，我爱你。”

03.

十二月底。

年底对于在公安局工作的人来说，基本上算得上是一年最忙碌的时候了，大概罪犯们也开始冲业绩，光是江砺队里，就有三件案子堆着。

他作为刑侦大队的队长，自然连轴转，几乎每天回到家里都是半夜，有时候实在是太忙，索性办公室将就两三个小时，又开始新一天的工作。

闻希知道江砺忙，也乖乖地不打扰他，只每次在他夜晚回来的时候，依恋地钻进他怀里，然后再安心地睡过去。

江砺忙，赵一恺自然也忙，所以林烛和闻希见面的频率倒是越来越勤，只要江砺和赵一恺一加班，林烛就会叫上闻希一起吃饭。

平安夜那天，林烛约了闻希去吃西餐，美其名曰没有老公陪也要仪式感十足地过圣诞节。

当初在意大利吃了三年西餐，闻希对西餐虽然说不上讨厌，但也绝对说不上喜欢，不过林烛想吃，她自然是奉陪的。

只是不知道怎么回事，今天的牛排光看着就让人觉得反胃。

闻希喝了口果汁，把心里那股恶心感压下去了些，她有一搭没一搭地和林烛聊着天，刚切了一小块牛排放进嘴里，胃里那种翻江倒海的感觉就再也压不住了。

她放下叉子往卫生间跑，林烛不放心跟了过去。

看着闻希脸色难看地弯着腰在盥洗台前洗脸，林烛心疼地拍拍她的背："崽儿你没事吧？"

闻希摇摇头："应该是这段时间太累了，加上昨晚降温着凉了。"

虽说要比江砺好点，但是工作室那边也是忙得不行，手里好几份设计稿都压着。

"要不去医院看看？"林烛还是不太放心。

"哪有那么娇弱？"闻希勉强笑了下，"我今晚回去好好休息一下明天应该就没事了。"

"真不用？"林烛牵着闻希往外走。

闻希安抚地拍拍林烛的手：“真不用，阿烛。”

林烛知道闻希是个有主见的人，便也没再勉强她，但还是叮嘱了一句：“听赵一恺说今晚他们队里要去邻市收网嫌疑人，你要真有什么事记得给我打电话别一个人扛着，听到没。”

“知道了。”

闻希是真把这事儿当成是自己没注意着了凉，结果到了晚上整个人都不太好了，肚子痛得不行，上厕所时闻希还注意到自己见了红。

像是有什么预感一般，她忽然就害怕起来。

自从江砺出差回来后两个人亲热时就没再顾忌过什么，虽说顺其自然，可是闻希压根儿没想过这么快会怀上，所以下午恶心时她根本没往这方面想。

这会儿静下来一想，她的生理期好像的确是推迟了。

不敢再耽搁，也不敢乱吃药，她直接给林烛打了个电话，声音里带着哭腔：“阿烛，你可以陪我去医院吗？”

林烛也知道事情的严重性，接了电话之后就开着车将闻希送到了医院。

急诊科的医生例行公事地给闻希查完 B 超，没什么表情告诉她：“你已经怀孕六周了。”

闻希还来不及高兴，就听他又说：“但是现在有流产征兆。”

一句话，让闻希整个人都僵住了。

她从没想过会是这种局面，她以前总担心自己没办法做一个好妈妈，所以才迟迟不肯要孩子，如今小家伙突然来了，却不想她刚知道他的存在，就面临着要失去他的可能。

林烛也急，问医生：“那怎么办？总有办法保一下吧？”

那医生安抚林烛和闻希：“妇产科那边的会诊医生马上到，等他们

来看看，毕竟涉及大人和小孩，我们也不敢随便用药。”

从知道这个消息开始，除了让林烛先不要告诉江砺让他安心执行完任务，闻希没再开口说过一句话。

好在最后来会诊的妇产科医生说只是因为闻希这段时间没休息好，加上饮食又不太规律才会这样，送来得还算及时，住院养上一段时间就没有大碍了。

闻希和林烛同时松了一口气。

林烛在医院陪了闻希一晚上，她和闻希年少相识，哪知转眼闻希就要做妈妈了。

她新奇地摸了摸闻希依旧平坦的小腹，笑着开口：“我干儿子还挺顽强的，以后肯定像砺哥一样是个顶天立地的男子汉。”

闻希疑惑：“你怎么知道就是干儿子了？万一是干女儿呢？”

林烛撩了撩头发：“我有预感，姐姐我预感一向很准的。”

第二天，闻希还是把这件事告诉了柳恩和江城也，柳恩一听立马风风火火地赶到了医院。

柳恩没先关心肚子里的胎儿，而是拉着闻希上下端详：“希希你没事吧？妈妈刚刚接到电话都快被你吓死了，以后这种事要第一时间通知妈妈，听到没？”

心里熨帖，闻希轻轻地点点头，有些自责地开口：“妈妈我没有照顾好小家伙。”

“不怪你。”柳恩怜惜地摸了摸闻希的头发，“你好好的，妈妈就放心了。”

柳恩看到在一旁的林烛，这才注意到她进病房之后就没看到过江砺，压了压心里的火气，问闻希：“江砺呢？”

“他昨晚出任务不在海城，还不知道他要当爸爸的消息。”闻希倒是期待江砺知道这个消息会是什么反应。

柳恩一听火就上来了：“到底是工作重要，还是老婆孩子重要？需要他的时候连个人影都看不到。”

说着，她还没好气地瞪了一旁无辜的江城也一眼，轻哼：“都是你教的好儿子，一天到晚就知道工作工作。”

莫名躺枪的江城也摸摸鼻子，丝毫不见外面威严的模样，默默地承受着来自老婆大人的迁怒。

闻希见状赶紧拉了拉柳恩的手，撒娇似的开口：“妈妈不怪江砺的，当初嫁给他的时候我就知道，他不是独独属于我的，除了我还有更多的人需要他。”

闻希顿了顿，继续说：“看到他能被这么多人需要我开心还来不及，妈妈我一点都不觉得委屈。”

柳恩叹了口气。

她是过来人，知道女人怀孕不容易，发火无非是心疼闻希，但江砺到底是他引以为傲的儿子，手心手背都是肉，被闻希一劝就没再多说，冷着脸叫了江城也去买了早饭回来。

江砺是在两天后回的海城。

嫌疑人抓捕回来还要审讯，趁着江砺在处理事情的空当，赵一恺躲到一边给林烛打了个电话。

这两天他们天天在外面蹲守，哪里还有心思花前月下，两天没听见林烛的声音，赵一恺心里想得不行。

电话一接通，不等赵一恺开口，林烛先问：“你们回来了？”

赵一恺“嗯”了声：“阿烛我想你了。”

林烛这会儿正在病房陪着闻希，闻言看了眼床上捧着手机的女人，问赵一恺：“江砺也回来了？”

“阿烛你怎么一开口就问别人啊？”赵一恺属于惯性吃醋，虽然知道林烛和江砺八竿子打不着，也还是忍不住泛酸。

听到“江砺”两个字，闻希刷手机的手顿了下。这两天她的情绪算是经历了大起大落，虽说支持江砺的工作，但免不了还是想他。

“你别闹了，闻希怀孕了。”

“什么？谁怀孕了？”赵一恺一意外没控制住音量，整个办公室的人都下意识看向他这个角落，包括江砺。

赵一恺讪笑两声，压低了声音：“闻希小姐姐真怀孕了？这是砺哥的大喜事啊，他不会还不知道吧？”

“不知道，希希现在在医院。”林烛看到闻希给自己递来的眼神，顿了顿，嘱咐赵一恺，“希希想亲口告诉江砺，你先别声张，你们什么时候能忙完？”

“大概下午吧，局里催得紧，砺哥马上要去审讯嫌疑人了。”得知了这个天大的秘密，赵一恺悄悄看了江砺一眼。

“那行，你们忙完了跟我和闻希说一声。”

赵一恺应下：“放心吧，媳妇儿，保证完成任务。”

江砺带着张放一起去审讯嫌疑人，经过赵一恺的时候，看到他有些暧昧的目光，忍不住轻嗤：“赵一恺你累出毛病了吧，能不能别用你那个娘唧唧的眼神看我？”

赵一恺：“……”

下午四点多江砺才从审讯室出来，他神色疲惫地揉了揉太阳穴，把手里的审讯记录扔给坐在办公室门口的赵一恺。

赵一恺下意识问：“招了？”

“招了。”江砺抬脚往办公室走。

赵一恺赶紧起身拦住他：“砺哥你还不下班？”

江砺挑眉：“你什么时候这么积极想让我下班了？接下来的工作你做？”

换作平时，赵一恺自然不会随随便便给自己揽活儿，但想着江砺毕竟都荣升爸爸行列了，他就勉为其难地加加班好了。

这样想着，赵一恺赶紧拍拍胸脯：“剩下的工作你就交给我吧，有多少给多少。”

江砺新奇地看着赵一恺：“你今天脑袋被门挤了？不想下班了？”

他又不傻怎么可能不想下班，他还想回家抱媳妇儿呢。

不过赵一恺演技到底是在线的，他“啧”了声：“大家都是社会主义的接班人，还不让我为社会主义添砖加瓦吗？”

见江砺还杵着没动，赵一恺索性直接将他推到更衣室门口：“你快下班吧，蹲了两天你都没休息过，事情交给我你还不放心？”

虽然心里奇怪，但看赵一恺这么积极，江砺也不再多说，给他交代了些事情后径直进了更衣室。

看到江砺关上门，赵一恺总算松了口气，立马拿了手机给林烛和闻希通风报信。

果然十多分钟后，闻希就接到了江砺的电话，她接起，轻轻“喂”了声。

“希希，在家吗？有什么想吃的我给你带回去，或者我接你出来吃。”听到闻希的声音，江砺眉眼都染着笑意。

“我不在家。”闻希顿了顿，“我在医院。”

听到“医院”两个字的时候，江砺眉心一凛，脸色顿时沉下来：“你怎么了？生病了？”

“不是。”听江砺的声音就知道他在担心，闻希赶紧解释，“我没事的，警察哥哥，你先到医院来一下可以吗？”

江砺听到闻希没事的时候，松了一口气："那你等我，我马上过来。"

林烛见江砺要来，识时务地打算离开。

想到医生说这两天自己的情况已经基本稳定可以适度活动一下，闻希便打算和她一起去楼下等江砺。

也不知道江砺怎么开车的，闻希刚在医院花园的长椅上坐下来，她就看到江砺急匆匆地往医院里走。

闻希扬声："江砺，我在这儿。"

江砺闻声看过来，见闻希的羽绒服下是蓝白条纹的病号服，立马不管不顾地朝她跑过来，其间有一辆车和他擦身而过，看得闻希心惊胆战，幸好那辆车刚起步车速还不算快。

"警察哥哥你急什么，我又不会跑。"闻希不满地嗔怪他。

江砺没理会，拉着闻希左看右看，脸色不太好地问她："怎么回事？哪里不舒服。"

周围人来人往，闻希却难得不害羞地钻进江砺怀里，紧紧环住他精瘦的腰，一直到感觉周围都充满了令她安心的气息，才缓缓开口："警察哥哥恭喜你啊，你要做爸爸了。"

江砺闻言身体一僵，有些不敢相信地去看闻希的脸："希希你刚刚说什么？再说一遍好不好？"

闻希发现向来沉稳的人在听到自己要为人父母的消息后这表现还不如她，顿时笑开来，她扬起素净好看的脸望着江砺："我说恭喜我的警察哥哥要做爸爸了。"

好一会儿，江砺才后知后觉地笑起来，他低头怜惜地在闻希的侧脸上亲了亲。

柳恩来给闻希送晚饭的时候，正好碰见小两口在医院花园里，她前两天还听江城也说江砺手里的案子有些棘手，这会儿看到江砺在这里难免有些惊讶。

她朝他们走过去，清了清嗓子：“你还知道来看你老婆啊？”

“妈。”听到声音，江砺怔了下，“您怎么在这儿？”

“我不来谁来心疼你老婆？”柳恩轻哼，“希希这两天遭了不少罪，你人影儿都没见着。”

闻希刚刚只报了喜没报忧，江砺闻言眉头皱了皱，他捏了下掌心里柔软的小手，沉声问闻希：“是不是还有什么事情是我不知道的？”

柳恩提出来，闻希想瞒也瞒不住了，只好垂着头老实交代：“警察哥哥对不起，我之前没有照顾好小宝宝。”

闻希说得似是而非，江砺只好看向柳恩：“妈，医生怎么说？”

柳恩叹口气：“希希之前没休息好，医生说她有流产征兆，要在医院住几天保保胎。”

江砺一听果然整个人都冷下来。

闻希知道他这是生气了，她心虚地垂着眸，浓密的睫毛忽闪忽闪的，拉着江砺的手道歉：“对不起，我不是故意没有照顾好他的，我之前不知道……”

她话还没说完，就被江砺打断。

江砺替闻希捋了捋她披散在肩头的头发，眼眶微微有些发红：“希希，是我该说对不起。”

他没办法想象，闻希一个人听到可能有流产征兆的那一瞬该有多害怕，而她最需要他的时候他却没有陪在她身边。

“是我没有照顾好你和宝宝，让你担惊受怕了，希希。”江砺微微弯了腰和闻希视线平齐，“之后我一定多抽时间陪陪你，你有什么不舒服都要第一时间告诉我。”

这种事情其实是她粗心大意了，她都不知道自己怀孕了，何况江砺一个大男人，结果江砺却反过来把责任都往自己身上揽。

不等她再开口，她就听江砺接着说："虽然我很期待我们的孩子，但是，在我心里你永远都是最重要的。"

/ 番外四 /

铁骨铮铮的男人为她红了眼眶

01.

知道闻希怀孕后，江砺当真像自己说的那样，陪闻希的时间多了起来，几乎每天都能准时去 The One 楼下接闻希下班。

闻希起初还以为江砺是真不忙了，结果有天晚上她忽然醒了起来上厕所，就发现身边根本没有人，而书房的灯却亮着。

她轻声推开门，就看见江砺正一个人在书房里，对着一块透明的书写板整理案子的思路。

江砺听到动静转头，看到闻希时愣了一下，随即很快将贴在书写板上的那几张血淋淋的尸体照片收了起来。

他起身去握闻希有些凉的手：“睡不着了？起来怎么不披一件衣服？”

闻希只是摇了摇头。

“怎么了？”江砺一边问一边把身上的居家外套脱了下来，细心地替闻希穿好，揽着她往卧室走。

一直到躺回床上，闻希重新被江砺抱回怀里，她才揪着江砺的睡衣低声开口：“江砺其实我没那么娇气。”

“我知道。”江砺轻笑。

“我只是怀个孕，你不用每天把所有的时间精力都花在我身上。”闻希往后仰了仰头，在黑暗里看着江砺的眼睛，“你这样太辛苦了，我舍不得。”

除了每天接送闻希上下班，家里所有的家务江砺也都几乎包了，什么都不让闻希做，而且每天吃完饭还专门陪着闻希去附近的小公园里散步。

江砺在闻希的后脑勺上捋了捋，语气透着不在意：“怎么辛苦了？”

闻希鼓了鼓腮帮子：“你所有时间都用来陪我，等我睡着了再起来工作，还不辛苦吗？”

闻言，江砺忽地笑了下。

他轻轻在闻希的脑门儿上拍了拍：“果然怀孕的女人就是容易多想。”

“我没多想。”闻希小声嘀咕。

看闻希还睁着湿漉漉的眼睛望着自己，江砺索性低头亲了她一下：“陪着你的时间明明是我最轻松开心的时候，怎么可能辛苦，反倒是你怀着一个小家伙才是真的辛苦。”

“可是……”

闻希还想说什么，江砺却直接打断她：“乖，我真不觉得辛苦，早点睡好不好？”

江砺到底是没听闻希的，依旧雷打不动地把大部分时间都用来陪着闻希，有时候公安局真有案子要加班，他也会麻烦柳恩来陪着闻希。

二月初，春节。

自从几年前江老爷子生了一场大病之后，越发地珍惜和小辈们相处的时间，平时大家都忙，但只要是年节，必定把一家老小凑到一起，所以大年三十，江老爷子家里热闹得不行。

新年新气象，所有人都开开心心的，闻希却没那么好受了。

怀孕第三个月，正是孕吐最严重的时候，也不知道怀了什么小家伙，从第十三周开始，闻希几乎是吃什么吐什么，不管江砺怎么换着花样给她做吃的都没用。

是以对着一桌子的丰盛菜肴，闻希几乎没有动过筷子。

吃过午饭，江砺的几个表弟表妹吵着要打麻将，虽然这是江家过年必不可缺的娱乐项目，但是闻希嫁给江砺这么多年依旧打得不太顺溜。

江南看闻希一个人难受，索性环住她的胳膊：“希希姐一起来玩嘛，分散一下注意力或许就没这么难受了。”

“我不太会玩。”闻希总觉得这种娱乐活动你来我往才有意思，她怕她这种青铜选手会让江南那一群王者觉得无趣。

“这有什么。”江南不在意地挥挥手，“言宁不玩，你也不玩这样才没意思，我们三缺一，希希姐你就来吧。”

闻希最后还是没能拗过江南，被拉着上了麻将桌。

因着她中午吃饭时说了句想吃草莓，吃过饭江砺就出门给她买草莓去了。没有江砺的指挥，闻希几乎是从第一把输到了最后一把。

麻将桌上无亲情，江南那几个人当真没给她一点面子，可劲儿地从闻希这里赢钱，所以江砺提着草莓回来的时候，闻希不光输光了现金，还欠着不少外债。

她转头可怜巴巴地看着观战的江砺：“你给我的压岁钱都输完了。”

大家都知道自己这个表哥和表嫂感情好，见状忍不住起哄：“表嫂

没事，表哥他有钱，让他再给你就是了。”

“可以再给吗？”闻希不确定地问。

哪知江砺没说好也没说不好，冲闻希抬抬下巴：“你去下面吃点水果，我来打。”

江南一听江砺要上桌，顿时警惕起来：“哥还是别了吧，你不能让希希姐好好玩一下吗？”

大家谁不知道江砺的牌技，他要是上来，估计到时候把压岁钱输完的就是他们这一群人了。

闻希看到江砺递来的眼色，顿时懂了他的意思，不给江南留人的机会，起身溜到楼下去了。

正是午休的时间，长辈都去休息了，本来以为楼下没有人，却不想看到了独自坐在阳台上的阮言宁。

阮言宁是江砺表弟的妻子，江寒刚回国半年，而且又是回国后才和阮言宁领的证，是以闻希和她并没有见过几次面。

闻希想了想，还是端着江砺洗好的草莓走了过去，指了指阮言宁身边的椅子：“我可以坐这儿吗？”

阮言宁正在打游戏，闻声看向闻希，末了点头笑笑：“当然可以。”

阮言宁其实挺小的，虽说是江南的嫂子，但其实还没有江南大，闻希看着她就像是个小妹妹。

“你怎么不上去和他们一起玩？”见阮言宁一局游戏打完，闻希有一搭没一搭地和她搭话。

阮言宁不好意思地笑了笑：“我不会玩麻将。”

“我也不会玩，江南她们挺热情的，我这半吊子水平都全靠她教的。”闻希总觉得看她一个人挺孤单的。

“算了。”阮言宁笑着摇摇头，“打麻将这事我可能比你还菜，我怕江南教不会，我心里受挫。”

见阮言宁是真不想玩，闻希倒也没再多说，拿了手机出来和她加微信，阮言宁刚点了通过验证，剩下那张椅子上突然坐下个人来。

闻希吓了一小跳，一转头就看到江寒不声不响地坐在那里。

他笑了下，和闻希打了个招呼：“表嫂。”

“你不是在医院值班吗？”显然阮言宁也没想到江寒会突然出现在这里。

江寒实话实说：“这会儿得了空回来看你一下，等下还要回医院。”

“那你也不嫌难跑。”阮言宁撇撇嘴，重新点开了手机里的游戏界面，没有要继续和江寒聊下去的打算。

她盯着游戏的加载界面，进度条刚跑了百分之十，一双骨节分明的手就伸过来自然而然地替她锁了手机屏。

“你干什么？”阮言宁有些不满。

江寒“啧”了声，意味深长地看着阮言宁：“大过年的我专门回来陪你待一会儿，还没有游戏有趣吗？不如玩我。”

听到最后四个字从江寒嘴里说出来的时候，阮言宁差点咬掉自己的舌头。

不过等缓过神来，她依旧丝毫不给江寒面子：“一个整天就知道做实验看文献写文章的老男人能有趣到哪里去？”

被吐槽了，江寒也不恼，从大衣口袋里摸出一个包得精致的红包，哄阮言宁：“那用红包补偿你一下？当着表嫂的面给我点面子？”

阮言宁眸子里情绪有些复杂，没接江寒递过来的红包，小声道：“我又不是小孩子要什么红包。”

搁在以前江寒绝不是多事的人，什么东西只要阮言宁说了不要，他多半也就不会再坚持了，哪知这会儿他突然笑起来。

在阮言宁躲开之前，他抬手揉了下阮言宁的头发，将红包直接放进她口袋里，才神色温柔地说：“你在我这儿永远都是个小朋友，以后每年都给你准备红包。”

之前还听说江寒和阮言宁感情不太好，这会儿看起来完全不尽然，闻希没再当电灯泡，悄悄起身将空间让给了小两口。

两个小时后，江砺下了楼，身后跟着以江南为首的一群哭丧着脸的表弟表妹。

江砺淡然地将手里的一叠钞票递给闻希：“拿好，他们提前给大侄子的压岁钱。”

江南：“……”

好在闻希的孕吐没有持续太长时间，等到五六个月的时候，纤细的人身上总算长了点肉。

江砺看着倒是正好，只是闻希作为女孩子的审美自然和江砺不一样，每天都忍不住望着自己粗了好几圈的腰身发愁。刚入夏，她就迫不及待地买了许多宽松的长裙，就为了尽可能遮住自己孕味十足的身材。

因为肚子渐渐大起来，闻希有些睡不好，每晚睡前江砺都会小心翼翼地将她揽进怀里，轻轻地拍着她的背哄她入睡。

在江砺的悉心照顾下，闻希这个孕怀得还算顺利，只是却不想怀孕三十五周的时候，闻希不小心出了一次意外。

那天江砺正好在阳台上晾衣服，闻希刚从沙发上起身，脚下不小心直接绊在地上的扫地机器人上，整个人没控制好平衡直接摔到了地上。

江砺听到一声闷响冲进客厅的时候，几乎快被闻希吓傻了。

看着闻希皱成一团的脸，江砺一点不敢耽搁，打横抱起她便直接往医院送，一路上闻希脸上的血色越来越淡，江砺的心也揪得越来越紧。

因为提前打过电话，江砺到医院的时候，江寒已经联系好了妇产科的医生等在门口，等江砺抱着闻希一下车，便直接将闻希送进了急诊室。

看着江砺有些茫然的样子，江寒也不知道该怎么安慰，只无声地拍了拍他的肩膀。

闻希在治疗室的每一秒江砺都觉得像是过了整整一年，从认识闻希到现在，哪怕知道她当初决定留在国外的消息他都没这么害怕过，至少那个时候闻希是没有生命危险的。

等看到医生从治疗室出来的时候，江砺甚至不知道该问他些什么。

还是江寒上前替他开了口："陈医生，我嫂子她还好吧？"

医生看了眼沉默的江砺，问他："你是产妇的丈夫？"

没有听到肯定的答复，一瞬间有无数的想法闪过江砺的脑海，他垂在身侧的拳头紧了紧，点了点头，哑着声音问医生："我是她丈夫，请问是出什么事了吗？"

医生示意江砺先少安毋躁："意外摔倒本身对孕妇没有造成什么伤害，但是对腹中的胎儿却是不小的刺激，所以现在孕妇宫缩得厉害，而且有早产迹象。"

"那……"

"现在有两种选择，一种是现在剖腹取出胎儿，还有一种就是住院保胎，但是后者也存在随时早产的风险，我们只能尽可能地延长胎儿在母亲体内的时间。"他尽可能简短地将闻希的状况交代给江砺，"怎么选择需要你们家属拿主意。"

"哪种方法对母亲伤害最小？"江砺尽量强迫自己冷静下来，如果可以，他宁愿此时受伤的是自己，而不是闻希和宝宝。

"剖腹产的痛苦对母亲来说可能相对要小一点，不过……"

江砺几乎没犹豫：“那就选剖腹产。”

江寒知道陈医生话还没说完，他拦住有些激动的江砺，示意陈医生继续说。

“虽然剖腹产对孕妇来说比起保胎受的痛苦要小一点，不过你们的宝宝现在还差两周才足月，保温箱和孕妇体内环境毕竟还是不一样，现在剖腹产对胎儿以后的生长发育来说其实是不太好的。”陈医生顿了顿，“而且刚刚我们和孕妇简单说了一下状况，她的意思还是想保胎。”

两难的选择，江砺忽然就不知道该怎么办了。他痛苦地闭了闭眼，问医生：“我现在能进去见见我妻子吗？”

陈医生算是妇产科的老医生了，闻希这样的情况并不算少见，他看了眼江寒，侧身让江砺进了治疗室。

闻希的情况显然不太好，这会儿她满头是汗，表情痛苦，江砺心疼地上前握住她的手，在她手背上亲了亲。

“警察哥哥。”看到江砺，闻希扯了个比哭还难看的笑脸。

可是闻希越是这样，江砺就越是难受，看着躺在床上的人，忍不住红了眼眶。

闻希安慰江砺：“我没事的江砺，我们选择保胎好不好，我想让宝宝以后健健康康的。”

“但是保胎对你来说很难熬。”江砺到底是舍不得看闻希遭罪，“我舍不得你这么辛苦。”

“没事的。”闻希紧紧攥着江砺的手，“警察哥哥这一次听我的好不好？我都是要做妈妈的人了，总得勇敢一点吧。”

大概是又开始宫缩，闻希痛得说不出话来，医生在一旁催江砺：“家属尽快做决定吧，如果决定保胎我们好赶紧用药，拖久了对大人小孩都不好。”

江砺也没有办法，最后只好顺着闻希的意思在知情同意书上签了字，虽说选择了保胎，可他心里却暗暗决定只和闻希要这一个孩子。

闻希开始住院保胎，因着江寒的关系，医院还是在病房紧张的妇产科给她安排了一间环境不错的单人病房。

但是即便环境不错，也抵不了每天卧床保胎的痛苦，而且每天除了要像考试一般定时监测胎心，闻希还要输不少的药进入体内，也许是体质原因，她对这些药比一般人要敏感一些，只要一开始输液，她就觉得心悸冒冷汗，偏偏医生还说这些药不得不输。

起先闻希还咬着牙坚持，可是时间一久整个人的情绪都有些不对劲了。

平时有人陪着的时候，怕他们担心，闻希都尽可能表现得淡然一点，终于某天等到病房只剩她一个人的时候，闻希就再也忍不住了。

她看着手背上贴着难看胶带的留置针，想着每天担惊受怕宝宝有什么不好，眼泪唰地就下来了。

起先闻希还只是默默流泪，可是那些崩溃的情绪就像是积蓄在一个巨大水库里的水，一旦扯开了一条口子就再也拦不住了，所以到最后她哭得整个人都蜷缩在床上。

江砺下班过来时看到的就是这一幕。

他把手里提着的饭盒放到一边，担心地从床上扶起闻希：“希希？是不是哪里不舒服？

闻希还在哭，有些收不住，被江砺抱在怀里的身体一抽一抽的。

“你哪里不舒服告诉我好不好？”江砺急得不行，“我们叫医生来看看。”

说着，江砺就要去摁床头的电铃，却被闻希眼疾手快地抓住，她摇摇头示意江砺自己没有不舒服。

“那是怎么了？”江砺慌乱地抽了张纸替闻希擦掉糊了满脸的泪水，也不嫌弃她，怜惜地在她眼睛上亲了亲。

只是她脸上的眼泪越擦越多，无论江砺问什么都不肯说话。

江砺有些疲惫地捏了捏自己的太阳穴，继续温声细语地哄闻希：“希希不哭了好不好？哭多了对你自己和宝宝都不好，有什么事情你和我讲。”

听到宝宝，闻希的情绪总算冷静了些，她渐渐停了哭泣，江砺抱着抽抽搭搭的人，一下一下地轻轻拍着她的背。

闻希舔了舔有些干燥的嘴唇，小声道歉：“对不起让你担心了，我刚刚是真的没有忍住，就是突然一下子难过得不行。”

“希希乖。”江砺没有一点要责怪她的意思，喂她喝了水，又细心地用温水浸过的毛巾替她将脸洗干净。

看着江砺为自己忙前忙后，闻希心里又开始难受起来，她抓着江砺倒水的手，低声又说了一句“对不起”。

江砺反握住她的手，叹了口气安抚她：“希希，最辛苦的是你，你没有对不起任何人。”

“都是我不好，我对不起你，对不起宝宝，也对不起爸爸妈妈。”

闻希顿了顿，继续开口：“别人十月怀胎都是顺顺利利的，可是因为我的不小心短短十个月已经让宝宝受到了两次伤害，我好怕他会觉得我不是一个好妈妈，还有你也被我拖累，明明上班那么累了，还要每天来照顾我，我也好怕宝宝不好会让爸爸妈妈失望。”

江砺是真没想到闻希心里憋了这么多事，他握着闻希的手蹲在床边，仰着头抬手替她擦掉刚刚滑落出来的眼泪。

“希希，我是宝宝的爸爸，我能感觉到宝宝不光不会怪你，而且在知道你为了让他健健康康出生受了这么多罪后，肯定会觉得你是一个伟大的妈妈。”他低头亲了亲闻希的手背，“而且没有人会怪你，也没有人会对你失望，你愿意为我生宝宝，我和爸爸妈妈感激你都来不及。”

“但……”

“希希。”江砺哑着声音打断她，“不是说要做一个漂亮的妈妈吗？你再哭下去真的要变丑了。”

“现在就很丑。”闻希下意识嘟囔。

在医院这么久都是素颜，脸上没什么血色不说，孕晚期身材还严重浮肿，闻希都不知道江砺是怎么做到不嫌弃自己的。

“谁说的。”江砺故意严肃起来，“我们希希明明是最美的妈妈，谁说你丑我第一个不放过他。”

“我说的。”

“那算了。”江砺笑了下，“我舍不得打我的漂亮老婆。”

被江砺一逗，闻希心里的沉重消散了不少，下意识就跟着他笑起来。

有些情绪一旦发泄出来人就会轻松不少，接下来的时间闻希没再像之前那么低沉，顺顺利利地保到了三十七周胎儿足月后被医生允许回家待产。

包括闻希在内的所有人总算是松了一口气，柳恩索性直接将闻希接到了她和江城也家，打算最后几周好好照顾她。

也许是所有不好的事情都已经过去，剩下的就只剩好运了，后面几周闻希和宝宝都没再出过什么意外。

一直到离预产期还有三天的时候，江砺才重新把闻希送到了医院待产。阮言宁正好在医院实习，得了空便跑到闻希这里陪她解闷，加上江砺和柳恩江城也也都陪着，闻希倒没多紧张。

如果真说紧张，江砺看上去倒更紧张一些，闻希笑着宽慰他：“警

察哥哥你要相信我们宝宝，他肯定会乖乖出生的。”

因着闻希和江砺觉得男孩和女孩都一样，所以也没特地托人去打听宝宝的性别，到现在两人都不知道宝宝是男是女。

江砺闻言轻嗤，指着闻希隆起来的小腹眯了眯眼：“最好别是个浑小子，这么折腾妈妈，以后生出来我绝对不会轻饶他。”

闻希瞋了江砺一眼，没好气地拍开他的手：“有你这么当爹的吗？宝宝还没出生就吓唬人家。”说着她温柔地在小腹上摸了摸，“宝宝别怕，爸爸和你开玩笑的。”

江砺轻哼：“开没开玩笑等他出来就知道了。”

闻希是预产期的前一天晚上有的反应，她正和江砺躺在床上看姜画的新综艺，肚子忽然就疼了起来。

也许是被江砺说中了，闻希肚子里估计真是个浑小子，一直折腾她整整一晚上，医生才终于松了口在第二天早上让闻希进了产房。

因为选择的是顺产，江砺想陪着闻希，但闻希一想到自己生孩子时的狼狈模样，便说什么都不准江砺进去。

拗不过闻希，江砺只好焦虑地等在产房外面。

回想着从知道闻希怀孕以来的这八个多月，江砺自己都觉得过得心惊胆战，他以前从不知道怀个孕会这么辛苦。

闻希胎位还算正，生产的时候倒是没受什么罪，从她进产房到产房的门再次被打开一共只过了一个多小时。

“恭喜，产妇生了个男宝宝，七斤三两，母子平安。”护士抱着宝宝出来的时候，产房外的人忍不住都松了口气。

柳恩悄悄别过脸抹了抹眼角的泪水，这才上前去看自家小孙子。

江砺倒是没看小家伙一眼，急切地问护士：“请问大人什么时候才送出来？”

“快了。”

护士没再多说，领着柳恩和江城也去照顾小宝宝了。

江砺一直在门口等着闻希被推出来，闻希虚弱地躺在床上，头发都被汗水浸湿黏在额上，江砺立马上前握住她的手。

“警察哥哥，我看到我们宝宝了，眉眼和你长得特别像。”闻希扬了扬嘴角。

江砺久久没说话，闻希感觉到自己的手背被一滴温热烫了下，她惊讶地抬眸，就看到向来铁骨铮铮的男人竟然红了眼眶。

江砺多么硬气一个人啊，没想到有一天竟然会因为她落泪。

他声音有些哽咽：“老婆，辛苦你了。”

闻希心里软得一塌糊涂，她抬手摸了摸江砺细软的黑发：“我不辛苦的，以后这个世界上又多了一个人和你一起保护我，我大概会是这个世界上最幸福的人了。”

闻希实在是太累了，还没回到病房就沉沉地睡了过去，再醒过来的时候便已经是下午了。

她一睁眼，就看见江家上上下下几乎全挤在这一间不大的病房里，小宝宝被江老太太抱着，江南和阮言宁正新奇地逗着他，其他人也都乐呵呵的，那热闹劲儿估计比起过年都是有过之而无不及。

只是作为宝宝爸爸的江砺，脸上倒是没什么笑容。

察觉到闻希醒了，江砺立马紧张地起身，轻轻抚了抚她的脸：“希希，有没有什么不舒服的地方？我去请医生来看看吧。”

说着，他当真就要出去请医生。

闻希拉住他的手，轻轻摇了摇头：“不用了江砺，我就是有点想喝水。”

江砺闻言赶紧手忙脚乱地给闻希倒水。柳恩看到自己儿子这副紧张

的样子，轻笑着走过去，在他要给闻希喂水之前从他手里接过杯子，放了一根吸管进去，这才亲自端给了闻希。

等喝过半杯水，闻希才觉得干得冒烟的嗓子舒服了不少。

也许是感受到妈妈醒了，刚刚还安安静静的小家伙突然哭起来，肉乎乎的小手四处乱挥。

江老太太赶紧心疼地哄起来："我的小宝贝是不是想看妈妈了啊？"

闻希远远地看着渐渐被老太太哄好的儿子，眸子里都是柔情，她晃了下江砺的手，问他："江砺你有没有看宝宝？有没有觉得他和你很像？"

江砺顿了下，没吱声。

江南这会儿凑到了闻希面前，笑嘻嘻地朝她告密："希希姐，我和你讲，我哥根本没看过他儿子一眼，听婶婶说你从产房出来我哥的视线就没从你身上移开过。"

闻希一听偏头去看江砺，眼底的神色有些惊讶："警察哥哥，你真的都没看过宝宝吗？"

江砺心虚地摸了下鼻子，老实承认："没有。"

闻希怀孕这十个月遭了不少罪，他虽然没进产房，可看到昨晚闻希疼得直哭的模样，也知道她在产房不会轻松，好不容易生完，他满心满眼都只有闻希，哪里还有心情去看那个折腾她的臭小子。

闻希轻轻叹了口气，想起宝宝出生前江砺说过的那些话，忽然就开始担心江砺是不是真的不喜欢他们儿子了。

闻希沉吟片刻，在江砺以为她要生气的时候忽然听她开口："江砺，你可以把宝宝抱过来给我看看吗？"

江砺有些犹豫。

江老太太和江老爷子对闻希这个孙媳妇也是一百个喜欢，以为是她想自己的儿子了，闻言，江老太太便要起身把怀里这个小宝贝疙瘩抱给她，却不想看到闻希冲她递了个眼色。

闻希摇摇头，在江砺身后无声地指了指。江老太太瞬间会意，原本作势要起来的身子又坐回了椅子上，显然是在等着江砺亲自过去抱孩子。

见江砺还杵着没动，闻希从后面轻推了他一下：“警察哥哥快去，不要让奶奶太辛苦了。”

江砺到底还是听闻希的话，看到此时所有人的目光都落在了自己身上，江砺皱了下眉，最终还是硬着头皮朝着江老太太走了过去，江砺一副大义凛然的模样，让原本蹲在江老太太身边的阮言宁都下意识起身。

江寒笑着揽住阮言宁的腰将人往后带了带。

这还是江砺第一次仔细瞧自己的儿子，刚出生的小家伙小小一只，皮肤还没有完全长开看上去有些皱皱巴巴的，也不知道闻希在产房的时候从哪里看出来这个小不点的眉眼长得像自己。

他忍不住在心里想了下，如果闻希生的是个女儿，大概会和闻希长得很像，就算被他拖了后腿比闻希差点，那肯定会比这个浑小子可爱不少。

“小砺，来抱抱你儿子。”江老太太看着转眼就要当爸爸的孙子，觉得颇为感慨。

小不点太小了，江砺忽然就有点无措，完全不知道该怎么上手去抱，他怕他控制不好力道伤到了小家伙。

还是一旁的柳恩先看不下去了，上前几步亲自抓着江砺的胳膊摆出一个标准的抱婴儿的动作来，而且她一边摆弄江砺还忍不住一边提醒他：“我告诉你希希给我生的孙子可宝贝了，你抱的时候给我小心着点，别把我孙子弄难受了。”

江砺：“……”

被柳恩和江老太太指导了半天，江砺总算是勉勉强强将自己的儿子给抱了起来。也不知道是不是小家伙真被江砺抱得有点难受，刚被江老太太放进江砺怀里还没过两秒，忽然就放声大哭起来。

小家伙哭声嘹亮，让平时不管遇到什么案子都沉稳冷静的江大队长顿时慌了神，他几乎是健步如飞地冲到闻希床前，一刻都不敢耽搁地将手里的小家伙递给了她。

江砺如释重负地松了一口气。

难得看到这样的江砺，闻希忍不住轻笑了一下，才低头轻声哄着怀里的儿子：“宝宝不哭，刚刚那是爸爸哦。”

大概是闻希身上是小家伙熟悉的味道，他很快就安静下来，眨巴着葡萄珠似的眼睛望着闻希，可爱得不行。

闻希用指腹小心地摸了下小家伙的脸，抬头问江砺：“有给宝宝取名吗？”

“还没有。”在小家伙出生之前江砺其实想过宝宝名字的，但是一直都没满意的，再加上不知道宝宝性别，他和闻希一合计索性决定等宝宝出生了再决定。

“要不……”闻希将目光移到一旁的江老爷子身上，“爷爷您给宝宝起个名吧，听说江砺的名字当年也是您起的。”

老人家都爱小辈，一听闻希愿意让自己给曾孙子起名，连连点头。

江老爷子皱着眉思索了好一会儿：“叫江砚吧，笔墨纸砚的砚。”

“江砚？”闻希反复将这个名字念了几遍，心满意足地拉着小江砚朝江老爷子晃了晃，“小江砚快谢谢曾爷爷给你起的名字，以后长大了要记得孝敬曾爷爷。”

闻希挑着老人家爱听的话，很快就哄得江老爷子喜笑颜开。

晚饭时间，来看望闻希和小江砚的人纷纷离开，原本热热闹闹的房间顿时就只剩了江砺和闻希以及早就睡熟的小江砚。

闻希接过江砺递过来的鸡茸粥，忽然想到什么：“警察哥哥你再给宝宝起个小名吧？”

“你起吧。”江砺正一个一个地将保温饭盒的盖子打开，将所有菜摆到闻希面前，回答时头都没有抬一下。

“你起。”闻希软了声音撒娇，说不出什么原因，她总有种江砺不愿意和小江砚亲近的感觉，为了让江砺起名，她索性找借口推托，“我不知道起什么，你是他爸爸必须你来起。”

“真要我起？”江砺挑眉。

闻希肯定地点点头，她还没反应过来，就听江砺脱口而出：“叫折腾精吧，反正这十个月他算是把你折腾得够呛，一点都不让我们省心。”

闻希目瞪口呆，有这么说自己亲儿子的吗？

她抬手毫不客气地在江砺腰上掐了两下，鼓了鼓腮帮子说：“你要是敢叫儿子折腾精，以后我就叫你幼稚鬼，还有你再也不准亲我抱我。”

江砺言简意赅：“床上可以就行。”

“床上也不可以。”闻希毫不退让，甚至又增加了筹码，“不光不可以，你连床都不准上，以后我和儿子一起睡。”

果然。

这个儿子出生第一天就开始威胁他在闻希心中的地位。

江砺无奈地看了婴儿床里睡得香甜的小人儿，不顾闻希的反抗弯腰捏着她的下巴在她唇上亲了一口，才不急不缓地开口：“叫他满满吧，圆圆满满。”

他刚刚无非是开个玩笑，“嫌弃”归“嫌弃”，闻希辛辛苦苦生下来的孩子他怎么可能会不喜欢。早在小江砚出生之前他就想好了这个小名，无论男孩女孩都能用，他希望自己和闻希的孩子能一生有所求有所得，圆圆满满。

“那就叫他小满满。”闻希扬唇笑了笑，“希望我们可以永远圆圆满满。”

江砺神色温柔：“会的。”

生产后闻希在医院住了三天便带着小江砚一起回了家。

警察不比其他工作，每天都有大大小小的案子在某个阴暗的角落里发生，江砺得照常回局里上班，虽说柳恩时常会过来帮衬，但更多的时候家里只有闻希一个人，江砺怕闻希太累，索性专门请了保姆来帮着带小满满。

不过保姆毕竟是外人，更多的时候只要和小满满沾边的事闻希都会尽量亲力亲为，一来是觉得自己照看着更放心，二来也是因为她不想错过小家伙成长的每一个细节。

江砺心疼闻希，但劝过好几次后闻希依旧执意如此，江砺拗不过她，便只能每天尽量早点下班帮着闻希一起照顾小满满。

小满满快满月时，某天江砺下班回家，发现自从多了小满满就热闹的家里难得安静。

环视了一圈空荡荡的客厅，江砺疑惑着走进卧室，闻希已经和衣睡着了，轻阖着的眼睛下面有一片淡淡的青黑色，手里还拿着小满满的拨浪鼓。

而她的旁边，小满满正眨巴着眼睛四下张望，不吵也不闹，看到江砺时也只是伸着手朝他无声地比画了几下。

江砺的心里软得一塌糊涂。

他轻声走到床边，拉了被子仔细替闻希盖上，才俯身在自己儿子肉嘟嘟的手背上亲了亲，压低了声音表扬他："满满每天都要像这样乖乖的，让妈妈多休息休息知道吗？"

话音落下，小家伙晃了晃胳膊。

江砺以为满满这是在用自己的方式回应他，正想着再鼓励他一下，还没来得及开口，就看到刚刚还乖乖的满满同学一张小脸皱到了一起，下一秒就放声哭了起来。

江砺："……"

他怔了下，怕吵着闻希休息，赶紧抱起满满去了客厅。

满满出生以来到现在江砺也哄他睡过不少次觉，虽说不像闻希那么熟练，但好歹小家伙还是吃他那一套的，但今天小满满也不知道是怎么了，任凭江砺抱着他在阳台上哄了好几分钟，却依旧哭个不停。

江砺被满满哭得有些头疼，只好去问在厨房做饭的保姆。

他们请的保姆是个面相和善的中年女人，看到江砺这个新手爸爸手忙脚乱的样子，忍不住笑他："满满这是尿了不舒服，你要给他换尿不湿，不然他得一直哭。"

说着，她去给江砺取了一片新的尿不湿来。

"小江你能换吗？"保姆正在炒菜，她朝江砺扬了下手里的锅铲，"菜还在锅里我得照看一下。"

他好像还真没给满满单独换过尿不湿，之前的几次都有闻希在一旁帮衬。江砺看着哭得满脸泪的满满迟疑了一下，没什么底气地开口："应该能吧。"

"那你先试试，不行再叫我。"保姆说着就进了厨房。

因为屋里有暖气，江砺便直接将满满放在了沙发上，一边回忆之前

闻希带着他给儿子换尿不湿的步骤，一边硬着头皮替小家伙脱掉了被尿湿的尿不湿。

他惩罚似的在小家伙的屁股上拍了下，颇为幼稚地警告他：“下次不准再尿湿裤子了。”

也不知道是不是在抗议，江砺刚一说完，小满满的哭声又高了两度。

一片尿不湿，江砺愣是折腾了十分钟才勉勉强强给小满满换好了。他从茶几上抽了张婴儿专用的湿纸巾，心疼地替哭得上气不接下气的小家伙擦掉糊了一脸的泪水，末了将人重新抱进怀里哄了会儿。

一直到小家伙重新睡着，江砺才低头亲了亲他的脸颊：“满满以后和妈妈单独待在一起的时候要乖一点，不然妈妈会很辛苦的，你以后是家里的小男子汉，应该和爸爸一起保护妈妈。”

温柔的话语，一字不落地传进闻希的耳朵里。

从江砺给满满换尿不湿开始，她就站在卧室门口看着，这会儿看着江砺敛了冷硬轻声哄满满的模样，她忽然就红了眼眶，不知道自己到底有多好的运气，才会遇到这样一个的男人。

铁骨铮铮又柔情满腔的男人。

02.

小满满大多数时候其实还是乖的，至少闻希是这么觉得，一般只要把小家伙喂饱了他就会乖乖睡觉。

闻希和江砺说这件事的时候，江砺看了眼依偎在闻希怀里的小人儿，语气酸溜溜的：“我希望我儿子可以学会自己睡觉而不是成天要你哄着抱着。”

“哪有三个多月的宝宝就自己睡觉的？”闻希怪异地看了江砺一眼。

江砺靠在床头，一条腿随意支在地上："我以前就行。"

"骗人。"闻希被江砺自信的语气逗笑，"妈妈说你小时候可会折腾人了，还说满满比小时候的你乖多了。"

"在妈眼里满满哪儿都是好的。"江砺不以为意地从床头拿了本书随便翻开一页看起来，末了还是忍不住补充一句，"在你眼里他也哪儿哪儿都是好的。"

闻希正哄着满满，闻言有点回过味儿来了，她抱着满满凑近江砺，憋着笑观察他的神情："警察哥哥，你不会是在吃你儿子的醋吧？"

"没有。"嗅着闻希和小家伙身上的奶香味儿，江砺别开眼不肯承认。

闻希显然不太信，扬了语调又问了一遍："真没有？"

江砺心虚地轻咳一声，再次否认："没有。"

两个人在一起这么久了，如今连孩子都有了，虽说不是百分之百的了解江砺，但闻希还是敢说自己至少是了解百分之九十五，所以江砺越是否认她就越是肯定这个男人是在吃自己儿子的醋。

看着闻希戏谑的眼神，江砺知道她心里这是有答案了。

他抬手将满满扒着闻希胸口的小肉手拿开，状似不经意地问闻希："那我要是承认吃醋了你要补偿我？"

闻希笑得温柔："你都多大个人了还和三个月的小家伙争风吃醋？"

多大的人和他争老婆都不行，江砺嗤了声没再答话，径直去了浴室洗澡。

等到江砺洗完出来，小满满已经睡熟了，闻希将他小心翼翼地放到婴儿床上，然后拿了睡衣准备去洗澡。

临进浴室之前，她关了卧室的大灯，然后在开床头小壁灯的时候顺势在江砺的唇上亲了下："警察哥哥你早点睡。"

蜻蜓点水一般的亲吻，江砺盯着闻希纤细的背影，轻轻舔了下唇。

闻希洗完澡吹干头发从浴室出来的时候江砺已经阖眼躺在床上了，看着他呼吸均匀的样子，她轻手轻脚地在床的另一边躺下来，还不等她盖好被子，身旁明明应该已经睡着的人忽然翻身压了上来。

闻希怔了下，下意识轻呼了一声。

“江砺。”她推了推江砺有些沉重的身体，“怎么了？”

江砺低头在闻希鼻尖上亲了亲，哑着嗓子开口：“希希你哄了满满那么久，不能公平一点也哄哄我吗？”

闻希望进江砺深邃的眸子里，忽然就懂了他的意思。

她有些迟疑也有些紧张：“怎……怎么哄？”

“你知道的。”

夜晚的卧室里温度顿时升高，两个人很快腻在一起，一旁婴儿床上的小家伙忽然哭了起来。

起初还只是轻轻的哼唧声，到最后索性放声大哭起来。

原本被江砺撩拨得有些混沌的人一下子就清醒过来，她挣扎着去推还压在自己身上的人，提醒他：“江砺，满满在哭。”

“你听错了。”江砺不满地皱了下眉，话落便又要去亲闻希。

“满满真的在哭，我去看看他。”

闻希有多爱满满江砺是知道的，也知道满满要是一直哭估计今晚上闻希也没有心情做其他事。

他从一旁拉了被子盖在闻希身上，黑着脸起身：“你躺着，我去看。”

对于江砺哄满满，闻希还是放心的，见江砺去照看儿子了，便听话地缩在被子里偏头去看他。

江砺大步走到婴儿床边，从床上将哭得上气不接下气的儿子捞起来，没好气地哼了声，语气幽怨：“你这个浑小子还真是会挑时间哭，早不哭晚不哭偏偏在这种时候哭，你爸爸我上辈子大概是欠了你的。”

但说归说，江砺还是温柔地哄着满满，看着格外和谐的父子俩，闻希忍不住在被窝里弯了弯唇。

因着小满满是江家的第一个小朋友，加上又继承了父母的优点长得招人喜爱，所以作为奶奶的柳恩自然不会错过小满满同学人生的第一个生日。

江砺和闻希的意思是孩子还小，低调一点就行了，但思考再三之后还是觉得不好拂了长辈的意，便依着柳恩的意思把能请的亲朋好友都请来参加满满同学的周岁宴。

周岁宴在江家举行。

满满周岁那天，柳恩先抱着白白胖胖的小家伙在各路亲戚朋友之间溜了一圈，在收到七大姑八大姨纷纷投来的羡慕眼神之后，这才心满意足地招呼着江砺开始准备让满满抓周。

抓周的时候，所有的人都兴致勃勃地将满满同学围在中间，浅灰色的绒毛地毯上，摆满了各种奇奇怪怪的东西，比如江老爷子准备的文房四宝、柳恩和江成也准备的各种书籍、江寒和阮言宁准备的听诊器、江南准备的一张银行卡以及林烛和赵一恺准备的手铐……

所有人都招呼着小满满来自己这边拿东西。

一岁的小满满还不太会走路，他有些茫然地坐在地毯上环顾着四周热情得不行的大人们，纠结了一会儿，才缓缓向着江南爬过去。

江南笑得心满意足：“我侄儿以后这是要当资本家的节奏啊，和姑姑一样有前途。”

却不想她话音还没落，就看着小满满忽然掉了方向朝着林烛爬过去，这下赵一恺激动坏了：“资本家有什么好当的，男子汉就是要像我和砺哥一样守一方的安宁。”

他甚至不等满满爬到林烛的面前，就主动将那副亮闪闪的手铐给小家伙递了过去，他期待地看着离自己越来越近的满满，又朝他招了招手。

“恺子哥你这是作弊。”眼看自己被截和，江南不满地控诉赵一恺。

“明明是小满满自己喜欢，怎么能叫作弊呢。”赵一恺也不甘示弱。

只是他还沉浸在和江南的争执中，众人就看到小满满同学面无表情地越过了赵一恺和他手里的手铐，继续爬向林烛。

林烛手里没东西，她指了指手铐，提醒小家伙：“满满你要抓的东西在那里。”

可是满满就像是没听到一样，继续往前爬，一直爬到了林烛面前，才开心地咧嘴笑起来，抬起肉乎乎的小手在她肚子上摸了摸。

所有人都愣了，包括赵一恺在内。

他怔怔地看着小满满同学一下一下摸着自己媳妇儿的肚子，忽然想到什么，抬头看向江砺：“我说砺哥你儿子不会是看上我闺女了吧？”

林烛已经怀孕六个多月了，在四个月的时候夫妻俩就禁不住好奇去查了宝宝的性别，那个时候他们就知道林烛肚子里的是个小女生。

闻希也没想到自己儿子这么能抓，她有些尴尬地轻咳一声，不太确定地开口：“可能是看上了？”

“那可不行。”赵一恺顿时不满，“我闺女还没出生，这小子就开始打她的主意，有把我这个当爸爸的人放在眼里吗？”

“估计没有。”江砺倒是觉得没什么不妥，直接一句话把赵一恺的不满都堵了回去，别说不把赵一恺放在眼里，他一直觉得江砚同学连他这个亲爹都没放在眼里过。

“不行，不行，再来一次。”赵一恺还是无法消化自己闺女被人惦记的事实。

想着刚刚那的确不算是太正式的抓周，闻希便顺着赵一恺的意思把小满满重新抱到地毯中间，哪知闻希刚松了手，小家伙又固执地吭哧吭哧朝林烛爬过去。

赵一恺：“……”

看着赵一恺吃瘪的样子，江砺忍不住翘了翘嘴角：“其实给他们定个娃娃亲也不是不可以。”

“可以个……”

赵一恺最后一个“屁”字还没说出来，就被林烛不客气地拍了下：“这里有小朋友在，还有请你注意胎教。”

话落，她转向闻希，有些小激动：“要不希希我们就按照砺哥说的给满满和糖糖定个娃娃亲吧！”

糖糖是赵一恺给自家还未出生的闺女取的小名。

“我觉得行。”闻希想了下，以她和林烛、江砺和赵一恺的关系，以后真当亲家那一定很和谐。

江砺拍了拍从始至终被忽视的赵一恺，笑道：“其实你要是觉得亏的话，我可以直接把我儿子送去你们家，这样你和林烛还能赚一个。”

赵一恺忽然笑了，冲江砺摆摆手：“满满同学你还是自己养着吧，我不需要会和我抢媳妇儿的儿子。”

江砺：“……”

随着满满同学长大，江砺发现他越来越会和自己争宠，只要闻希在家里，小家伙就总是有各种各样的理由缠着闻希，偏偏闻希还吃他这一

套，只要不是违背原则什么都顺着他。

尤其是周末，满满几乎一整天都霸占着闻希，不是让她给自己讲故事，就是母子俩坐在一起拼着江砺买回去的那一堆乐高。

而这种时候，江砺只能一个人孤苦无依地拿着一堆卷宗坐在旁边，并且还要给他的两位小祖宗端茶送水。

这样的日子过久了，江砺的“怨念”一天比一天重。

终于在一天他去幼儿园接满满小朋友放学的时候，忍不住开口问他：“满满很喜欢和妈妈一起玩吗？”

正吃着冰激凌的满满同学毫不犹豫地点头：“妈妈对满满特别好，和妈妈待在一起的时候很开心。”

“满满的意思是爸爸对满满不好吗？”江砺敏锐地抓住了关键词。

满满愣了下，赶紧捂住嘴紧张地仰头望着江砺，捏着冰激凌棍儿讨好地对他笑：“爸爸也对满满特别好，因为爸爸会给满满买冰激凌吃。”

闻希一直是反对小朋友吃太多冰的，所以满满很少能从闻希那里得到冰激凌吃。

江砺继续问：“那不买冰激凌的时候呢？”

满满有点犹豫，他迅速吃完最后一口冰激凌，才回答自己老爸的那个问题：“不买冰激凌的时候比妈妈差一点，比爷爷奶奶也差一点点。”

话落，看到江砺略有些僵硬的脸色，满满赶紧补充：“真的就只差一点点。”

江砺有些无奈地叹了口气，感叹了几秒儿子终究是养不熟的“白眼狼”，小家伙和他抢老婆就算了，没想到自己在他心中的地位竟然不如爷爷奶奶。

江砺带着满满上了车，替他系好儿童座椅的安全带，斜倚着车门沉吟了片刻。

“爸爸你怎么了？不去开车吗？”

江砺想了想，问满满：“满满是小男子汉吗？”

“是呀。”满满立刻骄傲地挺了挺胸脯，“上次和糖糖见面的时候她还夸了我，说我是她见过最厉害的人。”

江砺满意地点点头，继续诱哄道：“那你知不知道男子汉要自己去争取喜欢的人。”

满满这下有些不解了。

江砺抬手揉了下他的脑袋，耐心给他举例子：“就比如你想和妈妈待在一起，我也想和妈妈待在一起，那我们就要通过比赛的方式来决定让妈妈陪谁，这样才能体现出你是一个小男子汉，糖糖才会更喜欢你。”

满满似懂非懂，不过听到会让糖糖更喜欢自己，小家伙义无反顾地跳进了自家老爸的陷阱里：“那要怎么比赛？”

“刚刚我听老师说满满最近在背古诗是吗？”

满满点头：“我现在可以背超多的古诗。”

江砺赶紧打断他张口就要来的古诗，笑着说：“满满和爸爸每天比赛背一首古诗好不好？谁先背出来谁第二天就可以让妈妈陪着。”

“先背出来就可以吗？”满满丝毫不觉得这个比赛有什么不公平，甚至隐隐觉得自己爸爸输定了，毕竟老师今天才夸了他是班里背古诗背得最好的小朋友。

“是的。”眼看着鱼儿上钩，江砺笑得越发志得意满，“所以满满要当一个小男子汉和爸爸比赛吗？”

满满这回立刻应了下来，并且和江砺拉了钩。

父子俩的约定顺利进行，从那天开始，江砺重新得到了自己老婆的陪伴，每天心情都好得不行。

除了满满不再像之前一样黏着自己，闻希倒是没察觉到什么异常，她安慰自己这可能只是因为小满满长大了，不再黏着妈妈了，所以倒也没放在心上。

可是一直到半个月之后的某天，夫妻两人正悠闲地坐在阳台的吊椅上聊天享受着难得的周末时光，闻希一转头就看到满满小朋友站在不远处，委屈巴巴地往这边看。

闻希冲他招招手，有些心疼："满满怎么了？"

不问还好，闻希一问满满就忍不住哭起来，边哭边说："满满想和妈妈一起玩。"

闻希有些哭笑不得："想和妈妈一起玩就来找妈妈啊。"

满满哭得抽抽搭搭的，他下意识地看了江砺一眼："可是满满背古诗背不过爸爸，爸爸说了男子汉要愿赌服输，不能老是缠着妈妈。"

/ 番外五 /

儿童节快乐，我永远的小朋友

初夏刚至，海城便像个蒸笼似的，在骄阳的炙烤下迅速升温。

不同于屋外的闷热，江家书房里的冷气开得很足。

江砺和满满各自坐在一张办公椅上，无声地对峙着。良久，还是满满一声动静不小的喷嚏声打破了父子间的僵局。

满满望着江砺可怜巴巴地吸了吸鼻子。

江砺没什么表情地看了小家伙一眼，沉默着起身去卧室里拿了件薄外套回来递给他。

“爸爸，你生气了吗？”不用江砺说，满满便自觉地接过外套穿上，又乖巧地将拉链拉到最高处。

“没有。”江砺看他做完这一系列动作，才重新在椅子上坐下来。

得知爸爸没生气，满满悄悄松了口气，可是当他余光看见书桌上歪七扭八摆着玩偶熊时，小家伙清秀的眉头忍不住又皱了起来。

他小心翼翼地觑了江砺一眼，只是还不等他收回目光，就被江砺抓了个现行。

江砺知道小家伙在想什么。

他抬手在满满细软的短发上揉了两下，无奈地叹了口气：“我只能做成这样了，实在不行我们就去玩具店买一个吧。”

“可是老师说了要自己动手做，”满满抠着手指没什么底气地小声辩驳，“不可以去玩具店买的。”

马上就到六一儿童节了，幼儿园的老师要求每个小朋友和爸爸妈妈一起动手做一件玩具，然后幼儿园会把这些手工玩具捐给贫困地区的孩子们。

因为糖糖说她要回家做一只玩偶小兔子，满满便二话不说决定要做一只玩偶小熊，好和糖糖的小兔子做个伴。

以往幼儿园布置手工作业，几乎都是闻希陪着满满完成，她是服装设计出身，平时有不少的机会裁剪衣服，做手工对她来说根本不在话下，所以之前每一次满满带到幼儿园的手工作业，都会收到小朋友们投来的艳羡目光。

但不巧的是，这次正好碰上闻希要在全国范围内办一场个人服装设计展的档期，她出门了大半个月，被留在家的父子俩一直拖到快要交作业的时候，才硬着头皮做了这么个不伦不类的布偶熊出来。

看到成品的一瞬间，满满下意识就说了句“爸爸我觉得你做的小熊好丑”，等了半天没等到江砺的回应，小家伙这才意识到自己说的话好像太过直白让爸爸伤心了。

可是……

他也真的不想把这么丑的小熊带到幼儿园去。

“那你想怎么办？”破案时向来沉着冷静的男人在一只玩偶熊面前犯了难。

“我想……”满满声音很低，“我想让妈妈帮我做。”

江砺耐着性子对儿子解释："妈妈在外面工作，还要再等三周才能回来。"

这个满满其实是知道的，妈妈说她要去工作挣钱给他买玩具，出门前还特地叮嘱过他要好好照顾自己和爸爸。

"我们可以去找妈妈呀！"小朋友仰着头去看江砺，黑珍珠似的眼睛晶亮晶亮的。

江砺没说话。

满满以为他这是不同意，嘴巴一撇就打算端出小奶音撒娇。

只是他说辞都想好了，还不等开口，就见江砺动作流畅地拿出手机递给他："给妈妈打个电话问问她现在在哪儿？忙不忙？"

满满同学愣了一瞬，立马会意，甚至不用江砺教，他就从闻希口中套出了她这几天正在北城筹备展会，而且一直到挂断电话也没有透露一点他和爸爸要去找她的消息。

两地分居了大半个月，江砺对闻希的想念比起满满同学只多不少，满满的请求正好给了他见老婆的借口，所以当天下午江砺就带着满满坐上了去北城的航班。

父子俩抵达北城闻希所住的酒店时，刚好下午四点。

江砺提着刚刚在商场买的礼物在酒店楼下见到闻希的助理，从她手中接过了闻希房间的备用房卡，才和满满一起上了楼。

一进门，父子俩就开始翻腾起来，特别是满满，一想到马上要见到亲爱的妈妈了，整个人都兴奋得停不下来，忙前忙后地给闻希准备惊喜。

闻希在北城的展会已经进入了最后的筹备阶段，很多事情需要她亲自拿主意，所以一直忙到天色染了一层雾蓝，才拖着疲惫的身体回了酒店。

刷卡开门。

不知道是不是长期跟着江砺耳濡目染，从闻希一只脚迈进房间的那一刻，她就敏锐地察觉到有一丝不对劲，可是等她仔细环顾四周，又没有发现任何异常。

闻希安慰自己大概是最近太累有些敏感了，她关上门，蹬了高跟鞋往屋子里走。

只是还不等她完全放松下来，房间客厅的储物柜里就发出一声极轻的声响。几乎轻不可闻，但闻希这次终于能肯定这个房间里除了她还有其他人。

闻希脑海里瞬间浮现出以前江砺办过的一起酒店杀人案。

她屏住呼吸，死死盯着刚刚发出声响的那个储物柜，一步一步地往门边退，握着手机的手凭感觉拨出了紧急联系人的号码。

闻希设置的紧急联系人是江砺。

几秒过后，里间的卧室突然响起一阵熟悉的铃声，与此同时，闻希一直盯着的那个储物柜被从里面打开，一团黑影激动地朝她冲过来，紧紧地抱住她的大腿。

闻希被惯性带着往后退了两步。

她堪堪稳住身形，就见满满撒娇似的揪着她的衣摆，声音软软糯糯：“妈妈，我好想你。”

在看清来人的时候，闻希眼里的惊吓很快变成惊喜，她下意识环顾四周，问满满：“宝贝你怎么来了？爸爸呢？”

满满鬼灵精地眨眨眼，故意逗闻希：“我惹爸爸生气了，他说他不要我了，就把我一个人扔在了这儿。”

“真的？”闻希想起刚刚听到的手机铃声，显然不信。

“真的。”满满同学坚持贯彻“坑爹到底”的精神，“妈妈，你不在家爸爸对我可凶了。”

“江砚！”满满话还没说完，一道低沉的带着警告意味的男声插了进来。

闻希抬头，就撞进一双漆黑的眸子里，这双眸子和以往无数次看到的一样，深邃得好似随时都能将她吸进去。

半个月不见，闻希的思念几乎快要溢出胸口，她怔怔地站在原地。

江砺抬脚走到闻希身边，不顾满满同学的挣扎，直接将他从闻希身上提溜开，占有欲十足地将闻希揽进自己怀里。

“妈妈……”有江砺在，满满瞬间没有了底气。

闻希此时的注意力显然全在江砺身上，她环住江砺的腰，往他怀里又靠了靠。

“怎么突然过来了？”身边是令人安心的味道，闻希全身放松下来，将整个人的重量都交给江砺，“都不和我说一声，早知道我就早点回来了。”

江砺低头在闻希的发顶亲了亲：“满满说他想你了，就带他过来了。”

闻希低笑：“那警察哥哥不想我吗？”

江砺没想到闻希会问得这么直接，愣了一瞬也跟着笑起来，坦然承认：“想，比他更想。”

爸爸妈妈你侬我侬，被忽视的满满同学显然不甘示弱，他张牙舞爪地挣脱开江砺的钳制，跑进房间，没多久又“哒哒哒”地跑出来，手里抱着一团黑棕色的东西，献宝似的递到闻希面前。

“妈妈，你快看。”

“是什么呀？”闻希微微从江砺怀里退出来，低头接过满满手里的“玩偶熊”。

重新得到妈妈的关注，满满得意地看了江砺一眼：“是小熊，爸爸亲手做的，妈妈你喜欢吗？”

闻言，江砺脸都黑了，他是真没注意到满满这个小家伙什么时候把这东西塞进行李箱的。

闻希仔细打量着这只“玩偶熊”，这个所谓的“小熊”真的丑得可以，一想到江砺一个大男人一针一线缝它的样子，她就忍不住“扑哧”笑出声。

“老公这真的是你做的？”闻希觉得新奇。

“不是。”江砺黑着脸睁眼说瞎话。

“其实也没那么丑。”闻希试图帮江砺找回一点面子，“第一次能做成这样很厉害了。”

“我说了不是我做的。”江砺说着不再给闻希打量的机会，抬手拿过“玩偶熊”重新扔给了满满，并且警告地瞪了他一眼。

满满人小鬼大，知道玩笑要适可而止，报了爸爸把他从妈妈身上提溜开的仇后，也不再继续坑他，而且他还惦记着他和爸爸还有正事没做完。

小朋友顺势将“玩偶熊”放在一边，仰头朝闻希甜甜地笑：“妈妈，其实我和爸爸是来给你过节的。”

满满一边说，一边拉着闻希往卧室里走，一直走到门口才停下来，示意闻希往里面看。

“过什么节？”最近好像没有她可以过的节日，闻希被父子俩弄得有些茫然，迟钝地顺着满满的手往卧室里看。

这一看，她整个人都僵住了。

卧室里面不再是她早上离开时的单调样子，此时的房间完全充满着少女心，沙发上堆满了大大小小的公仔，墙上挂着五颜六色的气球，床上铺洒着细碎的玫瑰花瓣，而那些玫瑰花瓣的正中间还放着一束鲜艳欲滴的红玫瑰。

满满的小奶音适时响起：“妈妈，祝你儿童节快乐。”

本来在北城看到父子俩就够闻希惊喜了，却不想这里还藏着这么大一个惊喜。

她眼眶有些发胀，蹲下身和满满视线平齐，在他肉嘟嘟的小脸上捏了捏，神情温柔：“儿童节是满满的节日，应该妈妈给满满说节日快乐。”

满满探头在闻希的侧脸上亲了下，认真地摇摇头：“满满现在是可以和爸爸一起保护妈妈的小大人了，不用过儿童节，但是爸爸说了妈妈是他永远的小朋友。”

闻希一愣，下意识去看江砺。

江砺点点头，握着她的手将她带起来，从包里摸出一条做工精致的手链，细心地替闻希戴上，然后垂手挡住满满的眼睛，低头在闻希唇上落下一个温柔至极的吻。

他亲昵地蹭了蹭闻希的鼻尖，声音温柔：“儿童节快乐，我永远的小朋友。”

（全文完）